Gerd Heinen

Zurück vom Mars

Über dieses Buch

Tim will Musiker werden. Seit dem Herbst besucht er das Musikinternat in Leipzig. Eigentlich läuft alles gut. Doch plötzlich geschehen merkwürdige Dinge mit ihm. Und bevor er sich traut, mit seinen neuen Freunden darüber zu reden, wacht er nach einem nächtlichen Ausflug im Krankenhaus auf... und kann sich an nichts erinnern.

»Eine Stunde später – zur Mitternacht – waren wir verabredet. Der Plan sollte heute Nacht umgesetzt werden. Im dritten Stock gab es ein Fenster, aus dem man auf das Dach über der Eingangshalle gelangen konnte. Ein entsprechendes Fenster gab es auf der gegenüberliegenden Seite. Ich war unheimlich aufgeregt und konnte es kaum erwarten, in Annabelles Bett zu kommen. Als ich Vince auf das Dach hinunterließ, konnte ich meine Angst gerade so aushalten, aber als ich an der Reihe war und allein vor dem Fenster stand, ging einen Augenblick lang gar nichts mehr. Plötzlich war da wieder dieser geheimnisvolle Geruch und ein Druck, der sich in meinem Brustkorb mit ungeheurer Wucht ausbreitete. Das war das Letzte, woran ich mich erinnern konnte...«

Über den Autor

Gerd Heinen wurde 1963 in Mönchengladbach geboren. Er lebt mit seiner Familie in Berlin und arbeitet als niedergelassener Psychotherapeut am Epilepsiezentrum Berlin-Brandenburg mit Kindern, Jugendlichen und Erwachsenen. Nach seinem erfolgreichen Kinderbuch *Bei Tim wird alles anders* (1996) hat er 1999 das Fachbuch *Selbstkontrolle epileptischer Anfälle* veröffentlicht. Als federführender Autor entwickelte er bis 2004 den Gesundheitskurs *»famoses«*, der 2007 mit dem Sibylle Ried-Preis ausgezeichnet wurde. *Zurück vom Mars* ist sein erster Roman.

Gerd Heinen

ZURÜCK VOM MARS

Roman

Edition Baier

Impressum

Tel.: 089/74 55 51-0, Fax: 089/74 55 51-13
E-Mail: info@care-line.de
Internet: www.care-line-projektagentur.de

Mit freundlicher Unterstützung durch die UCB GmbH

Autor: Gerd Heinen
Redaktion: Silke Orth
Lektorat: Silke Orth
Illustrationen und Autorenfoto: Samson Kirschning
Titelgestaltung: Samson Kirschning, Carsten Klein
Layout und Satz: Carsten Klein
Bildnachweis: Mars – ©Xenia1972-fotolia.com, Badewanne – ©terex-fotolia.com

ISBN: 978-3-9812463-1-5

Bibliographische Information der Deutschen Bibliothek: Die Deutsche Bibliothek verzeichnet diese Publikation in der Deutschen Nationalbibliographie; detaillierte bibliographische Daten sind im Internet über http://dnb.ddb.de abrufbar.

Für Inge und Leo

Vorspann(ung)

Verdammt lang her, dass Tim und ich das letzte Mal nachts geduscht haben. Das war am Anfang unserer Zeit in Leipzig. Als ich Sonja gerade kennen gelernt hatte.

Nicht zu glauben, dass das jetzt alles vorbei sein soll. Dieses Internat ist eine riesige Jauchegrube. Es stinkt hier bis zum Himmel. Ich kann es immer noch nicht fassen, dass ich durch diese dämliche Prüfung gefallen bin. Keiner versteht hier etwas von Musik und alle haben etwas gegen mich. Ich – Vince Kaufmann – bin abserviert worden, weil die meine Musik nicht verstehen, weil die mich nicht verstehen.

Egal. Ich komme auch ohne dieses Internat klar. Früher oder später wäre ich sowieso geflogen. Irgendwann werden sie bereuen, dass sie mich hinausgeschmissen haben, weil ich dann berühmt bin und meine Musik überall zu hören sein wird.

Doch heute zählt nur eins. Die gemeinsame Nacht mit meinen Freunden Tim, Annabelle und Ulrike. Ich wüsste zu gerne, was Tim eigentlich davon hält, aber ich frage ihn lieber nicht. Sonst springt er noch ab. Fast ein Jahr geht das zwischen ihm und Annabelle schon so. Händchen halten, in den Arm nehmen, Küsschen zum Hallo-Sagen, Gute-Nacht-Küsschen. Der hat seine Freundin nicht mal richtig angefasst. Heute Abend habe ich endlich seine Hand auf ihrem Hintern entdeckt. Und geknutscht haben die beiden, als ob sie sich auffressen wollten. Das wurde auch höchste Zeit. Anfangs dachte ich, Tim sei schwul und würde nur so tun, als ob er auf Frauen steht. Irgendwie sieht er auch schwul aus. Wenn ich hier unter der Dusche Bilder von ihm machen würde, dann könnte ich die glatt einem Männerkalender anbieten, zumal Tim ein bisschen aufgeregt ist. Ich glaube, der kriegt sogar langsam einen hoch… Wir dürfen keine Zeit verlieren. Gleich ist es Mitternacht, schnell das Wasser ausdrehen und anziehen.

Das mit dem Dach ist vermutlich ein Kinderspiel. Aber so ganz wohl fühle ich mich nicht dabei. Ehrlich gesagt, habe ich ein bisschen Höhenangst, aber das werde ich Tim nicht sagen. Ich werde immer nur geradeaus gucken. Ulrike wartet und ich stelle mir vor, dass ich gleich in ihrem warmen Bett lande. Da wird mir die Höhenangst schon vergehen.

Bisher war ich nur mit Sonja in der Kiste, aber Tim ist der Einzige, der davon weiß. Und für Sonja ist klar, dass Ulrike nichts davon erfährt. Ich weiß nicht, wie lange ich schon Kondome kaufe und mir immer wieder vorstelle, dass endlich eins davon für Ulrike und mich sein könnte. Jedes Mal finde ich das total aufregend und dann habe ich die Dinger mit Sonja wieder verbraucht und nix war mit Ulrike.

Tim hat bestimmt noch nie Kondome gekauft und so wie ich unsere beiden Süßen kenne, sind die auch total unvorbereitet. Gut, dass Onkel Vince an alles gedacht hat und gut, dass es jetzt endlich losgeht. Hier, mein lieber Freund! Ein Gummi in die Hintertasche und weil du so blöd guckst noch eins in die Vordertasche von deiner Jeans. Klasse siehst du aus, und guck bitte nicht so blöd.

»Man muss halt ein bisschen vorausschauen. Das käme doch total doof rüber, wenn du mich danach fragen müsstest. Tausendmal berührt, tausendmal ist nix passiert, tausend und eine Nacht und es hat Suum gemacht. Jetzt geht's loooos!«, raune ich Tim zu.

Wir eilen die Treppe hoch und werfen einen Blick aufs gegenüberliegende Fenster. Drüben brennt wie verabredet die Kerze. Unser Zeichen! Mit Ulrike ist ausgemacht, dass sie uns auf der anderen Seite reinlässt. Alles kein Problem. »Tim, jetzt sind keine Zweifel mehr erlaubt«, ermuntere ich meinen Kumpel. »Du lässt mich runter auf dieses verdammte Dach, ein Bein rechts, eins links und ich setze mich gemütlich auf die Dachkante. Dann kommst du nach und setzt dich genauso hin wie ich. Erst wenn wir sitzen, drehen wir uns um und rutschen langsam rüber. Ganz easy, Alter. Mach nicht so ein Gesicht. In dieser Nacht wirst du zum Mann und dafür musst du auf deinem Hintern bloß über dieses Dach rutschen. Überhaupt kein Grund, sich in die Hose zu machen.«

So, raus aus dem Fenster.

»Halt mich fest und lass mich langsam runter«, flüstere ich Tim zu. Nachdem ich sicher sitze ist er an der Reihe. »Jetzt komm und stell dich nicht blöder an, als du bist.«

...

»Wo bleibst du? Beweg deinen Arsch hier raus! Tim, was ist los? Komm endlich!

Was soll das jetzt werden?«

...

»Hör auf zu schreien!« Mensch warum schreit der so? Ist der völlig irre geworden? So etwas hab ich noch nie gehört. Das kriegt doch jeder mit. Mist, wie komm ich jetzt bloß wieder rein. Aber um mich geht es hier nicht.

»Tim, sag was! Mensch Tim, wo bist du überhaupt?«

Ganz langsam, keine Panik, sonst fall ich hier noch runter. Erst in die Knie und dann das Fensterbrett zu fassen kriegen. Ich ziehe mich langsam am Rahmen hoch.

»Wo bist du bloß Kumpel?«, frage ich erneut in die Dunkelheit.

Scheiße, was ist denn mit dem los! Macht der jetzt hier einen Abgang oder was? »Mensch, Tim, sag was. Wir wollen doch zu unseren Perlen. Die warten auf uns. Tim, hol doch mal Luft. Hast du was verschluckt? Sag doch was!«

...

»Ulrike, verdammt Ulrike, mach das Fenster auf! Mit Tim stimmt was nicht. Hier stimmt gewaltig was nicht. So was hab ich ja noch nie erlebt. Hol Manni. Mensch, sag Manni Müller Bescheid. Ulrike, der muss uns helfen. Vergiss, was wir vorhatten. Manni soll einen Krankenwagen rufen und dann hochkommen. Auf jeden Fall soll der einen Krankenwagen rufen und mir helfen. Ich brauche Hilfe verdammt.«

Wie soll ich denn hier klarkommen? Ich hab doch keine Ahnung, was ich machen soll.

»Tim, sag doch was. Sag mir, was ich machen soll.«

...

Tim wirkt total starr und sein Gesicht ist weiß wie die Wand. Seine blonden Haare kleben strähnig an seiner Stirn. Für den Männerkalender kommt er so nicht in Frage und bei Annabelle wird er damit auch nicht punkten.

Jetzt zuckt er auch noch. Scheiße, das ist doch nicht normal, so mit dem Kopf auf den Boden zu knallen. Ich halte ihn besser fest, aber er soll endlich damit aufhören.

»Ich hab Angst Tim, ja, ich hab Angst. Du willst doch immer, dass ich das sage und jetzt sag ich es, aber hör endlich auf mit der Scheiße.« Was soll ich bloß machen?

...

»Endlich sind Sie da, Herr Müller!«

...

»Ich weiß auch nicht, was los ist!«

...

»Nein, wir haben nichts genommen!«

...

»Pillen? Nein, keine Pillen!«

...

»Drogen? Nee, nur zwei Bier sonst nichts. Ich schwöre, keine Drogen, keine Pillen. Tim schon gar nicht. Der würde Drogen niemals anrühren, ganz sicher. Er hat noch nie Drogen ausprobiert. Tim joggt doch immer und isst nur gesundes Zeug.«

...

»Davon, dass ihm schlecht ist, hat er nichts gesagt. Eben ging es ihm noch super. Er konnte es gar nicht erwarten, zu Annabelle zu kommen.«

...

»Ja, wir wollten zu den beiden und damit sie nichts mitkriegen, wollten wir über das verdammte Dach. Ich saß schon drauf und wollte, dass Tim hinterherkommt. Und plötzlich schreit der wie abgestochen, und als ich von dem verdammten Dach wieder herunter war, lag er stocksteif auf dem Boden. Dann ging das mit dem Zucken los. Eben war das noch heftiger. Keinen Ton krieg ich aus dem raus.«

...

Ich hoffe, der Krankenwagen kommt bald. Endlich höre ich das Tatütata. Sonst nervt das immer. Gut, dass Tim jetzt wieder atmet. Aber er schnarcht wie ein Ochse.

Endlich kommt Hilfe.

»Hallo, schön, dass … .«

...

»Ich bin sein Freund.«

...

»Nein, genommen haben wir nix! Keine Ahnung, wie das passiert ist.«

...

»Nein, so was hab ich noch nie erlebt und bei Tim schon gar nicht. Der ist kerngesund.«

…

»Klar komme ich mit. Ich will sogar mit. Ich lass ihn doch nicht allein.«

…

Ich bin noch nie mit einem Krankenwagen gefahren. Als Kind hab ich mir das immer gewünscht. Heute könnte ich darauf verzichten. Ich will nur wissen, was los ist.

Warum fahren wir eigentlich nicht mit Blaulicht?

Egal. Der Arzt wirkt irgendwie cool. So schlimm kann das also nicht sein. Atmung o.k., Puls o.k., Pupillenreflex ohne Befund, sagt er. Danach war die Sache für ihn erledigt. Trotzdem hat er Tim noch eine Spritze gegeben. Ich dachte, die hilft, aber danach kam noch mal Hektik auf. Da wurde denen dann wohl auch klar, dass die Sache ernster ist.

Für das, was ich durchgemacht habe, hat sich gar keiner interessiert.

Endlich sehe ich das Krankenhaus. Hier war ich noch nie und die Sanitäter quatschen über Fußball. Dass mein einziger, richtiger Freund eben fast abgekratzt wäre, scheint die gar nicht zu beschäftigen. Die sind hier alle so locker drauf. Im Fernsehen sieht das immer anders aus.

Reden will hier scheinbar keiner mit mir und Tim scheint so friedlich zu pennen, wie ein Baby. Der ist einfach nicht wach zu kriegen und jetzt sind wir hier auf diesem dunklen Gang und alle sind weg.

O.k., bald wird irgendein Doktor aufkreuzen. Solange warte ich auf jeden Fall. Mann, bin ich auf einmal müde. Ich setz mich mal kurz auf die Bank und mach die Augen zu. Wenn hier was abgeht, werde ich es schon rechtzeitig mitbekommen.

»Tim, alter Junge, Onkel Vince ist bei dir. Mach dir keine Sorgen und merk dir: Et is, wie et is, et kütt, wie et kütt und et hätt noch immer jut jejangen.«

Anfang oder Ende

Heute ist der 30. Oktober. Ich heiße Tim von Kronburg und vor gut einem Monat habe ich meinen zwanzigsten Geburtstag gefeiert. Ich stehe am Ostbahnhof in Berlin. Wie oft habe ich eigentlich hier am Bahnsteig auf meinen Zug nach Leipzig gewartet? Im Mai habe ich dort auf dem Internat für junge Musik mein Abitur gemacht. Seitdem bin ich wieder in Berlin. Hier bin ich geboren und bis zur zehnten Klasse zur Schule gegangen. Bevor ich nach Leipzig zog, war mein Leben geordnet und ich war so naiv wie mein Hamster Otto, der schon lange nicht mehr lebt. Der hielt seinen geräumigen Käfig bestimmt für die Welt. Wie sollte er auch etwas anderes denken. Otto kannte ja nur seinen Käfig, und ich kannte damals vor allem den Platz vor dem Klavier in meinem Zimmer. Ich war von der Musik gefangen und die wichtigste Person in meinem Leben war meine Mutter Angelina. Wenn ich das jetzt erzähle, kommt mir das komisch vor, weil sich seitdem so vieles verändert hat.

Ich bin gerne auf Bahnhöfen. Da trifft man Menschen, die sich auf den Weg machen oder gerade ankommen. Heute fahre ich zu Katja, nach Heidelberg. Sie hat vor kurzem angefangen, in Heidelberg Jura zu studieren. Ich habe Katja das letzte Mal vor drei Jahren gesehen. Bei unserem Abschied war sie für mich der wichtigste Mensch in meinem Leben. Ich glaube, sie ist es immer noch. Katja hat mir geholfen, als ich am liebsten auf den Mars geflüchtet wäre. Wer weiß, was ich heute machen würde, wenn sie nicht gewesen wäre.

Vor kurzem habe ich beschlossen, Lehrer zu werden. Ich möchte Musik und Sport unterrichten. Meine Mutter hätte sich gefreut, wenn ich Konzertpianist geworden wäre. Vor einigen Jahren wollte ich das auch, aber jetzt passt es nicht mehr zu mir.

Meine Mutter hat mir beigebracht, Klavier zu spielen und zu tanzen. Sie hätte vielleicht eine berühmte Tänzerin werden können. Aber diesen Weg hat sie wegen mir nicht eingeschlagen. Plötzlich war sie nämlich schwanger. In ihrem Leben hat das vieles verändert. Mich freut das, weil ich sonst nicht da wäre. Aber nur weil meine Mutter meinetwegen nicht erreicht hat, was sie wollte, kann ich ja jetzt nicht werden, was sie sich wünscht, oder?

Lehrer ist für mich besser als Konzertpianist. Vielleicht würde als Studium auch Psychologie in Frage kommen. Mich interessiert nämlich, warum Menschen tun, was sie tun. Zum Beispiel interessiert mich, warum Katja mich so lange nicht sehen wollte, obwohl sie, wie ich hoffe, immer noch in mich verliebt ist. In einigen Stunden werde ich das erfahren, wenn ich endlich wieder bei ihr bin.

Kennen gelernt haben wir uns auf der Straße in Berlin. Wir sind uns ganz zufällig begegnet. Sie hatte damals eine Menge Probleme. Ihre Eltern haben getrunken und Katja war ihnen ziemlich egal. Meinen Eltern bin ich alles andere als egal. Damals, als mein Leben ziemlich aus den Fugen geraten war, hat mich ihre Sorge genervt. Deshalb bin ich von zu Hause abgehauen und dabei bin ich Katja über den Weg gelaufen. Das war ein Chaos, aber trotzdem finde ich alles, was ich in dieser Zeit erlebt habe, heute irgendwie wichtig.

Vor zwei Tagen steckte eine Karte von Katja im Briefkasten. Und deshalb stehe ich jetzt hier am Bahnsteig und warte auf den Zug.

Jetzt fährt er ein. In sieben Stunden soll ich planmäßig in Heidelberg eintreffen. Gerade Zeit genug für meine Geschichte.

1. Teil: Abschied und Reise

»Gibt es etwas Grauenvolleres, als sich auf eine Reise zu begeben? Sobald man unterwegs ist, ist alles gut, aber die letzten Augenblicke vorher gehen mit Erdbeben und krampfhaften Zuckungen einher und dem Gefühl, eine Schnecke zu sein, die man gewaltsam von ihrem Felsen entfernt.«

(Anne Morrow Lindbergh)

Ein Brief mit Hintergründen

Angefangen hat alles vor vier Jahren mit einem Brief vom Internat für junge Musik in Leipzig. In ihm stand, dass ich die Aufnahmeprüfung bestanden hatte. Ich war gerade sechzehn Jahre alt geworden und besuchte die 10. Klasse der Sophie-Charlotte-Oberschule in Berlin. Leipzig kam mir vor wie die große weite Welt, die mir, dem angehenden Pianisten, zu Füßen lag.

Der Brief führte in meiner Familie zu heftigen Diskussionen. Mein Vater fühlte sich übergangen. Er wollte mich im Sommer auf ein Wirtschaftsgymnasium nach Hamburg schicken und hatte dem Schulleiter bereits ohne mein Wissen die Zeugnisse gefaxt. Der Schulleiter hatte ein Aktiendepot bei der Privatbank von Kronburg, deren Direktor mein Vater ist. Wahrscheinlich hat er seinem Kunden in Aussicht gestellt, sich persönlich um das

Depot zu kümmern, wenn ich auf seiner Elite-Schule angenommen werde. Doch das Vitamin B wäre gar nicht nötig gewesen.

Ich war nämlich ein richtiger Musterschüler, mit guten Noten in Mathe, Deutsch, Latein und Musik. Schlecht war ich nur in Sport, meine einzige Drei. Das lag nicht daran, dass ich unsportlich war, sondern weil ich Angst hatte, mich zu verletzen. Ständig stellte ich mir vor, wie beim Handball ein Finger oder beim Turnen ein Arm brechen könnte. Im Geiste rechnete ich aus, wie lange mich die Verletzung vom Musizieren abhalten würde. Denn Klavierspielen war meine Leidenschaft. Ich war regelrecht süchtig danach. Am Wochenende saß ich manchmal zehn Stunden lang in meinem Zimmer am Flügel. Halola, unsere Haushälterin, musste mich oft fünf Mal zum Essen rufen. Ich hatte das Essen zwar gerochen und mir war das Wasser im Mund zusammengelaufen, aber über die Töne, die meine Finger den Tasten entlockten, war ich wieder in eine Welt eingetaucht, in der es weder Hunger, Durst noch Müdigkeit gab. Ich war der Musik verfallen und alles andere war Nebensache.

Trotzdem hatte mich mein Vater an einem Wirtschaftsgymnasium angemeldet. «Dein Leben braucht einen wirklichen Inhalt, einen Sinn«, sagte er allen Ernstes. »Du musst die Realität kennen lernen und mit den Fakten vertraut werden!«

Meine Mutter war da anderer Ansicht, sie teilte meine Leidenschaft. Am Klavier war sie meine erste und beste Lehrerin. Sie hatte mich von klein auf für die Musik begeistert. Schon mit drei Jahren verbrachte ich Stunde um Stunde auf ihrem Schoß vor unserem Flügel. Abwechselnd spielte sie und dann wieder ich. Ich spürte sie weich und warm in meinem Rücken und roch ihr wunderbares Parfum. Jeden Ton, den ich spielte, schien sie zu lieben, und keine Melodie, die sie mir vorspielte, konnte ich vergessen. Schnell waren es nicht mehr die Tasten, die mir im Gedächtnis blieben und die wir anfangs mit buntem Papier beklebt hatten, sondern es wurden die Töne und irgendwann die Bewegungen meiner Finger und schließlich ganze Bewegungsabläufe, die mir, von einem Ton ausgelöst, in Fleisch und Blut übergingen.

Natürlich blieb meinem Vater die Beziehung nicht verborgen, die wir zur Musik hatten, aber er verstand das nicht. Er blieb Außenstehender, weil er zur Welt der Musik damals keinen Zugang fand. Immer wenn er mir zuhörte, war es für ihn eher eine Pflicht. Wenn ein Musikstück mehr als fünf Minuten seiner Zeit in Anspruch nahm, begann er nervös zu werden.

Geld und das Verantwortungsgefühl gegenüber dem Bankhaus bestimmten das Leben meines Vaters. Nachdem der Plan mit dem Wirtschaftsgymnasium sowohl mit meinem Opa Dieter, dem Gründer der Bank, und mit Opa Paul, dem Vater meiner Mutter, abgestimmt war, schien mein weiterer Lebensweg vorbestimmt. Mich hatte keiner gefragt. Die Männer der Familie hielten mein Klavierspiel für eine nette Freizeitbeschäftigung. Dass ich im Alter von zehn Jahren schon besser spielen konnte als der Klavierlehrer an meiner Schule, zählte nicht.

Mein Opa Paul war Apotheker. Er hatte sich immer gewünscht, meine Mutter würde Medizin oder Pharmazie studieren. Daraus wurde aber nichts. Schon mit sechzehn Jahren hatte Angelina sich in den Kopf gesetzt, Tänzerin zu werden. Und wenn sie jetzt die Meinung vertrat, ich könnte mit meiner Musik Karriere machen, schimpfte Opa so lange, bis er einen cholerischen Anfall bekam. »Du verfolgst damit doch nur deine eigenen Wünsche«, herrschte er meine Mutter an. Die merkte schnell, dass sie mit Worten nicht weiterkam. Deshalb ließ sie Taten folgen und meldete mich zum Vorspielen beim Internat für junge Musik in Leipzig an. »Es soll für die anderen eine Überraschung werden«, erklärte sie mir, als wir heimlich zur Aufnahmeprüfung fuhren.

Der bewusste Brief des Musikinternats bescheinigte nun, dass ich die Prüfung mit Auszeichnung bestanden hatte. Mir wurde sogar ein Stipendium angeboten, weil meine Karrierechancen als sehr aussichtsreich angesehen wurden. Ohne es zu ahnen, war ich Teil von Angelinas kleiner, fein gesponnener Intrige geworden. Zur Feier des Tages lud sie meine Großeltern ein. »Es gibt etwas zu feiern«, hatte sie meinen beiden Omas angekündigt. Die Großväter waren genauso ahnungslos wie mein Vater. Als der Champagner in den Gläsern perlte, präsentierte sie den Inhalt des Briefes. Meine Omas freuten sich riesig. Mein Vater war entsetzt. »Ich habe dich für das Wirtschaftsgymnasium angemeldet, Opa Dieter und Paul sind auch der Meinung, dass ein Wirtschaftsabschluss das Beste für dich wäre. Wir müssen schließlich auch an die Zukunft unseres Bankhauses denken«, fing er an zu argumentieren. »Hast du denn mal Tim gefragt, ob er damit einverstanden ist?«, wollte

Oma Christine von ihrem Sohn wissen, als sie meinen entsetzten Blick sah. Mein Vater, der schnell merkte, dass er auf verlorenem Posten stand, verwies abermals auf die Aussprache mit den Großvätern. Die reagierten aber nicht so, wie er das erwartet hatte. Anstatt ihn zu unterstützten, wurden sie rot und so unsicher, wie ich diese selbstbewussten Männer noch nie erlebt hatte. Kleinlaut begann sich vor allem Opa Paul aus der Affäre zu ziehen. Ja, man habe sich Gedanken gemacht, weil Erziehung schließlich sehr wichtig sei und man habe auch die wirtschaftlichen Interessen der Familie nicht aus den Augen verlieren wollen, stammelte er mit erstickter Stimme, weil er das Donnerwetter kommen sah.

In dem Augenblick platzte seine Frau, Oma Dorothea, heraus: »Genau das Gleiche hast du schon bei deiner Tochter Angelina versucht. Nie hast du dich dafür interessiert, was für eine begabte Künstlerin sie gewesen ist. Und am Ende war mein Engelchen ganz ohne Ausbildung bereits mit achtzehn Jahren schwanger.« In diesem Augenblick fing meine Mutter fürchterlich an zu weinen. Teils aus Freude darüber, dass Oma Dorothea sich an ihr musisches und tänzerisches Talent erinnerte, teils aus Ärger über meine Opas und ihren Mann und teils aus Selbstmitleid angesichts ihrer verpassten Chancen.

»Angelina hat damals ihre Karriere abgebrochen und sich für Tim regelrecht aufgeopfert«, fasste meine Oma noch mal für ihren Mann zusammen. »Deshalb ist es nicht fair, wenn jetzt allein die Männer bestimmen, was für Tim das Beste ist. Er muss selber entscheiden, was er aus seinem Leben machen will.«

Plötzlich spürte ich es. Ich wollte nach Leipzig.

Abschiedskonzert mit Langzeitwirkung

Den anstehenden Schulwechsel wollte ich in aller Stille erledigen, denn ich hatte nicht einmal Freunde in meiner Klasse. Wie sollte ich auch jemanden kennen lernen? Ich blieb schließlich nie länger als nötig in der Schule, und bei jeder Sportart stand für mich im Vordergrund, wie ich Verletzungen vermeiden konnte. Beim Volley-, Hand- oder Basketball wurde ich immer als Letzter gewählt. Aber in Musik war ich allen anderen so weit voraus, dass es keinen Sinn hatte, im Orchester mitzuspielen, zumal Klavier ein Soloinstrument ist.

Für unsere riesige Altbauwohnung in Charlottenburg schämte ich mich. Der Reichtum, der mich so selbstverständlich umgab, war mir sogar peinlich. Nur ungern lud ich Schulkameraden zu mir ein und wurde deshalb auch von anderen nicht eingeladen. Das hatte aber noch einen Grund. Trotz unseres Wohlstandes hatte ich nichts von dem, was andere Kinder in einer solchen Wohnung erhofft hätten. Einen Fernseher gab es nicht, eine Spielkonsole wäre deshalb auch zwecklos gewesen. Unsere Computer waren alle mit dem Bankhaus vernetzt, und nicht mal ein Geduldspiel wie *Kistenschieben* oder *Pac-Man* war installiert. Mein einziges Spielzeug war eine große Eisenbahn, die ich manchmal in den Ferien aufbaute. Die fanden einige Besucher schon interessant, nur fehlte ihnen die Geduld, alle Schienen ineinanderzustecken. Außerdem ging immer was kaputt, weil die meisten irgendwann spektakuläre Unfälle inszenierten, anstatt einfach nur damit rumzufahren. Meinen Freunden oder besser gesagt, den Besuchern in meinem Alter, war mein Zuhause zu langweilig.

Mein Musikgeschmack war auch nicht geeignet, Freunde zu finden. Obwohl wir eine große Musikbibliothek besaßen, fand sich darunter kein Titel, den irgendjemand aus der Klasse kannte. Ich war einfach nicht kompatibel mit dem, was sich alle anderen unter einem Teenager vorstellen. Ich selbst fand mich auch sonderbar.

Hausaufgaben machte ich nur so lange wie unbedingt nötig, und schnell war ich wieder mit meiner Musik beschäftigt. Mein Gehirn konnte zum Glück alles behalten, was im Unterricht besprochen wurde. Mit neuen Vokabeln dichtete ich kleine Texte, zu denen ich ein paar einfache Melodien erfand, die ich auf dem Nachhauseweg vor mich her sang. Bei einem Test half die Melodie dann, mich an die richtigen Worte zu erinnern. Manchmal wunderte ich mich darüber, dass Lehrer solche Methoden nicht für alle Schüler entwickeln. Aber wenn ich Klassenkameraden begreiflich zu machen versuchte, wie ich mir Dinge merkte, fanden die mich noch seltsamer. Ich kam zu dem Schluss, dass mich bestimmt niemand in meiner Schule vermissen würde und wollte mich leise aus dem Staub machen.

Das funktionierte aber deshalb nicht, weil meine Musiklehrerin, Frau Senfdenker, davon erfuhr. Sie hatte die Idee, dass ich anlässlich unseres

Schulsommerfestes zwei Wochen vor den Ferien unbedingt ein Abschiedskonzert geben könnte. Anschließend sollte eine Schulparty in der Aula stattfinden. Alle freuten sich und meinten, dass diese Party letztendlich mir zu verdanken sei. Meine Popularität wuchs dadurch enorm. In der Woche vor dem Konzert tauchten Zettel mit folgender Ankündigung auf:

Tim von Kronburg am Klavier spielt anlässlich seines Abgangs von unserer Schule die Kinderszenen von Schumann. Alle Eltern und Schüler sind herzlich eingeladen.

Zu allem Überfluss war diese Ankündigung mit einem Bild versehen, das Frau Senfdenker von mir gemacht hatte. Plötzlich kannte mich jeder und die Woche vor meinem Konzert glich einem Spießrutenlaufen. Überall wurde ich beklatscht oder ausgepfiffen. Immer traf ich auf eine Mischung aus Anerkennung und Spott.

Zusätzlich zu den *Kinderszenen*, die ich für diesen Abend besonders passend fand, hatte ich die *Mondscheinsonate* sowie *Für Elise* von Beethoven und als Abschluss die Titelmusik aus dem Film *Titanic* ausgesucht. Ich wollte etwas spielen, was mir gefiel und meinen Mitschülern etwas bieten, was sie wiedererkennen konnten. In den letzten Tagen vor dem Konzert war ich sehr unruhig. An den Stücken konnte es nicht liegen. Die konnte ich alle auswendig. Vorgespielt hatte ich auch schon oft. Darunter waren sogar etliche Konzerte mit Orchester vor richtig großem Publikum gewesen. Immer hatte ich mich darauf gefreut, doch dieses Mal war ich nervös.

Der Gedanke an den bevorstehenden Abschied machte mich unerwartet traurig. Dieses Gefühl ließ mich alles mit anderen Augen sehen. Das morgendliche Frühstück in unserer Küche, bei dem mein Vater die Zeitung las, der Weg zu meiner Schule, der Platz in meinem Zimmer am Flügel, die Umarmungen und der gute Geruch meiner Mutter, unsere Gesangsduette im Badezimmer und den abendlichen Gutenachtkuss meines Vaters fand ich plötzlich unentbehrlich. Was würde mich in Leipzig erwarten? Die ungewisse Zukunft machte mir Angst.

All diese Gedanken und Gefühle verband ich mit dem Abschiedskonzert. Ich erzählte meiner Klavierlehrerin Olga davon, die am Nachmittag vor dem Konzert noch einmal mit mir das Programm durchging. Sie lachte mich zunächst ein bisschen aus, weil sie das vor anderen Auftritten gar nicht von mir kannte. Dann sagte sie aber etwas, woran ich mein Leben lang denken werde: »Angst zu spüren gehört zum Erwachsenwerden, nur Kinder, dumme oder kranke Menschen nehmen dieses Gefühl nicht wahr. Je älter und erfahrener man wird, desto größer wird die Angst. Deshalb geht es zeitlebens darum, einen Weg zu finden, mit diesem Gefühl umzugehen. Wenn dir das gelingt, dann wird die Angst zu einer unerschöpflichen Quelle deiner Kraft, und diese Kraft wird dir helfen, alles zu erreichen, was du dir vornimmst. Wenn dir das nicht gelingt, dann wird deine Angst dich behindern und im schlimmsten Falle blockieren. Und Angst, die einen blockiert, ist nicht nur äußerst unangenehm, sondern auf Dauer kann sie sogar krank machen.«

Sie blickte mich besorgt an. «Aber jetzt, wo du so klug geworden bist, endlich auch ein bisschen Angst zu haben, zeige ich dir eine Übung, die mir beim Klavierspielen vor vielen Leuten immer geholfen hat. Schau auf die Tasten des Klaviers oder stelle sie dir vor. Die schwarzen Tasten symbolisieren die Dunkelheit und den Abgrund. Die weißen Tasten stehen für das Licht und die Freiheit. Das Leben findet zwischen diesen Polen statt. Es geht darum, den Abgrund zu überwinden, der Dunkelheit zu entgehen und ins Licht zu gelangen. Das Licht verwandelt das Schwarz in ein Meer von Farben und Formen und lässt uns erkennen, dass alles nicht schwarz oder weiß ist, sondern bunt. Bunt ist das Leben, manchmal sogar kunterbunt«, wiederholte Olga und wollte wissen, ob ich das verstanden hätte. Ich sagte: »Ja.«

»Hab keine Angst, dass die Leute dich oder deine Musik nicht mögen, sondern erkläre ihnen, warum diese Musik für dich wichtig ist. Wenn dir das gelingt, lassen auch deine Zuhörer etwas von ihrer Schönheit an sich heran und erwarte nicht, dass sie dich feiern wie einen Popstar. Dann kann dir eigentlich nicht mehr viel passieren«, versuchte sie mich zu beruhigen.

Damit ich mich an ihre Worte erinnern könnte, zeigte sie mir eine kleine Atemübung. Ich sollte mir die Klaviertasten vorstellen und die Farben Schwarz und Weiß. Bei Schwarz sollte ich einatmen und bei Weiß ausatmen und dabei das Schwarz in meinen Gedanken immer bunter werden lassen. Wenn ich mich auf diese Vorstellung konzentrieren könnte, würde ich locker und entspannt spielen können. Außerdem wollte Olga zu meinem Konzert kommen, was mich sehr freute.

Als Olga gegangen war, spielte ich die Stücke noch ein letztes Mal der Reihe nach durch und machte mir auf einem Zettel zu jedem Stück ein paar Stichpunkte. Dann fuhr ich alleine mit der U-Bahn los. Frau Senfdenker hatte darauf bestanden, mich eine halbe Stunde vorher zu treffen. Meine Mutter wollte mit meinem Vater nachkommen, der an diesem Tag bis zur letzten Sekunde arbeiten musste. Sie versprachen aber, rechtzeitig da zu sein.

Nach einem kurzen Treffen mit meiner Musiklehrerin saß ich alleine in der ersten Reihe, als sich die Aula unserer Schule langsam zu füllen begann. Ich hatte kein tuschelndes, vornehmes Konzertpublikum in meinem Rücken, sondern Mitschüler, die sich vor allem auf die anschließende Party freuten. Einige schienen sich mit ein paar Bier eingestimmt zu haben. Zum Ärger vor allem der älteren Schüler war der Ausschank von Bier selbst an Achtzehnjährige untersagt worden, was dem Imbiss an der Ecke an diesem Abend einen deutlich erhöhten Umsatz bescherte.

Ohne weiter nachzudenken, hatte ich meinen schwarzen Konzertanzug angezogen. Schon in der U-Bahn kam er mir unpassend vor. In der Aula verstärkte sich dieser Eindruck. In den Reihen hinter mir dominierten bei den Mädchen bunte Röcke und eng anliegende T-Shirts. Die meisten Jungs kamen in herunterhängenden Jeans und weiten Hemden. Schon meine Kleidung schien zu verraten, dass ich von einem anderen Stern kam. Allein der Gedanke, vor allen auf die Bühne zu gehen, trieb mir den Schweiß auf die Stirn. Plötzlich setzte sich Nina neben mich.

Nina war unbestritten das schönste Mädchen unserer Klasse. Sie war erst seit einem halben Jahr an unserer Schule und gehörte noch nicht richtig dazu. Im Grunde ging es ihr ähnlich wie mir. Nina wirkte älter als die anderen Mädchen. Sie erinnerte mich an die Frauen auf den Titelbildern von Modezeitschriften. Ich sah sie gerne an und wenn sich unsere Blicke im Unterricht trafen, konnte ich kaum noch atmen und mein Herzschlag beschleunigte sich. Anfangs hatte ich sofort weggeguckt, um dann flüchtig und etwas verstört noch einmal aus den Augenwinkeln in ihre Richtung zu blicken. Dabei musste ich öfter feststellen, dass sie mich immer noch ansah. Deshalb drehte ich mich weg. Nina machte mich unsicher. Lange war mir das peinlich gewesen, bis ich irgendwann einmal beschlossen hatte, zurückzugucken. Als sich bei diesem Mal unsere Blicke trafen, musste ich tief einatmen, um überhaupt standzuhalten. Die halbe Minute, die sie brauchte, um mich anzulächeln, war für mich eine kleine Ewigkeit. Die Zeit schien stillzustehen. Dabei kam es mir vor, als würde ich ganz tief in sie hineinblicken und ihr dabei gleichzeitig erlauben, mein Innerstes zu betrachten. Bei diesem Mal guckte sie als Erste weg, und mit diesem kleinen Sieg hatte ich meine Angst verloren. Von da an schämte ich mich auch nicht mehr, wenn sich unsere Blicke trafen. In den Schulstunden, in denen das ohne größere Verrenkungen möglich war, schauten wir uns öfter in die Augen. Wir vermieden es, bei unserer stummen Klassenzimmerträumerei, die bereits einige Wochen andauerte, entdeckt zu werden. Insofern irritierte mich, dass sie nun neben mir Platz genommen hatte. Sie trug weiße, hochhackige Sandalen und ihre Fußnägel waren rot lackiert. Mit einem schwarzen Rock und einer weißen Wickelbluse war sie ähnlich schick angezogen, wie ich.

Viel bemerkenswerter als ihr Outfit war aber die Art, wie sie sich bewegte. Im Gegensatz zu mir, schien sie nicht der geringste Zweifel zu quälen. Neben ihr war mein Konzertanzug plötzlich nicht mehr unpassend. Vielmehr wirkten wir beide wie ein Paar, das seine Garderobe aufeinander abgestimmt hatte.

Kaum hatte ich meine Nachbarin zur Linken richtig wahrgenommen, war auch der Platz rechts neben mir besetzt. Olga war zehn Minuten früher gekommen, um mich vor meinem Auftritt noch etwas zu unterstützen. Zunächst wollte sie aber meiner hübschen Freundin vorgestellt werden. Ihre Neugierde machte auch mich lockerer. Ohne sie hätte ich nicht gewusst, was ich mit Nina hätte reden sollen, die ich bislang ja immer nur aus sicherer Entfernung angesehen hatte. So stand ich auf, verneigte mich leicht und deutet mit meiner rechten Hand auf Nina.

Zu Olga gewandt sagte ich: »Verehrte Klavierlehrerin, darf ich Ihnen meine Klassenkameradin Nina Waldorf vorstellen, die erkennen lässt, dass sich auch Personen in diesem Raum befinden, die nicht nur für eine Party gekommen sind und offensichtlich schon vorher einmal in einem Konzert waren.«

Nina lächelte mich aufmunternd an, worauf ich an sie gewandt, mit meiner linken Hand auf Olga zeigte und fortfuhr: »Liebe Nina, darf ich dir meine geschätzte Klavierlehrerin vorstellen, die mich mit Strenge und Ermunterung dazu gebracht hat, stundenlang langweilige Techniken zu üben, die für meine angestrebte Karriere als Klavierspieler leider unverzichtbar sind.«

Es war wunderbar, Nina anzusehen und eine warme Welle der Zuneigung durchströmte meinen Körper.

Als mein Blick dann wieder in die Aula fiel, war der Raum schon fast bis auf den letzten Platz gefüllt. Noch immer strömten Eltern und Schüler herein. Ich sah direkt in die Augen vieler Klassenkameraden, die die Szene in der ersten Reihe aufmerksam beobachtet hatten. Viele von Ninas Verehrern schienen plötzlich ihre lässigen Jeans zu bedauern und mir, dem musikalischen Sonderling in seinem schwarzen Anzug, schlug eine Mischung aus Eifersucht und Respekt entgegen. Das machte mich innerlich mindestens zehn Zentimeter größer und ich beschloss an diesem Abend, dem Ratschlag von Olga zu folgen. Meine Angst sollte sich in Kraft verwandeln.

Nach einer kurzen Rede meiner Musiklehrerin, die noch langweiliger war als ihr Musikunterricht, betrat ich die Bühne. In der Zwischenzeit hatte ich ein paar Atemübungen gemacht, und um mich herum war alles kunterbunt geworden. Verhaltenes Klatschen und ein paar Tim-Rufe verstummten, als ich zum Reden ansetzen wollte. In dem Augenblick öffnete sich die Tür zur Aula mit einem lauten Quietschen und meine Eltern traten ein. Mein Vater Karl hatte sich nach der Arbeit offensichtlich nicht umziehen können und erschien im Anzug. Meine Mutter hingegen hatte die Zeit genutzt, um sich auf diesen Abend einzustimmen. Auch sie trug einen langen schwarzen Rock und ein sehr kurzes Oberteil, das hin und wieder den Blick auf ihren Bauchnabel ermöglichte, in dem ein Brillant funkelte. Diese Aufmachung, zusammen mit dem verspäteten Eintreffen, führte dazu, dass alle Blicke der im Saal Versammelten dem Paar folgten, bis es seine Plätze eingenommen hatte. Diese hatte ich in der vorderen Reihe reserviert. Die entstandene Aufmerksamkeit nutzend sagte ich: »So, meine Eltern sind auch da, wir können anfangen«, und ich bat alle darum, ihre Handys auszuschalten und richtete diesen Appell noch einmal persönlich an meinen Vater. Alle lachten. Karl stand daraufhin auf, wendete sich an das Publikum, zog sein Handy aus der Tasche und mit der deutlichen Gestik eines Flugbegleiters, der die Sicherheitshinweise erklärt, schaltete er sichtbar das

Telefon aus und setzte sich wieder. Alle fanden meinen Vater an diesem Abend lustig, und der Bauchnabel meiner Mutter tat auch seine Wirkung.

Mein Konzert begann mit den *Kinderszenen* von Schumann. Vorab versuchte ich, meinen Zuhörern meine Auswahl zu erklären: »Die Stücke bedeuten mir sehr viel, weil meine Kindheit gerade erst vorbei ist. Schumann beschreibt in den einzelnen Szenen das Leben von Kindern auf der ganzen Welt. Die erste Szene *Von fremden Ländern und Menschen* zeigt, dass sich das Kinderleben überall ähnelt. Weitere Szenen handeln von *Kinderträumen, Kinderglück, Bitten und Betteln,* dem *Wilden Ritt auf einem Steckenpferd* oder dem *Einschlummern.* Vielleicht könnt Ihr die Wünsche der Kinder in diesem Stück hören.« Dann sagte ich noch, dass sie eine Einheit bilden würden, weshalb zwischendurch nicht geklatscht werden solle.

Mir gehörte die volle Aufmerksamkeit. Dabei spürte ich, wie sich meine Angst in eine freudige, fast übermütige Erregung verwandelte. Anfangs spielte ich mit geschlossenen Augen, um mich ganz der Musik zu widmen. Während der *Träumereien*, dem siebten Stück in diesem Zyklus, öffnete ich sie dann aber und beschloss, Nina anzusehen. Ihre Augen waren etwas feucht und als sie merkte, dass ich sie ansah, errötete sie. Das wühlte mich so auf, dass ich das *Steckenpferd* viel schneller anging, als üblich und prompt aus dem Takt kam. In eine kleine, etwas verwirrende Pause sagte ich dann entschuldigend: »Oh, da ist wohl gerade der Reiter von seinem Steckenpferd gefallen und muss noch mal aufsteigen.« Dieser Witz kam gut an und von einer Sympathiewelle getragen, beendete ich, musikalisch betrachtet, meine Kindheit. Das Klatschen meiner Mitschüler ließ mich spüren, dass jetzt nichts mehr schieflaufen konnte. Nach der *Mondscheinsonate* von Beethoven war im Programm *Für Elise* vorgesehen. Leise und fast zu mir selbst kündigte ich das nächste Lied an: »Für Nina.«

Meine Mutter war sichtlich irritiert, worauf Olga ihr einen dezenten Fingerzeig gab. Angelina musterte Nina von oben bis unten, rutschte dann in ihrem Stuhl etwas tiefer und guckte mich ebenso überrascht wie fragend an.

Das Abschiedskonzert nahm seinen Lauf und obwohl die Titelmusik von *Titanic* als Überleitung zur Party gedacht war, musste ich noch fünf Zugaben geben. Nach meinem Auftritt kamen zahlreiche Mitschüler und

Lehrer auf mich zu. Einige Kinder hatten auf den Fluren Plakate abgerissen und wollten, dass ich darauf ein Autogramm gab. Als der Trubel abflaute und alle begannen, die Stühle aus der Aula hinauszuschaffen, um die Party vorzubereiten, stand Olga plötzlich neben mir. Sie klopfte mir anerkennend auf die Schulter, lobte meine Erläuterungen, merkte aber kritisch an, dass ich bei einem Stück mit meinen Gedanken wohl woanders gewesen sei. Mit einem Augenzwinkern verabschiedete sie sich. Mein Vater telefonierte schon wieder und schickte ein kurzes »Sehr gut, mein Sohn«, in meine Richtung, wobei er seinen rechten Daumen in die Luft streckte. Endlich sah ich, wie sich Nina näherte, die abseits der Bühne auf ein paar Treppenstufen gesessen hatte. Sie traf kurz vor meiner Mutter bei mir ein. Nina umarmte mich, drückte sich mit ihrem ganzen Körper an mich und flüsterte mir ins Ohr: »Tim, du warst großartig.« Dann drehte sie sich zur Seite, legte meinen rechten Arm um ihre Hüfte und ließ ihren linken Arm wie selbstverständlich auf meiner Schulter liegen. Ihre Eindeutigkeit überraschte mich so, dass ich vor Erregung fast zu zittern begann.

Entgegen ihrer Gewohnheit blieb Angelina einen halben Meter von mir entfernt stehen und begann erneut, Nina zu mustern. Mein Konzert war bereits in Vergessenheit geraten, als sie sagte: »Du bist also Nina, der mein Sohn eben die *Elise* gewidmet hat. Es freut mich, dich kennen zu lernen.« Dann fragte sie, ob wir mit ihr etwas trinken wollten. Nina bedankte sich höflich für die Einladung, worauf sich meine Mutter bei mir einhakte und mit uns beiden quer durch den Raum zu der Stelle marschierte, an der einige Schüler alkoholfreie Getränke anboten.

Erst vor kurzem habe ich im Abi-Buch meines ehemaligen Jahrgangs an der Sophie-Charlotte-Oberschule ein Foto von diesem Augenblick gesehen, auf dem ich wie ein Playboy mit meinen beiden Geliebten aussehe. Größer konnte die Diskrepanz zwischen Schein und Sein nicht ausfallen. Zu diesem Zeitpunkt wusste ich mit meinen sechzehn Jahren nicht einmal, wie man richtig küsst.

Mein Kopf war angefüllt mit Musik und die Erste und bislang einzige, der ich ein bisschen Aufmerksamkeit geschenkt hatte, war Nina. Darüber, was ich von Nina eigentlich wollte, hatte ich mir überhaupt noch keine Gedanken gemacht und nun hielt ich sie für alle sichtbar im Arm, während ich mit meiner Mutter im anderen Arm die Aula durchquerte.

Nina wollte von meiner Mutter wissen, wie ich eigentlich ihr Sohn sein könne. Ich sei schließlich sechzehn und Angelina maximal Ende zwanzig und mit dreizehn würden doch Mädchen in Mitteleuropa normalerweise nicht schwanger werden. Angelina fand Ninas Rechnung ausgesprochen charmant und bedauerte, ihre Altersschätzung nach oben korrigieren zu müssen. «Wie gelingt es Ihnen, so jung und schlank zu bleiben?«, quetschte Nina meine Mutter weiter aus. Angelina erzählte von ihrer Leidenschaft fürs Tanzen und von ihrem täglichen Kraft- und Sprungtraining. Nina war überrascht und erzählte meiner Mutter, dass sie auch hobbymäßig tanzen würde und wie sehr sie sich einen muskulösen Bauch wünsche. Daraufhin wollte Angelina Ninas Bauch sehen, was mir im ersten Augenblick etwas indiskret vorkam. Nina zeigte ihn aber gerne und meine Mutter bemerkte, dass ihre Muskulatur sehr gut ausgebildet sei, was darauf schließen ließe, dass sie mit dem Hobby wohl etwas untertrieben habe.

Als ich zusah, wie meine Mutter dabei half, Nina die Bluse hochzuziehen, spürte ich plötzlich eine nicht zu unterdrückende Erektion in meiner Hose. Die konnte ich lediglich mit meinem Sakko verdecken, das ich dazu in die linke Hand nehmen musste. Nina blieb an meiner Seite und mein Arm berührte nun ihre nackte Haut. Unwillkürlich streichelte ich sie, worauf sie mir noch näher kam. Ich war wie elektrisiert und musste ständig schlucken.

Angelina verhielt sich unbefangen wie immer und Nina war von der Art meiner Mutter begeistert. Aber mir fiel das mit dem Coolsein angesichts meines Dauerständers immer schwerer. Trotzdem konnte ich mich nicht entscheiden Nina loszulassen, weil ich nicht sicher war, ob ich ihr dann je wieder so nahe kommen würde. Insofern hielt ich diesem wohligen Stress weiter stand. Als plötzlich das Licht ausging und die Musik zu spielen begann, wurde ich erlöst. Nina und meine Mutter waren nicht mehr zu halten. Spontan stürmten sie gut gelaunt auf die noch leere Tanzfläche. Kaum hatten die beiden zu tanzen begonnen, wurden sie von einem Haufen anderer Tänzerinnen und Tänzer umringt. Die sonst übliche Zurückhaltung zu Beginn einer Party blieb dieses Mal aus. Die Stimmung war bestens. Ich nutzte die Gelegenheit, um mich auf eines der vielen Schulklos zurückzuziehen. Dort angekommen genoss ich die Ruhe. Nachdem ich mir ein bisschen Wasser ins Gesicht gespritzt hatte, war an mir alles wieder soweit entspannt, dass ich mein Sakko anziehen konnte. Als ich in den Spiegel schaute, kam Sascha herein. Sascha war zwei Jahrgänge über mir und gehörte zu den Starting-Five, unserer Basketball-Schulmannschaft. Er spielte Bass in einer Band, die bereits einen Radioauftritt hinter sich hatte und war der Schwarm jedes zweiten Mädchens aus meiner Klasse. Als er mich sah, pfiff er durch die Zähne und sagte: »Mensch, Tim, du alter Fuchs, über dein Geklimper kann man ja geteilter Meinung sein, aber wie du das rüberbringst, ohne dir einen Knoten in die Finger zu spielen, Respekt, Respekt. Wenn ich früher gewusst hätte, dass man mit diesem Gedudel zwei so obergeile Schwestern bezirzen kann, hätte ich wohl mal ein bisschen Unterricht bei dir genommen. Mein Gott, für diese Bräute würde ich glatt meinen Bass mit einer Blockflöte tauschen.« Dann verschwand er in einer Toilette. Etwas überfordert von so viel Anerkennung kehrte ich auf die Tanzfläche zurück.

Nina freute sich bei meiner Rückkehr überschwänglich und fiel mir um den Hals. Meine Mutter tanzte mit unserem Sportlehrer, der offensichtlich Konditionsprobleme bekam. Zwischendurch zeigte sie ihm immer wieder neue Schritte, die ihn aus dem Takt brachten. Er war so mit sich beschäftigt, dass er gar nicht merkte, wie sein in jeder Hinsicht vergebliches Bemühen von sämtlichen Schülern belächelt wurde. Schließlich verlor meine Mutter die Geduld und winkte mich heran. Zunächst wollte sie dem Sportlehrer lediglich zeigen, was sie gemeint hatte. Doch ehe ich mich versah, war ich an der Seite meiner Mutter zum Vortänzer geworden. Nina, die aufmerksam zugeschaut hatte, löste Angelina schließlich ab, die dann zu meinem Vater ging, der – das Handy am Ohr – ein paar Gläser Apfelschorle getrunken hatte. Sie nahm ihm das Handy ab, beendete gegen seinen Widerstand das Telefonat, küsste ihn ausgiebig und war bei meinem nächsten Blick in ihre Richtung bereits mit ihm verschwunden.

Nina zog plötzlich ihr Handy aus der Tasche und ging damit ins Treppenhaus. Als ich ihr hinterherlief, wischte sie sich gerade ein paar Tränen aus dem Gesicht. Ihre Eltern hatten angerufen und gesagt, sie solle sofort nach Hause kommen. Es war zehn Uhr und sie durfte außerhalb der Ferien nicht nach halb elf ins Bett gehen. Gerne hätte ich sie zu Fuß begleitet, aber Nina sollte sich ein Taxi nehmen. So blieb uns ein kurzer Abschied und als das Taxi bereits wartete, entschied sich Nina zu einem flüchtigen Kuss. Mir war, als müsste ich aus einem wunderschönen Traum erwachen, als ich dem alten Mercedes hinterherschaute. Beide »obergeilen Schwestern«, um die mich Sascha eben noch beneidet hatte, waren entschwunden, und ich fühlte mich wieder als Außenseiter in meinem Anzug, der nun zu niemandem mehr passte, außer zu dem hölzernen Konzertflügel, der in die hinterste Ecke der Aula gerollt worden war.

Und so machte ich mich alleine auf den Weg nach Hause. Als ich ankam, hatten sich meine Eltern bereits ins Schlafzimmer zurückgezogen. Mangels besserer Alternativen ging ich auch ins Bett, obwohl ich noch gar nicht müde war. Lange lag ich wach und dachte darüber nach, wie ich es in Leipzig ohne Nina aushalten würde. Schon seltsam, just in dem Augenblick, als ich von meiner Schule Abschied nahm, war ich dort eigentlich erst richtig angekommen. Mit dem Gedanken, dass mir mein Leben wohl einen Streich spielen wollte, schlief ich ein.

Liebe mit Hindernissen

Am nächsten Morgen hatte unsere gesamte Familie verschlafen. Meine Mutter weckte mich, in dem sie mich wachkitzelte. Sie hatte ausgesprochen gute Laune und wollte mich überreden, mit ihr in Ruhe zu frühstücken. Aber abgesehen davon, dass ich keinen Hunger hatte, wollte ich unbedingt in die Schule, um den Triumph des gestrigen Abends weiter auszukosten. Angelina bestand darauf, mich wenigstens fahren zu dürfen. Da es regnete, hatte ich nichts dagegen. Zu ihrer Enttäuschung war aber kein Ton aus mir herauszubringen, so dass sie dann lediglich Grüße an Nina ausrichtete.

Als ich den Klassenraum betrat, war die Sitzordnung verändert worden. Nur neben Nina war ein Platz frei. Alle anderen Stühle waren verschwunden und Klara hatte sich neben meinen alten Tischnachbarn Erik gesetzt. Als ich mich zu meiner Freundin setzte, kicherten alle leise.

Sie kniff mir ausgesprochen schmerzhaft in den Oberschenkel und beschwerte sich flüsternd darüber, dass ich sie so lange alleine gelassen hatte. Mich freute das. Aufgeregter wurde ich, als die erste Pause nahte. Wir waren nun ein Paar, wussten aber gar nicht, wie wir uns verhalten sollten. Dieses Mal ergriff ich die Initiative und nahm ihre Hand. Nina war einverstanden. So schlenderten wir eine Weile über den Schulhof. Einige der kleineren Mitschüler riefen: »Guck mal, ein Liebespaar.« Anstatt mich darüber zu ärgern, fühlte ich mich eher ermuntert, Nina in den Arm zu nehmen. Nina fand das in Ordnung. Schließlich nahm ich auf einer Bank Platz und Nina setzte sich auf meinen Schoß. Es dauerte keine fünf Sekunden, bis mein kleiner Freund groß wurde. Das brachte mich aus dem Konzept. Erstens war mir das Nina gegenüber peinlich. Die schien das aber gar nicht zu merken. Zweitens wusste ich mir keinen Rat für den Augenblick, an dem Nina aufstehen würde. Ich hatte keine Jacke, um meine Erektion zu bedecken und mein T-Shirt reichte gerade bis zum Gürtel. Die einzige Lösung bestand darin, beim Klingelzeichen aufzuspringen und ihr ein Wettrennen in unseren Klassenraum vorzuschlagen. So wollte ich meine »Energie« schnell in meine Beine umlenken. Das machte ich dann auch und zu meiner Erleichterung spielte sie mit. Unerwartet gewann sie das Rennen sogar, worauf sie mir den Eingang zu unserem Klassenraum versperrte. »Einen Kuss, dann lass ich dich durch«, verlangte sie.

So vergingen die Tage bis zu den Sommerferien. Meistens saßen wir eng umschlungen auf der Bank im Schulhof. Um meine Erektionen ein bisschen zu steuern, probierte ich Olgas Atemübung aus. Das Wettrennen mit Nina funktionierte aber besser. Zweimal konnte ich gewinnen. Doch Nina war einfach schneller als ich. Nachmittags sahen wir uns selten, und wenn, dann irgendwo im Schlossgarten oder in einem Eiscafé.

Wir beide hatten so viele Termine und an den verbleibenden Wochenenden vor den Sommerferien standen immer irgendwelche Auftritte auf dem Programm.

Wenn Nina mal bei mir war, wollte sich Angelina mit ihr unterhalten. Dafür hätte ich meine Mutter auf den Mond schießen können. Sie verstand meine Ungeduld gar nicht. »Sei doch froh, dass ich deine Freundin sympathisch finde«, rechtfertigte sie sich.

Nina mochte Angelina auch sehr gerne. Manchmal bekam ich sogar das Gefühl, dass ihr die Gespräche mit meiner Mutter fast wichtiger waren, als mit mir. Nur zweimal gelang es, in meinem Zimmer mit ihr alleine zu sein. Aber diese Treffen verliefen anders, als ich sie mir vorgestellt hatte. Während Nina sich gerne auf meinen Schoß setzte, wenn wir draußen waren und mich mit der Zeit auch ausgiebig küsste, war sie in meinem Zimmer eher befangen, ja fast ängstlich. Ich sollte ihr Klavier vorspielen und sie interessierte sich ausgerechnet für meine Eisenbahn. Wenn ich ihr nahe kam, hatte sie Angst, dass meine Mutter oder mein Vater hereinkommen könnte und so gab es eigentlich nur einen kurzen Augenblick, in dem sie für wenige Minuten zur Ruhe kam. Ich hatte ihr *Für Elise* vorgespielt und war noch nicht ganz am Ende angelangt, als sie sich zwischen mich und das Klavier drängte. Mit ihren Knien schob sie den Klavierhocker nach hinten und setzte sich auf mich, wobei sie ihre Beine um meine Hüften schlang. Als sie mich in die Zange genommen hatte, drückte sie mit ihren Oberschenkeln so fest zu, dass mir fast die Luft wegblieb. Mit einem tiefen Seufzer versuchte ich mich zu entspannen, wobei meine Nase eher ungewollt die Stelle zwischen ihren Brüsten berührte. In dem Augenblick zog sie ihr T-Shirt nach oben und steckte meinen Kopf darunter. Ich spürte die weiche warme Haut und atmete ihren Duft. Ich hatte das Gefühl, dass es nichts Schöneres gäbe. Als ich nicht mehr stillhalten konnte und mich etwas anders hinsetzte, muss sie irgendetwas gekitzelt haben. Plötzlich warf sie sich unerwartet nach hinten. Mein Kopf war wieder frei, und der Klavierhocker begann zu kippen. Mit lautem Getöse fiel er mit uns beiden um und Nina landete mit ihrem sportlichen aber etwas spitzen Becken auf meinen Oberschenkeln. Das tat höllisch weh und mein lauter Schrei veranlasste meine Mutter, ohne anzuklopfen in mein Zimmer zu stürzen. Die erotische Stimmung war dahin.

Verstanden habe ich Ninas Befangenheit mir gegenüber zunächst nicht. Ich war wohl weitaus leidenschaftlicher und entdeckungsfreudiger. Gerne hätte ich sie ausgezogen, einfach um sie in Ruhe anzusehen. Mit ihr zu schlafen hatte ich noch gar nicht im Sinn. Ich wollte einfach ihren Körper kennen lernen. Gleichzeitig entdeckte ich mich selbst dabei. Zum ersten Mal in meinem Leben wurde die Musik zur Nebensache, obwohl sie in Leipzig doch gerade zur Hauptsache werden sollte.

In den Sommerferien hatten meine Eltern für die ersten vier Wochen einen gemeinsamen Besuch bei Freunden in Amerika geplant. Nina sollte ausgerechnet die letzten drei Wochen in Italien verbringen. Nach ihrer Rückkehr blieben uns ganze zwei Tage bis zu meiner Abfahrt nach Leipzig. Auf dem Internat hatte ich die ersten drei Monate Probezeit, in der ich auch am Wochenende nicht nach Hause fahren sollte. »Sechs Wochen ohne dich, ich weiß gar nicht, wie ich das durchhalten soll«, sagte Nina zu mir. An die drei Monate danach wollten wir gar nicht denken. Als ich sie am Abend vor meiner Abreise nach Hause brachte, gestand sie mir, dass sie ihren Eltern noch gar nichts von uns erzählt habe: »Weißt du, meine Eltern sind katholisch. Für sie ist schon Schmusen eine Sünde. Bis zur Ehe, zu der Gott natürlich seinen Segen geben muss, ist Sex für meine Eltern absolut tabu. Selbst ein Kuss ist verboten. Gemessen an diesen Maßstäben habe ich schon längst den Passierschein zur Hölle gelöst«, erklärte sie lachend.

Ich war erleichtert. Jetzt konnte ich ihre Zurückhaltung besser verstehen. Ich hatte nämlich befürchtet, sie würde mich weniger lieben als ich sie. Bei ihrem Abschied gestand sie mir, dass sie im Zweifelsfalle wohl die Hölle dem Himmel vorziehen würde, dass sie dazu aber noch Einiges an Zeit bräuchte. Ich versprach, geduldig darauf zu warten und wollte ihr einen letzten langen Kuss geben. Doch die Aussicht, sie so lange nicht sehen, riechen und berühren zu können, machte mich plötzlich so traurig, dass ich zu weinen begann. Ich wollte das nicht, aber ein Gefühl innerer Zerrissenheit und tiefer Traurigkeit kam einfach über mich. Nina schien sich über meine Tränen zu freuen. Ich meinte zu ihr, dass ich nicht mehr nach Leipzig gehen wolle und dass ich Amerika gar nicht mehr schön, sondern nur furchtbar weit weg fände.

Nina schüttelte zu allem den Kopf und sagte: »Tim, es ist Gottes Wille, dass wir uns begegnet sind. Genauso ist es sein Wille, wenn wir nach einer Trennung wieder zusammenfinden. Außerdem ist es sein Wille, dass du Klavier spielst. Das schätze und liebe ich sehr an dir. Es wäre nicht richtig, wenn wir uns aus selbstsüchtigen Motiven gegen seinen Plan stellen würden.«

Ich war etwas irritiert über ihre Worte, weil ich sie kurz zuvor so verstanden hatte, dass sie sich über den Glauben ihrer Eltern lustig machte. Aber irgendwie hatte ich mich da wohl getäuscht.

Auf meinem Nachhauseweg wurde mir klar, dass unser Getrenntsein eine Prüfung für unsere Liebe war, die wir gemeinsam zu bestehen hätten. Der Unterschied zwischen ihrem Glauben und dem Glauben ihrer Eltern blieb mir aber unklar, zumal Gott in meinem Leben bislang keine größere Rolle gespielt hatte. Klar war nur, dass mir ihre Art zu glauben weitaus besser gefiel, als die ihrer Eltern, weil dabei Küssen und ein bisschen Sex wohl erlaubt sei. Angesichts dieser tröstlichen Aussichten konnte ich mich nach Amerika verabschieden.

Ein Wiedersehen mit Tiefenwirkung

In Amerika traf ich Cecilia wieder. Sie ist die Tochter alter Freunde meiner Eltern. Ich kenne sie noch aus dem Kindergarten. Mit fünf Jahren war sie mit ihrer Familie nach Kalifornien gezogen. Fast jedes Jahr hatten wir uns gegenseitig besucht. Vom ersten Tag an fühlten wir uns so vertraut wie eh und je. Stundenlang spielten wir Karten, Schach oder Spiele, die wir selbst erfanden. Nachts hatten wir immer im selben Bett geschlafen und unterhielten uns noch lange über das Weltall oder über die Urgeschichte unserer Erde. Wir waren beide davon fasziniert, dass das, was so groß und ewig erschien – unsere Erde – in Wirklichkeit so klein war. In dem unheimlichen Bewusstsein, dass wir uns auf einem Staubkorn des Universums befinden, überkam uns eine Gänsehaut, der wir dadurch begegneten, dass wir eng aneinander gekuschelt einschliefen. Cecilia war wie eine Schwester und eigentlich hatte ich mich gefreut, sie wiederzusehen. Zwei Jahre waren seit unserem letzten Treffen vergangen. Sie war ein bisschen jünger als ich und spielte ganz hervorragend Cello. Deshalb hatte sie mir Noten für Violoncello und Klavier geschickt. Es waren sieben Variationen von Beethoven zu einem Duett aus Mozarts *Zauberflöte*. Das Duett hieß ausgerechnet *Bei Männern, welche Liebe fühlen*. Meine Mutter fand die Idee sehr lustig und hatte die Stücke kurz mit mir geprobt. Dabei hatte sie versucht, das Cello zu singen. Die meisten Passagen waren auf dem Klavier kein Problem, aber für ein paar Stellen hätte ich ein bisschen üben sollen. Da war mir mein Abschiedskonzert und vor allem Nina dazwischengekommen, an die ich während des Fluges unablässig denken musste.

Ich kam also mit leichten Schuldgefühlen gegenüber Cecilia und mit Sehnsucht nach Nina in Amerika an. Weil mein Vater im letzten Augenblick seinen Urlaub wieder hatte verschieben müssen, war ich mit Angelina alleine geflogen. Mein Vorschlag, doch eine Woche später zusammenzufliegen, war abgelehnt worden. Cecilia holte uns mit ihrem Auto am Flughafen ab. Nicht nur, weil sie bereits Auto fahren konnte, hatte ich das Gefühl, eine junge Frau wiederzutreffen, sondern auch, weil sie sich in Gestik und Mimik mehr und mehr ihren amerikanischen Freunden angepasst hatte. Das erste Mal kam sie mir irgendwie fremd vor. Auch der Akzent, mit dem sie Deutsch sprach, hatte sich etwas verstärkt. Trotzdem fielen wir uns um den Hals. Im Auto saß ich hinten und Cecilia erzählte allerhand Neuigkeiten, als wir uns durch den Nachmittagsverkehr von San Francisco wühlten. Hier lebte sie mit ihrer Familie am Rand der Stadt in einer sehr ruhigen und beschaulichen Straße. Hölzerne Einfamilienhäuser waren in dieser Gegend wie auf einer Zuckerperlenkette aufgefädelt. Jedes Haus hatte eine andere Farbe. Manche hatten Säulen vor der Tür, andere hatten originelle Erker oder einen Balkon an der Vorderfront und wieder andere hatten mit einer eigenwilligen Dachkonstruktion die begrenzten Variationsmöglichkeiten ausgeschöpft. Cecilias Eltern besaßen ein Eckhaus, welches sich schon durch seine Lage von den anderen Häusern abhob und außerdem geräumiger wirkte. Von hier aus konnten wir zu Fuß zum Strand des Pazifiks laufen. Es war Tradition, dass mich Cecilia am ersten Tag unseres Urlaubs dorthin begleitete. Oft hatte ich von meiner Ankunft in diesem Haus geträumt. Schon immer hatte es mir gut gefallen und unser gemeinsamer Strandspaziergang war zu einem Teil dieser Träume geworden. Wenn ich wach wurde, war die Sehnsucht nach Amerika und Cecilia wieder entfacht.

In jüngster Vergangenheit waren diese Träume ausgeblieben und es war das erste Mal, dass ich mich am Tag meiner Ankunft bereits wieder auf die Abfahrt freute. Das Haus kam mir im ersten Augenblick wie ein Gefängnis vor und ich wehrte mich nicht, als Cecilia vorschlug, an diesem Tag den Weg zum Strand mit dem Auto zurückzulegen. Schon als wir losfuhren merkte sie, dass mit mir etwas nicht stimmte. Trotzdem begrüßten wir das Meer, zogen unsere Schuhe aus und liefen so weit wie möglich den Wellen entgegen. Zum Schwimmen war das Wasser zu kalt. Unser Spiel bestand darin, so nahe wie möglich an die großen Wellen heranzukommen, und dann wieder vor ihnen wegzulaufen, um nicht nass zu werden. Wer von uns näher an die Wellen herankam, hatte gewonnen. Cecilia mit ihrem Minirock war eindeutig im Vorteil. Trotzdem hatte ich eigentlich gewonnen, weil ich durch die Länge meiner Beine einige Zentimeter wettmachen konnte. Beim letzten Treffen vor zwei Jahren war Cecilia einen halben Kopf größer gewesen als ich. Zuvor waren wir immer in ähnlichem Tempo gewachsen. Jetzt reichte sie mir bis zur Schulter. Meine Hose musste ich nur bis knapp über die Knie hochkrempeln und trotzdem konnte ich mich ein Stückchen weiter ins Meer wagen. Beim Zurücklaufen spritze das Wasser an mir hoch, weshalb Cecilia mir den Sieg glatt aberkannte.

Da war sie wieder, unsere gewohnte Nähe.

Als wir anschließend am Strand entlangspazierten, hängte sie sich bei mir ein. Neben dem vertrauten und schönen Gefühl drängte sich aber auch der Wunsch in meine Gedanken, jetzt mit Nina hier zu sein. Deshalb hatte ich Cecilia gegenüber ein schlechtes Gewissen. Angesichts der Tatsache, dass ich aber jetzt mit ihr wie ein altes Pärchen am Strand entlanglief, wurden meine Gefühle Nina gegenüber nicht besser. In meiner Phantasie machte sie mir eine Eifersuchtsszene, weil sie meinen Beteuerungen keinen Glauben schenken wollte, dass Cecilia quasi meine Schwester sei. Als ich mir das noch ausmalte, fragte mich Cecilia, ob ich schon eine Freundin hätte. Spontan sagte ich: »Nein«, ohne zu wissen, warum ich eigentlich eine so bescheuerte Antwort gab. Aber dann fiel mir ein, dass meine geschwätzige Mutter möglicherweise bereits von Nina berichtet hatte und um nicht einer Lüge überführt zu werden sagte ich noch »oder«, worauf nach einer etwas längeren Pause Cecilia wissen wollte, was dieses »oder« zu bedeuten hätte. Darauf sagte ich: »Na ja, es gibt da schon ein Mädchen, dass ich sehr nett finde«, was dazu führte, dass Cecilia alles über Nina wissen wollte. Abwehrend antwortete ich: »Nina kenne ich erst seit zwei Wochen und im Prinzip ist noch nix passiert.«

Das ließ Cecilia aber nicht gelten. Sie wollte von mir hören, was »noch nix« zu bedeuten habe.

»Hast du sie geküsst?«, fragte sie weiter.

Ich bestätigte das, wobei ich abschwächend hinzufügte: »Aber noch nicht so oft.«

Cecilia wollte das nicht so richtig verstehen. Sie war der Meinung, dass man doch ständig knutschen würde, wenn man frisch verliebt sei und ob mein »nicht so oft« bedeuten würde, dass Nina und ich es noch nicht so oft gemacht hätten.

Nun wollte ich wiederum wissen, was sie damit meinte. Cecilia guckte mich verständnislos an und fragte: »Tim von Kronburg, ist mir etwa über die Jahre verborgen geblieben, dass du irgendwie verklemmt bist?« Ich bestritt das vehement, gab aber zu, ziemlich unerfahren zu sein. Cecilia grinste: »Na wenigstens wirst du jetzt ehrlich. Ich kann dir ja mal aus Frauensicht den einen oder anderen Tipp geben, wenn du nichts dagegen hast.« Ich hatte nichts dagegen und wechselte das Thema, indem ich ihr gestand, mich auch wegen Nina nicht mit ihren Noten beschäftigt zu haben. Cecilia kommentierte dieses Geständnis mit einem bedächtigen »soso« und meinte, bei mir wohl etwas gut zu haben, zumal die Auswahl des Titels *Bei Männern, welche Liebe fühlen* ja schon irgendwie treffend gewesen sei.

Dann wollte sie wissen, wie ich sie denn fände, nach dem ich sie zwei Jahre lang nicht gesehen hätte. Bei meiner Antwort sollte ich ehrlich bleiben. Mir war das peinlich, zumal mir einfiel, dass ich selbst Nina bisher nicht gesagt hatte, wie schön ich sie fand. Jetzt wollte es Cecilia von mir hören, und weil ich mich mit Komplimenten gar nicht auskannte und erst einmal nachdenken wollte, nahm ich mir ein bisschen Zeit, um sie genauer anzuschauen. Hinter der attraktiven amerikanischen Frau, die uns am Flughafen abgeholt hatte, konnte ich die vertraute Cecilia wiederentdecken, die ich schon lange kannte. So in etwa formulierte ich mein Kompliment.

Sie meinte daraufhin, dass aus mir wohl mal ein sehr charmanter Mann werden könnte.

Auf meine Frage, was ich denn jetzt sei, sagte sie: »Ein etwas verklemmter deutscher Junge«, und rannte weg.

Ich brauchte nicht lange, um sie einzuholen und zu fangen, wobei sie sich in den Sand fallen ließ. Ich neckte sie mit der Feststellung, dass Nina schneller sei als sie, was sie zum Anlass nahm, mir Sand in mein Hemd zu streuen und einen Ringkampf zu beginnen. Bei dem ließ ich sie schließlich gewinnen. Als sie triumphierend auf mir saß, tat sie so, als ob sie mir etwas ins Ohr flüstern wollte. Dabei gab sie mir einen Kuss auf die Wange. Blitzschnell stand sie danach auf und reichte mir ihre Hände, um mir hochzuhelfen. Als ich stand, begann der Sand in meine Unterhose zu rieseln. Deshalb zog ich schnell mein T-Shirt aus und versuchte, die Sandkörner loszuwerden. Angelinas Gymnastik, mein Schwimmtraining und die Tatsache, dass mein Vater in letzter Zeit begonnen hatte, mit mir wieder zu rudern – Angelina hatte ihn unmissverständlich aufgefordert, etwas gegen seinen Bauchansatz zu unternehmen – hatte zur Folge gehabt, dass ich zumindest nicht unsportlich aussah.

Cecilia legte ihren Kopf schief und kam zu dem Schluss: »Du siehst gar nicht so schwach aus, wie du bist«, worauf ich entgegnete, dass der Schein manchmal trügen würde, schließlich wäre ich ja auch nicht verklemmt. Ich zog mein T-Shirt wieder an.

Als wir auf dem Weg nach Hause waren, stellte ich fest, dass mein Aufenthalt in Amerika wohl doch schöner werden würde, als ich es erwartet hatte. Am Haus angekommen, wollte Cecilia hören, was ich mittlerweile auf dem Klavier spielen konnte. Ich beschloss, ihr eines der letzten Stücke vorzuspielen, die ich mit Olga einstudiert hatte. Als ich mich konzentrieren wollte, merkte ich plötzlich, wie müde ich war. Den ganzen Flug über war ich wach geblieben. In Deutschland war jetzt längst tiefe Nacht. Auf dem Weg nach San Francisco fliegt man mit der Sonne. Deshalb geht der Tag einfach nicht zu Ende. Dreizehn Stunden waren wir unserer Zeit hinterher. Das machte sich jetzt dadurch bemerkbar, dass sich beim Spielen Fehler einschlichen, die ich mehr als peinlich fand.

Als ich noch mal von vorne beginnen wollte, stieg mir plötzlich ein ganz seltsamer Geruch in die Nase. Ich wollte meine Fehler erklären, konnte aber nicht richtig sprechen. Cecilia guckte mich etwas irritiert an und es hatte den Anschein, als ob sie etwas zu mir sagen würde. Genauso plötzlich, wie dieser Geruch gekommen war, verschwand er wieder. Cecilia war mittlerweile aus dem Zimmer gegangen und kam wenig später mit ihrem Cellokoffer wieder. Ich fragte, ob sie jetzt erst mal was vorspielen wollte, worauf sie etwas verärgert entgegnete: »Hab ich doch eben gesagt, aber wenn du von Nina träumst, kannst du wohl weder sprechen noch zuhören, geschweige denn vernünftig Klavierspielen.«

Ich wusste ganz sicher, dass ich nicht von Nina geträumt hatte, aber es wäre sinnlos gewesen, Cecilia vom Gegenteil zu überzeugen[*]. Sie hatte also ihr Cello in das Musikzimmer geholt und konnte kaum verbergen, dass sie von meinem Klavierspiel etwas enttäuscht war. Im Gegensatz zu mir hatte sich Cecilia wirklich exzellent vorbereitet und bestand nun auf meiner ungeteilten Aufmerksamkeit. Sie spielte das Cello ganz wunderbar und dazu sang sie eine reduzierte Klavierstimme. Durch jahrelange Chorerfahrung war sie mit dem Singen einer zweiten Stimme vertraut. Wie sie aber die beiden Stimmen zusammenbrachte und an komplizierten Stellen die Partitur auf das Wesentliche reduzierte, das war beeindruckend.

Als ich ihr fasziniert zuhörte, wurde mir klar, dass ich in Leipzig auf einige Jugendliche treffen würde, die mir durchaus ebenbürtig und zum Teil sogar voraus sein könnten. Darüber hatte ich noch gar nicht nachgedacht. Ich war gespannt, wie ich mich in eine Menge einsortieren würde, aus der ich nicht mehr hervorstechen würde. Nicht mehr einzigartig zu sein, hatte gleichermaßen etwas Beruhigendes wie Beängstigendes.

Als ich diesem Gedanken etwas nachhing, kam Cecilia zum Ende ihrer Darbietung und fast hätte ich den Einsatz für meinen Applaus verpasst. Den hatte sie sich wirklich verdient. Als ich eine Zeit lang anerkennend geklatscht hatte, sah sie mich fast ein bisschen streng an und sagte mit einem wichtigen und nachdrücklichen Unterton: »Tim, ich habe mich wirklich gefreut, dass du kommst und ich war sehr gespannt, dich wiederzusehen.«

Nachdem sie das gesagt hatte, war ich froh, wieder bei ihr zu sein. Meiner Mutter musste ich im Nachhinein danken, dass sie so klar dagegen gewesen war, die Flüge zu verschieben. Cecilia wäre sicher traurig gewesen.

---

[*] **Anmerkung des Autors:** Das, was Cecilia hier für eine Liebesträumerei hält, ist ein erstes Anzeichen von Epilepsie. Tim hat eine Aura, gefolgt von einem kurzen Anfall. Da dich die Geschichte *Zurück vom Mars* aber vor allem gut unterhalten soll, habe ich mich mit medizinischen Erklärungen im Text zurückgehalten. Sie wurden in die *Marslandschaften* verbannt. Die heißen so, weil Tim sich mit seinen Anfällen immer mal vorkommt, als wäre er von einem anderen Planeten – vom Mars nämlich. Wenn dich das interessiert, kannst du ab Seite 313 mehr über Tim und seine Ausflüge zum Mars erfahren. Immer wenn im Text ein kleiner Mars auftaucht, findest du hinten in den *Marslandschaften* Anmerkungen. Außerdem erläutert dir das kleine *Wörterbuch* ab Seite 325 Fachausdrücke, die in der Geschichte vorkommen.

Als ich mir das vorstellte, nahm ich sie wie früher in den Arm und sagte: »Ich habe mich auch sehr auf dich gefreut, und bin jetzt froh, dass ich hier bin, selbst wenn meine Gedanken manchmal in Berlin sind.«

Und als musikalische Antwort fiel mir ein Stück von Edvard Grieg mit dem Titel *Heimweh* ein. Ich beschloss, Cecilia dieses Stück vorzuspielen. Das kannte ich auswendig und konnte es in diesem Moment so betonen, dass mir selbst beim Spielen fast die Tränen kamen. Nach dem Stück meinte Cecilia, dass ich wohl gerade erst richtig angekommen sei. Als ihre Mutter Amelie hereinkam, um zu fragen, wo ich schlafen wolle, sagte Cecilia: »Na bei mir, wie immer«, und als Amelie meine Meinung dazu erbat, hielt ich es für richtig, Cecilia nicht zu widersprechen. Mir wurde eine Matratze in ihr Zimmer gelegt, was mir ganz recht war.

Kaum war ich in mein Bett gekrochen, merkte ich erst, wie müde ich war. Mein letzter Gedanke war, dass die Welt sehr schön, aber auch verdammt kompliziert sei.

Unerwartete Nähe mit gemischten Gefühlen

Die folgenden Tage verliefen ähnlich. Meistens waren wir alleine zu Hause. Cecilias Eltern hatten keine Ferien und mussten viel arbeiten. Angelina hatte auch ständig etwas vor. Deshalb war das Haus meist leer, wenn wir aufstanden.

Vor dem Frühstück joggten wir zum Meer. Cecilia hatte vor einem halben Jahr mit diesem Training angefangen. Am Strand zeigte ich ihr meine Tanz- und Bewegungsübungen. Manchmal sprangen wir ganz kurz in das kalte Wasser und dann gingen oder liefen wir wieder zurück. Nach dem Frühstück machten wir uns an das Proben der Beethoven-Variationen *Bei Männern, welche Liebe fühlen.* Zu Cecilias Überraschung kam ich doch schneller mit der Partitur zurecht, als sie es nach meinem Scheitern am ersten Abend erwartet hatte. Sie lobte mich deshalb mehrfach, was mir mit der Zeit ein bisschen auf die Nerven ging. Komplizierter war es, das Arrangement nachzuvollziehen, das sie sich überlegt hatte. Hier war ich Gehilfe ihrer Vorstellung, und manchmal wurde Cecilia richtig streng und ungeduldig. Einmal meinte sie sogar, ich hätte wohl davon, wie Männer lieben würden, keine Ahnung. Das verunsicherte und verletzte mich. Woher sollte sie das aber besser wissen, dachte ich bei mir. Ich fand die Melodien weich und fließend. Sie wollte eher lautes Staccato. Ich spielte verschiedene Stellen in ihren Augen deshalb immer falsch. Schließlich einigten wir uns auf eine betonte, aber dennoch flüssige Variante.

Nach dem Mittagessen besuchten wir Museen, streiften durch Downtown, gingen einkaufen, guckten uns amerikanisches Leben auf der Straße an oder probierten in Musikgeschäften Instrumente aus. Das nutzten wir manchmal zu kleinen spontanen Aufführungen unserer Beethoven-Variationen. Für einen Ladenbesitzer, der viele Leute aus umliegenden Cafés in das Geschäft gebeten hatte, mussten wir unser »Konzert« dreimal wiederholen. Den größten Erfolg hatten wir aber in einem Nobelkaufhaus. Hier kauften überwiegend Japaner und Chinesen ein. Es gab einen solchen Auflauf, dass Sicherheitsbeamte aus verschiedenen Etagen zusammengezogen werden mussten, um die Situation zu ordnen. Der Geschäftsführer kam höchstpersönlich angelaufen, stellte sich in unsere Nähe, grinste uns klatschend an und zischte immer wieder flehentlich durch die Zähne: »Please stop it, please stop it.« Cecilia sprach ausschließlich Deutsch mit mir und tat so, als würde sie den Manager nicht verstehen. Auf unsere Zuhörer machte unsere Sprache zusätzlichen Eindruck, und irgendwann wollte der verzweifelte Geschäftsführer sogar wissen, »How much do you want?«, worauf Cecilia schnell sagte: »One hundred.« Der Verzweifelte kramte einen Einhundertdollarschein aus seiner Geldbörse und überreichte ihn unter dem Applaus der Zuhörer an Cecilia. Sie verneigte sich dankend und beendete unser Konzert. Als uns der Geschäftsführer von einem Sicherheitsbeamten zum Ausgang bringen ließ, kamen viele Zuhörer mit, um sich mit dem Beamten und uns gemeinsam fotografieren zu lassen. Die hundert Dollar überreichte Cecilia vor der Tür des Kaufhauses einer jungen, offenbar obdachlosen Frau, die das Geld eher verwundert, als dankbar entgegennahm.

Abends gingen wir ins Theater, ins Konzert oder ins Kino, wenn wir von unseren Eltern nicht irgendwo zum Essen eingeladen wurden. Die Zeit verging wie im Flug und die vielen Eindrücke und kleinen Abenteuer verdrängten meine Sehnsucht nach Nina. Oft nahm ich Cecilia an die Hand oder in den Arm, ohne dabei an Nina zu denken. Wenn Angelina dabei war, musterte sie uns manchmal etwas kritisch. Jeden Abend kam sie ohne anzuklopfen ins Zimmer, um uns einen Gutenachtkuss zu geben. Cecilia freute sich darüber und bat Angelina meistens, noch kurz zu bleiben. Sie verehrte meine Mutter und meinte, sie sei wie eine Freundin. Wir erzählten ihr dann, was wir erlebt hatten und Cecilia berichtete von ihren Erinnerungen an Berlin. Manchmal hatte ich das Gefühl, dass sie ein bisschen Heimweh hatte, obwohl sie immer wieder betonte, dass sie nirgendwo anders leben wollte, als in San Francisco. Wenn meine Mutter sich verabschiedet hatte, redeten wir oft noch sehr lange. Mein Vater musste seine Reise um eine weitere Woche verschieben, aber wir vermissten ihn gar nicht.

An dem Tag nach unserem Kaufhauskonzert ging mir die obdachlose Frau nicht aus dem Sinn. Cecilia hatte ihr das Geld gegeben und ich hatte ihr einen schönen Tag gewünscht. Von Cecilia wollte ich wissen, warum sich diese Frau nicht so gefreut hatte, wie man es eigentlich erwartet hätte. Lange rätselten wir beide und kamen zu dem Schluss, dass sich durch diese hundert Dollar in ihrem Leben nicht viel ändern würde. Vielleicht hatte sie es auch beschämend gefunden, von zwei offensichtlich verwöhnten Kindern so viel Geld geschenkt zu bekommen. Dann dachten wir über den Wohlstand nach, in dem wir beide lebten. Cecilia wollte wissen, wie viel es mir bedeuten würde, einmal genauso reich zu sein wie meine Eltern. Ich vertrat die Ansicht, dass mir Glück viel wichtiger sei als Geld. Cecilia meinte, beides würde zusammenhängen. Um dem zu widersprechen, malte ich mir aus, dass ich glücklicher wäre, mit Nina arm auf der Straße zu leben, als ganz ohne sie zu sein.

Cecilia war genervt: »Tim, du bist nicht nur romantisch sondern auch naiv«, was ich natürlich energisch bestritt. Deshalb fragte sie: »Fändest du es auch romantisch, wenn Nina auf den Strich gehen müsste, damit ihr genug zu fressen hättet?«

Das wollte ich mir nicht vorstellen und meinte, soweit müsse es ja nicht gehen. Cecilia hielt aber daran fest, dass sehr viele Frauen, die auf der Straße leben, Sex für Geld anbieten oder von irgendwelchen Typen dazu gezwungen würden. Ich wollte wissen, warum sie da so sicher sei.

»Weil ich im Gegensatz zu dir offenbar die Augen aufmache«, entgegnete sie. «Ich habe in meiner Schule einen Kuchenbasar für Straßenkinder in Mexiko organisiert und dazu eine Infobroschüre zusammengestellt. Seitdem weiß ich, woran Kinder und Frauen zu erkennen sind, die so etwas tun müssen und wo sie auf Männer warten, die es nötig haben, solche Dienste in Anspruch zu nehmen.« Sie holte Luft und nach einer kurzen Pause sagte sie weiter: »Ich halte es auch nicht für ausgeschlossen, dass die Frau, der wir die hundert Dollar gegeben haben, im ersten Augenblick gedacht hat, dass wir Sex von ihr wollten.«

Als Cecilia das andeutete, wurde mir heiß und ein beklemmendes Gefühl breitete sich in mir aus. Ich hatte die Frau als sehr hübsch in Erinnerung. Und zu meiner eigenen Bestürzung stellte ich mir vor, wie es wohl gewesen wäre, mit ihr Sex zu haben. Dabei meldete sich wieder mein kleiner Freund, was ich unglaublich peinlich fand. Cecilia fragte: »Schläfst du schon?« Etwas zu laut sagte ich: »Nein.«

Was denn dann mit mir los sei, wollte sie wissen. Ich war einfach total durcheinander, gestand ich ihr.

»Was bringt dich denn so durcheinander, Tim? Du bist doch nicht von einem anderen Stern, oder?«

Jetzt war ich wütend, weil sie mir wieder so arrogant daherkam und ich blaffte, mir würde ihre ständige Besserwisserei langsam auf die Nerven gehen. Sie hielt dagegen, dass es ihr mit meinem ständigen Gequatsche von Nina nicht anders ginge. Das war unser erster und einziger Streit in diesem Urlaub und nach einer Pause von vielleicht einer Minute hörte ich, dass sich Cecilia bemühte, ihr Weinen zu unterdrücken. Ich verstand das nicht, aber es tat mir richtig weh, dass sie offenbar meinetwegen traurig war. Ohne nachzudenken nahm ich meine Decke und legte mich neben sie. Da ich nicht wusste, ob sie das wollte, legte ich mich auf den Rücken und hielt ganz still. Kaum lag ich in ihrem Bett, flüsterte sie mir nur noch ein Wort ins Ohr: »Endlich.«

Dann legte sie meinen linken Arm um ihre Schultern, drehte sich zu mir auf die Seite, vergrub ihr Gesicht in meiner Achselhöhle und zog ihr rechtes Bein soweit an, dass es schließlich auf meinem Bauch lag. Etwas unsicher begann ich, ihr Bein zu streicheln. Mit meiner anderen Hand hielt ich ihren Kopf fest. Ich roch ihre Haare und plötzlich durchströmte mich ein wohliges Glücksgefühl.

Unsere Proben kamen gut voran und weil wir uns bei den Variationen zu den *Männern, welche Liebe fühlen* mittlerweile problemlos verstanden, nahmen wir Beethovens dreizehn Variationen zu Mozarts Thema *Ein Mädchen oder Weibchen* zusätzlich in Angriff. Für den Tag, an dem mein Vater endlich kommen sollte, wollten wir ein kleines Hauskonzert vorbereiten.

Am Abend, der auf unseren einzigen Streit folgte, lag ich noch eine Weile abwartend auf der Matratze, nachdem Angelina unser Zimmer verlassen hatte, bis Cecilia schließlich zischte: »Komm endlich.«

Als ich aufstand, um zu ihr ins Bett zu steigen, merkte ich, dass ich einerseits angespannt auf diese Aufforderung gewartet hatte. Andererseits wurde ich aber das Gefühl nicht los, dass es falsch war, mit Cecilia in einem Bett zu schlafen. Ich erzählte ihr von meinen gemischten Gefühlen. Sie meinte, es sei doch nichts dabei, wenn wir einfach so beieinander lägen. Ich war anderer Meinung. Mir war klar, dass ich Nina niemals davon erzählen könnte. Sie wandte ein, sie habe doch von Anfang an gewusst, dass Nina meine Freundin sei und wir hätten doch schon nebeneinander geschlafen, als wir noch Kinder waren.

»Das mag ja alles sein«, sagte ich, »aber mein Problem ist, dass ich mit dir etwas tue, wovon ich bei Nina bislang nur geträumt habe.«

»Wovon träumst du genau«, wollte sie wissen und schon hatte ich wieder das Gefühl, mich bei diesem Frage- und Antwortspiel zu verstricken.

»Was meinst du jetzt mit genau?«, fragte ich zurück.

»Ich will wissen, wovon du träumst, wenn du an Nina denkst«, forderte Cecilia.

»Ich träume davon, bei ihr zu sein und sie in meiner Nähe zu spüren«, erwiderte ich.

»Sonst nichts?«, wollte Cecilia wissen.

»Zunächst einmal träume ich das«, beharrte ich.

»Und was kommt dann?«, bohrte sie weiter.

Ich starrte in die Dunkelheit und merkte plötzlich, wie sich mein Herzschlag beschleunigte. »Ich möchte sie spüren und riechen und ich würde gerne wissen, wie sie nackt aussieht«, gestand ich und war dabei fast ein bisschen ängstlich, weil ich nicht wusste, wie unser Gespräch weitergehen würde.

Nach einer Pause fragte Cecilia: »Und wovon träumst du, Tim, wenn du jetzt neben mir liegst?«

Irgendwie hatte ich gleichermaßen befürchtet und gehofft, dass unser Gespräch diese Wendung nähme, aber als es jetzt soweit war, brachte ich einfach keinen Ton mehr heraus. Außerdem fand ich die Art, wie mich Cecilia aushorchte und dabei Schritt für Schritt weiter ging, penetrant. Ich hatte das Gefühl, mich vor ihr bis auf die Unterhose auszuziehen.

»Nimm es bitte nicht persönlich«, sagte Cecilia, nach einer längeren Pause, »aber du bist schon eher ein ungewöhnlicher Junge.« Dann wollte sie wissen, ob ich mir sicher sei, nicht schwul zu sein.

Weder auf die Feststellung, noch auf die Frage war ich vorbereitet. Vielmehr ertappte ich mich dabei, während meines Schweigens auf irgendeine Berührung ihrerseits gewartet zu haben. Deshalb war ich von dieser Wendung unseres Gesprächs enttäuscht, aber auch etwas erleichtert. Außerdem fiel mir ein, wie ich an dem Punkt den Spieß umdrehen könnte. Ich wollte von ihr wissen, ob sie jetzt etwa auf irgendeinen Beweis warten würde, dass ich nicht schwul sei. Sie lachte, weil sie mich wohl durchschaute, und antwortete, dass sie gespannt darauf sei, welche Beweise ich denn so auf Lager hätte. Dabei drehte sie sich zu mir um und legte sich so an mich, dass ihr Becken leicht auf meins drückte. Es dauerte keine drei Sekunden, bis sich mein kleiner Freund zu meinem Ärger wieder selbstständig gemacht hatte. Cecilia rückte noch etwas näher an mich heran und flüsterte mir ins Ohr: »In Ordnung, habe verstanden, du bist nicht schwul.«

Kurz war ich irritiert, wollte aber sicher gehen, dass sie das mit meiner Erektion wirklich gemerkt hatte, worauf sie mir lachend mit ihrer Faust in den Bauch schlug, um anschließend zu fragen: »Merkst du das?«

Sicher war das peinlich für mich, so vorgeführt zu werden, aber Cecilia war so komisch und lustig, dass ich einfach mit lachen musste, bis wir beide nicht mehr konnten.

Ich glaube, es gibt nicht so viele Gründe, weswegen Menschen lachen. Einer ist sicher, wenn uns etwas peinlich ist. Das traf hundertprozentig zu. Es war mir peinlich, dass mir Cecilia unmissverständlich zu verstehen gab, meinen Ständer gespürt zu haben. Ein anderer Grund zu lachen, ist Angst. Angst hatte ich, dass Nina vielleicht gemerkt haben könnte, wie erregt ich gewesen war, als sie auf meinem Schoß gesessen hatte. Außerdem lachen Menschen über gute Witze, und so einen hatte Cecilia gerade gemacht. Sie selbst fand das auch und schlug wieder und wieder zu, bis ich es schaffte, sie mit meiner ganzen Kraft festzuhalten. Erst als sie sich beruhigte, traute ich mich, sie wieder loszulassen. Meine Angst machte mich neugierig, und weil ich die Gelegenheit nicht verpassen wollte, um das zu klären, fragte ich, ob Mädchen oder Frauen merken würden, dass ein Junge erregt ist, wenn sie einfach nur so auf dem Schoß sitzen. Cecilia bestätigte das und meinte, dass das ja schließlich ein wesentlicher Grund sei, sitzen zu bleiben. Ich reagierte verständnislos, worauf sie fragte, ob ich mir eingebildet hätte, dass ich das alleine schön fände. Ich musste gestehen, mir darüber noch keine Gedanken gemacht zu haben. Das fand Cecilia wiederum ungewöhnlich. Ich fand es aber eher nahe liegend, sich dafür zu schämen, einen Ständer zu haben und das nicht verbergen zu können.

Etwas mitleidig sagte Cecilia: »Aber Tim, was ist denn schlimm daran, wenn ich merke, dass du mich irgendwie geil findest. Wenn ich das nicht will, kann ich ja weggehen, aber wenn ich dich gut finde, will ich das doch spüren, oder?«

»Und wolltest du das eben mitkriegen?«, interessierte mich jetzt, und bei dieser Frage musste ich wieder vor Aufregung schlucken.

Jetzt machte Cecilia eine Pause. Ich merkte direkt, dass sie ein Geheimnis hatte und freute mich, sie endlich auch einmal unsicher zu sehen. Gönnerhaft und etwas zu großspurig fragte ich, ob sie mir da vielleicht irgendetwas verheimlichen wolle. Sie lachte, drehte sich auf ihre rechte Seite, steckte meine linke Hand unter ihr Schlafanzugoberteil und drückte ihren Po in mein Becken. Unter meinen Fingern spürte ich warm und weich ihre linke Brust und als mein kleiner Freund wieder hart wurde, drückte sie sich etwas fester an mich. Mein Herz schlug so schnell, dass ich kaum mit dem Atmen hinterherkam, als ich hörte, wie sie mir eine gute Nacht wünschte.

Ich weiß nicht, wie lange ich so dagelegen habe, bis ich mich wieder bewegen konnte. Ich mochte Cecilia wirklich gerne und selbst ein Erdbeben, von denen es in San Francisco einige gibt, hätte mich nicht dazu gebracht, dieses Bett zu verlassen. Gleichzeitig dachte ich an Nina und freute mich darauf, irgendwann ebenfalls mit ihr in einem Bett zu schlafen.

In Gedanken rechnete ich aus, dass ich mindestens noch ein halbes Jahr darauf warten müsste, um mich dann dafür zu schämen, mich fürs Erste mit Cecilia begnügt zu haben. Zur Beruhigung machte ich mir klar, dass Cecilia mich aufgefordert hatte, ins Bett zu kommen und dass sie letztendlich meine Hand auf ihre Brust gelegt hatte, obwohl sie von Nina wusste. Deshalb kam ich zu dem Schluss, ihr damit wohl eher einen Gefallen zu tun. Das beruhigte meine Gedanken und half mir dabei, die Situation zu genießen, wie sie war. Mit dem Gefühl, gerade etwas eher Ungewöhnliches zu erleben, schlief ich ein.

Das Geheimnis

Als wir am nächsten Morgen Richtung Pazifik joggten, fragte ich Cecilia nach ihrem Geheimnis. »Das möchte ich dir erst abends im Bett verraten«, meinte sie. »Ich glaube, ich kann dir das nur im Dunkeln erzählen, weil ich mir selbst noch nicht so ganz sicher bin«, erklärte sie mir weiter. Als wir am Strand ankamen, schoss mir durch den Kopf, dass ich sie noch gar nicht gefragt hatte, ob sie eigentlich einen Freund habe. Plötzlich war ich mir sicher, dass sie mir genau das verheimlicht hatte. In dem Gefühl, ihr mal wieder einen Schritt voraus zu sein, stellte ich sie zur Rede. Dabei merkte ich, wie aufgeregt ich war. So aufgeregt, dass ich es bei meiner Frage nicht verbergen konnte. Cecilia legte den Kopf schief, kniff ihre Augen zusammen und musterte mich: »Du bist doch nicht etwa eifersüchtig, Tim?« Da war ich mir sicher, den Nagel auf den Kopf getroffen zu haben. Wütend drehte ich mich um und lief weg. Cecilia rief mir hinterher, dass ich warten solle, aber das kam mir nicht in den Sinn. Als ich wieder in ihre Richtung blickte, sah ich, dass sie mir nicht gefolgt war. Sie hatte sich ausgezogen und verschwand gerade im kalten Pazifik.

Es war ein grauer, nebliger Morgen. Weit und breit war keine Menschenseele zu sehen. Ansonsten hätte sie eine Strafe riskiert, weil es in Amerika, dem *freiesten* Land der Welt verboten ist, nackt schwimmen zu gehen. Plötzlich machte ich mir Sorgen um sie, und als ich mich entschloss, zu ihr zurückzulaufen, war da wieder dieser komische Geruch, den ich das erste

Mal bei meinem verpatzten Vorspiel wahrgenommen hatte. Irritiert schaute ich mich um und beschloss, so schnell wie ich konnte loszulaufen. Im nächsten Augenblick war der Geruch wieder verschwunden. Als ich das Wasser erreichte, kam mir Cecilia entgegen. Sie wollte, dass ich mich umdrehte. Ich behauptete, wir Deutsche wären da nicht so verklemmt, wie die Leute in Amerika und dass es in Berlin ganz natürlich sei, nackt schwimmen zu gehen.

Cecilia meinte dann: »Du bist wohl doch nicht so ungewöhnlich, wie ich gedacht habe.«

In dem Augenblick hatte ich die Idee, ihre Kleider zu nehmen und ein Stück wegzulaufen. Ich wollte sie ärgern, wegen ihres Freundes und weil sie sich offenbar von mir nicht betrachten lassen wollte. Vielleicht war ich sogar eifersüchtig. Hinter mir hörte ich Cecilia zunächst noch lachen, aber dann spürte ich, dass ich ihr einen richtigen Schreck eingejagt hatte. Sofort blieb ich stehen mit dem Gefühl, etwas zu weit gegangen zu sein. Deshalb lief ich rückwärts auf sie zu und streckte ihr die Kleider entgegen, ohne sie dabei anzusehen. Als ich sie erreicht hatte, zog ich mein T-Shirt aus und reichte es ihr als Handtuch. Sie bedankte sich, und als sie angezogen war, sagte sie, ich könne sie jetzt wieder angucken. Als ich mich umdrehte, zog sie mir mein T-Shirt über den Kopf. Diese Geste erinnerte mich daran, wie meine Mutter mich früher immer angezogen hatte. Angelinas Blicken war dabei zu entnehmen gewesen, dass sie mich schön fand. So ähnlich hatte Cecilia jetzt auch geguckt. Dann meinte sie, dass es Zeit für unser Frühstück sei. Ihr war kalt, und ich war nervös, weil ich noch keine klare Antwort auf meine Frage bekommen hatte. Deshalb beschlossen wir beide, nach Hause zu laufen. Sie legte ein ungewöhnliches Tempo vor, das keine Gespräche erlaubte. Zu Hause angekommen waren wir so atemlos, dass wir kaum etwas essen konnten. Auch unsere Probe verlief an diesem Tag etwas lustlos.

Am Nachmittag wollte sie mit mir einkaufen gehen. Cecilia suchte eine Hose. Die Suche war langweilig und blieb erfolglos. Als sie aber in der Kabine war, entdeckte ich ein schwarzes Kleid, das mir gefiel. Ich wollte, dass sie es anzog. Widerwillig tat sie mir den Gefallen, bis sie merkte, es passte ziemlich gut. Als sie vor dem Spiegel von mir wissen wollte, wie sie darin aussähe, bekam eine Verkäuferin, die Cecilia entdeckt hatte, fast einen hysterischen Anfall. Sie wurde von ihr hin und her gedreht und von allen Seiten bestaunt. Eine Frau, die in der Ankleide war, stimmte zu und eine weitere Frau sagte lächelnd: »That was made for you young beauty«, weshalb Cecilia beschloss, das Kleid zu kaufen und es gleich anzubehalten. Als wir nach Hause gingen, war sie gelöst und glücklich. Sie hatte nichts dagegen, dass ich sie in den Arm nahm, und ich war mal wieder stolz auf eine so hübsche Frau an meiner Seite. Als wir nebeneinander hergingen, sagte sie eher beiläufig: »Einen Freund habe ich übrigens nicht, und es gibt weder einen Jungen noch einen Mann, der mich mehr interessieren könnte als du«, und mit diesem »du« meinte sie eindeutig mich. Diese Feststellung erleichterte und irritiert mich gleichermaßen. Ich konnte es kaum erwarten, in der kommenden Nacht in ihr Bett zu steigen.

Als es endlich Zeit war zum Schlafengehen und ich schon im Schlafanzug auf meiner Matratze lag, hörte ich Cecilia noch lange mit meiner Mutter reden. Fast war ich ein bisschen genervt, weil ich so gespannt wartete. Schließlich wollte ich ihr Geheimnis erfahren.

Als das Gequatsche zwischen den Frauen überhaupt kein Ende nehmen wollte, beschloss ich nachzuschauen. Als ich im Wohnzimmer ankam, hatte meine Mutter das Kleid an, das ich Cecilia ausgesucht hatte und Cecilia probierte verschiedene Sachen an, die meiner Mutter gehörten. Der ganze Boden des Zimmers lag voller Klamotten. »Was ist denn hier los?«, fragte ich. Worauf mir beide begeistert erzählten, dass sie so ziemlich genau die gleiche Figur hätten. Deshalb könnten sie praktischerweise alle Kleider tauschen. »Was meinst du Tim, wie sieht Cecilias Kleid bei mir aus?«, wollte Angelina von mir wissen. Meiner Mutter stand das Kleid ziemlich gut, aber ich sagte, dass es mir bei Cecilia besser gefiele. Meine Mutter nannte mich deshalb einen Spielverderber. In dem Augenblick hatte Cecilia die Idee, ihr noch ein anderes Kleid zu zeigen. Als sie ins Wohnzimmer zurückkam, hatte sie einen ganzen Stapel Sachen auf dem Arm. Begeistert begann meine Mutter sich weiter aus- und anzuziehen und Cecilia probierte auch noch dies und das. Da sie sich offensichtlich bereits im Nachthemd begegnet waren, hatten sie nicht einmal Unterwäsche an. Zwischenzeitlich standen sie sich völlig nackt gegenüber. Dabei funkelte Angelinas Bauchnabel, in dem sie nach wie vor den Brillanten trug, den ich bei meinem Abschiedskonzert zum ersten Mal gesehen hatte. Beide Frauen störte es scheinbar nicht, dass ich mich auf einen Sessel gesetzt hatte und so tat, als würde ich in einer Zeitung blättern. Vielmehr fragten sie mich hin und wieder, wie ich die Kleider fände, die sie angezogen hatten. Oft zupften sie an dem Stoff herum, um zu prüfen, warum das eine oder andere Teil nicht richtig saß. Brüste, Po und Hüften seien doch etwas unterschiedlich, kamen sie überein. Außerdem bemerkten sie kleine Unterschiede beim Beinansatz und bei der Form der Oberschenkel. Dazu stellten sie sich nebeneinander und fassten sich gegenseitig an. Angelina machte dabei mal wieder den Anfang. Einen minimalen Form- und Größenunterschied der Brüste entdeckte sie dadurch, dass sie ihre und dann Cecilias Brüste betastete. Für mich sah es so aus, als würde meine Mutter erst sich selbst und dann Cecilia streicheln. Den beiden Frauen dabei zuzugucken war sehr interessant und etwas peinlich zugleich.

Als Angelina die ausgewogene Form von Cecilias Brüsten hervorhob, blickte mir meine Freundin kurz in die Augen. In dem Gefühl, entdeckt worden zu sein, versteckte ich mich hinter meiner Zeitung, worauf mich Cecilia herausfordernd fragte, ob ich aus der Entfernung einen Größenunterschied feststellen könne.

Mit Blick in die Zeitung war meine Antwort: »Ich glaube, dass du vielleicht einen knappen Zentimeter größer bist als meine Mutter.«

Angelina meinte dann zu Cecilia, dass sie mich besser in Ruhe ließe, weil ich mich eh nur noch für meine Nina interessierte, von der ich ja sicher schon erzählt hätte. Cecilia bestätigte das und untermauerte die Richtigkeit dieser Annahme, indem sie ein paar kleine Details erwähnte. Das überraschte meine Mutter.

Da ich das merkte, fragte ich sie, warum ich mein Zusammensein mit Nina hätte verheimlichen sollen. Schließlich würde ich mit Cecilia über alles reden. Wir beide hätten nämlich noch nie Geheimnisse voreinander gehabt. »Gerade das ist ja so schön an unserer Freundschaft«, sagte ich sehr nachdrücklich und wünschte eine gute Nacht. Danach ging ich nach oben und legte mich wieder auf meine Matratze. Kurze Zeit später folgte Cecilia, die mittlerweile wieder ihr Nachthemd anhatte. Ich freute mich, weil sie offenbar meinen Wink verstanden hatte. Sie machte hinter sich die Tür zu und knipste das Licht aus. Ich konnte hören, dass sie ihr Bett erreicht hatte, als sie mich schon aufforderte, zu ihr zu kommen. Ich wollte wissen, ob Angelina uns nicht noch den allabendlichen Gutenachtkuss geben würde, worauf Cecilia sagte, dass sie den heute schon gekriegt hätte.

Als ich neben ihr lag, kuschelte sie sich direkt an mich, aber seltsamer Weise war ihre Berührung weniger aufregend als am Vorabend. Auch mein kleiner Freund reagierte nicht so, wie ich es eigentlich erwartet hatte. Cecilia wollte wissen, ob ich das neue Kleid an ihr wirklich schöner fände. Mich wunderte diese Frage etwas.

Ich sagte: »An dir hab ich es zuerst gesehen und ich war ja nicht alleine der Meinung, dass du damit wunderschön aussiehst.«

Cecilia dankte mir für meine Antwort, wollte aber noch wissen, ob ich meine Mutter auch schön finden würde. Diese Frage brachte mich ein bisschen durcheinander und ich gab ihr zu verstehen, dass sie mir doch etwas anderes erzählen wolle. Sie bat mich aber, ihre Frage zu beantworten, weil das etwas mit ihrem Geheimnis zu tun habe.

Also dachte ich darüber nach, obwohl ich mir überhaupt nicht vorstellen konnte, welche Zusammenhänge zwischen meiner Mutter und dem Geheimnis bestehen könnten. Zuerst meinte ich, erklären zu müssen, dass der Umstand meine eigene Mutter beurteilen zu müssen, meine Urteilsfähigkeit einschränken würde, aber dass ich daran, wie andere Jungen oder Männer auf sie reagierten, schon mitbekommen würde, dass sie wohl eine schöne Frau sei. Und was mich beträfe, so hätte ich festgestellt, dass ich wohl eher Frauen hinterher gucken würde, die meiner Mutter irgendwie ähnlich seien.

Cecilia atmete ganz tief ein und aus. Ich merkte, dass sie wahnsinnig aufgeregt war, als sie sagte: »Tim, ich finde deine Mutter auch schön.« Dann drückte sie sich ganz fest an mich und vergrub ihr Gesicht wieder in meiner Achselhöhle. Wie aus weiter Ferne hörte ich sie sagen: »Und ich finde, Angelina ist der schönste Mensch auf der ganzen Welt.« Danach verkrampfte sich etwas in ihr, und sie begann zu weinen.

Ich nahm sie in den Arm und streichelte sie, in dem Gefühl, dass sie mir gerade etwas ganz Wesentliches anvertraut hatte, aber ich kam nicht klar mit dem, was sie mir offensichtlich sagen wollte. Alles versank im Nebel und ich war nur noch mit der Verzweiflung eines Menschen beschäftigt, der mir gerade auf der ganzen Welt am allernächsten war. Ja, ich hatte sogar das Gefühl, irgendwie mit ihr eins zu sein, aber Gefühl und Verstand kamen nicht zusammen.

Ich wusste, dass sie mir gerade ihr Geheimnis verraten hatte, aber ich konnte die Puzzleteile nicht miteinander verbinden. In Gedanken ließ ich die letzte Nacht und den heutigen Tag noch einmal an mir vorüberziehen. Als ich sie im Bett gefragt hatte, ob ich ihr vielleicht beweisen solle, dass ich nicht schwul sei, hatte sie sich anders verhalten als erwartet. Dann hatte sie mir gestanden, sie habe entgegen meiner Vermutung keinen Freund und ich sei in ihren Augen schon ein sehr besonderer Mann. Und zu weinen hatte sie begonnen, als sie mir erzählte, dass ausgerechnet meine Mutter in ihren Augen die schönste Frau der ganzen Welt sei.

In meinen Augen ergab das noch keinen Sinn. Als sie sich ein bisschen beruhigt hatte, begann ich nach Worten zu suchen, um ihr vorsichtig zu erklären, dass ich nicht ganz durchblickte. Cecilia legte sich im rechten Winkel zu mir in das breite Bett. Ihren Kopf ließ sie auf meinen Bauch sinken und ihre Beine streckte sie an der Wand hoch. Ihr Nachthemd rutschte an ihren Oberschenkeln herunter, die weiß und hell im schwachen Schein der Straßenlaternen leuchteten, deren Licht durch einen kleinen Spalt im Rollladen in unser Zimmer fiel. Sie hatte aufgehört zu weinen und hörte mir aufmerksam zu. Offensichtlich gefiel ihr, wie ich mich bemühte, das Rätsel zu entschlüsseln. Als ich zu Ende war, sagte sie, das letzte Puzzleteil würde nicht ganz passen, weil ich da etwas nicht genau erinnerte.

Fieberhaft dachte ich nach, bis sie mich darauf hinwies, dass sie nicht gesagt habe, dass Angelina die schönste Frau auf der ganzen Welt sei. Dann kam sie nicht weiter und zitternd erklärte sie, dass sie mir nicht mehr verraten könne. Ich erinnerte mich, dass sie nicht »Frau« sondern »Mensch« gesagt hatte, aber im ersten Augenblick verstand ich nicht, welchen Unterschied das machen sollte, bis sich der Nebel plötzlich zu lichten begann. Cecilia hatte mir mit diesem feinen Unterschied zu verstehen gegeben, dass sie Frauen schöner fand als Männer. Und als die Puzzleteile begannen, sich zu einem Bild zusammenzufügen, ergab alles einen Sinn und es ratterte in meinem Kopf. Plötzlich verstand ich, warum sie sich auf den Gutenachtkuss meiner Mutter so gefreut hatte und warum sie an diesem Abend nicht direkt zu mir gekommen war. Ich ahnte auch, welcher spontane Entschluss sie dazu gebracht haben könnte, der obdachlosen jungen Frau die hundert Dollar zu schenken, die wir uns ja eigentlich gemeinsam verdient hatten. Im Dunkeln tastete ich nach ihrer Hand und sagte ihr, dass ich das Geheimnis erraten hätte.

»Nicht schlecht«, antwortete sie. Danach blieb es lange still zwischen uns. Irgendwann wollte ich von ihr wissen, wie sie darauf gekommen sei.

Cecilia holte tief Luft. »Ich habe schon lange so ein Gefühl, weil ich Mädchen und Frauen einfach lieber angucke. Trotzdem bin ich der Meinung gewesen, dass ich dich irgendwann heiraten werde. Dich, und vor allem deine Mutter Angelina, habe ich schon immer toll gefunden. Erst vor zwei Jahren hat sich das geändert. Damals warst du plötzlich kleiner als ich. Da habe ich zum ersten Mal richtig gemerkt, dass ich mich für Angelinas Figur interessiere. Und als ich dachte, dass mit dir und mir nichts wird, hatte ich so eine Phase, in der ich mich mit den Freundinnen in meiner Schule zusammen für Jungs begeistert habe. Mit den Mädchen über Sex zu sprechen, war immer ziemlich aufregend. Wenn ich dann mit einem Jungen im Bett war, fand ich das weniger toll. Ich dachte immer, es sei vielleicht der Falsche, mit dem ich zusammen war, und weil mich die Jungs an der Schule gut fanden, hatte ich so ziemlich einen nach dem anderen. Das fanden meine Freundinnen irgendwann nicht mehr in Ordnung. Ich bin mit einigen Jungen zusammengewesen, den die eine oder andere auch gut fand, aber immer, ohne es zu wissen, und dann gab es Stress untereinander. Eine von den Mädchen hat mich deshalb sogar als Hure beschimpft. Von den Jungen blieben eine ganze Reihe in mich verliebt, obwohl ich schon mit denen Schluss gemacht hatte. Schließlich fühlten sie sich von mir ausgenutzt und meinten, ich wüsste nicht, was ich wolle. Das war ja auch so. In meiner Schule war das irgendwann ein richtiges Spießrutenlaufen. Schließlich haben meine Eltern für mich ein Musikinternat gesucht, auf dem ich jetzt bin. Dort sind überwiegend Mädchen und die wenigen Männer sind nicht gerade attraktiv. Mit einer Freundin bin ich da auch mal im Bett gewesen. Gegenseitig haben wir uns darin bestärkt, dass wir es aus Mangel an vernünftigen Männern miteinander getan hätten, aber ich glaube, sie fand es auch ziemlich aufregend. Im Moment meine ich zu spüren, dass ich mich in sie verliebt habe. Als ich dich am Flughafen wiedergetroffen habe, war ich noch einmal unsicher. Ich hatte gar kein Bild mehr von dir im Kopf, und als ich sah, dass du schon auf dem Weg bist, ein richtig schöner Mann zu werden, da wollte ich es noch einmal wissen. Außerdem hast du tierisch viel Ähnlichkeit mit deiner Mutter. Als du mir dann von Nina erzählt hast, war ich erst ziemlich eifersüchtig, vor allem war ich eifersüchtig darauf, wie du von ihr gesprochen hast. Alles schien so wichtig und so bedeutsam zu sein. Für mich war nie ein Junge so bedeutsam gewesen, mit einer Ausnahme. Und der quatschte jetzt immer von irgendeiner Nina und gab mir damit zu verstehen, dass er anscheinend seine große Liebe gefunden hatte, die ich schon die ganze Zeit vergeblich suche. Das war vielleicht ein Scheißgefühl.«

Damit beendete Cecilia ihren Bericht, der mich ziemlich umhaute.

Ich konnte mich erinnern, sie vor zwei Jahren richtig angehimmelt zu haben. Den Größenunterschied zwischen uns hatte ich nicht bemerkt und ich hatte auch nicht gespürt, dass sie das Interesse an mir verloren hatte. Im Bett hatten wir wie immer miteinander geschmust. Wie sich ihre damals noch kleinen Brüste angefühlt hatten, wusste ich noch genau, und ich hatte sogar meine Hand zwischen ihre Beine gelegt. An so etwas wie Heirat dachte ich dabei nie, aber für ihren Körper, der sich sichtbar veränderte und auch anders anfühlte, hatte ich mich wahnsinnig interessiert. Jetzt fürchtete ich, dieses Interesse wäre einseitig gewesen. Dafür schämte ich mich und sagte es ihr. Cecilia konnte sich aber auch noch an alles erinnern. Jede Berührung habe sie genossen und noch lange habe sie sich nach meinen Händen gesehnt. Im Grunde würde ihr Körper immer nach solchen Händen suchen und jedes Mal sei sie wieder enttäuscht gewesen, wenn die Jungen, mit denen sie zusammen war, nur mit ihren Schwänzen beschäftigt waren.

»Das ist übrigens bei den meisten meiner damaligen Freundinnen nicht anders gewesen«, gab sie mir zu verstehen.

Ich wollte wissen, was an meinen Händen so besonders wäre.

»Besonders an denen ist, dass du sie benutzt und dass sie mich spüren lassen, dass du das, was du anfasst, auch wirklich schön findest. Ich kann die Lust in deinen Händen spüren und ich merke, wie du aufgeregt und zärtlich zugleich bist«, erklärte sie.

»Darauf kann ich mir ja anscheinend richtig was einbilden«, gab ich zurück.

»Bei dir hatte ich immer ein gutes Gefühl, ohne Angst zu bekommen«, sagte Cecilia, »und mit dir hätte mein erstes Mal sicher gar nicht weh getan.«

Über dieses Kompliment freute ich mich und nachdem sie eingeschlafen war, lag ich noch lange wach. Mir war peinlich, dass sie Geschichten aus ihrem doch ziemlich wilden Sexleben erzählt hatte und ich noch keinerlei Erfahrungen vorweisen konnte. Plötzlich kam ich mir klein und unerfahren vor.

Über meine gelobten Hände dachte ich auch noch lange nach. Dabei fiel mir ein, dass meine Mutter mich früher stundenlang gestreichelt hatte, wenn wir beispielsweise zusammen am Klavier saßen oder wenn wir auf dem dicken Wohnzimmerteppich irgendwelchen Opern lauschten. Sie wusste dabei immer ganz genau, wann sie leichter oder fester streicheln musste und welche Stellen meines Rückens ihre Hand schon länger nicht mehr abgetastet hatte. Auch Karl war ein guter Streichler. Der war aber meistens mit meiner Mutter beschäftigt. Oft hatte ich ihn beobachtet, wenn ich sonntagmorgens ins Bett meiner Eltern kam und wir dort gemeinsam frühstückten. So kam ich zu dem Schluss, dass gutes Streicheln wohl gelernt sein müsse. An diesem Punkt hatte ich anderen Jungen etwas voraus. Das beruhigte mich, den sexunerfahrenen Tim aus Berlin so weit, dass auch ich endlich einschlafen konnte.

Post aus Berlin

Am nächsten Tag war uns gar nicht danach, zum Meer zu laufen. Wir gingen die ganze Strecke zum Wasser spazieren, und am Strand verzichteten wir auf die Gymnastik. Währenddessen hielt ich Cecilia an der Hand. Der gewisse Zauber und die damit verbundene Spannung zwischen uns beiden war verflogen. Einerseits war ich darüber ein bisschen traurig, andererseits erleichtert. Manchmal hatte ich mir nämlich vorgestellt, Nina von Cecilia zu erzählen. In meinen Gedanken wusste ich nicht, wie ich es hätte anstellen sollen, ohne dabei zu erwähnen, was wir alles miteinander erlebt hatten. Ich hätte niemals lügen wollen, aber bei dem Gedanken, ehrlich zu sein, wurde mir heiß und kalt zugleich. Dass Cecilia Frauen mehr liebte als Männer, befreite mich aus diesem Zwiespalt. Außerdem bremste es meine Gefühle Cecilia gegenüber, weil eine Grenze deutlich geworden war, die wir nicht überschreiten würden. Zwischen uns würde es immer bei Geschwisterliebe bleiben. Cecilia war somit für Nina keine Konkurrentin, und meine Gedanken an beide Frauen verloren jegliche Befangenheit.

Als mir das immer klarer wurde, fühlte ich mich plötzlich frei. Ich war nicht mehr hin- und hergerissen. Dieses Glücksgefühl stieg in mir auf, als wir den Strand erreicht hatten. Ohne ein Wort zu sagen, nahm ich Cecilia auf meine Arme und trug sie am Wasser entlang. Sie war so leicht und ich fühlte mich so stark, wie noch nie. Sie hielt ihre Augen geschlossen und lächelte. Als ich sie ansah, kam mir die Melodie eines Stückes von Chopin in den Sinn. Die summte ich ihr vor. Es war die Anfangsmelodie von *In mir klingt ein Lied*. Cecilia kannte das Stück, und ich sollte versprechen, es ihr vorzuspielen, wenn wir nach Hause kämen. Als ich mich umdrehte, um den Rückweg anzutreten und mein Versprechen einzulösen, sah ich unsere Spuren im Sand. In einiger Entfernung entdeckte ich den Punkt, an dem ich meine Schwester auf den Arm genommen hatte. Dabei fiel mir ein Spruch ein, den ich im Schlafzimmer meiner Oma Christine mehrmals gelesen hatte. Der hieß *Spuren im Sand*. In dem Spruch erzählte jemand, er sei mit seinem Herrn am Strand entlanggegangen und schaute sich um, so wie ich gerade. In den Spuren, die er im Sand zurückgelassen hatte, sah er alles wieder, was in seinem Leben geschehen war und gerade da, wo es ihm besonders schlecht ergangen war, entdeckte er nicht zwei, sondern nur eine Spur. Er wandte sich vorwurfsvoll an seinen Begleiter und fragte ihn, warum er ihn ausgerechnet da alleine gelassen hätte, als es ihm so schlecht gegangen wäre. Der Begleiter antwortete: »Vertraue mir, mein Kind, nie ließ ich dich allein, schon gar nicht in den Zeiten deiner größten Not, und da, wo du nur eine Spur im Sand erkennst, sei ganz gewiss, da hab ich dich getragen.«

Als ich diesen Spruch gelesen hatte, konnte ich mich erinnern, ganz tief in mir traurig und glücklich zugleich gewesen zu sein. So war das auch, als ich mich von Nina verabschiedet hatte und so war es jetzt mit Cecilia, die aber leider immer schwerer wurde, so dass ich Anstalten machte, sie abzusetzen.

Sie wehrte sich, indem sie sich noch näher an mich drückte und dabei Geräusche machte, wie ein Baby. Das fand ich süß, aber angesichts meiner schwindenden Kräfte auch ein bisschen albern. Als ich schließlich nicht mehr konnte, hockte ich mich mit ihr hin und setzte sie auf meinen Schoß. Ich weiß nicht, ob es an meiner Kraftlosigkeit lag oder an dem, worüber wir in der letzten Nacht gesprochen hatten, aber die sonst übliche Erektion blieb aus. Plötzlich hüpfte Cecilia auf mir herum und wollte wissen, was denn jetzt mit mir los sei. Ich erklärte das damit, dass unsere Liebe ja nun nicht mehr über das geschwisterliche Verhältnis hinausginge und sie ohnehin mehr an meinen Händen interessiert sei.

»Aber von denen habe ich nichts, wenn du mich nicht mehr schön findest«, gab sie zurück und küsste mich in diesem Augenblick zum ersten Mal auf den Mund. Es dauerte keine zehn Sekunden, bis mein kleiner Freund sich aufgerichtet hatte. Daraufhin stand sie auf und reichte mir ihre Hand, um mir aufzuhelfen.

Dabei sagte sie: »Jetzt bin ich wieder beruhigt.«

Damit kam ich nun wieder nicht klar. Auf dem Nachhauseweg sprach ich sie darauf an. Sie blieb stehen: »Tim, es gibt halt nicht nur ein Entweder-oder, sondern auch ein Sowohl-als-auch. Und die Tatsache, dass ich wohl Frauen mehr liebe als Männer, hat doch nicht zur Folge, dass ich es nicht mehr schön finde, mit dir in einem Bett zu sein. Unsere Nähe ist sogar das Schönste, was ich bisher an Sex erlebt habe.«

Dieses Eingeständnis brachte mich durcheinander, aber es freute mich auch, und ich wurde neugierig darauf zu erfahren, warum es mit mir im Bett schöner sei, als mit all den Kerlen, die ja schließlich richtig mit ihr geschlafen hatten.

Cecilia erklärte: »Lass die Kerle einfach mal weg. Die meisten von denen haben eh nur mit sich selbst zu tun. Deren größte Sorge ist, dass ihr Schwanz zu klein sein könnte und außerdem haben sie ständig Angst, im wichtigsten Moment keinen hochzukriegen. Viele haben deshalb eigentlich keinen Sex mit Frauen, sondern vor allem Stress mit sich selbst. Aber das ist ganz allein deren Problem, denn keine meiner damaligen Freundinnen hat ihren Freund jemals nach der Größe seines Geschlechtsteiles beurteilt. Wir hatten eher bei denjenigen ein bisschen Angst, die sich darauf etwas hätten einbilden können. Und bis wir Mädchen schließlich soweit entspannt waren, um endlich auch was fühlen zu können, waren die Jungs meistens schon fertig. Stell dir vor, obwohl ich wirklich schon oft Sex hatte, habe ich selbst noch keinen einzigen richtigen Höhepunkt gehabt. Nur bei dem Mädchen habe ich mal einen miterlebt, aber das war nicht meiner.«

Ich muss zugeben, dass mich Cecilias Offenheit zum Teil schockierte, aber ich hatte auch das Gefühl, mit ihr über Sachen reden zu können, die ich mit niemandem sonst hätte bequatschen wollen. Ihre Erfahrungen erschienen mir ungeheuer wertvoll. Auf keinen Fall wollte ich bei Nina irgendetwas falsch machen. Ich beschloss an diesem Morgen, dass mir Cecilia dabei helfen sollte.

Zu Hause spielte ich ihr *In mir klingt ein Lied* vor, und Cecilia schwärmte, meine Hände seien in jeder Hinsicht einzigartig.

An dem darauffolgenden Tag mussten wir unsere Proben abschließen. Abends kam mein Vater, der von Berlin aus für Angelina, Cecilia und mich eine Fahrradtour mit Mountainbikes für die nächsten zehn Tage in den nahe gelegenen Bergen entlang der Küste organisiert hatte. Wir sollten in Zelten übernachten.

Unser Willkommenskonzert für meinen Vater, über die *Männer, welche Liebe fühlen* und über *Das Mädchen oder Weibchen* kam überraschend gut an. Karl bat mich, die *Kinderszenen* noch einmal vorzuspielen, die ihm bei meinem Abschiedskonzert so gut gefallen hatten. Als er mir zuhörte, sah ich, dass er richtig gerührt war. Danach saßen wir noch sehr lange zusammen. Unsere Eltern sprachen mit ihren Freunden über Berlin und über all das, was sich seit der Wiedervereinigung verändert hatte. Cecilia und ich waren damals noch Kleinkinder. Abends kam mein Vater in unser Zimmer. Dieses Mal gab er uns beiden einen Gutenachtkuss. Unter seinem Arm hatte er ein Schreibheft. »Das hat eine Nina für dich abgegeben«, erklärte er.

Ich bedankte mich bei ihm und fühlte mich wie betäubt, als ich das Heft in den Händen hielt. Kaum war die Deckenlampe aus, knipste Cecilia ihre Nachttischlampe an und klopfte mit der Hand neben sich auf die Matratze. Sie sagte: »Komm her, mein Bruder« und platzte dabei fast vor Neugierde. Als ich zögerte, wollte sie wissen, ob ich jetzt etwa Geheimnisse vor ihr haben wolle, wo sie mir etwas verraten habe, was sie vorgestern selbst nicht einmal mit Sicherheit hätte sagen können. «Selbst meine Mutter wird es erst in ein paar Jahren erfahren«, versuchte sie mich zu überreden. Mit ihrem Eingeständnis gelang ihr das auch, aber mich zu ihr ins Bett zu legen fiel mir dieses Mal schwer. Ich hatte Angst, in Ninas Heft käme irgendetwas zum Vorschein, was mir Cecilia gegenüber peinlich wäre. Nina war ja genauso unerfahren wie ich. Gerne hätte ich ihr Geschenk erst einmal alleine angeguckt, aber die nächste Nacht würden wir im Zelt verbringen und vorher waren wir mit dem Fahrrad unterwegs. Ich wusste gar nicht, ob ich das Heft auf diese Tour mitnehmen wollte. Ich hatte eigentlich keine Wahl. Es war sehr spannend, die erste Seite aufzuschlagen. Da war ein Bild von Nina eingeklebt. Darüber stand »Hallo Tim«, und weiter unten »damit du mich nicht vergisst«. Auf den nächsten Seiten hatte sie Tagebuch geführt und einfach erzählt, was sie unternommen hatte und wann sie an mich gedacht hatte. Hin und wieder kamen noch kleinere Bilder von ihr, an anderen Stellen hatte sie etwas gemalt und einmal hatte sie eine Haarsträhne eingeklebt, weil sie zum Friseur gegangen war. Cecilia war beeindruckt, weil Nina in der Zeit, in der ich hier bei ihr war, ständig an mich geschrieben hatte.

»So einen langen Brief habe ich noch nie in meinem Leben bekommen«, sagte sie. Außerdem fand sie Nina schön und wollte wissen, ob ich mir nicht ein Leben mit zwei Frauen vorstellen könne. Sie würde dann versuchen, Nina davon zu überzeugen, dass ein Leben mit Mann und Frau durchaus reizvoll sei. Das ging mir nun ein bisschen weit und ich beschloss, mich wieder auf meine Matratze zurückzuziehen. Cecilia versprach daraufhin, ganz still zu sein, bat mich aber zurückzukommen. Ich tat ihr den Gefallen und so lagen wir nebeneinander auf dem Bauch und begannen zu lesen. Dabei streichelte Cecilia meinen Rücken:

Berlin, 28. Juni
Heute ist schlechtes Wetter. Gut dass ich tanzen gehen kann. In den Ferien gibt es haufenweise Extrakurse. Gestern Abend war es noch warm. Ich war spazieren, einfach so, und plötzlich war ich in der Straße, in der du wohnst. Ich konnte mich gar nicht erinnern, wie ich dahin gekommen bin, aber plötzlich stand ich vor eurem Haus. Als ich noch schade fand, dass du weg bist, habe ich Licht gesehen. Irgendwie habe ich dann gehofft, dass vielleicht etwas dazwischengekommen sei und dass ihr nicht hättet verreisen können. Ich wollte unbedingt wissen, ob du da bist. Deshalb konnte ich nicht anders und habe geklingelt. Als die Haustür aufgedrückt wurde, hatte ich richtiges Herzklopfen. Als ich die Treppe hoch lief, hoffte ich einerseits, dich zu sehen.

Andererseits wäre ich fast ein bisschen sauer gewesen, wenn du da gewesen wärst und es mir nicht gesagt hättest. Ich vermisse dich so. Oben stand nur dein Vater in der Tür. Er war sehr nett und hat erklärt, dass er doch noch habe arbeiten müssen. Aber ihr wärt gut angekommen. Das hat mich gefreut. Gerne wüsste ich, wie es in San Francisco ist und was ihr so treibt. Wer sind eigentlich die Leute, die ihr da besucht? Das musst du mir alles erzählen, wenn du zurück bist. Gerne wäre ich mal in dein Zimmer gegangen, aber es wäre mir peinlich gewesen, deinen Vater darum zu bitten. Mensch Tim, wir kennen uns erst so kurz und trotzdem habe ich das Gefühl, dass du für mich im Moment der wichtigste Mensch bist. Hoffentlich ist das für dich auch so. Manchmal frage ich mich, wie so etwas überhaupt passieren kann. Stell dir einmal vor, ich hätte mich an dem Abend deines Abschiedskonzertes nicht neben dich gesetzt oder stelle dir vor, du wärst an diesem Abend nicht ebenso mutig gewesen. Wie du mich beim Klavierspielen angeguckt hast, war total toll und als du »Für Nina« gesagt hast, da fand ich dich nicht nur witzig, sondern mein Gefühl für dich war so extrem, dass ich dich hätte auf der Stelle heiraten mögen. Nimm das jetzt bloß nicht zu ernst, aber es war so ein Gefühl. Mal gucken, was davon übrig bleibt, wenn wir uns jetzt sechs lange Wochen nicht sehen. Manchmal komme ich mir vor, wie eine Blume, die kein Wasser kriegt und Hunger habe ich auch keinen.

Dein Vater hat mir erzählt, dass er erst in einer Woche hinterherfliegen wird und da hatte ich nachts im Bett die Idee mit diesem Tagebuch. Ja, ja, ich denke auch nachts an dich, und wenn es dunkel wird, wünsche ich mir noch viel mehr, dass du bei mir bist, aber dann muss ich schon wieder an meine Eltern denken. Das Heft muss ich vor denen verstecken, und wenn sie wüssten, dass ich mich am letzten Sonntag in der Kirche bei meinem Gott dafür bedankt habe, dass er mir dich geschickt hat, hätten sie wohl im Garten einen Scheiterhaufen aufgebaut. Wer dann im Feuer hätte schmoren müssen, du oder ich, ist mir noch nicht so ganz klar, aber ich werde jeden Tag als Erste in den Briefkasten gucken, um einen Brief oder eine Karte von dir abzufangen.

An dieser Stelle lief mir ein kalter Schauer über den Rücken. Ich stellte mir vor, wie Nina jeden Tag an den Briefkasten gegangen war und auf Post von mir gewartet hatte. Bislang hatte ich nicht geschrieben. Warum war mir bloß diese Idee nicht gekommen. Ich forderte Cecilia auf, mir mal in den Hintern zu beißen, ich käme nämlich selbst nicht dran. Sie nahm diese Aufforderung, die ich als Witz gemeint hatte, wörtlich und biss so fest zu, dass ich die Stelle an den darauf folgenden Tagen beim Fahrradfahren noch spürte und schon deshalb jeden Tag daran dachte, Nina eine Karte zu schreiben. An diesem Abend unterbrach ich aber erst einmal das Lesen, um auf der Stelle einen Brief zu beginnen. Cecilia wollte mir dabei helfen. »Nina braucht jetzt erst einmal eine Erklärung, warum du bisher noch nicht geschrieben hast«, sagte sie. »Was gibt's da zu erklären?«, wollte ich wissen. »Ich war einfach dämlich, und dazu muss ich jetzt stehen.« Das fand Cecilia gar nicht romantisch und schlug zwei, aus ihrer Sicht akzeptable Varianten vor. Die eine wäre, ich wollte Nina vor den Eltern schützen und keine Briefe schreiben, die ihre Liebe verraten würden. Die andere wäre, ich wollte mich selbst vor dem Schmerz bewahren, in der Ferne an die unerreichbare Nina zu denken. Ich fand, dass an beidem was dran sei und beschloss, die Varianten miteinander zu verbinden. Außerdem machte Cecilia den Vorschlag, das Datum um einige Tage vorzuverlegen. Ich hätte gar kein Datum eingetragen und wollte wissen, warum. Cecilia giftete mich an: »Brauchst du vielleicht einen Beratervertrag, um deine Beziehung in den Griff zu bekommen? Du musst den Eindruck erwecken, dass du nicht erst auf das Tagebuch antwortest.« Deshalb sollte ich mir auch nicht einfallen lassen, von dem heutigen Konzert und von meinem Vater zu schreiben. Der wäre nämlich noch nicht da, sondern ich würde mich auf ihn freuen, weil ich durch ihn vielleicht etwas von Nina erfahren würde.

Cecilia gelang es prima, sich in meine wartende Nina hineinzuversetzen, und so wurde auch der Brief richtig gut. Ich freute mich, ihn gleich morgen abzuschicken. Als er fertig war, fielen uns fast die Augen zu.

Als das Licht aus war, wollte ich wissen, welchen Eindruck Cecilia von Nina habe. Sie meinte, dass wir beide wohl gut zueinander passen würden, und dass Nina ihr sehr verliebt vorkäme. Als ich mich damit schon zufrieden geben wollte, ergänzte sie noch, sie würde sich wünschen, mal jemanden zu treffen, der oder besser gesagt die ihr auch einen solchen Brief schreiben würde. Dabei fing sie wieder an zu weinen, aber sie wollte gar nicht getröstet werden, sondern sie meinte, dass es so schön sei, das mitzubekommen, weil sie nun wüsste, wonach sie suchen wollte.

Sie wollte mir wohl zu verstehen geben, dass sie von meinen Erfahrungen etwas Wichtiges gelernt hatte. Das erste Mal konnte sie nachvollziehen, wie es war, verliebt zu sein. Als mir das klar wurde, tat sie mir irgendwie leid. Mit dem Gefühl, dass die Tage derzeit einfach zu kurz seien für das, was sie an Erlebnissen für uns bereit hielten, schlief ich ein.

Fahrradabenteuer

Wir hatten morgens schon alles gepackt, denn um zehn Uhr wurden wir von dem Reiseunternehmen, das Karl von Berlin aus mit der Organisation unserer Fahrradtour beauftragt hatte, mit Kleinbussen abgeholt.

Wir passierten die Golden Gate Bridge und fuhren in die direkt angrenzende Hügellandschaft. Die Natur in unmittelbarer Nähe von San Francisco ist atemberaubend.

Von unserer Tour hatte ich Nina viel zu erzählen und auf den Postkarten mussten die Buchstaben richtig gequetscht werden, damit ich alles draufbekam. An manchen Orten konnte man T-Shirts kaufen, die das Wahrzeichen zeigten, das wir gerade besichtigt hatten. Einmal war es ein Leuchtturm, einmal ein altes, geheimnisvolles Haus, dann unglaublich dicke Bäume und natürlich war die Golden Gate Bridge auch dabei. Schließlich hatte ich vier T-Shirts, und das letzte musste Cecilia mit in ihr Gepäck stecken, weil es bei mir nicht mehr in den Rucksack passte.

Angesichts meiner Geschenke und der Karten, die ich nun fast täglich losschickte, freute ich mich immer mehr auf meine Ankunft in Berlin. Cecilia merkte das, glaube ich. Tagsüber fuhr sie oft mit Angelina zusammen, während ich daran interessiert war, vor meinem Vater den einen oder anderen Berg mit meinem Fahrrad hinaufzukommen. Um das zu schaffen, musste ich immer in seiner Nähe bleiben. Bei langen, eher flachen Aufstiegen gewann er meistens. Wenn die Anstiege aber kurz und steil waren, hatte er zu meiner Überraschung gar keine Chance. Oft kamen wir keuchend und schwitzend oben an.

Einmal fuhr ich mit Cecilia zusammen und hatte dabei gar nicht an ein Wettrennen gedacht. Angelina und Karl waren weit hinter uns, weshalb ich eine plötzliche Attacke meines Vaters nicht fürchten musste. Die kam von Cecilia und bis ich gemerkt hatte, dass sie mit mir um die Wette fuhr, hatte ich schon verloren. Einerseits lag das an dem Vorsprung, den sie herausgefahren hatte. Andererseits aber auch daran, dass sie unerwartet schnell war. Auf den 200 Metern bis zum Gipfel kam ich zwar ein paar Meter näher an sie heran, aber einholen konnte ich sie nicht mehr. Als wir oben ankamen, lachte sie triumphierend, worauf ich ihr erklärte, dass ich sie nicht gewinnen lassen wollte.

»Ich dich auch nicht«, gab sie kurz und knapp zurück. Außerdem meinte sie, dass ich Nina von diesem Wettrennen berichten sollte. Ich entgegnete, bislang ja noch gar nichts über sie geschrieben zu haben.

»Dann fängst du jetzt damit an«, meinte sie.

Meiner Meinung nach war das aber irgendwie seltsam, plötzlich über jemanden zu schreiben, von dem bislang noch gar nicht die Rede gewesen war.

»Noch seltsamer wäre allerdings, mich gar nicht zu erwähnen«, entgegnete Cecilia, »um irgendwann in Berlin damit rauszurücken, dass du die ganze Zeit mit einem Mädchen zusammen warst, das auch noch in deinem Alter ist.« Das fand ich nachvollziehbar und als ich noch darüber nachdachte, dass sie mich schon wieder vor einem Fehler bewahrt hatte, sagte sie: »Keine Angst Tim, diesmal beiße ich dich nicht, selbst wenn du darum bittest.«

Diese Urlaubskarte war etwas vertrackt, aber, wie ich fand, sehr gelungen. Ich schrieb – diesmal ohne Cecilias Hilfe:

Hi Nina,
die Fahrradtour ist wunderschön, aber langsam fange ich an, die Tage zu zählen, die wir noch hier sind. Schade, dass du nicht mehr da bist, wenn ich zurückkomme. In den zwei Wochen bis zu deiner Rückkehr werde ich wohl ganz viel Klavier üben. Aber vielleicht wirst du ja krank und bist wider Erwarten doch da, wenn ich eintreffe. Ich werde auf jeden Fall auch mal gucken kommen. Lass als Zeichen einfach in deinem Zimmer das Licht an. Heute habe ich mein erstes Fahrradrennen gegen meine Gastschwester verloren, aber gegen meinen Vater gewinne ich meistens. Hab ich dir eigentlich schon von Cecilia erzählt? Sie ist so alt wie wir und spielt ganz toll Cello. In den ersten zwei Wochen haben wir einige Stücke zusammen einstudiert. Unser Konzert hat sogar meinem Vater gefallen. Ich hätte mir gewünscht, du wärst dabei gewesen. Dann hätte ich dich die ganze Zeit angeguckt.

Gerne würde ich noch was schreiben, aber mir fehlt der Platz. Mach's gut und auf bald, dein Tim.

Cecilia bestand darauf, die Karte vorgelesen zu bekommen. Als ich geendet hatte, pfiff sie anerkennend durch die Zähne und hielt mich für enorm lernfähig. Dann meinte sie, ich würde es sicher tragisch finden, nach Hause zu kommen und Nina erst einmal nicht anzutreffen.

»Stimmt«, gab ich zurück.

»Wann fährt sie denn los«, wollte Cecilia wissen.

Weil ich aber schon wieder das Gefühl hatte, ausgehorcht zu werden, wurde ich patzig. Cecilia erwiderte streng, dass sie auf ihre Frage eine sehr präzise Antwort bräuchte, um mir nicht wieder in meinen süßen Hintern beißen zu müssen. Schnell rechneten wir aus, dass die Karte, die ich gerade in Händen hielt, die letzte war, die wohl sicher eintreffen würde, bevor Nina abfahren müsste. Deshalb gab Cecilia mir den Tipp, folgende Zeile an den Rand zu quetschen:

Alles Weitere schreib ich hier in ein Tagebuch. Das kannst du dann lesen, wenn wir uns wiedersehen.

Als wir die Karte zum Briefkasten brachten, hatte ich Cecilia im Arm. Manchmal überlegte ich, wie ich das ohne sie überhaupt alles hinkriegen würde. Als die Karte in dem Schlitz verschwunden war, drehte ich mich zu ihr um und sagte: »Cecilia, ich liebe zwar Nina, aber dich fast genauso, und wenn du nicht Frauen mehr lieben würdest als Männer, hätte ich jetzt ein richtiges Problem.«

Sie sagte: »Danke Tim, aber ich glaube, das habe ich schon gemerkt und übrigens ist es bei mir nicht anders. Ich liebe dich auch, nur bist du leider ein Mann.«

Diese gegenseitigen Eingeständnisse hatten unsere Gefühle füreinander wieder voll entflammt. Auf der Fahrradtour waren sie zwischenzeitlich ein bisschen abgekühlt, was mir eigentlich ganz recht war.

Außerdem hatte ich sie ein bisschen getäuscht. In der letzten Nacht vor unserer Tour war ich heimlich aufgestanden und hatte Ninas Brief zu Ende gelesen. Cecilia hatte ich am nächsten Tag gesagt, ich hätte ihn unter meinem Kopfkissen vergessen. Da lag er auch. Das Foto hatte ich aber vorsichtig herausgetrennt und eingesteckt. Ich wollte nicht wirklich ein Geheimnis vor Cecilia haben, aber ich fand, dass vieles von dem, was Nina geschrieben hatte, sie nichts anging. Das, was auf den vielen Seiten stand, war auch nicht weiter spektakulär, aber trotzdem ging mir jedes einzelne Wort unter die Haut. Davon, dass sie meinen kleinen, großen Freund gespürt hatte, schrieb sie natürlich nichts. Aber dass es schön war, bei mir zu sitzen und nah an mir dran zu sein, erwähnte sie schon. An einer Stelle lobte sie meine Manieren und meine vornehme Zurückhaltung. Sie fand gut, wie ich ihr gezeigt hatte, abwarten zu können. Das schrieb sie mehrmals. An diesen Stellen hatte ich fast ein schlechtes Gewissen, so gelobt zu werden, weil ich nur zu gut wusste, dass ich mich eigentlich anders verhalten wollte. Aber das war nur die eine Seite. Auf der anderen hatte ich das Gefühl, dass sie mir da was einredete, damit ich das am Ende selbst gut fände. Lust meinte sie, sei so ähnlich wie Hunger. Hunger könnte man auf verschiedene Arten stillen. Die Spanne läge zwischen Fast Food und einem feinen Restaurant, in dem ein erlesenes Sechs-Gänge-Menü serviert würde. Wir hätten uns für das feine Restaurant entschieden und hätten gerade die Speisekarte in die Hand genommen. Ihr wäre schon das Wasser im Mund zusammengelaufen, und sie würde sich auf den ersten Gang mit mir freuen. Diesen Vergleich fand ich ziemlich phantasievoll. Abgesehen davon, dass mir von Hamburgern bislang immer schlecht geworden war, hätte ich mich genau wie sie für das Menü entschieden. Ich fand es schön, in einem gewissen Abstand kleine Speisen einzunehmen, die fein aufeinander abgestimmt waren. Angesichts dieses Vergleichs dauerte der Sex mit Nina in meiner Vorstellung Stunden. Da schienen wir schon eine ähnliche Vorstellung zu haben, wie wir uns gegenseitig genießen wollten, aber ich sollte mich gedulden.

Im Vergleich dazu hatte Cecilia bislang überwiegend amerikanisches Fast Food kennen gelernt. In gewisser Weise war ihr davon auch schlecht geworden. Trotz ihrer ganzen Erfahrung, die sie mir zweifelsohne voraus hatte, tat sie mir leid. Das war der zweite Grund, warum ich ihr Ninas Brief vorenthalten wollte.

Als ich in dieser Nacht wieder in ihr Bett zurückkam, streichelte ich sie noch ganz lange. Immer wenn ich aufhörte, brummte sie verschlafen, bis ich weiter machte. Den Gefallen tat ich ihr gerne. Von ihr wusste ich so viel über Frauen, Männer und natürlich über Sex. Sie hatte von Nina und mir etwas über die Liebe erfahren und sie hatte mit mir herausgefunden, dass sie Frauen mehr liebte als Männer.

In den paar Tagen hatten wir etliches voneinander gelernt und es sollte noch mehr dazu kommen. Das lag daran, dass wir Vertrauen zueinander hatten. Manchmal frage ich mich, warum nicht mehr Frauen und Männer so offen miteinander sein können wie wir beide. Vieles wäre dann bestimmt schöner, im Bett vor allem, aber vielleicht auch im übrigen Leben.

Als wir vom Briefkasten zurückkamen und im Zelt wieder nebeneinander lagen, war ich Cecilia sehr dankbar. Sie hatte an so vieles gedacht, was hätte schief gehen können und ich stellte mir vor, wie Nina die Karte aus dem Briefkasten nahm. In dem Augenblick fragte Cecilia: »Woran denkst du?«

»Ich frage mich, wie du es immer hinkriegst, an die vielen wichtigen Sachen zu denken«, sagte ich. »Wenn dir das mit der Post nicht eingefallen wäre, hätte Nina bald ein Problem bekommen.«

»Ich gucke ja quasi als Unbeteiligte zu und dein Glück ist mir schon wichtig. Aus dieser Position kann man anders beobachten.«

»Mag sein«, sagte ich. »Aber ich werde dir das nie vergessen.«

»Ich werde dich auch nie vergessen«, gab sie etwas ironisch zurück.

Nach einer längere Pause fragte Cecilia: »Weißt du, worüber ich seit einiger Zeit immer wieder nachdenken muss?« Ohne auf meine Entgegnung zu warten fuhr sie fort: »Ich finde, dass ich in meinem Leben auch noch nie richtigen Sex gehabt habe.«

Ich wollte wissen was sie meinte.

»Ich meine, dass ich noch nie richtig verliebt war und dass noch niemand so richtig in mich verliebt gewesen ist. Viele Jungs fand ich sympathisch, und dann haben wir es miteinander gemacht. Danach war mein Gefühl für den Jungen schon fast wieder vorbei. Es war immer wie mit einem kleinen Feuer, das gerade anfangen wollte zu brennen, und dann wurde es vom Wind auch schon wieder ausgeblasen. Es gab Jungs, mit denen hab ich es noch mal versucht, weil sie mir leidtaten und ich ihnen nicht weh tun wollte. Aber wenn das Feuer aus ist, kommst du früher oder später nicht daran vorbei weiterzuziehen, weil es in seiner Nähe einfach arschkalt ist. Und ob das bei dem Mädchen anders wird, von dem ich dir erzählt habe, steht noch in den Sternen. Ich weiß überhaupt nicht, wie das weitergehen soll und ob es überhaupt weitergeht. Eine Karte hat sie mir bislang noch nicht geschrieben, geschweige denn einen Brief. Das ging mir durch den Kopf, als du Ninas Brief bekommen hast. Und als ich mir das klar gemacht habe, da war das Fünkchen Hoffnung schon wieder verpufft, dass es mit diesem Mädchen anders laufen könnte. Mensch Tim, wenn Menschen so richtig verliebt sind, sind enorme Gefühle im Spiel und es ist fast unmöglich, nicht an denjenigen oder diejenige zu denken. Und geschrieben habe ich ihr auch noch nicht. Als ich das von Nina gelesen habe, wie sie sich bei dem Konzert gefühlt hat, als du sie einfach nur angeguckt hast, nein, ich glaube, das hat bei mir noch nie jemand gefühlt.«

Sie machte eine kurze Pause und sagte weiter: »Vielleicht geht das mit dem Sex auch einfach zu schnell. Dieses Warten, das an den anderen denken und die Phantasien, die sich dabei entwickeln, die lösen eine ungeheure Spannung aus. Das war mir nicht so klar. Aber eigentlich wollte ich darüber gar nicht sprechen. Ich wollte dich eher etwas fragen. Du musst aber darauf nicht gleich antworten, und wenn du es nicht willst, was ich mir von dir wünsche, verspreche ich dir, dass sich zwischen uns gar nichts ändern wird. Ich will nur den Augenblick nicht verstreichen lassen, an dem ich dich das fragen kann.«

An dieser Stelle machte Cecilia wieder eine Pause. Mir schlug das Herz bis zum Hals. Ich sagte nichts, weil ich wollte, dass sie endlich weiter sprach.

»Der einzige Junge, den ich wirklich liebe, Tim, das bist du. Und ich weiß, du liebst mich auch. Und deshalb dachte ich, mit dir zusammen könnte ich vielleicht erfahren, wie sich richtige Liebe anfühlt. Mit dir habe ich schon so oft die Spannung erlebt, und immer haben wir diese Momente vorübergehen lassen. Und davon wurde es immer noch spannender und eben an dem Briefkasten ist mir klar geworden, dass ich dich das einfach fragen muss. Ich will dir dabei aber nichts wegnehmen. Das heißt, ich möchte nicht richtig mit dir schlafen. Einmal kann ich das auch nicht wirklich, weil mein Körper das nicht will. Der hat glaube ich Angst, an die vielen Male erinnert zu werden, die mir nicht gefallen haben. Aber ich denke auch, dass es gut ist, wenn du das mit Nina zusammen erfährst.

Und als Frau – bitte Tim nimm es nicht persönlich – brauche ich deinen Schwanz nicht unbedingt. Aber ich sehne mich so nach deinen Händen. Und ich sehne mich danach, dass du mich mit diesen Händen streichelst, wo ich es am allerschönsten finde.«

Als sie jetzt wieder eine Pause machte, musste ich schlucken und selbst das Atmen fiel mir schwer. Jetzt war ich an der Reihe. Sie hatte ihre Frage gestellt und wartete auf meine Antwort.

Eigentlich war die längst klar, und das hatte viele Gründe. Natürlich war ich unglaublich neugierig und irgendwie auch total scharf auf Cecilia. Nina hin oder her, das, was Cecilia jetzt von mir wollte, hatte ich mir oft gewünscht und ausgemalt.

Als ich Ninas Brief bekam, war ich ganz froh, dass sich das Feuer zwischen Cecilia und mir etwas abgekühlt hatte. Schließlich hatte ich Nina zu unserem Abschied versprochen, auf sie zu warten. Auch wenn damals alles andere außerhalb meiner Vorstellungskraft lag, hätte ich es schon gut gefunden, an diesem Vorsatz festzuhalten. Insofern war die Antwort auf Cecilias Frage nicht ganz eindeutig. Aber die Art, mit der sie sie gestellt hatte, und wie sie dabei Nina und mich miteinbezogen hatte, weckte in mir auch den Wunsch, sie nicht zu verletzen. Und so kam ich zu dem Entschluss, ihr diesen Gefallen sehr gerne zu tun.

Ich flüsterte in ihr Ohr, dass ich ihr meine Hände gerne schenken wollte, wenn sie mir sagen würde, was ich damit tun solle. Sie flüsterte zurück, ich bräuchte bestimmt keine Hilfe und ihr Körper würde mir schon zeigen, wenn sie es besonders schön fände. Danach sagte sie nichts mehr, aber ich hörte, wie sie sich in ihrem Schlafsack auszog. Dann öffnete sie den Reißverschluss. Die Nacht war klar und fast ein bisschen kalt. Im Mondschein hob sich ihre weiße Haut gegen das dunkle Blau des Schlafsacks ab. Ich rückte zu ihr rüber, öffnete meinen Schlafsack ganz weit und deckte uns damit zu. Sie lag auf ihrer linken Seite etwas schräg vor mir und drückte sich nun fest gegen mich. Meine rechte Hand schob ich unter ihrer Schulter durch und hielt sie über ihren Brüsten fest. Mit der anderen Hand fuhr ich ihren ganzen Körper entlang. Oft umkreiste ich ihre »schönste Stelle« oder berührte sie nur beiläufig, bis ich schließlich meine Hand dort liegen ließ. Cecilia streckte sich meiner Hand entgegen und ließ mich durch ihre Bewegungen wissen, wo ich sie streicheln sollte. Ich beobachtete sie und machte einfach mit. Für mich überraschend weit vorne zwischen ihren Schamlippen war oberhalb des Schambeins eine eher kleine Stelle, die sie um meine Finger kreisen ließ. Ich drückte einfach leicht dagegen. Als ihre Bewegungen schneller wurden, atmete sie sehr tief ein und aus. Ich hatte Angst, Angelina und Karl könnten uns hören, und deshalb versuchte ich, ihr mit meiner rechten Hand den Mund etwas zuzuhalten. Das hätte ich lieber nicht getan. In dem Augenblick öffnete Cecilia ihn nämlich und biss mir auf die Finger, die hineingerutscht waren. Ihre rechte Hand fuhr zwischen ihre Beine und hielt meine Finger an dem Punkt fest, an dem sie gerade waren. Ohne weiter zu atmen, gab sie einen ganz leisen, hohen Laut von sich, als sich ihr Körper für einige Sekunden anspannte, die mir auch deshalb ewig lange vorkamen, weil sie ihren Biss nicht lockerte. Danach fiel sie auf den Schlafsack zurück und atmete so tief und schwer, als ob sie etwas ganz Anstrengendes hinter sich gebracht hätte. Sie brauchte eine Weile, um wieder richtig zu sich zu kommen. Währenddessen küsste und leckte sie meine Hand und fragte schließlich, ob sie mir weh getan habe.

Ich sagte: »Abgesehen davon, dass ich jetzt wohl das Klavierspielen an den Nagel hängen muss, ist eigentlich alles bestens.«

Sie lachte, strampelte dabei den Schlafsack weg und setzte sich auf mich. Sie wollte wissen, wie es mir ginge und ob ich irgendwelche Wünsche hätte. Wünsche hatte ich schon, aber ich wollte nicht, dass sie hier und jetzt in Erfüllung gingen.

Für diese Nacht hatte ich genug gelernt, wenn das nicht schon ein bisschen zu viel war, aber ich wartete noch lange mit meiner Antwort. In dieser Zeit des Wartens rührte sich Cecilia nicht, und ich konnte meine nackte Freundin im Mondlicht noch eine Weile betrachten.

Von ewiger Liebe

Am nächsten Morgen war Cecilia auffallend still. Ich hatte das Gefühl, dass sie alles um sich herum genau beobachtete. Auf unserer Tour wich sie nicht von meiner Seite. Als wir einen sicheren Abstand zu Angelina und Karl herausgefahren hatten, fragte sie mich, ob meine Eltern von unserer

Nacht wohl etwas mitbekommen hätten? Ich meinte, sie beruhigen zu können, weil sie wirklich leise gewesen sei, und außerdem sei meine Familie da eher locker. Oft hatte ich gespürt, dass meine Eltern Lust aufeinander hatten, und sie machten sich auch keine Mühe, das zu verbergen. Angelina hatte ich einige Male auch gehört, wenn ich mich sonntagmorgens auf den Weg ins Schlafzimmer machte. In solchen Fällen wartete ich vor der Tür, bis es eine Weile still blieb. Erst dann ging ich rein.

»Aha«, sagte Cecilia etwas erleichtert und bestätigte, dass ihr meine Eltern für die lange Zeit, die sie zusammen seien, noch sehr verliebt vorkämen. Ich fand das auch, konnte mir aber nicht vorstellen, dass dieses Gefühl irgendwann einmal verschwinden könnte. Cecilia war jedenfalls beruhigt und somit war dieses Thema erledigt.

Nach einer Weile fragte sie, wie es mir ginge. Darüber hatte ich noch gar nicht nachgedacht, aber mir ging es gut. Cecilia erkundigte sich noch nach meinen Fingern. Die hatten die Nacht auch gut überstanden.

»Ist alles in Ordnung mit dir?«, wollte sie noch wissen, worauf ich mich wunderte, warum sie so genau nachfragte. Cecilia war mit der Sorge beschäftigt, in der letzten Nacht zu weit gegangen zu sein. Mich interessierte eher, ob es ihr gefallen habe.

Sie erzählte: »In der letzten Nacht hatte ich ohne Übertreibung das schönste Erlebnis meines ganzen Lebens, aber danach konnte ich nicht einschlafen. Mir ging noch so vieles durch den Kopf. Gerne hätte ich dich geweckt, um mit dir darüber zu reden, aber du hast so tief geschlafen. Ich wollte einfach wissen, wie du das empfunden hast. Ich habe dann eben alleine darüber nachgedacht, wie das eigentlich für mich war, und ich hab total lange gebraucht, bis ich mir das selbst beschreiben konnte. Das hat nämlich was mit meinem Körper zu tun, der mir sagt, dass er etwas will und etwas braucht. Und irgendwie will er das unbedingt haben, aber mein Kopf sagt immer »nein« und versucht dem Körper zu erklären, das wäre gar nicht so wichtig.

So war es die ganze Zeit über. Gestern Nacht hat dann mein Kopf zum ersten Mal nachgegeben. Er hat gesagt, das mit dir ginge schon in Ordnung und er müsse auf den Körper nicht mehr aufpassen. Das war wie eine warme Welle, die aus meinem Körper in meinen Kopf geflossen ist. Wie ein Damm, der plötzlich nicht mehr da war und der das Wasser nun ungehindert fließen ließ. Und plötzlich waren mein Kopf und mein Körper nicht mehr zu trennen. Ich war absolut eins. Eins mit mir und eins mit dir. Es gab keinen Widerstand mehr und ich hatte das Gefühl, du hättest alles mit mir machen können, nur eins nicht. Du solltest auf keinen Fall aufhören. Das war plötzlich meine größte Sorge. Und Tim, du bist der einzige Mensch, bei dem ich das jemals so empfunden habe, und ich weiß nicht, wie ich so was mit jemand anderem erleben kann. Ich meine, es gibt niemanden, zu dem ich mehr Vertrauen habe als zu dir, sonst könnte ich dir das auch gar nicht erzählen.

Bei allen anderen Jungs hatte ich eine Angst, die aus meinem Kopf nicht rauszubekommen war und schließlich hat mein Kopf meinen Körper zu etwas gezwungen. Irgendwie hatte ich auch Lust dazu, aber diese Angst ist nie richtig verschwunden. Manchmal denke ich eher, das Gegenteil ist passiert. Mit jeder Erfahrung wurde ich mir sicherer, es würde beim nächsten Mal wieder so sein, und ich habe mich mehr und mehr verschlossen. Und dadurch, dass ich mich verschlossen habe, war es ja zwangsläufig wieder so, bis ich mich nicht mehr zwingen konnte oder wollte. Es war ein Kreis oder eine Schleife, in der sich meine Erfahrungen immer weiter bestätigt haben. Vielleicht meine ich auch deshalb, dass ich Frauen mehr liebe als Männer, aber eigentlich glaube ich jetzt, dass es mir im Gegensatz zu meinen Freundinnen einfach schwerer fällt, mich auf Männer einzulassen. Außerdem gucke ich Frauen auch lieber an.«

An der Stelle machte sie eine Pause. Gerade radelten wir wieder ein bisschen bergauf und Cecilia hatte beim Reden etwas zu keuchen begonnen. Sie wollte wissen, was ich dazu meinte. Ich entgegnete, dass ich es ziemlich interessant fände, was sie da über sich herausgefunden habe, weil es bei mir mit dem Kopf und dem Körper nicht so viel anders sei. Angst davor, mit ihr oder mit einer anderen Frau Sex zu haben, hätte ich aber noch nie gehabt. Eher sei meine Angst gewesen, es könnte nicht passieren.

»Und wie war es für deinen Körper, dass der gestern Nacht nicht so richtig mitmachen konnte?«, wollte sie noch wissen.

»Das fand mein Kopf in Ordnung«, sagte ich, »aber vor allem unter Berücksichtigung der besonderen Umstände. Ansonsten habe ich keine Lust, einen Dauerzustand daraus werden zu lassen, weil das mein Körper meinem Kopf

sicher mit der Zeit übel nimmt. Aber bei meiner amerikanischen Schwester macht mein Körper da sicher gerne eine Ausnahme.«
Cecilia lachte und ich merkte, dass es ihr gefiel, wie wir über unsere letzte Nacht ins Gespräch gekommen waren. Deshalb fragte sie, ob ich mich bei meinem Körper nicht mal erkundigen könnte, ob es unter den besonderen Umständen bei dieser einmaligen Erfahrung bleiben müsse.

Wir beide atmeten immer schwerer, weil es mittlerweile wieder steiler bergan ging. Ich freute mich über ihre Frage, und ich hatte gar nichts dagegen, sie noch mal so zu streicheln, wie in der letzten Nacht. Allerdings fiel mir in dem Augenblick, als ich das Ende des Anstiegs in einigen hundert Metern Entfernung vor Augen hatte, das verloren gegangene Wettrennen vom Vortag wieder ein. Deshalb sagte ich, wir hätten vorher miteinander noch etwas zu klären. Als sie mich fragend ansah, sagte ich, mein Körper sei nämlich noch sauer auf sie. Als ich merkte, dass sie darüber etwas erschrocken war, trat ich schon schneller in die Pedalen. Mein Körper würde es nämlich nicht gut vertragen, bei Wettrennen gegen Mädchen zu verlieren, erklärte ich, und heute müsse sie mich deshalb auf jeden Fall gewinnen lassen. Cecilia entgegnete, dass das wohl eher ein allzu männliches Kopfproblem sei und mit einem lauten »niemals« versuchte sie, mich zu überholen.

Diesmal war ich aber wesentlich besser vorbereitet. Außerdem wusste ich, dass sie viel zu früh mit ihrem Sprint begonnen hatte. Ich blieb bis auf dreißig Meter vor unserem Ziel an ihrem Hinterrad, um die Spannung zu steigern. Erst dann überholte ich sie ziemlich mühelos. Sie kämpfte wie eine Löwin und als wir immer schneller dem Gipfel entgegen strampelten, zweifelte ich, ob ich mich in meinem Leben jemals mit einem Menschen besser verstehen könnte. Nach meinem Sieg war Cecilia total außer Atem und sie meinte, nun hätte sie ja bei mir etwas gut.

Ich sagte: »Schwesterherz, du hast mich gerade nicht gewinnen lassen, sondern du hast einfach nur verloren.«

Sie funkelte mich an und meinte, woher ich das mit solcher Sicherheit sagen könne. Überlegen gab ich zur Antwort, dass wir dazu lediglich einen kurzen Pulsvergleich machen müssten.

»Und woher willst du wissen, dass du dabei nicht lediglich meine Vorfreude auf die nächste Nacht misst?«, fragte sie.

Ihre Schlagfertigkeit machte mich sprachlos und ihr Lächeln, mit dem sie mich wissen ließ, dass ich sie wohl mal wieder unterschätzt hatte, ließ mir einen kalten Schauer den Rücken hinunterlaufen.

In fast jeder der folgenden Nächte bis zu unserer Abreise streichelte ich Cecilia und um meine Lust auf sie zu bändigen, begann ich ein eher anatomisches Interesse an ihrem Körper zu entwickeln. Oft fragte ich sie etwas zu bestimmten Details, die sie mir bereitwillig erklärte. So überwältigend und entrückt wie beim ersten Mal, war unser Zusammensein deshalb nicht mehr, aber einen Höhepunkt hatte sie immer. Die fand sie mit der Zeit sogar noch besser als beim »ersten Mal« und so stellten wir fest, dass trotz eines vorübergehenden Eindrucks von Perfektion, immer noch dazugelernt werden konnte, auch beim Sex.

Als wir wieder zurück in San Francisco waren, wollte sie unbedingt noch ein Musikstück mit mir einstudieren, das ihr auf unserer Fahrradtour eingefallen war. Es hieß *Von ewiger Liebe*. Es war kein Stück für Cello und Klavier, sondern ein romantisches Lied. Brahms hatte die Musik komponiert, und ein Joseph Wenzig hatte einen Text dazu geschrieben. Cecilia wollte mit dem Cello die Melodie zu meiner Klavierbegleitung spielen. Vorher hörten wir uns das Stück auf einer Schallplatte mehrmals an. Es gefiel mir vom ersten bis zum letzten Takt. Musik, Melodie und Text bildeten eine perfekte Einheit. Es begann dunkel, geheimnisvoll, aber auch getrieben mit einer Beschreibung:

Dunkel, wie dunkel in Wald und in Feld!
Abend schon ist es, nun schweiget die Welt.
Nirgend noch Licht und nirgend noch Rauch,
ja und die Lerche sie schweiget nun auch.

Kommt aus dem Dorfe der Bursche heraus,
gibt das Geleit der Geliebten nach Haus,
führt sie am Weidengebüsche vorbei,
redet so viel und so mancherlei.

An dieser Stelle folgt der Monolog eines Burschen an seine Geliebte. In diesem Monolog schildert er seine Angst, dass sie sich nicht mehr verstehen und getrennt werden könnten:

Leidest du Schmach und betrübst du dich,
leidest du Schmach von anderen um mich,
werde die Liebe getrennt so geschwind,
schnell wie wir früher vereiniget sind.
Scheide mit Regen und scheide mit Wind,
schnell wie wir früher vereiniget sind.

In dem Augenblick, in dem der Bursche zu sprechen beginnt, steigert sich die Musikbegleitung immer weiter. Schnelle, hohe Tonfolgen deuten seine Verzweiflung an, die sich in der Melodie und in der Art, wie diese Zeilen gesungen werden, bis in einen Wahn hineinsteigern. Als er aufhört zu sprechen, läuft die Klavierbegleitung weiter und deutet an, dass er sich langsam beruhigt, nachdem er seine Sorge losgeworden ist. Und untermalt von einer veränderten, zarten, ja fast verspielten Begleitung, antwortet die Magd, die seine Sorge offensichtlich besänftigen will:

Spricht das Mägdelein, Mägdelein spricht:
Unsere Liebe sie trennet sich nicht!
Fest ist der Stahl und das Eisen gar sehr,
unsere Liebe ist fester noch mehr.

Eisen und Stahl, man schmiedet sie um,
unsere Liebe, wer wandelt sie um?
Eisen und Stahl, sie können zergehn,
unsere Liebe muss ewig bestehn!

Die letzten zwei Zeilen werden mit einer sich immer weiter steigernden Nachdrücklichkeit gesungen, die jeden berührt, der dieses Lied versteht. Und so, wie das vorletzte Wort »ewig« betont wird, müsste man am Verstand des Burschen zweifeln, wenn er es da immer noch nicht eingesehen hätte. So, wie die Musikbegleitung ausklingt, ist spätestens mit dem Schlussakkord jeder Zweifel beseitigt, dass diese Liebe ewig besteht.

Als wir dieses Stück zum ersten Mal zusammen anhörten, war ich absolut überwältigt. Für meine Ohren und für meinen Verstand konnte es nicht treffender gesagt werden. Selbst Cecilia war ganz eingefangen von dem Zauber dieser Musik, obwohl sie das Stück schon oft gehört hatte. Sie erklärte mir, sie habe es noch nie so gehört, wie in diesem Augenblick. Vorher hätte sie es sehr gemocht, jetzt habe sie es verstanden. »Das ist ein riesiger Unterschied. Und es ist, glaube ich, kein Zufall, dass es mir auf unserer Fahrradtour in den Sinn kam.«

Dann meinte sie, im Gegensatz zu Nina glaube sie zwar nicht an so etwas wie Gott, aber es gäbe Dinge, die einfach göttlich seien, und dazu würde diese Musik gehören.

Wir beschlossen, gleich mit den Proben zu beginnen, weil wir kaum noch Zeit hatten. Zunächst wollten wir beide getrennt üben, um uns dann wieder miteinander zu vereinigen, wie Cecilia es lächelnd formulierte. Ich fragte sie darauf, ob sie immer nur an das Eine denken müsse. Mein oberflächlicher Witz kam aber nicht gut an. Ich erntete dafür zunächst einen vorwurfsvollen Blick, gefolgt von einem eindrucksvollen Monolog.

»Tim von Kronburg, eben dachte ich, dass unsere Herzen im gleichen Takt schlagen. Gerade kommen mir Zweifel. Es ist nicht immer nuuur das Eine, woran ich denke, sondern ich sprach von *ewiger Liebe*, falls du das schon vergessen hast. Und ich bin mir sicher, wenn nicht so viele Leute verzweifelt danach suchten, wären die meisten Bibliotheken leer und die Musik, die wir beide miteinander einstudieren könnten, wäre so einfältig, dass uns die Lust vergehen würde, sie selbst anzuhören. Deshalb bitte ich dich hiermit um ein bisschen mehr Respekt, nicht nur vor mir, sondern auch vor unserer gemeinsamen Aufgabe, damit nachher bei unserer Wiedervereinigung nichts schief läuft. Kapiert?«

Ich hatte längst verstanden, aber Cecilia hatte nicht verstanden, dass ich eben einen überflüssigen Witz gemacht hatte, über den sie auch einfach nur hätte lachen können. Und noch etwas geduckt von dieser Moralpredigt, begann ich mich während des Klavierspielens wieder aufzurichten. Nach etwa drei Stunden kam ich mit meinem Part ganz gut zurecht. Deshalb hörte ich mir das Stück noch ein paar Mal von der Schallplatte an. Mit jedem Mal fand ich es beeindruckender. Gegen Abend war Cecilia schließlich auch zufrieden. Wir wollten vor dem Essen unbedingt noch einmal zusammen spielen.

Ich hatte gerade mit dem Vorspiel begonnen, als unsere Eltern hereinkamen, um uns zum Essen zu rufen. Wir spielten einfach weiter. Bei Cecilias Einsatz setzten sich beide Paare auf das Sofa. Karl nahm Angelina in den Arm. Ich musste Cecilia angucken, die ihre Augen geschlossen hatte. Jeder Ton, den sie spielte, schien sie zu elektrisieren. Besser geht es nicht, dachte ich begeistert. Gleich beim ersten Mal kamen wir wunderbar durch. Unsere Eltern waren von der Musik wie benommen und brauchten eine ganze Zeit, bis sie zu klatschen begannen. In dem Augenblick wollte Cecilia aufstehen. Später erklärte sie, sie habe kurz gemerkt, dass ihr schwindelig und schwarz vor Augen wurde. Ich konnte beobachten, dass sie von ihrem Stuhl nicht richtig hochkam und seitlich wegkippte. Erst fiel sie auf den Boden und dann folgte mit lautem Getöse das Cello. Wir alle bekamen einen riesigen Schreck. Am schnellsten reagierte Angelina auf diese Situation. Zunächst stellte sie fest, dass sich Cecilia, die zum Glück auf einen dicken, weichen Teppich gefallen war, nicht verletzt hatte. Sie nahm sie in den Arm und rückte sie so zurecht, dass sie ihre Beine auf den Hocker legen konnte. Kurz hörte sie nach ihrem Herzschlag und prüfte ihre Atmung. Dann sagte sie, es sei wohl alles in Ordnung und bat um ein kaltes, feuchtes Tuch. Als ich damit aus dem Badezimmer gehastet kam, hatte Cecilia ihre Augen schon wieder geöffnet. Sie wirkte etwas durcheinander, als Angelina sie fragte, wann sie zuletzt gegessen oder getrunken habe. Wir wussten es beide nicht, weshalb Angelina meinte, wir sollten das gemeinsame Abendessen nicht länger verschieben. Sie bat mich, Cecilia auf dem Weg ins Esszimmer vorsichtshalber zu stützen, und kurze Zeit später saßen wir gemeinsam am Tisch.

Unter dem Eindruck des Zwischenfalls blieb es zunächst still. Ich denke, um sich selbst zu sammeln, ergriff mein Vater das Wort. Er freute sich, dass es Cecilia nun offenbar wieder gut ginge, und bedankte sich bei ihren Eltern für die lange Freundschaft und dafür, dass wir jetzt hier gemeinsam sitzen und essen könnten. Danach machte er eine Pause und wandte sich an uns beide. Cecilia und mir wollte er noch sagen, dass er die Musik, die wir eben vorgespielt hätten, ganz ergreifend fand und bei mir entschuldigte er sich, weil er erst gerade verstanden habe, warum einem Menschen Musik so wichtig sein könne. Mir gingen seine Worte durch und durch. Fast hätte ich danach »Amen« gesagt, weil das irgendwie zur Stimmung passte.

Aber dazu kam es nicht, weil Cecilias Mutter ihr Glas hob und mit uns auf viele weitere gemeinsame Treffen anstoßen wollte. Das war unser letzter Abend in Amerika.

Erst spät gingen wir alle zu Bett. Cecilia war ziemlich erschöpft und hatte außerdem Bauchschmerzen. Sie bat mich, in ihr Bett zu kommen und wollte, dass ich hinter ihr liegen blieb und meine warme Hand auf ihren Bauch legte. Ich hörte, wie sie sagte: »Ja, so ist es gut.« Bald darauf waren wir eingeschlafen. Am Morgen stellten wir fest, dass Cecilia ihre Tage bekommen hatte. Ihr Bettlaken und sogar meine Schlafanzughose waren ein bisschen blutig geworden. Angelina fand diese Nachricht beruhigend, weil sie meinte, sie sei früher in solchen Situationen auch oft umgekippt. Als sie meine Klamotten in den Koffer räumte und dabei meine Schlafanzugshose zusammenfalten wollte, entdeckte sie das Blut. Ohne in meine Richtung zu gucken, sagte sie: »Erste Frage, wie kommt das Blut von Cecilia auf die Schlafanzugshose von Tim? Zweite Frage, wie kommt Tim in das Bett von Cecilia und dritte Frage, wie sind irritierende nächtliche Geräusche zu deuten, die im Nachbarzelt zu vermuten waren. Ausweichende Antworten sind zwecklos, und weitere Kommentare oder Äußerungen, vor allem gegenüber Dritten, werden hiermit von meiner Seite ausgeschlossen, sollten aber auch von der Gegenseite unterbleiben. Absolute Verschwiegenheit, auch gegenüber deinem Vater gilt hiermit als vereinbart. Die Hose wird gewaschen und gegebenenfalls entsorgt.« Dann verließ sie das Zimmer und sagte im Rausgehen: »Warum komme ich mir manchmal nur so altmodisch vor?«

Altmodisch fand sie sich vielleicht, weil sie, wie sie mir einmal erzählt hatte, bislang nur mit meinem Vater Sex gehabt hatte. Nun machte ich gerade meine ersten Erfahrungen auf diesem Gebiet, und sie musste den Eindruck gewonnen haben, dass ich jede sich bietende Gelegenheit wahrnähme. Etwas peinlich war mir schon, dass sie Cecilia und mich im Zelt gehört hatte. Sicher stellte sie sich unter unserem Sex auch etwas anderes vor, als das, was tatsächlich ablief, aber mir fehlte die Lust, sie über Einzelheiten und Hintergründe aufzuklären. Deshalb fand ich ihr Versprechen beruhigend, alles für sich zu behalten.

Cecilia bestand darauf, uns mit ihrem Auto zum Flughafen zu fahren. Diesmal saßen wir beide vorne und meine Eltern hinten. Ich hörte, wie meine Mutter meinem Vater sagte, wie schön sie seine gestrige kleine Ansprache gefunden habe und als ich dazu noch etwas sagen wollte und mich umdrehte, knutschten beide wie Teenager. Deshalb guckte ich zu Cecilia rüber, die mich aus den Augenwinkeln anlächelte. Sie begleitete uns bis in die Flughafenhalle, und als wir nach dem Einchecken noch ein bisschen Zeit hatten, fragte sie mich, worauf ich mich in Berlin am meisten freue.

»Auf meine erste Fahrt mit einem Doppeldeckerbus«, sagte ich und grinste sie an. Diesen Witz konnte nur sie verstehen, weil sie früher, als wir Kinder waren, bei ihren Besuchen nie genug davon bekommen konnte, mit mir in diesen Bussen auf dem Oberdeck in der ersten Reihe zu sitzen. Erst lachte sie und dann fing sie an zu weinen.

»Mensch, Tim, du wirst mir fehlen. Du tust mir einfach gut. Was mache ich jetzt bloß ohne dich?«, sagte sie schnell, um sich wieder zu sammeln. Ich sollte versprechen, mit Nina ganz bald dafür zu beten, dass ihr ein Mensch über den Weg laufen sollte, mit dem sie sich ähnlich gut verstehen würde, wie mit mir. Ich fragte, warum sie nicht »Frau« gesagt habe. Sie antwortete, weil sie »Mensch« hätte sagen wollen. »Muss ich jetzt eifersüchtig werden?«, wollte ich von ihr wissen.

»Vielleicht ein bisschen«, gab sie zurück und fragte: »Wie fühlst du dich bei der Vorstellung, Nina bald wiederzusehen?«

»Ich glaube es ist in Ordnung«, antwortete ich etwas eingeschüchtert angesichts der Entdeckungen meiner Mutter, von denen ich Cecilia aber nichts verriet.

Nach einer kurzen Pause sagte Cecilia: »Tim, ich glaube, wir haben nichts falsch gemacht. Klar kenne ich auch ein paar Leute, die meinen, dass Sex mit einem anderen oder vor der Ehe teuflisch wäre. Ich finde aber, jeder soll tun, was er für richtig hält. Manchmal wäre ich froh, wenn ich die eine oder andere Erfahrung nicht gemacht hätte. Aber stell dir mal vor, ich hätte nie mit einem Jungen geschlafen und wir hätten uns so ineinander verliebt, dass wir geheiratet hätten. Stell dir das einfach nur mal vor. Und stell dir vor, dass ich nach unserer Hochzeit herausgefunden hätte, dass ich immer nur deine Hände will und dass dein kleiner Freund mich gar nicht interessiert. Da hätten wir beide doch ein dickes Problem gehabt, Liebe hin oder her. Und das, was wir jetzt voneinander gelernt haben, das hilft uns doch, solche Fehler erst gar nicht zu machen. Wenn ich mir vorstelle, ich hätte dich so enttäuschen müssen, dann weiß ich nicht, ob ich noch leben wollte. Natürlich wäre ich selbst genauso enttäuscht und deine Eltern und meine Eltern auch. Schließlich sind wir Einzelkinder. Mir soll keiner damit kommen, dass man nicht gewisse Erfahrungen in allen Bereichen braucht, um Dinge richtig gut machen zu können. Und warum soll ausgerechnet Sex nicht dazugehören. Denk nur mal daran, wie viele Erfahrungen du an Nina weitergeben kannst, die du jetzt mit mir machen konntest. Ich bin sicher, dass du sie mit deinen Händen beglücken kannst. Ob das auf anderem Wege genauso gut geht, müsst ihr selbst rausfinden. Aber ich bin ganz optimistisch, es sei denn, sie ist ähnlich drauf wie ich.«

Für diesen Fall meinte Cecilia, solle ich Nina unbedingt ihre Adresse und Telefonnummer geben. Den Witz fand sie nun wieder super und kriegte sich vor Lachen kaum ein. Als sich Cecilia beruhigt hatte, stimmte ich ihr bei allem zu. Ich fand, dass sie da wirklich gute Gedanken zusammengebracht hatte und war nur traurig darüber, mich von ihr verabschieden zu müssen.

Im Flugzeug dachte ich fast nur noch an Nina. Ich hatte ihr Bild wieder in das Heft geklebt und extra im Handgepäck verstaut, weil ich es noch einmal lesen wollte. Das tat ich auch, aber so spannend wie beim ersten Mal, fand ich es nicht mehr. Im Flieger holte ich mein Tagebuch nach. Ich hatte es Nina schließlich auf der letzten Postkarte angekündigt. Ich schrieb die Daten hintereinander auf und versuchte mich zu erinnern, was wir gemacht hatten. Am liebsten hätte ich Nina vieles von dem geschrieben, was Cecilia und ich über Liebe und Sex herausgefunden hatten. Aber das ging einfach nicht. Deshalb fand ich meine Berichte gemessen an meinen Erfahrungen ziemlich flach. Da war Nina schon bedeutend mehr eingefallen als mir.

Ich merkte, dass ich mit ihr gerne da weitermachen wollte, wo ich mit Cecilia aufhören musste. Aber das war unvorstellbar. Als mir das klar wurde, fand ich die Welt ziemlich kompliziert. Ich hatte etwas gelernt, das ich Nina gerne gezeigt hätte, aber sie wollte warten und deshalb musste ich auch warten. Durch Cecilia war aber jetzt ein Wunsch bei mir entstanden und in meinem Innersten war ich überzeugt, Nina würde seine Umsetzung auch gefallen.

2. Teil: Hin- und Hergerissen

»Ein Schiff im Hafen ist sicher,
aber dafür werden Schiffe
nicht gebaut!«
(englisches Sprichwort)

Warten auf Nina

Während des Flugs versuchte ich davon zu träumen, mit Nina Sex zu haben, aber ich kam auf kein Bild, das zu uns passte. Außerdem tauchte Cecilia immer wieder in meinem Kopf auf. Vor lauter Verwirrung schlief ich ein.

Zu Hause angekommen, fand ich in unserer Post, die Halola sortiert hatte, ein weiteres Schreibheft von Nina. Diesmal war kein Foto darin. Ich konnte dem Heft entnehmen, dass sie einige meiner Karten und Briefe gelesen hatte. Auch auf die letzte Karte, die ich mit Cecilia zusammen geschrieben hatte, ging sie ein. Sie bemerkte, ich sei ja vertraut damit, Wettrennen gegen Mädchen zu verlieren und fügte hinzu, ihre Schulpausen würden demnächst anders verlaufen. Die Aussicht, wieder in die Schule zu gehen, fand sie äußerst trübe. *»Ich komme mir bestimmt allein gelassen* *vor. Gerade jetzt, wo mir die Schule etwas vertrauter geworden ist, gehst du schon wieder«*, schrieb sie.

Da war sie wieder, die Ähnlichkeit zwischen ihr und mir. Beide waren wir gewissermaßen Außenseiter. Vor den Ferien hatten wir uns gegenseitig das Gefühl gegeben, dass diese Zeit nun vorbei sei. Jetzt konnte ich mich auf meine Zeit in Leipzig freuen, in der etwas Neues auf mich zukam. Aber Nina wurde dadurch, dass ich die Schule verlassen würde, wieder zur Außenseiterin. Sie tat mir leid. Ich hatte das Gefühl, ihr mit meinem Weggehen etwas anzutun. Dabei war ich ja gar nicht Schuld daran. Sie war an dem Tag auf mich zugegangen, als das Ende meiner Zeit an unserer Schule schon besiegelt war. Ich hätte niemals den Mut gefunden, mich neben sie zu setzen oder sie zum Tanzen aufzufordern. Durch ihren mutigen Schritt waren wir zusammengekommen. Wenn also überhaupt jemand Schuld an dieser Trennung hatte, dann war sie es.

Während ich darüber nachdachte, wurde mir klar, dass Cecilia mich nur deshalb gefragt hatte, ob sie mit mir Sex haben könne, weil sie wusste, ich würde bald wieder weg sein. So kam ich zu dem Schluss, dass wichtige Entscheidungen häufig erst getroffen werden, wenn sie keinen Aufschub mehr dulden. Frei nach dem Motto: jetzt oder nie. Nina und Cecilia hatten sich zu meinem Glück für »jetzt« entschieden. Ich war eher der »Nie-Typ«. Das betraf auch die Entscheidung, nach Leipzig zu gehen, die ja ursprünglich nicht von mir kam. Hier hatte ich mich auf einen Plan von Angelina eingelassen und als ich ihr gerade die Schuld für die Trennung von Nina in die Schuhe schieben wollte, fiel mir ein, dass ohne ihre Idee gar kein Abschiedskonzert stattgefunden hätte. Wie ich es auch drehte, ich kam da nicht raus. Andere zu beschuldigen, eignete sich nur, um eigenes Nichtstun zu rechtfertigen.

Während ich in Berlin auf Ninas Rückkehr wartete, führte das Gefühlschaos in mir dazu, dass ich keine Lust hatte, Klavier zu spielen. Bislang hatten sich immer Kopf und Körper zusammen an das Klavier gesetzt. Jetzt saß da der Körper und musste vom Kopf gezwungen werden. Trotzdem übte ich täglich. Außerdem musste für meinen Aufbruch nach Leipzig noch vieles erledigt werden. Drei Monate würde ich demnächst von zu Hause weg sein. Ich brauchte Kleider und anderen Kram für das Internat. Meine Mutter machte Listen von anstehenden Besorgungen, die wir gemeinsam abarbeiteten. Der Tag des Wiedersehens mit Nina rückte immer näher. Ich war gespannt darauf, ob die leibhaftige Nina noch mit der in meiner Vorstellung übereinstimmte.

An dem Bild, was ich von Nina gewonnen hatte, war Cecilia nicht ganz unbeteiligt. Sie fand Nina schön und war von ihrem Brief angetan. Unsere Beziehung hatte sie zu dem Stück von der *Ewigen Liebe* inspiriert. Auch wenn ich dieses Bild von Nina und mir nach zwei Wochen Zusammensein total übertrieben fand, war ich gespannt, ob ich bei unserem Wiedersehen etwas von dem entdecken würde, was Cecilia für so besonders hielt.

Schon am Abend vor Ninas Rückkehr war ich aufgeregt. Ich wusste, dass Nina spät ankommen würde. Am liebsten hätte ich vor ihrem Haus auf sie gewartet. Das ging aber wegen ihrer Eltern nicht. Deshalb schrieb ich ihr einen kurzen Brief, in dem ich meinen Besuch für den Sonntagmorgen ankündigte. Ich malte eine Rosenblüte und klebte ein paar Rosenblätter dazu. Dann kam der Brief in einen Umschlag, auf dem groß und deutlich Nina Waldorf stand. Als Absender schrieb ich klein und fast unleserlich T. v. Kronburg. Meine Überlegung war, dass »T« ja auch Tamara oder Tina hätte heißen können. Ich wollte jede Schwierigkeit vermeiden.

Mit Herzklopfen fuhr ich auf meinem Fahrrad in ihre Richtung. Sie wohnte in einer der Westberliner Villengegenden. Irgendwie war die Stadt hier längst zu Ende. Ich musste, nachdem ich das Charlottenburger Schloss hinter mir gelassen hatte, die Stadtautobahn überqueren. Früher hatte ich diesen Weg immer gescheut. Erstens, weil es ein Stück aufwärts ging. Das fand ich anstrengend. Doch nach unserer Mountainbiketour entlang der Küste von San Francisco spürte ich diese Steigung gar nicht mehr. Zweitens mochte ich den Weg über die Autobahn nicht, die sich an dieser Stelle wie eine nimmersatte Raupe durch die Stadt gefressen hatte. So kam es mir jedenfalls vor, wenn ich den Verkehr betrachtete, der unter mir tobte. Rechts und links war die Autobahn von hohen Mauern gesäumt. Zwischen den beiden Spuren fuhr außerdem die S-Bahn. Oberhalb der Mauern standen Häuser, die weder dem Autobahnbau noch dem Krieg zum Opfer gefallen waren.

Durchaus schöne Fassaden, die allerdings durch die Abgase verschmutzt waren, trotzten einer neuen Zeit, in der ein reibungsloser Verkehrsfluss höchste Priorität zu haben schien.

Um zu Ninas Haus zu kommen, musste ich nach Überqueren der Autobahn der Ausfallstraße nur noch einige hundert Meter folgen und dann nach links abbiegen. Sofort wurden die Straßen kleiner und ruhiger. Nur ab und an schlängelte sich ein Auto hindurch. Überall standen große alte Bäume, die die in ihrem Schatten stehenden Häuser zu beschützen schienen. Es roch nicht mehr nach Abgasen, sondern nach Kiefern und hin und wieder nach frisch gemähtem Rasen.

Als ich den Brief in den Kasten steckte, war ich sehr aufgeregt. Insgeheim hoffte ich, Nina zu treffen. Aber das Haus war dunkel, im Erdgeschoss waren die Rollläden heruntergelassen und kein Auto stand davor. Eine Zeit lang blieb ich noch in der Nähe ihres Hauses sitzen. Jedes Auto, das in die Straße einbog, machte mich unruhig. Das Problem war, dass ich in diese Gegend nicht zufällig geraten sein konnte. Alle Leute, die sich hier aufhielten, bewohnten entweder eines der Häuser oder waren mit einer bestimmten Absicht gekommen. Da gab es keine Ausreden. Für den folgenden Morgen hatte ich in meinem Brief angekündigt, Nina Noten für die Schule vorbeizubringen. Außerdem wollte ich ihr etwas am Klavier zeigen. Nachdem ich etwa eine Dreiviertelstunde vergeblich gewartet hatte, begann sich ein Nachbarn darüber zu wundern, was ein junger Mann so untätig in seiner Straße machte. Das gab den Ausschlag für meinen Rückzug.

Schlafen konnte ich in der Nacht kaum und beim Frühstück hatte ich keinen Appetit. Zum Glück waren meine Eltern Frühaufsteher. Selten begann der Tag bei uns nach halb neun. An diesem Sonntag saßen wir bereits um acht Uhr an unserem Küchentisch. Mein Vater musste kurz in die Bank und Angelina wollte mal wieder richtig trainieren. Ich packte ein paar alte Noten in meinen Rucksack und als ich schon auf der Treppe war, fiel mir ein, dass ich meine Zähne noch nicht geputzt hatte. Als ich vor dem Spiegel stand, guckte ich noch mal, ob ich nicht Schlaf in den Augen oder den Wimpern hätte. Ich glaube, dass war der erste Morgen in meinem Leben, an dem mich das interessierte. Pickel hatte ich keine im Gesicht und der Sommer hatte meine

Haare heller und meine Haut dunkler werden lassen. Ich gefiel mir richtig gut. Mit einem Gefühl freudiger Erregung machte ich mich auf den Weg.

Als ich mein Fahrrad aufschloss, war da wieder dieser komische Geruch, verbunden mit einem Gefühl, irgendwie nicht ganz richtig bei mir zu sein. Ich fühlte mich kraftlos. Wenn mich in dem Augenblick jemand gefragt hätte, was ich tun wollte, ich hätte es nicht sagen können. Seit sechs Wochen wartete ich auf diesen Moment des Wiedersehens, und jetzt stand ich neben mir. Im Hof setzte ich mich kurz auf eine Bank. Ich versuchte, meine Gedanken wieder zusammenzukriegen. Dabei dachte ich zufällig an Olgas Atemübung. Ich erinnerte mich an das Schwarz, an den Abgrund und an das weiße Licht. Das ließ meine Welt wieder bunt werden. Etwa zwei Minuten war ich mit meiner Atmung beschäftigt und langsam wurde wieder alles klar in meinen Gedanken. Es wurde so klar, dass mir zum Glück die T-Shirts einfielen, die ich Nina gekauft hatte, und das Tagebuch, das ich für sie geschrieben hatte. Ich lief noch einmal hoch und packte alles zusammen, auch wenn mir mein Geschreibsel ein bisschen peinlich war. So fuhr ich etwas später los als geplant, aber ich war so schnell, dass ich kaum zehn Minuten brauchte.

Es war ein warmer, frischer Morgen. Immer, wenn man zu solchen Zeiten unterwegs ist, scheint die Stadt noch zu schlafen. Die Tage sind so unverbraucht und es liegt eine Lust in der Luft durchzuatmen und sich auf den Weg zu machen. Das passte zu meiner Stimmung.

Als ich bei Ninas Haus ankam, war es Viertel nach neun. Ich hatte keinen kostbaren Augenblick verpasst. Gerade wurden die Rollläden hochgezogen, als ich in die Straße einbog. Mein Fahrrad schloss ich an einer Laterne fest, die etwa hundert Meter von dem Haus entfernt war. Mit gemächlichem Schritt machte ich mich auf den Weg. Innerlich war ich aber so angespannt, dass ich am liebsten gerannt wäre. Zwei Minuten nahm ich mir für diesen kurzen Weg und trat unterwegs so ziemlich gegen jeden Tannenzapfen, der auf dem Bürgersteig lag. Als ich an dem Gartentor auf die Klingel drückte, schwitzten meine Hände. Ob Nina ihre Eltern auf mein Kommen vorbereitet hatte, wusste ich nicht. Den Gedanken, vorher anzurufen, hatte ich verworfen, weil ich von der überaus höflichen Nina nicht auf den Nachmittag vertröstet werden wollte. Am Montag hatte Nina wieder Schule und am

Dienstag um zwölf Uhr dreiundvierzig fuhr mein Zug. Jede Sekunde dieses Sonntags sollte uns gehören, weil der Montag schon wieder dem Rhythmus des Alltags unterworfen war.

Ein viel zu kurzes Wiedersehen

Erst nach dem zweiten Schellen summte der Öffner des Gartentors. Eine ältere Frau steckte ihren Kopf aus der Tür und wollte wissen, ob ich die Zeitung brächte, als ich schon auf halbem Weg zwischen Gartenzaun und Haustür war. Diese hatte ich im Briefkasten stecken sehen. Deshalb sagte ich: »Nein, aber wenn sie es wünschen, kann ich sie holen.«

Ohne eine Antwort abzuwarten, machte ich kehrt und fischte die *Morgenpost* aus dem Briefkasten.

»Wer sind Sie denn?«, wollte die Frau wissen, die wohl Ninas Mutter war.

Ich stellte mich wie geplant als Klassenkamerad von Nina vor, der in der Absicht gekommen war, ihr noch etwas für die Schule vorbeizubringen.

»Na, da weiß ich aber gar nicht, ob meine Tochter schon fertig ist«, entgegnete sie und rief in Richtung der Treppe, die nach oben führte: »Nina, da ist ein junger Mann für dich, der kurz etwas abgeben möchte.«

Wenig später erschien Nina oberhalb der Treppe. Sie hatte einen weißen Bademantel an. Ihre Haare waren noch nass.

»Hallo Tim«, sagte sie mit einem freudigen Unterton, »Schön, dass du gekommen bist«. Und an ihre Mutter gewandt erklärte sie: »Das ist Tim von Kronburg aus meiner Klasse. Er bringt mir Noten vorbei und will mir noch etwas auf dem Klavier zeigen.«

An ihrer Antwort konnte ich erkennen, dass sie meinen Brief bekommen hatte.

Etwas verunsichert sagte ihre Mutter: »Ja, wenn das so ist, Herr von Kronburg, dann kommen sie doch einen Augenblick herein und nehmen sie im Wohnzimmer Platz. Da steht auch das Klavier.«

Nina wusste Bescheid, aber ihre Mutter schien ich zu stören. Wie konnte ich mich festsetzen oder Nina entführen, waren die Fragen, um die meine Gedanken jetzt kreisten. In dem Augenblick kam ein etwa neunjähriger Junge ins Wohnzimmer, der offensichtlich Ninas Bruder war. Er fragte neugierig, wer ich sei. Ich stellte mich als Tim vor und erklärte, dass ich seiner Schwester Nina etwas am Klavier erklären wolle. Er gab zur Antwort, dass er auch Klavier spiele. Dann setzte er sich prompt auf die Klavierbank und begann *Der Mond ist aufgegangen* vorzuspielen. Ich lobte ihn, witterte meine Chance und fragte, ob ich mich neben ihn setzen dürfe. Er rückte zur Seite. Ich bat ihn, sein Stück, welches mir gut gefallen habe, noch einmal zu spielen und dabei auf dem Klavier eine Lage tiefer zu beginnen. Ich spielte mit den hohen Tönen leise eine zweite Stimme dazu. Weil er mir zuhörte, kamen wir aus dem Takt. Ich fragte, ob ihm das gefallen habe und wie er hieße. »Anton«, sagte er und wollte gleich noch einmal von vorn beginnen. Damit wir nicht aus dem Takt kämen, zählte ich leise bis vier. Er sollte stumm mitzählen und dabei spielen. Auf diese Art ging es schon besser und ich begann ein paar kleine Variationen einzuflechten, die Anton durcheinanderbrachten. So machten wir ein paar Minuten weiter. Plötzlich räusperte sich jemand hinter uns. Als ich mich umdrehte, entdeckte ich einen mittelgroßen Mann im Rahmen der Wohnzimmertür, der uns offensichtlich schon eine Weile zugehört hatte. Es war Ninas Vater, der einen dunkelblauen Anzug trug. Freundlich begrüßte er mich.

Ich stand sofort auf, ging auf ihn zu und stellte mich vor. Schnell erklärte ich mein Kommen, wobei ich es nicht versäumte, mich für die frühe Störung zu entschuldigen. Offensichtlich machte ich Eindruck auf ihn. Deshalb beschloss er, sich einen Moment mit mir zu beschäftigen. Dabei kam ihm mein Name in den Sinn. Den meinte er schon einmal gehört zu haben. Ob ich irgendetwas mit einem Bankhaus zu tun hätte, wollte er wissen.

»Ich direkt nicht, aber meine Eltern und mein Opa«, gab ich zur Antwort. Er wollte das etwas genauer wissen, worauf ich erklärte, dass mein Vater der gegenwärtige Direktor und meine Großeltern die Besitzer seien.

»So, so«, sagte er anerkennend und rechtfertigte sein Interesse damit, dass er ein paar Aktien besäße, die von unserer Bank verwaltet würden. »So ein Zufall«, entgegnete ich, als Anton mich schon wieder zum Klavier zog. Mit dem Gefühl, dass es mein Schicksal bislang gut mit mir meinte, wandte ich mich wieder dem »aufgehenden Mond« zu, den Anton jetzt zuerst alleine spielen sollte. Ich zählte dabei laut: »Eins, zwei, drei, vier, eins, zwei, drei, vier«, als Nina plötzlich »fünf« sagte.

Sie war ins Wohnzimmer gekommen und trug ein dünnes, weißes Sommerkleid, das sogar ein bisschen durchsichtig war. Als Anton merkte, dass ich mich über das Kommen seiner Schwester freute, begann er zu quengeln.

Er stand vom Klavierhocker auf, lief in die Küche und rief: »Mama, Mama, die Nina ärgert mich wieder.« So waren wir einen Augenblick im Wohnzimmer alleine. Nina kam auf mich zu, gab mir einen flüchtigen Kuss und flüsterte, dass sie eigentlich mit in die Kirche müsse. Mir stockte der Atem. Ich hatte das Gefühl, diese zwei Stunden ohne sie nicht überstehen zu können.

Nina flüsterte: »Lass dir etwas einfallen, warum du heute Nachmittag keine Zeit hast und überlasse den Rest mir.«

»Gut«, sagte ich. Dann schauten wir uns in die Augen und die Welt um uns herum schien zu verschwinden.

Nina sagte: »Spiel es noch mal, Tim«, und so wie sie diese Aufforderung betonte, war klar, dass sie aus dem Film *Casablanca* zitierte. Diese Idee fand ich lustig, und ich wusste, dass sie sich das Beethovenstück wünschte. »Für Nina«, flüsterte ich und begann. Von meiner Musik angelockt, versammelte sich die Familie Waldorf im Wohnzimmer, und als ich geendet hatte, bekam ich einen kurzen Applaus, worauf Anton darauf bestand, mit mir zusammen das vorzuspielen, was wir eben geübt hatten. Gerne tat ich ihm den Gefallen und mit ein paar kleinen Patzern, die ich mit kurzen, schnellen Tonfolgen überdecken konnte, kamen wir zusammen durch die erste Strophe. Als wir noch beklatscht wurden, drängte Ninas Mutter schon zum Frühstück und an ihre Tochter gewandt stellte sie fest, dass sie in dem Fummel unmöglich in die Kirche könne. Nach dem Essen sollte sich Nina schnell umziehen.

Herr Waldorf fragte, ob ich um diese Zeit schon gefrühstückt hätte und lud mich ein, noch zu bleiben. Nina war anzusehen, dass sie diese Einladung ihres Vaters freute. Wir waren einen Schritt weiter. Als wir am Tisch saßen, war ich auf den nächsten gespannt. Es war schön, dass Ninas und meine Wünsche offensichtlich in eine ähnliche Richtung gingen. Wir wollten die verbleibende Zeit für uns nutzen. Aber zunächst galt es eine unerwartete Hürde zu nehmen. Alle falteten die Hände und Nina wurde von ihrer Mutter aufgefordert, das Tischgebet zu sprechen. Sie wählte den Beginn des *Vaterunsers* und sprach:

Vater unser, der du bist im Himmel,
geheiligt werde dein Name,
dein Reich komme, dein Wille geschehe,
wie im Himmel, so auch auf Erden,
unser tägliches Brot gib uns heute
und vergib uns unsere Schuld,
wie auch wir vergeben unseren Schuldigern
und führe uns nicht in Versuchung,
sondern erlöse uns von dem Bösen.
Amen

Diese Worte aus Ninas Mund zu hören, hatte etwas unerwartet Ergreifendes. Glücklicherweise hatten wir über dieses Gebet im Religionsunterricht des letzten Jahres gesprochen und ich hatte dazu eine kleine Merk-Melodie im Kopf. Als ich die innerlich summte, konnte ich sogar mitsprechen. Ninas Vater war das nicht entgangen. Kurz darauf fragte er nach meinem Glauben. Das brachte mich zunächst ins Schleudern, weil ich nicht einmal getauft war. Ich erklärte diesen Zustand damit, dass meine Eltern unterschiedlichen Glaubens seien. Ich selbst hätte mich deshalb bis zu meiner Heirat nicht festlegen wollen, weil ich meine Kinder zusammen mit meiner zukünftigen Frau in einem gemeinsamen Glauben erziehen wolle.

Als ich das sagte, guckte ich Nina in die Augen und dachte an Cecilia, mit der ich das Stück von der *Ewigen Liebe* gespielt hatte. Die Antwort, die mir eingefallen war, überraschte mich selbst, zumal ich darüber noch gar nicht nachgedacht hatte. Auf Ninas Eltern machten diese weitsichtigen Überlegungen aber allerhöchsten Eindruck, und so hatte ich auch diese Klippe erfolgreich umschifft.

Nina fragte, ob ich schon alles gepackt hätte und lenkte damit das Gespräch auf meinen bevorstehenden Schulwechsel. Dann erkundigte sie sich, ob ich nach der Kirche am heutigen Nachmittag noch einmal vorbeikommen könne, um ihr bei dem Musikreferat zu helfen. Zu meinem Bedauern musste ich das verneinen, weil ich meiner Mutter versprochen hätte, die Fenster zu putzen. Diese Begründung fand Ninas Mutter plausibel, die es nur begrüßen konnte, wenn fast erwachsene Kinder bei so schweren Arbeiten helfen.

Und so hatte ich schon wieder Punkte gesammelt, als die Frage im Raum stand, wann ich vor meiner Abfahrt überhaupt noch einmal Zeit hätte. Ich beschloss, in die Offensive zu gehen und erklärte, gerade deshalb so früh gekommen zu sein. Nina sagte, dass sie den Besuch der Kirche aber eigentlich fest eingeplant habe. Jetzt schaltete sich Ninas Vater mit dem Vorschlag ein, dass sie ja heute ausnahmsweise einmal zu Hause bleiben könne.

Es war entschieden und noch besser als die Aussicht auf zwei gewonnene Stunden mit Nina war die Tatsache, dass diese Stunden vollkommen ungestört sein würden. Manchmal denke ich, dass mich das Glück dieses Augenblicks übermütig werden ließ, aber das galt nicht nur für mich. Wir beide entschieden, was danach geschehen sollte, und ich finde es im Nachhinein ungerecht, dass Nina mich später zu ihrem Verführer machte. Schließlich hatte sie sich auch verführen lassen.

Als ihre Familie weg war, saßen wir zunächst noch einige Minuten am Klavier, weil wir sicher gehen wollten, dass niemand unerwartet zurückkam. Dann begannen wir uns zu küssen. Jede Berührung war unglaublich schön. Das lange Warten und unsere gegenseitige Sehnsucht machten diesen Augenblick einzigartig. Ich nahm Nina in meine Arme und trug sie über die Treppe nach oben. Sie wollte wissen, wo ich sie hin brächte.

»Nicht in das Schlafzimmer deiner Eltern«, gab ich zur Antwort. Sie machte Anstalten, mich für diese Frechheit zu bestrafen, stellte diese Versuche aber ein, als ich wieder begann, sie zu küssen. Alles war viel schöner, als ich es mir vorgestellt hatte, und zudem roch Nina unglaublich frisch nach Sommer.

Ihr Zimmer war sehr einfach eingerichtet. Ein Bett, ein Schrank, ein Schreibtisch und ein Stuhl standen darin. Außer einem hölzernen Kreuz hing nichts an den in hellem Gelb gestrichenen Wänden. Auf dem Boden lag ein bunter dicker Wollteppich. Da ich es nicht wagte, sie in ihr Bett zu legen, setzte ich mich mit ihr auf den Teppich. Mit einiger Mühe ließ ich mich im Schneidersitz darauf nieder, ohne Nina aus meinen Armen zu lassen. Sie bekam einen kurzen Schreck, als ich für sie unerwartet in die Knie ging, schlang dann aber ihre Arme wieder um mich. So saßen wir eine Weile schweigend da, bis wir uns gegenseitig eingestanden, wie sehr wir uns vermisst hatten. Ich dankte ihr für die Tagebücher und sie bedankte sich für meine Briefe und Karten.

Da fielen mir die T-Shirts ein, die ich ihr mitgebracht hatte. Ich befahl ihr, sich nicht von der Stelle zu bewegen und sprang die Treppe hinunter, um meinen Rucksack zu holen. Als ich wieder zurück war, setzte sie sich so auf mich, wie damals auf dem Klavierhocker. Ich konnte in ihr Gesicht sehen als ich das erste T-Shirt auspackte. Es zeigte die Golden Gate Bridge. Sie mochte die Farben und das Motiv. Ich sagte ihr, ich hätte mir in Amerika eine Brücke gewünscht, über die ich immer wieder zu ihr hätte gelangen können. Dann meinte ich, dass ich mir das bestimmt bald wieder wünschen würde. Sie küsste mich für diesen romantischen Einfall und fragte, ob sie mein Geschenk anprobieren solle. Ich wollte das unbedingt, aber als sie Anstalten machte, dafür aufzustehen, hielt ich sie fest.

Ermahnend sagte sie: »Tim«, worauf ich ihr meine Hilfe beim Umziehen anbot. Einen Moment war sie unsicher, ob sie sich auf dieses etwas unverschämte Angebot einlassen sollte, hob dann aber auffordernd ihre Arme und deutete an, dass ich ihr das Kleid ausziehen sollte. Das tat ich gerne.

Nina hatte nur noch ihre weiße Baumwollunterhose an. Die war wesentlich größer, als die Unterhosen, die meine Mutter oder Cecilia bevorzugten. Sie trug keinen BH. Ihre Brüste waren klein. Mir gefiel alles an ihr, so wie es war.

Am liebsten hätte ich sie die ganze Zeit angeguckt, aber Nina bestand darauf, wieder angezogen zu werden. Ich gehorchte, auch weil ich wusste, was noch in dem Rucksack war. Als sie wissen wollte, wie sie aussah, sagte ich, sie würde mir mit T-Shirt auch sehr gut gefallen.

Während sie sich noch über mein Kompliment freute, zog ich das nächste Hemd mit den hohen Bäumen aus dem Rucksack. Ich sagte, dass ich mir in Amerika Bäume gewünscht hätte, die so hoch wären, dass ich sie aus ihren Wipfeln überall auf der Welt hätte sehen können. Auch diesen Spruch fand sie annehmbar, und wollte wissen, ob sie das T-Shirt anprobieren solle. Natürlich bestand ich darauf. Zum Leuchtturm-T-Shirt erklärte ich ihr, dass ich gehofft hätte, sie immer wieder zu finden und beim Shirt mit dem großen, geheimnisvollen Haus hätte ich mir eine Nacht vorgestellt, die ich mit ihr ganz alleine dort verbringen durfte. Meine Geschenke und das, was mir dazu eingefallen war, rührten Nina. Ich drückte sie an mich und streichelte ihren Rücken. Ich spürte, wie sie die Berührungen genoss. Ich flüsterte in ihr Ohr, dass ich nichts vergessen würde, was meine Hände berührt hätten, und ich forderte sie auf, mir zu zeigen, wo ich sie streicheln sollte. Nina sagte nichts, aber sie ließ es sich gefallen. Manchmal atmete sie schwer. Irgendwie war sie vollkommen entrückt von dem, was zwischen uns geschah. Als ich an ihren Beinen entlangstreichelte, zitterte sie fast, und als ich in die Nähe ihrer schönsten Stelle kam, hielt sie die Luft an.

Ich wusste nicht richtig, was ich machen sollte. Deshalb fragte ich leise: »Stört dich irgendetwas?« Ich bekam keine Antwort, und so tat ich schließlich, was ich von Cecilia gelernt hatte. Ich wollte, dass dieser Morgen für uns beide unvergesslich bliebe. Nina war währenddessen ganz still. Lediglich die Anspannung ihres Körpers zeigten mir ihre Empfindungen. Auch als die Anspannung nachließ, gab sie keinen Ton von sich. Sie blieb einfach noch eine Weile bei mir liegen und schien in Gedanken versunken.

Nach diesem Erlebnis war Nina irgendwie verändert. Sie wirkte viel befangener als zuvor, zog das T-Shirt mit dem geheimnisvollen Haus wieder aus und schlüpfte schnell in ihr Sommerkleid. Nach einem Blick auf ihre Uhr sagte sie, dass wir uns jetzt bald ans Klavier im Wohnzimmer setzen müssten. Für die T-Shirts bedankte sie sich noch einmal, bat mich aber, sie wieder mitzunehmen, weil sich ihre Eltern darüber sicher wundern würden.

Als die Familie aus der Kirche zurück war, brachte sie mich zur Tür. Mit einem flüchtigen Kuss auf meine Wange wünschte sie mir Lebewohl. Als ich vor der geschlossenen Tür stand, war mir zum Heulen zumute. Ich verstand nicht, was geschehen war und was Nina plötzlich so verändert hatte. Auf meinem Weg nach Hause, hätte ich am liebsten an einer Telefonzelle angehalten, um Cecilia anzurufen. Ich sehnte mich nach ihrem Rat. In San Francisco war aber noch tiefste Nacht.

In meiner Verzweiflung dachte ich darüber nach, mit Angelina alles zu bereden, aber wo hätte ich anfangen und wo hätte ich aufhören sollen. Seit meinem Abschiedskonzert hatte sich so viel um mich herum und vor allem in mir verändert, dass ich mir über meine Gefühle überhaupt nicht mehr klar wurde.

Plötzlich vermisste ich einen guten Freund, dem ich das alles hätte erzählen können, aber ich hatte keinen. Am Nachmittag versuchte ich Nina noch einmal anzurufen. Ihre Mutter sagte, dass sie bei einer Freundin sei. Ich bat um einen Rückruf. Ich bekam aber keinen. Auch am nächsten Tag war sie nicht zu erreichen. Meine Mutter merkte, wie traurig ich war und fragte, ob ich über irgendetwas reden wolle. Ich wollte nicht. Sie streichelte mir über den Kopf, gab mir einen Kuss und meinte, als sie mein Zimmer verließ, dass das mit den Frauen nicht ganz einfach sei. Dem konnte ich nur zustimmen und langsam begann ich mich danach zu sehnen, in den Zug zu steigen und mein Leben hier in Berlin hinter mir zu lassen. In Leipzig hoffte ich wenigstens einen Freund zu finden, und diese Hoffnung sollte nicht enttäuscht werden.

Aufbruch in eine andere Welt

Der Abreisetag kam doch schneller als mir lieb war. Bereits am Vorabend hatten wir meine Koffer gepackt. Alle Schüler des Internats sollten mit dem Zug anreisen. Lange Abschiedsszenen vor der Schule sollten angesichts der dreimonatigen Eingewöhnungsphase vermieden werden. Die Schülerinnen und Schüler sollten es so einfach wie möglich haben. Dazu gehörte, dass der Abschiedsschmerz nicht an der Schule, sondern am Heimatbahnhof erlebt werden sollte. Die Schule wäre dann mit dem Gefühl des Ankommens verbunden. Ich fand diese Idee ziemlich gut. Den besorgten Eltern wurde mitgeteilt, dass ihre Kinder am Leipziger Bahnhof mit dem Schulbus abgeholt würden. Nach einem langen Frühstück brachten mich Angelina und Karl zum Ostbahnhof. Hier fuhren damals noch die Züge in Richtung Süden ab.

Beide schienen angesichts meines bevorstehenden Abschieds mit ihren Gedanken beschäftigt zu sein. Angelina sagte oft, dass ich ihr fehlen werde. Mein Vater bestätigte das mehrmals. Zu meiner Überraschung hatte er sich ein Geschenk überlegt, auf das nur er kommen konnte. In einem kleinen Kuvert überreichte er mir eine Eurocheque-Karte auf der mein Name stand. Unter seinen Augen musste ich mit einem Folienstift auf der Rückseite unterschreiben. Von Angelina bekam ich eine feine Geldbörse aus Leder, in die ich die Karte stecken konnte. Auch meine Bahnkarte für die Besuche zu Hause passte da rein. Offensichtlich hatten sich meine Eltern abgesprochen. Da ich jetzt fast erwachsen sei und mich anstelle der Wirtschaft für die Musik entschieden habe, müsse ich trotzdem lernen, mit Geld umzugehen, meinte Karl. »Ich werde die Bewegungen auf deinem Konto im Auge behalten«, kündigte er an.

Ich wollte wissen, wie hoch mein Dispositionskredit sei und welcher Zinssatz für Familienangehörige bei Überziehung fällig würde. Mein Vater war beeindruckt, dass mir solche Begriffe überhaupt geläufig waren. Ich erklärte das damit, dass ich schließlich der Sohn eines Bankangestellten sei, worauf er entgegnete, dass der Apfel vielleicht doch nicht so weit vom Stamm fiele. Darauf drängte sich meine Mutter zwischen uns und meinte, es käme ganz darauf an, von welchem Stamm die Rede wäre. Bei ihr würden Noten als Blätter aus den Ästen sprießen, bei meinem Vater würde sie da nur Banknoten erblicken.

Irgendwie hatten wir gute Stimmung und lachten in einem Augenblick, in dem uns allen auch zum Heulen hätte sein können. Schon einige Zeit hatte ich nicht mehr an Nina gedacht, als sie mir plötzlich in ihrem weißen Kleid auf dem Bahnsteig gegenüberstand. Es war der Augenblick, in dem mein Zug einfuhr.

Sie sagte: »Hallo Tim«, und ich sagte sehr verwundert: »Hallo Nina.« Danach machten die Geräusche des einfahrenden Zuges alles Reden unmöglich. Wir sahen uns nur an, und es war plötzlich merkwürdig still um mich herum. Außerdem war da wieder dieser komische Geruch, an den ich mich schon irgendwie gewöhnt hatte. Er schien immer zu kommen, wenn ich etwas erlebte, was mich ein bisschen überforderte, und Ninas Kommen irritierte mich. Ich schaute einfach in ihre Augen, wusste aber nicht wie lange, als die Geräusche um mich herum unvermittelt wieder lauter wurden. Diese kurze Szene erinnerte ich wie das Aufwachen aus einem Traum. Aber Nina war wirklich da, was ich dadurch spürte, dass sie mich mit ihrer ganzen Kraft umarmte. Ich konnte ihre Umarmung nicht richtig erwidern, weil ich mit einer Hand bereits einen Koffer festhielt, den Angelina mir gereicht hatte. In meiner anderen Hand spürte ich plötzlich ein Stück Papier, das mir Nina übergab. Das steckte ich in meine Jackentasche, weil mein Vater mir den zweiten Koffer reichte und mich nun unmissverständlich aufforderte einzusteigen.

Kaum war ich im Zug, gingen die Türen automatisch zu und trennten mich von meinen Eltern und natürlich auch von Nina. Ich konnte erkennen, wie meine Mutter Nina in den Arm nahm und beide zu weinen begannen. In dem Augenblick erinnerte ich mich an den Abend meines Abschiedskonzertes, an dem ich von den »obergeilen Schwestern«, wie Sascha sie genannt hatte, zurückgelassen wurde. Jetzt hatte ich die beiden zurückgelassen.

Später sollte ich erfahren, dass der Moment, in dem sie sich gegenseitig getröstet hatten, der Beginn ihrer Freundschaft war.

Noch lange stand ich an der Tür und schaute, wie die Stadt an mir vorüberzog. Erst als ich einigen Mitreisenden im Wege stand, die im falschen Wagen eingestiegen waren, beschloss ich, mich auf meinen Platz zu setzen und meiner Ankunft entgegenzusehen.

In Leipzig standen am Ende des Bahnsteigs ältere Schülerinnen und Schüler des *Internats für junge Musik*, die mit Schildern auf sich aufmerksam machten. Die in meiner Nähe stehende junge Frau sprach ich an. Sie begrüßte mich freudig und machte auf einer Liste ein Kreuz hinter meinem Namen. Alle neuen Schüler, die zu diesem Zeitpunkt eingesammelt werden mussten, wurden zu einem kleinen Bus gebracht. Ich war der Vorletzte, der erwartet worden war. Viele meiner Mitschüler hatten ihre Instrumente mit dabei. Felix hatte seinen Kontrabass schleppen müssen, weshalb der Bus mit fünf Leuten schon voll war. Ich fand vorne neben dem Fahrer Platz. Nachdem sich Annabelle aus Aachen als Letzte eingefunden hatte, die sich mit ihrer Geige zu mir auf die Vorderbank setzte, fuhren wir los.
Die Schule kannte ich schon von meinem Vorspiel. Das Internat hatten wir nicht besichtigt. Hier wurden wir in der Turnhalle empfangen. Es gab belegte Brötchen und Saft. Überall standen Koffer, Taschen und Instrumente herum. Einige meiner Mitschüler waren schon miteinander ins Gespräch gekommen, aber die meisten warteten still und etwas schüchtern auf die Begrüßung, die für siebzehn Uhr in der Aula angekündigt war.

Annabelle hatte mich unterwegs gefragt, welches Instrument ich denn spiele, außerdem wollte sie wissen, woher ich käme. Berlin hatte auf sie Eindruck gemacht. Sie war auf einer Klassenfahrt dort gewesen und nannte mir einige Plätze, die sie besichtigt hatte. Einige kannte ich, andere waren mir fremd, was sie ein bisschen zu wundern schien. Aachen sagte mir leider gar nichts. Trotzdem erzählte sie das eine oder andere. Was ich darüber noch weiß, ist, dass sie aus einer der westlichsten Ecken Deutschlands nun ganz in den Osten gekommen war. Etwa siebenhundert Kilometer hatte sie heute zurückgelegt. Im Vergleich dazu, hatte ich einen Ausflug in die nächste Nachbarschaft gemacht. Annabelle war erst zu ihrer Aufnahmeprüfung zum ersten Mal in den Osten gereist. Deshalb war Leipzig für sie in vielerlei

Hinsicht fremd. Die Stadt war im Umbruch. An vielen Stellen wurde gebaut. Die meisten Häuserfassaden schienen seit dem Krieg nicht verändert worden zu sein. Außerdem waren einige Errungenschaften des Sozialismus im Stadtbild erhalten. Annabelle wunderte sich über vieles, was mir aus Berlin vertraut war.

Annabelle blieb in meiner Nähe, als wir in die Turnhalle kamen. Offensichtlich wollte sie nicht zu denen gehören, die schweigend irgendwo Platz nahmen. Mir hätte das an diesem Tag überhaupt nichts ausgemacht. Ich war noch so mit mir und der Szene am Bahnhof in Berlin beschäftigt, dass mein Kopf einfach nicht zur Ruhe kam. Außerdem war mir das Papier wieder eingefallen, das Nina mir zugesteckt hatte. Im Zug hatte ich es merkwürdigerweise vergessen. Jetzt war ich neugierig. Annabelle gegenüber wäre es aber unhöflich gewesen, jetzt danach zu gucken. Ich fragte sie, ob sie auch etwas zu essen haben wolle und bot an, ihr etwas mitzubringen. Das fand sie nett. Annabelle war Vegetarierin und bestellte ein Käsebrötchen. Mit zwei Käsebrötchen und zwei Bechern Apfelsaft kam ich zurück.

In der Zwischenzeit hatte sie ein Junge angesprochen. Er stellte sich mir als Vincent vor und kam aus Köln. Ich bot ihm mein Brötchen und meinen Saft an. Beides nahm er gerne, war aber darüber verwundert, dass ich nun doch nichts essen wollte. Kölner und Aachener schienen ziemlich gut miteinander klarzukommen. Jedenfalls hatte Vincent Annabelle eine Menge zu erzählen. Deshalb setzte ich mich in eine Ecke und nahm endlich das Papier aus meiner Jackentasche. Es war ein kleiner Umschlag. Als ich ihn öffnete, fiel eine dünne Kette mit einem Anhänger heraus. Als ich mir den Anhänger näher ansah, erkannte ich, dass es ein kleines goldenes Kreuz war. Nina hatte mir einen Brief geschrieben:

Hallo Tim,
ohne eine Erklärung konnte ich dich nicht gehen lassen. Es tut mir alles so leid und ich glaube, dass es mir nicht besser geht als dir. Du sollst wissen, dass ich finde, dass du der tollste Junge bist, der mir jemals über den Weg gelaufen ist. Und trotzdem wünsche ich mir, ich wäre dir nie begegnet. Das verstehst du jetzt sicher nicht, und ich verstehe es auch kaum, aber seitdem wir uns so nahe gekommen sind, habe ich das Gefühl, dass sich

an der Stelle, an der mein Herz ist, eine brennende Wunde aufgetan hat. Manchmal überlege ich, ob es damit zu tun hat, dass wir uns nun schon zum zweiten Mal lange nicht sehen können. Ich bin aber zu dem Schluss gekommen, dass ich auch nicht mit dir hätte zusammenbleiben können, wenn du jetzt hier in Berlin wärst. Mir ist das während meines Italienurlaubs klar geworden. Ich war in Rom und habe den Vatikan besucht. Das war eindrucksvoll, aber viel wichtiger war der Besuch eines kleinen Klosters in der Toskana. Dort haben wir einige Tage mit den Nonnen zusammengelebt. Es waren Frauen aus ganz vielen Ländern. Alle sprachen unterschiedliche Sprachen und dennoch haben wir uns super verstanden. Unser Glaube hat uns zusammengeführt und in diesem Glauben waren wir miteinander verbunden. Die Nonnen, die weder viel Geld noch Sex haben, kamen mir so entspannt und glücklich vor. Das war einfach unglaublich schön. Klar habe ich auch viel an dich und an unsere schöne Zeit in Berlin gedacht. Aber ich hatte das Gefühl, dass mich die Sehnsucht nach dir von dem wegzieht, was ich dort erleben durfte.

Bei unserem Wiedersehen habe ich am Frühstückstisch das Vaterunser gebetet, kannst du dich erinnern? Geendet habe ich mit den Zeilen »und führe uns nicht in Versuchung, sondern erlöse uns von dem Bösen.« Dann bin ich nicht mit in die Kirche gegangen und wir waren in meinem Zimmer. Du hast mich gestreichelt und das Gefühl, das ich dabei hatte, war überwältigend. Es war sehr schön, aber auch beängstigend. Als ich in deinen Armen wieder wach wurde, habe ich einen Schreck vor mir selbst bekommen. Plötzlich hatte ich eine Wunde in meinem Herzen und dazu noch eine zwischen meinen Beinen. Es ist mir peinlich, das zu schreiben, aber so habe ich es empfunden. Mir ist klar, dass das, was du da mit mir getan hast, nicht böse war, aber du hast meinen Körper zu etwas verführt, was mein Kopf nicht wollte. Ich bin einer Versuchung erlegen und habe mich verhalten wie Eva, die von der Schlange aufgefordert wurde, in den verbotenen Apfel zu beißen. Vielleicht findest du mich jetzt verrückt, weil du bei diesem Vergleich ja die Schlange wärst, aber ich merke einfach, dass ich umso weiter von dem wegkomme, was ich eigentlich leben will, je mehr ich dich begehre. Vielleicht sind wir uns einfach zu früh begegnet.

Als du meinen Eltern erklärt hast, warum du nicht getauft bist und dabei von der Heirat und von Kindern gesprochen hast, die du in einem gemeinsamen

Glauben erziehen willst, da habe ich ganz tief in mir etwas gespürt, obwohl ich ja wusste, dass das von dir nicht wirklich ernst gemeint war. Wäre ich verrückt und dazu noch total romantisch, dann würde ich dich vielleicht sogar heiraten.

Abgesehen davon glaube ich, dass du mich belogen hast, als du mir sagtest, dass ich deine erste Freundin sei. Beim Streicheln hatte ich das Gefühl, dass du meinen Körper viel besser kennst, als ich selbst. Und ich muss es dir deutlich sagen, so wie man sich nicht gleich an ein Klavier setzen und »Für Elise« spielen kann, kann man auch seine Freundin nicht zum ersten Mal zwischen den Beinen streicheln und dabei gleich solche Gefühle auslösen. Tim, ich bin nicht doof. Aber du bist mir darüber keine Rechenschaft schuldig, obwohl mich die Erkenntnis, sicher nicht deine erste Freundin zu sein, verletzt.
Aber das ist nicht der Grund, warum ich mich von dir trennen muss. Das hat mehr damit zu tun, dass ich seit diesem Morgen auch noch die Sehnsucht nach diesem Gefühl verspüre, das du mir mit deinen Händen gemacht hast. Für diese Sehnsucht schäme ich mich. Ich weiß nicht, ob du das verstehen kannst.

Das kleine Kreuz habe ich zu meiner Kommunion geschenkt bekommen. Für den Fall, dass du das nicht weißt, bei der Kommunion wird man als Kind in die Glaubensgemeinschaft aufgenommen. Es soll dir zeigen, dass ich mir eine Gemeinschaft mit dir vorstellen kann, irgendwann in der Zukunft. Jetzt in der Gegenwart soll es dich an mich erinnern und es soll dich auch beschützen.
Mach's gut in Leipzig,
in Liebe,
Nina

Der Brief war einfach der Hammer. Er traf mich im Genick. In den vergangenen zwei Tagen war ich nur noch sauer auf Nina gewesen. Sie ließ mich in der Luft hängen, obwohl ich mich so auf sie gefreut hatte. Außerdem war der Morgen unseres Wiedersehens in meinen Augen ja ziemlich optimal verlaufen. Ich tat, wovon ich geträumt hatte, und für Nina war es sogar schön gewesen. Dass sie mich jetzt zur Schlange machte, die in der

Bibel – soweit ich wusste – Sinnbild für den Teufel war, brachte mich völlig durcheinander. Ich fühlte mich schuldig und wurde das Gefühl nicht los, alles vermasselt zu haben.

Dabei fand ich schon als Kind die Geschichte von Adam und Eva total bescheuert. Alle Probleme der Menschheit waren nur deshalb entstanden, weil ausgerechnet Eva in diesen dämlichen Apfel gebissen hatte. Ich fand das unfair gegenüber Eva, weil sie in der Geschichte für immer und ewig die Böse war. Ihretwegen war dann ja auch Adam aus dem Paradies vertrieben worden. Der konnte aber gar nichts dafür, dass Eva das gemacht hatte. Außerdem überlegte ich immer, warum Gott, dem dieser Apfel so wichtig zu sein schien, nicht selbst besser darauf aufgepasst hatte. Eine Zeit lang musste ich bei jedem Apfel, den ich aß, an diese Geschichte denken. Fast hätte mir das den Appetit verdorben.

Was mir aber auch klar wurde war, dass ich Nina irgendwie wehgetan hatte, und das war das Letzte, das ich wollte. Außerdem hatte ich sie unterschätzt. Ich war so stolz auf meine Hände und ich hätte nicht im Traum daran gedacht, dass gerade die etwas von dem verraten könnten, was ich mit Cecilia erlebt hatte.

Der Genickschlag löste heftige Gefühle in mir aus. Enttäuscht war ich, weil es auch mit Nina so furchtbar kompliziert zu sein schien. Verglichen mit dem, was Nina da alles mit ihrem Glauben und mit Gott zu regeln hatte, war die Tatsache, dass Cecilia Frauen mehr liebte als Männer, eine Kleinigkeit. Irritiert war ich, weil Ninas Erklärungen mich überforderten und mich ihre Klarheit dennoch beeindruckte. Nina fand mich toll. Das, was ich mit ihr angestellt hatte, beschrieb sie als überwältigend. Trotzdem wollte sie nicht mit mir zusammensein. Ich suchte lange vergeblich danach, was mich zu einem solchen Verzicht veranlassen könnte. Schließlich kam ich auf die Musik. Deshalb saß ich ja jetzt hier in Leipzig, aber gerade in den letzten Wochen waren mir daran Zweifel gekommen. Ich konnte das jetzt nicht zu Ende denken.

Es machte mich traurig, dass ich Nina verletzt hatte. Durch ihren Brief liebte ich sie plötzlich noch viel mehr, als es mir lieb war. Die Wunde in ihrem Herzen und zwischen ihren Beinen hatte ich ihr zugefügt, ohne dass ich es jemals gewollt hätte, und jetzt saß ich hier, mit dem elenden Gefühl, nichts zur Heilung dieser Wunden beitragen zu können. Außerdem musste meine eigene Wunde heilen, die dieser Brief wieder aufgerissen hatte. Diese Gefühle waren so heftig, dass mir die Tränen in die Augen schossen.

»Hat da etwa jemand Heimweh nach der Mama?«, war die Frage, mit der mich Vincent aus meinen Gedanken riss. Mein Gott, war mir das peinlich. Annabelle und er hatten ihr Gespräch unterbrochen, weil wir aufgefordert worden waren, zur Begrüßung in die Aula des Internats zu kommen. »Nein, nein«, stammelte ich und versuchte mir schnell mit meiner Jacke die Tränen aus den Augen zu wischen, als Annabelle mir ein Taschentuch reichte. Ich bedankte mich bei ihr, worauf sie noch einmal erwähnte, wie nett sie es fand, dass ich ihr das Brötchen mitgebracht hatte.

»Du stehst wohl auf sensible Typen«, kommentierte Vincent die Szene und lachte laut. Annabelle lächelte mich etwas verunsichert an, als Vincent mir seine Hand gab, um mir auf die Beine zu helfen. Als ich mich bereitwillig von ihm hochziehen ließ, drückte er meine Finger plötzlich so schmerzhaft zusammen, dass ich mit einem kurzen Schrei seine Hand losließ und zurück ins Leere fiel. Wieder lachte er so laut, dass alle anderen in unsere Richtung guckten und meinen Sturz auch lustig fanden. Kaum war ich im Internat angekommen, hatte ich mich schon vor allen blamiert. Als ich wieder auf meinen Beinen stand, schlug mir Vincent auf die Schulter und sagte: »Tschuldigung Tim, aber Spaß muss sein, sonst würden wir alle ja die ganze Zeit nur heulen, oder?«

Ich stimmte ihm zu, weil das für den Augenblick das Beste zu sein schien, aber am liebsten hätte ich ihm eine gescheuert. Er meinte, dass ich ein echter Kumpel sei und zusammen mit Annabelle machten wir uns auf den Weg in die Aula. Wir setzten uns in eine der letzten Reihen.

Es gab ein Programmheft. Kleine Aufführungen höherer Semester waren vorgesehen und zwischendurch gab es eine Rede des Direktors, eine Rede unserer Tutoren und vor dem Abschlusslied des Schulchores stand noch der Punkt *Organisatorisches*. Die ganze Begrüßung dauerte eineinhalb Stunden. Die Konzerte waren gut, aber nicht so gut, dass ich mich hätte fürchten müssen. Die Rede des Direktors besagte zusammengefasst »*Ohne Fleiß, kein Preis*« und als Tutoren stellten sich Schüler der dreizehnten Klassen vor, die wir mit unseren Sorgen ansprechen könnten. Der Tutor für die Klavierschüler hieß Mark.

Vincent stieß mich an und meinte, den könnten wir ansprechen, wenn wir vor lauter Heimweh Erektionsprobleme kriegten, und lachte wieder lauthals. Erneut guckten alle in unsere Richtung. Vincent ging auch in die Klavierklasse. Ich würde ihm also öfter begegnen. Was ich noch nicht wusste war, dass wir außerdem ein Zimmer teilten. Das erfuhren wir unter dem Programmpunkt *Organisatorisches*. Wir bekamen unseren Stundenplan mitgeteilt und wurden in die Hausordnung eingeführt. Alkohol, Drogen und Sex auf den Zimmern oder im Schulgebäude waren absolut untersagt und wurden mit dem Rauswurf aus dem Internat geahndet. An Annabelle und mich gewandt, kommentierte Vincent diese Regeln damit, er hätte dann ja den einen Koffer zu Hause lassen können und sollte vielleicht besser gleich gehen. Er lachte diesmal etwas leiser.

Vince, wie ich ihn später nannte, hatte dunkelbraune, gelockte Haare. Er war etwas kleiner als ich und wirkte in seiner Statur unglaublich drahtig und angespannt. Er hatte grüne Augen, die etwas hervorstanden und in seinem Kopf schien es unablässig zu arbeiten. Er gehörte zu den Stipendiaten und ohne das Geld, welches die Schule für seine Ausbildung zur Verfügung stellte, hätte er nicht hier sein können.

Später erfuhr ich von ihm, dass seine Mutter – Signe Kaufmann – ihn allein großgezogen hatte. In den ersten Jahren hatten die beiden von Sozialhilfe gelebt. Außerdem habe seine Ma schon vorher für den einen oder anderen Onkel, wie Vince die Freier seiner Mutter nannte, die Beine breit gemacht.

»Irgendeiner von diesen Onkeln muss dann auch der Erzeuger gewesen sein, ohne den es mich nicht geben würde«, meinte Vince.

Seine Mutter konnte sich angeblich nicht erinnern, wer als Vater in Frage kam und Vince interessierte das auch nicht. Keinen dieser Onkel, die einigermaßen regelmäßig vorbeikamen, mochte er, und bei der Vorstellung, dass einer von ihnen an seiner Entstehung beteiligt war, kam es ihm immer fast hoch.

Zur Musik kam er über das Singen. Schon in der Kinderkrippe im Alter von zwei Jahren konnte er jedes Lied mitsingen, wenn er es einmal gehört hatte. Keine Melodie ging ihm jemals aus dem Kopf und es bereitete ihm fast Schmerzen, wenn jemand den Ton nicht traf. Nicht selten war er damals auf andere kleine Kinder losgegangen, die falsch gesungen hatten.

Wenn er behauptete, die Geprügelten wollten seine Musik kaputt machen, wurde er lange nicht verstanden. Vielmehr wurde er von den Musik- und Gesangsstunden ausgeschlossen, weil sich seine unerklärlichen Wutausbrüche vorwiegend dort ereigneten.

Seine besonderen Fähigkeiten entdeckte dann eine Musikpädagogin, die für ein Gartenfest verschiedene Stücke einstudieren wollte. Sie saß etwas verzweifelt am Klavier, als Vince irgendein Spielzeug aus dem Musikraum holen sollte. Er blieb kurz stehen und meinte, da seien falsche Töne in den Liedern. Woher er das wüsste, fragte die Pädagogin etwas genervt zurück. »Weil ich die Lieder schon richtig gehört habe«, hatte der kleine Vincent geantwortet.

Sie hatte daraufhin beschlossen, diesen »frechen Jungen« dazubehalten, um ihm alle Lieder nacheinander vorzuspielen. Seine Erzieherin hatte nichts dagegen. Dabei stellte sich heraus, dass wirklich etliche falsche Töne in den Liedern vorkamen und Vincent außerdem aus dem Stehgreif die richtigen Töne singen konnte. Er war drei Jahre alt, als ihn Frieda – das war der Name der Pädagogin – unter ihre Fittiche nahm. Immer wenn sie Zeit hatte, übten sie zusammen. Von ihr lernte Vince, Kindern, die falsch sangen, richtig vorzusingen, anstatt sie zu verprügeln. Sein Gehör und sein Gedächtnis für Töne waren so phänomenal, dass er zunächst zum Vorsänger und wenig später auch zum Vorspieler bei unzähligen Kindergartenfesten wurde. Das Holzxylophon, die Melodika oder das Klavier hatten es ihm angetan, weil er bei diesen Instrumenten den Abstand der Töne, die er in seinem Gehör hatte, auch sehen konnte, wie er es dem Leiter einer Musikschule erklärte. Frieda hatte ihn dort hingeschleppt.

Hier bekam er seinen ersten kostenlosen Unterricht. Das Engagement der Musikschule war aber nicht ganz uneigennützig. Vielmehr wurde Vince sehr schnell zum Werbeträger und dieses Wunderkind wurde als Produkt früher, gezielter Förderung vermarktet. Es dauerte nicht lange, bis Vince, beziehungsweise seine Mutter, erste kleine Geldbeträge angeboten bekamen, wenn er das eine oder andere Vorspiel für die Musikschule bestritt. Das war der Punkt, an dem Frau Kaufmann begann, sich für seine Fähigkeiten zu interessieren. Schnell wurde sie zu seiner Managerin und es gelang ihr vortrefflich, Vinces Fähigkeiten zu Geld zu machen. Er hatte Auftritte im Radio und im Fernsehen und die Krönung war seine Teilnahme bei *»Wetten dass«*. Die Wette lautete, dass Vince zu jedem Ton, den er vorgespielt bekam, die Note angeben könne und dass er das selbst bei längeren Tonfolgen treffsicher hinbekäme. Zur Zeit der Wette, die er natürlich mühelos gewann, war er acht Jahre alt.

Musik und Geldverdienen waren bei Vince eine Einheit, wobei ihm nicht verborgen blieb, dass mit seinem zunehmenden wirtschaftlichen Erfolg der Besuch der verhassten Onkel bei seiner Mutter abnahm. Der Gedanke, dass sich – bedingt durch seine Ausbildung – diese Entwicklung wieder umkehren könnte, weil er erstens in dieser Zeit kein Geld verdiente und zweitens nicht auf seine Mutter aufpassen konnte, machte möglicherweise einen Teil des Drucks aus, unter dem er permanent stand.

Vince war mit einem Dampfkessel vergleichbar, der zeitweise einen Schwall heiße Luft ablassen musste. Glück hatten alle, die dann gerade nicht in seiner Nähe waren. Meistens waren es mehr oder weniger harmlose Späße, die er machte. Manchmal schoss er dabei aber auch über das Ziel weit hinaus. Dabei hing es vom Verhalten seines Opfers ab, ob die Situation kippte oder nicht. Widerstand provozierte ihn, und wenn er in Rage geriet, gab es für ihn kein Zurück mehr, selbst wenn sich sein Gegenüber als wesentlich stärker herausstellte.

Ohne jede Rücksicht ging er auf andere los, und wenn seine Gegner darauf aus waren, eigene Blessuren zu vermeiden, zogen sie fast immer den Kürzeren. Außerdem wussten bald alle, dass Vince ein ausgesprochen schlechter Verlierer war.

Trotzdem war ausgerechnet er der Freund geworden, den ich mir auf dem Weg nach Leipzig gewünscht hatte. Anfangs war die Motivation, sein Vertrauen zu gewinnen, reiner Selbstschutz. Auch ich hatte Angst vor ihm, obwohl wir das Zimmer miteinander teilten, und er mich von Anfang an als Kumpel ansah. Dennoch spürte ich oft, wie dünn das Eis war, auf dem wir uns vorsichtig annäherten. Vince' Problem war, dass er allen misstraute. Im Grunde fürchtete er sich davor, verletzt zu werden. Davon getrieben, nahm er diese Verletzungen lieber selbst vorweg. Die Brutalität, mit der er andere hin und wieder zurichtete, flößte allen gehörigen Respekt ein. Immer wenn er auftauchte, klingelten vor allem bei den Jungen meiner Klasse die Alarmglocken. Das führte dazu, dass ihn alle eher vorsichtig und manchmal sogar zuvorkommend behandelten. Vince war die Macht eines Tyrannen zugewachsen. Sein Gewinn war, dass sich alle bemühten, ihn nicht zu verärgern, aber wirklich vertrauen konnte er niemandem außer mir.

Ein Freund, ein guter Freund!?

Seltsamerweise hatte das Vertrauen, das er mir gegenüber entwickelte, etwas mit Ninas Brief und mit ihrem kleinen Geschenk zu tun, das mich ja beschützen sollte. Beim Lesen ihres Briefes hatte ich in meiner Trauer alles um mich herum vergessen. Als mich Vince wieder in die Gegenwart holte, wollte ich erst einmal meine Tränen verbergen. Dann folgte der von ihm veranlasste Sturz und dabei muss ich irgendwie die Kette mit dem kleinen Anhänger verloren haben. Die vermisste ich nämlich plötzlich, als der Schulchor das Abschiedslied angestimmt hatte. Ich hatte das Gefühl, die letzte Verbindung zu Nina sei mit diesem Verlust abgerissen, und zu meiner Trauer kam Verzweiflung.

Annabelle und Vincent bekamen das mit und wollten wissen, was los sei. Ich berichtete von meinem Verlust und die beiden beschlossen, mir beim Suchen zu helfen. Ausgerechnet Vincent fand die Kette mit dem kleinen Kreuz. Triumphierend hielt er sie hoch.

Als ich dankbar und erleichtert in seine Richtung kam, um sie entgegenzunehmen, musterte er den Schmuck. So, dass Annabelle mein Geschenk sehen konnte, kommentierte er seinen Fund. Die Kette fand er zu dünn und das Kreuz erschien ihm zu klein für einen Jungen. Außerdem fand er befremdlich, dass ich an Gott glaubte.

Ich war verwundert, wie genau dieser laute und grobe Junge beobachtet hatte. Schnell war ihm aufgefallen, dass dieses Geschenk nicht richtig zu mir passte, und wegen seiner Bemerkungen begann ich mich zu rechtfertigen. »Die Kette ist ein Geschenk und ich bin mir gar nicht sicher, ob ich an Gott glaube.«

»Wer schenkt dir denn so etwas?«, wollte er wissen. »Diese Frage musst du beantworten, um dein Geschenk wiederzubekommen. Außerdem glaube ich, dass dieses Geschenk etwas mit dem Brief zu tun hat, in den du eben so versunken warst«, mutmaßte Vince sehr treffend. Ich sollte deshalb nicht versuchen, ihn zu belügen.

Obwohl mich Vince immer weiter in die Enge trieb, ließ mein Widerstand gegen ihn mehr und mehr nach. Ich wünschte mir, mit jemandem über das zu sprechen, was ich erlebt hatte. Irgendetwas sagte mir, dass er dafür der Richtige sei. Vielleicht lag das daran, dass er mich so schnell durchschaut hatte. Er bekam mehr mit als andere, weil er über feinste Antennen verfügte, die unablässig auf Empfang geschaltet waren. Lügen erschien deshalb erstens aussichtslos und zweitens kam es mir riskant vor, weil ich nicht wusste, womit zu rechnen sei, wenn er mir auf die Schliche käme. Wir würden eine ganze Zeit unser Zimmer miteinander teilen und deshalb beschloss ich, das auch mit meinen Gedanken zu tun. Endlich konnte ich mit einem Jungen über meine Erlebnisse sprechen.

»Das Geschenk ist von Nina, und Nina war bis vor ein paar Tagen meine Freundin«, entgegnete ich.

»Das klingt ehrlich«, meinte Vince, und an Annabelle gewandt, die unser Gespräch mit angehört hatte, sagte er: »Gute Nachrichten, schöne Frau, unser Freund Tim ist also wieder solo.«

Mich beeindruckte, wie Vince die Fäden in die Hand nahm, wie er Annabelle immer wieder mit einbezog und wie er ihr beiläufig sogar mitteilte, dass er sie attraktiv fand. Er war dreist und charmant zugleich. So erzeugte er auch im Kontakt mit den Mädchen eine Spannung. War die Spannung Jungen gegenüber von Angst geprägt, zeigte er vielen Mädchen, dass er sie anziehend fand.

Manchmal hatte ich den Eindruck, er funktionierte wie ein Gefühlskatalysator. Alles nahm er auf und wandelte es in Sprache um. Das, was er dann sagte, brachte die Sache so auf den Punkt, dass man nicht mehr ausweichen konnte. Bei Annabelle hatte er bemerkt, dass sie mir gegenüber relativ aufmerksam war. Bei mir fiel ihm auf, dass ich offensichtlich mit etwas anderem beschäftigt war, und er selbst war vielleicht ein bisschen eifersüchtig auf mich, weil er Annabelle wohl ganz gut fand. Durch meine Enthüllung wurde er neugierig. Deshalb kam ihm die Tatsache entgegen, dass wir unser Gepäck auf die Zimmer bringen und uns etwas einrichten sollten. Für zwanzig Uhr war das Abendessen in der Kantine vorgesehen.

Wir trugen unsere Koffer in die Eingangshalle. Sie war groß und dunkel. Von hier aus führte ein Treppenhaus in den Flügel des Internats, in dem die Jungen untergebracht waren. Eine andere Treppe führte in den Mädchentrakt.

Die Zimmer waren eher klein. Unseres war nicht einmal halb so groß wie mein Zimmer zu Hause. Zwei Schränke, zwei Schreibtische und ein Etagenbett fanden darin Platz. Die Schreibtische standen unter den alten Fenstern, deren Lack an den Rahmen schon etwas abgeblättert war. An der Wand neben der Tür war ein Waschbecken. Darüber hing ein Spiegel. Noch nie in meinem Leben hatte ich in einem so einfachen Zimmer geschlafen. Jetzt sollte es für drei Jahre meine Heimat werden. Vince schien nichts anderes erwartet zu haben, aber er hatte sofort gemerkt, dass ich mich offensichtlich eingewöhnen musste.

»Nicht ganz so komfortabel wie zu Hause, was?«, war die Frage, die er an mich richtete und dann wollte er noch wissen, ob ich was dagegen hätte, wenn er oben schlafen würde. Ich hatte nichts dagegen. Das untere Bett war mir sowieso lieber. Trotzdem fand ich nett, dass er fragte. Seit er von meiner gescheiterten Liebe erfahren hatte, war er etwas vorsichtiger mit mir geworden. Das Thema schien ihn zu beschäftigen. Er wollte wissen, ob der Brief so hart gewesen sei, dass ich hätte heulen müssen.

»Irgendwie schon«, antwortete ich.

»Hat Nina einen anderen?«, wollte Vince wissen.

»Nein« sagte ich.

»Dann besteht ja noch Hoffnung«, meinte er und bot an, mich zu beraten.

Ich schüttelte den Kopf. Damit konnte er nichts anfangen. Deshalb baute er sich vor mir auf.

»Tim«, sagte er: »offenbar hast du mit Nina irgendwelchen Mist gebaut und deshalb seid ihr in der Krise. Das war ein Fehler. Solche Fehler passieren, können aber oft repariert werden. Also mach jetzt nicht den Fehler, deinem Freund Vince die Details vorzuenthalten. Dann kann ich dich nämlich nicht zu deinem Glück beraten.«

»Glück«, kommentierte ich etwas ironisch und sagte: »Das Einzige, was du tun kannst, ist, mir fest in den Hintern zu kneifen und mir dann zu sagen, dass das alles ein böser Traum ist, den ich schon acht Wochen träume. So lange ist es nämlich her, dass ich zum ersten Mal verliebt war und seitdem kommt bei mir alles durcheinander.«

Da acht Wochen ein überschaubarer Zeitraum war, wollte Vince alles wissen. Deshalb räumten wir keine Sachen ein, sondern ich erzählte und er hörte aufmerksam zu. Ich saß auf meinem Bett, und er saß mir gegenüber auf einem Schreibtischstuhl.

Ich begann mit meinem Abschiedskonzert und dem Augenblick, an dem sich Nina neben mich gesetzt hatte. Ich erwähnte die Zeit unserer gegenseitigen Annäherungsversuche, um dann die Geschichte mit Cecilia zwischenzuschieben und schließlich erwähnte ich den Morgen bei Nina zu Hause. Als ich geendet hatte, gab ich ihm sogar den Brief, den sie mir zum Abschied am Bahnhof überreicht hatte. Beim Lesen schüttelte Vince häufig den Kopf. Als er schließlich aufsah, meinte er, er könne mich bei Frauen gerne beraten, aber ich wäre wohl bei Nina an eine Nonne und zuvor bei Cecilia an eine Lesbe geraten. So wie es aussähe, wären beide ja in ihrer Orientierung sehr eindeutig. Fehler auf meiner Seite könne er deshalb nicht wirklich entdecken. In seinen Augen sollte ich die ganze Sache mit der Liebe noch mal anders angehen. Schließlich könne sich meine Bilanz von zwei Weibern in acht Wochen durchaus sehen lassen. Deshalb solle ich den Kopf nicht hängen lassen und nach vorn schauen. Annabelle wäre beispielsweise auch ganz süß und greifbarer. Freundinnen, die in Amerika Frauen lieben oder auf einer Himmelswolke dem lieben Gott entgegensegeln, kamen auch ihm äußerst kompliziert vor. Davon sollte ich wegkommen und so, wie mir Annabelle das Taschentuch angeboten habe, würde er vermuten, dass sie ein Herz für Tim habe.

Vince meinte es gut mit mir. Aber da, wo ich nach seiner Meinung weitermachen sollte, war ich noch lange nicht. Ich war zu sehr vom Nebel meiner unerfüllten Liebe umgeben, um selbst wahrzunehmen, was sich angeblich vor mir auftat.

Trotzdem war es gut, ihn eingeweiht zu haben. Das Käsebrötchen, der Kontakt mit Annabelle und meine Offenheit hinsichtlich meiner Beziehungskisten legten die Basis für unsere Freundschaft. Diese Freundschaft schützte mich vor alldem, was einem unerfahrenen Kind aus gutem Haus, das bislang fast nur Musik im Kopf hatte, in einem Internat so alles passieren konnte.

Das Brötchen hatte ich ihm gegeben, weil ich plötzlich wieder an Ninas Brief denken musste. In dem Brief fand ich das Kreuz, das mich beschützen sollte. Durch Vince, der mich ins Leere fallen ließ, war die Kette verloren gegangen und ausgerechnet er hatte sie wiedergefunden. Vielleicht hätte ich auch auf anderem Weg Kontakt zu ihm bekommen. Schließlich waren wir in einem Zimmer und besuchten beide die Klavierklasse, aber so lief alles wie von selbst. Manchmal betrachtete ich Ninas Kreuz und wenn mein Freund Vince einen Klassenkameraden mal wieder hochgenommen oder zugerichtet hatte, dann war ich drauf und dran, sie für meinen Schutzengel zu halten.

Das Schicksal schien bestimmt zu haben, dass ich sein Freund sein sollte und deshalb nicht zu seinen Opfern zählte. Für alle Jungs war ich Vinces Vertrauter. Deshalb hatten sie Respekt vor mir, aber ohne mich zu fürchten, und in den Augen der meisten Mädchen gehörte ich eher zu den Coolen. Nur unseren Lehrern fiel es schwer, mich einzuschätzen, aber die konnte ich mit meinen Leistungen überzeugen. Insofern hatte ich eigentlich keinerlei Probleme und an fast allen lustigen, derben oder manchmal auch brutalen Ereignissen dieses Jahres war ich zumindest als Beobachter beteiligt.

Vince war meistens der Initiator. Er guckte die Opfer aus, die immer unter denjenigen zu finden waren, die ihm mit einer Mischung aus Angst und Hass begegneten. Mit ihrem Verhalten machten sie sich zu seiner Zielscheibe und es blieb eine Frage der Zeit, wann er einen Pfeil auf sie abfeuerte. Die Frage, ob der Pfeil sein Ziel traf oder es verfehlte, entschieden andere. Oft waren es gerade die potentiellen Opfer oder diejenigen, die bereits eine Demütigung erlebt hatten, die den Plan vollstreckten, den Vince erdacht hatte. Nicht selten schossen sie dabei weit über das Ziel hinaus.

Das Beispiel von Jens ging mir lange nicht aus dem Kopf. Jens war Hornist im Orchester. Wenn er gefragt wurde, welches Instrument er spielte, sagte er nie nur Horn, sondern er beharrte immer darauf, das Horn zu blasen. Deshalb hatte Vince ihn schon einmal unter dem Gelächter einiger Mitschüler gefragt, was er denn sonst noch so blasen würde. Diese eigentlich nahe liegende Anspielung hatte Jens ihm äußerst übel genommen. Das passte zu seiner steifen und angestrengten Art, die schon lange in seine Körperhaltung übergegangen war. Er war übergewichtig, wie viele meiner Klassenkameraden, die sehr viel Zeit mit dem Üben irgendwelcher Musikstücke zubrachten. Außerdem fehlte ihm jede Körperspannung, was ihn ungeschickt und plump wirken ließ. Beim Ballsport musste man sich vor ihm in Acht nehmen, weil er immer versuchte, seine Ungeschicklichkeit durch die Trägheit der Masse wettzumachen. Besonders unangenehm war das beim Basketball. Alle waren deshalb darauf aus, ihn nicht zum Gegner zu haben. Hier drängelte und rempelte er so oft und so heftig er nur konnte. Es war ihm eine willkommene Gelegenheit, offene Rechnungen zu begleichen oder auch nur Frust abzulassen.

Zwei Tage nach Vinces Anspielung nahm Jens deshalb die Gelegenheit wahr, ihn bei einem Sprungwurf zu unterlaufen. Vince flog gegen die Wand unserer Sporthalle, die zum Glück an dieser Stelle mit den dicken Gymnastikmatten ausgepolstert war. Jens lachte hämisch. Vince reagierte sehr cool auf diese Kampfansage und verwandelte zunächst beide Freiwürfe, die ihm unser Sportlehrer, Herr Leifeld, zugesprochen hatte. Beim Zurücklaufen zischte er in meine Richtung, dass er es wohl nicht anders gewollt habe. Jens war auf der Opferliste ganz oben angelangt und angesichts seiner Tat und der Art, mit der er alle beim Sport behandelte, freute ich mich insgeheim auf die Rache, die ihm zuteilwerden würde. Bis dahin vergingen aber noch einige Tage. Jens hatte den Vorfall in der Sportstunde längst vergessen, als wir gelangweilt in der Sonne saßen und auf den Beginn unserer Rhythmus- und Tanzstunde warteten. Vince hatte einen Apfel, den wir alle beim Mittagessen bekommen hatten, soweit aufgegessen, dass nur noch Stiel und Gehäuse übrig war. Fast hätte er ihn weggeworfen, als sein Blick auf Jens fiel.

Der Platz, an dem wir saßen, war vom Schulgebäude her nicht einzusehen. Bis zum Beginn der Stunde waren es noch gute zehn Minuten. Außerdem musste unsere Lehrerin den gesamten Schulhof überqueren, weshalb die Aussicht ausgesprochen gering war, durch irgendeine Autoritätsperson überrascht zu werden. Vince fragte Jens, welches Instrument er noch mal blasen würde. Jens gab keine Antwort. Offenbar wollte er Vince nicht weiter reizen. Die meisten anderen Jungs in unserer Gruppe wussten aber schon bei dieser Frage, dass die Stunde der Rache geschlagen hatte.

In aller Ruhe stand Vince auf und ging auf Jens zu. Die Apfelreste in der Hand stand er vor ihm und sagte: »Guck mal, was ich meinem Freund Jens übrig gelassen habe. Da kannst du doch glatt noch was abknabbern, stimmt's?«

Alle lachten und einige erhoben sich, zunächst um die Szene ein bisschen besser beobachten zu können. Aber allein die Neugierde der scheinbar Unbeteiligten veränderte die Situation. Jens und Vince gerieten in den Mittelpunkt, und das Gelächter derjenigen, die in unseren Sportstunden einen Ellenbogenschlag von Jens hatten einstecken müssen, wurde zur aufmunternden Begleitmusik. Auch Jens spürte, dass sich um ihn herum etwas zusammenbraute und begann die Szene aufmerksam zu beobachten. Dabei verpasste er den Zeitpunkt, zu dem er mit seiner Masse und seiner Kraft einen Ausbruchsversuch hätte wagen können. Ohne es zu merken, hatte er sich entschieden, die Situation auszusitzen, was ihm zum Verhängnis wurde.

Seine Passivität und die Entscheidung, lediglich die größten Gefahren abzuwenden, stachelten Vince und die Beobachter weiter an, die in ihrer Phantasie schon längst zu willigen Handlagern einer unausgesprochenen Urteilsverkündung geworden waren. Auch ich spürte eine gewisse Vorfreude und war auf die Zumutungen gespannt, die Vince für sein Opfer erdacht hatte.

»Na, unser dicker, dummer Jens, möchtest du selbst aufessen, oder müssen wir dich füttern?«, wollte Vince wissen, als er das Apfelgehäuse in der Nähe seines Gesichtes baumeln ließ.

»Hau ab«, zischte Jens und schlug dabei Vince die Apfelreste aus der Hand.

Als der sich bücken musste, um sie wieder aufzuheben, hatte sich der Kreis um Jens schon zusammengezogen. Einige kommentierten lachend und johlend seine zaghaften Versuche einer Gegenwehr. So, wie Jens spürte, dass er alleine war, spürte Vince, dass er in der Gruppe auf jede Art von Unterstützung bauen konnte. Das Gehäuse betrachtend sagte er: »Jetzt guckt mal, was der unartige Jens mit seinem Essen gemacht hat. Ganz dreckig ist es geworden und wir müssen das wieder sauber machen.« Dazu spuckte Vince mehrmals auf die Apfelreste und ging wieder auf Jens zu. Zweifelsohne war Vince damit ein Scherz gelungen, aber auch die Ekelgefühle, die sich bei jedem Beobachter nun einstellten, trugen zu Belustigung bei und das aufkommende Gelächter heizte die Stimmung weiter an. Als Vince Jens wieder näher kam, fanden sich deshalb einige der Umherstehenden bereit, Jens auf den Boden zu zwingen und für die Fütterung festzuhalten. So konnte sich Vince mühelos und ungefährdet auf seinem dicken Bauch niederlassen. Mehrmals forderte er ihn höflich auf, doch den Mund zu öffnen. Das Lachen wurde immer schärfer, und als Jens seinerseits versucht hatte, Vince anzuspucken, wobei ihm der eigene Rotz am Mund heruntergelaufen war, schlug ihm offener Hass entgegen. Einige begannen ihn mit verhaltenen Schlägen zu traktieren, und Peter versuchte, ihm die Nase zuzuhalten. Gegen seine heftigen und ruckartigen Kopfbewegungen fand man aber kein Mittel. Außerdem gelang es Jens, bei zugehaltener Nase mit zusammengepressten Lippen weiterzuatmen. Als schon einige begannen, sich angesichts dieser Pattsituation abzuwenden, hatte Udo den Einfall, dass Jens wohl ein Zäpfchen bräuchte. Damit war der Plan geboren, ihm das Apfelgehäuse nicht mehr in den Mund, sondern in den Hintern zu schieben.

Vielleicht kam dieser Gedanke dadurch zu Stande, dass bislang alle Anstrengungen, Jens eine klare Demuts- oder Unterlegenheitsgeste abzutrotzen, ins Leere gelaufen waren. Er hatte sich wie ein Damm verhalten, gegen den heftige Wellen angebrandet waren, ohne sichtbare Schäden zu hinterlassen. Mit dieser stoischen Art hatte er sich einerseits erfolgreich geschützt, aber andererseits zur Eskalation beigetragen. Und nun sollten die Bagger anrücken, um dieses verflixte Bauwerk von innen auszuhöhlen. Als sich einige Häscher anschickten, ihm die Hose auszuziehen, begann Jens zu realisieren, was die Stunde geschlagen hatte. Zwar wurde die Gruppe der Unterstützer nun etwas kleiner, aber diejenigen, die diesen Plan gefasst hatten, waren dafür umso entschlossener. Der Frust, dass der dicke Jens nicht früher klein beigegeben hatte, war der Tropfen, der das Fass hatte überlaufen lassen.

Seine flehentliche Neinrufe fanden keine Ohren, die für ein Einlenken plädiert hätten. Ich hatte mich von der Szene angewidert abgewendet und guckte nur noch aus zweiter Reihe zu, was geschah. Dabei waren meine Gefühle gemischt. Einerseits war ich der Auffassung, dass er eine Strafe verdiente. Andererseits fand ich, dass ihm mit seinen Kleidern quasi die Haut abgezogen wurde. Es ging nicht mehr darum, ihm eine oberflächliche, schnell heilende Wunde zuzufügen, sondern mit dem Überwinden seiner Gegenwehr ging es auch darum, die verhasste Person zu brechen.

An Jens wurde ein Exempel statuiert, und nachdem er sich die Hosen wieder hochgezogen hatte und ungläubig über das, was er hatte erdulden müssen, als Letzter von der Bühne abtrat, hatten ihn acht Minuten seines Lebens tiefgreifend verändert.

Ich bin überzeugt, dass Jens weder mit einem Lehrer, noch mit seinen Eltern oder irgendeinem Freund über diesen Vorfall gesprochen hat. Sein Schweigen war der Versuch, diese peinliche Demütigung ungeschehen zu machen. Aber all der Schmerz und die Wut auf diejenigen, die ihm das angetan hatten, wurden damit in eine dunkle Kammer seiner Seele gesperrt, wo sie für immer und ewig bleiben sollten. Jens hatte somit Anteil daran, dass die Täter nicht gerecht bestraft wurden, und weil seinen Peinigern keine Grenzen aufgezeigt wurden, blieb er ohnmächtig ihren Späßen ausgeliefert.

Zwar prahlte niemand mit der Tat, weil alle spürten, dass es sich dabei nicht mehr um einen einfachen Jugendstreich gehandelt hatte, aber trotzdem blieb Jens von vielen kleinen Anspielungen nicht verschont. Immer wieder flog ein abgegessener Apfel in seine Richtung und wenn ihn jemand fragte, ob er schon Stuhlgang gehabt habe, wurde damit immer wieder die Frage danach aufgeworfen, wo die Apfelreste eigentlich geblieben waren. Jens hatte damals wie alle anderen an der Rhythmus- und Tanzstunde teilgenommen und war in dieser Zeit nicht zur Toilette gegangen. Direkt gefragt, wie oder wann es ihm gelungen war, das »Apfelzäpfchen« wieder loszuwerden, hatte ihn aber auch keiner. Selbst die Täter schienen ein gewisses Interesse daran zu haben, dass möglichst schnell Gras über die Sache wuchs, und so schwiegen beide Seiten über diesen Vorfall.

Vince und mir fiel auf, dass Jens sich nach dem Ereignis verändert hatte. Im Sport war er träge. Selbst beim Basketball fehlte ihm jeder Ehrgeiz. Nur noch selten lief er über das Spielfeld. Im Angriff oder in der Verteidigung blieb er einfach stehen. In den Pausen zog er sich in schützende Winkel unseres Schulhofes zurück und der Kontakt zu Mitschülern beschränkte sich auf die anderen Bläser des Schulorchesters.

An die Stelle seines zum Teil verletzenden Verhaltens anderen gegenüber war nun eine Schildkrötentaktik getreten, mit der er erkennen ließ, dass sein Lebensmut in seinen Grundfesten erschüttert worden war. Zur Rhythmus- und Tanzstunde kam er fast immer zu spät, weshalb er von unserer Lehrerin, Frau Wilms, mehrfach vor allen anderen getadelt wurde. Zur Strafe musste er dann manchmal Übungen vortanzen, die gerade ihm besonders schwer fielen. Oft hatte ich versucht, mir auf die Zunge zu beißen, um wenigstens nicht über ihn zu lachen. Meistens war ich dabei gescheitert, weil seine Ungeschicklichkeit wirklich komisch wirkte. Besonders unangenehm an diesen Situationen aber war, dass Frau Wilms in der Regel mich darum bat, die Übungen richtig vorzutanzen. Dabei wurde ich den Eindruck nicht los, die Wunde stetig zu vertiefen, die das Apfelzäpfchen meines Freundes Vince bei unserem Hornisten gerissen hatte. Ohne es zu wollen und ohne es bestimmt zu haben, wiederholte ich seine Demütigung. Wenn ich mir sein Leiden vorstellte, hatte ich das Gefühl, als der Freund von Vince in seinen Alpträumen zu erscheinen. In seinen Augen gehörte ich zum engsten Kreis der Täter. Vielleicht ist das auch der Grund, warum mir die Geschichte nicht aus dem Kopf ging und warum ich bei jedem Schulgottesdienst begann, das *Vaterunser* mitzusprechen, in dem es zum Ende ja heißt:

... vergib uns unsere Schuld,
wie auch wir vergeben unseren Schuldigern
und führe uns nicht in Versuchung,
sondern erlöse uns von dem Bösen.
Amen

Klar musste ich bei diesem Gebet an Nina denken, von der ich es zum ersten Mal richtig gehört hatte, aber das Schicksal von Jens wurde mir bei diesen Zeilen immer wichtiger. Denn Jens verließ als Erster wieder unser Internat. An seinen Leistungen lag das nicht, vielmehr fehlte dem Orchester ab diesem Tag ein talentierter Hornist. Deshalb hatte selbst der Schuldirektor versucht, ihn zum Bleiben zu überreden, aber ohne den gewünschten Erfolg. Mich wunderte das nicht, weil denjenigen, die sich um Jens bemühten, wichtige Informationen fehlten.

Ich hatte das Gefühl, schuldig geworden zu sein, auch wenn ich an seiner Vergewaltigung nicht direkt beteiligt war. Als Jens unser Internat verlassen hatte, bot sich keine Möglichkeit mehr, das Geschehene an ihm wiedergutzumachen. Mein Wunsch nach Vergebung und Erlösung blieb unerfüllt, auch weil ich mich im Unterschied zu Nina auf die Vergebung des »Vaters im Himmel« nicht wirklich verlassen konnte. Aber jedes Gebet stärkte meinen Wunsch, mich bei der nächsten Gelegenheit anders zu verhalten, weil ich nicht wieder auf diesem verschlungenen Weg vom Mitläufer und Weggucker zum Leidtragenden an der eigenen Schuld werden wollte.

Mit Vince konnte ich über solche Gedanken kaum reden. In seinen Augen hatte sich Jens die Suppe doch selbst eingebrockt. Er wollte von mir wissen, ob ich denn seinen Rollstuhl geschoben hätte, wenn nicht die weichen Gymnastikmatten den Bruch seiner Wirbelsäule verhindert hätten.

Vince stand beharrlich auf dem Standpunkt, größeres Übel abgewendet zu haben, weil sich dieses dicke Nilpferd nun nicht mehr im Sportunterricht an anderen austoben würde. Da hätte Jens einfach eine lehrreiche Erfahrung gebraucht, um über sich selbst ein bisschen intensiver nachzudenken. Außerdem sei die Idee mit dem »Zäpfchen« von Udo gekommen, der ihm das Ding dann auch reingeschoben habe.

Auge um Auge, Zahn um Zahn, war Vinces Philosophie, und im Zweifelsfalle war ihm sein Zahn lieber als der eines anderen.

Die Freiheit der Musik

In der Klavierklasse, die aus insgesamt zwölf Schülern bestand, gehörten Vince und ich neben Ulrike zu den besten unseres Jahrgangs. Wir mussten auch den Vergleich mit den höheren Semestern nicht scheuen. Vom Repertoire war mir Ulrike, die mit Annabelle ein Zimmer teilte, sogar etwas voraus, aber technisch hatte mich Olga bestens vorbereitet.

Vince hatte eine unglaubliche Auffassungsgabe und ein nahezu phänomenales Gespür für Harmonie und Komposition. Probleme bereitete es ihm, vom Blatt zu spielen, und weil er immer das große Ganze im Visier hatte, übersah er die Details. Musik funktionierte in seinem Denken nach bestimmten Gesetzmäßigkeiten, und die Frage, ob ein Ton lauter, leiser, plötzlich oder etwas verzögert gespielt werden sollte, kommentierte er mit einem müden Lächeln. Während ich Stunden damit beschäftigt war, mir die Tiefe eines Stückes zu erschließen, begann er an dem Punkt, an dem er flüssig durchkam, damit, die Komposition abzuändern und etwas Eigenes daraus zu machen. Während ich versuchte, die Schönheit der Musik zum Ausdruck zu bringen, nahm Vince die Musik und drückte sich selbst darüber aus. Während ich am Tempo und am Anschlag bastelte, improvisierte er stundenlang über ein Thema und vergaß nicht selten über seine Musik das Stück, welches er eigentlich hätte spielen sollen.

Ulrike brachte er damit immer völlig durcheinander, aber mich faszinierte seine Leichtigkeit. Musik war für ihn wie ein Spiel, bei dem man sich an bestimmte Regeln halten musste, wobei der Ausgang des Spiels offen blieb. Durch Vince wurde mir bewusst, dass ich mich diesen Regeln bislang bedingungslos unterworfen hatte. Insofern öffnete er mir eine Tür in eine neue, an unserer Musikschule mehr oder weniger verbotene Welt.

Vinces absolutes Gedächtnis für Töne war eine Stärke und Schwäche zugleich. Wenn er eine Melodie hörte, fiel ihm fast zwangsläufig eine andere, ähnliche dazu ein und dann wieder eine und wieder eine, und so setzte eine gehörte Tonfolge haufenweise Assoziationen bei ihm in Gang, die es ihm kaum ermöglichten, bei dem zu bleiben, was der Ausgangspunkt dieser Kette gewesen war. Selbst unsere Musiklehrer brachte er zur Verzweiflung, weil sie erst über den Blick in die Partitur ihre eigene Orientierung in dem Tonchaos wiederfanden, welches Vince angerichtet hatte.

In anderen Zusammenhängen konnte er damit glänzen. Wenn Vince, Ulrike, Annabelle und ich an einem freien Abend oder am Wochenende ein Café oder eine Bar in Leipzig besuchten, wählten wir sie immer danach aus, ob ein Klavier darin zu finden war. Wenn wir dann eine Zeit lang zusammengehockt hatten und der Laden richtig voll war, setzte sich Vince ans Piano und begann zu spielen.

Ihm machte es am wenigsten aus, wenn die Klaviere nicht richtig gestimmt waren oder manche Tasten etwas hakten, was Ulrike und mich durchaus aus dem Konzept bringen konnte. Er ließ die Tasten aus oder wechselte die Lage. Mit irgendeinem bekannten Stück eröffnete er den Abend und schnell hatte er so viel Aufmerksamkeit auf sich gezogen, dass die Bedienung ihm nicht mehr ohne weiteres dazwischenkommen konnte. Immer fanden sich einzelne Gäste, die darum baten, den jungen Mann doch weiter spielen zu lassen und stattdessen lieber die Musik aus den Lautsprechern auszuschalten.

Manchmal wurde daraus ein richtiges Wunschkonzert, bei dem die Gäste dem Mann am Klavier Titel zuriefen, von denen Ulrike, Annabelle und ich die meisten gar nicht kannten. Vince kannte sie fast alle und wenn ein unbekannter darunter war, dann bat er die Gäste die Melodie kurz vorzusingen. Wenn er spürte, dass ein Gast eine geübte Stimme hatte, forderte er hin und wieder dazu auf, den Titel mitzusingen. So erlebten wir das eine oder andere Stegreifkonzert, mit dem die Stimmung ihren Höhepunkt erreichte.

Vince fragte immer nach den Namen seiner Sängerinnen, weil wir kein Mal erlebten, dass ein Mann einen solchen Auftritt gewagt hätte. Er stellte sie dann wie eine große Künstlerin dem Publikum vor. Dabei war er sehr charmant und redegewandt, was neben seinen musikalischen Fähigkeiten auch erkennen ließ, dass er der geborene Entertainer war.

An einem Abend saß eine hübsche, farbige Frau im Cafe, die mir vor allem deshalb aufgefallen war, weil sie Vince sehr aufmerksam musterte. Als er zu einigen Jazz-Standards übergegangen war, stand sie auf und kam zu ihm ans Klavier, ohne dass er sie aufgefordert hatte. Mit einigen Blicken und Handzeichen verständigten die beiden sich, und als sie zu singen begann, war es mir, als ob sich der Himmel öffnen würde. Sie begannen mit *Black Orpheus*, machten dann weiter mit *One Note Samba* sowie *Summertime*, um schließlich verschiedene Stücke von Nina Simone und Chet Backer anzustimmen. Außer *Summertime* waren mir damals alle anderen Stücke unbekannt.

Ich weiß nicht, ob die Musik mich deshalb so berührte, weil ich sie unter diesen Umständen und von dieser schönen Frau zum ersten Mal hörte. Ich hatte jedenfalls das Gefühl, dass sie mir unter die Haut fuhr und in mich eindrang. Viele Töne erlebte ich wie einen kalten Schauer, bei dem sich alle meine Haare aufzustellen schienen, und ich spürte, dass diese Musik eine ergreifende Wirkung auf mich hatte. Während die Kompositionen, die ich kannte und spielte, davon zu leben schienen, dass Regeln anerkannt und ausgestaltet wurden, lebte die Musik, die ich da hörte, von der Freiheit und an einigen Stellen von der Frechheit, die gewährten Freiräume noch weiter auszudehnen. Ich hatte das Bild von einer Tänzerin im Kopf, die ein eng geschnürtes Korsett auszog, um sich einen weiten Jogginganzug überzustreifen und ich spürte, dass ich selbst Lust bekam loszujoggen. Die Tür, die mir Vince mit seiner Art Musik zu machen zeigte, öffnete sich in diesem magischen Augenblick ganz weit. Als sich Annabelles und meine Blicke trafen und sie mich kurz anlächelte, war ich wie in einem Rausch. Sie schien das zu spüren und lehnte sich ganz vorsichtig bei mir an. Ich mochte ihre Berührung, und um ihr das zu zeigen, streichelte ich ganz leicht über eine Stelle ihres Rückens, worauf sie sich merklich entspannte und noch etwas näher rückte. So hörten wir weiter zu, und als ich in Ulrikes Richtung blickte, grinste sie mich scheinbar wissend an.

Vince und Sonja – so hieß die farbige Sängerin – mussten einige Zugaben geben und als sie geendet hatten, bekamen sie lange Applaus, der noch einmal aufbrandete, als Sonja Vince unter den Augen der Zuschauer umarmte und ihn dabei sogar küsste. Als sich ihre Umarmung gelöst hatte, küsste Vince Sonjas Hand und verneigte sich tief vor ihr.

Ich war beeindruckt, wie souverän Vince abermals mit dieser Situation umgegangen war. Ich an seiner Stelle wäre bei dem Kuss der schönen Frau rot geworden und am liebsten im Boden versunken. Er hingegen kam sehr beschwingt wieder an unseren Tisch und ich spürte, dass ich stolz darauf war, dass er sich unter den Augen all der Leute im Café bei uns niederließ. Ich freute mich, dass er mein Freund geworden war und ich bewunderte ihn dafür, wie er die Klaviatur des Lebens beherrschte. Er spielte sie von den dunkelsten bis zu den höchsten Tönen, während ich mich aus irgendwelchen Gründen vorwiegend mit den mittleren Lagen aufhielt. Und wie er sie beherrschte, stellte er direkt wieder unter Beweis, als Ulrike auf die Frage, wie es uns gefallen habe, etwas schnippisch reagierte. Sogleich legte er ihr das als Eifersucht aus, weil die schwarze Frau ihn geküsst habe, und ohne auf ihre Antwort zu warten, küsste er die überraschte Ulrike lange mit einer Zartheit auf den Mund, die ich ihm kaum zugetraut hätte.

Sie fand das etwas frech, worauf Vince konterte: »Frech kommt aber weiter, oder?« Die offensichtlich überforderte Ulrike antwortete: »Mal sehen«, worauf Vince sie abermals küsste und sich dabei dafür bedankte, dass sie nicht gleich »nein« gesagt habe, obwohl er so frech gewesen sei. Damit hatte er das Eis gebrochen. Ulrike und Vince wurden noch an diesem Abend ein Paar. Bei Annabelle und mir war ich da nicht so sicher, auch wenn wir uns auf dem Weg zurück ins Internat an der Hand hielten. Meine Lust, mich schon wieder zu verlieben, war immer noch gebremst. Außerdem kam mir Annabelle im Vergleich zu Nina oder auch Cecilia etwas blass vor. Für diese oberflächliche Beurteilung schämte ich mich zwar, aber ich konnte mich nicht von dem Gedanken frei machen, dass mir sprichwörtlich der Spatz in der Hand lieber sei als die Taube auf dem Dach. Nicht einmal zehn Wochen waren vergangen, seitdem ich mich von Nina verabschiedet hatte. Kaum länger war es her, als ich mit Cecilia im Zelt meine ersten sexuellen Erfahrungen gemacht hatte, und die Vorstellung, das jetzt mit Annabelle einfach so fortzusetzen, kam mir angesichts des Briefes, den ich von Nina erhalten hatte, unvorstellbar vor.

Dabei hatte ich an diesem Abend im Café durchaus Lust verspürt, Annabelle zu küssen. Sie gefiel mir, strahlte Ruhe und Gelassenheit aus. Ihr Blick war immer freundlich oder eher fröhlich und in der Art, wie sie sich in ihrem schlanken, fast mageren Körper bewegte, drückte sich eine Entschlossenheit und innere Stärke aus, die ich bei mir vermisste. Annabelle schien zufrieden und glücklich mit sich selbst. Diese Ausstrahlung wirkte auf mich sehr anziehend. Von vier Geschwistern war sie die älteste und im Internat genoss sie die Möglichkeit, mit sich und mit ihrer Musik endlich mal allein zu sein.

Ich hingegen machte die Erfahrung, wie es war, mit vielen Gleichaltrigen zusammenzuleben. Annabelle übte viel und hatte eine enorme Disziplin, während das bei mir in den letzten Wochen deutlich nachgelassen hatte. Jeden Morgen in der Woche stand sie um sechs Uhr auf und lief vor dem Duschen und dem Frühstück einige Kilometer und während wir noch verschlafen und in uns selbst versunken am Frühstückstisch saßen, sprühte sie vor Lebenslust und Tatendrang.

Als wir am Internat angekommen waren, verabschiedete ich mich von ihr mit einer kurzen Umarmung, bei der ich ihr gestand, dass ich es schön fand, wie sie sich bei mir angelehnt hatte. »Ich fand's auch schön, so bei dir zu sitzen«, gab sie zur Antwort.

Vince und Ulrike hingegen küssten sich bereits ausgiebig in einer dunklen Ecke vor der hell erleuchteten Eingangshalle, in der unser Hausmeister Manfred Müller in seinem gläsernen Kabuff darüber wachte, dass die Jungen rechts und die Mädchen links die Treppen in die Schlafräume hinaufgingen.

Ein unmoralisches Angebot

Als Vince und ich in unserem Zimmer waren, schlug er mir aufmunternd, aber wie immer etwas zu hart, auf meinen Oberarm. Danach wollte er wissen, ob es bei Annabelle und mir auch so gefunkt habe wie bei ihm und Ulrike. Ich wollte das so nicht bestätigen, und Vince gab mir den Tipp, ich sollte mir diese feuchte Möse bloß nicht entgehen lassen. Während ich noch die Derbheit seiner Empfehlung zu verarbeiten hatte, zog er triumphierend eine Karte aus der Tasche, die ihm Sonja – die farbige Sängerin – gegeben hatte, ohne dass wir das an unserem Tisch bemerkt hatten. Sonja Amadea Smith stand darauf und auf der Vorderseite waren eine Adresse sowie eine Telefonnummer in Leipzig angegeben. Auf der Rückseite fanden sich eine Handynummer und die Adresse einer Agentur in Hamburg. Vince wollte von mir wissen, warum ihm Sonja die wohl gegeben habe. Als ich ihm zu lange nachdachte, sagte er: »Die habe ich bestimmt nicht bekommen, weil ich ein so guter Pianist bin.«

Ich wollte von ihm wissen, was er damit sagen wollte und hatte wirklich keine Vorstellung davon, was eine Frau wie Sonja Smith, die ich mindestens auf Mitte oder Ende zwanzig schätzte, mit einem Jugendlichen wie Vince, der gerade erst siebzehn geworden war, im Sinn haben könnte.

»Mein Gott, Tim«, stöhnte Vince, »meinst du wirklich, nur Männer stehen auf junge Frauen? Mach dir mal klar, dass es auch Frauen gibt, die auf junge Männer stehen und schlag dir endlich deine Nonne aus dem Kopf. Das Leben findet hier und jetzt statt, und dazu gehört, die Früchte zu pflücken, die reif sind, selbst wenn wir dafür aus dem Paradies vertrieben werden.« Und mit einem laut gesungenen »Eva has done right not wrong«, das er etwas jazzig intonierte, sprang er mit einem solchen Schwung auf sein oberes Bett, dass reichlich Staub auf meines herunterrieselte. Als ich ihn darauf aufmerksam machte, gab er zurück, dass er ja gerade deshalb oben schlafen würde, um nicht den Staub meiner Matratze atmen zu müssen. Damit müsse ich wohl zurechtkommen. So war Vince. Er zog sein Ding durch, ohne sich allzu viele Gedanken zu machen, und an Stellen, an denen es etwas sperrig oder kompliziert zu werden drohte, weil er vielleicht etwas rücksichtsvoller sein müsste, schaltete er einfach ab. Er war dann wie eine Mauer, gegen die ich so lange laufen konnte, bis mir alles weh tat, um schließlich aufzugeben. Mittlerweile hatte ich mir deshalb schon angewöhnt, nicht mehr gegen das Hindernis anzukämpfen, um mir selbst Schmerzen zu ersparen. Deshalb schüttelte ich mein Bettzeug einfach am Fenster aus, ohne weiter mit ihm zu diskutieren, und nachdem ich das Licht ausgeschaltet hatte, ging ich ins Bett.

Als es dunkel war, begann es in mir zu arbeiten. Meine vorsichtige Annäherung an Annabelle ging mir durch den Kopf. In meinen verträumten Gedanken erinnerte mich Cecilia an die ewige Liebe und Nina befahl mir, der

Versuchung zu widerstehen und auf den Zeitpunkt zu warten, an dem wir miteinander vereint sein könnten. Es sei eine Prüfung, die sie mir auferlegen müsse, weil ich sie ja schließlich betrogen hatte. Annabelle war der Apfel der Versuchung, und würde ich von ihm kosten, würde damit die Pforte zum Paradies, die ich mit Nina durchschreiten könnte, für immer verschlossen bleiben. Mit diesen etwas beunruhigenden Gedanken schlief ich ein.

In der Nacht hatte ich einen sehr merkwürdigen Traum. Ich war wieder in dem Café und Vince begleitete Sonja Smith am Klavier. Der Raum hatte etwas Mystisches und Sonja trug ein weißes, enges Kleid, welches ihre äußerst weiblichen Formen deutlich sichtbar machte. Plötzlich trafen sich unsere Blicke und Sonja schwebte auf mich zu. Sie nahm mich an die Hand und zog mich zum Klavier. Als ich mich auf sie zubewegte, spürte ich, dass Annabelle versucht hatte, mich zurückzuhalten. Sie zog und zerrte an mir, aber Sonja war stärker. Als ich dem Klavier näher kam, merkte ich, dass es sich um eine Art Orgel handelte. Auf der begann ich, das Lied von der ewigen Liebe zu spielen. Sonja sang so ergreifend, und ich begann zu schwitzen, um nur keinen Fehler zu machen, der diese Darbietung hätte zerstören können.

Plötzlich standen uns Cecilia und Nina zur Seite, und die Szene hatte sich gewandelt. Ich trug meinen Konzertanzug und mir gegenüber stand mein Freund Vince, der offenbar Priester geworden war. Er fragte Sonja, ob sie mich zum Mann nehmen wolle. Als sie mit »ja« antwortete und mich dabei ansah, verspürte ich eine ungeheure Lust auf diese Frau, deren Körper plötzlich ganz nackt war. Nur noch ein schwarzer Schleier umhüllte ihr Gesicht. Nina und Cecilia, die unsere Trauzeuginnen zu sein schienen, wandten sich angewidert ab, als Sonja mich umarmte. Ich spürte ihren Körper so deutlich, wobei mir aufging, dass ich keine Kleider mehr anhatte. Vor dem Altar und unter den Augen von Vince hatte ich das Gefühl, dass mein ganzer Körper von Sonja förmlich aufgesogen wurde. Aber als ich noch einmal genauer hinsah, hatte sich Sonja in meine Mutter verwandelt, auf deren Beerdigung ich mich offenbar befand. Als ich begriffen hatte, dass Angelina gestorben war, rief ich laut »nein, nein« und nochmals »nein« und wurde wach.

Als ich meine Augen aufschlug, war in unserem Zimmer das Licht an. Ich blinzelte in die Helligkeit und hörte, wie Vince mich anfuhr und darauf bestand, dass das Licht jetzt erst mal an bleiben würde. Vollkommen umnebelt wollte ich von ihm wissen, warum er mitten in der Nacht nicht schlafen würde. Er entgegnete: »Wie soll ich das denn hinkriegen, wenn du die ganze Zeit rumstöhnst und wirres Zeug von dir gibst?«

Ich war von oben bis unten verschwitzt und außerdem hatte sich in meiner Schlafanzugshose eine schleimige und klebrige Lache ausgebreitet. Von meinem Alptraum und seinen merkwürdigen Auswirkungen war ich so geschockt, dass ich spontan beschloss, erst einmal zu duschen. Vince, der sich ebenso wach fühlte wie ich, fand die Idee gut. Deshalb zogen wir beide nachts um zwei Uhr in den Duschraum. Ich nahm einen frischen Schlafanzug mit. Als wir uns ausgezogen hatten und das Wasser lief, dauerte es lange, bis es endlich warm wurde. Deshalb standen wir uns eine Weile nackt gegenüber. Vince musterte meinen muskulösen Körper anerkennend. Als er mich weiter beobachtete, entdeckte er meine feuchte, verklebte Schambehaarung und schloss schmunzelnd daraus, dass ich wohl einen in jeder Hinsicht sehr bewegten Traum gehabt hätte. Als ich mich noch darüber wunderte, woher er das wissen konnte, meinte er, dass ich in allem Nachhilfe bräuchte, was Sex anginge. Damit hatte er wohl recht. Ich wusste nicht einmal, was ein »feuchter Traum« war. Mein Körper war lediglich ein Vehikel gewesen, um Klavier zu spielen.

In meinem Traum war Angelina gestorben, als ich Sonja heiraten wollte. Ich hatte Lust auf diese Frau gespürt, von der Vince eine Karte bekommen hatte, und ich hatte auch Lust auf die Musik bekommen, die Vince mit ihr gemacht hatte. In meinem Traum hatte ich eine Grenze überschritten, vor der ich Angst hatte. Es war ein Schritt in ein Leben, in dem meine Mutter nur noch eine Nebenrolle spielen würde.

Als Vince wissen wollte, wovon ich geträumt hatte, deutete ich nur an, dass Nina in dem Traum vorgekommen sei. Ich wollte ihm nicht die Wahrheit erzählen, weil ich selbst noch so verwirrt war. Meine kleine Lüge animierte ihn wieder dazu, mich davon zu überzeugen, dass das Leben nicht irgendwann, irgendwo stattfinden würde, sondern hier und jetzt. Sein Rat war, die Früchte zu pflücken, wenn sie reif und saftig seien, und um mich zu überzeugen, begann er das Lied von Balu dem Bären aus dem *Dschungelbuch* zu singen, in dem es heißt: »*... und wenn du stets gemütlich bist und etwas* *appetitlich ist, greif zu, denn später ist es vielleicht fort.«* Dabei tanzte er unter der Dusche und stampfte so heftig mit den Füssen auf den Boden, dass das Wasser bis zur Decke spritzte. Das tat er auch noch als Hausmeister Müller hereinkam. Dem spritzte im Augenblick, als er die Tür öffnete, ein Schwall Wasser entgegen. Er hatte das Licht im Waschraum entdeckt und wollte nach dem Rechten sehen. Als nun das Wasser an ihm heruntertropfte, konnten sich Vince und ich vor Lachen kaum halten. Manni Müller blieb dennoch gefasst, was wir rückblickend ziemlich in Ordnung fanden, und als wir uns schließlich wieder beruhigt hatten, nahm er eines unserer Handtücher, trocknete sich ab und warf das benutzte Handtuch Vince mit den Worten zu, innerhalb der nächsten zwei Minuten sei im Waschraum das Licht zu löschen und wir hätten wieder ins Bett zu verschwinden. Dann schloss er die Tür und entfernte sich.

Nette Hausmeister sind selten, aber Manni Müller war einer. Eigentlich war er auch gar kein Hausmeister. Immer wenn er in seinem Glaskabuff saß, zeichnete er Underground-Comics. In denen ging es um Leute, die gegen Ungerechtigkeit ankämpften und schließlich für eine bessere Welt eine Revolution anzettelten. Mit dem Zeichnen hatte er im Knast angefangen, in dem er in der ehemaligen DDR lange und immer wieder gesessen hatte. Mit dem Thema »Kampf gegen Ungerechtigkeit« lag er damals gar nicht so falsch. Das Problem war nur, dass sich sein erster Comic ausgerechnet mit den Ungerechtigkeiten befasst hatte, die er im real existierenden Sozialismus zu entdecken glaubte. Die hatten in seiner Geschichte schließlich auch eine Revolution zur Folge gehabt. Obwohl Manni Müller beteuert hatte, dass er damit nur Fehlentwicklungen korrigieren wollte, wurde ihm dieser Weltverbesserungsversuch äußerst übel genommen. Als er sein Werk in jungen Jahren dem Verlag für Volk und Welt enthusiastisch zur Veröffentlichung angeboten hatte, wurde es als konterrevolutionär und ahistorisch geschmäht und Manni Müller, der hoffnungsvolle Kunststudent, bekam Berufsverbot. Als er dagegen immer wieder öffentlich demonstrierte, durfte er in aller Ruhe im Knast zur Besinnung kommen. Da hatte er die Jahre bis zur Wende verbracht, die ihm im Nachhinein die Thesen seines Jugendwerkes sogar bestätigt hatte. Unter den geänderten gesellschaftlichen Verhältnissen wollte aber nun auch keiner mehr seine Comics veröffentlichen, weil sich das Thema mit der »friedlichen Revolution« angeblich erledigt hätte.

Der Knast hatte seine Zeichenleidenschaft beflügelt und in seinen gemalten Träumen hatte er diese schwere Zeit fast unbeschadet überstanden. Auf die »Freiheit« im Kapitalismus war er aber gar nicht so scharf. So hatte er sich auf die Suche nach einer Tätigkeit begeben, die ihm die Ruhe gönnte, um sich weiter seinen Zeichenträumen hingeben zu können. Als Hausmeister hatte er sich deshalb beworben, weil ihn die Enge des Glaskastens an seine Zelle erinnerte. »Mittlerweile brauche ich das, um kreativ zu bleiben«, hatte er uns mal erklärt. Da Manni im Gefängnis Schlafstörungen entwickelt hatte und vor allem nachts zeichnete, bekam er so ziemlich alles mit, was im Internat geschah.

Als wir wieder im Bett lagen, musste ich Vince einfach fragen, ob er sich mit Sonja treffen wolle. Er antwortete: »Wenn ich den Mut finde, sie anzurufen und sie mich wirklich sehen will, dann gehe ich auch hin.«

»Und was ist mit Ulrike?«, fragte ich zurück.

»Ulrike wird vielleicht meine Freundin«, sagte Vince, »und Sonja ist, wenn es gut läuft, allerhöchstens eine Bettgeschichte.«

Mir stockte der Atem, als Vince die Antwort gab, mit der ich eigentlich auch gerechnet hatte. Es war eine Mischung aus Schreck und Erregung. Erregend fand ich, dass er vielleicht tun würde, wovon ich geträumt hatte. Erschrocken war ich, dass er an diesem Abend Ulrike zum ersten Mal geküsst hatte und sich in seinen Phantasien damit beschäftigte, mit Sonja ins Bett zu gehen. Für mich war so etwas völlig undenkbar. Jeder Gedanke an Nina löschte das Bild von Annabelle geradezu aus, was mich wegen Ninas Unerreichbarkeit sehr bekümmerte. Ich war hin- und hergerissen und fühlte mich total blockiert. Vince schien im Gegensatz zu mir das Motto von Balu sehr ernst zu nehmen, war dabei allerdings weniger gemütlich und vor allem nicht so gutmütig. Der größte Unterschied zwischen uns beiden war, dass er einfach weniger nachdachte, sondern die Möglichkeiten ergriff, die sich ihm boten.

Trotzdem dauerte es ein paar Tage, bis er Sonja schließlich anrief. Er wollte unbedingt, dass ich dabei wäre. Vince war richtig nervös, was mir irgendwie gut tat. Von mir wollte er wissen, was er sagen sollte. Ich schlug ihm vor das Telefonat mit den Worten zu beginnen: »Hi Sonja, hier ist Vince. Ich hätte Lust, mit dir heute Abend ins Bett zu gehen!«

Als er mich etwas verwundert anguckte, weil er diesen Vorschlag von mir nicht erwartet hatte, musste ich lachen. »Reingefallen«, sagte ich ihm und kassierte prompt einen gezielten und äußerst schmerzhaften Schlag auf die Schulter. Als der Schmerz langsam nachließ, fragte ich, was denn seine größte Sorge sei.

Er antwortete: »Na was schon, dass sie sich kaum erinnert und mich auslacht, weil ich wirklich angerufen habe.«

»Du hast also Angst, dass Sonja dich vergessen hat und dass sie von dir nichts mehr wissen will, weil du so lange gebraucht hast, bis du dich gemeldet hast?«

Vince guckte mich entgeistert an. »Willst du mich jetzt hier fertigmachen, oder was?«, fragte er mit einem aggressiven Unterton, worauf ich wissen wollte, was ihn denn so sauer machen würde. Vince gab zurück, er hätte von mir nur gewollt, dass ich ihm helfe und jetzt erzähle ich ihm etwas von Angst. Die hätte er aber gar nicht, sondern er würde nur genau überlegen, wie er Sonja rumkriegen könne.

»Dann hast du eben Angst, etwas falsch zu machen«, gab ich zurück und ich musste dabei an die Worte von Olga denken, die mich vor meinem Abschiedskonzert zu meiner Angst mit folgenden Worten beraten hatte: »Das Gefühl, aus dem die Angst entstehen kann, ist die Wurzel unserer Kraft. Es ist entscheidend, welchen Weg du findest, um mit deinen Befürchtungen umzugehen. Dazu musst du aber wissen, wovor du dich fürchtest. Dann kannst du herauszufinden, wie du damit fertig wirst.«

Ich gab ihren Rat an Vince weiter. Meine Erklärungen machten ihn zum Glück etwas nachdenklicher. So kam ich dazu, ihm zu sagen, dass ich gerade Angst davor gehabt hätte, dass er mir eine reinhaut. Seine Züge entspannten sich und mit einem ironischen Unterton sagte er lächelnd: »Aber Tim, wie kommst du denn darauf. Du bist doch mein Freund und brauchst vor mir keine Angst zu haben.«

»Trotzdem gut, dass wir drüber gesprochen haben,« gab ich ebenso ironisch zurück, worauf Vince kurz zu einem Schlag ausholte, und als ich unwillkürlich zusammenzuckte, weil mir meine Schulter noch weh tat, verlangsamten sich plötzlich seine Bewegungen und anstatt mich wieder zu schlagen, nahm er mich fast zärtlich in seine Arme und flüsterte mir ins Ohr: »O.k., dein Freund Vince hat Schiss vor diesem Treffen und ich hab die ganze Zeit überlegt, ob ich im wahrsten Sinne des Wortes den Schwanz einziehen soll. Aber immer, wenn ich die Karte wegschmeißen wollte, wusste ich, dass ich mir dafür mein ganzes

Leben lang in den Arsch beißen würde, und deshalb habe ich sie behalten, und jetzt will ich von dir wissen, was ich sagen soll, kapiert?«

»Damit ich schuld bin, wenn's nicht klappt?«, war meine letzte Frage, worauf Vince nur noch kurz sagte: »Nein, damit es vielleicht klappt, weil ich es sonst überhaupt nicht mache!«

Vince erklärte, sein Motto sei: »Wer kämpft, kann verlieren, wer nicht kämpft, hat schon verloren.« Das fand ich interessant, weil damit die Möglichkeit verbunden war, Niederlagen etwas abzugewinnen. Schließlich hatte man es ja wenigstens versucht.

Als wir das soweit geklärt hatten, machten wir uns an die Arbeit. Es war klar, dass Sonja ihm die Karte nur gegeben hatte, um ihn vielleicht wieder zu sehen. Genauso klar war, dass er nun den nächsten Schritt machen musste. Meiner Meinung nach wirkte es eher cool, dass er sich nicht gleich bei ihr gemeldet hatte. »Ich habe deshalb so lange gebraucht, weil ich mich nicht getraut habe, früher anzurufen«, erinnerte mich Vince. »Das weiß Sonja doch nicht, außerdem war es äußerst souverän, als du ihr den Handkuss gegeben hast«, argumentierte ich. Das tat Vince sichtlich gut. In Sonjas Augen war er mehr der coole Macho, und wahrscheinlich hatte sie gerade das erotisch gefunden. Deshalb sollte er das bleiben, wenn er jetzt anrufen würde.

»Aber wie bloß?«, wollte Vince wissen.

Das war mir auch noch nicht so klar. Deshalb beschlossen wir, die Sache durchzuspielen. Er sollte dabei Sonja sein, und ich versuchte mir vorzustellen, was man in einer solchen Situation sagen könnte. Schnell stellte sich heraus, dass ich umso unsicherer wirkte, je mehr ich sprach.

Ich erklärte, ich sei der Junge aus dem Caféhaus, der sie am Klavier begleitet habe und so weiter. Dabei winkte Vince schnell ab und meinte, so ginge das nicht.

Deshalb schwenkte ich um und meldete mich einfach mit einem »Hallo, hier ist Vince.« Danach machte ich eine lange Pause und als ich die Spannung nicht mehr aushielt, sagte ich: »Du hast mir deine Karte gegeben«, um danach wieder eine Pause zu machen.

Vince platzte vor Lachen und meinte, das käme unglaublich cool rüber. Weniger ist mehr, war unser Fazit. Außerdem wollten wir gar nicht weiter darüber nachdenken, ob sich Sonja erinnern würde. Vielmehr stellten wir uns vor, dass sie schon seit Tagen auf den Anruf wartete und die ganze

Zeit ungeduldig das Telefon nicht mehr aus den Augen ließ. Gegenseitig puschten wir uns mit Phantasien darüber hoch, wie sehnlich Sonja seinen Anruf erwartete, bis ich schließlich sagte: »Und jetzt komm, Vince, erlöse sie von ihren Qualen«, worauf Vince so lachen musste, dass er eine halbe Minute weder reden, noch richtig Luft holen konnte. Er war so erschöpft, dass er erst einmal eine Pause brauchte, und als ich ihm mein Handy reichte, guckte er mich entgeistert an. Er wollte von mir doch glatt wissen, ob er jetzt wirklich anrufen sollte.

Ich sagte nur: »Wenn nicht jetzt, wann dann.« Ich fand es toll, ihn zu etwas zu drängen, was ich mich niemals getraut hätte. Es war ein bisschen so, als ob ich es selber tun würde, und gleichzeitig war ich froh, dass ich nicht in seiner Haut steckte. Deshalb lotste ich ihn in eine einsame Ecke unseres Schulgeländes und wählte dabei schon mal die Nummer. Als ich auf »anrufen« gedrückt hatte, stieg auch bei mir die Spannung.

»Erlöse sie von ihren Qualen«, sagte ich noch einmal leise, aber mit Nachdruck und drückte ihm das Handy ans Ohr. Er nahm es mir aus der Hand und als er darauf wartete, dass sich jemand meldete, wagte er kaum zu atmen. Es tat mir so gut, ihm helfen zu können und deshalb gab ich ihm noch einmal als Regieanweisung: »Hallo, hier ist Vince und dann eine ganze Pause, vier Schläge, eins und zwei und drei und vier.« Vince lächelte noch etwas gequält, als sich am anderen Ende jemand mit: »Hallo, hier Smith«, meldete.

In diesem Augenblick sagte Vince mit einem unglaublichen Singsang in seiner Stimme unseren Text auf, um dann wie vereinbart abzuwarten. Er machte es genau wie besprochen, aber er kam mit der Pause bloß bis zum »zwei und«, weil Sonja schon entgegnete: »Ach, der charmante Klavierspieler aus dem Café.« An dieser Stelle wurde mir deutlich, dass wir Sonjas Antworten in unserem Rollenspiel gar nicht berücksichtigt hatten. Aber Vince störte das gar nicht. Er war längst in seinem Element und fing mit einer solchen Selbstverständlichkeit an zu plaudern, die geradezu phänomenal war. »Genau der«, war sein knapper Kommentar, worauf er Sonja wieder die Initiative überließ. Die wollte wissen, warum er angerufen habe, worauf Vince nur sagte: »Weil du mir deine Karte gegeben hast.« Danach machte er wieder eine Pause, die etwas länger dauerte. Jetzt war er wieder voll im Plan.

Nach einigem Zögern wollte Sonja wissen, wie alt er sei.

»Achtzehn«, log Vince und fragte direkt, warum sie das wissen wolle.

»Weil ich mich frage, ob du mich wiedersehen willst«, erklärte Sonja.

»Klar«, sagte Vince, »sonst hätte ich ja nicht angerufen«. Nach kurzem Zögern schob er noch ein »Wann?« hinterher.

Es dauerte keine zwei Minuten, bis die beiden verabredet waren. Kommenden Samstag um dreiundzwanzig Uhr sollte Vince in ihr Apartment kommen. Aber kaum hatten wir diese Hürde genommen, sahen wir uns, noch berauscht von der Aussicht auf ein äußerst spannendes Zusammenkommen, mit einer Vielzahl von Problemen konfrontiert. Ein überaus freudiges »Hallo«, mit dem uns Annabelle und Ulrike begrüßten, holte uns in die Realität des Internats zurück. Die beiden hatten uns schon überall gesucht und erinnerten uns mit ihrem unerwarteten Erscheinen daran, dass wir für Samstagabend eigentlich schon verabredet waren. Dennoch begrüßte Vince Ulrike so selbstverständlich mit einer freudigen Umarmung und einem langen Kuss, dass ich von dieser Beobachtung wie benommen Annabelle ebenfalls in meine Arme schloss. Erst als ich spürte, dass sie damit nicht unbedingt gerechnet hatte, kam ich wieder zu mir. Wir hatten an diesem Tag das Mittagessen verpasst, weil wir so mit dem Date beschäftigt waren. Ulrike und Annabelle hatten uns gesucht. Die Sonne schien und bis zur nächsten Unterrichtsstunde, die uns in verschiedene Klassenräume führen sollte, war noch etwas Zeit. Die beiden wollten mit uns spazieren gehen.

Wir hatten zugestimmt, ohne dass wir uns irgendwie hätten abstimmen können. Deshalb war ich dann auch etwas verstimmt, als Vince auf die Frage, was denn los sei, spontan ausführte: »Tim hat Probleme mit seiner Mutter. Sie kommt damit nicht klar, dass er schon so lange weg ist. Deshalb haben wir beschlossen, Samstag mal kurz nach Berlin zu fahren. Sonntagnachmittag sind wir aber schon wieder zurück.«

Als Annabelle wissen wollte, warum meine Mutter nicht noch zwei Wochen warten könne, weil dann unsere Probezeit vorbei sei, erklärte ich, dass meine Mutter zur Kur müsse. »Wegen ihrer Rückenschmerzen«, log ich. Kaum hatte ich Vince geholfen, das Date mit Sonja klar zu machen, war ich schon in eine Lügengeschichte verstrickt, auf die ich eigentlich überhaupt keine Lust hatte. Ich hätte eher Lust gehabt, mich mit Annabelle am Samstag allein zu treffen, aber Vince brauchte mich als Alibi. Unser Spaziergang war deshalb nicht wirklich schön, obwohl ich Annabelle im Arm hatte. Ich war

ihr etwas näher gekommen als zuvor, aber durch unsere Lügengeschichte war ich in Gedanken schon wieder von ihr weggerückt.
In dem Augenblick sehnte ich mich nach meinem Leben zurück, in dem mir die Musik ein und alles gewesen war. Da konnte ich mich mit Noten, Tönen, Musikstücken und Fingertechniken beschäftigen. Nun hatte ich Annabelle in meinem Arm, die ich gerade belogen hatte, um meinem Freund Vince ein Lustabenteuer mit Sonja Amadea Smith zu ermöglichen. All das überforderte mich, aber bei dem Gedanken, an meinem Klavier sitzend vor dem Leben die Augen zu verschließen, überkam mich eine solche Traurigkeit, dass mir die Tränen in die Augen schossen. Es war der Augenblick, in dem mir klar wurde, dass es kein Zurück mehr gab. Mein Gefühl, zuvor in einem überschaubaren Paradies gelebt zu haben, hatte damit zu tun, dass ich mich auf meine Beschäftigung mit der Musik im wahrsten Sinne des Wortes beschränkt hatte.

Annabelle merkte meine Tränen sofort und ging natürlich davon aus, dass ich mir Sorgen um meine Mutter machte. Mit der ganzen Erfahrung, die sie als älteste Schwester gesammelt hatte, nahm sie mich in den Arm. Ihr Trost tat so gut, auch wenn ich mich dafür ein bisschen schämte. Schließlich war ich ihr gegenüber nicht ehrlich. Dennoch konnte ich ihr Streicheln und einen vorsichtigen Kuss genießen. Angesichts meines Gefühlsausbruches hatten beide Mädchen nun keinen Zweifel mehr an unserer Geschichte.

Als Vince und ich auf dem Weg zu unserem Klavierunterricht waren, schlug er mir wieder auf den Arm. Diesmal war das anerkennend gemeint. Er war ausgesprochen guter Dinge und meinte, ich solle mir doch mal überlegen, ob ich nicht besser Schauspieler werden wolle. Ich war noch sauer auf ihn, weil er mich als Alibi missbraucht hatte und ich hatte keine Lust, ihm zu erklären, was mich wirklich traurig gemacht hatte. Ich war mir sicher, dass er es kaum verstehen würde. Deshalb schlug ich dieses Mal zurück. Dabei muss ich ihn so gut getroffen haben, dass ihm die Tränen in die Augen schossen, worauf er mir noch vorschlug, dass ich es vielleicht auch als Boxer versuchen könne. »Du Armer, muss ich dich jetzt trösten?«, fragte ich spöttisch. Vince winkte dankend ab und meinte, er habe sich diesen Schlag wirklich verdient. Als ich mich in den Unterrichtsraum begeben musste, in dem mein Lehrer schon wartete, klatschten wir uns noch gegenseitig ab, und Vince verabschiedete sich mit den Worten, dass er sich wirklich sehr darauf freuen würde, meine Mutter kennen zu lernen.

Ungewollte Verstrickungen

Als dann der Samstag näher kam, wurde Vince wieder nervös. Er zweifelte nicht daran, dass er hingehen würde. Aber er wusste nicht, was er anziehen sollte. Von dem Konzertanzug, mit dem er vor dem Spiegel stand, konnte ich ihn zum Glück abbringen. Schließlich entschied er sich für schwarze Jeans von mir und für ein weißes Hemd. Darin sah er richtig gut aus. Als die Klamotten bis zur Unterhose abgestimmt waren, fing er an darüber nachzudenken, wie er riechen sollte. Zu meiner Überraschung besaß Vince einige Parfums und Deodorants. In meiner Nase roch das alles wie »streunender Kater« oder »verschwitzter Ochse«. Vince meinte, das läge nur daran, dass ich ein Mann sei. Logischerweise würde ich Aversionen gegen Konkurrenten entwickeln, die in meinem Revier eine Duftmarke setzen wollten. »Frauen fahren darauf aber total ab«, war seine Meinung. Deshalb beschlossen wir, Annabelle und Ulrike mit den beiden von ihm favorisierten Düften zu konfrontieren. Ich sprühte mich mit dem einen und Vince mit dem anderen Duft ein. Beide Freundinnen rümpften erwartungsgemäß die Nase und wollten wissen, wo wir denn da reingefallen seien. Ich erklärte, dass wir eine Wette abgeschlossen hätten, welcher Geruch besser ankäme, aber die beiden wollten sich auf keinen festlegen, sondern empfahlen eine Dusche. Da wir aber nun mal beim Thema waren, konnte ich sie überreden, mit uns in eine Drogerie zu gehen.

Vince wunderte sich, was das werden sollte, aber zunächst war es ein sehr lustiger Abend. Über eine Stunde probierten wir die unterschiedlichsten Düfte für Männer und Frauen aus und lernten herbe, süßliche, fruchtige und schwere Düfte voneinander zu unterscheiden. Schließlich entschieden wir uns für einen von den Freundinnen empfohlenen männlichen Duft und für einen von uns bevorzugten weiblichen Duft. Beide Parfums waren richtig teuer, weshalb ich zur Überraschung meiner Freunde und der Verkäuferin mit meiner Karte bezahlen wollte. Es war das erste Mal und vielleicht wirkte ich deshalb ein bisschen unsicher. Die Verkäuferin bestand jedenfalls auf Bargeld. Vielleicht war sie auch sauer, weil wir so albern gewesen waren. Mich ärgerte das, weil sie uns als Kunden nicht haben wollte, nur weil wir jung und lustig waren. Deshalb stellte ich einfach eine weitere Flasche von jedem Parfum dazu. Ich wollte es ihr damit schwerer machen, den Kauf abzulehnen. Sie fragte, was meine Eltern denn dazu sagen würden, wenn ich für teures Parfum Geld verschwenden würde. Ich antwortete, dass die sich vielleicht wundern würden, aber wahrscheinlich wäre es ihnen ziemlich egal. Dann wollte sie wissen, ob ich denn überhaupt so viel Geld auf dem Konto hätte.

»Sie wollen wohl wissen, ob unsere Bank nach wie vor zahlungsfähig ist«, fragte ich zurück, und weil die Verkäuferin natürlich nicht verstand, was ich meinte, wollte ich den Geschäftsführer sprechen.

»Der wird dir auch nicht helfen, mein Kleiner«, meinte die Verkäuferin herablassend.

»Wenn er nur ein bisschen klüger ist als Sie, schon«, war meine Entgegnung.

An dem Punkt begannen Vince und Ulrike zu lachen, und die Verkäuferin hatte entschieden, uns rauszuschmeißen. Da erschien die Geschäftsführerin und wollte wissen, was los sei. Ich beschwerte mich darüber, dass wir nicht wie alle anderen bedient würden, nur weil wir jung seien und zwischendurch mal gelacht hätten und verlangte eine Entschuldigung. Die Verkäuferin hingegen war sicher, dass ich diese teuren Parfums nicht bezahlen könne, worauf ich entgegnete, ich würde mich für die Zahlungsfähigkeit unserer Bank verbürgen. Als die Geschäftsführerin wissen wollte, was ich damit meinte, erklärte ich, die Bank, bei der ich mein Konto hätte, wäre in Familienbesitz. Jederzeit könnte sie sich bei meinem Vater telefonisch über den Kontostand informieren, und wenn sie mir nicht glauben wolle, dann müsse sie nur den Namen des Karteninhabers mit dem Namen des Bankhauses vergleichen. Daraufhin wies die Geschäftsführerin die Verkäuferin an, meine Karte zu akzeptieren, entschuldigte sich für die Unannehmlichkeiten und bedankte sich für unseren Einkauf. Als wir hinausgingen, hielt sie uns sogar die Tür auf und erklärte, dass wir jederzeit wiederkommen könnten. Vince und Ulrike fanden mich toll.

»Ich hab ja gar nicht gewusst, dass du so ein Geldsack bist«, bemerkte mein Freund voller Bewunderung und imitierte mit tiefer Stimme meine Antworten. Nur Annabelle wirkte nachdenklich und lachte deutlich seltener mit, als Vince seine Späße immer weiter trieb. Irgendwann lief sie sogar ein paar Schritte hinter uns. Ich drosselte ebenfalls mein Tempo und erkundigte mich beunruhigt: »Was ist los Annabelle? Über was denkst du nach?« Sie sagte aber nichts. Als sie merkte, dass ich sie in den Arm nehmen wollte, hielt sie mich auf Abstand. Offensichtlich war sie sauer. Als wir im Internat ankamen, wollte sie die Parfumflasche nicht, die ich eigentlich für sie gekauft hatte. Sie bräuchte kein so teures Parfum und würde sich an Ulrikes Flasche bedienen, wenn sie nichts dagegen hätte. Ulrike hatte nichts dagegen, weshalb ich die ungeöffnete Flasche des Frauenparfums mit in unser Zimmer nehmen musste. Dadurch, dass Annabelle mein Geschenk ablehnte, kam ich mir irgendwie bestraft vor.

Später habe ich das Parfum meiner Mutter geschenkt. Sie hat sich sogar darüber gefreut und fand den Duft sehr geschmackvoll. Glücklicherweise ist sie aber bei dem Duft geblieben, den ich schon so lange bei ihr kenne. Alles andere hätte mich irgendwie irritiert. Deshalb steht diese Flasche noch heute weitgehend unberührt im Badezimmer meiner Mutter herum. Dort erinnert sie mich an Annabelle und vor allem erinnert sie mich an den Brief, den ich zwei Tage später von ihr erhielt. Sie schrieb:

Lieber Tim,
zunächst wollte ich dir sagen, dass ich dich ohne Parfum lieber riechen kann. Und dann wollte ich noch loswerden, dass du sicher nichts für den Reichtum deiner Eltern kannst, der es dir ermöglicht, für teure Parfums Geld zu verschwenden.
Du sollst aber wissen, dass ich Leute eigentlich nicht mag, die so etwas tun, und ich mag es auch nicht, wenn dabei einer Verkäuferin eins ausgewischt wird, die sicher wenig Spaß daran hat, Kinder zu bedienen, die sich offensichtlich etwas leisten können, was sie sich trotz täglicher Arbeit nur sehr selten kaufen kann. Deshalb konnte sie vielleicht auch nicht glauben, dass du das wirklich bezahlen kannst. Ich fand es nicht lustig, dass sie dafür von der Geschäftsführerin eins auf den Deckel bekommen hat. Deshalb war ich etwas anders als sonst. Das liegt sicher mit daran, dass meine Mutter auch als Verkäuferin arbeitet. Sie macht das im Übrigen nicht aus Spaß, sondern weil unsere Familie das Geld braucht.
Ich fand dich bisher nett, weil du nicht den Eindruck gemacht hast, einziger Sohn reicher Eltern zu sein. In der Drogerie wart ihr mir alle unsympathisch,

einschließlich der Verkäuferin und der Geschäftsführerin. Am liebsten würde ich diesen Abend vergessen.
Ich finde es nicht lustig, wenn du dich so verhältst. Mir warst du vorher lieber.
Annabelle

Als ich diesen Brief bekam, musste ich an Ninas Zeilen denken. Deshalb schlotterten mir zunächst die Knie. Zu frisch waren noch die Erinnerungen. Meine Aufregung beim Lesen ließ mich spüren, dass es mit Annabelle doch ernster war, als ich mir eingestehen wollte. Bisher lebte ich mit dem Gefühl, ich könnte bestimmen, wie und ob es mit uns weiter ging. Nun machte sie mir deutlich, dass ich mich bemühen müsste, ihr zu gefallen. In der Drogerie war das nicht der Fall gewesen. Annabelle ließ mich erkennen, dass ich aus gekränkter Eitelkeit mit der Verkäuferin so umgegangen war. Ich fand gut, was sie geschrieben hatte. Dass mein Verhalten Annabelle verletzte, weil ihre Mutter als Verkäuferin arbeitete, war mir außerdem ziemlich unangenehm.

Ich wunderte mich, was man alles falsch machen konnte. Gleichzeitig stellte ich mir vor, wie der Brief wohl ausgefallen wäre, wenn Annabelle gewusst hätte, warum wir überhaupt in diese Drogerie gegangen waren. Bei der Vorstellung, Annabelle könnte erfahren, dass sie und Ulrike den passenden Duft für Sonja aussuchen sollten, lief es mir heiß und kalt den Rücken hinunter. Als das Date zwischen Sonja und Vince näher rückte, wurde ich immer nervöser.

Dazu kam, dass Ulrike und Annabelle sich in den Kopf gesetzt hatten, uns zum Bahnhof zu bringen. Deshalb suchte ich einen Zug aus, der nicht nach Berlin durchfuhr, sondern in Leipzig-Messe anhielt. Von da aus konnten wir zurückfahren. Vince war überglücklich, dass ich auch für dieses Problem eine Lösung gefunden hatte. Dabei wurde mir klar, dass ich mehr und mehr zum Manager seines Rendezvous wurde. Ich steckte voll mit drin, und das Einzige, was mich beruhigte, war, dass die Katastrophe für ihn ähnlich groß sein würde, wenn unsere Freundinnen Wind davon bekämen.

Damit war ich beschäftigt, als wir Freitagabend im Bett lagen und der Samstag bevorstand. Verzweifelt suchte ich nach einigermaßen plausiblen Erklärungen, warum ich mich auf die ganze Sache eingelassen hatte, als

Vince mich fragte, ob ich noch wach sei. Klar war ich noch wach, und so ließ er mich wissen, dass er ganz andere Sorgen hatte. Er fürchtete, am nächsten Abend vor lauter Aufregung keinen hochzukriegen. Auch das noch, dachte ich im ersten Moment und wollte von ihm wissen, wie er denn darauf käme.

Vince hatte sich überlegt, mit welchen Männern Sonja wohl schon im Bett gewesen war und präsentierte mir seine Befürchtungen.

»Kann sein«, wog ich ab, »kann aber auch nicht sein.« Außerdem wollte ich von ihm wissen, was ihm daran Angst machen würde. Jetzt war Vince genervt, weil ich schon wieder von dieser Angst quatschen würde.

»Na, weil du Angst hast«, gab ich zurück, »und weil einzig und allein diese Angst dich lähmen kann.«

Vince kam sich so klein vor, wenn er an andere Männer dachte.

»Bist du ja auch«, antwortete ich, worauf sich Vince vielmals bedankte. Genau die Antwort hätte er gebraucht, um endlich aus dem Fenster springen zu können, war sein nächster Kommentar.

»In meinen Augen ist das die einzige Möglichkeit, am nächsten Abend wirklich keinen hochzukriegen«, gab ich zurück. Sollte Vince das Date wirklich erleben, wären Erektionsprobleme nahezu ausgeschlossen, es sei denn, Sonja würde ihm wider Erwarten nicht gefallen. Das war meine feste Überzeugung.

»Warum machst du mich dann so fertig?«, wollte er wissen. Ich verstand überhaupt nicht, was er meinte, bis er mir dann erklärte, dass ich doch eben gesagt hätte, dass er im Gegensatz zu den anderen Männern klein sei.

»Aber nur, damit du niemand anders sein willst, als du nun mal bist. Schließlich hat dich Sonja auch deshalb ausgesucht, weil du noch so jung bist. Offensichtlich findet sie gerade das gut. Sie erwartet am nächsten Abend einen jungen, unerfahrenen, aber charmanten Musiker in ihrem Appartement, und deshalb kannst du doch einfach so bleiben, wie du bist. Alles andere wirkt doch komisch«, war meine Überzeugung. Cecilia hatte mir schließlich erklärt, dass sie von den meisten Jungen enttäuscht gewesen war, weil sie, anstatt Sex mit ihr zu haben, Stress mit sich selbst hatten. Deshalb war meine Empfehlung an meinen Freund Vince, dass er die Sache einfach auf sich zukommen lassen sollte. Außerdem wüsste er doch gar nicht, ob Sonja tatsächlich mit ihm ins Bett gehen wollte, auch wenn vieles dafür spräche. Wenn das aber wirklich ihr Plan wäre, würde sie ihn verführen wollen und deshalb wäre es sicher falsch, den großen Macker zu spielen.

»Mach dir keinen Stress, lass dir Zeit, genieße den Abend, tu nur das, wozu dich Sonja auffordert, und wenn du unsicher bist, dann frag einfach«, sagte ich abschließend.

Die Pause, die Vince machte, bevor er sich für meinen Rat bedankte, verriet, dass er mich verstanden hatte. Danach konnten wir endlich einschlafen.

Ein Date mit Nebenwirkungen

Annabelle hatte mich in den Arm genommen, als wir am nächsten Tag in Richtung Bahnhof aufbrachen. Sie war wieder ausgesprochen nett zu mir. In der Straßenbahn zum Bahnhof streichelte sie mir über den Rücken und irgendwie war sie anhänglich angesichts unserer »kurzen Reise«. Vince und Ulrike küssten sich innig, und wenn er sie umarmte, fasste er ständig an ihren Po. Beide schienen die Welt um sich herum total vergessen zu haben, weshalb die strafenden und verständnislosen Blicke, die sie von verschiedenen Erwachsenen auf sich zogen, Annabelle und mir weitaus peinlicher waren als unseren Freunden.

Bei dem, was bevorstand, war ich mal wieder verwundert über Vinces Verhalten. Für ihn schien das eine mit dem anderen nichts zu tun zu haben. Als wir im Zug saßen, hatte er sogar etwas feuchte Augen. Als ich wissen wollte, was mit ihm los sei, antwortete er, der Abschied habe ihn richtig gerührt. Dabei sei ihm der Gedanke gekommen, dass sich vor sechzig Jahren Männer von ihren Frauen an diesem Bahnhof verabschiedet hätten, um in den Krieg zu ziehen. Viele von denen wären dann nie wiedergekommen. Das hätte ihn traurig gemacht. Gleichzeitig würde ihn aber freuen, dass wir nur bis Leipzig-Messe fahren würden und nicht in das ehemalige Stalingrad. Mit dieser Erklärung hatte ich überhaupt nicht gerechnet und stellte fest, dass mir die Gedanken meines ersten richtigen Freundes oft fremd waren.

Vince beschloss, die Gelegenheit zu nutzen und sich in der Zugtoilette umzuziehen. Hektik kam auf, weil er so lange brauchte, und wir fast unseren Ausstieg am Messebahnhof verpasst hätten. Als er nach mehrmaligem Klopfen die Tür zur Toilette endlich öffnete, wehte mir eine immense Parfümwolke entgegen. Später gestand er, dass er sich mit dem Parfum quasi eingerieben habe. Im Genitalbereich brannte das ziemlich, weshalb er versucht hatte, die Schmerzen mit Wasser zu lindern. Deshalb hätte das in der Toilette so lange gedauert. Abgesehen von dem heftigen Duft, sah Vince ziemlich gut aus. Er wirkte lässig und schick.

Als wir wieder in Richtung Leipzig-Hauptbahnhof fuhren, hatte ich Sorge, Annabelle und Ulrike über den Weg zu laufen. Da der Bahnhof aber im Umbau war, blieben alle Reisenden nicht länger als unbedingt nötig. Bis zu dem Date blieben noch zwei Stunden. Hunger hatten wir beide nicht. Trotzdem gingen wir in ein Fast-Food-Restaurant. Unsere bevorzugten Cafés in Leipzig kamen nicht in Frage. Zu groß war die Gefahr, dort wieder auf die Mädels zu treffen.

Ich musste einen Hamburger mit Zwiebeln essen, obwohl ich wusste, dass ich davon Blähungen bekam. Vince hatte ihn bestellt, ohne darüber nachzudenken, wie er anschließend riechen würde. Kurz bevor er zubeißen wollte, hatte ich ihm erklärt, dass er sich das Parfum hätte sparen können, wenn er den jetzt essen würde. Voller Dankbarkeit aß er danach nur meine Pommes. Was man alles beachten muss, dachte ich bei mir, während Vince den Schreck verarbeitete, es kurz vorher fast noch vermasselt zu haben. Ich riet ihm erneut, nicht zu viel zu erwarten und sich zu entspannen. Um ihn abzulenken, gingen wir Blumen kaufen. Anstelle einer roten Rose, die Vince favorisierte, riet ich zu einer Lilie. Er wäre schließlich nicht verliebt, war mein Hinweis dazu. Vince nahm die Lilie, und in einem besonderen Schokoladenladen kauften wir noch zwei Pralinen. Eine mit heller und eine mit dunkler Schokolade. Schließlich war es fast so weit. Vince wollte unbedingt bis zur Haustür begleitet werden. So nervös habe ich ihn nie wieder erlebt.

Als wir ankamen, standen wir vor einem renovierten, sehr schönen alten Haus, auf dessen Klingelschildern wir Sonjas Namen entdeckten. Auch ich spürte plötzlich meinen Herzschlag, weshalb ich Vince noch einmal nachdrücklich empfahl, sich bloß keinen Stress zu machen. Als er klingelte, war es genau dreiundzwanzig Uhr und sieben Minuten. In unseren Augen hatten wir die optimale Verspätung. Sonja meldete sich über die Sprechanlage und fragte sofort: »Vince, bist du es?«, worauf Vince spontan zurückfragte: »Wieso, erwartest du sonst noch jemanden?«

Kaum hatte er Kontakt aufgenommen, war er schon wieder in seinem Element. Sonja musste über seine Frage lachen, und als der Türöffner surrte, sagte sie für mich hörbar: »Nein, natürlich nicht, komm hoch!«

Ich zeigte ihm noch meinen Gewinnerdaumen, und er flüsterte mir in der Tür stehend zu, dass wir uns danach wieder in dem Fast-Food-Restaurant am Hauptbahnhof treffen sollten. Ich nickte, aber als ich wieder auf dem Weg zum Bahnhof war, mischte sich in den Stolz darüber, wie ich Vince bei seinem Date beraten hatte und in die Neugier, wie es wohl verlaufen würde, erstens die Frage, wann ich ihn wohl wiedersehen würde und zweitens, was ich bis dahin eigentlich machen sollte. Ich war so mit seinen Problemen beschäftigt gewesen, dass ich mir das gar nicht überlegt hatte.

Als ich wieder am Bahnhof ankam, war es dort merklich leerer geworden. Auch das Restaurant, in dem wir verabredet waren, hatte kaum noch Kunden. Die meisten Stände waren geschlossen und neben ein paar verlorenen Reisenden, die noch auf Anschlusszüge warteten, waren vor allem Reinigungskolonnen unterwegs. Ich holte mir eine Cola und setzte mich an einen der Tische am Fenster. Von hier aus konnte ich das Treiben auf dem Bahnhof beobachten. Außerdem meinte ich, dass Vince mich hier gut sehen könnte.

Noch nie war ich um eine solche Zeit allein auf einem Bahnhof gewesen. Irgendwie kam ich mir verloren vor. In einiger Entfernung bemerkte ich einen Mann, der ziemlich ordentlich gekleidet war. Ich beobachtete ihn, weil ich mich fragte, was er wohl hier machte. Einen Koffer hatte er nicht bei sich. Als ich mir noch überlegte, wie er in die ganze Szenerie passte, und dabei wohl etwas verträumt in seine Richtung guckte, spürte ich plötzlich, dass auch er mich beobachtete.

Als sich unsere Blicke trafen, hatte ich ein komisches Gefühl. Deshalb guckte ich schnell weg. Als ich wieder in seine Richtung blickte, war er verschwunden. Im ersten Augenblick war ich beruhigt. Kurze Zeit später sah ich ihn aber an der Kasse des Restaurants stehen. Er bezahlte gerade. Mit einem gefüllten Tablett in seinen Händen kam er langsam auf mich zu. Ich hielt das alles noch für Zufall, bis er sich an meinen Tisch setzte. Mit einem: »Hallo, ich bin Jochen«, ließ er sich mir gegenüber nieder.

»Tim«, sagte ich kurz und lächelte etwas unsicher in seine Richtung.

»Hallo Tim, schön dich zu sehen«, bemerkte er überfreundlich. Er roch nach einer der Parfumsorten, von der uns Ulrike und Annabelle vehement abgeraten hatten. Am liebsten hätte ich ihm gesagt, dass er in dieser Hinsicht einen schlechten Geschmack habe, aber meine innere Stimme hielt es für ratsam, die Konversation auf das Nötigste zu beschränken. Jochens Blicke schienen auf mir zu haften, und schließlich bot er mir von seinem Tablett etwas zu essen an. Ich lehnte dankend ab und sagte, dass ich keinen Hunger hätte, sondern nur auf jemanden warten würde.

»Warten tun wir alle, immer und immer wieder«, kommentierte Jochen meine Bemerkung. Außerdem war er überzeugt, dass Jungs wie ich immer Hunger hätten. Deshalb packte er einen der Hamburger auf seinem Tablett aus und schob ihn zu mir rüber. Dabei wünschte er mir guten Appetit. Abgesehen davon, dass mir Fastfood nicht schmeckt, schnürte mir dieses seltsame Angebot mehr und mehr den Hals zu. Als ich begann, darüber nachzudenken, wie ich Jochen loswerden könnte, spürte ich, wie er mich unter dem Tisch berührte. Ich zog meine Beine sofort zurück, was Jochen mit einem überlegenen, aber auch etwas enttäuschten Lächeln kommentierte.

»Was macht denn ein so hübscher Junge wie du nachts zur Geisterstunde am Bahnhof, wenn er schon längst zu Hause im Bett liegen sollte«, wollte er etwas verärgert wissen.

»Ich warte auf meinen Freund«, antwortete ich, worauf Jochen selbstgewiss zu sich selbst sagte, er hätte eine Wette darauf abschließen können, dass ich 'ne Schwuchtel wäre. Das Wort »Schwuchtel« war mir zu diesem Zeitpunkt nicht geläufig. Deshalb fragte ich Jochen, was er damit meinte. »Willst du mich jetzt verarschen?«, sagte er mit gereiztem Unterton. Mir wurde die Sache immer unangenehmer. Um zu zeigen, dass ich von ihm nichts wollte, stand ich auf und setzte mich zwei Tische weiter wieder hin. Aber selbst auf die Art konnte ich ihn nicht wirklich loswerden. Er guckte mich an, leckte sich dabei den Mund und machte irgendwelche Zeichen, die ich nicht richtig deuten konnte.

Ich wollte meine Ruhe und war extrem genervt von seiner Art, mit der er Kontakt aufnehmen wollte. Außerdem machten sich die Zwiebeln langsam bemerkbar. Es rumorte in meinem Bauch und es war absehbar, dass ich früher oder später aufs Klo musste. Als ich es nicht mehr aushielt, nahm ich meine Jacke und machte mich in Richtung der Bahnhofstoilette auf den

Weg. Zu meinem Ärger folgte mir Jochen auch dahin. Als ich das Drehkreuz, in das ich fünfzig Cent einwerfen musste, hinter mir gelassen hatte und die Toilettentür verriegelt war, fühlte ich mich erst mal sicher. Endlich konnte ich loswerden, was in meinem Bauch einen solchen Druck verursacht hatte. Außer mir war niemand in der Toilette. Jochen musste das beobachtet haben, denn plötzlich stand er vor meiner Tür und klopfte. Mir stockte der Atem als er sagte: »Tim ich weiß, dass du da drin bist und ich bin ziemlich geil hier draußen.« Erst jetzt hatte ich begriffen, dass Jochen auf Sex mit mir aus war. Die ganze Zeit war mir das nicht in den Sinn gekommen. Er musste mich für einen Stricher gehalten haben, der am Bahnhof auf Kundschaft wartete. Eine Gänsehaut lief mir über den Rücken. Die Tatsache, dass ich jetzt wegen Vinces Zwiebeln auf der Bahnhofstoilette saß, musste Jochen in seiner Annahme noch bestätigt haben. Wieder kam ich mir total unerfahren vor, und ich wurde sauer auf mich, auf meine Eltern, die nie mit mir über solche Dinge geredet hatten, auf Vince, der Zwiebeln bestellt hatte und der mich mit seinem bescheuerten Date in diese Lage gebracht hatte. Mit all diesem Ärger im Bauch schrie ich Jochen an, er solle mich in Ruhe lassen und sich in einem anderen Klo einen runterholen. Die Worte, die ich dabei benutzte, überraschten mich. Bis vor kurzem, wusste ich nicht einmal, wie man das macht und ich konnte mich auch nicht erinnern, jemals einen Erwachsenen so angeschrien zu haben. Jochen war von meinem Ärger aber nicht zu beeindrucken. Er ging davon aus, dass ich lediglich den Preis hoch handeln wollte, und bot mir fünfzig Euro dafür, dass ich ihm einen »blasen« würde. Was das genau zu bedeuten hatte, wusste ich nicht. Klar war aber, dass ich Jochen bestimmt nicht danach fragen würde, und es dämmerte mir, dass ich richtig in der Klemme saß, zumal ich nicht einmal mein Handy mitgenommen hatte. Und wen hätte ich überhaupt anrufen sollen? Annabelle, Ulrike oder vielleicht meine Eltern?

Als ich endlich hörte, dass jemand anderes in die Toilette kam, versuchte ich, dem Unbekannten meine Situation zu erklären, und bat um Hilfe. Aber auch das half nicht. Jochen entschuldigte sich sofort bei dem anderen Mann dafür, dass ich ihn belästigen würde. Ich wäre sein Sohn und nach einem Streit hätte ich mich hier eingeschlossen, erklärte er. Jetzt würde er mich überreden wollen, wieder mit nach Hause zu kommen, weil es am Bahnhof ja nicht ungefährlich sei. Jochen log so überzeugend, dass mein Wunsch, der andere Mann solle doch bitte die Polizei holen, unerfüllt blieb. Vielmehr wünschte der Mann Jochen noch einen schönen Abend trotz seines Ärgers mit mir. Als wir wieder allein waren, wurde Jochen noch drängender, und in mir stieg die Angst vor ihm immer weiter hoch. Als ich das merkte, fielen mir Olgas Worte wieder ein, und ich beschloss, dass mich meine Angst dieses Mal stark machen musste. Jochen wollte etwas von mir, was ich ihm um keinen Preis der Welt geben würde und lediglich eine dünne Toilettentür schützte mich vor seinem Zugriff. Da diese Tür auch noch nach innen aufging, und ich beim Rauskommen um sie herumgehen musste, hatte es Jochen wesentlich leichter zu mir hereinzukommen. Ich saß in der Falle. Deshalb musste ich mit der Überraschung arbeiten und den kleinen Vorteil ausnutzen, dass mich Jochen beim Hereinkommen zunächst nicht sehen konnte. Damit wollte ich mir einen Vorsprung verschaffen. Deshalb ging ich zunächst auf sein Drängen ein und handelte einen Preis aus. Ich verlangte hundert Euro. Außerdem bestand ich darauf, dass er im Voraus bezahlte. Jochen hielt mich nun für ziemlich ausgefuchst, freute sich aber auch darüber, »die kleine Schwuchtel« – und damit meinte er ohne Zweifel mich – von Anfang an durchschaut zu haben. In der Gewissheit, nun endlich an mich heranzukommen, steckte er das Geld unter der Toilettentür durch, und als ich es an mich nahm, streichelte er sogar kurz meine Finger. Ich war nahe daran, mich zu übergeben, was nicht mehr an den Zwiebeln lag, zog aber meine Hand nicht direkt zurück. Jochen sollte keinen Verdacht schöpfen. Dann stellte ich mich auf die Klobrille und entriegelte mit meinem linken Fuß die Tür. Als Jochen sie mit seiner rechten Hand umfasste und dabei war, sich zu mir in die Kabine zu schieben, trat ich mit meiner ganzen Kraft vor die Tür. Jochens Finger verklemmten sich zunächst im Türrahmen. Der Schmerz und die Überraschung entlockten ihm einen spitzen Schrei. Dieser Anfangserfolg ermunterte mich, noch einmal umso heftiger zuzutreten. Diesmal löste sich die Tür mit einem Krachen aus dem Rahmen und schwang nach außen und damit in die Richtung, die eigentlich nicht vorgesehen war. Jochens Hand kam frei und die Tür katapultierte ihn in Richtung der gegenüberliegenden Wand, an der er mit einem Stöhnen unter den Waschbecken liegen blieb. Als der Weg frei war, rannte ich in Richtung Ausgang und weil mich das Drehkreuz störte, sprang ich einfach darüber weg.

Wenn ich heute auf eine Bahnhofstoilette gehen muss und mich beim Verlassen durch das Kreuz dränge, frage ich mich, wie ich das in dieser Situation eigentlich geschafft habe, einfach darüber zu springen. Damals hatte ich überhaupt keinen Zweifel, dass es mir gelingen würde. Meine Angst hatte mir Flügel verliehen.

Als ich das Ende der Treppe erreicht hatte, die wieder in die Bahnhofshalle führte, spürte ich meinen Herzschlag bis zum Hals. Um nicht aufzufallen, bewegte ich mich langsamer, und um Jochen nicht erneut zu begegnen, suchte ich nach einem Versteck, von dem ich sowohl den Ausgang der Toilette als auch das Restaurant im Blick hatte, für den Fall, dass Vince zurückkehrte. Ich entdeckte eine große gelbe Telefonzelle. Von da konnte ich beobachten, wie Jochen etwa zehn Minuten nach mir die Treppe heraufkam. Er hatte sich ein Taschentuch um die Finger seiner rechten Hand gewickelt und schaute sich etwas verlegen um. Über seinem Auge klebte ein Pflaster, was darauf schließen ließ, dass ihn jemand verarztet haben musste. Die Lust, noch irgendwelche Jungen anzusprechen, war ihm für heute offenbar vergangen. Er strebte dem Ausgang entgegen. Ich folgte ihm in einigem Abstand, weil ich sicher gehen wollte, dass er den Bahnhof wirklich verlassen würde. Ich atmete auf, als ich sah, wie er in ein Taxi stieg, das mit ihm davonfuhr. Erleichtert setzte ich mich wieder in das Restaurant, in dem ich mit Vince verabredet war und plötzlich merkte ich, wie mich diese ganze Aktion erschöpft hatte. Es war schon zwei Uhr und von meinem Freund fehlte noch jede Spur. Ständig fielen mir die Augen zu, aber die Angst, hier am Bahnhof wieder in eine vollkommen unerwartete Situation zu geraten, ließ es mir ratsam erscheinen, wach zu bleiben. Es dauerte noch eine ganze Weile, bis Vince endlich auftauchte. Zu diesem Zeitpunkt war ich schon ziemlich angefressen. Mein kurzes »Hallo« irritierte ihn. Er war ausgesprochen guter Dinge, aber meine Lust, ihm zuzuhören oder ihm von meinem Abenteuer zu erzählen, war auf dem Nullpunkt angelangt, zumal wir noch eine Lösung finden mussten, um die Zeit zu überbrücken, zu der Hausmeister Müller das Internat wieder aufschloss. Das würde am Sonntag erst um sieben Uhr dreißig geschehen. Jetzt war es kurz vor fünf. Wir hatten noch hundertfünfzig lange Minuten vor uns, bis wir in unser kleines, heruntergekommenes Zimmer zurückkehren konnten, das mir in diesem Augenblick vorkam, wie der schönste und sicherste Ort auf der ganzen Welt. Dabei durften wir der Frühaufsteherin Annabelle nicht auf ihrer morgendlichen Joggingrunde über den Weg laufen, weil sie uns erst für den Nachmittag erwartete. In Leipzig kündigte sich der Herbst an. Dafür trugen wir weder ausreichend warme Klamotten, noch hatten wir eine Decke oder einen Schlafsack dabei, um uns auf irgendeiner Wiese oder Parkbank ein bisschen ausruhen zu können. Deshalb tranken wir zunächst einen starken Kaffee. Ich zahlte mit einem der beiden Fünfzigeuroscheine, die mir Jochen gegeben hatte. Als ich das Wechselgeld bekam, war da wieder dieser komische Geruch. Seit dem Abschied von Nina auf dem Bahnhof in Berlin hatte ich ihn nicht mehr in der Nase gehabt. Erst dachte ich, es läge am Kaffee, aber dann war da auch so ein komisches Gefühl, das aus dem Bauch aufstieg. Mir wurde schlecht und ich sah Vince, der offenbar mit mir sprach. Ich konnte aber kein Wort von dem verstehen, was er mir sagte, und dann bin ich wohl eingeschlafen. Anders konnte ich mir das lange Zeit nicht erklären. Erst auf dem Bahnhofsvorplatz kam ich wieder richtig zu mir. Vince lief hinter mir her und beschwerte sich darüber, dass ich ihm überhaupt nicht zuhören würde und jetzt offensichtlich meinen Egotrip durchziehen wolle. Ich wusste nicht, was er meinte, als er mich fragte, ob ich noch ganz dicht sei. Ich musste mich erst einmal orientieren. Eine Zeit lang wunderte ich mich, wo ich war, bis die Erinnerung an diese Nacht langsam zurückkam. Seltsamerweise war ich jetzt nicht mehr müde.

Vince erklärte irritiert, dass er seine Zweifel habe, ob bei mir alles in Ordnung sei. Ehrlich gesagt, hatte ich die auch, weil mir die ganze Situation sehr rätselhaft vorkam. Aber weil Rätselhaftes auch Angst machen kann und ich an diesem Morgen auf dieses Gefühl überhaupt keine Lust mehr hatte, schob ich meine unguten Gedanken einfach weg, und fragte Vince endlich nach seinen Erlebnissen mit Sonja.

Auf diese Frage hatte er nur gewartet. Vince erzählte und erzählte und bei seinem Redeschwall war ich mir nicht sicher, wie weit Dichtung und Wahrheit beieinander lagen. Wesentlich aus meiner Sicht war, dass offenbar sein Geruch und die Lilie gut angekommen waren. Sonja hatte sich darüber gefreut. Er würde ähnlich gut riechen wie die Blume, war ihre Meinung gewesen. Bei den Pralinen waren ihr die Farben aufgefallen und Sonja war entschieden, die weiße Praline zu vernaschen und fragte, ob Vince das mit der schwarzen auch im Sinn hätte. Das bestätigte mein Freund sofort, ohne den verborgenen Sinn dieser Botschaft ganz und gar verstanden zu haben.

»Alles Weitere ist dann wie von selbst gelaufen, und ich war die ganze Zeit über völlig entspannt«, erklärte er. Sonja wäre wunderschön, beteuerte er immer wieder, bevor er sagte: »Und das Tollste ist, dass sie mich unbedingt wiedersehen will. In drei Wochen ist sie von einer kleinen Tournee zurück. Ich soll sie anrufen.«

»Ohne mich«, kam mir spontan über die Lippen, und als Vince noch wissen wollte, was das bedeutete, erzählte ich ihm die ganze Geschichte mit Jochen. Gespannt hörte er mir zu und als ich das Finale mit der Klotür erzählte, pfiff er durch die Zähne und klopfte mir anerkennend auf die Schulter. Um meine Glaubwürdigkeit zu unterstreichen, holte ich das Geld aus meiner Tasche und hielt es Vince unter die Nase.

»Krass«, sagte er und machte den Vorschlag, davon erst einmal frühstücken zu gehen. Er war nämlich der Meinung, dass wir uns dieses Frühstück redlich verdient hätten und freute sich darüber, Jochens Geld verprassen zu können. Während wir aßen, wollte er sogar auf ihn anstoßen. Da war ich nicht dabei, und so tranken wir auf Sonja, sein erstes Mal mit ihr, auf Jochens blutige Finger und natürlich auf uns. Während ich so mit Vince beim Frühstück saß, musste ich wieder an mein altes, geordnetes Leben denken. Einerseits war ich stolz auf das, was wir zusammen erlebt hatten. Andererseits hatte mich diese Nacht darin bestärkt, mein Leben wieder in ruhigere Bahnen zu lenken. Ich dachte an Annabelle, die jetzt gleich zum Joggen aufbrechen würde, und ich beschloss, sie zu fragen, ob sie was dagegen hätte, wenn ich demnächst mitlaufen würde.

Als wir beim Internat ankamen, war alles ruhig und friedlich. Schnell wollten wir die Halle passieren, um ein zufälliges Zusammentreffen mit irgendeinem Mitschüler aus unserem Semester zu verhindern, als Herr Müller laut aus seinem Glaskasten pfiff und uns heranwinkte. Als wir auf ihn zukamen, kriegten wir keinen Ton heraus, weshalb er uns aufforderte, ihm doch erst einmal einen guten Morgen zu wünschen. Das taten wir dann auch. Er wünschte uns das Gleiche und fragte: »Seid ihr nicht die »Warmduscher«, die mich letztens so nass gespritzt haben?« Das mussten wir bestätigen.

Dann bohrte er weiter: »Ist mein Eindruck richtig, dass ihr gestern Nachmittag das Internat verlassen habt, um erst heute Morgen wieder aufzutauchen?« Auch das konnten wir nur mit einem Nicken kommentieren. Herr Müller bestand darauf, darüber mal in Ruhe mit uns zu sprechen und schickte uns auf unser Zimmer. Irgendwie wirkte er streng, aber auch besorgt. Deshalb hatte ich kein richtig schlechtes Gefühl dabei, dass er uns entdeckt hatte. Als wir endlich in unserem Zimmer waren, fiel ich in mein Bett. Einschlafen konnte ich aber nicht. Von all dem, was wir erlebt hatten, beschäftigte mich meine Verträumtheit in dem Restaurant am meisten. Ich hatte so ein ungutes Gefühl. Irgendetwas war da mit mir passiert, was ich nicht einordnen konnte. Es war, als ob ich kurz geschlafen hätte, aber ich war ja auf den Bahnhofsvorplatz gelaufen. War ich vielleicht schlafgewandelt? Vince wollte ich nicht danach fragen. Ich war zu verunsichert, deshalb behielt ich meine Empfindungen lieber für mich. Als ich so vor mich hin döste, musste ich auch an Jochen denken. Einerseits hatte ich noch nie in meinem Leben jemandem so wehgetan. Andererseits hatte er mir keine Wahl gelassen. Ich war richtig stolz darauf, wie erfolgreich ich mich zur Wehr gesetzt hatte. Am liebsten hätte ich das alles aber aus meinem Gedächtnis gestrichen, und mir war klar, dass Vince sein nächstes Date allein organisieren müsste. Schließlich freute ich mich darauf, Annabelle bald wiederzusehen. Bei dem Gedanken, sie gleich wieder belügen zu müssen, packte mich schon wieder mein schlechtes Gewissen. Mit diesem Wechselbad der Gefühle schlief ich irgendwann ein.

Wach wurden wir um halb drei. Ich stand richtig neben mir. Vince ging es nicht anders. Zunächst beschlossen wir zu duschen. Dann wollten wir uns aus dem Internat hinausschleichen, um eine Runde spazieren zu gehen. Dabei wollten wir abstimmen, was wir Ulrike und Annabelle erzählen würden. Ich bat Vince, nicht zu viel zu quatschen und nicht wieder irgendwelche Märchen in die Welt zu setzen. Er sollte mir das Wort überlassen, weil das ja schließlich persönliche Angelegenheiten seien. Damit er im Zweifelsfall meine Eltern beschreiben könnte, zeigte ich ihm ein Bild von meinem Vater und meiner Mutter. Als er Angelina sah, wollte er wissen, ob ich mir sicher sei, dass ich ihm nicht ein Bild von Nina gezeigt hätte. »Klar bin ich mir sicher«, sagte ich und zeigte ihm das Foto, das mir Nina im Tagebuch nach San Francisco geschickt hatte. Vince war angetan und meinte, dass er jetzt verstehen könne, warum ich es so schwer damit hätte, richtig von ihr loszukommen. Ich bedankte mich für seine Komplimente und steckte die Bilder wieder weg. Trotz der vielen Schwierigkeiten, in die er mich brachte, war Vince wirklich ein toller Freund.

Unser Plan funktionierte ganz gut, und Vince hielt sich dieses Mal wirklich an meine Regieanweisungen. Ich erzählte nicht mehr als unbedingt nötig, und deshalb fragten Annabelle und Ulrike nicht allzu viel nach. Außerdem mussten wir diesen Besuch, der in der Probezeit gar nicht vorgesehen war, ja zusammen geheim halten. Deshalb bat ich sie, nicht weiter darüber zu sprechen.

Sie erzählten uns, dass sie einen tollen Frauenabend gehabt hätten. Angeblich hatten sie drei unheimlich nette Jungs kennen gelernt, mit denen sie tanzen gewesen seien. Immer wieder erklärten sie sich gegenseitig, welchen sie aus welchen Gründen am süßesten gefunden hätten. Obwohl ich merkte, dass sie es darauf anlegten, Vince und mich zu ärgern, war ich trotzdem eifersüchtig. Gern wäre ich mit Annabelle allein gewesen, und ich merkte, dass ich mehr und mehr begann, mich in sie zu verlieben. Mit der Frage, ob ich mit ihr joggen könnte, wollte ich aber noch warten. Es dauerte noch zwei Wochen, bis ich das erste Mal offiziell nach Berlin fahren sollte. So lange wollte ich, dass alles so blieb, wie es gerade war.

Am nächsten Morgen saß ich mit Vince wie immer beim Frühstück. Wir warteten auf unsere beiden Freundinnen. Ich war froh, alles gut überstanden zu haben. Vince blätterte etwas gelangweilt in der *Leipziger Tageszeitung*, von der es am Internat einige Exemplare umsonst gab. Unter der Rubrik *Vermischtes aus der Region* fand er eine kurze Meldung, die er mir direkt zeigte. Unter der Überschrift *Zunehmende Gewalt am Hauptbahnhof* stand Folgendes:

Wieder ist es am Hauptbahnhof zu einem Überfall gekommen. In der Nacht zum Sonntag wurde ein Mann in der Toilette des Hauptbahnhofes brutal niedergeschlagen und anschließend beraubt. Von dem jugendlichen Täter, der im Strichermilieu vermutet wird, fehlt bislang jede Spur. Er erbeutete 300 Euro. Das Opfer, ein 48-jähriger Mann, musste ärztlich betreut werden. Hinweise auf den Täter nimmt jede Polizeidienststelle entgegen.

Mir stockte der Atem, nachdem ich das gelesen hatte. Es bestand kein Zweifel daran, dass in dem Artikel über mich berichtet wurde. Ich war unglaublich wütend, weil Jochen die Sache so verdreht hatte. Außerdem hatte er mir nur hundert Euro gegeben. Aber mir fuhr die Angst in alle Glieder bei der Vorstellung, dass man ihm wahrscheinlich eher glauben würde als mir. Vince war auch dieser Meinung, meinte aber im Scherz, ich hätte ein gutes Alibi. Schließlich wäre ich mit ihm zusammen bei meiner Familie in Berlin gewesen und hätte mit dem Zug, um siebzehn Uhr dreißig Leipzig verlassen.

»Gibt es dafür irgendwelche Zeugen?«, fragte er mit der tiefen Stimme eines Kommissars.

»Ja, mein Freund Vince hat mich begleitet, und meine Freundinnen Ulrike und Annabelle haben uns zum Zug gebracht. Die können sie gerne alle befragen«, gab er für mich zur Antwort, um dann wieder die tiefe Stimme des Inspektors zu imitieren: »Wenn das so ist, streichen wir sie sofort von der Liste der Verdächtigen. Herr von Kronburg, bitte entschuldigen Sie, dass wir Sie mit diesem Vorfall belästigt haben.«

Danach musste er schallend lachen und setzte kurz an, um mir wieder auf den Arm zu schlagen, hielt sich aber zurück, weil er wohl an meinen letzten Schlag denken musste. Obwohl sein kurzes Rollenspiel lustig war und mich sogar beruhigte, war mir nicht wirklich nach Lachen zu Mute. Wo war ich da nur rein geraten, dachte ich bei mir. In dem Augenblick kamen Ulrike und Annabelle. Sie rochen so gut und waren so froh, uns zu sehen. Das lenkte mich zum Glück ab.

Zurück im Hafen

Als auch die letzten zwei Wochen unserer Probezeit vorbei waren, fuhren wir an einem Freitag wieder zusammen zum Leipziger Hauptbahnhof. Der erste Besuch in der Heimat stand bevor. Trotz bewölkten Himmels war es ein warmer Oktobertag. Ich hatte mich mit Sonnenbrille und Mütze verkleidet. Zu groß war meine Angst, Jochen zufällig über den Weg zu laufen und von ihm wiedererkannt zu werden. Meinen Freunden gegenüber klagte ich über Augendrücken und Kopfschmerzen, um das Outfit zu rechtfertigen, das

Annabelle ziemlich albern fand. Vince meinte aber, dass ihm das bei Kopfschmerzen auch immer helfen würde. Fast hätte ich darüber lachen müssen. In der Straßenbahn begann ich unter der Mütze zu schwitzen. Annabelle befürchtete, dass ich vielleicht Fieber hätte. Am Bahnhof war ich so aufgeregt, dass ich immer meinte, aufs Klo zu müssen, aber keine zehn Pferde hätten mich diese verdammte Treppe hinunterbekommen. Lieber hätte ich mir in die Hose gemacht. Vince schien keinen Gedanken an meine Not zu verschwenden. Er hatte lediglich Augen, Ohren und vor allem Hände für Ulrike, die er wieder so leidenschaftlich und ausgiebig küsste, dass ich das Gefühl bekam, von allen Leuten in der Bahnhofshalle beobachtet zu werden.

Als wir die Halle endlich passiert und die Bahnsteige erreicht hatten, ließ dieser unglaubliche Druck glücklicherweise wieder nach. Vince und Annabelle mussten mit dem Zug nach Köln. Berlin lag auf ihrer Strecke. Wir konnten zusammenfahren. Nur Ulrike musste auf ihrem Weg nach Dresden in eine andere Richtung. Sie fuhr etwas früher los und wir verabschiedeten sie mit lautem Gejohle am Bahnsteig. Zu dritt rannten wir neben dem anfahrenden Zug her und als der Zug immer schneller wurde, war ich überrascht, als meine Freunde irgendwann hinter mir zurückblieben. Mir tat es gut, mich zu bewegen und deshalb schaltete ich noch mal einen Gang höher und konnte sogar noch ein paar Meter aufholen. Am Bahnsteigende blieb ich winkend stehen, als mich Annabelle und Vince schließlich wieder einholten. Vince erklärte sein Zurückbleiben mit einem zu ausgiebigen Frühstück und wurde dafür von Annabelle etwas belächelt. Sie war der Meinung, ich sei trotz Kopfschmerzen als Sprinter ja nicht schlecht, zweifelte aber an meiner Ausdauer. Bei dieser Gelegenheit fragte ich sie, ob sie sich vorstellen könne, nach unserer Rückkehr mit mir zusammen laufen zu gehen. Sie willigte ein, kündigte aber an, auf mich keine Rücksicht nehmen zu wollen. Als ich erklärte, dass ich das auch nicht erwartete, bekam ich dafür einen ersten langen Kuss, mit dem sie mir zu verstehen gab, dass sie sich über meine Frage gefreut hatte. Ich hielt sie noch fest im Arm, als Vince sich schon beschwerte, dass wir ihn wohl gar nicht mehr beachten würden. Annabelle grinste mich an und kniff Vince in den Hintern.

Die Zugfahrt mit den beiden war sehr lustig. Wir hatten einfach gute Laune, spielten Karten und Melodien raten. Bei beidem war Vince mit seinem phänomenalen Gedächtnis unschlagbar, aber mir und Annabelle, die sich wie selbstverständlich an mich lehnte, war der Ausgang jedes Spiels ziemlich egal, und wir gönnten ihm seine Triumphe. Als ich in Berlin ankam, entdeckte ich meine Eltern am Bahnsteig. Ich freute mich, sie zu sehen, aber Annabelle wollte mich beim Aussteigen gar nicht loslassen. Deshalb versteckte ich mich hinter anderen Reisenden. Das war auch gut so, weil mich Annabelle, die im Zug ihre Schuhe ausgezogen hatte, auf Strümpfen bis auf den Bahnsteig begleitete. Ein Zusammentreffen mit meinen Eltern unter den Augen meiner Freunde wollte ich unbedingt vermeiden. Als es an den Türen piepte, bekam ich einen letzten Kuss, und kurz bevor sich die Türen schlossen, sprang sie gut gelaunt in den Zug zurück. In dem Augenblick nahm ich das Rufen und Winken meiner Mutter wahr, die mit einem: »Endlich habe ich dich wieder« auf mich zulief. Sie hatte schon Tränen in den Augen, bevor sie mich erreicht hatte. Langsam setzte sich der verdammte Zug in Bewegung. Wegen meiner Mutter konnte ich zum Abschied meiner Freunde dieses Mal nicht hinterherlaufen, was mir Annabelle bei unserem Wiedersehen ankreidete. Aber zum Glück hatte sie meine Mutter, die ja wegen ihres Rückenleidens zur Kur sein sollte, weder gesehen noch gehört.

Einen richtigen Schreck bekam ich, als ich mit meiner Mutter im Arm auf meinen Vater Karl zuging. Der unterhielt sich mit einer jungen Frau, und als ich auf ihrer Höhe war, erkannte ich Nina. Mit ihr hatte ich überhaupt nicht gerechnet. Über meine Unsicherheit, wie ich sie begrüßen sollte, vergaß ich sogar meinen lieben Vater. Ein kurzes »Hallo ihr beide« war alles, was ich zustande brachte. Die Überraschung überforderte mich so sehr, dass ich auf die vielen Fragen meiner Mutter kaum etwas antworten konnte, als wir mit unserem Auto nach Hause fuhren, in dem ich mit Nina auf der Rückbank saß.

Ich konnte es immer noch nicht fassen, dass sie dabei war. Angelina erzählte, sie beide hätten sich angefreundet und meine Mutter würde seit zwei Monaten die Tanzgruppe von Nina trainieren. Außerdem würde sie da mittlerweile mittanzen, was ihr unheimlich gut täte. Ich wusste nicht, ob mir das gut tat und war jetzt mit der Frage beschäftigt, ob mich jemand mit Annabelle am Bahnhof gesehen haben könnte. Schon wieder hatte ich das Gefühl, womöglich entdeckt worden zu sein. Das stresste mich und in mir keimte der Entschluss auf, endlich ehrlich sein zu wollen. Aber als ich Nina kurz ansah und dabei merkte, wie schön ich sie fand, wusste ich, wie schwer das sein würde.

Als wir zu Hause ankamen, hatte Halola wunderbar gekocht. Mich empfing unsere große schöne Wohnung mit all ihren vertrauten Gerüchen. Meine Großeltern waren auch zu meinem Empfang erschienen. Es gab ein richtiges Festessen zu meinen Ehren, und ich hatte das Gefühl, als wäre dieser Freitag ein besonderer Tag. Geschenke bekam ich außerdem. Alle hatten sie etwas mit Musik zu tun. Es war ein tragbares Notebook mit CD-Laufwerk, auf dem bereits eine gut ausgesuchte Klaviermusiksammlung gespeichert war. Vieles, was ich zu Hause immer auf Schallplatte angehört hatte, konnte ich als Musikdatei jetzt mit nach Leipzig nehmen. Dazu bekam ich noch kleine, sehr gut klingende Lautsprecherboxen, die ich mit dem Notebook verbinden konnte. So konnte ich die Musik dann auch mit anderen zusammen anhören. Außerdem konnte ich den Computer über eine Telefondose mit dem Internet verbinden. Angelina wünschte sich nämlich, dass ich öfter mal eine Nachricht von mir gäbe und beschwerte sich auf diesem Weg darüber, dass ich so selten angerufen hatte. Oma Dorothea meinte aber dazu, dass es Kindern, die sich nicht melden, in der Regel gut geht.

Angelina wollte dieses Argument nicht so stehen lassen, musste aber einsehen, dass in den vergangenen drei Monaten vor allem ihr etwas gefehlt hatte. Meine Geschenke waren jedenfalls toll und als ich alle ausgepackt hatte, musste ich feststellen, dass auch Nina für mich etwas mitgebracht hatte. Es war mir peinlich, an Mitbringsel für meine Familie überhaupt nicht gedacht zu haben. Ninas Geschenk anzunehmen, war mir fast unangenehm. Ich hatte zwar an sie gedacht, aber geschrieben hatte ich nie und nach ihrem Brief war ich damit beschäftigt gewesen, sie zu vergessen.

Nun musste ich erfahren, dass sie in der Zwischenzeit bei uns ein- und ausgegangen war. Zweimal hatte sie nach einer Abendvorstellung bei uns übernachtet, weil ihre Familie über das Wochenende weggefahren war. Nina hatte, wie mir mitgeteilt wurde, in meinem Bett geschlafen. Das zu erfahren, tat mir innerlich richtig weh. Der Schmerz rührte von meinem Bedauern her, in diesen Nächten nicht zu Hause gewesen zu sein. Dabei musste ich schon wieder an Annabelle denken, die eben auf dem Bahnsteig so glücklich mit mir war, und ich hatte das Gefühl, Liebe und Schmerz, Verbundensein und Trennung liegen ganz nah beieinander. In mir tat sich ein Riss auf, der durch mein Innerstes ging. Dabei war ich nur verliebt, und es hieß doch eigentlich, dass Liebe das schönste Gefühl der Welt sei. Mir wären in diesem Augenblick bedeutend weniger Liebe und vor allem weniger liebenswerte Mädchen in meiner Nähe lieber gewesen. Mit diesen Gedanken war ich beschäftigt, als meine Mutter fragte, ob ich müde sei. Ihr gefiel nicht, dass ich so still bliebe, obwohl es bestimmt vieles zu berichten gäbe.

Glücklicherweise stand mir Oma Dorothea wieder bei. Sie empfahl, mich erst einmal ankommen zu lassen und für das, was es alles zu erzählen gab, wäre ja morgen noch Zeit. Ich merkte, dass meine liebe Mutter es fast als Zumutung empfand, wie mich meine Großmutter immer wieder in Schutz nahm und ich konnte das sogar verstehen. Angelina platzte vor Neugierde. Schließlich hatte sie die Idee mit dem Internat gehabt und jetzt wollte sie wissen, ob es mir da gefiel und was ich in der Zwischenzeit alles gelernt hatte. Gelernt hatte ich vor allem, was es außerhalb dieser geschützten Welt meines Zuhauses alles zu entdecken gab. Gelernt hatte ich auch, wie ahnungslos ich eigentlich bisher war und wie gefährlich Ahnungslosigkeit werden kann.

Aber ich hatte auch erfahren, wie ich mich selber schützen musste und konnte, wenn es wirklich darauf ankam. Das machte mich stolz. Klar war mir aber auch, dass ich meiner Mutter vieles von dem, was ich erlebt hatte, gar nicht erzählen konnte. Sie wäre angesichts meiner Rückkehr in diese andere Welt vor Angst um mich gestorben. In diesem Augenblick spürte ich, dass mir meine neue Welt in Leipzig viel interessanter vorkam als mein Zuhause, und in einem Anflug von Wehmut auf der einen und Freude auf der anderen Seite nahm ich meine Mutter in die Arme. Angelina war deutlich kleiner als ich, was mir vorher noch gar nicht aufgefallen war, und meine Geste führte wieder einmal dazu, dass sie die Fassung verlor. Angelina fing an zu weinen und mit Mühe brachte sie heraus, wie sehr sie mich vermisst hatte. Ich streichelte ihr über den Kopf, weil ich sie trösten wollte. Dabei sagte ich, dass ich sie und meine Familie auch vermisst hätte, aber in Leipzig ginge es mir wirklich gut. Das beruhigte Angelina, obwohl das genau genommen nicht stimmte.

Viel schöner war es zu Hause, und richtig gut ging es mir in Leipzig auch nicht, aber mein Leben dort war so aufregend, bunt und interessant, weshalb mir der Alltag in meiner Familie mittlerweile eintönig vorkam. Meine Familie war wie ein Hafen und Leipzig war wie das offene, weite Meer. Bei diesem Vergleich kam mir ein englisches Sprichwort in den Sinn: *»Ein Schiff im Hafen ist sicher, aber dafür werden Schiffe nicht gebaut.«* Dieses Sprichwort kannte ich aus Oma Dorotheas Schlafzimmer. Es stand unter der Abbildung eines Segelschiffs, und mir wurde klar, ich wollte hin und wieder in diesen schönen Hafen zurückkehren, aber mein Leben spielte sich von nun an auf dem Meer ab.

Nachdem die Tränen meiner Mutter getrocknet waren, konnte ich endlich Ninas Geschenk auspacken. Es war ein in Leder gebundenes Tagebuch. Auf die erste Seite hatte sie geschrieben: »*Für die Zeit zwischen den Sternen.*« Den Spruch habe ich nicht richtig verstanden, aber was mir spontan dazu einfiel war, dass alle Sterne von unserer Erde verdammt weit weg sind. Offensichtlich wollte sie, dass ich etwas aufschrieb, was wir später vielleicht einmal gemeinsam lesen könnten. Damit sollte ich wohl die Zeit überbrücken, die noch zwischen uns lag. Nina hatte für mich ja auch ein Tagebuch geschrieben, als ich in Amerika war. Ich musste an Cecilia denken, die Ninas Buch zu dem *Lied von der ewigen Liebe* inspiriert hatte. Mit dieser Liebe schien es aus Ninas Sicht noch nicht vorbei zu sein. Einerseits freute mich das. Andererseits spürte ich, dass es für mich unmöglich war, mit einem weit entfernten Stern zusammen zu sein, und als ich Nina in die Augen sah, sehnte ich mich auch bei ihr wieder nach der Nähe und der Wärme, die ich bei Annabelle empfunden hatte.

Mit dieser Sehnsucht dankte ich Nina und berührte dabei nur kurz ihre Hand. In diesem Augenblick bewegte sich der Stern auf mich zu, umfing mich mit seinen Armen und flüsterte mir ins Ohr, dass auch er mich vermisst habe. Auf mich wirkte das wie ein Kometeneinschlag, der auf unserer Erde vor Jahrmillionen möglicherweise eine Eiszeit ausgelöst hatte, der die Saurier zum Opfer fielen. Diese Geste übte eine enorme Anziehungskraft auf mich aus und drohte, mich wieder aus meiner Umlaufbahn um Annabelle zu bringen, auf die ich gerade erst eingeschwenkt war.

Kaum hatte mich Nina in den Arm genommen, zerrte meine Mutter sie mit der Ankündigung von mir weg, sie hätten etwas vorbereitet. Dazu sollten wir uns ins Wohnzimmer begeben, in dem bereits Stühle aufgebaut waren. Ein paar Minuten würde es aber noch dauern. Nach einer kurzen Zeit des Wartens erschienen Nina und Angelina in ihren Tanzkostümen. Beide hatten lange schwarze Röcke an, die zu beiden Seiten geschlitzt waren. Dazu trugen sie ein kurzes ärmelloses Oberteil in glänzendem Silber, welches den Blick auf ihre muskulösen Bäuche und Oberarme erlaubte. Auf dem Kopf bedeckte eine schwarze, eng anliegende Kappe ihre Haare, und ihre Gesichter waren mit einer Art Puder dunkel getönt. Aus der Gesamtansicht stachen deshalb Bauch, Arme und vor allem der Oberkörper hervor. Wenn sich beim Tanzen der Rock öffnete und den Blick auf die Beine und eine kurze silberne Unterhose freigab, wusste ich gar nicht mehr, wo ich hingucken sollte.

Nina und Angelina tanzten zu einem Soul-Stück von Stevie Wonder, das sinnigerweise den Titel hatte: *Did I hear you say you love me*. Während die Kostüme Opa Paul noch eine sehr anerkennende Bemerkung entlockten, geriet er bei der Musik, die Angelina ziemlich laut angestellt hatte, sichtlich unter Stress. Rhythmisch war das Stück ausgeklügelt. Ein treibender Bass wurde von einer hellen Gitarre gedoppelt, bevor ein Bläsersatz den Gesang einleitete. Es gab Pausen, verzögerte Schläge, Breaks und in der Mitte des Stückes ein Frage- und Antwortspiel im Text, in dem der Sänger immer wieder fragte »If you love me, Honey, let me hear you say«, worauf ein Backvoicechor aus drei Frauen immer wieder »I love you« antwortete. In meinen Gedanken hatte ich Cecilia, Nina und Annabelle vor Augen, die in meiner Phantasie den Backvoicechor bildeten. In der Realität sah ich meine Mutter und Nina, die sich mit absoluter Perfektion gemeinsam zu der Musik bewegten. Unglaublich war, was sie in der kurzen Zeit zustande gebracht hatten.

Der Tanz lebte genau von dieser Spannung zwischen Anziehung und Zurückweisung. Angelina tanzte tendenziell eher die Männerrolle. Das machte aber kaum einen Unterschied, weil die Frau auch sehr kraftvoll und damit irgendwie gleichberechtigt dargestellt war. Zum Ende ändert sich der Text dieses Spiels noch einmal. Da fragt der Sänger dann kürzer: »Do you need me, do you want me«, und immer wieder antwortet der Chor mit seinem »I love you«, was im Tanz mit den letzten Takten dadurch zum Ausdruck gebracht wurde, dass die Figuren immer mehr miteinander verschmolzen und schließlich mit dem letzten Schlag der Musik ineinander verhakt gemeinsam zu Boden stürzten. Dieser Sturz wirkte auf den ersten Blick etwas ungelenk. Oma Dorothea entlockte er deshalb einen kurzen Schrei des Erschreckens, worauf die Energie des Falls durch ein Auseinanderrollen der Figuren in dem Moment aufgefangen wurde, zu dem sie den Boden berührten. Als die Musik verklungen war, blieben die beiden Tänzerinnen in einiger Entfernung voneinander noch einen Moment wie tot liegen, während wir alle vollkommen begeistert losklatschten.

Am Anfang fand ich die ganze Aufführung ein bisschen peinlich, obwohl es niemanden gab, vor dem ich mich schämen musste. Mit der Zeit aber nahm mich der Tanz und der Anblick der beiden Frauen so gefangen, dass ich alles vergaß. Nina tanzte sehr, sehr gut, aber meine Mutter war in ihren Bewegungen einfach überwältigend. Ihr Körper schien in einem vollkommenen Fluss mit Rhythmus und Musik, und in meiner besonderen Situation fühlte ich mich von ihrer Rolle auch sehr angesprochen. Wollen, nicht können, zueinander finden und doch nicht sollen war das Thema. Wie sehr aber die beiden Frauen über den Tanz zueinander gefunden hatten, konnte ich daran sehen, wie Angelina Nina aufhalf und wie sich die beiden glücklich über unsere Zustimmung aneinander festhielten. Schließlich bekam Nina von meiner Mutter noch einen Kuss, der sie sichtlich freute. Jeder Fremde hätte gedacht, dass er Mutter und Tochter oder eher noch große und kleine Schwester vor sich hatte und gerade diese Vertrautheit machte mir zu schaffen. Ich wollte mich von Nina lösen. Jetzt hatte meine Mutter sie nach meinem Weggang quasi adoptiert und damit drängte sich Nina unübersehbar wieder in mein Leben.

Als ich in mein Zimmer ging, um meine Sachen abzulegen, ließ ich mich aufs Bett fallen und versuchte in dem Vertrauten etwas von Ninas Geruch zu schnüffeln, an den ich mich nicht mehr genau erinnern konnte. Halola hatte das Bett aber längst frisch bezogen, was mich enttäuschte, aber angesichts meines Gefühlswechselbades auch wieder beruhigte. Nur kurz blieb ich liegen, weil mich dann mein Flügel anzog. In unserer ganzen Schule gab es kein einziges Instrument von dieser Größe und Qualität, und hier stand es nun verlassen in meinem Zimmer. Meine Mutter hatte es schon immer vorgezogen, auf dem Klavier im Wohnzimmer zu spielen, weil sie es nur noch in den Pausen während ihrer Tanz- und Bewegungsübungen tat.

Meine Finger spürten deshalb ein wenig Staub, der sich trotz des geschlossenen Deckels auf den Tasten angesammelt hatte, als ich zu spielen begann. *Heimweh* von Grieg war mein erstes Stück, aber ich spielte es gar nicht zu Ende, sondern fing in der Mitte an zu variieren, zunächst über das Tempo und dann über die Harmonien. Ich brauchte einige Minuten, bis ich schließlich in etwas hineingefunden hatte, was mir gefiel. In dem Augenblick kamen Nina und meine Mutter herein. Nina bemerkte sogleich, dass ich ihre Melodie spielte, nur langsamer und ein bisschen anders. Trotz der nicht gerade fachkundigen musikalischen Beschreibung hatte sie sofort erkannt, dass ich über viele Stufen schließlich ohne es zu bemerken bei dem Stück gelandet war, zu dem die beiden eben getanzt hatten. Meine Interpretation war aber getragen und wirkte etwas traurig, weshalb meine Mutter meinte, ich würde dieses Stück, das von seinem Rhythmus lebt, total verhunzen.

Außerdem wollte sie wissen, ob sie mir auf dem Internat für junge Musik solche Flausen in den Kopf setzen würden. Nein, das hätte ich von meinem Freund Vince gelernt, antwortete ich, worauf sie sich erfreut darüber zeigte zu erfahren, dass ich offenbar Freunde gefunden hatte. Solche vollkommen nebensächlichen Informationen wären ja uninteressant und für besorgte Mütter erst recht, kommentierte sie ironisch.

Gerne hätte ich geantwortet: »Ja, mein Freund Vince, dessen Mutter – soweit ich weiß – als Prostituierte arbeitet, der nachts heimlich mit einer farbigen Jazzsängerin vögelt, während ich am Bahnhof fast vergewaltigt werde, der tagsüber, unter den Augen aller Leute, Ulrike ableckt und Jungs, die er nicht leiden kann, das Gehäuse eines Apfels in den Hintern schiebt, dieser Freund, mit dem ich fast meine gesamte Zeit verbringe, lässt dich schön grüßen und würde dich gern mal kennen lernen, weil er findet, dass du wirklich toll aussiehst, obwohl du meine Mutter bist.« Danach hätte ich sie noch gefragt, ob sie das nun beruhigen würde. Ich musste tief durchatmen, um meine Phantasieantwort nicht auch noch lustig zu finden, und schon wieder vermisste ich jemanden, dem ich all meine Erlebnisse mal erzählen konnte. Die einzige, die mir dabei einfiel, war Cecilia, aber die war Tausende von Kilometern entfernt.

Da ich keine Lust mehr hatte, auf dem Klavier etwas vorzuspielen, schlug meine Mutter einen Spaziergang vor. Es war frisches, sonniges Herbstwetter und wir wollten in den Schlosspark gehen. Die Großeltern waren auch dafür, etwas rauszugehen und verabschiedeten sich auf dem Weg in den Park von uns. Oma Dorothea gab mir einen dicken Kuss und freute sich darauf, mich Weihnachten wiederzusehen. Ihre Art tat mir irgendwie gut. Sie war wie ein Hafen, der seine Schiffe ungehindert auslaufen ließ, auf dass sie irgendwann gut zurückkämen. Im Gegensatz dazu hatte ich bei Angelinas Hafen das Gefühl, dass schwere Fluttore auf- und zugingen. Außerdem waren für das Auslaufen hohe Gebühren fällig. Dieser Hafen war von ihr so befestigt, dass man sich die nächste Schiffsreise dreimal überlegen sollte.

Was sie nicht bedachte, war, dass man es dadurch in der Gegenrichtung auch tat. Ihre fordernde Art hatte zur Folge, dass ich mich innerlich eher verschloss, obwohl ich das eigentlich gar nicht wollte. Vielleicht hätte ich ihr sogar gerne von meinen Erlebnissen erzählt, aber der Gedanke, sie damit zu ängstigen, hielt mich davon ab. Ich wollte nicht mehr, dass sie sich in mein Leben einmischte, obwohl ich wusste, dass sie es gut mit mir meinte.

Mit Nina, Angelina und Karl lief ich durch den herbstlichen Schlosspark. Es roch nach Wald und moderndem Laub, obwohl wir mitten in der Stadt waren. An einem Spielplatz, den ich aus meiner Kindheit kannte, setzten wir uns unter den großen Bäumen, deren Blätter schon farbig geworden waren, auf die Schaukeln und die Wippe. Schließlich spielten wir auf einem Gerüst Fangen. Das hatte ich seit etlichen Jahren nicht mehr getan. Früher hatte ich dabei immer Angst, mir weh zu tun. Dieses Gefühl war verschwunden und nach meinem Sprung über das Drehkreuz in den Toiletten am Leipziger Hauptbahnhof, wusste ich nicht mehr, warum ich früher so vorsichtig gewesen war. Wir waren albern und lachten die ganze Zeit. Karl und Angelina waren gar nicht so langsam, aber gegen mich und Nina hatten sie keine Chance. Vor allem Karls Größe stellte sich beim Klettern auf den engen Gerüsten als Problem heraus, und im Sand brauchte er beim Loslaufen eine Weile, bis er beschleunigt hatte. Lediglich mit seinen langen Armen, die in ihrer Reichweite immer wieder unterschätzt wurden, war es ihm möglich, einen von uns zu fangen. Trotzdem war er kurz darauf wieder Fänger, und machte auch deshalb irgendwann völlig außer Atem den Vorschlag, uns im Café des Schlossparks zu Kaffee und Kuchen einzuladen.

Im Café stand ein Klavier. Als ich es entdeckte, erzählte ich von unserer Freizeitbeschäftigung in Leipzig, womit ich Vinces Hang zum Klavierspiel an öffentlichen Orten meinte. Dabei erwähnte ich auch Annabelle und Ulrike. Nina sah ich währenddessen an. An ihren Gesichtszügen wollte ich entdecken, wie sie darauf reagierte. Als sich unsere Blicke trafen, stockte mir aber fast der Atem. Schon wieder hatte ich das Gefühl, sie betrogen zu haben, und ich wünschte mir, lockerer zu sein, so wie mein Freund Vince. Im Vergleich zu ihm kam ich mir unendlich kompliziert vor.

Angelina war froh, endlich mal etwas von mir erfahren zu haben. Sie hätte gerne gesehen, dass ich mich ans Klavier setzte, aber ich wollte nicht, und nachdem wir eine Weile geredet hatten, schlug sie vor, ich könnte Nina nach Hause bringen. Ich fand die Idee gut, weil damit die Aussicht verbunden war, mindestens eine halbe Stunde mit ihr allein zu sein. Ich beschloss, auf dem Weg einiges klarzustellen. Als wir losgegangen waren, dachte ich lange darüber nach, wie ich anfangen sollte. Nina fragte währenddessen nach dem Kreuz, das sie mir geschenkt hatte. Sie wollte wissen, ob ich es bei mir hätte. Hatte ich nicht. Und in dem Augenblick, in dem sie fragte, war mir sogar weggerutscht, dass es am Kopfende meines Bettes aufgehängt war. Sie war enttäuscht, vermutete, dass es vielleicht ein Symbol sei, das mir nicht so viel bedeuten würde. »Das Kreuz ist ein Teil von mir, wenn du es nicht bei dir tragen willst, kannst du es mir lieber zurückgeben.«, äußerte sie erbost.

Da war mein schlechtes Gewissen wieder. Ich kam mir so nachlässig vor. Darauf hatte ich aber überhaupt keine Lust. Schon beim Lesen ihres Briefes hatte ich mich schlecht und irgendwie ertappt gefühlt. Die Art, wie ich sie damals gestreichelt hatte, ließ sie etwas über meine Erlebnisse mit Cecilia vermuten und mit dieser Ahnung hatte sie richtig gelegen. Sie kannte Cecilia aber gar nicht und erst recht wusste sie nichts von dem, was ich mit ihr alles überlegt und besprochen hatte. Plötzlich ging mir diese Selbstgewissheit tierisch auf die Nerven, mit der sie meinte, mich zu durchschauen und die Art, mit der sie sich dabei als Betrogene zu fühlen schien. Ich hatte mich in sie verliebt. Das wollte ich ihr damals zeigen und als ich sie gestreichelt hatte, wollte ich ihr so nahe sein, wie keinem Menschen zuvor. Klar hatte auch ich Lust dazu, aber ich wollte vor allem eine Verbindung zwischen uns herstellen, bevor ich wegging. So selbstsüchtig war das gar nicht. Auch mit den T-Shirts, die ich ihr geschenkt hatte, wollte ich in ihrer Nähe bleiben. Nina hatte sie mir aber zurückgegeben, weil sie sich vor ihren Eltern schämte. Das war ihr Problem. Ich hatte aber Probleme mit diesem Kreuz. Es war ein Symbol für ihren Glauben, und dieser Glauben stand der Art, wie ich gerne mit Nina zusammengewesen wäre, im Weg. Warum sollte ich mir dieses Symbol auch noch um den Hals hängen?

Mit dem Gefühl im Bauch, dass sie mich überhaupt nicht verstand, legte ich los. Ich erzählte erst einmal, wie ich Cecilia in Amerika wieder getroffen hatte, dass wir als Kinder schon immer in einem Bett geschlafen hätten und dass sie wie meine Schwester sei. Ihre enttäuschenden Erfahrungen mit Jungen erwähnte ich genauso, wie die Tatsache, dass Cecilia meine Erfahrungen mit Nina so besonders schön fand, und dass sie selbst eigentlich Frauen viel attraktiver fände als Männer. Nina sollte verstehen, dass meine Erlebnisse mit Cecilia ein Zeichen unserer Verbundenheit und unseres gegenseitigen Vertrauens gewesen waren. Sie sollte begreifen, dass ich mir ein solches Vertrauen auch mit ihr wünschte.

Nina hörte mir zu, und als ich geendet hatte, guckte sie mich entgeistert an. Dann sagte sie kühl und nachdrücklich: »Tim, letztendlich ist es mir egal, mit wem du deine Erfahrungen machen musst. Ich habe das Gefühl, wir könnten füreinander bestimmt sein. Meine Liebe gehört Gott, der mir den Weg zu einem anderen Menschen gezeigt hat. Ich denke nach wie vor, dass du dieser Mensch sein könntest. Als ich dich zum ersten Mal gesehen habe und als ich dich Klavier spielen hörte, ist für mich ein Stern aufgegangen. Letztendlich musst du aber wissen, ob du dieser Stern sein willst oder nicht«, und mit einem »Tim, ich liebe dich«, gab sie mir einen kurzen Kuss auf die Wange und hielt mich danach lange fest in ihren Armen.

Ich war mal wieder sprachlos. Nina kam mir so groß und so klar vor – wie ein besonders heller Stern. Sie gab mir zu verstehen, dass da irgendwas Höheres mit uns abging, wobei überirdische Hände im Spiel zu sein schienen.

Mir war das Ganze im wahrsten Sinne aber zu hoch. Ich fand Nina toll. Aber ich spürte, dass ich gerade etwas anderes suchte und brauchte. In der Tat war sie ein anderer Stern oder besser noch, von einem anderen Stern, und wenn ich mir vorstellte, ihr zu erzählen, wie Vince und ich Annabelle und Ulrike belogen hatten, damit sich Vince in Ruhe mit Sonja treffen konnte, dann hatte ich das Gefühl, Lichtjahre von ihr entfernt zu sein. Als ich das merkte, kamen mir die Tränen und mit diesen Tränen löste sich die ganze Anspannung, die in mir war. Nina merkte das und begann auch zu weinen. Es war schön, mit ihr traurig zu sein und dabei küssten wir uns gegenseitig die Tränen aus dem Gesicht. In diesem Augenblick hatte ich den Eindruck, wir seien doch füreinander bestimmt, und als wir uns an der Ecke der kleinen Straße verabschiedeten, in der das Haus ihrer Eltern bereits in Sichtweite lag, spürte ich, dass ein Teil von mir sie begleiten würde.

Auf meinem Rückweg musste ich wieder über die Autobahn. Obwohl ich diesen Ort nicht mochte, blieb ich stehen. Wieder schaute ich auf den brausenden Verkehr und die hohen Mauern zu beiden Seiten. Die Unmöglichkeit, diese Straße anders als über die Brücke zu überqueren, spiegelte meine Situation wieder. Gerade war es mit Nina so schön gewesen. Trotzdem spürte ich einen tiefen Graben zwischen uns. Gern hätte ich ihr erklärt, dass ich diesen Graben nicht aushalten würde und dass mir die paar Brücken einfach zu wenig seien. Ich wollte Nina ganz oder gar nicht, und Nina wollte einen Stern zum Angucken und zum Träumen. Ich wollte einen Menschen zum Anfassen und Anlehnen. Ohne es zu merken, schrie ich all meine Wut und Verzweiflung heraus in die Dunkelheit über dieser verdammten Autobahn. Nur für einige Momente wollte ich lauter sein als dieser nie endende Verkehr. Den einzelnen Sternen, die ich trotz der Straßenbeleuchtung und der Abgase am Berliner Nachthimmel entdecken konnte, schrie ich entgegen, sie sollten endlich runterkommen und mich nicht allein lassen. Plötzlich hörte ich hinter mir eine Fahrradklingel. Als ich mich umdrehte, guckte ich in die Augen eines älteren Mannes. Er schaute mich genervt an und wollte wissen, ob ich noch alle Tassen im Schrank hätte. Ich sagte einfach nur »ja« und war sauer darüber, dass er mich störte. Dann erkundigte er sich noch, ob ich sicher sei, dass ich von dieser Brücke nicht runterspringen würde, und bei dieser Frage merkte ich erst so richtig, dass er wohl mitbekommen hatte, wie verzweifelt ich war. Ich sagte nur »ganz sicher, absolut sicher«, und um es ihm zu beweisen, rannte ich so schnell ich konnte nach Hause.

Als ich angekommen war, setzte ich mich erst einmal auf die Bank im Hof, um Luft zu holen. Langsam wurde ich ruhiger. Meine Kondition war gar nicht so schlecht, und ich begann mich darauf zu freuen, mit Annabelle in Leipzig joggen zu gehen. Meiner Abreise sah ich freudig entgegen und Angelina, die so froh war, mich mal wieder bei sich zu haben, tat mir bei diesen Gedanken ein bisschen leid.

Nina traf ich an diesem Wochenende nicht mehr. Als ich am Sonntag nach dem Mittagessen meine Sachen zusammenpackte, holte ich die T-Shirts aus dem Schrank. Auf eine Karte schrieb ich:

Hallo Nina,
falls du mal spontan hier übernachtest und etwas zum Anziehen brauchst, liebe Grüße, dein Tim.

Beides zusammen legte ich auf den Flügel. Als ich mein Zimmer verließ, blickte ich zurück. Seltsam, dass ich diesen wunderbaren Ort nun wieder mit der heruntergekommenen Kammer im Internat tauschen würde, und bei der Vorstellung, Nina könnte ohne mich hier sein, schien mich meine ganze Entschlossenheit wieder zu verlassen. Deshalb machte ich schnell die Tür zu und dachte mit aller Kraft an meine Freunde in Leipzig. Ich war darauf gespannt, was sie in der Zwischenzeit erlebt hatten.

Bei unserem Abschied war Angelina ziemlich gefasst. Karl hatte dieses Mal Tränen in den Augen. Er erwähnte noch mal, wie schön er es gefunden hatte, mit uns im Schlosspark Fangen zu spielen. Er wollte jetzt wieder Joggen gehen, um beim nächsten Mal ein bisschen schneller zu sein. Als er mich umarmte, merkte ich, wie gut mir das alles tat, und trotzdem machte es mir seine Art leicht, wieder auf dem Weg zu sein. Angelina erinnerte mich daran, dass ich mit dem Notebook auch E-Mails versenden könne und mit dem Versprechen, jeden Tag in ihr Postfach zu gucken, gab sie mir einen letzten Kuss. Ich bat sie noch, Nina von mir zu grüßen, als sich die Türen des Zuges unerbittlich schlossen. Als ich auf den Bahnsteig schaute, dachte ich noch über die Verspätung von Zügen nach, die erst losfahren würden, wenn die Wegfahrenden mit den Zurückbleibenden alles besprochen hatten, was ihnen in diesem Augenblick durch den Kopf ging. Wahrscheinlich würden Züge ohne automatische Türen Bahnhöfe kaum verlassen, und wie um zu zeigen, dass ich selbsttätig schließende Zugtüren schätzte, legte ich meine Hand an die Scheibe, worauf Angelina das Gleiche tat. Das fand ich wiederum lieb von ihr, und ich spürte, dass ich meine Mutter – mit dieser automatischen Tür dazwischen – sehr, sehr gern mochte.

Ruhigere Zeiten

Es war schön, in Leipzig meine Freunde wieder zu treffen. Ulrike lief mir noch am Bahnhof über den Weg. Sie hatte auf den Ankunftsplan geguckt und einfach den nächsten Zug aus Berlin abgewartet. Als sie mich auf dem Bahnsteig entdeckte, kam sie kreischend auf mich zugelaufen. Damit jagte sie mir einen solchen Schreck ein, dass ich erst einmal meine Sonnenbrille hervorkramte. Sie umarmte und küsste mich und ließ mich gar nicht mehr los, als wir durch die Halle gingen. Bei dem Gedanken, dass Nina niemals so spontan und freudig auf mich losgehen würde wie Vinces Freundin, ärgerte ich mich schon wieder. Ulrike hatte sich in Dresden fürchterlich gelangweilt. Die ganze Zeit über habe sie essen sollen, weil ihre Mutter behauptete, dass sie so dünn geworden sei. Wir hätten ihr unglaublich gefehlt. Dann wollte sie noch wissen, ob ich was von Vince gehört hätte. Hatte ich nicht, und dabei fiel mir ein, dass ich ihm gar nicht meine Telefonnummer in Berlin gegeben hatte. Mein Handy hatte ich im Internat liegen lassen und deshalb konnte er mich gar nicht anrufen. Als ich in unser Zimmer kam, war er schon da. Sein Bett war benutzt, und außerdem hatte er ein blaues Auge. Auf meine erschrockene Frage, was passiert sei, berichtete er sehr freimütig: »Der neue Freund meiner Mutter ist ein ziemlicher Arsch. Ständig ist der besoffen. Meine Alte nimmt der nur aus. Deshalb hab ich zwei Flaschen Schnaps von dem ins Klo gegossen. Ich hab das nur gemacht, um den blöden Sack mal einen Moment nüchtern zu erleben. Da hat Rolf dann die Nerven verloren. Blöd war nur, dass ich nicht damit gerechnet habe. Ich habe nicht gedacht, dass der wirklich so austickt. Sonst hätte »Rolfi«, wie meine Mutter ihn nennt, nämlich zuerst eine gefangen, aber ich war so blöd, ihm zumindest die Chance zu geben, mal mit mir zu reden. Das ist leider ins Auge gegangen«, lachte Vince und blinzelte mich dabei an.

»Danach ist noch eine fast volle Wodkaflasche auf Rolfis Kopf kaputt gegangen. Das hat dann jedes weitere Gespräch unmöglich gemacht. Mit meiner Mutter ist die Kommunikation auch schwierig geworden und deshalb bin ich mit dem Nachtzug wieder nach Leipzig gefahren. Vorläufig habe ich die Schnauze voll von Köln, und wenn du dein Handy mitgehabt hättest, Tim, wäre ich doch glatt bei dir in Berlin vorbeigekommen. Ständig hab ich dir auf die blöde Mailbox gequatscht, und als ich hier angekommen bin, war mir klar, was da schiefgelaufen ist. Zwischenzeitlich hab ich schon befürchtet, dass du mit einem wie mir nichts mehr zu tun haben willst. Insofern war ich beruhigt, als ich dein Handy auf der Fensterbank gefunden habe.«

»Wie kommst du denn auf solche Ideen, Alter«, sagte ich und schloss Vince in meine Arme. Dem tat das offensichtlich sehr gut. Aber als ich ihn so festhielt, dachte ich darüber nach, dass es durchaus Vorteile hatte, dass er mich nicht erreichen konnte. Jetzt brauchte er aber wirklich meinen Trost. Dabei zog Vince kurz seine Nase hoch und wischte sich ein paar Tränen weg.

In meinen Armen beschwerte er sich, er könne seine Mutter aber auch wirklich keinen Augenblick aus den Augen lassen, und dieser blöde Rolfi würde nun das ganze Geld versaufen, das er mit Klavierspielen verdient hatte. Da könne er der Alten nun wirklich nicht mehr helfen. Allein die Tatsache, dass sie Rolf nun ein paar Tage im Krankenhaus besuchen müsse, sei eine kleine Beruhigung und vielleicht würde ja ein Doktor draufkommen, was da zu Hause eigentlich los sei. Vince war überglücklich, als ich ihm sagte, dass ich Ulrike am Bahnhof getroffen hatte, und schon rannte er aus dem Zimmer.

So nötig, wie er tut, hat er mich dann doch nicht, dachte ich etwas enttäuscht über den schnellen Gefühlswandel, aber ich fand es in Ordnung, dass er sich auf Ulrikes Arme zu freuen schien.

Annabelle kam erst sehr spät abends an. Auch sie brauchte meinen Trost. Ihre drei Geschwister hatten sie nicht mehr gehen lassen wollen. Deshalb sei ihr der Abschied so schwer gefallen. Ihr kleiner Bruder habe noch schreiend an ihrem Hals gehangen, als der Zug schon losfahren sollte. Das sei ihr zu viel gewesen. Die ganze Fahrt über hatte sie Sehnsucht nach ihren Geschwistern. Annabelle erzählte ich dann meine Gedanken über Zugtüren und Verspätungen. Sie konnte das nur bestätigen und meinte, dass auch sie nie und nimmer hätte loslassen können. In dem Augenblick fiel sie mir um den Hals und als sie merkte, dass ich sie festhielt, ließ sie sich zusammensinken. Ich musste sie auffangen und nahm sie auf meine Arme. Ich war überrascht, wie leicht sie sich anfühlte, und deshalb hob ich sie hoch und hielt sie fest wie ein kleines Kind. Sie kuschelte sich an mich und flüsterte, ich sei der einzige Grund gewesen, warum sie sich auf Leipzig habe freuen können. Ich war froh über dieses Eingeständnis. Aber ich entdeckte am Himmel über dem Internat ein paar Sterne, die ich fast entschuldigend anblickte. Ihr da oben, wir hier unten, dachte ich bei mir und war selbst auch froh, wieder angekommen zu sein.

Verglichen mit meinen Freunden hatte ich den geringsten Grund, nicht wieder nach Hause zu fahren. Vom Internat aus hätten wir das jetzt an jedem Wochenende tun können. Annabelle wollte das vielleicht noch am ehesten. Aber Aachen war erstens so verdammt weit weg, zweitens war die Fahrt teuer, und drittens fiel auch ihr der Abschied so schwer, dass sie meinte, das höchstens alle vier Wochen verkraften zu können. Vince hatte das unbestimmte Gefühl, sich vorläufig zu Hause nicht blicken lassen zu können, weshalb ihm Ulrike spontan anbot, ihn zukünftig mit nach Dresden zu nehmen. Wegen all dieser Probleme beschlossen wir, so oft wie möglich zusammen in Leipzig zu bleiben, was mir vor allem deshalb recht war, weil ich vor dem Wiedersehen mit Nina ein bisschen Angst hatte. Die Vorstellung, ihr zu begegnen und gleichzeitig so weit von ihr weg zu bleiben, war unerträglich. Es fehlte mir einfach, sie so selbstverständlich in meine Arme nehmen zu können, wie ich es mit all meinen Musikerfreunden tun konnte. Was war daran nur so falsch?

Als ich mit Vince wieder auf unserem Zimmer war, nahm ich das Kreuz von der Wand und tat es in eine Schreibtischschublade. Als ich aus dem Fenster guckte, stellte ich fest, dass Wolken aufgezogen waren. Ich öffnete das Fenster und roch den bevorstehenden Regen in der Luft. In Richtung Himmel wünschte ich eine gute Nacht und verabschiedete mich von Nina bis irgendwann.

»Das ist ja geil«, hörte ich Vince hinter mir sagen. Er hatte mein neues Notebook entdeckt und bestand darauf, es anzuschließen. Ich tat ihm den Gefallen. Als er die Musikdateien entdeckte, war er außer sich. Im Handumdrehen hatte er die Boxen angeschlossen, als er einen Ordner mit dem Titel *Filme* entdeckte. Als er den geöffnet hatte, waren wir beide anfangs etwas enttäuscht. Spielfilme waren hier nicht gespeichert, sondern *Probe 1-18* und die aktuellste Datei war *Auftritt*. Als ich die anklickte, hörte ich die Stimmen meines Vaters Karl und die meiner Großeltern. Alle waren in unserem riesigen Wohnzimmer versammelt, als meine Mutter und Nina hereinkamen. Ich brauchte etwas Zeit, um zu realisieren, dass mein Vater die Tanzaufführung mit einer Digitalkamera gefilmt und auf meiner Festplatte gespeichert hatte. Vince protestierte vehement, als ich die Vorführung beenden wollte. Ich war vollkommen überrascht und es war mir peinlich, das jetzt mit ihm anzusehen. Vince hingegen war begeistert. Er fragte, ob das etwa unsere Wohnung sei und erklärte lachend, dass die Zweizimmerklitsche seiner Mutter wohl dreimal allein in unser Wohnzimmer passte. Dann wollte er wissen, ob denn meine Eltern immer solche supergeilen Püppchen zu meinem Empfang engagieren würden. Als ich erklärte, dass er da meine Mutter sehen würde, fiel er aus allen Wolken. Zwei Minuten brauchte er, in denen er gebannt auf den Bildschirm starrte, bis er wissen wollte, wer denn die andere Zuckerschnecke sei. Als ich ihm Nina vorstellte, fiel er mit dem Stuhl, mit dem er gekippelt hatte, vor Schreck nach hinten um. Im Fallen fragte er ungläubig: »Nina, die Nonne?« Ich bestätigte seine Frage, obwohl ich eigentlich dazu keine Lust hatte. Im Liegen erklärte Vince: »Die Kutten passen ja irgendwie, aber bei der Art, wie die beiden tanzen, hab ich das Gefühl, dass sie es kaum erwarten können.«

Danach stockte er, weil er wohl realisierte, dass er über meine Mutter und meine Freundin sprach. Mit einem »na, du weißt schon« stand er wieder auf, um zu Ende zu gucken. Ich nutzte den Augenblick seines Sturzes, um die Vorführung abzubrechen. Mich hatte durcheinander gebracht, was Vince mit den Augen eines jungen Mannes in dem kleinen Filmausschnitt alles entdeckt hatte. Seit fast fünfzehn Jahren sah ich meiner Mutter beim Tanzen zu. Nie hatte ich dabei etwas empfunden. Für mich war das immer ganz normal oder ich hatte es rein sportlich betrachtet. Oft hatte ich ja auch mitgetanzt. Vince hatte mich nun mit der Nase darauf gestoßen, wie erotisch dieser Tanz wirkte. Das war meinen Augen bisher verborgen geblieben. Wahrlich hatte ich den Wald vor lauter Bäumen nicht gesehen.

Einerseits spürte ich einen Widerwillen, die Filmausschnitte mit diesen Augen anzusehen. Andererseits hatte ich plötzlich große Lust dazu, vor allem Nina genau so zu betrachten. Diese Lust kam mir verboten vor.

Vince war total enttäuscht darüber, dass ich ausgeschaltet hatte. Trotzdem akzeptierte er zu meiner Überraschung diese Entscheidung. Er versprach, Ulrike und Annabelle nichts von den Filmen zu erzählen. Kaum hatte ich mich von Nina bis irgendwann verabschiedet, beschäftigte sie über die Bilder auf meinem Notebook meine Phantasien wieder so sehr, dass ich es kaum aushielt. Verzweifelt und erregt zugleich nahm ich die Kette mit dem Kreuz und legte sie mir um den Hals.

Als ich im Bett lag und Vince schon leise schnarchen hörte, hatte ich immer wieder die tanzende Nina mit ihrer Kutte vor Augen, wie Vince das Kostüm genannt hatte. Ihre nackten Beine und der kurze silbrig glitzernde Slip gingen mir so lange nicht aus dem Kopf, bis ich mir zum zweiten Mal in meinem Leben einen runterholte.

Danach hatte ich schon wieder ein schlechtes Gewissen. Aber ich hatte keinen anderen Weg gesehen, mit diesen überwältigenden Gefühlen umzugehen. Mein Zustand verunsicherte mich sogar. Warum spürte ich das Ganze erst jetzt? Wo hatten diese Empfindungen nur die ganze Zeit in mir gesteckt, als ich in der Welt meiner Musik versunken war? Nina hatte sie in mir geweckt, und jetzt machten sie mich schlaflos. Bist du meine Göttin oder der Teufel, der mich verführt hat, murmelte ich vor mich hin und dachte amüsiert darüber nach, wie Nina wohl auf diese Frage reagieren würde. Für die nächste Zeit fasste ich jedenfalls den Vorsatz, regelmäßig mit Annabelle zu joggen und wieder mehr Klavier zu üben. Über diesem Entschluss schlief ich ein.

Am nächsten Morgen wurde ich um fünf Minuten vor sechs wach. Schleunigst sprang ich aus dem Bett, zog meine Trainingssachen und meine Sportschuhe an und hastete die Treppe hinunter. Hausmeister Müller begrüßte mich fast freudig und sagte, die Frühaufsteherin sei vor einigen Sekunden vorbeigekommen und habe sich wie gewohnt nach links gewendet. Ich bedankte mich und war schnell wie die Feuerwehr aus der Tür heraus. Einige hundert Meter entfernt entdeckte ich Annabelle. Schnell kam ich ihr näher, bis ich merkte, dass mir doch die Puste ausging. Als ich mein Tempo verlangsamen musste, um Luft zu holen, war da wieder dieser komische Geruch. Ich beschleunigte schnell meine Schritte und hatte den Eindruck, dass das Gefühl so plötzlich, wie es gekommen war, auch wieder verschwand. Dabei war ich offenbar so mit mir selbst beschäftigt gewesen, dass ich Annabelle irgendwie aus dem Blick verloren hatte. Plötzlich hörte ich ihre Stimme hinter mir. Auch sie war außer Atem und rief: »Tim, du Angeber, warte endlich auf mich.«

Total überrascht drehte ich mich um und sah sie etwas ärgerlich auf mich zukommen. Sie behauptete, ich sei einfach an ihr vorbeigesprintet und fand es ziemlich affig. Ich konnte mich überhaupt nicht daran erinnern und versuchte mich zu entschuldigen. Sie wollte das aber nicht gelten lassen und hielt mich für einen typischen Jungen, der erst angibt und es dann nicht einmal zugeben kann. Wieder kam mir das alles sehr merkwürdig vor. Aber auch dieses Mal wollte ich vermeiden, der Sache auf den Grund zu gehen. Deshalb erklärte ich, selbst bemerkt zu haben, dass ich viel zu schnell gelaufen sei. Ab jetzt würde ich lieber einen Schritt hinter ihr bleiben. Mit diesem Eingeständnis und der getroffenen Abmachung war Annabelle einverstanden. So liefen wir dann weiter. Ich registrierte, dass sie mit der Zeit immer schneller wurde und hatte das Gefühl, dass sie mich abhängen wollte. Obwohl ich relativ mühelos mitziehen konnte, fragte ich sie irgendwann, ob wir ein bestimmtes Tempo beibehalten könnten. Diese Frage schien ihr zu gefallen. Ziemlich außer Atem fragte sie zurück, ob sie für mich zu schnell laufen würde. Schon um kein Angeber mehr zu sein, bestätigte ich ihr diese Einschätzung, was Annabelle sichtlich freute. So anders als Männer sind Frauen auch nicht, dachte ich bei mir, als sie mich am Ende unserer Strecke umarmte. Die letzten zwei- bis dreihundert Meter vor dem Internat war sie wieder schneller geworden und mit meinen mittlerweile doch müden Beinen hatte ich sie nicht mehr überholen können. Als sie das merkte, fing sie an zu lachen.

Ich mochte ihren Ehrgeiz und die Art, wie sie ihr Leben organisierte und ich beschloss, mir an ihr ein Beispiel zu nehmen. Von diesem Tag an wollte ich auch mein Leben im Internat so planen, wie nur ich es für richtig hielt. Jeden Morgen ging ich mit meiner Freundin joggen. Danach wurde geduscht. Beim Frühstück trafen Annabelle und ich auf die noch verschlafenen Freunde Ulrike und Vince. Vince fand mich doof, weil er seinen Hintern nicht aus dem Bett kriegte. Er meinte, dass ich wohl Schlafstörungen hätte, und rücksichtslos sei. Meine Unruhe würde ihm Druck machen. In Wirklichkeit – da war ich mir mit Annabelle einig – hatte er nur Angst, sich beim Laufen mit uns zu messen. Aber das war seine Sache.

Auch Sonja wurde fast ausschließlich seine Sache. Bei Hausmeister Müller hatten wir uns mit einer Schachtel Pralinen für das späte Duschen und das nächtliche Wegbleiben entschuldigt. Er wollte aber den Grund für unsere Nacht im Freien wissen, und weil er jede Lüge direkt entlarvte, war er der Einzige, dem wir unsere Geschichte erzählten. Nur er erfuhr alles über Sonja, Jochen und den Zeitungsausschnitt. Es tat gut, all das bei ihm loszuwerden, obwohl er meinte, wir seien da ja in einen ganz schönen Schlamassel hineingeschlittert.

Damit so was nicht wieder passieren müsste, gab er uns einen Tipp: Er machte uns auf eine defekte Tür in der Turnhalle aufmerksam. Schon lange müsse da das Schloss ausgewechselt werden, aber der Direktor hätte trotz zweimaliger Anfrage kein neues Schloss bestellt. Deshalb habe er alles so gelassen wie es war. Die Tür konnte mit der rechten Hand am Knauf und der linken an der oberen Türecke mit einem Ruck nach innen aufgedrückt werden. Raus kommt ihr nicht unbemerkt, erklärte Manni Müller mit einem

Lächeln, aber rein schon, wenn ihr euch nicht zu blöd anstellt. Er bat noch darum, beim Reinkommen nicht mehr Radau als nötig zu machen.

Leider kam ich mit der Tür besser klar als Vince, weshalb er mich hin und wieder nachts auf dem Handy anrief. Dann musste ich mich nach unten schleichen und meinem Freund öffnen. Außerdem musste ich mir seine Geschichten anhören. Anfangs ging er mit Sonja nur ins Bett. Später begleitete er sie am Klavier. Sie traten in Leipziger Nachtklubs zusammen auf. Vince hatte sich zu diesem Zweck einen gefälschten Studentenausweis besorgt. Darin war er angeblich schon zwanzig Jahre und hieß Paul. Die aufreizende Sonja und der ausgesprochen jugendliche Paul kamen anscheinend sehr gut an. Über diese Auftritte erzählte er nicht so viel, aber er verdiente nicht schlecht damit. Durchschnittlich vierhundert Euro bekam er für eine Nacht. Das meiste Geld schickte er seiner Mutter, die er aber kaum besuchte. Meistens fuhr er mit Ulrike zu deren Eltern. Auch Weihnachten war er dort und gehörte mit der Zeit richtig zur Familie.

Das Ende eines Quartetts

Vince war natürlich oft müde, weil er zwei- bis dreimal in der Woche nachts unterwegs war. Außerdem war er ohnehin eigenwillig, was den Lehrerinnen und Lehrern zunehmend missfiel. Er machte seine Musik und kein Stück ließ er so bestehen, wie es war. Bis heute weiß ich nicht, ob er Schwierigkeiten mit Noten hatte und nicht wirklich vom Blatt spielen konnte oder ob er vor allem ein absoluter Freigeist war. Wahrscheinlich spielte beides eine Rolle. Jedenfalls wollte er alle davon überzeugen, dass Musik lebt und nicht festgelegt sein dürfe.

Nach unserem ersten Jahr im Internat fiel er durch die Abschlussprüfung, obwohl er völlig unbestritten mit Abstand der beste Klavierspieler war. Ich hingegen bestand die Klavierklasse mit Auszeichnung. Weil ich meine und seine Fähigkeiten sehr gut einschätzen konnte, wusste ich, wie ungerecht diese Bewertung eigentlich war. Mir war klar: Er sollte dafür bestraft werden, weil er sich nicht anpassen konnte oder wollte. Oft hatte ich versucht, ihn von dieser Notwendigkeit zu überzeugen. Immer wieder half ich ihm dabei, bestimmte Stücke einzustudieren, aber Vince ließ sich selbst von mir nicht festlegen. In jeder Stunde, in der ich ihn mit Noten, Fingersätzen, Tempi und Anschlägen vertraut machen wollte, verließ er irgendwann diesen Rahmen und machte sich mit mir auf einen anderen Weg. Dabei erfuhr ich von ihm so viel über Improvisation und Jazz, dass es auch für mich immer schwerer wurde, den Noten zu gehorchen.

Angelina fand mittlerweile sogar toll, was ich da in Leipzig alles lernte, und war der Meinung, dass es ja wirklich ein Internat für junge Musik sei. Dass Vince, der Schulabbrecher, dabei mein Lehrer gewesen war, habe ich ihr bis heute verschwiegen. Nach einem Jahr stand aber fest, dass Vince nicht auf der Schule bleiben konnte. Jeder Dritte unseres Jahrgangs hatte es nicht geschafft, und Vince war dabei. Das Jahr zu wiederholen, kam für ihn nicht in Frage, auch weil sein Stipendium nicht weitergezahlt wurde und deshalb saßen wir am Abend nach Bekanntgabe der Prüfungsergebnisse in unserem Stammcafé zusammen und rätselten, wie es weitergehen könnte.

Annabelle und ich gehörten zu den Besten unseres Jahrgangs. Ulrike hatte ein Stück spielen müssen, mit dem sie überhaupt nicht gerechnet hatte, war aber trotzdem durchgekommen, nur Vince hatte es erwischt. Vor allem wollte ich nicht glauben, dass nun alles anders werden sollte. Vince war der erste richtige Freund, den ich in meinem Leben gefunden hatte, und wir vier gehörten einfach zusammen. Die Vorstellung, nach den Sommerferien mit jemand anderem mein Zimmer zu teilen oder das Zimmer zu wechseln, kam mir vollkommen abwegig vor. Wir waren richtig am Boden, als Vince die erste Runde Bier bestellte. Sehr selten hatten wir bisher Alkohol getrunken, aber an diesem Abend war uns allen danach. Mit dem ersten Bier wurde es irgendwie wieder lustiger. Wir begannen alte Geschichten zu erzählen, die manchmal weniger als einen Monat zurücklagen und spannen triviale Geschehnisse so aus, dass wir vor Lachen manchmal nicht mehr konnten. Mit dem zweiten Bier wurden wir albern und überschwänglich, aber mit dem dritten, das ich nur bis zur Hälfte austrank, kam die Trauer wieder zurück. Im Gegensatz zu Ulrike, Annabelle und mir blieb Vince im Kopf relativ klar und mit dem Anflug von Melancholie, der sich an unserem Tisch breit machte, äußerte er den Wunsch, in dieser Nacht nicht auseinander zu gehen. Mit einem »einer für alle und alle für einen« stießen wir ein letztes Mal an. Auf dem Weg zurück ins Internat war dann klar, dass Vince und ich bei Ulrike und Annabelle übernachten würden. Ich war total aufgewühlt. Zwar waren Annabelle und ich ein Paar, aber so geküsst, wie Vince und Ulrike es immer taten, hatten wir uns noch nie. Wir joggten zusammen, hielten uns oft an der Hand und küssten uns zur Begrüßung und zum Abschied. Manchmal streichelte ich sie auch, und Annabelle liebte es, wenn ich dabei hin und wieder ihre Brüste berührte. Manchmal hatte ich den Eindruck, ihr die Familie und vor allem die Geschwister zu ersetzen, mit denen sie so viel schmuste, wie es nur ging, wenn sie zu Hause war, und wenn ich ehrlich bin, ersetzte auch Annabelle mir die Familie. Wir beide waren damit zufrieden und vielleicht wollten wir unser Miteinander auch nicht komplizierter machen als unbedingt nötig. Schließlich stand in Leipzig die Musik im Vordergrund.

Nun waren es noch zwei Wochen bis zu den Ferien und bis zu der Trennung von unserem Freund Vince. Dies schien besiegelt, aber wir vier hatten beschlossen, wenigstens für diese verbleibende Zeit dem Schicksal zu trotzen. In den kommenden zwei Wochen wollten wir aus Solidarität zu unserem Freund die Regeln missachten, die uns im Internat auferlegt wurden. Heute Nacht würden wir bei unseren Freundinnen bleiben und dabei schien auch unausgesprochen besiegelt, dass Annabelle und ich eine Grenze überschreiten würden, die wir im gegenseitigen Einvernehmen zwischen uns gezogen hatten.

Als wir nach Hause gingen, umarmten wir uns schon anders als sonst. Vielleicht lag das am Alkohol oder es war die Abschiedsstimmung, die uns zueinandertrieb. Vielleicht war es auch die gegenseitige Erregung, die nach dem ersten langen, intensiven Kuss plötzlich so drängend wurde. Sie führte auf jeden Fall dazu, dass wir uns auf Vinces Wunsch eingelassen hatten, ohne noch einmal darüber nachzudenken. Alles war beschlossen worden, ohne zu wissen, wie wir eigentlich in das Zimmer unserer Freundinnen gelangen könnten. Die Tür in der Turnhalle war dabei keine Hilfe, weil die Halle im Erdgeschoss nur über den Jungentrakt zu erreichen war. Um zu den Mädchen zu gelangen, hätten wir auf jeden Fall bei Manni Müller vorbei gemusst. Das war aber unmöglich, weil er uns klipp und klar zu verstehen gegeben hatte, dass er nur dulden könne, was er wirklich nicht mitbekäme. Vince hatte aber wie immer eine Idee. Deshalb sollten Ulrike und Annabelle sich schon mal hübsch frisch machen und eine Kerze anzünden, war seine Botschaft. Als ich Annabelle vor dem Internat verabschieden musste, küssten wir uns so leidenschaftlich, dass dabei unsere Zähne aneinanderstießen. Wir lachten kurz und machten weiter bis Vince, der zur Abwechslung in dieser Nacht als einziger die Zeit im Auge behielt, darauf aufmerksam machte, dass wir Gefahr liefen die Nacht gemeinsam im Freien zu verbringen, weil Manni in wenigen Minuten dicht machen würde. Es tat richtig weh, Annabelle loszulassen. Eine Stunde später – um Mitternacht – waren wir wieder verabredet. Vince hatte mit Ulrike etwas besprochen, was er mir unter der Dusche erklären wollte.

Schon vor einiger Zeit hatte er den Plan geschmiedet, der in dieser Nacht umgesetzt werden sollte. Im dritten Stock hatte er ein Fenster entdeckt, aus dem man auf das Dach über der Eingangshalle gelangen konnte. Ein entsprechendes Fenster gab es auf der gegenüberliegenden Seite. Es sei ein Kinderspiel, auf der einen Seite raus und auf der anderen Seite wieder hereinzukommen, garantierte er mir. Ich war unheimlich aufgeregt und konnte es kaum erwarten, in Annabelles Bett zu kommen. Wir duschten seit langer Zeit mal wieder nachts zusammen und nach dem Abtrocken benutzte Vince unser Parfum. Ich entschied mich dagegen, weil ich Annabelle nicht an den peinlichen Abend in der Drogerie erinnern wollte. Gegenseitig berieten wir uns beim Anziehen. Anstelle der karierten Boxershorts empfahl er eine eng anliegende schwarze Unterhose. Eigentlich ging mir das zu weit, aber heute wollte ich auf ihn und seine größere Erfahrung hören. Im Rausgehen steckte er mir ein Kondom in die hintere Hosentasche. Ich war mir unsicher, ob ich das überhaupt brauchen würde, aber er meinte, dass es später bestimmt peinlich wäre, wenn ich ihn danach fragen müsste. Als wir schon auf dem Gang waren, gab er mir noch ein zweites, das ich in der vorderen Tasche meiner Jeans verstaute.

»Man kann nie wissen«, sagte er mit einem Augenzwinkern und kam mir dabei etwas überheblich vor. Auf dem Gang sang er leise ein Stück von Klaus Lage: »Tausendmal berührt, tausendmal ist nix passiert, tausend und eine Nacht, und es hat Suum gemacht.« Mit diesem Titel ging er mir auf die Nerven. Als wir die Treppe hochgingen, schlug mir das Herz bis zum Hals. An dem Fenster angekommen, sahen wir, dass Ulrike schon eine Kerze auf der anderen Seite angezündet hatte. Das war wohl das vereinbarte Zeichen. Er öffnete das Fenster und uns wehte die kühle Abendluft entgegen. Im dunklen Schein der Nachtbeleuchtung, die im Eingangsbereich eingeschaltet war, konnte ich auf unseren Schulhof blicken. Er lag im Dunkeln und für mein Empfinden ziemlich tief unter uns. Ich war der bessere Turner, weshalb

Vince keinerlei Zweifel daran gehabt hatte, dass ich zu der bevorstehenden Kletteraktion in der Lage sei. Wir mussten lediglich aus dem Fenster auf das anderthalb Meter tiefer gelegene Dach kommen, das allerdings oben spitz zulief. Das beunruhigte mich.

Vince hatte die Idee, rückwärts aus dem Fenster zu steigen, sich herunter zu lassen und sich gleich mit den Beinen rechts und links auf den Dachfirst zu setzen. Bereits auf dem Dach sitzend, wollte er sich umdrehen. Im Sitzen sollten wir auf die andere Seite rüberrutschen. Er wollte zuerst gehen und ich sollte ihn an den Händen etwas absichern. Meinen Füßen würde er beim Nachsteigen die richtige Richtung geben. Die Idee erschien soweit ungefährlich. Trotzdem überkam mich eine Angst, die mich zweifeln ließ. Meine Mutter und Nina kamen mir in den Sinn. Ich sah mich von dem Dach herunterrutschen und auf den Schulhof fallen. Dabei hörte ich Nina sagen: »Das hast du nun davon, dass du nicht warten konntest. Ich dachte, du wärst mein Stern, aber du bist nicht mehr als eine Sternschnuppe, die kurz aufleuchtet und am Himmel verglüht.« Sicher wäre ich ihr vollkommen schnuppe, wenn ich das hier überleben und sie es erfahren würde. Ich wollte zurück oder zumindest nicht raus auf dieses Dach, aber ich hatte andererseits auch das Gefühl, nicht mehr zurückzukönnen. Weder Vince noch Annabelle wollte ich warten lassen, und bei der Vorstellung, die beiden zu enttäuschen, schnürte sich mir der Hals zu. Als ich Vince sicher auf das Dach hinunterließ, war meine Angst gerade noch auszuhalten, aber als ich an der Reihe war und allein vor dem Fenster stand, ging einen Augenblick lang gar nichts mehr.

Plötzlich war da wieder dieser geheimnisvolle Geruch und ein Druck, der sich in meinem Brustkorb mit ungeheurer Wucht ausbreitete. Das war das Letzte, woran ich mich erinnern konnte.

Als ich wieder wach wurde und versuchte die Augen aufzuschlagen, blendete mich helles Neonlicht. Um dem Licht zu entgehen, versuchte ich mich aufzusetzen. Daran wurde ich aber von einem Gurt gehindert, der offenbar dafür garantieren sollte, dass ich nicht von der Liege fiel, auf der ich mich befand. Draußen war es bereits dunkel. Die Nacht war also noch nicht vorbei. Ich hatte keine Ahnung, wo ich war, wusste aber, dass ich diesen Ort nie zuvor besucht hatte. Langsam erwachten meine Sinne wieder, und mein Kopf begann zu arbeiten. Ein zarter, bekannter Geruch stieg in meine Nase, der von meinem Freund Vince ausging. Sein Parfum hatte ich wieder erkannt. Er saß in meiner Nähe und hatte die Augen geschlossen. Sein Mund stand etwas offen, und er schnarchte vor sich hin. Mit dem Geruch, der in meine Nase stieg, kam ein Teil meiner Erinnerung zurück. Ausgehend von dem Augenblick am Fenster, liefen meine Gedanken rückwärts. Das Dach, der Plan, Annabelle und Ulrike in ihrem Zimmer zu besuchen, unser Treffen im Leipziger Lieblingscafé, die Ergebnisse der Abschlussprüfung kamen mir in den Sinn. Aber was war bloß an dem Fenster passiert, und wie war ich jetzt hierher gekommen? Als ich sprechen wollte, spürte ich, dass meine Zunge dick war und auf der linken Seite schmerzte. Da hatte ich mir scheinbar draufgebissen. Leichte Kopfschmerzen hatte ich auch, und als sich eine Tür öffnete und ein Mann in Weiß ein Bett auf Rollen an mir vorbeischob, war für mich klar, dass ich ganz offensichtlich in einem Krankenhaus war. Ich musste wohl abgerutscht und vom Dach gefallen sein, war mein erster Gedanke. Der Schreck über das Geschehene lähmte mich. Aber da war nichts in meiner Erinnerung außer einem schwarzen Loch. Der Moment, in dem ich auf das Dach hinausgeklettert sein musste, kam nicht zurück. Hände und Füße konnte ich mühelos bewegen. Richtige Schmerzen, wie bei einer Prellung oder ähnlichem spürte ich nirgendwo. Eher fühlte sich mein ganzer Körper schlapp und kraftlos an, wie nach langer intensiver Anstrengung. Als ich das Gefühl hatte, wieder richtig bei mir zu sein, versuchte ich Vince zu wecken. Nach vielen leisen Rufen reagierte er endlich. Er schlug die Augen auf und schien aus einer fernen Traumwelt zurückzukommen. »Tim, alter Junge, was machst du denn hier?«, fragte er lächelnd.

Das wollte ich eigentlich von ihm wissen und glücklicherweise brauchte er nicht so lange wie ich, um wach zu werden. Aber anstatt in Ruhe mit mir zu reden, sprang er auf und rief nach einer Schwester. Er war überhaupt nicht so cool wie sonst, sondern wirkte angespannt und nervös. Das versetzte mir schon wieder einen kleinen Schreck. Als ich noch damit fertig werden musste, war Vince rufend hinter einer Tür verschwunden. Es dauerte eine halbe Ewigkeit, bis er endlich mit einer Krankenschwester wiederkam. Vince war mindestens so aufgeregt wie ich.

Die Schwester begrüßte mich kurz, kontrollierte meinen Blutdruck, schaute mit einer kleinen Taschenlampe in meine Augen und in meinen Mund, um dann ein Mobiltelefon aus ihrem Kittel zu ziehen. Sie wartete auf einen Anschluss. Es war so still, dass wir beide mithören konnten, als sich am anderen Ende eine männliche Stimme mit Schäfer meldete. Sie sagte: »Hier Amanda«, um dann mitzuteilen, dass der Notfall aus dem Internat – und damit war wohl ich gemeint – jetzt wach sei. Sie berichtete: »Puls und Augenreaktion sind normal. Keine Anzeichen für Kreislaufprobleme, eine Gehirnerschütterung oder andere Verletzungen, aber die Zunge ist ordentlich geschwollen.«

In meine Richtung erkundigte sie sich, ob ich an dem Abend zuvor etwas getrunken hätte. Als ich bejahte, meldete sie zurück: »Der Patient bestätigt, Alkohol zu sich genommen zu haben, wirkt aber nicht übermäßig betrunken.«

Ob ich regelmäßig irgendwelche Medikamente nähme, wollte sie dann noch wissen. Ich schüttelte den Kopf und wollte nun meinerseits aufgeklärt werden, was eigentlich los sei.

»Das versuchen wir ja gerade herauszufinden«, antwortete Schwester Amanda ungeduldig. Deshalb sollte ich den Rest der Nacht noch zur Beobachtung hier bleiben. Am nächsten Morgen würden noch einige Untersuchungen durchgeführt, und wenn mein Zustand stabil bliebe, könnte ich nachmittags wieder ins Internat zurück. Es beruhigte mich, dass es um mich offensichtlich nicht so schlimm stand, aber ich fühlte mich schlapp und müde. Ich sah auch keine Möglichkeit, diesem an sich gut gemeinten Vorschlag zu widersprechen. Mit den Worten, dass mein Freund mich morgen wieder besuchen könne, wurde Vince nach Hause geschickt. Er hatte mein Handy dabei und konnte Manni Müller verständigen, dass er jetzt wieder ins Internat käme. Der war offenbar informiert. Außerdem hatte er bereits meine Eltern angerufen, die sich schon auf dem Weg nach Leipzig befanden. Das wusste ich aber noch nicht, und wenn ich es gewusst hätte, wäre ich wohl noch mehr durcheinandergekommen. Vollkommen schleierhaft war mir, warum ein solcher Aufwand betrieben wurde, obwohl mir offensichtlich nichts Ernstes passiert zu sein schien. Auf der Liege fuhren mich zwei Pfleger in ein Krankenzimmer. Dort wurde ich in ein bereitstehendes Bett gehoben, obwohl ich mühelos hätte laufen können. Als sich Vince davon überzeugt hatte, dass wieder alles in Ordnung war, verabschiedete er sich bis zum nächsten Morgen. Als er weg war, brauchte ich nur ein paar Minuten, um wieder einzuschlafen.

Sehr überrascht war ich, als morgens beim Aufwachen Angelina an meinem Bett saß. Sie hatte mich ausschlafen lassen. Draußen war es bereits hell, aber bewölkt und es hatte angefangen zu regnen. Mein Vater saß auf dem Gang und versuchte mittels seines Handys an einigen Bankgeschäften teilzunehmen. Aus dem Zimmer konnte ich seine Stimme hören. Als ich die Augen aufgeschlagen hatte, wurde er von meiner Mutter hereingerufen. Angelina war völlig aufgelöst. Karl, der sein Telefonat noch beenden musste, schien wesentlich gefasster. Meine Mutter ging mir schon wieder auf die Nerven. Ihre Reaktionen machten mir Angst, weil ich nicht verstand, was sie so traurig machte.

»Hallo ihr Zwei«, sagte ich, und jetzt tat mir lediglich noch die Zunge beim Sprechen weh. Die Kopfschmerzen waren verschwunden, und mein Körper fühlte sich an, als ob ein leichter Muskelkater beginnen würde. Angelina freute sich darüber, dass ich sie erkannt hatte, ließ sich auf mein Bett fallen und begann zu weinen. Mir war das alles viel zu viel, und ich wollte endlich wissen, was los war. Karl und Angelina guckten mich auf meine Frage hin entgeistert an.

»Eigentlich wollten wir das von dir wissen«, war Karls Kommentar. Schließlich seien sie beide von einem Freund über mein Handy mitten in der Nacht angerufen worden und hätten sich gleich auf den Weg gemacht. Seit fünf Uhr würden sie bereits an meinem Bett sitzen. Schwester Amanda hatte sie hereingebracht mit der Aufforderung, mich ausschlafen zu lassen. An die Krankenschwester konnte ich mich gut erinnern, und ich war froh, meinen Eltern mitteilen zu können, dass Amanda gesagt habe, mit mir sei eigentlich alles in Ordnung. »Das hat Schwester Amanda uns auch schon gesagt«, war die trotzige Antwort meiner Mutter, nur würde sie nicht wissen, warum mich dann ein Notarztwagen gestern Nacht mit Blaulicht ins Krankenhaus gefahren habe.

Schon wieder bekam ich einen Schreck und erklärte, dass ich das auch nicht wüsste. Angelina hatte den Eindruck, dass ich irgendetwas verheimlichte.

»Die Krankenschwester hat von Alkohol erzählt«, war ein Hinweis von Karl.

Genervt gab ich zurück: »Ich habe zwei kleine Bier getrunken, und das dritte habe ich schon stehen lassen.«

Angelina behauptete, dass ich doch noch nie Alkohol getrunken hätte. Dem musste ich widersprechen, bestand aber darauf, dass ich nicht betrunken gewesen sei.

Fast hätten wir uns gestritten, weil meine Mutter die ganze Sache mit den beiden Bier erklärte. Offenbar wollte sie mir die Schuld für das Geschehene in die Schuhe schieben. Glücklicherweise kam eine Schwester herein, die sich mit »Tina« vorstellte. Sie öffnete das Fenster und ließ die Morgenluft herein. Sie fragte mich freundlich, wie es mir denn nach dem Anfall ginge und gab damit den ersten Hinweis.

Ungläubig fragte ich zurück: »Was für ein Anfall?«

Tina musste gestehen, dass sie das auch nicht wisse. Da käme so Verschiedenes in Frage, weshalb die Untersuchungen abgewartet werden müssten. Deshalb würde sie mir jetzt erst einmal Blut abnehmen. Ich war froh, dass endlich etwas passierte, was uns der Lösung des Rätsels näher bringen würde, als Vince hereinkam.

Er stellte sich zunächst meiner Mutter vor: »Guten Tag, Frau von Kronburg, ich bin Vincent, der Junge, der Sie gestern Nacht geweckt hat. Dafür möchte ich mich noch einmal entschuldigen. Ich besuche mit Ihrem Sohn die Klavierklasse.«

Als er meiner Mutter die Hand gab, nahm sie ihn gleich in den Arm und weinte wieder. Angelina brauchte jemanden, an dem sie sich festhalten konnte und griff offensichtlich nach jedem Strohhalm. Vince grinste mich an und fragte, ob denn wieder alles in Ordnung sei. Wir zuckten alle mit den Schultern und guckten fragend in Richtung von Schwester Tina. Sie versprach daraufhin, so bald wie möglich Herrn Dr. Schäfer zu uns zu schicken. Vince hatte zu meiner Überraschung ein frisches Taschentuch in seiner Hosentasche, welches er meiner Mutter reichte. Sie bedankte sich, fand das unglaublich aufmerksam und kritisierte meinen Vater, dass er ihr bislang kein Taschentuch angeboten hatte. Schwester Tina kontrollierte noch meinen Blutdruck und stellte anerkennend fest, sie habe wohl einen guten Sportler vor sich. Dann sollte ich mich wieder anziehen, weil das Bett für die nächste Aufnahme hergerichtet werden müsse.

In der Nacht hatte ich einen sehr komischen Schlafanzug bekommen, der am Rücken offen war. Meine Anziehsachen waren im Schrank aufgehängt worden. Als mein Vater sie herausnahm, fiel zunächst das eine Kondom aus der hinteren Tasche meiner Hose auf den Boden und als Karl Anstalten machte, es aufzuheben, fiel auch das zweite aus der Vordertasche. Obwohl er versuchte, den Fund etwas dezent zu behandeln, blieb niemandem im Raum verborgen, was da auf dem Boden gelegen hatte. Schwester Tina lächelte etwas verlegen und verabschiedete sich mit den Worten, dass wir dann nach dem Anziehen im Flur auf Dr. Schäfer warten könnten. Ich wäre am liebsten im Boden versunken. Der erste, der wieder Worte fand, war Vince. Er wollte von mir wissen, warum ich die Dinger aus dem Aufklärungskurs noch mit mir rumschleppte, um dann erstaunt festzustellen, dass er ja davon auch noch welche in der Tasche habe. Seine bemühten Erklärungen und die Hand voll Kondome, die er seinerseits aus der Hosentasche gefischt hatte, machten die Sache nicht wirklich plausibler. Trotzdem fand ich nett, dass er versuchte, die Situation zu retten. An den Blicken meiner Eltern konnte ich aber ablesen, dass der Versuch einer Erklärung nicht gelungen war. Vielmehr hatte sich zu den beiden vorherigen Fragezeichen Alkohol und Anfall nun noch ein drittes gefunden, und ich konnte sehen, wie es hinter Angelinas Stirn zu arbeiten begann.

Ich weiß nicht, ob der Besuch von Annabelle und Ulrike im Krankenhaus als viertes Fragezeichen oder als ein erstes Ausrufezeichen gewertet wurde, aber Angelinas Begrüßung war anzumerken, dass sie dieses Mal begonnen hatte, Puzzleteile zusammenzufügen, um das Bild von den Geschehnissen der letzten Nacht zu rekonstruieren. Zunächst wurde aber Unverfängliches besprochen. Unsere Abschlussprüfungen kamen zur Sprache. Dabei erwähnte niemand, dass Vince durchgefallen war. Alle schienen darauf bedacht, den Ball so flach wie möglich zu halten, als Dr. Schäfer auftauchte. Er wunderte sich erst einmal über den Auflauf und wollte wissen, wer der Patient sei. Etwas zaghaft meldete ich mich. Dann begrüßte er meine Eltern und erkundigte sich, wer denn in der letzten Nacht dabei gewesen war. Darauf meldete sich Vince, der erklärte, er habe mit mir am Fenster gestanden, weil er noch eine hätte rauchen wollen. Dabei rauchte Vince gar nicht. Plötzlich sei ich neben ihm zusammengesunken und hätte auf dem Boden rumgekrampft.

»So etwas habe ich noch nie gesehen«, sagte Vince und wirkte angesichts der Beschreibung, die offenbar seine Erlebnisse der Nacht wieder wachriefen, etwas mitgenommen.

Als Herr Dr. Schäfer genauer wissen wollte, wie das begonnen habe, ob ich am Anfang steif gewesen sei, wie ich meine Hände gehalten und zu welcher

Seite hin ich umgefallen sei, begann Vince herumzudrucksen. Als Herr Schäfer sagte, dass das sehr wichtig wäre, schaltete sich Ulrike ein. Sie meinte beobachtet zu haben, dass ich wie ein Brett nach hinten gekippt sei. Außerdem hätte ich dabei total laut und ganz fürchterlich geschrien.

»Von wo hast du das denn beobachtet?«, wollte Dr. Schäfer wissen.

»Von gegenüber«, gab sie zu Protokoll.

Darauf wandte sich der Doktor wieder an Vince, der den Sturz doch mal so ungefähr vormachen solle. Vince musste zugeben, dass er das nicht konnte, weil er vom Dach aus nicht genau habe sehen können, wie ich umgefallen war.

Und so kam dann ein Puzzleteil dieser Nacht zum anderen. Vince hatte eine ganze Zeit gebraucht, bis er wieder zurückgeklettert war und konnte nur noch sehen, dass ich mit Armen und Beinen rhythmisch um mich schlug. Dabei sei mein Kopf auch immer wieder auf den Boden geknallt. Deshalb habe er ihn festgehalten. Ulrike hatte in der Zwischenzeit Hausmeister Müller geholt, der den Notarzt verständigte. Als der Notarztwagen eintraf, hatte ich schon tief und fest geschlafen. Dabei hätte ich laut geschnarcht, was ich sonst nicht tun würde, konnte Vince bestätigen. Der Notarzt habe mir dann eine Spritze gegeben. Danach sei wohl mein Kreislauf durcheinandergekommen, weshalb der Arzt noch eine Weile an mir herumgefingert habe. Vince hatte mich in dem Notarztwagen ins Krankenhaus begleitet, von wo aus er meine Eltern angerufen hatte. Gegen zwei Uhr dreißig sei ich endlich wieder wach geworden.

Herr Schäfer wollte wissen, ob Anfallskrankheiten in der Familie bekannt seien. Karl und Angelina verneinten das. Herr Schäfer war der Meinung, dass die Beschreibung am ehesten zu einem epileptischen *Grand-mal* passen würde, worauf Vince lachend kommentierte, dass sein Freund Tim doch kein *Epileptiker* sei. Darauf zuckte er kurz mit den Händen, verdrehte die Augen und lief stöhnend und mit komischen Bewegungen ein paar Schritte den Gang entlang. Irgendwie hatte er erwartet, dass wir alle lachen würden, aber wir guckten ihn nur entsetzt an.

Vince verstand sehr schnell, dass er sich total peinlich verhalten hatte, aber mit dem Wort *»Epilepsie«* und mit der Notwendigkeit, das jetzt mit mir in Verbindung zu bringen, tat er sich offensichtlich schwer. Mir und allen anderen fiel das nicht leichter. Lediglich Annabelle war etwas lockerer, weil ihr kleiner Bruder solche Anfälle früher immer bei Fieber bekommen hatte. Das griff Herr Schäfer auf und machte deutlich, dass einzelne epileptische Anfälle, vor allem, wenn sie in Verbindung mit bestimmten Auslösern aufträten, als Gelegenheitsanfälle bezeichnet werden. Man würde dann nicht von einer Epilepsie sprechen und auch noch keine Medikamente geben. Als Auslöser kämen bei mir Alkohol und Schlafmangel in Frage. Deshalb sollte ich zunächst darauf achten, ausreichend zu schlafen und weder Alkohol noch sonstige Drogen zu mir zu nehmen.

Herr Schäfer war mir sympathisch, weil er ohne Vorwürfe schilderte, was in Zukunft helfen könnte, solche Anfälle zu vermeiden. Er verordnete noch eine *EEG-Untersuchung*, auf die ich eine ganze Weile warten musste. Dann verabschiedete er sich. In der Zwischenzeit fuhren Karl mit Vince und Ulrike zur Schule zurück. Vince war von dem großen schwarzen Mercedes tief beeindruckt, aber noch mehr beeindruckte ihn mein Vater. Während ich mit Angelina und Annabelle im Krankenhaus saß, wollte meine Mutter von meiner Freundin alles über die Anfälle ihres kleinen Bruders erfahren. Als sie sich angeregt unterhielten, dachte ich daran, wie unsere Nacht eigentlich verlaufen sollte. Dabei hatte ich Sehnsucht nach Annabelle, aber sie kam mir in diesem Augenblick schon wieder so unerreichbar vor.

Vince und Ulrike hatten schon längst wieder rumgeschmust. Annabelle hatte mir an diesem Morgen lediglich die Hand gegeben. Klar lag das an meinen Eltern, aber ich hatte auch das Gefühl, dass sie mir gegenüber irgendwie vorsichtiger war. Bei der Vorstellung, dass unser Wunsch gewesen war, in dieser Nacht vielleicht das erste Mal miteinander zu schlafen, wurde ich richtig trübsinnig. Schon wieder hatte sich ein Graben aufgetan, zwischen mir und einem Menschen, den ich lieben wollte. Auch der Gedanke, sie so leidenschaftlich zu küssen wie in der vergangenen Nacht, war schon angesichts meiner verletzten Zunge unvorstellbar.

Gemeinsam hatten wir eine Grenze überschreiten wollen. Wäre der Weg über das Dach nicht gewesen, der in mir ganz unterschiedliche Ängste vor einem Absturz ausgelöst hatte, wäre ich in Annabelles Bett gelandet. Dann hätte ich auch diesen Anfall nicht bekommen. Da war ich mir sicher. In meinen Augen lag das nicht so sehr am Alkohol. Vielleicht hatte der bewirkt, dass das Gefühl vor dem Anfall, von dem ich Doktor Schäfer gar nichts erzählt hatte, an diesem Abend so stark war. Dabei fiel mir ein, dass ich das an dem Morgen am Bahnhof auch gespürt hatte. Aber das konnte ich schlecht erzählen. Weder Angelina noch Annabelle wollte ich dieses Abenteuer auf die Nase binden. So behielt ich die Einzelheiten für mich.

Mein *EEG* war in Ordnung, weshalb uns der Arzt beruhigte. Als wir wieder vor dem Krankenhaus standen und auf Karl warteten, wünschte ich mir aus diesem Alptraum zu erwachen. Der sollte aber erst richtig losgehen. Karl hatte sich zwischenzeitlich mit dem Direktor unserer Schule unterhalten. Als er mit Ulrike und Vince in dem großen schwarzen Bankauto zurückkam, war es schon Mittag. Deshalb lud er uns alle zum Essen ein. Als wir beieinander saßen, wollte keine Stimmung aufkommen. Zuerst erkundigte sich mein Vater, was die Untersuchungen ergeben hätten. Dass mein *EEG* absolut unauffällig gewesen war, hatte gleichermaßen eine beruhigende, wie eine beunruhigende Seite. Mein Kopf schien einwandfrei zu funktionieren. Das war gut. Beunruhigend war, dass es noch keine Erklärung für das gab, was nachts mit mir passiert war. Wir hatten nach diesem Krankenhausaufenthalt nichts, aber auch gar nichts in der Hand. Uns alle machte das ratlos. Außerdem wusste keiner, ob und wann so etwas wieder passieren könnte.

Angelina erkundigte sich, was mein Vater in der Schule besprochen habe. Der Rektor, Dr. Stock, hatte sich zunächst lang und breit über Vince ausgelassen, der mit Ulrike zu dem Gespräch mitgekommen war. Herr Stock wollte sie nämlich alle zusammen sprechen, weil er angesichts der Geschehnisse der letzten Nacht noch Informationslücken hatte. In diesem Gespräch hatte mein Vater erfahren, dass Vince praktisch gar nicht mehr Schüler des Internats war, sondern lediglich das Schuljahr beenden müsse. Über den schlechten Einfluss, unter den ich da geraten sei, hatte der Rektor ausführlich gesprochen. Als Ulrike Vince in Schutz nehmen wollte, hatte Herr Dr. Stock erneut die Keule geschwungen. Das Fräulein Becker solle mal schön die Füße still halten, war sein Kommentar. Erstens seien ihre Leistungen auch nicht gerade überragend und zweitens wüsste die Internatsleitung von dem Weg über das Dach und den Absichten, die damit in der Regel verbunden seien. Angesichts ihres moralisch fragwürdigen Verhaltens in fast jeder Unterrichtspause seien diese Absichten in ihrem Falle mehr als offensichtlich. Da aber Sexualität im Internat in jedem Fall eine Entlassung nach sich ziehen würde, könnten wir alle froh sein, dass wir nicht später erwischt wurden.

Karl fand das ganze Auftreten des Rektors und die Geschichte, die er zu hören bekam, zwar eher belustigend, aber meinen Freunden war es peinlich. Mir im Übrigen auch, obwohl sich die gesammelten Teile des Puzzles im Grunde schon zuvor zu einem Bild zusammenlegen ließen. Die Kondome, die aus meiner Hosentasche gefallen waren, das Auftauchen meiner drei Freunde im Krankenhaus, der Zeitpunkt des Anfalls und die unterschiedlichen Positionen, aus denen Ulrike und Vince ihn beobachtet hatten, ließen keine Frage mehr offen. Lediglich die Zuordnung in unserem Quartett war noch etwas unklar. Nachdem Dr. Stock Ulrike und Vince als Paar gerügt hatte, war das für meine Eltern nun auch geklärt.

An unserem Tisch entstand darauf eine Pause, in der Angelina dieses Mal Annabelle zu mustern begann. Wir alle kauten derweil auf Brotscheiben herum, die uns der Kellner schon mal hingestellt hatte, obwohl es um meinen Appetit nicht zum Besten stand. Das lag aber auch an meiner Zunge, die mir beim Kauen Probleme bereitete. Fast hätte ich mich vor Schreck an dem Brot verschluckt, das ich so lange im Mund behielt, bis es aufgeweicht war, als Angelina, für uns alle vernehmbar, darüber nachdachte, wie meine Freundin Nina in Berlin das wohl alles aufnehmen würde. Bis zu diesem Zeitpunkt wusste ich gar nicht, wie zickig meine Mutter sein konnte. Aus irgendeinem Grund war sie wütend geworden und verhielt sich nun wie die Axt im Walde. Die Tatsache, dass sie Nina erwähnte und der Zusammenhang, in dem sie das tat, musste und sollte ein problematisches Licht auf mich werfen. Hunger hatte ich jetzt keinen mehr, auch weil ich spürte, dass mich Annabelle nicht mehr aus den Augen ließ. Als Vince fragte, wie es Nina ginge, die ja mit meiner Mutter zusammen tanzen würde, war auch Ulrike überrascht, dass wir beide da wohl ein nicht uninteressantes Geheimnis ein Jahr lang gehütet hatten. Demgegenüber trat sogar mein Anfall kurz in den Hintergrund.

Dieses Mittagessen zähle ich noch heute zu den schlimmsten Augenblicken meines Lebens. So vieles hätte besprochen und geklärt werden müssen, aber es war in diesem Augenblick völlig unmöglich, zumal Annabelle zu unser aller Überraschung aufstand, um sich bei meinen Eltern für die Einladung zu bedanken und sich zum Gehen vorbereitete. Als Karl etwas verstört einwenden wollte, sie habe doch noch gar nichts gegessen, erklärte sie entschuldigend, dass sie keinen Hunger habe und nach dem Schrecken dieser Nacht etwas frische Luft bräuchte. Mir wurde heiß und kalt zugleich, aber ich brachte keinen Ton heraus. Ich konnte mir gut vorstellen, was Annabelle in diesem Augenblick gefühlt haben musste und es tat mir leid, nicht schon viel früher ehrlich gewesen zu sein. Dafür war es jetzt zu spät. Dabei hätte ich ihr durchaus zugetraut, all meine Erklärungen zu der vertrackten Lage zu verstehen, in der ich mich seit gut einem Jahr befand. Aber worin bestanden die eigentlich?

Da gibt es ein Mädchen in Berlin, das mich auf meinem Abschiedskonzert verführt hat und das Nina heißt. Meine Freundin Cecilia in Amerika glaubt, dass Nina meine *ewige Liebe* sei. Ich vergöttere sie irgendwie und sie bezeichnet mich als ihren Stern. Das einzige Problem ist, dass sie einen Vertrag mit dem lieben Gott hat und keinen Sex vor der Ehe möchte. Deshalb habe ich mich umgeguckt, mit wem ich zwischenzeitlich ins Bett gehen könnte. Nachdem das mit meiner lesbischen Freundin Cecilia nicht so ganz geklappt hat, war meine Idee, es jetzt mit Annabelle zu versuchen. Bei diesen Erklärungen kam ich mir selbst moralisch fragwürdig vor.

Die Tatsache, dass ich mich in dieser Nacht nach langem Hin und Her nun endlich für Annabelle entschieden hatte, lag angesichts der Fakten und meinem Verhalten nicht gerade auf der Hand. Kurz nachdem Annabelle weg war, schossen Ulrike die Tränen in die Augen. Ihr war das alles zu viel. Der bevorstehende Abschied von Vince, mein nächtlicher Anfall und jetzt noch diese Beziehungskiste. Schnell gab sie Vince einen Kuss, den ich zu lang und etwas übertrieben fand, und rannte einfach hinter Annabelle her. Am liebsten hätte ich das auch getan, aber sicher wäre ich in diesem Augenblick der Falsche gewesen. Ich hatte eine vage Hoffnung. Unbestreitbar war die Tatsache, dass ich so oft wie nur irgend möglich am Wochenende bei meinen Freunden in Leipzig geblieben war. Angesichts dessen könnte Annabelle erkennen, dass sie mir eigentlich wichtiger war. Aber die Art, wie sie von Nina erfahren hatte, und nicht zuletzt diese aufregende Nacht, machten verständlich, dass Annabelle zunächst nicht viel mit mir zu tun haben wollte. Irgendwie mochte auch ich mich nicht leiden und meinem Freund Vince hätte ich am liebsten mal wieder eine reingehauen.

Der hatte mich nach Ulrikes Kuss etwas verunsichert angesehen. Letztendlich, so waren meine Gedanken in diesem Moment, hatte ich alles ihm zu verdanken. Die letzte Nacht erinnerte mich an mein Debakel am Hauptbahnhof.

Dadurch waren haufenweise Probleme entstanden. Jetzt war er durch die Abschlussprüfung gefallen, hatte Bier bestellt und hatte den Vorschlag gemacht, in dieser Nacht bei Ulrike und Annabelle zu übernachten. Dafür war es notwendig gewesen, über das verdammte Dach zu klettern. Ich hatte plötzlich eine solche Angst davor bekommen, dass bei mir alles durcheinanderkam. Mein Wunsch, in Annabelles Bett zu landen, kollidierte mit meinen Gedanken an Nina. Meine Angst blockierte mich, und der Anfall besiegelte den weiteren Verlauf meines Schicksals.

Bei der Geschichte mit Jochen in der Leipziger Bahnhofstoilette hatte ich auch Angst gehabt, aber ich konnte mich an den Vorfall erinnern, und meine Angst hatte mich in diesem Augenblick stark gemacht.

Gestern Nacht war ich schwach geworden. Einen kleinen Schreck bekam ich noch, als mir immer klarer wurde, dass die Gefühle vom Leipziger Bahnhof und die von dieser Nacht so ähnlich waren. Außerdem erinnerte ich mich daran, diesen komischen Geruch zum allerersten Mal in San Francisco in der Nase gehabt zu haben. Dreimal war es in Verbindung mit dem komischen Gefühl zu einer Erinnerungslücke gekommen, die mich aber erst nach dem Ereignis am Hauptbahnhof verunsichert hatte. Vince hatte ich nicht danach fragen wollen. Er sollte mich nicht für so was wie geisteskrank halten. Jetzt dachte ich darüber nach, ob ich nicht vielleicht schon damals einen solchen Anfall gehabt hatte. Aber das konnte nicht sein, sonst hätte es bestimmt am Bahnhof einen riesigen Auflauf gegeben.

Ich war durcheinander und wollte nicht darüber nachdenken. Was mich richtig ärgerte war, dass Vince trotz seiner Affäre mit Sonja und dem ganzen Durcheinander, keine Anfälle bekam. Außerdem war er durch die Prüfung gefallen, bekam nun kein Stipendium mehr und wusste nicht, wie es weitergehen sollte. Ich wollte mir das Chaos im Kopf gar nicht ausmalen, das bei mir in der gleichen Situation entstanden wäre. Trotzdem liefen seine Beziehungen unproblematischer als meine. Der Kuss, den er von Ulrike bekommen hatte, machte mich deshalb mehr als eifersüchtig. Ich meinte es doch mit allen gut, war in der Schule erfolgreich, gehörte im Sport mit zu den Besten, hatte eine reiche Familie im Rücken, und mir war angesichts meiner guten Absichten vollkommen schleierhaft, warum ich nun wie ein begossener Pudel dastand. Diese verdammten Anfälle passten gar nicht zu mir. Sterne konnten doch gar keine *Epilepsie* bekommen. Bei

Epilepsie stimmt irgendwas im Kopf nicht. Bei mir war doch alles in bester Ordnung.

Aber das Schlimmste kam noch. Im Gespräch mit meinem Vater hatte der Rektor darauf gedrungen, dass die gesundheitlichen Hintergründe des nächtlichen Anfalls richtig abgeklärt werden müssten. Von Karl hatte er erfahren, dass es der erste Anfall in meinem Leben gewesen wäre. Deshalb konnte Karl ihm dazu auch überhaupt nichts Beruhigendes sagen. Da mit den bestandenen Prüfungen das Semester praktisch abgeschlossen war, kamen die beiden überein, es wäre am besten, wenn ich mit nach Berlin fahren würde. Nachdem die Ergebnisse der anstehenden medizinischen Untersuchungen vorlägen, würde man nach den Sommerferien in Ruhe entscheiden, wie es weitergehen solle.

Ins Schneckenhaus und wieder raus

Ich nahm die Entscheidung wie ein Urteil auf, das über mich gesprochen wurde. Mich hatten die beiden Männer dazu gar nicht gefragt. Ich empfand Ohnmacht und Wut. Karl hatte dem etwas drängenden Vorschlag von Dr. Stock nachgegeben, weil er sich selbst Sorgen machte. Herr Dr. Stock hatte immer wieder betont, dass er kein Risiko eingehen wolle. Offensichtlich wollte er keinen *Epileptiker* an seinem Internat haben. Außerdem war mein Vater davon ausgegangen, dass ich nach diesem Erlebnis am liebsten zu Hause in meiner gewohnten Umgebung sei. Was er nicht wusste, war, dass ich das Internat inzwischen als mein Zuhause betrachtete. In den zwei Wochen vor den Ferien hätte uns vergleichsweise viel Freizeit erwartet. Wegen der anstehenden Abschlussprüfungen der dreizehnten Klassen hatten wir Unterrichtsausfall. Wir wollten Ausflüge machen und jeden Abend zusammen weggehen. Außerdem stand eine Schuljahres-Abschlussparty bevor, auf die wir uns alle freuten. Jetzt sollte ich an all dem nicht mehr teilnehmen. Ich war krank und deshalb zu Hause besser aufgehoben. All die schönen Pläne, die meine Freunde und ich geschmiedet hatten, zerplatzten wie Seifenblasen.

Mit den Beziehungen zu meinen Freunden war es ähnlich. Vince würde, wenn ich ins Internat zurückkäme, nicht mehr da sein, und Annabelle hatte Angelinas Botschaft von Nina und der Anfall ziemlich durcheinandergebracht. Ulrike fand das offensichtlich auch nicht gut. Mit Annabelle hätte so vieles geklärt werden müssen, und auch von meinem Freund Vince wollte ich in Ruhe Abschied nehmen können. Jetzt wurde ich mitten aus diesem Leben gerissen und sollte noch am selben Tag nach Berlin zurück. Das war so unvorstellbar wie unvermeidbar. Außerdem wollte man erst nach den Sommerferien entscheiden, wie es mit mir weiterginge. Das klang in meinen Ohren wie eine Drohung. Es bedeutete, dass das nächste Schuljahr in Leipzig noch keine beschlossene Sache war. Vorgestern war mir die Welt noch heil und wunderbar vorgekommen. Gestern musste ich mich an den Gedanken gewöhnen, Vince als Zimmergenossen und Freund zu verlieren, und heute war nicht mal mehr klar, wie es mit mir, Annabelle und sogar mit meiner Ausbildung hier am Internat weitergehen sollte. Mein ganzes neues Leben war mir wie eine wertvolle Vase aus den Händen geglitten. Auf hartem Boden war sie in tausend Splitter zersprungen, und ich hatte das Gefühl, nur noch vor den Trümmern meines eigenen Daseins zu stehen. Zwecklos erschien die Mühe, die Splitter aufzusammeln und wieder zusammenzufügen. Jede meiner Bewegungen wurde so schwer wie Blei. In diesem Augenblick zu joggen, wie ich es in letzter Zeit jeden Morgen mit Annabelle getan hatte, konnte ich mir nicht vorstellen. Jede Kraft hatte mich verlassen, und ich ließ alles nur noch über mich ergehen. Berlin kam mir vor wie ein Schneckenhaus, in das ich nun gesperrt werden sollte. Schon in der Vorstellung spürte ich dieses klebrige Gehäuse schwer auf meinem Rücken. Es schützte mich nicht, sondern drückte mich zu Boden.

Beim besagten Essen brachte ich trotz meiner vielen Gedanken kaum ein Wort heraus, und während ich sonst immer darauf spekulierte, dass Angelina vielleicht nicht aufessen könne, um mich auch noch über ihr Essen herzumachen, reichte heute mein Hunger kaum für meine eigenen Nudeln. Vince freute sich allerdings sehr, dass der Ober so viele Mahlzeiten brachte, die wegen des Fehlens von Ulrike und Annabelle nun keinen Abnehmer mehr fanden. Selten habe ich jemanden gesehen, der so verfressen war. Zum Glück redete er deshalb nicht so viel und überließ Angelina das Feld, die über ihr Leben als Tänzerin berichtete. Vince bestätigte, dass meine Mutter eine echte Künstlerin sei und gestand in diesem Zusammenhang, dass er die Filme auf meinem Computer gesehen habe. Angelina schmeichelte das und auf unserer späteren Fahrt nach Berlin sagte sie mehrfach, Vince sei ein netter Junge, der uns unbedingt mal besuchen müsse.

Das nervte mich irgendwann so, dass ich am liebsten jedes schändliche Detail über ihn erzählt hätte. Aber erstens fehlte mir dazu die Kraft und zweitens merkte ich, dass ich schon wieder dabei war, ihm die Schuld für meine Situation in die Schuhe zu schieben. Das war falsch, aber ohne Vince und seine verflixten Pläne wäre mein Leben anders verlaufen.

Im Internat angekommen, begrüßte mich Hausmeister Müller: »Tim, du hast uns ja einen Schreck eingejagt. Aber jetzt siehst du wieder ganz gesund und munter aus«, meinte er erleichtert. Er freute sich für mich, dass ich schon früher in die Ferien könne und meinte, dass ich mich in Berlin sicher gut erholen werde.

Dabei starrte er meine Mutter immer wieder an, die ihm offensichtlich ausgesprochen gut gefiel. Meine Eltern bedankten sich bei ihm für seinen nächtlichen Erste-Hilfe-Einsatz, was Herr Müller als Selbstverständlichkeit ansah.

Ich hatte bei dem Gespräch ein ungutes Gefühl. Unser Hausmeister war mit allen Wassern gewaschen, und bisher hatte ihn nichts aus der Ruhe bringen können. So hatte ich ihn kennen gelernt. Mein Anfall hatte ihm aber Respekt eingeflößt. Das verunsicherte mich. Einerseits hätte ich gern gewusst, wie ich da nachts ausgesehen hatte. Andererseits war mir nicht unrecht, dass mir selbst verborgen blieb, was da mit mir geschehen war.

Dieser Anfall war wie ein gruseliges Gespenst, von dem mir berichtet wurde. Wer es gesehen hatte, sollte es nicht mehr vergessen. Und wie das bei erschreckenden Dingen ist, liegen Furcht und Neugierde nahe beieinander. Das Problem war nur, dass ich nicht selbst hingucken konnte, weil ich dieses Gespenst war, beziehungsweise zu diesem Gespenst wurde. Dabei fielen mir Filme ein, in denen sich ein Mensch um Mitternacht in einen Werwolf, einen Vampir oder so etwas Ähnliches verwandelt und angesichts der Tatsache, dass mir das Ganze auch mitten in der Nacht widerfahren war, musste ich fast ein bisschen schmunzeln.

Als wir in meinem Internatszimmer angekommen waren, legte ich mich auf das Bett. Ich fühlte mich sehr müde. Angelina fing derweil an, meine Klamotten zusammenzusuchen. Alles war wieder so wie früher, als ich noch viel kleiner war. Wenn wir damals in den Urlaub fuhren, sollte ich mich still irgendwo hinsetzen oder -legen und etwas spielen. Vor allem sollte ich nicht stören, während Angelina mit Halola die Koffer packte. Bis auf einige wenige vertraute Dinge – mein Stoffaffe gehörte dazu – war mir egal, was in diesem Koffer landete, und so konnte ich in dem guten Gefühl, versorgt zu sein, einfach nichts tun, lesen oder Klavier spielen. Heute tat ich auch nichts, aber mein Gefühl war anders. Am liebsten hätte ich Angelina angeschrien, sie solle die Finger von meinen Sachen lassen und aus diesem Zimmer verschwinden, das sie beim Betreten mit einem etwas erschrockenen und abschätzigen Blick inspiziert hatte. Auch wenn es mir bei meinem Ankommen ähnlich gegangen war, steigerte Angelinas abwertender Blick nun meine innere Wut. Aber wo sollte ich hin mit dieser Wut? Alle sorgten sich um mich, und Angelina war sogar so lieb, meine Sachen zu packen. Warum sollte ich sie jetzt anschreien? Klar wäre das ungerecht gewesen, aber weil diese Energie nicht rauskonnte, machte sie mich taub und stumm. Anstelle der Wut breitete sich Müdigkeit in mir aus, die kein Schlaf vertreiben würde, und mir fiel Dornröschen ein, die von einer undurchdringlichen Rosenhecke in ihrem Schloss dazu verdammt war, hundert Jahre zu schlafen, um irgendwann wachgeküsst zu werden. Im Märchen war diese Rolle dem mutigen Königssohn zugefallen. Mich sollte in Berlin eher ein Aschenputtel erlösen, von dem ich zu diesem Zeitpunkt noch gar nichts ahnte. Ich ahnte auch noch nicht, dass die eigentlichen Turbulenzen meines Lebens erst noch bevorstanden.

Beim Abschied im Internat waren weder Annabelle noch Ulrike zu finden. Das war zwar einerseits traurig, andererseits war es mir sogar recht. Ich war müde und durcheinander und wusste überhaupt nicht, was ich Annabelle hätte sagen sollen. Gern hätte ich sie ganz fest im Arm gehalten, nie mehr losgelassen und sie am liebsten so wie damals meinen Stoffaffen, einfach mit nach Berlin genommen.

Überraschend für mich war, dass mein sonst so cooler Vince richtig heulen musste. Ich hätte eher mit einem Faustschlag auf meinen Oberarm gerechnet und war innerlich damit beschäftigt, dass ich mich kaum hätte wehren können, so kraftlos, wie ich mich fühlte, und nun hing dieser Kerl, vor dem alle im Internat zumindest Respekt, wenn nicht sogar Angst hatten, an mir und kriegte sich vor lauter Trauer kaum ein. Wir mussten uns Lebewohl sagen und wussten nicht einmal, wann wir uns jemals wiedersehen würden.

Mich machte dieser Gedanke traurig, aber losheulen wie Vince war mir in meiner Müdigkeit nicht möglich.

Deshalb war ich froh, als er mich endlich losließ und ich in das große schwarze Auto steigen konnte. Es kam mir vor wie ein Leichenwagen.

In diesem Augenblick hasste ich den Reichtum meiner Familie und fand die Fürsorge erdrückend. Niemals wäre Vinces Mutter wegen solch eines Anfalls von Köln nach Leipzig gekommen, stellte ich mir vor, und hätte es wirklich Vince an meiner Stelle erwischt, wäre bestimmt nicht so ein Tamtam um die Sache gemacht worden. Bei mir kamen gleich beide Eltern im dunklen Mercedes angerauscht, um an meinem Krankenbett zu wachen.

Schon wieder gab es zwei Seiten. Vince hatte zwar niemanden, der sich um ihn kümmerte, aber es redete ihm auch keiner rein. Er war allein und frei zugleich und ich fühlte mich hinter der dicken schweren Autotür, die so elegant ins Schloss gefallen war, eingesperrt und von dem Leben getrennt, das ich um jeden Preis weiterführen wollte.

So kam ich zu Hause an. Dort stellte ich fest, dass die T-Shirts verschwunden waren, die auf meinem Klavier gelegen hatten. Nina hatte sie nach langem Zögern nun doch an sich genommen. Auf dem Kopfkissen meines Bettes fand ich einen Stern mit Schweif. Die Sternschnuppe kam mir wieder in den Sinn: »Verglüht beim Eintritt in die Erdatmosphäre, hübsch anzusehen, aber verflüchtigt sich, wenn er in unsere Nähe kommt«, waren meine ersten Gedanken.

Auf das Wiedersehen mit Nina war ich gespannt. Ich hatte mir gewünscht, sie würde mich wenigstens in den Arm nehmen und trösten, aber auch sie gab mir nur die Hand. Überhaupt war sie sehr zurückhaltend und vorsichtig. Ich hatte das Gefühl, dass das auch mit meiner Epilepsie zu tun haben könnte.

Vier Tage später sollte ich erfahren, dass Nina bei der Sternschnuppe an den Morgenstern gedacht hatte, der laut Überlieferung über der Krippe in Bethlehem stand und den drei Königen den Weg gewiesen habe. Diese symbolträchtigen Erklärungen waren mir mittlerweile ziemlich schnuppe.

Aktuell hatte ich zu ihrem »lieben Gott« nicht das allerbeste Verhältnis. Als ich von Nina wissen wollte, wie sie sich erklären würde, dass er nicht nur den Menschen, sondern auch so etwas wie *Epilepsie* erfunden hatte, meinte sie doch glatt, er habe mir wahrscheinlich den Anfall geschickt, um mich von einem Fehler abzuhalten. Das war der Augenblick, in dem ich die Fassung verlor. Eigentlich wollte ich mit ihr über Annabelle sprechen, aber durch ihren Kommentar wurde mir klar, dass Angelina ihr zumindest Auszüge der Geschichte erzählt hatte. Von meiner Mutter fühlte ich mich verraten und Ninas Deutung kam mir vor wie Hohn und Spott, auch wenn ich wusste, dass sie es so nicht gemeint hatte. Obwohl ich mir an besagtem Abend endlich sicher war, in Annabelle verliebt zu sein, war ich letztendlich doch Nina treu geblieben. Der Anfall hatte in diesem Augenblick mein Hin- und Hergerissensein beendet.

Die *Epilepsie* war zwei Tage vorher im Berliner Epilepsiezentrum zweifelsfrei diagnostiziert worden. Das hatte mit tiefer Überzeugung ein großer Professor mit Schnurrbart, Brille und Fliege getan, mit dem ich zuvor lange übers Klavierspielen gesprochen hatte. Anfangs hatte ich das Gefühl, Musik würde ihn mehr interessieren als mein Anfall. Deshalb fühlte ich mich ganz wohl. Als ich aber schon dachte, ich könnte gehen, wollte er noch einiges zu meinen Anfällen wissen. Dabei interessierte ihn weniger, wie das ausgesehen hatte, sondern er wollte mehr darüber erfahren, wie ich den Anfall erlebt hatte. Er war der Erste, dem ich von diesem komischen Gefühl berichtete, das ihn aufhorchen ließ. Etliche Fragen stellte er dazu, die gar nicht so leicht zu beantworten waren. Selbst für mich war dieses Gefühl schwer zu beschreiben. Aber durch die ganze Fragerei gelang es schließlich, ein Bild herauszuarbeiten. Es wurde klar, dass verschiedene Gefühle in einer typischen Reihenfolge auftauchten. Am Anfang war so etwas wie Nebel in meinem Kopf. Keinen klaren Gedanken konnte ich mehr fassen. Dem folgten der komische Geruch und ein komischer Geschmack, der etwas Bitteres oder Metallisches hatte und danach kam der Druck in meinem Bauch, der zum Hals aufsteigen wollte. Der Druck schien zu bewirken, dass ich nicht mehr sprechen konnte. An diesem Punkt hatte das Gefühl einige Male noch gestoppt. Wenn das nicht der Fall war, konnte ich mich von da ab an nichts mehr erinnern.

Dem Professor war bei meiner Beschreibung aufgefallen, dass ich immer wieder gesagt hätte, dass es das eine Mal so und das andere Mal so gewesen sei. Daraus hatte er geschlossen, dass ich dieses Vorgefühl an dem Fenster, vor meinem Ausstieg auf das Dach, nicht zum ersten Mal erlebt hatte. Das musste ich bestätigen. Als er dann aber nach meinem ersten Anfall fragte, bekam ich einen kleinen Schreck. Niemals hätte ich gedacht, dass auch diese merkwürdigen Gefühle allein schon Anfälle waren. Die konnte ich ja zum Teil beobachten und sogar durch Olgas Atemtechnik beeinflussen. Das fiel mir aber in diesem Gespräch nicht ein.

Zum allerersten Mal hatte ich dieses Gefühl in San Francisco am Tag meiner Ankunft gehabt, als Cecilia mit mir das Stück von *Männern, welche Liebe fühlen* einstudieren wollte. Auch da hatte ich Cecilia wegen so eines Aussetzers irgendwann nicht mehr geantwortet, und sie hatte sich über mich geärgert.

Der Professor kannte die Variationen von Beethoven zu dem Thema aus der *Zauberflöte* und wollte wissen, ob ich denn verliebt sei. Ich wusste nicht, was das mit meiner Krankheit zu tun haben sollte, aber mit dieser Frage hatte er bei meiner Mutter einen Knopf gedrückt. Die ganze Zeit hatte sie sich beherrscht und lediglich zugehört. Nun sprudelte es aus ihr heraus. Dabei musste ich feststellen, dass sie sich zu meinen Anfällen weitaus mehr Gedanken machte, als ich mir vorstellen konnte. Seitdem ich mich für Mädchen interessieren würde, sei ich so unzugänglich geworden, meinte sie. Früher hätte sie zu mir ein inniges Verhältnis gehabt. Über alles hätten wir reden können und nun sei ich oft verstockt wie ein toter Fisch. Nichts würde sie mehr von mir erfahren und bei der Frage, ob und in wen ich verliebt sei, würde ich wahrscheinlich selbst nicht mehr durchblicken. Die Freundin in Leipzig sei derzeit eingeschnappt, während die in Berlin von ihr getröstet werden müsse, und was mit der Dame in Amerika gelaufen sei, darüber könne sie nur mutmaßen. Auf jeden Fall sei mein Leben mittlerweile ziemlich durcheinander. Danach machte sie eine Pause.

Der Professor wirkte etwas irritiert, schaute eine Zeit lang in seine Unterlagen, wobei er seine Brille zurechtrückte und ein paar Notizen ergänzte. Offensichtlich hatte er nicht damit gerechnet, mit seiner nett gemeinten Frage in ein solches Wespennest zu stechen. Die Stille und meine Mutter waren mir in diesem Augenblick ein bisschen peinlich. Dennoch war ich gespannt, was er aus diesem Redeschwall jetzt machen würde. Als er wieder aufschaute, guckte er uns eine Zeit lang an, ohne ein Wort an uns zu richten. Dann sagte er leise, aber bestimmt, dass ich mit an Sicherheit grenzender Wahrscheinlichkeit eine *fokale Epilepsie* hätte, die vermutlich im linken Schläfenlappen ihren Ursprung habe. Zweifelsfrei hätte ich typische *epileptische Auren* beschrieben, die nichts anderes seien als kleine Anfälle, die auf eine umschriebene Region des Gehirns begrenzt blieben. Vielleicht könnte ich sogar lernen, sie zu beeinflussen. Dazu würde er, wenn ich es wollte, einen Kontakt mit einem Psychotherapeuten herstellen, aber zunächst würde er eine genauere Abklärung mit einem *EEG* über zwei bis drei Tage vorschlagen, um weitere Informationen zu bekommen. Außerdem würde er ein *MRT* und unabhängig davon eine medikamentöse Behandlung empfehlen. Abwarten würde er in meinem Fall nicht mehr, weil schon einige Anfälle passiert seien und damit nicht mehr von *Gelegenheitsanfällen* gesprochen werden könne. Vielmehr sollte jetzt klar und konsequent vorgegangen werden. Darauf griff er zum Telefon und erkundigte sich auf der Station, ob gerade ein Platz für ein *Langzeit-EEG* frei sei. Er wollte mich direkt dabehalten. Nach längerem Hin und Her bekam er eine Absage, weil die Station komplett belegt war. Anscheinend gab es noch eine Reihe anderer Leute mit dieser Krankheit, die Hilfe mindestens genauso nötig hatten wie ich.

Etwas ärgerlich verlangte er nach dem nächstmöglichen Termin, den er uns erst in zehn Tagen anbieten konnte. Für mich war das eine große Erleichterung. Niemals hätte ich mir vorstellen können, gleich wieder im Krankenhaus zu bleiben. Außerdem musste ich erst einmal die Nachricht verkraften, wirklich eine Krankheit zu haben, die mit *Medikamenten* behandelt werden sollte.

Angelina hatte damit auch so ihre Schwierigkeiten und wollte von dem Professor wissen, ob es denn wirklich so schlimm sei. Der meinte darauf, er habe gar nicht gesagt, dass es schlimm sei. Vielmehr könne eine Epilepsie heute sehr gut behandelt werden. Meine Chance, dauerhaft anfallsfrei zu werden und ein von der *Epilepsie* weitgehend unbeeinflusstes Leben zu führen, würde deutlich über fünfzig Prozent liegen, und außerdem bestünde bei meinem *Anfallsursprung* wahrscheinlich noch die Möglichkeit einer Operation, wenn die *Medikamente* versagen würden. Das würden wir schon hinkriegen, war seine Botschaft. Dabei sprach er etwas lauter, ballte seine Fäuste zu einer dezenten aber siegesgewissen Pose und strahlte mich hinter seiner Brille aufmunternd an. Als er uns die Hand zum Abschied reichte, war er schon wieder zur Musik übergegangen. Im Herbst würde am Epilepsiezentrum wieder die Kammermusiksaison beginnen. Gerne würde er meine Eltern und mich dazu einladen, um in der Pause mit mir ein bisschen zu fachsimpeln, und vielleicht könnte ich ja auch einmal ein kleines Konzert geben. Sicher könnte er da etwas arrangieren. Schwester Gisela wies er an, mir einen Anfallskalender auszuhändigen und bat sie, die Formalitäten für meine stationäre Aufnahme im Juli mit mir zu klären. Dann sagte er uns beiden auf Wiedersehen und war in seinem Zimmer verschwunden.

Einerseits war es ja gut zu wissen, woran wir jetzt waren. Ich hatte *Epilepsie*, sollte noch mal untersucht und dann sehr wahrscheinlich mit Tabletten behandelt werden, die aller Voraussicht nach ganz gut helfen könnten. Außerdem könnte mir das auch zur Not wegoperiert werden.

Andererseits war ich geschockt. Angelina ging es nicht anders. Als wir auf dem Rückweg nebeneinander im Auto saßen, sagten wir beide lange Zeit nichts. Mein Gefühl war, dass die *Epilepsie* mit eingestiegen war und jetzt hinten auf der Rückbank saß. *Epilepsie* war der Name für das Gespenst, das mich um Mitternacht in Leipzig heimgesucht hatte. Es war in mein Leben getreten und sollte mich nun begleiten. Jederzeit konnte es mit seinen Ketten rasseln, fürchterlich heulen und mich und vor allem andere so erschrecken, dass sich von jetzt auf gleich alles änderte. Ich war dann nicht mehr Tim, der tolle Klavierspieler, der Sportler, der Internatsschüler oder das Kind reicher Eltern, sondern der furchterregende Epileptiker. Die Krankheit schien mir die Maske vom Gesicht zu reißen. Auf diese Weise entblößt, sollte meine abstoßende Hässlichkeit allen vor Augen geführt werden. Nur mir selbst nicht. Der Werwolf konnte in den Spiegel schauen, wenn er um Mitternacht zum Ungeheuer wurde. Ich konnte das nicht. Mein Spiegel war, was über mich erzählt und weitergesagt wurde.

Deshalb war die reservierte Art, mit der mir Nina die Hand gegeben hatte, für mich sehr kränkend. Das lag nicht an Nina, sondern an meinen Gedanken. In meinen Augen hielt sie Abstand zu diesem Epilepsiegespenst und wollte mir nicht zu nahe kommen. Ich fühlte mich wie ein Aussätziger. Dazu kam noch, dass ich in den letzten Tagen fast keine ruhige Minute mehr gehabt hatte. Ständig war Angelina bei mir oder um mich herum. Immer wollten alle von mir wissen, ob es mir auch gut ginge, und wenn ich irgendwo in der Wohnung einmal Krach machte, dann kam meine Mutter kreidebleich angerast, in der Erwartung, dass ich mich im Anfall auf dem Boden winden würde. Ständig hatte sie Angst, dass mein letztes Stündlein geschlagen haben könnte. Das ging mir unglaublich auf die Nerven und machte mich richtig verrückt.

All das, verbunden mit der Vorstellung, dass Nina und meine Mutter über mich geredet hatten, war vielleicht eine Erklärung für das, was meine Quasifreundin in diesem Augenblick unseres Zusammentreffens abbekam. Mir platzte einfach der Kragen. Ich giftete sie an, dass ich nicht ansteckend sei. Außerdem könne sie sich ihren »lieben Gott« mal sonstwohin stecken. Er hätte mit meinen Anfällen sicher nichts zu tun. Genau genommen hätte ich die nämlich erst, seitdem wir zusammen waren, und wenn dieser Gott ihre Gefühle nicht immer so durcheinander brächte und wir eine ganz normale Beziehung hätten, wäre mir vielleicht gar nichts passiert. Auch wenn es im Moment nicht so aussähe, wäre ich nämlich viel normaler als sie. Ständig hätte ich an sie denken müssen, weil ich einfach nur verliebt gewesen sei. Diese dummen Gedanken an sie, hätten aber vor allem gestört. Meine richtige Freundin sei nämlich Annabelle, die mit mir in Leipzig auf das Internat ginge. Die wäre lange nicht so verklemmt wie sie. Von mir aus könne sie dabeibleiben, dass ich ihr Stern wäre und weiter von mir träumen. Mir könne sie mit ihrem Gequatsche und dem ganzen Getue gestohlen bleiben. Das wäre krank, krank, krank, richtig krank und nicht nur so ein bisschen, wie bei meinen Anfällen. Bei mir würden Tabletten helfen, aber bei ihr wäre ich da ratlos, und jeder Professor wäre das wahrscheinlich auch.

Ich merkte, dass ich mich in eine richtige Wut hineingeredet hatte und meine Stimme immer lauter geworden war. Weil ich aber nicht rumschreien wollte, machte ich an dieser Stelle erst einmal eine Pause. Nina sah mich entgeistert an. Sie hatte feuchte Augen bekommen. Offenbar hatte ich sie mit dem, was ich losgeworden war, richtig getroffen. Aber sie tat mir gar nicht leid. Das erschreckte mich ein bisschen, aber als Nina meinte, dass ich im Moment sicher ziemlich durcheinander sei und erst mal mit meiner Krankheit klarkommen müsse, ging mir ihr Verständnis auf die Nerven. Wenn ich eins in diesem Augenblick auf keinen Fall wollte, dann war das ihr Mitleid. Bei dem, was sie jetzt von sich gab, kam sie mir so mütterlich vor, und in diesem Augenblick fand ich sie richtig abstoßend. Aber das betraf nicht nur sie, sondern genau genommen alles andere auch, was hier in Berlin um mich herum war. Nina, meine Mutter, mein zu Hause und diese ganze »heile Welt« ging mir – dem Kranken – auf den Keks.

Ich lief aus meinem Zimmer durch den langen Flur in die Küche. Hier stand die Dose, in der Angelina das Haushaltsgeld für Halola aufbewahrte. Es waren immer einige Fünfzig-Euro-Scheine darin. Ich griff hinein, steckte das Geld in meine Tasche, lief in die Diele und riss meine Jacke vom Haken. Noch ehe ich weiter nachdenken konnte, war ich durch die Haustür ins Treppenhaus gelangt. Hinter mir fiel die große alte Tür ins Schloss. In dem Augenblick bekam ich einen kleinen Schreck, der mich nach meinem Hausschlüssel tasten ließ. Erleichtert stellte ich fest, dass ich ihn bei mir hatte. Ich trug ein T-Shirt aus San Francisco, meine Lieblingsjeans, hatte meine Joggingschuhe an den Füßen und als ich eine leichte Gänsehaut verspürte, streifte ich meine Jacke über. Noch einmal atmete ich tief durch, und sprang die Treppe hinunter. Jetzt fühlte ich mich frei.

3. Teil: Weglaufen und Ankommen

»Vor allem verliere niemals Dein Verlangen, zu gehen. Jeden Tag versetze ich mich selbst beim Gehen in einen Zustand des Wohlbefindens und gehe zugleich weg von allem Krankhaften. Ich bin in meine besten Gedanken geradezu hinein gelaufen und ich kenne keinen Gedanken, der so bedrückend wäre, das man nicht von ihm fortgehen könnte.«

(Sören Kierkegaard)

Unerwartete Rettung

Das von einer dornigen Rosenhecke umgebene Schneckenhaus hatte ich hinter mir gelassen. Nichts sollte mich mehr einengen. Ich hatte beschlossen, von zu Hause abzuhauen und als ich unten auf der Knesebeckstraße stand, rannte ich einfach los. Ich lief über den Hardenbergplatz in Richtung Tiergarten am Wasser entlang durch den Park auf die Schleuse zu. Ich musste daran denken, wie ich früher, als ich noch klein war, mit meinen Eltern hier Schiffe beobachtet hatte. Mehr als die Schiffe interessierte mich damals noch das Wehr neben der Schleuse. Hier schaute ich mit großer Ausdauer Bällen zu, die in den Landwehrkanal geraten waren. Sie wurden von den herunterstürzenden Fluten in die Tiefe gedrückt, um an irgendeiner Stelle wieder aus dem dunkelgrünen Wasser herauszuspringen.

Ihr munterer Sprung wurde durch die Strömung gebremst, und langsam trieben sie zurück in Richtung Wehr. Hier war es ihr Schicksal, wieder in die Tiefe hinabgestoßen zu werden. Immer wieder und wieder schaute ich mir dieses Schauspiel an. Dabei wartete meine Mutter geduldig. Wenn wir gehen mussten, hatte ich mir die Bälle immer gemerkt. Es waren grüne oder rote mit weißen Punkten oder alte dunkle Fußbälle.

Wenn ich am nächsten Tag an das Wehr kam, waren sie verschwunden. Deshalb ging ich lange davon aus, dass sie sich mit irgendeinem Sprung hatten retten können. Mein Wunsch war, nur einmal dabei zu sein, wenn ein Ball endlich diesem mir grausam erscheinenden Wasser entkam. Eines Tages sah ich dann den Schleusenwärter all die Dinge herausfischen, die am Wehr vom Wasser festgehalten wurden. Ein schöner neuer Fußball war auch darunter, den er mir aufmunternd zuwarf, nachdem er mich entdeckt hatte. Mir wurde in diesem Augenblick klar, dass alle Bälle auf die Hilfe des Schleusenwärters angewiesen waren. Er allein konnte sie erlösen. Ich weiß noch, wie enttäuscht ich in diesem Moment war. All mein Warten, dass ein Ball aus eigener Kraft seinen Weg aus diesem bedrohlichen Wasser finden würde, war vergeblich. Das machte mich fürchterlich wütend. Ich ließ die Zeit verstreichen, bis der Schleusenwärter verschwunden war und warf den Ball mit einer gewissen Genugtuung ins Wasser zurück. Ich denke, dass auch dieses Erlebnis einen Teil meiner anfänglichen Abneigung gegenüber Bällen verursachte. Meine Mutter hatte mein Verhalten damals unmöglich und undankbar gefunden. Sie war der Meinung, dass ich weder die Arbeit noch das Geschenk des Schleusenwärters achten würde und fand mich verwöhnt und peinlich. Deshalb bekam ich ein versprochenes Eis nicht, das sie mir im Café am Neuen See spendieren wollte und wir beide hatten Streit.

Heute hatte ich dieses Café schnell erreicht und war überrascht, in welchem Tempo ich mittlerweile einen Weg zurücklegen konnte, den ich als kleiner Junge so unendlich weit fand, dass lediglich die Aussicht auf ein Eis mich motivieren konnte, diese Mühe auf mich zu nehmen. Jetzt saß ich im Garten am Neuen See, bestellte einen »Riesenerdbeerbecher« und dachte nach, wie es weitergehen sollte. Hier in der Nähe konnte und wollte ich nicht bleiben. Zu groß war die Gefahr, bekannten Menschen über den Weg zu laufen. Deshalb beschloss ich, zum Zoo zu gehen und die S-Bahn Richtung Osten zu nehmen.

Berlin war zu dieser Zeit schon lange keine geteilte Stadt mehr. Die Einheit wurde aber mehr von denjenigen wahrgenommen, die nach der Wende hierher gekommen waren. Richtige Berliner haben nämlich die Eigenart, in ihrem Kiez zu leben und dort auch zu bleiben. Erkennen kann man diese Eingeborenen daran, weil sie nicht sagen, dass sie aus Berlin kommen. Vielmehr betonen sie, dass sie aus Tempelhof, Hohenschönhausen, Kreuzberg oder Spandau stammen. Insbesondere viele Westberliner, die sich für die wahren »Weltstädter« halten, haben bis heute vom Osten ihrer Stadt kaum Notiz genommen. Auch meine Familie pendelte in der Regel zwischen Charlottenburg, Grunewald und Tiergarten, und da lag der Osten nun mal in der anderen Richtung. Bekannt waren mir deshalb lediglich die Bezirke um das Zentrum herum. Ich kannte den Alex mit dem Fernsehturm und dem Roten Rathaus, das Naturkundemuseum mit den riesigen Saurierskeletten, den Dom, die Museumsinsel und das Nikolaiviertel. Vertrauter als irgendein Tourist war ich also mit dem Zentrum meiner eigenen Stadt auch nicht.

Mein Lebensmittelpunkt war Charlottenburg mit seinem Schlosspark, der Grunewald mit seinen wunderschönen Seen und der Bahnhof Zoo, der damals noch Fernbahnhof war. Wenn wir einkaufen gingen, schlenderten wir über den legendären Kurfürstendamm, der mir allerdings schon damals ziemlich gewöhnlich vorkam, oder über den Tauentzien. Wenn wir essen gingen, zog es uns zu den Restaurants rund um den Savignyplatz, und wenn wir spazieren gehen wollten, verliefen wir uns nicht selten im Schlosspark oder in dem weitläufigen Tiergarten. Die Eltern meines Vaters lebten am Ufer der Spree, und wenn wir sie besuchen gingen, was wir nicht selten zu Fuß taten, dann kauften wir bei der uralten Berliner Bäckerei Buchwald den leckersten Kuchen, den man sich vorstellen kann. Welchen Grund gab es also, woanders hinzugehen? Heute hatte ich einen. Ich war wütend, wie man mit mir, dem Kranken, umgegangen war und in meiner Wut spürte ich den drängenden Wunsch, dieses bisherige Leben hinter mir zu lassen.

Meine Mutter hatte die Idee gehabt, mich ins Internat zu schicken. Als es jetzt aber nicht ganz so lief, wie sie sich das vorstellte, wollte sie mich wieder zu Hause haben. Irgendwie kam ich mir genauso vor wie ein Ball an diesem verdammten Wehr. Ich sollte ein bisschen springen, aber nicht zu weit und vor allem sollte ich immer wieder zurückkommen. Heute wollte ich das aber einmal nicht und deshalb stand ich auf. Den halb aufgegessenen Erdbeerbecher ließ ich einfach stehen. In meine Gedanken versunken, ging ich ohne bezahlt zu haben, auf das kleine Jägerzauntor zu, welches das Café vom Park trennt. Als ein Kellner das bemerkte, rief er: »He, du da, bleib gefälligst stehen«, und weil ich das Gefühl hatte, dass mich da jemand aufhalten wollte, lief ich ohne nachzudenken los. Mir war gar nicht in den Sinn gekommen, dass ich nur mein Eis bezahlen sollte. Ich war daran gewöhnt, dass Mama, Papa, Oma oder Opa das für mich übernahm. Deshalb hatte ich es einfach vergessen. Jetzt wurde ich als Zechpreller verdächtigt. In Gedanken stellte ich mir vor, wie ich nach meinem Namen und der Adresse gefragt würde, damit meine Eltern verständigt werden konnten. Im Polizeiauto würde ich nach Hause gebracht. Das wollte ich auf jeden Fall durch meine Flucht verhindern. Als mir das Tor näher kam, sprang ich mit einem Satz hinüber, aber der Kellner folgte mir. Mein Herz begann zu rasen, weil ich auf einen so aufregenden Aufbruch gar nicht gefasst war, aber in dem Maße, wie ich meine Schritte beschleunigte, kam ich in einen optimalen Laufrhythmus. Ich war noch nicht ganz um die Kurve gelaufen, als ich ein Krachen und anschließend einen Schrei wahrnahm. Im Umdrehen konnte ich noch sehen, dass der Kellner an dem Tor zu Fall gekommen war. Mit seiner langen weißen Schürze hatte er sich offenbar in den Spitzen des Jägerzaunes verfangen. Ich hatte meinen Verfolger abgeschüttelt. Zur Sicherheit lief ich noch, bis ich das Ufer des Landwehrkanals erreicht hatte. Ich fühlte mich gut und mein Entschluss war bestärkt worden, wirklich von zu Hause abzuhauen.

Als ich am Zoo ankam, setzte ich mich in die S-Bahnlinie 8 in Richtung Ahrensfelde. Die Bahn fuhr über Tiergarten, Bellevue und Lehrter Stadtbahnhof – dem heutigen Hauptbahnhof. An jeder Haltestelle hielt ich die Luft an und schaute gespannt, wer ein- und aussteigen würde. Diese Stationen gehörten noch zu dem Stadtteil, der mir seit Kindertagen vertraut war, und ich wollte niemandem begegnen, der mich kannte. Als ich mich so ängstlich umschaute, traf sich mein Blick mehrmals mit dem eines Mädchens, das mir direkt gegenüber saß. Immer schaute ich sofort weg, obwohl es mich innerlich durchzuckte, wenn wir uns kurz in die Augen guckten. Die waren bei ihr braun und sie schienen mich zu fixieren. Gekleidet war sie ganz ähnlich wie ich. Auch sie hatte Turnschuhe an den Füssen, die aber älter und abgetretener waren als meine. Um den Hals hatte sie ein buntes Tuch gebunden. Zu einer braunen Cordhose trug sie ein schwarzes T-Shirt, auf dem das Emblem von »Coca Cola« in roten bluttriefenden Lettern geschrieben war. Der Schriftzug endete in einer Schlinge, die wohl einen Galgen symbolisieren sollte. Ihre Haare hatte sie mit einem Mittelscheitel nach hinten gekämmt. Eine Tasche hatte sie bei sich, weshalb ich vermutete, dass sie aus der Schule kam. Als wir den Hackeschen Markt hinter uns hatten, atmete ich tief durch. Jetzt hatte ich den Osten Berlins erreicht und war deshalb vom Gefühl her außerhalb meiner vertrauten Umgebung. Zwischen Alexanderplatz und Jannowitzbrücke traute ich mich deshalb, das Mädchen etwas länger anzusehen. In der Tat hatte sie mich die ganze Zeit nicht aus den Augen gelassen. Einige Sekunden hielt ich ihrem Blick stand. Dann musste ich verlegen lächeln und schaute wieder zu Boden. Als der Zug an der Station *Jannowitzbrücke* losfuhr, hatte ich den Entschluss gefasst, ihrem Blick bis zum Ostbahnhof standzuhalten. Das war die nächste Station. Irgendwie schien sie meinen Plan aber zu durchschauen, weil sie meine plötzliche Entschlossenheit ihrerseits mit einem Lächeln belohnte, was mich so aus dem Konzept brachte, dass ich wieder weggucken musste. Als ich nach dem Ostbahnhof unser begonnenes Spiel fortsetzen wollte, sagte plötzlich eine laute Stimme in unserer Nähe: »Bitte die Fahrausweise.«

Jäh wurde ich dadurch aus meinen Gedanken gerissen. So, wie ich eben bereits vergessen hatte meinen Eisbecher zu bezahlen, hatte ich natürlich auch vergessen, einen Fahrschein zu kaufen. Ich war schwarzgefahren und wurde deshalb von einem sehr sportlich und kräftig wirkenden Mann zum Aussteigen aufgefordert. Mit meinem Flirt schien es deshalb schon vorbei zu sein und von dem Mädchen gegenüber musste ich mich wohl oder übel verabschieden. Als der Zug seine Fahrt verlangsamte und schließlich anhielt, ging der Mann voraus. Ich trottete hinter ihm her auf den Bahnsteig. Da ich ziemlich weit vorn eingestiegen war und der Bahnhof Warschauer Straße nur einen Ausgang hat, war der Weg bis zu den Treppen, die zur Straße heraufführen, sehr lang. Deshalb hielt ich in diesem Fall eine Flucht angesichts der durchtrainierten Statur meines Gegenübers für aussichtslos. Ich war entschlossen, mich in mein Schicksal zu fügen, als das Signal das Schließen der Türen ankündigte. In diesem Augenblick riss mich eine Hand wieder zurück in die Bahn. Hier sollte ich aber nicht bleiben, sondern so schnell wie ich in den Zug hineingerissen wurde, war ich auf der anderen Seite auch schon wieder heraus. Direkt hinter mir schnappten die Türen zu. Ich war noch ganz verwundert, auf der anderen Seite nicht auf die Bahngleise zu stürzen. Aber im Bahnhof Warschauer Straße gibt es im Unterschied zu den meisten Bahnhöfen in Berlin einen Bahnsteig zu beiden Seiten des Zuges. Die Hand, die mich hierher beförderte, gehörte zu dem Mädchen, das mich zuvor beobachtet hatte. Kurz stellte sie sich als Katja vor. Sie schien mit den örtlichen Gegebenheiten hier bestens vertraut. Gespannt guckte sie zurück, und als sich ihre Miene verfinsterte, wurde klar, dass ihr Plan nicht ganz aufgegangen war. »Kannst du rennen?«, fragte sie und als ich diese Frage bejahte, sagte sie: »Na, dann los!«

Der Kontrolleur war nicht, wie von ihr gehofft, bei meiner Verfolgung in die S-Bahn eingestiegen und mit dieser dann zwangsläufig wieder losgefahren, sondern war auf dem Bahnsteig gegenüber stehen geblieben. Unser einziger Vorteil blieb nun, dass wir auf unserer Seite einen ziemlich leeren Bahnsteig vor uns hatten. Auf dem konnten wir, weil Katja auch nicht gerade langsam war, einen Vorsprung von etwa hundertfünfzig Metern herauslaufen. Aber als wir den Bahnhof verlassen und rechts herunter ein Stück über die Brücke gerannt waren, hatte auch der Kontrolleur bereits den Ausgang des Bahnhofes erreicht. Er war wirklich schnell und mir schien es, als sollte der Erfolg unserer Flucht von der Frage bestimmt werden, wer über die bessere Kondition verfügte. Rechts ging es in eine kleine Nebenstraße. Katja war an ihrem Keuchen anzumerken, dass sie dieses Tempo nicht mehr lange durchhalten konnte. Plötzlich verlangsamten sich ihre Schritte zu einem Gehen. Ich dachte zuerst, sie würde aufgeben, als sie sich nach links wandte und einen Laden betrat. Unser Verfolger hatte die Straßenecke noch nicht erreicht und konnte deshalb nicht wissen, wohin wir verschwunden waren. In einigen Sekunden würde er aber auf unserer Höhe sein. Deshalb hatten wir kaum Zeit, uns umzuschauen. Es war ein Geschäft für Unterwäsche und Dessous. Katja griff sich irgendeine Garnitur von der Stange und ging nach hinten durch, wo die Kabinen waren. Wie selbstverständlich nahm sie mich mit in die Umkleide und zog hinter uns den Vorhang zu. Aus einem kleinen Spalt lugte sie hinaus auf die Straße. In dem Augenblick lief unser Verfolger auf der gegenüberliegenden Straßenseite an dem Laden vorbei. Dabei schaute er sich suchend um. Das war aber nicht unser einziges Problem. Auch die Verkäuferin – eine ältere Frau – war auf uns aufmerksam geworden.

Sie trat an die Kabine heran und fragte: »Na, schon probiert?«, und zog wie selbstverständlich den Vorhang etwas zur Seite. Regelrecht enttäuscht war sie, als sie bemerkte, dass Katja, noch keinerlei Anstalten gemacht hatte, sich umzuziehen.

»Passt det nich, Prinzesschen, oder soll dein Freund so lange rausgehen, wenn du dich aufhübschst?«, war ihre nächste Frage.

»Nee, ist schon in Ordnung«, antwortete Katja: »Ich brauch nur noch ein bisschen.« Darauf erkundigte sich die Verkäuferin, welche Größe sie hätte. Katja wusste das nicht genau. Deshalb sollte sie mal ihr T-Shirt hochziehen.

Spontan guckte ich zur Seite, als sie dieser Aufforderung folgte, obwohl ich sie zu gern weiter angeguckt hätte. Katja beobachtete mich dabei aufmerksam.

»Achtzig dürfte et drumrum schon sein, aber deine Körbchengröße is mal gerade ne A, Täubchen. Det wird leider nüscht. Die BHs hier fangen alle bei B an. Det müsste ick bestellen. Vielleicht nimmste einfach nur 'nen hübschen Slip und wächst obenrum noch 'n bissken«, meinte die Verkäuferin, als Katja ihr T-Shirt wieder herunterzog.

In dem Augenblick konnte ich beobachten, wie der Kontrolleur am Schaufenster vorbei in Richtung S-Bahn lief. Als die Verkäuferin zurück in den Laden ging, um ihr etwas Passendes auszusuchen, flüsterte ich Katja zu: »Er ist am Laden vorbei«, worauf Katja mit mir die Umkleidekabine verließ. Um noch etwas Zeit verstreichen zu lassen, schaute sie sich ein bisschen um, bedankte sich dann bei der Verkäuferin und verließ mit mir zusammen das Geschäft. Wir gingen nach links die Revaler Straße hinunter und ich war wider Erwarten dem Kontrolleur entkommen.

Fernöstliche Kontaktaufnahme

Ich bedankte mich und stellte mich als Tim vor. Sie sagte: »Keine Ursache, Tim« und machte Anstalten, sich von mir zu verabschieden. Deshalb fragte ich schnell, ob ich ihr nicht für meine Rettung etwas ausgeben könne. Mit einem »Warum nicht?« nahm sie mein Angebot an. Kurze Zeit später saßen wir in einem der vielen Imbisse, rund um den Boxhagener Platz und aßen eine sehr leckere thailändische Suppe. Dabei guckte sie mich wieder so lange und durchdringend an, dass ich abermals weggucken musste. Als ich mit meinem Blick wieder nicht standhalten konnte, musste ich lachen. Katja wollte wissen, was so lustig sei. Ich erklärte ihr, ich hätte schon einmal einem Mädchen nicht in die Augen schauen können. Katja wunderte sich darüber, dass ich ihr davon erzählte. Dann wollte sie aber auch wissen, was mit diesem Mädchen passiert sei.

»Als ich es schließlich geschafft habe, ist sie meine Freundin geworden«, antwortete ich. Dabei guckte ich sie entschlossen an.

Angesichts meiner unerwarteten Antwort musste Katja lachen und schaute weg. Im Weggucken fragte sie: »Und jetzt willst du mich mit deinem Blick rumkriegen, oder was soll das hier?« Darauf gab ich keine Antwort, aber es gelang mir, sie weiter anzugucken. Katja hatte sich in der Zwischenzeit gefasst und guckte mir auch wieder in die Augen.

Mein Gefühl dabei war unglaublich. Gerade hatte ich eine Dornenhecke hinter mir gelassen, ohne zu wissen, wo ich eigentlich hin wollte. Nun war der Prinz mit einem Blick wachgeküsst worden. Es war wie im Märchen. Obwohl wir uns gar nicht kannten, fühlte ich mich mit Katja verbunden.

Als ob sie meine Gedanken lesen konnte, sagte sie zu mir, dass sie sich niemals mit einem Jungen einließe, der lediglich schöne Augen hätte. Da müsste schon mehr kommen. Vor allem müsse sie erfahren, wer ich eigentlich sei und warum ich eben schwarzgefahren wäre.

»Weil ich keinen Fahrschein gelöst habe«, gab ich zur Antwort.

»Und warum hat Tim keinen Fahrschein gelöst?«, wollte Katja wissen und schob als Vermutung hinterher, dass ich wahrscheinlich meine Monatskarte bei Mama zu Hause vergessen hätte. Das stimmte sogar. Diesen kleinen Triumph wollte ich ihr aber nicht zugestehen. Deshalb fing ich an, eine Geschichte zu erzählen. In dieser Geschichte kam ich aus Köln. Dort hätte ich Stress mit dem neuen Liebhaber meiner Mutter gehabt, wobei es sogar zu einer Prügelei gekommen sei. Das habe meine Mutter dann nicht mehr lustig gefunden, weshalb sie mir empfahl, das Weite zu suchen. Vorgestern wäre ich zu Hause abgehauen und mein Plan sei gewesen, hier in Berlin eine Jazzsängerin zu besuchen, die Sonja hieße. Bei ihr wollte ich 'ne Zeit lang bleiben, bis Gras über die Sache gewachsen sei, oder bis meine Mutter diesen Suffkopp rausgeschmissen hätte. Sonja sei aber leider auf Tournee und aktuell wisse ich nicht, wohin.

Als ich geendet hatte, waren meine Gefühle gemischt. Ich hatte quasi die Geschichte meines Freundes Vince erzählt. Vielleicht hatte das mit meiner Sehnsucht nach einem anderen Leben zu tun oder mit dem unbestimmten Gefühl, die wirkliche Geschichte von Tim, dem »Epileptiker«, nicht erzählen zu wollen. Nicht gelogen war lediglich, dass ich von zu Hause abgehauen war, aber in dem Augenblick, als ich Katja gegenübersaß, kam mir der Grund dafür fast albern vor. Sie guckte mich weiter an, musterte mich von oben bis unten und wirkte angesichts meiner Geschichte etwas überrascht.

Nach einer längeren Pause sagte sie: »Meine Eltern saufen beide. Deshalb ziehe ich es auch vor, so selten wie möglich zu Hause zu sein.«

Katja erzählte, dass ihr Vater vor der Wende Lehrer gewesen sei. Nach dem Fall der Mauer hätte er eine Zeit lang versucht, wieder in seinem Beruf zu arbeiten, aber mit den veränderten Verhältnissen habe er sich nicht anfreunden können. Keinen Fuß habe er mehr auf die Erde gekriegt.

»Seinen Beruf hat er unglaublich ernst genommen, weil er vom Sozialismus überzeugt war. Meine Mutter hat damals bei der Reichsbahn gearbeitet. Auch sie war Parteimitglied und durfte mit der Bahn durch den Westen fahren. Für meine Eltern war die Wende eine Katastrophe. Von einem Tag auf den anderen hatte unsere sozialistische Bilderbuchfamilie keine Orientierung mehr. Vor allem mein Vater hat nichts mehr mit sich anzufangen gewusst«, erklärte Katja.

Ihrer Mutter war es nach der Wende gelungen, einen Kiosk mit einer Lottoannahmestelle zu übernehmen. Da arbeitete auch ihr Vater mit. So schlugen sich ihre Eltern jetzt durch. Ihr Vater bekam wegen einer psychischen Krankheit eine Rente und für sie erhielten ihre Eltern noch Kindergeld. Dieses Geld verwaltete Katja, um davon die Miete und den Strom für die Wohnung zu bezahlen. Wenn sie sich darum nicht kümmern würde, hätten ihre Eltern längst den Überblick verloren und wären in irgendeinem Asyl gelandet, war ihre Überzeugung.

»Was macht dein Vater?«, wollte Katja wissen. Diese Frage verunsicherte mich ein bisschen. Zu sehr war ich mit ihrer Situation beschäftigt und mit dem Versuch, mich in Menschen hineinzuversetzen, die mit der Wende alles verloren hatten, wovon sie überzeugt gewesen waren. Zu dieser Zeit war ich zwei Jahre alt gewesen. Ich konnte mich an nichts erinnern, aber es gab Bilder von mir und meinem Vater, auf denen wir auf der Mauer am Brandenburger Tor standen. Die Mauerkrone war an dieser Stelle etwa zwei Meter breit gewesen. Als die Grenzen geöffnet wurden, waren unzählige Menschen dort auf die Mauer geklettert. Mein Vater hatte Fotos gemacht. Auf der westlichen Seite zu meinem geliebten Tiergarten hin zeigten sie eine riesige Menschenmenge. Mitten in dieser Menge hatte mein Vater mir immer wieder Walter Momper, den ehemaligen Regierenden Bürgermeister von Berlin, und Willi Brandt, den ehemaligen Bundeskanzler, gezeigt. Er war mächtig stolz, diese beiden Männer fotografiert zu haben, die sich vor allem dadurch von den anderen Menschen abhoben, dass sie beide einen roten Schal trugen. Auf der anderen Seite stand ein großes Aufgebot von Grenzsoldaten. Ansonsten war der Platz zum Brandenburger Tor hin menschenleer.

Verächtlich und triumphierend hatte mein Vater von den »Vopos« gesprochen, die in diesen Tagen so klein mit Mütze geworden seien, wobei er ihre Größe zwischen dem Daumen und dem Zeigefinger seiner Hand andeutete.

Einige Jahre später hatte er, »der Kapitalist«, das Bankhaus übernommen, während Katjas Vater, »der Sozialist«, mehr und mehr dem Alkohol zusprach. Jetzt saßen sich die Kinder dieser Eltern gegenüber. Meine Familie stand an der Spitze der Gewinner in diesem Land, und Katjas Familie gehörte unter den neuen Verhältnissen zu den absoluten Verlierern. Größer konnte der Unterschied kaum sein und dennoch fühlte ich mich ihr unterlegen, was mich im Augenblick ein bisschen wunderte. Umso mehr freute mich, dass sie angesichts meiner Geschichte offenbar Vertrauen zu mir gefasst hatte und deshalb beschloss ich, erst mal weiter zu lügen.

Von meinem Vater hätte ich keine Ahnung, erklärte ich und schob hinterher, meiner Mutter ginge es da wahrscheinlich nicht anders. Katja sagte nur kurz: »verstehe«, und deutete damit an, dass ich mir die Details ersparen könne. Danach entstand eine Gesprächspause, die mir ein bisschen peinlich wurde. Deshalb fragte ich, warum sie mir in der S-Bahn aus der Patsche geholfen habe. Darauf erklärte Katja: »Sonst wäre ich wohl dran gewesen, weil ich immer schwarzfahre. Tickets oder eine Monatsmarke kann ich mir nicht leisten. Normalerweise bekomme ich aber mit, wenn sportliche Männer an verschiedenen Eingängen der S-Bahn gleichzeitig einsteigen. Heute bin ich da aus irgendwelchen Gründen unaufmerksam gewesen«, erklärte sie lachend. Und weil der Angler, damit meinte sie den

Kontrolleur, bereits einen Fisch am Haken gehabt habe, und damit meinte sie mich, wäre sie mit heiler Haut davongekommen.

»War sehr nett von dir, dass du mir aus der Falle herausgeholfen hast und mutig war es obendrein«, lobte ich sie, worauf sie abwinkte und antwortete: »Solche Sachen mache ich öfters. Deshalb habe ich da eine gewisse Routine entwickelt. Übrigens war ich heute nicht das erste Mal in diesem Unterwäschegeschäft. Das ist ein bewährter Zufluchtsort. Kontrolleure gucken da immer nur flüchtig ins Schaufenster, und betreten tun sie einen solchen Laden erst recht nicht.«

Das fand ich ziemlich gut überlegt, und um selbst etwas zum Besten zu geben, erzählte ich die Geschichte, die ich zuvor mit dem Kellner am Neuen See erlebt hatte. Katja fand meine Zechprellerei auch nicht übel, und wir beide lachten über den armen Kellner, der sich mit der Schürze im Jägerzaun verfangen hatte.

Angesichts meiner Geschichte entstand der Eindruck, dass wir beide »im gleichen Boot säßen.« Deshalb bot mir Katja ihre Hilfe an, um die Zeit zu überbrücken, bis Sonja wieder auftauchen würde. Dankend nahm ich dieses Angebot an, und wir verließen gemeinsam den Imbiss. Dieses Mal zahlte ich allerdings. Katja nahm mich mit zu sich nach Hause. Sie wohnte in einem Wohnblock an der Landsberger Allee. Das Haus war nach dem Krieg gebaut worden und die Wohnungen waren zu Ostzeiten sicher einmal sehr begehrt gewesen. Im Treppenhaus war dem Bau aber inzwischen deutlich anzumerken, dass er seine besten Jahre hinter sich hatte. Von außen wirkte er gar nicht so übel. Es gab einen Innenhof, in dem Wäscheleinen hingen und Kinder spielten. Das Treppenhaus war aber an vielen Stellen beschmiert. Die Briefkästen, aus denen Katja die Post holte, waren verbeult und zum Teil nicht mehr intakt. Überall fanden sich Zigaretten- oder Kaugummipapier, und zum Teil war Müll liegen geblieben, der auf seinem Weg in die Tonne aus der Tüte gefallen war. Trotzdem roch es nach Putzmittel, was ein Beleg dafür war, dass die Verschmutzungen noch nicht allzu alt waren. Die Bewohner schienen ihr Haus nicht mehr zu mögen.

Als Katja im 4. Stock die Wohnungstür aufschloss, schlug uns ein übler Geruch entgegen. Es war eine Mischung aus Rauch, Alkohol und Erbrochenem. Katja fluchte, als sie über eine halbleere Flasche im Flur fast stolperte. Mir wurde ein bisschen flau in der Magengegend.

»Keiner zu Hause?«, rief sie fragend in jede Ecke und als sie wie erwartet, keine Antwort bekam, riss sie die Vorhänge auf und ließ Licht und vor allem frische Luft in die Wohnung, die mir klein und eng vorkam. Alles war zugestellt mit alten verwohnten Möbeln. Kleider lagen herum. Auf einem Couchtisch standen ein überquellender Aschenbecher und etliche angebrochene Flaschen mit Alkohol. Unglaublich flink hatte sich Katja einiges davon gegriffen und in die Küche geräumt. Ich versuchte ihr zu helfen, stand aber eher im Weg. In der Küche befand sich neben zwei Kartons mit je einer halb aufgegessenen Pizza haufenweise dreckiges Geschirr. Erst als Katja wieder soweit Ordnung hergestellt hatte, dass man auftreten konnte, ohne Kronkorken, Flaschen, Kleider oder abgegessene Teller unter den Füssen zu haben, schloss sie die Wohnungstür. Mit dem Durchzug war der schlechte Geruch weitgehend verschwunden.

»Ich putz hier in der Woche nur noch das Badezimmer, weil ich das auch hin und wieder benutze. Alles andere ist mir mittlerweile egal. Meine Eltern kriegen sowieso kaum noch mit, wenn es hier wieder sauber ist«, erklärte Katja. Dabei begann sie, die Tür eines Zimmers mit einem zusätzlichen Schlüssel zu entriegeln. Zwei Mal drehte sich der Schlüssel, bis sie die Tür öffnen konnte. Dahinter befand sich ein kleiner, sehr ordentlicher und sauberer Raum, der nur mit dem Nötigsten eingerichtet war. Ein Bett, ein Schreibtisch, zwei Stühle mit einem kleinen Tisch und ein Wandregal mit Büchern befanden sich darin. In einer Ecke stand eine Büste von Karl Marx. Der Vordenker und Begründer des Sozialismus hatte ein Karnevalshütchen auf dem Kopf. Seine Nase war rot angemalt. Um den Hals trug er ein Schild auf dem zu lesen stand: »Das Sein verstimmt das Bewusstsein.« Auf dem Schreibtisch war ein Notebook, das meinem Computer sehr ähnlich schien. Das Fenster war gekippt, und in einer kleinen Vase fanden sich sogar ein paar Blumen. Als Katja meinen erstaunten Blick bemerkte, erklärte sie, dass hier alles entweder geklaut, verkauft oder in Schutt und Asche gelegt wäre, wenn sie nicht abschließen würde.

»Aber warum nur ein solches Schloss?«, wollte ich wissen, als ich die massive Eisenstange betrachtete, die sich beim Verriegeln oben in den Türrahmen und unten in die Schwelle bohrte.

»Das hat damit zu tun, dass meine Eltern nicht mehr wissen, was sie tun, wenn sie vollkommen betrunken sind«, entgegnete Katja. »Ohne dieses

Schloss bin ich hier zu Hause selbst vor meinen eigenen Eltern nicht mehr sicher, und der Riegel ist nur offen, wenn mein Vater nicht da ist«, antwortete sie.

Die Geschichte dazu war, dass Katja vor gut einem Jahr eines Abends aus der Dusche gekommen war. Sie hatte sich ein Handtuch umgebunden und wollte in ihr Zimmer. Im Wohnzimmer wurde Karten gespielt, und ihr Vater hatte einige Saufkumpane zu Besuch. Katja sollte ein paar Bier bringen. Als sie mit den Flaschen ins Wohnzimmer kam, pfiff Uwe, ein »Freund« ihres Vaters, weil er sie mit dem Handtuch, dass sie sich umgebunden hatte, wohl irgendwie gut fand. Die anderen Freunde johlten dazu, und Sven, ein gescheiterter Intellektueller hatte versucht, sie auf seinen Schoss zu ziehen. Dabei löste sich das Handtuch, und plötzlich hatte sie splitternackt vor all diesen besoffenen Schweinen dagestanden. Auch ihr Vater, zu dem sie schon lange keinen Draht mehr hatte, johlte in diesem Augenblick los.

Katja sagte: »Spätestens seitdem mein Vater regelmäßig betrunken ist und sich selbst aufgegeben hat, kann ich kaum noch ein vernünftiges Wort mit ihm reden. Vor den Säufern nackt dazustehen, fand ich unendlich peinlich, aber dass mein Vater gelacht hat, werde ich ihm niemals verzeihen.«

Katja wirkte sehr traurig in dem Moment, als sie mir das erzählte und musste sich anstrengen, nicht ihre Fassung zu verlieren. Als ich nach Worten suchte, um irgendetwas Tröstendes zu sagen, deutete sie an, dass die Geschichte noch weitergehen würde.

»Sven hat zunächst nicht losgelassen, sondern sogar versucht, mich anzufassen. Deshalb habe ich ihm dann eine volle Bierflasche mit ganzer Wucht irgendwohin gehauen. Wahrscheinlich habe ich dabei unter anderem die Gürtelschnalle seiner Hose getroffen. Die Flasche ist mit einem Knall kaputt gegangen, und die Sau saß in seinem Sessel und konnte sein *Glück* kaum fassen.« An der Stelle musste Katja beim Erzählen einmal tief durchatmen. Im Wohnzimmer sei es plötzlich totenstill gewesen, bis Sven losgeschrien habe.

»Da war ich aber schon in meinem Zimmer und hatte hinter mir abgeschlossen. Glücklicherweise bin ich nicht ins Bett gegangen, weil mein Gefühl mir gesagt hat, dass da was nachkommt. Ich habe mir schnell das Nötigste angezogen, und eigentlich wollte ich verschwinden, um erst wiederzukommen, wenn ein bisschen Gras über die Sache gewachsen ist. Das hat aber nicht geklappt. Plötzlich stand mein Alter vor der Tür. Wie ein Blöder hat er dagegen geklopft, als er merkte, dass ich zugeschlossen hatte. Der wollte, dass ich mich bei Sven entschuldigte. Das war für mich aber das Allerletzte. Voller Wut habe ich deshalb durch die Tür zurückgeschimpft. Mein Vater war doch glatt der Meinung, dass ich Sven erst angemacht hätte und dass der nur ein bisschen nett zu mir sein wollte. Überhaupt keinen Grund hätte ich gehabt, seinen Freund so zuzurichten und allen damit den Abend zu verderben.«

Wieder musste Katja tief Luft holen, bevor sie weitersprach. »Damals bin ich so wütend geworden, dass ich meinen Vater als »Säufer« beschimpft habe, der nicht mehr klar denken kann. Außerdem habe ich gesagt, dass ich mir lieber die Zunge abbeißen würde, als mich bei jemandem zu entschuldigen, der so besoffen sei, dass er nicht mehr wüsste, was er tut. Heute denke ich manchmal darüber nach, ob ich vielleicht besser den Mund gehalten hätte. Mein Vater ist nämlich schließlich so außer sich gewesen, dass er begonnen hat, die Tür einzuschlagen. Ständig donnerte er mit voller Wucht dagegen. Deshalb habe ich mich direkt daneben ganz eng an die Wand gestellt.« Als sie das erzählte, stellte sie sich wieder an diese Stelle, und als sie kurz die Augen zumachte, hatte ich das Gefühl, dass sie mit der Erinnerung fast anfing zu zittern. »Hier habe ich gewartet, ob die lappige Tür hält oder nicht, und ich habe mich gefühlt wie das Kaninchen vor der Schlange«, erklärte sie mir. Noch heute würde sie zusammenzucken, wenn jemand laut anklopfen würde. Und wenn in Krimis die Bösen an irgendwelchen Türen rütteln, um ihre dahinter ausharrenden Opfer zu kriegen, würde ihr der Schweiß ausbrechen. Solche Filme könne sie sich nicht mehr angucken. Als ihre Tür schließlich nachzugeben begann, schaltete sie im Zimmer das Licht aus. Draußen war es schon dunkel. Damit wollte sie verhindern, dass ihr Vater sie gleich gesehen hätte, wenn er reingekommen wäre. Als die Tür aus dem Rahmen brach, fiel ihr Vater damit ins Zimmer.

»Das Nasenbein hat der Idiot sich bei der Aktion gebrochen. Als er schreiend bei mir im Zimmer lag, bin ich schnell an ihm vorbei zur Haustür gelaufen und abgehauen. Ein paar Tage bin ich bei einer Freundin geblieben. Meine Eltern habe ich nur im Laden besucht. Als mein Vater sich abgeregt hatte, bin ich wieder nach Hause gekommen. Mein Zimmer war total verwüstet. In seiner Wut hatte er alles kaputtgeschlagen, was mir lieb und wichtig war. Als ich das gesehen hatte, konnte ich mir vorstellen, was er wohl mit mir gemacht hätte, wenn ich geblieben wäre. Deshalb hatte ich keine Wahl. Die Hausverwaltung habe ich über den Schaden informiert. Schon damals habe ich mich hier um die meisten Sachen gekümmert, die mit der Wohnung zu tun hatten. Deshalb hatte ich zu den Leuten einen guten Draht. Mit denen habe ich auch die festere Tür und das Schloss besprochen. Klar mussten meine Eltern für den Schaden aufkommen, und außerdem wurde mein Vater wegen Sachbeschädigung angezeigt. Aber mir war das total egal. Ich fand das sogar gut, weil die Reparatur der Tür und die Strafe ein ziemliches Loch in die Kasse meiner Eltern gerissen hat. Beide haben deshalb vorübergehend weniger saufen und rauchen können und meine Mutter hat dem Alten ganz schön Feuer unterm Hintern gemacht.«

Katja war sich sicher, dass die Tür wahrscheinlich bis heute nicht repariert worden wäre, wenn sie das nicht durchgezogen hätte. In dem Zusammenhang äußerte sie die Überzeugung, dass Leute, die saufen, sich nur ändern können, wenn ihnen etwas richtig weh täte. Bis heute würde sich ihr Alter nicht einmal mehr trauen, an diese Tür zu klopfen. Irgendwie sei ihm diese Grenze mittlerweile so heilig, dass er in einem Streit selbst dann nicht hereinkäme, wenn sie vergessen hätte, den Riegel vorzulegen. Schreiend würde er an der Schwelle stehen bleiben und auf sie warten. Spätestens nach zehn Minuten würde er aber die Geduld verlieren, weil Säufer absolut keine Disziplin mehr hätten, erklärte Katja. Das sei das Einzige, worauf man sich bei denen noch hundertprozentig verlassen könne.

Außerdem hatte Katja mittlerweile alles in ihrem Zimmer, um einige Tage zu überleben. Um mir das zu zeigen, öffnete sie einen kleinen Schrank. In dem waren auf dem oberen Regal einige Flaschen Wasser, zwei kleine Töpfe, eine Kochplatte und Essbares untergebracht. Im unteren Regalfach entdeckte ich eine Pinkelflasche und eine Bettpfanne, samt einer Rolle Toilettenpapier. Katja merkte, dass sie mich damit beeindruckt hatte, erklärte aber dann, sie habe diese Sachen bislang nicht einmal gebraucht. Außerdem könne sie mit ihrem Handy oder über Internet Hilfe holen. Trotzdem habe sie mit dieser Vorsorge ein besseres Gefühl.

Als ich sagte, dass ich sie verstehen würde, schüttelte sie den Kopf und sagte: »Das glaube ich nicht.« Als sie merkte, dass mich ihre Antwort etwas irritierte erklärte sie: »Ich glaube dir nicht, weil Jungs oder Männer einfach nicht nachvollziehen können, wie bedroht sich Mädchen oder Frauen manchmal fühlen.«

Als ich ihr dennoch widersprach, war sie fast ein bisschen sauer auf mich. Deshalb erzählte ich die Geschichte vom Leipziger Hauptbahnhof. Auch hier hatte ich hinter einer lappigen Tür festgesessen. Um Katja zu beeindrucken, machte ich die Sache noch ein bisschen spannender. Jochen war dabei größer, und ich ließ ihn ein bisschen entschlossener und böser wirken. Außerdem hatte er nicht nur einem Mann erklärt, er sei mein Vater, sondern sogar dreien. Ich freute mich, als ich merkte, wie aufmerksam sie zuhörte. Kurz vor Schluss machte ich eine etwas längere Pause, bevor ich erzählte, dass ich die Tür schließlich entriegelt hätte.

»Bist du verrückt?«, kam Katja über die Lippen, und spontan schlug sie die Hände vor ihre Augen. Als ich dann von meinem Tritt gegen die Tür berichtete, bei dem sich Jochen zunächst die Finger eingeklemmt hatte, begann sie aufzuatmen. Der zweite Tritt, der ihn unter die Waschbecken beförderte und mir die Flucht ermöglichte, wurde von Katja mit einem begeisterten Händeklatschen kommentiert. Dabei guckte sie mir in die Augen. Dieser Blick war so schön, dass ich wieder eine Pause machen musste. Ich spürte in diesem Moment eine totale Verbundenheit mit ihr. Katja schien einzusehen, dass ich das mit dem »Verstehen« nicht einfach so dahingesagt hatte. Ehe ich mich versah, gab sie mir einen Kuss auf den Mund. Ich war so verwundert, dass ich ganz stillhielt und mir wünschte, dass dieser Augenblick nicht vorbeigehen würde. So wurde das der längste Kuss, den ich bisher bekommen hatte.

Als mich Katja danach ansah, schien sie sich für das, was sie zuvor gesagt hatte, fast ein bisschen entschuldigen zu wollen. Sie erklärte mir aber sofort einen Unterschied zwischen ihrer und meiner Situation. Der war ihrer Meinung nach, dass ich in der Lage gewesen sei, mich mit meiner Kraft zu wehren. Das wäre ihr aber niemals gelungen, wenn ihr Vater sie in seine Finger bekommen hätte. Männer könnten es drauf ankommen lassen, und Frauen müssten nachdenken und versuchen, den Männern einen Schritt voraus zu sein, erklärte sie. Ich gab diesen Unterschied zu, bestand aber darauf, bei Jochen auch ziemlich gut nachgedacht zu haben. Dem widersprach Katja nicht, meinte aber etwas ironisch, ich sei ja auch ein ganz besonderer Junge, sonst hätte sie mich schließlich nicht mit auf ihr Zimmer genommen.

Als ich wissen wollte, was mich denn in ihren Augen sooo besonders erscheinen ließe, erklärte sie zu meiner Überraschung, »Du hast mich in der Kabine nicht angeglotzt, als die Verkäuferin meine Brüste sehen wollte.«

Ich wurde rot, weil mir diese Situation immer noch peinlich war. Außerdem fiel mir wieder ein, dass ich Katja sehr gern angeguckt hätte. Bis heute ist mir nicht richtig klar, warum ich es nicht getan habe. Möglicherweise wollte ich eine Situation, in der sie mir geholfen hatte, nicht ausnutzen. Aber wenn ich ehrlich bin, dann hatte ich schon bei unserem ersten Blickkontakt in der S-Bahn eine Menge Respekt vor ihr. Deshalb hatte ich auch vermutet, für einen unverschämten Blick bestraft zu werden. Jetzt spürte ich, dass ich ohne nachzudenken alles richtig gemacht hatte, und ich wunderte mich darüber, welche Kleinigkeiten manchmal den Lauf des Schicksals bestimmen können.

Katjas Einschätzung, ich sei ein besonderer Mensch, machte mich richtig stolz. Diesen guten Eindruck wollte ich von nun an unter Beweis stellen. Über meine Freude, vollkommen unerwartet schon wieder eine Freundin an meiner Seite zu haben, vergaß ich leider, dass diese Freundin ganz offensichtlich eine sehr feinfühlige Beobachterin war. Und über das in mir aufkommende Glücksgefühl eigener Größe begann ich, Katja zu unterschätzen.

Trotzdem war der Beginn unserer Beziehung zunächst einmal gelungen und sie hatte mich sogar geküsst. Obwohl sie das getan hatte, wäre mir aber im Traum nicht eingefallen, auch ihr einen Kuss zu geben oder sie irgendwie zu streicheln oder anzufassen. Von Anfang an war unausgesprochen klar, dass ich mich um ihre Zuneigung bemühen müsse und den Kuss hatte ich mir deshalb verdient, weil ich jemanden, der sehr zudringlich geworden war, entschieden zurückgewiesen und sogar bestraft hatte. Bei mir waren die Gefühle dazu, wie ich Jochen zugerichtet hatte, nach wie vor gemischt. Aber mein Bahnhofserlebnis und das, was ich Katja nun davon berichten konnte, war wie eine Eintrittskarte, die ich in ihre Welt gelöst hatte. Diese Welt war so anders als meine. In meiner Welt rätselten bestimmt alle Omas, Opas, Mamas und Papas darüber, warum ich eigentlich nicht zu Hause sei.

In Katjas Welt, die der meines Freundes Vince sehr ähnelte, schien das Schicksal eines Kindes gleichgültig zu sein. Während bei mir eine ganze Familie, Freunde und sogar verschiedene Fachleute über diesen bescheuerten Anfall nachdachten, der mich aus meinem Leben gerissen hatte, wäre mit Katja wahrscheinlich nicht einmal jemand zum Arzt gegangen. Abgesehen davon konnte hinter ihrer dicken, verriegelten Tür niemand mitbekommen, was wirklich mit ihr los war, selbst wenn sie zu Hause war. Katja musste sich sogar in diesem Zuhause schützen, während ich so beschützt aufwuchs, dass es mir zum Hals herauskam.

Mit meiner Jochengeschichte und den Flunkereien, die aus dem Leben meines Freundes Vince stammten, konnte nun die Reise im gemeinsamen Boot losgehen. Ein Tim von Kronburg – da bin ich mir nach wie vor sicher – hätte in dieser Welt niemals einen Platz an ihrer Seite gefunden. Katja hätte einfach nicht kapiert, warum ich vor Leuten davonlief, die es alle gut mit mir meinten. Mit meinen Lügengeschichten hatte ich mir nun die Möglichkeit erschlichen, ihre Welt kennen zu lernen, in der Gewalt, Vernachlässigung und Mangel an allem, was zum Leben wichtig ist, alltäglich war.

Nun befand ich mich mitten drin und war aufgeregt und gespannt wie ein Tourist, der in einem fremden Land unterwegs ist. Und wie ein Tourist, der sich von zu viel Liebe und Sorge seiner Eltern erholen musste, habe ich mich dann in meinem »Urlaub« auch verhalten. Im Nachhinein betrachtet war das richtig peinlich, aber zu Beginn meines Abenteuers konnte ich selbst überhaupt nicht fassen, wie cool ich mich plötzlich fand.

Zum Glück war Katja meine Reiseleiterin und ließ mich die ganze Zeit nicht aus den Augen. Der große Vorteil daran war, dass sie eigentlich auch nicht in diese Welt gehörte. Sie war gerade sechzehn geworden und voller konkreter Zukunftspläne. Von denen war sie so überzeugt, dass ich mir im Vergleich zu ihr klein und vollkommen unerfahren vorkam. Spätestens seit dem Vorfall mit ihrer Zimmertür hatte sie die Finanzverwaltung ihrer Familie in die Hand genommen. Die Geldkarte, die zum Girokonto gehörte, hatte sie ihrer Mutter aus dem Portemonnaie genommen. Die Geheimzahl kannte sie ohnehin längst, weil sie schon öfter von ihren betrunkenen Eltern gebeten worden war, Geld aus dem Automaten zu holen. Überweisungsvordrucke und Girobriefumschläge lagen geordnet auf ihrem Schreibtisch. Sie wusste haargenau, welche Abbuchungen oder welche Überweisungen wann fällig waren.

Außerdem wusste sie, welche Sozialleistungen sie beziehen konnte und wann diese beantragt werden mussten. Katja hatte sich sogar von der Hausverwaltung einen anderen Briefkasten geben lassen. An ihrem alten Kasten hatte sie einfach das Schild entfernt. Ihre Eltern, die ohnehin nur noch selten nach der Post schauten, wussten davon gar nichts. So konnte Katja die Post immer vor ihren Eltern durchsehen. Alles Amtliche und sämtliche Rechnungen von der Versicherung oder der Hausverwaltung gingen erst einmal durch ihre Hände. Werbung und immer seltener werdende Urlaubskarten von alten Freunden, Bekannten oder Verwandten steckte sie in den Kasten ihrer Eltern. Mir erklärte sie dazu, dass ich nicht glauben würde, wie dämlich und ignorant Menschen würden, die nur noch ihre Sauferei im Kopf hätten. »Denen wird die Welt um sie herum zuerst immer gleichgültiger, und irgendwann sind die zu Tode betrübt darüber, dass sich keiner mehr meldet. Das wird dann zum Grund dafür gemacht, warum man weiter säuft«, erklärte Katja. »Mich kotzt dieses Selbstmitleid so an, das glaubst du nicht«, sagte sie und wurde dabei richtig laut. Danach wollte sie wissen, wie das bei mir zu Hause sei.

Auf diese Frage konnte ich wieder nicht richtig antworten. Schnell versuchte ich mich zu erinnern, wie das bei Vince gewesen war. Ich erklärte, meine Mutter arbeitete als Prostituierte und ich hätte ihr bereits erzählt, dass ich meinen Vater gar nicht kennen würde. Katja war es fast ein bisschen peinlich, mich noch einmal danach gefragt zu haben.

Die Art, wie ich die Arbeit meiner Mutter erklärt hatte, fand sie aber seltsam. Deshalb fragte sie, ob sie auf der Straße arbeitete oder in einem Bordell und ob sie einen Zuhälter habe oder für sich selbst arbeiten könne. Ich hatte keine Ahnung und hatte auch keine Vorstellung davon, welchen Unterschied das machen würde. Deshalb versuchte ich mich dadurch zu retten, indem ich erklärte, dass ich schon lange in einem Internat lebte und nur noch selten zu Hause sei. Von meinem angeblich letzten Besuch konnte ich dann über den Streit berichten, den Vince mit dem neuen Freund seiner Mutter gehabt hatte, auf dessen Kopf eine »Wodkaflasche kaputt gegangen« war.

Als ich damit geendet hatte, legte Katja ihren Kopf schief. Eine ganze Zeit musterte sie mich, was mich richtig unsicher werden ließ. Obwohl die letzte Geschichte stimmte, mit dem Unterschied, dass ich sie nicht selbst erlebt hatte, schien Katja mir nicht glauben zu wollen. Es kam ihr komisch vor, dass ich sowohl mit einer Türgeschichte als auch mit einer Flaschengeschichte aufwarten konnte. Deshalb ließ sie mich nicht aus den Augen, kam mir mit ihrem Gesicht aber langsam immer näher. Das machte mir fast ein bisschen Angst. Als ich ihren Atem spüren konnte und ich nicht mehr in der Lage war, zurückzuweichen, weil mein Kopf an der Wand anstieß, stoppte sie, kurz bevor sich unsere Lippen erneut berührt hätten. Sie sagte: »Tim, wenn du denkst, du bekommst einen Kuss, wenn du mir etwas vom Pferd erzählst, bist du ziemlich im Irrtum. Ich küsse nur Kerle, die ich nett finde und die zu mir ehrlich sind, kapiert?«

Ich nickte, und in diesem Augenblick war sie aus meinem Blickfeld verschwunden und saß an ihrem Schreibtisch. Als ich wissen wollte, was sie da machte, fragte sie: »Schon mal was von Hausaufgaben gehört?«

Klar hatte ich das, aber die Selbstverständlichkeit, mit der Katja das sagte, überraschte mich, zumal die Sommerferien bevorstanden. Meistens lief im Unterricht gar nichts mehr, und ich hatte das Gefühl, Zeit zu vergeuden, in der ich ebenso hätte Klavier spielen können. Mich nach der Schule von selbst an den Schreibtisch zu setzen und Hausaufgaben zu machen, wäre mir im Traum nicht eingefallen. Deshalb verstand ich überhaupt nicht, warum Katja das von sich aus tat. Lachend fragte ich deshalb, ob sie krank sei.

Diese Frage, bei der ich mir nichts weiter gedacht hatte, machte sie aber richtig wütend. Bevor ich mich versah, hielt sie mir einen Vortrag, der damit begann, dass die Schulpflicht eine wichtige Errungenschaft sei, die sich die Arbeiterklasse erkämpft habe.

»Bildung ist die einzige Möglichkeit, um diesem Morast, in dem ich täglich waten muss, irgendwann einmal zu entkommen. Du bist aber nicht der Einzige, der seine Chancen nicht ergreift«, beruhigte sie mich erst einmal, um mir dann zu sagen, dass ich offenbar genauso dämlich sei wie ihre Freunde. Der Unterschied zu denen sei aber, dass ich durchaus was im Kopf hätte. Insofern sei ich vielleicht noch viel dämlicher, weil ich meine Möglichkeiten nicht nutzen würde. Ich erfuhr, dass sie den Plan verfolgte, das beste Abitur ihres Jahrgangs zu machen, um mit einem Stipendium Jura studieren zu können. Eine Anwältin für die Rechtlosen wollte sie werden. Leute, die von Banken um ihr Geld gebracht und von Halsabschneidern betrogen würden, sollten von ihr beraten und unterstützt werden. Für jeden Euro wäre es wert zu kämpfen, schon allein deshalb, damit dieser nicht in den Taschen dieser gefräßigen Kapitalisten landen würde. Hungerlöhne würden die Reichsten der Reichen bezahlen, um die Arbeiter in lebenslanger Abhängigkeit zu halten und das wäre wichtig, damit Menschen wie ihre Eltern oder ihre Freunde weiter ausgebeutet werden könnten.

So hatte ich die Welt bisher noch nicht betrachtet. Trotzdem erzählte ich die Geschichte, von einem Schrotthändler, der irgendwann begonnen hatte, Häuser zu bauen und schließlich zum Bankdirektor wurde. Dass es sich dabei um meinen Opa handelte, verschwieg ich natürlich.

»Da kannst du auch die Geschichte von dem Tellerwäscher erzählen, der Milliardär wurde oder von dem griechischen Flüchtlingskind, das heute die größte Tankerflotte der Welt sein Eigen nennt«, entgegnete sie. »Fakt ist aber, dass diejenigen, die ihren Weg nach oben finden, das immer nur auf dem Rücken derer tun können, die unten bleiben«, stellte sie fest. Da stimmte ich ihr zu, vertrat aber die Ansicht, dass diejenigen, die unten blieben, auch nicht darüber nachdächten, wie sie mit dem Geld, das sie beim Tellerwaschen verdienen würden, reich werden könnten. Das machte Katja wieder wütend. Sie wollte wissen, ob ich vielleicht auch zu denjenigen gehörte, die der Meinung seien, die Armen unserer Gesellschaft sind an ihrer Armut letztendlich selbst schuld. Auch darüber hatte ich noch nie wirklich nachgedacht und spontan sagte ich: »nein«, weil mir klar wurde, dass der Unterschied zwischen Katja und mir nur darauf zurückzuführen war, dass ich unter völlig anderen Voraussetzungen geboren und aufgewachsen war. Das war absolut zufällig und in keiner Weise mein Verdienst. Mein Opa hatte sich aber selbst hochgearbeitet. Deshalb konnte nicht bestritten werden, dass neben dem Schicksal auch persönlicher Einsatz und Erfolg oder fehlender Einsatz und Misserfolg für einen Lebensweg entscheidend waren. Als ich das durchdacht hatte, fiel mir die abfällige Art ein, in der Katja über ihre Eltern gesprochen hatte. Obwohl ich ihre Enttäuschung gut verstehen konnte, machte sie ihnen aber auch zum Vorwurf, dass sie zu Säufern geworden waren. Im Grunde hatte sie sogar festgestellt, sie hätten sich selbst zu Säufern gemacht. Das erklärte ich ihr vorsichtig, ohne dabei den Eindruck zu erwecken, Sympathie für reiche Leute oder Mitleid mit Alkoholikern zu haben. Vielmehr begründete ich meine Einstellung damit, ich würde genau wie sie davon träumen, erfolgreich zu werden und man müsse selbst seinen Teil dazu beitragen. Dazu meinte sie, dass sie das ja gerade selbst gesagt hätte. Dennoch könnte ich nicht bestreiten, dass die Reichen immer reicher und die Armen immer ärmer würden. Zwangsläufig würde das irgendwann dazu führen, dass sich die gesellschaftlichen Verhältnisse ändern müssten, erklärte sie. Das sah ich lieber erst einmal ein, auch um unser Gespräch zu beenden, weil ich Angst davor hatte, ich könnte mich letztendlich doch verraten. Katja schlug mir vor, mich etwas auszuruhen, während sie die Hausaufgaben erledigte. Dabei bot sie an, dass ich mich auf ihr Bett legen könne, das sie mit einem bunten Laken abdeckte. Katja war unglaublich ordentlich, womöglich gerade weil ihre Eltern so unordentlich waren. Als ich merkte, dass ich müde wurde, stieg die Angst in mir hoch, ihr Vater könnte zufällig nach Hause kommen. Als mir aber klar wurde, dass Katja für diesen Fall sicher vorsorgen würde, war ich beruhigt. Ich fühlte mich sicher bei ihr und sogar der Gedanke, eine Zeit lang hinter einer dicken verriegelten Tür das Zimmer mit ihr teilen zu müssen, kam mir plötzlich verlockend vor. Mit romantischen Vorstellungen, was wir zusammen erleben könnten und dass ich sie sicher auch beschützen würde, schlief ich ein.

Die Gesetze der Straße

Als ich wach wurde, war das Zimmer leer, und die Tür stand offen. Aus der Küche hörte ich Geräusche. Ich traute mich nicht, nach Katja zu rufen, weil ich befürchtete, dass dort jemand anders sein könnte. Ich schlich aus dem Zimmer in den dunklen Flur. Vorsichtshalber öffnete ich die Eingangstür zum Treppenhaus für den Fall, dass ich abhauen müsste. Dann schlich ich in die Wohnung zurück. Noch bevor ich die Küchentür erreicht hatte, kam mir Katja mit einem Tablett entgegen, auf dem eine Teekanne mit zwei Bechern stand. Als sie mich unerwartet im Flur entdeckte, bekam sie einen solchen Schreck, dass sie mit einem Schrei die Kanne mitsamt den Bechern fallen ließ und zu weinen begann. Ich hatte in meiner Angst nur an mich gedacht. Außerdem war klar, dass ich trotz meines Jochenerlebnisses wirklich nicht wusste, wie groß Katjas Furcht vor ihrem Vater war, mit dem sie mich offensichtlich verwechselt hatte. Spontan setzte ich mich zu ihr auf den Boden und begann, sie zu trösten. Zu meiner Überraschung wehrte sie sich nicht, sondern schmiegte sich an mich. Schnell ließ ihr Zittern nach, und sie hatte nicht einmal etwas dagegen, als ich ihr die Tränen von den Wangen küsste, so wie ich es mit Nina schon einmal getan hatte.

Als sie sich wieder beruhigte, erklärte sie, dass sie mich gegen das helle Licht aus dem Treppenhaus in dem dunklen Flur nicht erkennen konnte. Außerdem würden ihre Eltern immer eine ganze Weile brauchen, bis sie die Tür aufgeschlossen hätten und lautlos würde das niemals gelingen. Deshalb sei ihr das so seltsam vorgekommen. Mir tat leid, Katja erschreckt zu haben, was sie wunderte. Alle anderen Freunde hätten sich vor Lachen in die Hose gemacht, so wie sie sich gerade blamiert habe, meinte sie.

»Das wäre aber sehr gemein«, war meine Meinung, weshalb sie mich erneut merkwürdig fand. Sie wollte wissen, wie denn meine Freunde in einem solchen Fall reagieren würden. Ich hatte derweil damit begonnen, die Scherben einzusammeln, was Katja mit einem Kopfschütteln kommentierte und der Vermutung, dass ich wahrscheinlich außer ihr gar keine Freunde hätte. Ansonsten würde sie nämlich nicht verstehen, warum ich so lieb zu ihr wäre. Damit hatte sie schon wieder den Nagel auf den Kopf getroffen.

Ich, Tim von Kronburg, hatte wirklich null Ahnung von den Kreisen, in denen Katja verkehrte, und mir war auch klar, dass sie das ahnte. Trotzdem hatten wir uns auf ein Versteckspiel verständigt, das für mich ziemlich anstrengend bleiben sollte. Andererseits ermöglichte dieses Spiel, dass wir zunächst zusammenblieben und das wollten wir offenbar beide. Katja schien es von Anfang an zu mögen, mich in ihrer Nähe zu haben. Schon mit dem ersten Blickkontakt war mit uns etwas geschehen, was mir in dieser Zeit laufend passierte. Abermals hatte ich mich verliebt und abermals sah ich eine schwierige Beziehung auf mich zukommen.

Heute ist mir klar, dass ich ohne das Zusammenkommen mit Katja spätestens um zweiundzwanzig Uhr mit Einbruch der Dunkelheit wieder zu Hause gewesen wäre. Mit ihr zusammen sollte ich es mehr als fünf lange Wochen auf den Berliner Straßen und in den Stadtparks aushalten. In dieser Zeit lernte ich Berlin auf ganz neue Weise kennen. Dazu gehörten auch die Jungen und Mädchen, die mir durch meine neue Freundin begegneten.

Außerhalb ihrer Wohnung war Katja der unbestrittene Kopf einer Gruppe von Jugendlichen, die mit ihr mehr oder weniger auf der Straße lebte. Von denen hatten zwar alle irgendein Zuhause, aber niemanden zog es dahin.

Die Gründe dafür waren unterschiedlich. Familienangehörige, die sich gegenseitig alles klauten, was man zu Geld machen konnte, Eltern, die im Rausch hin und wieder um sich prügelten, Väter, die ab und an zu ihren Töchtern oder Söhnen ins Bett stiegen, und vieles mehr zählten dazu. Unter dem Strich erlebten die Freunde von Katja aber alle das Gleiche. Niemand interessierte sich wirklich für sie, es sei denn, sie konnten für irgendwas missbraucht werden. Wie es ihnen ging, war den Eltern, den Verwandten, den Nachbarn, den Lehrern und somit den allermeisten Leuten, denen sie täglich begegneten, gleichgültig.

In der Gruppe aber, in der sie sich gefunden hatten, war das anders. Hier hielten sie zusammen und schützten und unterstützten sich gegenseitig. Katja hatte für diese Gruppe Regeln aufgestellt, die unbedingt eingehalten werden mussten. Im Grunde waren das Gesetze, die sie zu Hause aufgeschrieben hatte. Alle mussten diesen Regeln mit ihrer Unterschrift zustimmen. Sie konnten nur verändert werden, wenn alle damit einverstanden waren. Katja hatte schriftlich festgehalten, wie miteinander umzugehen sei. Innerhalb der Gruppe war jede Gewalt unter Strafe gestellt. Für Konflikte mussten Lösungen gefunden werden. Wenn dies denjenigen nicht gelang, die einen Streit hatten, musste gemeinsam darüber beraten werden. Notfalls wurde über die Lösung eines Problems abgestimmt. Gegenüber anderen waren die Gruppenmitglieder untereinander zur Hilfe verpflichtet. Dabei war zunächst egal, warum ein Gruppenmitglied in Schwierigkeiten geraten war. Erst wenn die Gefahr hatte abgewendet werden können, wurde über das Verhalten desjenigen beraten, der ein Problem verursacht hatte. Hier war das Prinzip: »Einer für alle und alle für einen« verwirklicht. Das betraf auch die Einnahmen der Gruppe. Diese kamen auf sehr unterschiedlichem Wege zu Stande. Beispielsweise sammelte Benni den ganzen Tag Flaschen, statt in die Schule zu gehen. Jennifer ging putzen und besuchte alte Leute. Sie hatte im Gegensatz zu Benni relativ hohe Einnahmen, was auch darauf schließen ließ, dass sie manchmal etwas mitgehen ließ. Justin baute im Frühling und Sommer auf einem verlassenen Bahngelände mitten in Berlin Haschpflanzen an und verkaufte das damit gewonnene Dope. Außerdem vertickte er verschiedene Pillen, die er von einem schwulen Krankenpfleger zugesteckt bekam, der angeblich sein Freund war. Bei dem konnte er auch die meiste Zeit wohnen. Mandy ging hin und wieder auf den Strich, wobei

Fritz darauf aufpasste, dass ihr nichts passierte. Fritz war der größte und stärkste Junge in der Gruppe. Wenn Mandy ihn nicht brauchte, dann zog er mit Peter zusammen andere Jugendliche ab, wobei sie es auf schicke Jacken, Handys, Kameras oder Geld abgesehen hatten. Fritz war ein Junge, vor dem man richtig Angst bekommen konnte. Er war einen Kopf größer als ich und wog fast das Doppelte. Trotz seiner Körperfülle war er aber ziemlich flink auf den Beinen. Seine Haare waren kurz geschnitten und auf seinen Hinterkopf hatte er sich einen Adler tätowieren lassen. Er rauchte viel und seine Arme zierten zahlreiche Narben. Die meisten davon hatte er sich selbst dadurch beigebracht, dass er sich Zigaretten auf der Haut ausdrückte. Die Wunden, die damit entstanden waren, kratzte er immer wieder auf. Andere Narben an den Außenarmen stammten von Auseinandersetzungen, bei denen offensichtlich auch Messer verwendet worden waren, und wieder andere an den Innenarmen zeugten von dem einen oder anderen Versuch, sich selbst das Leben zu nehmen. Obwohl niemand ihm etwas anhaben konnte, hielt auch er sich an jede einzelne vereinbarte Regel. Dazu gehörte auch, dass es verboten war, sich selbst umzubringen.

Im Grunde war Fritz Katjas rechte Hand. Ich glaube noch heute, dass er vor allem in sie und in Jennifer verliebt war. So gab ihm die Gruppe die Möglichkeit, mit hübschen Mädchen zusammen zu sein, obwohl sein massiger Körper und sein Verhalten so furchteinflößend waren. Zu den Regeln der Gruppe gehörte aber auch, dass Liebesbeziehungen untereinander verboten waren. Katja erklärte das damit, dass Paare immer andere ausschließen würden und Eifersüchteleien untereinander die größte Gefahr für jede Gruppe seien.

Meine Meinung dazu war schon damals, dass diese Regel außerdem nützlich war, damit Katja keinem Jungen in der Gruppe erklären musste, warum sie nicht mit ihm zusammen sein wollte. Nach und nach hatte Katja jede einzelne Regel aufgestellt und so ausformuliert, dass kein Irrtum mehr darüber möglich war, was gemeint sein könnte. Sie waren in einem dicken abgegriffenen Schulheft festgehalten, das sie in der obersten, abschließbaren Schublade ihres Schreibtisches verstaute. Neben dem »Gruppengesetzbuch« befanden sich darin ein Kassenbuch und eine Geldkassette. In dem Kassenbuch waren die täglichen Einnahmen und Ausgaben der Gruppe vermerkt. Mit den Einnahmen verhielt es sich so, dass alle ihr Geld in einen gemeinsamen Topf taten, aus dem es gleichmäßig verteilt wurde. Ein Fünftel der Einnahmen floss aber als Rücklage in die Gruppenkasse. Dieses Geld war für besondere Ausgaben und für Zeiten bestimmt, in denen die Geschäfte nicht gut liefen.

Neben Benni, dem Schulschwänzer und Flaschensammler, war Katja die einzige, die ihr Geld auf legalem Weg verdiente. Sie gab jede Woche zehn Nachhilfestunden. Damit kam sie im Monat auf bis zu 200 Euro. Trotzdem profitierte sie nicht selten von diesem ausgeklügelten System, mit dem in guten Zeiten den Gruppenmitgliedern Einnahmen von bis zu 300 Euro monatlich möglich waren. Das nahm ihr aber niemand übel, weil sie außerdem jedem in der Gruppe eine kostenlose Beratung zu allen Fragen anbot, die mit Sozialleistungen zusammenhingen. Oft füllte sie die komplizierten Anträge für andere aus und half denjenigen, die noch zur Schule gingen, bei den Hausaufgaben.

Im Grunde hatte Katja in ihrer Gruppe eine Art Sozialismus wieder auferstehen lassen, der mit dem Fall der Mauer als Staatsform untergegangen war. Vielleicht hatte sie das auch getan, weil sie bei ihren Eltern miterleben musste, was passieren konnte, wenn Menschen ihren Halt verlieren. Vielleicht hatte sie aber auch erkannt, dass das Überleben auf der Straße in einer Gruppe einfacher und sicherer war als allein. So war beispielsweise Justin, der mit seinem Dope oft mit Abstand die höchsten Einnahmen hatte, einmal einige Monate lang mit durchgefüttert worden, als ein ganzes Pflanzenfeld kurz vor der Ernte von der Polizei entdeckt und vom Gartenbauamt abgemäht worden war. Ohne den Verkauf seines Stoffs war das Durchschnittseinkommen der Gruppe um rund 60 Euro gesunken, aber Justin konnte sich eine Zeit lang mit Flaschensammeln über Wasser halten. Benni hatte allerdings darauf bestanden, dass er sich ein anderes Revier suchen müsse und ihm keine Konkurrenz machen dürfe. Auch solche Notstandsregeln konnten in dem Gruppengesetzbuch nachgelesen werden.

Insofern war es kein Wunder, dass Katja Jura studieren wollte. Genau genommen war sie damals schon eine Allroundjuristin. Vor allem aber war sie anerkannt, weil sie sich immer wieder als Sozialarbeiterin bewährte und dadurch mehr als einmal den Fall der Familien ihrer Freunde ins Bodenlose auffangen konnte. Manchmal überbrückte sie dabei sogar akute Finanzlöcher mit Krediten aus der Gruppenkasse. So konnte sie bewirken, dass in den Wohnungen beispielsweise der Strom wieder angestellt oder Kündigungen wegen fehlender Mietzahlungen zurückgenommen wurden. So verwaltete sie auch eine kleine Minibank, und weil sie als Einzige den Überblick behielt, war sie in ihrer Rolle absolut unanfechtbar. Im Grunde war die Gruppe auf Katja angewiesen und alle vertrauten darauf, dass sie für die meisten Probleme eine Lösung fände.

Deshalb wäre es auch niemand anderem als ihr gelungen, mich beim nächsten Treffen an der Glocke im Friedrichshain in diese Gruppe einzuführen und meine Aufnahme vorzuschlagen. Zuvor machte sie mich mit den wichtigsten Regeln vertraut, denen ich mich unterzuordnen hatte.

Der Friedrichshain ist einer der größeren Berliner Stadtparks. Er liegt in Prenzlauer Berg und wird von zwei Anhebungen bestimmt, die aus Trümmern bestehen, die nach dem 2. Weltkrieg hier abgeladen wurden. Am Fuße des zweiten Hügels steht in der Nähe eines Goldfischteichs eine kleine Holzhütte. In deren Mitte ist eine große japanische Glocke aufgehängt, die mit Holzknüppeln geschlagen werden kann. Dabei erzeugt sie einen dunklen, warmen Ton. Dieser Ort war damals, als der Teich noch nicht wiederhergestellt war, etwas abgelegen. Selten kamen Spaziergänger oder Jogger vorbei. Weil man es auch bei Regen hier einigermaßen aushalten kann, hatte die Gruppe die Holzhütte als Treffpunkt gewählt.

Bei meiner Aufnahme wurde ich zunächst gefragt, ob ich Mitglied werden wolle und ob ich für die Zeit meiner Mitgliedschaft alle Regeln der Gruppe akzeptieren würde. Als ich das versprochen hatte, wurde abgestimmt. Dafür war eine Zweidrittelmehrheit erforderlich. Fünf Mitglieder mussten also für mich stimmen. Fritz und Peter waren aber dagegen. So wurde ich mit einem denkbar knappen Ergebnis aufgenommen. Katja, die auf die Zustimmung der anderen vier eine ganze Zeit lang warten musste, war sichtlich nervös, ob ihr Vorschlag angenommen werden würde. Sehr erleichtert war sie anschließend darüber, dass ich mit meiner Aufnahme gleich über 500 Euro in die Gruppenkasse einzahlen konnte. Das war das gesamte Geld, das ich aus Halolas Haushaltskasse genommen hatte. Angesichts dieser Geste war Peter schnell umgestimmt. Er schlug mir voller Freude so auf den Arm, wie ich es von Vince schon kannte und meinte, ich hätte das mit dem Geld ruhig schon vorher durchblicken lassen können. Seine Angst sei gewesen, dass er mich hätte mit durchfüttern müssen. Im

Grunde hatte er sich damit entschuldigt, gegen mich gestimmt zu haben. Ich erklärte ihm, ich hätte ja nicht gewollt, dass mein Geld aufgenommen werde, sondern ich selbst. Diesen Unterschied zu erkennen, fiel Peter aber nicht leicht.

Katja, die sich noch sichtbar über das Ergebnis freute, schaute mir tief in die Augen und lächelte dabei. Ich lächelte zurück. Als mein Blick danach auf Fritz fiel, waren seine Gesichtszüge wie eingefroren. Er ließ mich nicht aus den Augen und machte damit unmissverständlich deutlich, dass sich seine Meinung über mich auch angesichts dieses Geldsegens nicht geändert hatte. Nur wenige Augenblicke hatte er gebraucht, um zu spüren, dass zwischen Katja und mir etwas lief, was mich zu einem Gegner werden ließ.

Schutz boten mir nur die Gruppenregeln, über deren gerechte Einhaltung Katja zwar mit ihrer Klugheit wachte, ihre Durchsetzung wurde aber auch nicht unwesentlich von Fritz und seiner Kraft garantiert. So war die Gruppe zwar einerseits von Katja abhängig, andererseits war Fritz aber auch derjenige, der ein Leben auf der Straße außerhalb des Schutzes der Gruppe am wenigsten fürchten musste. Die Stabilität dieses ausgeklügelten Systems ruhte somit auf den Schultern und dem gegenseitigen Verständnis der beiden. Ich denke bis heute, dass Katja nicht klar war, wie sehr sie sich bei dem, was sie in der Gruppe aufgebaut hatte, auf Fritz verlassen musste.

Das lag vielleicht auch daran, dass er nicht selten Strafen widerstandslos hinnahm, die auch ihm gegenüber verhängt werden mussten. Diesen Strafen ging immer ein kleiner Prozess voraus. Katja war dabei die Richterin, wenn sie nicht Angeklagte oder Opfer war. Das kam aber praktisch nicht vor, weil sie bei der Einhaltung der Regeln sich selbst als Vorbild für die anderen in die Pflicht nahm. Sie wollte die Verbindlichkeit ihrer Regeln mit eigenem Beispiel demonstrieren und sie wollte, dass alle ihr vertrauen konnten. Katja war gerecht und ihre Klugheit, die sie zur Anführerin werden ließ, missbrauchte sie nicht. Sie schadete niemandem und deshalb wollte auch niemand ihr schaden. So zählte sie nie zu den Opfern.

Derjenige, dem der größte Schaden durch die Verletzung der Regeln entstanden war, trat in dem Prozess als Ankläger auf. Der Verursacher oder der Täter konnte jemanden als seinen Verteidiger benennen oder die Sache selbst in die Hand nehmen. Wenn Ankläger und Verteidiger in dieser Reihenfolge ihre Plädoyers gehalten hatten, verhängte Katja eine Strafe, die in ihren

Augen angemessen war. Die Strafen richteten sich in ihrer Art nach dem Vergehen. Bei Betrug oder Diebstahl gab es eine Geldstrafe. Bei Prügeleien wurde ebenfalls eine Prügelstrafe verhängt. Üblich war, dass jemand mit einem Gürtel Schläge auf den Hintern oder die Unterseite der Füße bekam. Das konnte der oder die Verurteilte sich aussuchen. Wenn niemand gegen das Strafmaß Einspruch erhob, galt das Urteil als angenommen und wurde vollstreckt. Im Falle einer Prügelstrafe galten aber noch zusätzliche Regeln:

1. Der oder die Verurteilte musste von jedem Gruppenmitglied mindestens einen Schlag bis maximal fünf Schläge hinnehmen,
2. wurde das Opfer von der Beteiligung an der Bestrafung ausgenommen und
3. bekam derjenige, der bei der Vollstreckung mit dem Verurteilten zimperlich umging, für jeden nicht ordentlich ausgeführten Schlag selber zwei Schläge, die der Verurteilte austeilen musste.

Als höchste Strafe konnte der Ausschluss aus der Gruppe verhängt werden. Dieses Urteil musste aber einstimmig ohne den Angeklagten gefällt werden. Bislang war noch niemand ausgeschlossen worden. Fritz hatte aber oft eine Prügelstrafe einstecken müssen. Das machte allen klar, dass seine Kraft auch bei Auseinandersetzungen innerhalb der Gruppe nicht unterschätzt werden durfte. Außerdem schienen ihm die über ihn verhängten Strafen nicht sonderlich zu imponieren, was ihn in meinen Augen nicht gerade ungefährlich machte.

Mehr als zwei Jahre hatte diese Gruppe schon zusammengehalten. In dieser Zeit hatte Katja das Regelwerk immer weiter ausgefeilt. Als sie es mir einige Tage später in ihrem Zimmer vorlas, war sie richtig stolz, und ich war beeindruckt. Das freute sie sichtlich. Hin und wieder fragte sie mich nach dem Sinn der einen oder anderen Regel. Manches verstand ich nicht sofort. Zum Beispiel war mir auf den ersten Blick unklar, warum das Opfer bei der Prügelstrafe nicht selbst schlagen durfte. Katja erklärte, dass bei Strafen verhindert werden müsse, dass sie vom Bestraften als Willkür oder Rache empfunden werden. Das würde ihrer Wirkung schaden. Sie sollten ja schließlich in Zukunft etwas verändern oder verhindern.

Dem wollte ich entgegenhalten, dass alle anderen doch auch dazu gezwungen seien, fest zuzuschlagen. Katja stimmte zu, wollte aber von mir wissen, was ich denn tun würde, wenn jemand bei der Bestrafung den Gürtel »versehentlich« falsch herum hält und mit der Schnalle zuschlägt oder nicht nur auf den Hintern zielt. Solche »Versehen« seien meistens bei den Opfern vorgekommen. Das habe geregelt werden müssen. Außerdem sei es immer ungleich schwieriger gewesen, einen Streit beizulegen, wenn das Opfer mit bestraft hatte. Als ich das einsah, freute sie sich, dass sie mir das erklären konnte. Aber sie freute sich auch, wenn ich den Sinn einer Regel gleich erkannte. Überhaupt schien sie es gut zu finden, dass sie sich mit mir über ihre Gesetze unterhalten konnte. Daran waren die anderen Gruppenmitglieder praktisch nicht interessiert. Sie überließen diesen Part ihrer Anführerin und es gefiel ihnen, dass dadurch ihr Leben letztendlich einfacher und reibungsloser wurde. Nach Katjas Ansicht war das auch das Ziel jeder Gesetzgebung.

Ansonsten war das Leben auf der Straße schwer genug. Das galt auch für den Sommer, wenn es draußen warm war. Zum Glück musste ich mich mit den Problemen, die sich mit Kälte und Nässe im Winter zwangsläufig einstellen, während meiner Straßenzeit nicht auseinandersetzen.

Blutige Bewährungsprobe

Als ich schließlich in die Gruppe aufgenommen war und von dem einbezahlten Geld meinen Anteil wieder zurückerhalten hatte, spürte ich großen Hunger. Seit dem Imbiss mit Katja hatte ich nichts mehr gegessen. Deshalb wollte ich zur Feier des Tages meine neuen Freunde zum Essen einladen.

Da mein Geld auf den Monatsverdienst angerechnet wurde, konnte ich mehr als dreihundert Euro davon behalten. Direkt am Friedrichshain entdeckte ich ein italienisches Restaurant. Es heißt *Brot und Rosen*. Der Name passte zu meiner Stimmung. Außerdem wollte ich Katja eine Freude machen. Deshalb lud ich alle zu einer Pizza ein. Dieser Vorschlag wurde begeistert angenommen. Nur Katja und Fritz zeigten keine Freude. »Ausgerechnet Katja«, dachte ich, als ich meine Einladung nicht mehr rückgängig machen konnte. Fritz hatte offenbar beschlossen, mich nicht zu mögen, aber bei ihr wollte ich zu gern wissen, was sie gegen diese Idee einzuwenden hatte. Deshalb blieb ich auf dem Weg dorthin in ihrer Nähe. Als die anderen ein bisschen vorgegangen waren, zischte sie, dass ich mein Geld nicht so zum Fenster rausschmeißen solle. Das Leben sei schließlich kein Wunschkonzert. Ich wollte wissen, was sie dagegen habe, schließlich könne man sich doch neues Geld besorgen.

»Und wie stellst du das an?«, wollte sie von mir wissen.

»Das lass mal meine Sorge sein«, gab ich etwas großspurig zurück, auch um sie zu ärgern. Katja schüttelte aber nur den Kopf und machte damit deutlich, dass sie das Gespräch an diesem Punkt beenden wollte.

Erst als wir im Restaurant saßen, merkte ich, dass die meisten Gruppenmitglieder nur selten oder nie essen gewesen waren. Sie unterhielten sich in einer solchen Lautstärke, dass wir sofort auffielen. Mir war das ziemlich peinlich. Am liebsten wäre ich im Boden versunken. Ich war froh, dass wir nicht schon vor der Bestellung rausflogen, und für den Fall, dass dieses geschähe, konnte ich nicht einschätzen, wie sich vor allem Fritz verhalten würde. Er bestellte als Einziger keine Pizza, sondern nahm das teuerste Gericht, das er auf der Karte finden konnte. Auf einem großen Teller bekam er dann drei eher kleine Stücke Fleisch mit einer Kartoffel und einer etwas knapp bemessenen Gemüsevariation serviert. Während sich die anderen an ihren Pizzen satt essen konnten, hatte er mit zwei bis drei Bissen sein Abendessen hinter sich. So wurde Fritz, der mich offensichtlich ärgern wollte, zum Gespött der Gruppe, worauf er begann, einen teuren Cognac nach dem anderen zu bestellen. Seine Niederlage sollte mich wenigstens Geld kosten. Katja betrachtete das alles mit Sorge und begann zu realisieren, dass sie sich mit der Abstimmung über meine Aufnahme in die Gruppe ein Problem eingehandelt hatte. Auf dem Weg zur Toilette bat ich den Ober um die Rechnung und kündigte an, alle weiteren Bestellungen würden nun über Einzelrechnung laufen. Auf dem Weg zurück bezahlte ich trotzdem hundertsechsundfünfzig Euro für das Essen. Als ich wieder am Tisch angelangt war, hatte Fritz weitere vier Cognacs vor sich stehen. Triumphierend zeigte ich ihm die Rechnung und erklärte, dass ich bereits bezahlt hätte. Seine Getränke müsse er jetzt selbst übernehmen. Mit finsterer Miene blieb er am Tisch sitzen, als wir schon hinausgingen. Ich glaube, er tat das, um sich erst einmal zu beruhigen. Die ersten Runden unserer Begegnung waren klar an mich gegangen, aber Fritz war es nicht gewöhnt, Niederlagen einzustecken, geschweige denn hinzunehmen. Mit meinem Einstieg in die Gruppe und mit diesem Abend schien besiegelt, dass wir vorerst keine Freunde werden würden. Eine ganze Zeit lang warteten wir an der Glocke auf ihn, doch er kam an diesem Abend nicht.

Einer nach dem anderen verabschiedete sich und schließlich saß ich mit Katja allein in der Abenddämmerung und schaute auf den Teich, auf dem zwei Schwäne langsam in der Mitte umherschwammen. Ich hatte keine Ahnung, wie es nun weiter ginge und insgeheim wartete ich darauf, dass Katja einen Vorschlag machte. Innerlich war ich hin- und hergerissen, ob ich nicht wieder nach Hause gehen sollte. Nicht einmal eine Zahnbürste hatte ich mir besorgt. Wenn ich mich an meine Eltern erinnerte, wurde mir schwer ums Herz. Sie würden heute Nacht kein Auge zu tun. Katja schwieg beharrlich vor sich hin, und nach einer Pause, die mir unendlich lang vor kam, wurde ich ungeduldig. Mit einem: »Und was machen wir jetzt?«, brach ich schließlich die Stille, die zwischen uns entstanden war.

»Wieso wir?«, fragte Katja zurück, um zu erklären, dass sie warten müsse, bis ihre Eltern sicher im Bett wären. Dann würde sie nach Hause gehen und schlafen, weil schließlich morgen Schule sei.

Die Kälte und Gelassenheit, mit der sie unmissverständlich klar gemacht hatte, dass ich für mich selbst sorgen müsse, brachte mich ziemlich durcheinander. Aber nicht nur das ließ mich frösteln. Neben der kalten Schulter, die mir Katja gezeigt hatte, stieg außerdem die Kälte und Feuchtigkeit der anbrechenden Nacht an mir hoch. Tagsüber waren T-Shirt und Jacke ausreichend gewesen, aber jetzt merkte ich doch, wie schön eine Wohnung und ein warmes Bett sein würden. Katja schaute auf ihre Uhr und meinte, dass es nun Zeit sei, nach Hause zu gehen. Ich beschloss sie noch zu begleiten. Wir mussten den Park durchqueren, um zu ihrem Haus zu gelangen. Als wir über eine große freie Fläche gingen, erklärte Katja, dass hier früher ein Schwimmbad gewesen wäre, in dem sie oft mit ihren Eltern baden gegangen war. Damals sei sie noch klein und die Welt heil gewesen. Nicht lange nach der Wende wurde das Schwimmbad geschlossen. Einige Zeit später wurde es abgerissen. Das große Becken wurde mit zermahlenem Schutt und Sand aufgefüllt. Heute wird hier im Sommer Beachvolleyball gespielt. Außerdem gibt es einen künstlichen Felsen, an dem Kletterer ihre Fähigkeiten erproben können.

Als wir ihr Haus erreicht hatten, fluchte sie kurz. In der Wohnung ihrer Eltern war das Licht noch an. Katja erklärte: »Normalerweise sind die beiden zu diesem Zeitpunkt so zugetankt, dass sie es nur noch ins Bett schaffen. Manchmal vergessen sie allerdings, das Licht auszumachen. Sehr selten schleppen sie noch ein paar Freunde mit. Dann machen die zusammen Party. Die geht so lange, bis sich unsere Nachbarn beschweren und die Polizei rufen.«

Katja beschloss, zur Sicherheit noch eine Weile zu warten. Wir setzten uns schweigend auf eine Treppe, die im Nichts zu enden schien. Sie begann auf dem Bürgersteig und verlief entlang der kleinen Stichstraße, die auf die Landsberger Allee zuführt. Von hier aus konnten wir die meisten Fenster ihrer Wohnung beobachten.

Nach einigen Minuten beschloss Katja, doch hinaufzugehen. Wir verabredeten, dass sie das Licht kurz aus- und wieder anmachen würde, wenn alles in Ordnung sei. Wenn das Licht nicht ausginge und sie nicht wiederkäme, sollte ich noch mal oben vorbeikommen. Das versprach ich. Nach vielleicht zwei Minuten kam ihr Zeichen. Einerseits war ich beruhigt, dass alles in Ordnung war. Andererseits bedauerte ich, nicht helfen zu müssen.

Einen Augenblick stand ich noch unschlüssig an der Ecke zur Landsberger Allee. Das ist eine der größten Straßen Berlins. Morgens strömen auf drei Spuren die Autos aus dem Norden in die Stadt hinein und abends wieder hinaus. In der Mitte befinden sich außerdem zwei Spuren für die Straßenbahn. Gemütlich war es hier absolut nicht. Das Haus, in dem Katja wohnte, stand gegenüber dem ehemaligen Zentralschlachthof, an den nur noch etliche Hallen aus rotem Backstein erinnern, die mittlerweile zum Teil verfallen sind. Auf der Straßenseite, auf der ich mit Katja gewartet hatte, waren anlässlich der Olympiabewerbung ein riesiges Schwimmbad und daneben eine Radsporthalle, das so genannte »Velodrom«, gebaut worden. Als klar wurde, dass diese Bewerbung vergeblich blieb, hatte man den Bau zunächst gestoppt. Die Hallen waren fertig und in Betrieb genommen worden, aber die Treppen, die dort hinaufführten und das Drumherum waren dem Baustopp zum Opfer gefallen. Als ich das alles anschaute, entdeckte ich am oberen Ende der Treppe in der Dunkelheit eine riesige Gestalt. Trotz des fehlenden Lichts war nicht schwer zu erkennen, dass es Fritz war, der offenbar Katja und mich die ganze Zeit beobachtet hatte.

»Traurig, dass sie dich weder ran- noch reinlässt?«, fragte er mit einem feindseligen Unterton in der Stimme.

Ich wusste nicht, was ich auf seine Frage antworten sollte. Klar war nur, dass ich ihn nicht unnötig provozieren wollte. Als sich Fritz erhob und die Treppe zu mir heruntergeschlendert kam, spürte ich, wie mein Herz zu schlagen begann. Natürlich wäre es vernünftig gewesen abzuhauen, aber mein Stolz ließ mich zögern. Er ging extra langsam, weil er wohl damit rechnete, ich würde früher oder später abhauen. Den Gefallen wollte ich ihm aber nicht tun. Als er auf meiner Höhe war, meinte er, dass ich ihm noch Geld schulden würde. Mein Brustkorb war wie abgeschnürt. Ich hatte das Gefühl, dass mir die Luft beim Atmen im Hals stecken blieb. Ich fragte: »Wieso?«, und gab mir Mühe, so cool, wie möglich zu wirken.

»Dann denk mal gut nach, du Klugscheißer«, sagte Fritz, und ehe ich mich versah, hatte er ein Messer aus seiner Jackentasche gezogen und fingerte damit herum. Dabei ließ er die schmale, spitze Klinge aufblitzen, um sie mit einigen kurzen, schnellen Handbewegungen wieder verschwinden zu lassen. Mir brach der Schweiß aus und mein ganzer Körper verspannte sich in der Erwartung eines schmerzhaften Stiches. In diesem Augenblick musste ich an Olga, meine alte Klavierlehrerin, denken. Von ihr hatte ich ja gelernt, dass Angst uns blockieren kann, dass sie uns aber Kraft gibt, wenn wir versuchen, mit dem umzugehen, was uns Angst macht. Dabei fiel mir auch die Atemübung wieder ein, die sie mir vor meinem Abschiedskonzert beigebracht hatte. Oft hatte ich damit vor Prüfungen meine Angst weggeatmet. Als ich jetzt die Übung anwendete, spürte ich, wie sich meine Starre zu lösen begann. Mein Körper wurde locker und geschmeidig. Vom Tanzen war ich mit schnellen Bewegungen vertraut. Außerdem hatte ich mit Vince in unserem kleinen Zimmer fast jeden Morgen und jeden Abend eine Partie Schattenboxen gespielt. Ziel dieses Spieles war, den Schlägen des anderen auszuweichen. Vince hatte mir erklärt, dass ich dabei den Schwerpunkt in die Körpermitte verlagern müsse. Die Füße sollten schulterbreit auseinanderstehen bei leicht angewinkelten Knien. Zunächst hatten wir Schläge nur angetäuscht. Schließlich hatten wir uns Handtücher fest um die Hände gewickelt und richtig zugeschlagen. Es hatte derjenige gewonnen, dem es gelang, einen Schlag ins Ziel zu bringen. Das dauerte manchmal einige Minuten und nur selten tat ein Treffer richtig weh, weil wir im Ausweichen immer perfekter wurden. Als ich diese Haltung einnahm und in meinen Bewegungen darauf achtete, ihn nicht näher als einen Meter an mich heranzulassen, erkannte Fritz sofort, dass ich wohl nicht flüchten würde. Um das noch einmal zu testen, bewegte er sich mit einigen schnellen, kurzen Schritten auf mich zu. Damit, wie schnell er diesen wuchtigen Körper bewegen konnte, hatte ich zwar nicht gerechnet. Trotzdem spürte ich, dass ich schneller war als er. Fritz lachte darüber, was mir deutlich machte, wie überlegen er sich fühlte.

»Normalerweise geben mir Weicheier wie du schneller, was ich von ihnen haben will«, erklärte er und ergänzte, der Vorteil dabei wäre, dass die mit heiler Haut davonkämen.

»Deren Pech«, gab ich kühl zur Antwort und wunderte mich fast darüber, was mir da rausgerutscht war. Diese Antwort machte Fritz wütend. Er zischte: »Gib mir dein Geld und verpiss dich.«

Seine Wut und das Gefühl, dass ich ihm sowieso nichts anhaben könne, ließen ihn überheblich, aber auch entschlossener werden, als er anfangs noch gewirkt hatte. Im ersten Augenblick hatte er wohl nur die Absicht gehabt, mich laufen zu sehen. Jetzt wollte er haben, was er gefordert hatte. Hätte er darauf verzichtet, wäre das einem Nachgeben gleichgekommen. In gewisser Weise hatte ich ihn in diese Zwickmühle gebracht, ohne mir aber dabei vorzustellen, worauf das hinauslaufen könnte. Ich hatte nur noch die Wahl, seine Forderungen zu erfüllen oder mich zur Wehr zu setzen. Um zu flüchten, hätte ich mich umdrehen müssen. Dafür blieb Fritz zu nahe an mir dran. Ging ich zurück, kam er nach vorne. Dabei war er so schnell, dass ich ihn auf keinen Fall aus den Augen lassen durfte. Meine Chance bestand einzig und allein darin, einem Angriff seinerseits auszuweichen und ihn dabei irgendwie aus dem Gleichgewicht zu bringen. Während ich noch darüber nachdachte, kam schon, was ich zwar erwartet, aber auch befürchtet hatte. Wie eine Katze schnellte er nach vorn und hatte dabei wirklich die Absicht, mich mit dem Messer zu verletzen. Sofort bewegte ich mich zur Seite. Obwohl ich mir eigentlich sicher war, schnell genug gewesen zu sein, hörte ich ein Geräusch, was darauf schließen ließ, dass die Spitze seines Messers am Ärmel in den Stoff meiner Jacke eingedrungen war. Später erklärte ich das damit, dass ich gewohnt war, Fäusten auszuweichen, aus denen nicht zehn bis fünfzehn Zentimeter lange Gegenstände hervorragten. Ich hatte das Messer nicht richtig mit einkalkulieren können. Was ich aber zunächst als Fehler ansah, war im Nachhinein mein Glück. Die Klinge hatte sich irgendwie im Stoff der Jacke verfangen und weil Fritz nicht richtig festgehalten hatte, fiel es ihm aus der Hand, direkt vor meine Füße. Ohne nachzudenken trat ich es zunächst einfach weg. Auf dem glatt asphaltierten Gehweg rutschte es mit hoher Geschwindigkeit in Richtung Landsberger Allee. Fritz war an mir vorbei in die Gegenrichtung gestürzt, weil er sich bei dem Versuch, das verlorene Messer direkt aufzufangen, fallen gelassen hatte. Intuitiv hastete ich dem rutschenden Messer hinterher, nahm es im Vorbeilaufen vom Boden auf und setzte meinen Sprint fort. Links bog ich in die Landsberger Allee ein und rannte bergauf, Richtung S-Bahnhof. Als ich die Brücke über dem S-Bahn-Graben erreicht hatte, sah ich einen Zug in den Bahnhof einfahren. Fritz war etwa 200 Meter hinter mir. Ich sprang die Treppen hinab und stürzte in den wartenden Zug. Kurze Zeit später ertönte das ersehnte Signal, welches das Schließen der Tür andeutete. In dem Augenblick sah ich Fritz die Treppen herunterkommen. Schnell lief ich in der Bahn zwei Wagen weiter und blockierte mit meinem Fuß die Tür. Als ich erkannte, dass es ihm tatsächlich noch gelungen war, in den Zug zu kommen, sprang ich wieder heraus. In dem Moment schnappten die Türen zu. Als Fritz an mir vorbei fuhr, polterte er voller Wut von innen an das Glas, das uns trennte. Laut schrie er: »Gute Nacht, Arschloch!« Sein Messer hielt ich noch wie eine Trophäe in meiner Hand, als mein Blick in die Augen eines vietnamesischen Obsthändlers fiel, der das Zusammenräumen seines Standes offenbar unterbrochen hatte. Er schaute mich erstaunt und etwas erschrocken an. Als ich mich noch darüber wunderte, fiel mein Blick auf den Ärmel meiner Jacke. Sie hatte ein deutliches Loch und der umgebende Stoff hatte sich rötlich verfärbt. Erst jetzt sah und spürte ich, dass Fritz mich erwischt hatte. Es war ein spitzer, stechender Schmerz. Als ich meinen Ärmel hochzog, entdeckte ich an der Außenseite meines Armes eine kleine Wunde, bei der ich nicht einschätzen konnte, wie tief sie war. Alle meine Finger konnte ich bewegen. Eine Sehne schien Fritz mit seinem Stich nicht verletzt zu haben.

Aber angesichts dessen, was hätte passieren können, wurde mir doch etwas flau. Ohne nachzudenken, setzte ich mich auf den Boden, klappte das Messer ein und legte den Kopf auf meine Knie. Plötzlich war da wieder dieser metallische Geruch. Wieder kroch Angst in mir hoch, und schnell begann ich mit meiner Atmung. Augenblicklich wurde der Geruch schwächer und war bereits verschwunden, als mich der Obsthändler behutsam am Arm berührte. Er hatte eine Frucht aufgeschnitten und legte einen Teil davon vorsichtig auf die Wunde. Heute weiß ich, dass es eine Papaya war, die Infektionen verhindern soll. Er half mir wieder auf die Beine und an seinem Stand hatte er sogar ein etwas größeres Pflaster. Ich dankte ihm, wollte an diesem S-Bahnhof aber nicht noch mehr Zeit verlieren, weil abzusehen war, dass Fritz mit einem entgegenkommenden Zug zurückkehren würde. Als ich mich auf den Weg machte, warf er mir einen Apfel zu.

Wie nett Menschen zueinander sein können, dachte ich, als die Lichter der S-Bahn auftauchten, in der ich Fritz vermutete. Ich sprang die Stufen, die zur Straße führen, hoch und versteckte mich. So, wie ich es erwartet hatte, kam Fritz ein paar Minuten später aus dem Bahnhof heraus. Er schien aber nicht mehr mit mir zu rechnen. Ohne sich weiter umzuschauen, lief er in Richtung Park. Um jeden Preis wollte ich vermeiden, ihm in dieser Nacht erneut zu begegnen. Deshalb rannte ich wieder die Treppen hinunter, als ich den nächsten Zug einfahren hörte. Es war mir egal, in welche Richtung es gehen würde, ich wollte nur weg von diesem Bahnhof und dieser Gegend. Als ich wieder an dem Obsthändler vorbei kam, klatschte er in die Hände und reckte seinen Daumen in die Höhe. Er musste beobachtet haben, dass Fritz es auf mich abgesehen hatte. Erst als ich mit dem Zug einige Stationen gefahren war, begann ich ruhiger zu werden. Jetzt spürte ich meine Müdigkeit und damit stand ich vor der Frage, wo ich in dieser Nacht bleiben sollte. Ich saß in der Ringbahn, Richtung Westen.

Nach der Station Gesundbrunnen war ich im Wedding. Dann kam Westhafen. Hier war ich vor langer Zeit oft mit dem Fahrrad vorbeigekommen, wenn ich mit Angelina zum Schwimmen an den Plötzensee fuhr.

Ich verließ die Ringbahn und ging hinunter zur U-Bahn. Der Geruch des U-Bahnhofs war mir vertraut, hatte aber mit meiner *Epilepsie* nichts zu tun. Ich nahm die U 9 Richtung Rathaus Steglitz. Erst als ich am Zoo wie gewohnt ausstieg, wurde mir klar, dass ich mich ohne es zu wissen auf meinem Nachhauseweg befand. In der Knesebeckstraße angekommen, sah ich, dass überall in unserer Wohnung Licht brannte, obwohl es fast zwei Uhr in der Nacht war. Wieder wurde mir der Unterschied klar, der zwischen meinem Leben und dem von Katja bestand. Ich konnte mir sicher sein, von meinen Eltern begrüßt und in die Arme genommen zu werden, wenn ich jetzt entscheiden würde hochzugehen. Sie hingegen musste fürchten, ihren Eltern überhaupt zu begegnen.

Trotzdem kamen mir damals die Arme meiner Eltern, die mich bestimmt sehnsüchtig erwarteten, wie die eines riesigen Kraken vor. Rückblickend wundert mich das, weil ich die beiden heute viel besser verstehe und ihr Verhalten insgesamt ziemlich in Ordnung finde, aber damals wäre ich nur deshalb nach Hause zurückgekehrt, weil ich nicht richtig wusste, wie es in dieser Nacht weitergehen sollte. Außerdem kam mir mein Bett äußerst verführerisch vor. Natürlich hätte mich auch gefreut, meine Eltern nicht länger im Ungewissen zu lassen, aber durch mein kurzes Verschwinden befürchtete ich, dass die vielen Tentakel des Kraken, den ich in meinen Eltern vor mir sah, noch kräftiger und klebriger wurden. Das ging mir durch den Kopf, als die Tür aufging und mein Vater mit Nina aus dem Haus kam. Sofort versteckte ich mich hinter einem Auto. Von hier aus konnte ich alles beobachten. Es war offensichtlich, dass er sie nach Hause brachte und dass Nina bis jetzt mit meinen Eltern gewartet hatte. Ich wunderte mich darüber, wie egal mir das war, dass auch sie sich Sorgen machte. Irgendwie war sie in meinen Gedanken Teil dieses Kraken geworden. Vor nicht allzu langer Zeit hätte ich fast alles getan, um ihr zu gefallen. Jetzt hatte ich keine Lust, ihr zu begegnen. Wieder musste ich an Katja denken. Es war heute so schön gewesen, in ihrer Nähe zu sein und ich war mir sicher, dass es ihr ähnlich gegangen war. Trotzdem hatte sie mich vor ihrer Haustür zurückgelassen, obwohl sie Angst hatte, allein hochzugehen. Sie war es gewöhnt, ihre Sachen selbst zu regeln. Im Internat hatte ich begonnen, das zu lernen und angesichts dessen, was ich gerade mit Fritz erlebt hatte, wusste ich nicht, wovor ich eigentlich noch Angst haben sollte. Deshalb warf ich meinen besorgten Eltern eine Kusshand zu und machte mich wieder auf den Weg. Als ich am Ernst-Reuter-Platz angekommen war, ging ich in eine Telefonzelle und rief zu Hause an. Angelina nahm ab und sagte sehr aufgeregt: »Ja, bitte.«

Schnell sagte ich: »Es geht mir gut, und du kannst schlafen gehen«, und ohne auf eine Antwort zu warten, hängte ich ein. Mehr hätte ich nicht ausgehalten, ohne dass mir die Tränen in die Augen geschossen wären. Als ich meine Hände dann in die Taschen meiner Jacke steckte und mich in Richtung Tiergarten auf den Weg machte, fiel mir Fritz' Messer in die Hand.

In Gedanken sagte ich zu mir: »Mag sein, dass du wirklich ein Weichei bist, aber was macht der harte Kerl jetzt ohne sein Messer?«

Als ich die Straße des 17. Juni hinunter lief, ging ich an etlichen Frauen auf hochhackigen Schuhen vorbei, die hier offensichtlich auf ihre Freier warteten. Ich war verblüfft, dass ich mit dem, was in unmittelbarer Nähe meines Zuhauses jede Nacht geschah, noch nie in Berührung gekommen war. Katja hatte ich erzählt, meine Mutter würde als Prostituierte arbeiten. Jetzt sah ich Frauen, die das wirklich taten, und war verwirrt. Mein Gott, war ich naiv. Als ich in die Nähe der Siegessäule kam, ging ich den großen Weg entlang, der im Park parallel zur Straße verläuft. Hier begegnete ich Männern, die in der Dunkelheit herumstanden. Manche konnte ich nur durch das schwache Glimmen ihrer Zigaretten entdecken.

Auch hier hatte ich kein gutes Gefühl. Deshalb überquerte ich die Hofjägerallee und lief in Richtung Rhododendronhain. Das ist ein kleiner Teil des Tiergartens. Im Schatten großer Bäume wachsen hier haufenweise Rhododendronbüsche. Im Mai blühen sie in unterschiedlichen Farben und immer, wenn ich da durchgelaufen bin, musste ich an einen tropischen Wald denken. Jetzt waren sie schon fast abgeblüht. In diesem Teil des Parks kannte ich eine Stelle, an der zwei Stufen auf einen schmalen Weg an einen Teich hinunterführen. In dessen Mitte befindet sich die Luiseninsel. Von hier aus kann man den goldenen Engel der Siegessäule über den Baumwipfeln sehen. Oft hatte ich mit Angelina hier die Enten gefüttert. Im Schutz der großen Büsche stehen zwei Holzbänke. Ich beschloss, dort hinzugehen, um auf einer der Bänke etwas zu schlafen. Ich freute mich, als ich feststellte, dass nur ich diesen Platz ausgesucht hatte, aber es war gar nicht so leicht, auf einer Parkbank eine bequeme Schlafhaltung zu finden. Für mich war sie einfach zu kurz. Außerdem sind Parkbänke hart, was vor allem am Kopf stört. Am liebsten hätte ich meine Jacke ausgezogen und unter meinen Kopf gelegt. Dafür war es aber entschieden zu kalt, und so wurde es trotz meiner Müdigkeit eine sehr unruhige Nacht. Zusätzlich zu dem fehlenden Komfort kamen noch hunderttausend Geräusche, die ich nicht einordnen konnte. Oft raschelte es unmittelbar in meiner Nähe im Gebüsch. Mehrmals schreckte ich hoch, ohne dass etwas passierte, was ich hätte fürchten müssen, und schließlich beruhigte mich der Gedanke, dass da Mäuse oder Ratten im Schutz der Dunkelheit zu Gange waren. Richtig toll fand ich den Gedanken aber auch nicht und so war ich froh, als es gegen halb fünf endlich dämmerte. Ich setzte mich auf und schaute auf den Teich. Langsam wurden die Vögel wach. Es war neblig und als schließlich die ersten Sonnenstrahlen auf das Wasser fielen, war es schon sechs Uhr dreißig. Ich wusste nicht, worauf ich noch warten sollte. Deshalb machte ich mich auf den Weg. Als ich einigen Joggern begegnete, erntete ich irritierte Blicke. Es dauerte eine Zeit, bis ich darauf kam, dass das an dem blutigen Ärmel meiner Jacke lag. Deshalb beschloss ich, den an einer Stelle im Teich etwas auszuwaschen. Mit dem kalten Wasser ging das erfreulich gut, und als die stärker werdende Sonne ankündigte, dass es ein warmer, freundlicher Tag werden sollte, besserte sich meine Laune zusehends.

Trotzdem wusste ich nicht, was ich machen sollte, bis sich der Hunger meldete. In der Nähe des Tiergartens kannte ich das Café Einstein. Ich beschloss, dort zu frühstücken und fühlte mich fast wie zu Hause, als mich die guten Gerüche und die vornehme Atmosphäre dieses Caféhauses empfingen. In diesem Augenblick tat mir Katja leid. Ich musste an den Geruch denken, der uns beim Betreten ihrer Wohnung entgegengeschlagen war, und trotzdem sehnte ich mich mehr nach ihrem kleinen ordentlichen Zimmer in all diesem Durcheinander als nach meinem Zuhause. Als ich Saft trank und leckere Brötchen in mich reinstopfte, freute ich mich darauf, sie wiederzusehen, ohne zu wissen, was ich ihr von dieser Nacht eigentlich erzählen wollte. Fritz hatte klar gegen die Regeln der Gruppe verstoßen und mit seinem Messer in der Tasche konnte ich das mühelos beweisen. Trotzdem wollte ich ihn da nicht reinreiten. Außerdem war mir nicht klar, welche Strafe er bekommen sollte. Prügeleien wurden mit Schlägen bestraft. Was passierte aber, wenn jemand versucht hatte, auf einen anderen einzustechen. Darüber wollte ich nicht weiter nachdenken. Lieber holte ich mir eine Zeitung.

Es dauerte nicht lange, bis mich das Lesen müde werden ließ, und so machte ich mich wieder auf den Weg. Beim Bezahlen begann ich zum ersten Mal, mein Geld zu zählen. Von den mehr als dreihundert Euro waren jetzt nur noch sechsundachtzig übrig. In meinen Gedanken musste ich Katja Recht geben. Gestern Abend hatte ich mein Geld verschwendet, und schon jetzt musste ich rechnen, wie ich über die Runden kommen könnte. Dabei hatte ich noch keine Vorstellung davon, wie lange dieses Abenteuer weitergehen sollte.

Draußen vor der Tür des Cafés spürte ich einen frischen warmen Sommerwind. Ich lief die Kurfürstenstraße hinunter in Richtung Potsdamer Platz. Damals war dieses »neue Zentrum Berlins« zum Teil eine Baustelle. Der Stadtteil Schöneberg wirkt noch heute in dieser Gegend eher ärmlich und es gab schon damals viele Ramschläden. Auf Grund meiner Erfahrung der letzten Nacht kaufte ich mir eine billige Decke. Außerdem musste ich mich irgendwann einmal umziehen. Deshalb kamen noch zwei einfache T-Shirts, zwei Unterhosen, eine kleine Flasche Duschseife und eine Zahnbürste samt

Zahnpasta dazu. Auf Strümpfe in meinen Turnschuhen konnte ich notfalls verzichten. All das verstaute ich in einem etwas angegammelten Rucksack, den ich zuvor auf der Straße gefunden hatte. Weil ich mich etwas ekelte, ließ ich die Sachen in der Tüte. Jetzt hatte ich nur noch neunundvierzig Euro in der Tasche. Mein Geld schmolz wie die Butter in der Sonne und ich begann, mich über meine eigene Dummheit zu ärgern, die ja außerdem den Stress mit Fritz nicht gerade verringert hatte. Mitsamt meinen Habseligkeiten zog ich mich wieder in den Tiergarten zurück, wobei ich den Teil in der Nähe des Pariser Platzes wählte. Hier kam meine Mutter nämlich nie hin. Auf einer Wiese legte ich mich auf meiner neuen Decke in die Sonne und döste ein.

Ein Prozess mit Folgen

Als ich wach wurde, war es halb zwei. Ich fühlte mich etwas benommen und brauchte lange, um richtig zu mir zu kommen. Katja war vielleicht schon auf dem Weg von der Schule nach Hause. Ich beschloss, sie erst im Park wieder zu treffen, obwohl ich merkte, dass mir das Warten schwer fiel. Sie sollte mich aber auf keinen Fall irgendwie anhänglich finden. Um meine Stadt besser kennen zu lernen und um Fahrgeld zu sparen, lief ich vom Brandenburger Tor zu Fuß in Richtung Friedrichshain. Mein Weg führte mich »die Linden« hinunter, wie die alte Prachtstraße in Berlin genannt wird, zwischen dem Berliner Dom und der Ruine des Palastes der Republik hindurch. Dann überquerte ich den Alex und erreichte ein paar Straßen weiter den Märchenbrunnen. Er liegt am südwestlichsten Zipfel des Parks, in dem ich Katja treffen würde. In diesem Sommer war er in Stand gesetzt worden. Über einige Stufen lief das Wasser mir entgegen, und im Schatten der Bäume war der Brunnen an diesem mittlerweile doch heißen Sommertag ein sehr schöner Ort. Ich zog meine Schuhe aus und ließ die Füße im Wasser baumeln. Auf meinem Spaziergang von Park zu Park hatte mir meine Stadt richtig gut gefallen.

Auf keinen Fall wollte ich zu früh an der Glocke auf die anderen treffen. Außerdem wünschte ich mir, nach Katja dort anzukommen. Frühestens um viertel nach fünf wollte ich da sein. Bis dahin waren es noch gut zwanzig Minuten. So lange setzte ich mich auf eine Bank und guckte ein paar Hunden beim Plantschen zu. Immer noch fühlte ich mich benebelt. Als ich am Gruppentreffpunkt ankam, waren lediglich Mandy und Peter da. Sie begrüßten mich freundlich. Ich erkundigte mich zunächst nach Fritz. Mandy hatte ihn am Basketballplatz ganz in der Nähe gesehen. Katja und die anderen wollten etwas später kommen.

Fritz nach dieser Nacht in einer größeren Gruppe zu begegnen, schien ein kalkulierbares Risiko zu sein. Außerdem konnte ich demonstrieren, dass ich trotz unserer Auseinandersetzung keine Angst vor ihm hatte. Das stimmte zwar nicht, aber ich wollte ein bisschen bluffen. Ich fand, es war vom Gefühl her allemal besser, auf ihn zuzugehen, als auf ihn zu warten. Deshalb ließ ich meinen Rucksack am Treffpunkt und ging zum Sportplatz. Sein Messer hatte ich in einer Seitentasche des Rucksacks verstaut. Durch den Zaun konnte ich beobachten, wie er mit zwei anderen Basketball auf einen Korb spielte. Immer musste einer verteidigen, während die anderen einen Angriff aufbauen konnten. Bei erfolgreicher Verteidigung wechselte das Team und derjenige, der vorbeigeworfen hatte, musste den nächsten Korb verhindern. Wenn das nicht gelang, ging ein Punkt verloren. Schon wegen seiner Größe hatte Fritz die meisten Punkte auf seinem Konto, obwohl er auch als Angreifer nicht schlecht war. Technisch waren ihm seine Gegner allerdings klar überlegen. Ohne lange nachzudenken, fragte ich, ob ich mitspielen könne. Am Internat war Basketball zu meiner Lieblingssportart geworden und ich hatte einfach Lust dazu. Außerdem gab es Regeln, die auch Fritz zu beachten hatte. Weil die beiden anderen Spieler befreundet waren, schlugen sie vor, gegen Fritz und mich zu spielen. Der war alles andere als begeistert, mit mir in einer Mannschaft zu sein. Weil es aber beschlossene Sache war, machte er mit. Wir einigten uns darauf, dass ein Team einundzwanzig Punkte brauchte, um zu gewinnen. »Make it, take it« war das Spiel. Das bedeutet, dass die Mannschaft, die den Punkt macht, so lange in Ballbesitz bleibt, bis ein Angriff danebengeht. Wir hatten den Ball zuerst, den Fritz direkt verlor. Offensichtlich hatte er keine Lust, mir einen Pass zu geben, obwohl ich ziemlich frei stand. Danach machten unsere Gegner sieben Punkte in Folge, weil sich Fritz auch in der Verteidigung ziemlich hängen ließ. Beim achten Angriff kam ich plötzlich dazwischen und eroberte den Ball. Ich zog beide Gegner auf mich und spielte einen Pass mit der linken Hand hinter dem Rücken auf Fritz. Der war frei und konnte mit einem Dunk unseren ersten Punkt markieren. Dabei stopfte er den Ball mit voller Wucht oben in den Ring. Für unseren nächsten

Angriff spielten die Gegner mir den Ball zu, nachdem sie ihre Verteidigungsposition eingenommen hatten. Wir mussten uns außerhalb der Dreipunktelinie aufstellen. Ich bekam den Ball, weil das ungefährlicher wirkte. Schnell nahm ich ihn auf, täuschte einen Pass an und verwandelte einen Dreier, der uns nach diesen Regeln zwei Punkte einbrachte. Nun stand es 3:7, und Fritz hatte begriffen, dass er mit mir durchaus gewinnen könnte. Das Spiel ging hin und her bis zum Spielstand von 19:20 für unsere Gegner. Die hatten den Ball und konnten mit dem nächsten Punkt gewinnen. Bei diesem Angriff konnte Fritz den Spieler blocken, den er verteidigen musste. Ich bekam dabei den Ball, dribbelte hinter die Dreipunktelinie und verwandelte meinen zweiten Dreier in diesem Spiel. Plötzlich stand es 21:20 für uns. Weil aber die Regel war, dass mit einem Abstand von zwei Punkten gewonnen werden musste, lag nun lediglich der Vorteil auf unserer Seite. Gewonnen hatten wir noch nicht. Wieder hatte ich den Ball, und als ich sah, dass Fritz nach vorn lief, spielte ich den Pass so hoch über seinen Verteidiger hinweg, dass nur Fritz ihn im Sprung fangen konnte. Er hatte verstanden, ging hoch und in der gleichen Bewegung dunkte er den Ball zu unserem Sieg in den Korb. Wir waren total verschwitzt und hatten das Spiel für uns entschieden. Die anderen wollten eine Revanche, aber mir tat der Kopf weh. Außerdem hörten wir vom Zaun her ein Klatschen. Katja und Mandy hatten uns zugeguckt.

Wir beide gingen schweigend nebeneinander her in diese Richtung und wurden von den Mädchen begrüßt. Direkt am Basketballplatz stand ein Trinkbrunnen, aus dem ständig frisches Wasser sprudelte. Hier könnte ich mir auch endlich mal wieder die Zähne putzen, fiel mir ein. Aber jetzt wollte ich erst einmal trinken und mir das Gesicht waschen. Fritz war zuerst an dem Brunnen und ließ sich sichtlich Zeit. Wir haben zwar zusammen gewonnen, aber denk bloß nicht, dass das etwas ändert, war die Botschaft. Trotzdem hatte ich das Wiedersehen mit ihm fürs Erste sehr gut überstanden und Katja war jetzt in unserer Nähe. Mir kam der Gedanke, dass Fritz auch aufgeregt sein könnte. In seinem Verhältnis zu ihr war ich ein Konkurrent und die Tatsache, dass er mich in der Nacht zuvor mit dem Messer attackiert hatte, zeigte, dass er tatsächlich eifersüchtig auf mich war. Ich beschloss deshalb, ihn nicht zu verraten. Sein Messer wollte ich aber auf jeden Fall behalten und schon jetzt ärgerte ich mich, es noch in meinen Sachen zu haben. Besser hätte ich es in diesem Augenblick gefunden, wenn es irgendwo an einem sicheren Ort versteckt gewesen wäre. Ich befürchtete, dass er es zurückverlangen würde, und ich wusste nicht, wie ich mich dann verhalten sollte. Bei der Vorstellung, ihm die Waffe zu übergeben, mit der er mich verletzt hatte, lief es mir kalt den Rücken hinunter.

Meine Überlegungen blieben allerdings weit hinter dem zurück, was auf uns beide zukommen sollte. Katja hatte ich nämlich nicht einkalkuliert und ich wusste nicht, dass sie Fritz und mich in der letzten Nacht von ihrem Fenster aus beobachtet hatte. Ich hatte auch keine Ahnung, dass ihr Fritz wie ein Schatten zu folgen pflegte. Katja war sich dessen auch nicht absolut sicher, aber gewundert hatte sie sich schon darüber, dass er in der Vergangenheit oftmals »glücklicherweise« aufgetaucht war, wenn sie in irgendeine zweifelhafte oder sogar etwas gefährliche Situation geraten war. Einmal war sie auf dem zwielichtigen Parkplatz am Ende der Cotheniusstraße von zwei Fernfahrern um Feuer gebeten worden. Plötzlich waren die beiden aus ihrem Laster gesprungen und versperrten den Weg. Sie hatte einen riesigen Schreck bekommen. In diesem Augenblick tauchte plötzlich eine Hand auf und knipste ein Feuerzeug an. Als sie sich umschaute, stand Fritz hinter ihr und fragte, ob alles in Ordnung sei. Dass nicht alles in Ordnung war, merkte sie spätestens daran, weil die Fernfahrer gar keine Zigaretten bei sich hatten. Kleinlaut hatten sie sich bei dem Anblick von Fritz' gewaltigen Ausmaßen wieder in ihren riesigen Laster verzogen.

Am nächsten Morgen konnte Katja auf dem Weg zur Schule beobachten, dass zwei Polizisten den Laster untersuchten. In der Nacht hatte jemand sämtliche Reifen aufgeschlitzt. Außerdem hatte dieser jemand mit dem Messer in die Plane »fickt euch selbst« geritzt. An diesem Morgen nahm sie ein letztes Mal den Weg über den unheimlichen Parkplatz. So dicht wie möglich ging sie an dem Laster vorbei. Als sie auf gleicher Höhe war, kam ihr einer der Fahrer entgegen. Sie schaute ihm kurz in die Augen. Katja war sicher, dass der Fahrer sie erkannt hatte. Trotzdem geschah nichts. Unbehelligt konnte sie zur S-Bahn weitergehen, und als sie die Stahltreppen erreichte, die auf der Rückseite des riesigen Schwimmbads zum Bahnhof hinunterführen, bekam sie plötzlich weiche Knie. Erst jetzt hatte sie wirklich begriffen, aus welcher Gefahr sie Fritz in der Nacht zuvor gerettet hatte.

Andere Situationen waren weitaus harmloser. Oft tauchte Fritz plötzlich im Park auf, wenn sie von Punks um einige Groschen angegangen wurde oder wenn sich jemand danach erkundigte, ob sie ihm vielleicht ihr Handy leihen könne, um zu Hause anzurufen. Fritz kam dabei nicht immer von hinten, sondern manchmal von der Seite und oft aus der entgegengesetzten Richtung. Deshalb zweifelte Katja daran, wirklich von ihm verfolgt zu werden.

Fritz erklärte mir später, er begleite Katja immer, wenn sie nachts allein durch den Park nach Hause musste. Da er ihren Weg kannte, war er ihr manchmal einige hundert Meter vorausgegangen und auf den breiten Wiesen hatte er sich an ihrer Seite aufgehalten. Manchmal beobachtete er Situationen nur, und erst, wenn er meinte, eine konkrete Bedrohung auszumachen, griff er wirklich ein. Wenn Katja zu Hause war, saß er noch einige Zeit auf den Stufen und beobachtete von der gegenüberliegenden Straßenseite, ob das Licht in ihrem Zimmer anging.

Hier hatte er auch am Abend zuvor gesessen, als wir uns begegneten. Wenn ihre Eltern aus dem Kiosk in der Nacht nach Hause kamen, ging er ihnen oft entgegen. Vor allem Katjas Vater kannte ihn, weil Fritz nach dem Abend, an dem er bei seiner Tochter die Tür eingerammt hatte, im Kiosk aufgetaucht war. Fritz hatte sich erkundigt, ob er der Vater von Katja sei, und als dieser im angetrunkenen Zustand zurückgefragt hatte, was denn Fritz von dieser Schlampe wissen wolle, lag Herr Rennert, so war sein Nachname, im nächsten Moment auf dem Bauch. Fritz hatte es sich auf seinem Rücken bequem gemacht und drückte sein Gesicht mit beiden Händen gegen den Boden. In dieser Position wiederholte er seine Frage, auf die Katjas Vater nur noch mit einem erstickten »ja« antwortete. Anschließend wollte Fritz wissen, ob ein guter Vater nicht auf seine Tochter aufpassen müsse und wie er dazu käme, Katja eine Schlampe zu nennen. Dazu fiel Herrn Rennert nichts mehr ein. Fritz war wegen der Ereignisse der letzten Nacht unglaublich wütend. Mit aller Kraft drückte er deshalb das Gesicht seines Opfers so fest gegen den Boden, bis ein leises Knacken davon kündete, das sein Nasenbein dieser Belastung nicht Stand gehalten hatte. Dieses Knacken hatte Katjas Beschützer zum Einlenken bewegt. Mit der nachdrücklichen Empfehlung, dass Herr Rennert in Zukunft seine Tochter respektvoller behandeln solle, weil er ihn sonst wieder besuchen müsse, hatte Fritz den Laden verlassen. Die regelmäßigen nächtlichen Begegnungen nutzte Fritz, um ihn ab und zu an seine damalige Aufforderung zu erinnern.

Katja, die immer noch glaubte, dass sich ihr Vater die Nase bei seinem Sturz ins Zimmer gebrochen hatte, erzählte Fritz von diesem Besuch im Kiosk nie etwas, aber ich verstand einige Zeit später, dass der Respekt, den Herr Rennert vor Katjas Zimmertür entwickelt hatte, nicht nur auf die mit der Reparatur verbundenen Kosten zurückzuführen war.

Das war auch eine Seite dieses gefürchteten Jungen, der ständig anderen Kindern und Jugendlichen im Friedrichshain Sachen abzog und dabei alles andere als zimperlich vorging. Katja war für ihn so etwas wie eine Heilige. Er liebte sie, und gleichzeitig blieb sie für ihn unerreichbar. Deshalb duldete er es nicht, wenn jemand in ihre Nähe kam. Und mich duldete er schon gar nicht, zumal er sehr schnell bemerkt hatte, dass Katja mir durchaus zugewandt war. In diesem riesigen, groben und gewalttätigen Körper steckte ein einfühlsamer Geist. Das sollte ich mit der Zeit noch erfahren.

Als wir am Treffpunkt ankamen, waren auch die anderen da. Heute hatte niemand Einnahmen, die geteilt werden mussten. Katja hatte allerdings zwei Dosen Erdnüsse und zwei Packungen Apfelsaft von zu Hause mitgebracht. Plötzlich merkte ich, wie hungrig ich war. Deshalb freute ich mich im ersten Augenblick, als sie mit dem Saft und den Nüssen rausrückte. Dann bekam ich aber einen gewaltigen Schreck, weil sie Fritz um sein Messer bat, damit sie die Getränkepackungen aufschneiden konnte. Katja schien sehr verwundert, dass Fritz es nicht bei sich hatte. Sie lachte und meinte zu ihm, er würde hier wohl eher ohne Hose als ohne Messer auftauchen. Im Nachhinein finde ich, dass sie in diesem Augenblick unglaublich gut geschauspielert hatte. Mein Auftritt war ähnlich kläglich wie der von Fritz, der mittlerweile mit rotem Kopf kundtat, dass sein Messer wohl verloren gegangen sein müsse. Während er das behauptete, ließ er mich nicht aus den Augen. Jetzt war meine Chance gekommen, den Lauf der Dinge zu beeinflussen – dachte ich. Indem ich vorgab, mich daran zu erinnern, dass er mir das Messer doch vor dem Basketballspiel zur Aufbewahrung übergeben habe, versuchte ich ihm aus der Patsche zu helfen. Als ich das behauptete, lächelte mich Fritz zum ersten Mal erleichtert an. Mit dem Gefühl, die Situation gerettet zu haben, sprang ich zu meinem Rucksack und fingerte das Messer aus der Seitentasche heraus. Gelassenheit heuchelnd übergab ich die Waffe Katja, obwohl mir dabei klar war, dass sie Fritz das Messer zurückgeben würde. Sie klappte es auf und bemerkte die Blutspuren an der Klinge. »Du hast dich wohl wieder geritzt«, fauchte sie Fritz ärgerlich an. Katja wollte die Stelle an seinen Unterarmen sehen. Wie ein kleiner Junge, der seiner Mutter die dreckigen Fingernägel zeigen muss, streckte Fritz ihr seine unversehrten Handgelenke entgegen, auf denen nur die alten Narben zu sehen waren. Als Katja wissen wollte, wo das Blut herkäme, druckste er hilflos rum. Als sie dann von mir wissen wollte, ob ich mir das alles erklären könne, wusste auch ich nicht richtig weiter. »Ich glaube, Fritz hat diesmal wohl jemand anderen geritzt«, sagte sie und griff dabei nach meinem linken bepflasterten Unterarm. Sie wollte wissen, woher diese Verletzung stammte und bestand darauf, dass ich das Pflaster abzog. Darunter kam der Schnitt zum Vorschein, den Katja allen Umherstehenden einschließlich Fritz präsentierte.

»Kannst du das erklären?«, fragte sie Fritz. In dem Augenblick schaltete sich Mandy ein. Ruhig aber mit Gewissheit behauptete sie, wir würden beide lügen. Als Fritz und ich das noch bestreiten wollten, erklärte sie, dass der Rucksack schon an unserem Treffpunkt stand, bevor ich Fritz auf dem Basketballplatz begegnet sei. Niemand sagte danach etwas, aber bei allen arbeitete es in Gedanken. Die Spannung, die ohnehin in der Luft lag, stieg weiter und weiter, bis Katja das Geheimnis lüftete. «Ich habe Fritz und Tim gestern Abend von meinem Fenster aus beobachtet«, teilte sie der Gruppe mit. Sie schilderte den Kampf, der mit meiner glücklichen Flucht endete, und schloss damit die Beweisaufnahme. Klar war nun, dass Fritz eindeutig und in besonders schwerer Form gegen die Gruppenregeln verstoßen hatte. Klar war auch, dass er dafür bestraft werden musste. Da ich versucht hatte, die gerechte Bestrafung zu verhindern, bestand Katja darauf, dass entgegen der sonst geltenden Regel ich derjenige sein sollte, der die Strafe auszuführen hatte. Außer Fritz und mir war das allen recht. Jedem schien die Bestrafung von Gruppenmitgliedern offenbar schwer zu fallen, wenn es nicht gerade um Geld ging. Und so wurde schließlich Recht, was allen außer Fritz und mir recht war. Wir sollten gemeinsam die Suppe auslöffeln, die wir uns eingebrockt hatten.

Als es um das Strafmaß ging, machte Peter einen Witz. Er schlug vor, ich sollte Fritz das Messer beim Zurückgeben doch einfach in die Hand stechen. Der Einzige der darüber lachte, war allerdings Peter selbst. Dem blieb fast die Luft weg, als Katja diesen Vorschlag als gute Idee und als gerechte Strafe bezeichnete. Fritz und ich schauten sie fragend an, als Mandy diesen Vorschlag mit der Feststellung bekräftigte, dass Schläge bei Fritz bislang wenig ausgerichtet hätten. Angesichts der Schwere seiner Verfehlung fände auch sie diese Strafe richtig. Da abermals niemand widersprach, wurde das Urteil rechtskräftig. Wenig später stand ich Fritz gegenüber – mit seinem Messer in meiner Faust. Er hatte seine rechte Hand mit der Unterseite nach oben auf einen der Holzbalken gelegt, die zu dem Gerüst gehörten, an dem unsere Glocke aufgehängt ist. Erstaunt und entsetzt zugleich war ich darüber, dass er bereit war, die von Katja verhängte Strafe zu akzeptieren. Ich schaute in seine Augen, die mir weniger feindselig vorkamen, und versuchte, zu dem angeordneten Stich auszuholen. Alle mussten gemerkt haben, dass ich kaum zu dem in der Lage war, was hier von mir verlangt wurde. Deshalb entschied Katja, bis drei zu zählen, und fordert mich unmissverständlich und ultimativ auf, die Strafe zu vollstrecken. Bei zwei machte Fritz die Augen zu und bei drei zuckte er in Erwartung des Stiches zusammen. Der kam aber nicht, weil sich mein Arm, der das Messer hielt, wie gelähmt anfühlte. Fritz, der seine Augen mittlerweile wieder geöffnet hatte, guckte mich erleichtert und fast dankbar an. Ich war total erschöpft und konnte weder denken noch etwas sagen. Es kostete mich ungeheure Kraft, ihm dass Messer in die geöffnete Hand zu legen. Als er es wieder an sich genommen hatte und es wegpacken wollte, hörte ich Katja wie aus einiger Entfernung sprechen. Sie bestand darauf, das Messer noch einmal zu bekommen. Neben der Gruppenregel, dass eine Strafe ausgeführt werden musste, galt außerdem die Regel, dass derjenige bestraft werden musste, der sie nicht ausführte. Das war in diesem Fall ich. Fritz war mit heiler Haut davongekommen, aber entsprechend der Regel war ich nun an der Reihe. Und im Gegensatz zu mir schien Katja wild entschlossen, die Gruppenregel durchzusetzen. Selbst Fritz war erstaunt. Schließlich war ich in der Nacht zuvor schon der Leidtragende gewesen.

Widerspruch war in meiner Lage nicht mehr möglich. Mein Handeln, Denken und Sprechen war aus irgendeinem Grund blockiert, und ich hoffte, irgendjemand würde Partei für mich ergreifen. Aber nichts geschah. Katja hatte das Messer in ihrer Hand, und wie ein Zuschauer in einem Film beobachtete ich, dass die Hand, die nun auf dem Balken lag, meine eigene war. Katja sprach noch zu mir. Ich schaute in ihre Augen. Ich wusste, sie würde im Gegensatz zu mir entschlossener sein, aber ich verstand nichts mehr und war auch nicht mehr in der Lage zu reagieren. Ich konnte noch erkennen, dass Fritz wegschaute, als Katja ausholte. Ihre Bewegungen schienen mir verlangsamt, und plötzlich hatte ich so intensiv wie noch niemals zuvor dieses aufsteigende Bauchgefühl und direkt dazu diesen komischen Geruch in der Nase. Als sich ihr Arm mit voller Wucht senkte, sah ich mich mit meiner Mutter am Klavier sitzen, und in Erwartung des Schmerzes spürte ich die Angst, dass die Verletzung, die mir Katja mit dem Messer zufügen würde, mich in Zukunft am Klavierspielen hindern könnte. Das war mein letzter Gedanke an diesem Sommerabend im Park.

Erwachen auf dem Mars

Als ich wach wurde, war es Nacht. Ich lag in einem Bett. Der Geruch um mich herum war fremd und dennoch irgendwie vertraut. Ich spürte einen Körper in meinem Rücken. Als ich mich bewegen wollte, stöhnte jemand leise. Bis auf eine Unterhose hatte ich nichts an. Mein Kopf tat weh, und meine Zunge war etwas geschwollen. Schnell wurde mir klar, dass ich einen Anfall gehabt haben musste. Langsam kamen die Bilder und Ereignisse des Tages zurück. Das Basketballspiel mit Fritz und das anschließende Gerichtsverfahren tauchten aus dem Nebel auf. Das letzte Bild meiner Erinnerung war Katja, die mir mit dem Messer in der Hand entschlossen gegenüberstand, um mich zu bestrafen. Erschrocken darüber, bewegte ich zuerst die rechte und als ich keine Schmerzen spürte, auch die linke Hand. Zu meiner großen Erleichterung waren beide Hände unversehrt. Lediglich zwischen dem Mittel- und dem Ringfinger meiner rechten Hand, spürte ich ein leichtes Brennen, welches auf einen kleinen Schnitt hindeutete. Was war nur geschehen, und wo beziehungsweise bei wem war ich hier, und wie war ich überhaupt hier hergekommen?

Als ich mich vorsichtig ein bisschen umgesehen hatte, erkannte ich die Büste von Karl Marx, und nun konnte ich auch den Geruch einordnen. Zu meiner völligen Überraschung befand ich mich in Katjas Zimmer und hatte das Gefühl, einen wunderbaren Traum zu haben. Aber dieser Traum war Wirklichkeit. Sie war mit mir in diesem Bett und lag ganz nah bei mir. Einen Arm hatte sie auf meine Seite gelegt, und ihre Hand spürte ich warm auf meinem Oberschenkel. Wie hatte ich mich in der letzten Nacht hierher gesehnt, und jetzt war ich da. Ganz behutsam versuchte ich, mich ein bisschen zu ihr umzudrehen. Ich spürte ihre nackten Beine an meinen. Vor Aufregung konnte ich kaum atmen. Muskelkater hatte ich auch, und der erinnerte mich wieder an den Anfall. Ich hätte so ziemlich alles gemacht, um in Katjas Bett zu kommen, aber dass ein Anfall mich offenbar hierher gebracht hatte, verwunderte und beunruhigte mich zugleich. Warum war ich diesmal nicht ins Krankenhaus eingeliefert worden? Gern hätte ich Katja geweckt, um das alles zu fragen, aber der Genuss dieser Situation hielt mich davon ab. Ich wollte an meinem seligen Zustand um keinen Preis etwas ändern. Mit vielen kleinen Bewegungen hatte ich mich schließlich auf den Rücken gedreht. Katjas Hand lag jetzt in der Nähe meines kleinen Freundes. Der wollte wachsen, aber das wäre mir ziemlich peinlich gewesen. Deshalb atmete ich ruhig durch und versuchte, mich auf eine der letzten Klavierstunden mit Olga zu konzentrieren. Ich versuchte mich zu erinnern, an welchem Stück wir geprobt hatten, und als es mir einfiel, beschloss ich, den Fingersatz in Gedanken nachzuvollziehen. Erleichtert stellte ich fest, dass es mir damit gelang, meine Erektion zu kontrollieren. Mit Atmung und Konzentration ließ sich anscheinend allerhand bewegen oder zumindest beeinflussen.

Gestern hatte ich ganz vergessen, diese Technik gegen den Anfall einzusetzen, und ich ärgerte mich darüber. Andererseits wäre ich dann vielleicht nicht hier. Katja musste gespürt haben, dass ich mich anders hingelegt hatte. Sie nahm ihre Hand weg, was ich zunächst bedauerte, aber dann zog sie zu meiner Freude ihr rechtes Bein etwas an und legte es auf meinen Bauch. Mit ihrem Arm umfasste sie meinen Brustkorb und ihr Kopf suchte einen angenehmen Platz an meiner Schulter. Jetzt lag sie halb auf mir und ich musste tief atmen und mehrmals schlucken, um die freudige Anspannung auszuhalten, die sich in mir ausbreitete. Dabei wendete ich Olgas Technik nochmals an.

Halb im Schlaf murmelte sie: »Alles soweit in Ordnung?«, und als ich diese Frage bejahte, stellte sie klar, ich dürfe in ihrem Bett bleiben, wenn ich meine Finger bei mir behalten würde.

»O.k.«, sagte ich, worauf sie mir eine gute Nacht wünschte. Die hatte ich, obwohl ich ab diesem Zeitpunkt nur noch wenig schlief. Das lag auch daran, dass ihr Bein mit der Zeit etwas tiefer rutschte und ich spätestens ab da ständig ans Klavierspielen denken musste, um keinen hochzukriegen. Als es anfing zu dämmern, fielen mir noch einmal die Augen zu, und es war richtig hell, als ich schließlich wach wurde. Wieder stand die Zimmertür auf, und um Katja nicht erneut zu erschrecken, rief ich dieses Mal leise ihren Namen, als ich mich vorsichtig auf den Weg in den Flur machte. Sie hatte Tee gekocht. An diesem Morgen war die Wohnung wesentlich aufgeräumter. Das lag daran, dass mittlerweile die Sommerferien begonnen hatten. Deshalb hatte Katja, nachdem ihre Eltern verschwunden waren, aufgeräumt und ein bisschen geputzt. Ich freute mich darüber, Zeit mit ihr zu haben, als sie mich erst mal zum Wachwerden unter die Dusche schickte. Im Badezimmer lief die Waschmaschine. Aus der Küche erklärte sie mir, dass meine Sachen darin seien. Als ich wissen wollte warum, gab sie kurz zur Antwort, dass ich mir bei dem gestrigen Anfall in die Hose gepinkelt hätte.

Das war nun nicht gerade das, was ich hören wollte. Katja ahnte wohl, wie peinlich mir das Ganze war. Sie rief über den Flur, ich müsse mich deshalb nicht schämen. Bei solchen Anfällen käme das halt vor, und ich könnte ja nichts dafür. Ihre Beschwichtigungen halfen mir aber relativ wenig. Ich war richtig geschockt. Von der Freude, die ich eben noch gespürt hatte, war nichts mehr übrig. Wie ein Kartenhaus war meine Stimmung in sich zusammengefallen.

Geistesabwesend zog ich mir die Unterhose aus und stieg in die Badewanne. Da saß ich, als Katja ins Badezimmer reinguckte. Die Tür hatte ich einfach offen gelassen. Selbst das Wasser hatte ich vergessen anzustellen. Meine Verwirrung stand mir wohl ins Gesicht geschrieben. Was heißt verwirrt? Ich war am Boden zerstört. Katja schien besorgt und verunsichert. Eigentlich wollte sie zu mir ins Badezimmer kommen, aber es schreckte sie ab, dass ich völlig nackt, ohne Wasser in der kalten Badewanne saß. So sehr ich mir in der Nacht zuvor gewünscht hatte, ganz nah bei ihr zu sein, so sehr wünschte ich mir jetzt, auf dem Mond oder besser auf dem Mars zu sein.

Nie mehr wollte ich ihr, Fritz oder irgendjemand anderem aus der Gruppe begegnen, der bei diesem Anfall dabei gewesen war. Nichts wollte ich mehr davon wissen, und ich sehnte mich nach meinem Zuhause, nach meinem Zimmer, nach meinem Bett und nach der Decke, die ich mir über den Kopf hätte ziehen können. Die ganze Welt um mich herum wollte ich nicht mehr sehen, damit ich sie mit der Zeit einfach vergessen konnte.

Erst viel später wurde mir klar, was für ein Glück ich in diesem Augenblick hatte. Hätte ich mich ohne Umstände in unsere schöne Wohnung zurückziehen können, wer weiß, ob ich jemals wieder die Kraft gefunden hätte, aus dieser gemütlichen Höhle herauszufinden. Meine Mutter hätte es mir in diesem behaglichen Schneckenhaus sicher sehr bequem gemacht.

Aus der kalten Badewanne jedoch, in der ich jetzt saß, half mir im Augenblick keiner heraus. Diesen Weg musste ich alleine finden. Dabei hatte ich eine junge Frau an meiner Seite, die es gewohnt war, sich tagtäglich durch ihr Dasein zu kämpfen. Gemessen an ihren Problemen war das Epilepsiegespenst, das sich in mein Leben geschlichen hatte, gar nichts. Aber dieses Gespenst hatte mich zum zweiten Mal erschreckt und dieser Schreck war mir so in alle Glieder gefahren, dass ich eine ganze Weile brauchte, um mich davon zu erholen.

Meine Schockstarre musste Katja veranlasst haben, zu mir ins Badezimmer zu kommen. Sie stellte das Wasser an und testete mit der Handdusche die richtige Temperatur. Dann steckte sie den Stöpsel in den Abfluss und ließ die Wanne einlaufen. Sie setzte sich auf den Toilettendeckel und guckte in meine Richtung. Als ich ihr kurz in die Augen schaute, merkte ich, dass sie meinen Körper betrachtete. Das gab mir das Gefühl, ihr zu gefallen, und zusammen mit der entspannenden Wirkung des warmen Wassers half mir das langsam aus meiner Reglosigkeit heraus. Als sich unsere Blicke erneut trafen, spürte ich, wie mit dem warmen Wasser eine Traurigkeit in mir aufstieg, die keine Kraft der Welt zurückhalten konnte. Plötzlich heulte ich los, und als Katja das merkte, kam sie schnell zu mir und nahm mich in den Arm. Das tat so unendlich gut, und ich spürte, wie mit meinen Tränen all die Anspannung herauskam, die sich in meinem Körper angesammelt hatte.

»Ist ja gut, lieber Tim«, hörte ich Katja immer wieder sagen, und zwischendurch spürte ich, dass sie die Tränen gar nicht störten, die ich in ihren Armen vergießen durfte. Vorgestern, nachdem ich sie im Flur so erschreckt hatte, war ich ihr beim Trösten so nahe gewesen. Heute fand ich bei ihr den Halt, den ich brauchte, um wieder Kraft zu sammeln. Als sie mich loslassen wollte, versuchte ich sie zunächst festzuhalten. Als ich aber merkte, was sie vorhatte, durchzuckte mich von einem Augenblick auf den anderen eine Freude, die wie meine Trauer zuvor absolut grenzenlos war. Mit einer

Hand öffnete sie den Knopf ihrer Hose und begann sich auszuziehen. Da sie spürte, dass sie mich nicht loslassen sollte, achtete sie darauf, immer mit einer Hand an mir dran zu bleiben. Als sie ihre Jeans ausgezogen hatte, ließ sie sie einfach auf den Boden des Badezimmers fallen. Mit einer Hand griff sie dann nach dem kurzen Ärmel ihres T-Shirts und zwängte ihren ganzen Arm durch die enge Öffnung. Danach zog sie sich das Oberteil über den Kopf. Darunter kamen ihr sehr hübscher Bauch und ihre Brüste zum Vorschein. Sie erlaubte mir nur einen ganz kurzen Blick, aber es kam mir so vor, als hätte ich noch nie in meinem Leben etwas Schöneres gesehen. Ihre dunkelblaue Unterhose behielt sie an, als sie hinter mir in die Wanne glitt. Kurz zog sie meine Schultern nach hinten, womit sie mir zeigte, dass ich mich bei ihr anlehnen sollte. Ich rutschte in der Wanne etwas nach vorne, und plötzlich lag mein Kopf an ihrem Busen. So hielt sie mich fest und drehte das Wasser aus, weil der Wasserspiegel mit uns beiden so weit angestiegen war, dass die Wanne überzulaufen drohte. Hatte ich mich eben noch auf den Mars gewünscht, wollte ich mir für diesen Wunsch jetzt schon wieder in den Hintern beißen. Keinen Millimeter würde ich mehr von dem Platz wegrücken, den wir beide eingenommen hatten, und ich konnte mir in diesem Augenblick keinen schöneren Ort auf der ganzen Welt vorstellen, als dieses angegammelte Badezimmer im vierten Stock eines Plattenbaus an der Landsberger Allee im Osten Berlins. Ich weiß nicht mehr, wie lange wir einfach so im Wasser gelegen und dem Tropfen des undichten Wasserhahns gelauscht haben. Mir kam es vor wie eine Ewigkeit, und angesichts des erlebten Wechsels meiner Stimmungen von Schreck, über tiefe Traurigkeit hin zum Glück, hatte ich das Gefühl, eine Zeitreise durch das Universum hinter mir zu haben. Einmal zum Mars und zurück war ich geflogen, und nun war ich angekommen – bei ihr, aber auch bei mir.

Als Katja fragte, ob alles in Ordnung sei, sagte ich deshalb nur »ja« und rutschte in der Wanne etwas tiefer, bis mein Mund knapp unter der Wasseroberfläche war. Ich pustete die Luft aus meinen Lungen ins Wasser und machte Blasen. Als Kind hatte ich das gerne getan, wenn ich mit Angelina in unserem großen Marmorbadezimmer die Wanne teilte. Zu gerne hätte ich Katja einmal mit zu mir genommen, die sich jetzt vorsichtig von mir löste, um aus dem Wasser zu steigen, das mittlerweile abgekühlt war. Meine Blicke folgten ihr, und sie lächelte mich kurz an. Sie schien entdeckt zu haben, dass sie mir gefiel.

Trotzdem legte sie sich ein Handtuch um und forderte mich auf, aus der Wanne zu kommen. Nach einigen kurzen Bewegungen platschte ihre durchnässte Unterhose auf den Badezimmerboden. Dort blieb sie liegen, als sie Jeans und T-Shirt vom Boden aufhob. Dann verließ sie das Badezimmer.

Ein fast perfektes Frühstück

Katja kam noch einmal kurz zu mir herein, um mir ein frisches Handtuch zu bringen. Dann verschwand sie in ihr Zimmer. Ich blieb im Badezimmer und erst als ich meine Unterhose wieder angezogen hatte, kam ich heraus. Bei unserer Begegnung im Flur war meine Freundin bereits vollständig angezogen. Ich musste noch auf meine Hose warten, die von der Waschmaschine geschleudert wurde. Der Tee stand auf dem Tablett in ihrem Zimmer. Nachdem ich etwas getrunken hatte, merkte ich, dass ich munterer wurde. Wegen meiner angeschwollenen Zunge taten mir das Reden und das Schlucken noch etwas weh. Wir beide schwiegen und sahen uns dabei an. Was hatten wir seit unserem ersten Zusammentreffen in der S-Bahn alles erlebt! Noch nie war mein Leben so aufregend verlaufen, aber das Tempo, mit dem ich unterwegs war, machte mir auch ein bisschen Sorge. Vielleicht – so mein Gedanke – steckte auch das hinter meinen Anfällen.

Früher hatte ich die ja nicht gehabt, und an meinem Kopf hatte sich doch nichts verändert. Ich konnte mich jedenfalls an keine Verletzung in jüngster Zeit erinnern, und krank war ich auch schon lange nicht mehr gewesen. Gestern Abend war ich mit meinen Kräften aber ziemlich am Ende. Der Stress mit Fritz, die fast schlaflose Nacht im Tiergarten, mein morgendlicher Schlaf in der Sonne, das Kopfdrücken vor dem Basketballspiel, mein Hunger, mein Durst und dann dieses Gerichtsverfahren. Im Grunde hatte bereits vor dem Anfall eine innere Warnlampe geblinkt, die ich so lange ignoriert hatte, bis es zum Knall gekommen war. Der kam, als Katja mit dem Messer zustechen wollte. Das schien der Tropfen gewesen zu sein, der das Fass zum Überlaufen brachte. Plötzlich wollte ich von Katja wissen, was da eigentlich passiert war.

Diese Frage schien Katja zu verunsichern. Schnell bekam ich den Eindruck, dass sie vielleicht ein schlechtes Gewissen hätte. Zunächst erklärte sie mir nämlich, warum sie mich bestrafen musste. Als ich ihren Rechtfertigungen lauschte und sie dabei ansah, wurde mir klar, dass hinter dem, was an diesem Nachmittag passierte, ein ausgeklügelter Plan steckte. Schon vorgestern hatte sie gemerkt, dass das mit Fritz und mir im Grunde nicht gut gehen konnte. Unser Kampf vor ihrem Fenster hatte sie total aufgeregt. Die ganze Nacht hatte sie nicht schlafen können. Immer wieder musste sie darüber nachdenken, wie das zwischen uns zu regeln sei, ohne dass einer von uns beiden die Gruppe verlassen würde. An dem Punkt machte sie mir klar, dass im Zweifelsfalle ich derjenige hätte sein müssen, auch weil es für mich hätte lebensgefährlich werden können, sich Fritz zum Feind zu machen. Deshalb war sie auf dieses Gerichtsverfahren gekommen. Dabei hatte sie einkalkuliert, dass mir der Mut fehlen würde, Fritz zu bestrafen. Auch die Strafe hatte sie sich überlegt. Damit, dass ihr Peter mit seinem Vorschlag zuvorkommen würde, hatte sie allerdings nicht gerechnet. Alles war noch besser gelaufen, als sie es geplant hatte. Selbst den Apfelsaft und die Nüsse hatte sie nur mitgebracht, um Fritz nach seinem Messer fragen zu können.

All diese Erklärungen brachten mich ziemlich durcheinander. Zum einen fühlte ich mich durchschaut und ausgetrickst. Außerdem wollte ich wissen, ob Katja mit dem Messer wirklich zugestochen hätte, wenn nicht der Anfall dazwischengekommen wäre. Das fragte ich sie dann auch. Daraufhin guckte sie mich verwundert an und antwortete: »Aber ich hab doch zugestochen.«

»Und warum ist meine Hand nicht verletzt?«, fragte ich. Als sie mit ihrer Antwort zögerte, fand ich sie zum ersten Mal ein bisschen überheblich. Sie schien sich angesichts ihres Plans ziemlich zu gefallen. Das das Ende dieses Plans aber bedeutete, dass Fritz' Messer schließlich in meiner Hand stecken sollte, machte mich echt sauer. Katja musste zugestehen, dass da ein gewisses Risiko bestanden hätte, aber eigentlich sei sie davon ausgegangen, ich würde entweder meine Hand wegziehen oder sie könnte mich zwischen den Fingern treffen. Das habe ja auch geklappt, erklärte sie erleichtert.

»Darauf hast du dich verlassen?«, fragte ich fassungslos, und war schon wieder den Tränen nahe, als ich mich sagen hörte, dass meine Finger nicht einfach nur Finger seien, sondern dass sie mir wichtiger wären als meine Beine, meine Augen oder sonst irgendwas. Das brachte Katja sichtlich durcheinander, und etwas kleinlaut gab sie zurück, sie habe deshalb ja auch gut aufgepasst.

»Aufgepasst«, zischte ich, um dann zu schweigen.

»Meinst du, ich kann das nicht?«, war ihre Frage, die sie etwas ärgerlich an mich richtete, und mir wurde klar, dass wir in diesem Augenblick unseren ersten Streit hatten. Um nicht weiterzustreiten, blieb ich bei meinem Schweigen. Das machte Katja aber nur noch wütender. Sie ärgerte sich darüber, dass ich nicht erkennen wollte, welchen Stress sie sich meinetwegen gemacht hatte und wie riskant das alles auch für sie gewesen war. »Kannst du dir vorstellen, wie wichtig eine solche Gruppe ist, um unter meinen beschissenen Bedingungen in Berlin zu überleben und was ich für dich aufs Spiel gesetzt habe?«, wollte sie von mir wissen. Aber woher sollte ich das wissen? Und woher sollte Katja wissen, dass ich mit meinen Fingern Klavier spielte und Klavierspielen das war, was ich auf meine Weise zum Überleben brauchte? Weil mir das langsam dämmerte, kam mir mein Ärger sogar ungerecht vor. Dummerweise schwieg ich trotzdem weiter, aber jetzt mehr deshalb, weil ich nichts Richtiges zu sagen wusste.

Das brachte Katja richtig in Rage. Plötzlich sprang sie auf und rannte in die Küche. Mit einem Schneidebrett und einem spitzen Gemüsemesser kam sie wieder. Sie setzte sich in meiner Nähe auf den Fußboden und platzierte das Brett in Reichweite vor sich.

»Was soll das nun werden?«, fragte ich sie verunsichert. Das provozierte sie nur noch mehr, und ehe ich mich versah, hatte sie ihre linke Hand mit leicht gespreizten Fingern auf das Brett gelegt, und mit einer atemberaubenden Schnelligkeit stach sie mit der Rechten, die das Messer hielt immer wieder mit Wucht in die Zwischenräume. Das hörte sich an wie das trommelnde Geräusch einer Nähmaschine. Da es immer schneller und heftiger wurde, griff ich irgendwann ohne nachzudenken dazwischen. Sie sollte endlich damit aufhören. Dabei verletzte mich Katja mit dem Messer ein klein wenig an meiner Handinnenseite. Darüber sichtlich erschrocken, hielt sie endlich inne, und angesichts eines Bluttropfens, der aus der kleinen Wunde quoll, die sie mir zugefügt hatte, begann sie zu zittern. Schnell rückte ich diesmal an sie heran und nahm sie ganz fest in meine Arme, was sie mit einem Seufzer der Erleichterung kommentierte. Ich hörte, wie sie das Messer hinter meinem Rücken aus der Hand fallen ließ und spürte, wie sie in sich zusammensank. Ich umarmte sie noch fester und stand langsam mit ihr vom Boden auf. Dabei kam sie mir so leicht und zart vor, während ich mich plötzlich unendlich kräftig fühlte. Ich legte sie aufs Bett, und als ich sie loslassen wollte, um sie zuzudecken, griff sie nach meinem rechten Arm. Deshalb legte ich mich diesmal hinter sie und begann, sie zu streicheln. Ganz vorsichtig tastete ich mich voran. Erst streichelte ich lange ihren Rücken auf ihrem T-Shirt, dann darunter, um mich schließlich ihrem nackten Bauch zu nähern. Schließlich umkreisten und streichelten meine Hände auch ihre Brüste. Bei jedem meiner zaghaften Schritte, wartete ich auf ein leises, zustimmendes Stöhnen von ihrer Seite. Schließlich hatte ich ihren ganzen Oberkörper mit meinen Händen erkundet, als sie sich mit den Worten zu mir umdrehte, ihr seien meine Hände auch sehr wichtig. Das hatte Cecilia schon mal zu mir gesagt, und dieses Kompliment von Katja zu bekommen, machte mich stolz.

Ich hätte ewig weiter streicheln können, aber meine Freundin wollte aufstehen und spazieren gehen. Draußen schien die Sonne, und es war richtig warm. Deshalb störte es nicht so sehr, dass ich eine Hose anziehen musste, die etwas feucht war. Strümpfe brauchte ich nicht. Meinen Rucksack ließ ich in ihrem Zimmer. Nur das Geld steckte ich in meine Tasche. Es war seltsam, Katja dabei zu beobachten, wie sie ihre Zimmertür mehrfach verriegelte, um dann die Wohnungstür lediglich zuzuziehen. Das Haus verließen wir durch den Hinterausgang. Draußen bestand Katja darauf, dass ich jedes Zeichen irgendeiner Vertrautheit unterließ. Sie lief die ersten fünfhundert Meter ein bisschen vor mir her und schaute sich mehrmals um. Erst als wir die Frankfurter Allee in Richtung Kreuzberg überquerten, wurde sie entspannter. Bis hierher hatten wir kein Wort miteinander gesprochen. Ich hatte sie nur angesehen. Die Art, wie sie sich bewegte, zeigte mir, dass sie sich in ihrem Körper wohl fühlte. Katja spürte, dass ich sie beobachtete, und schien meine Blicke zu genießen. Mir gefiel besonders, wie ihr kleiner Po vor mir herhüpfte und wie sie kurz lachte, wenn sie sich zu mir umschaute.

Ausgerechnet sie war nun meine erste richtige Freundin geworden, obwohl wir uns erst so kurz kannten. Sie hatte Kraft, sie hatte ein Ziel und sie fand sich seit Jahren alleine zurecht. Am meisten Ähnlichkeit hatte sie mit meinem Freund Vince, aber in ihrem Kern war sie nicht so heimtückisch und gewalttätig wie er. Vor Vince musste man immer auf der Hut sein, aber Katja konnte man vertrauen.

Als wir die Warschauer Brücke überquert hatten, verlangsamte Katja das Tempo. Sie schien jetzt sicher, dass Fritz uns nicht gefolgt war. Auf der Oberbaumbrücke zog sie mich hinter einen der schönen Brückenpfeiler, die die U-Bahngleise stützen, und gab mir in seinem Schatten einen langen Kuss. Danach wollte sie wissen: »Magst du Marzipan?«

Ich bejahte und deshalb steuerte sie mit mir die Bäckerei *Ali Baba* am Schlesischen Tor an. Ohne zu überlegen, wählte sie aus dem Sortiment verschiedene Kekse aus und kaufte noch ein Mandelhörnchen, zwei Kaffees mit Deckel und eine Flasche Wasser. Als sie aus dem Laden kam, beschleunigte sie ihre Schritte, was sie damit erklärte, dass wir für ein perfektes Frühstück noch zu dem perfekten Ort müssten. Ich bekam die Wasserflasche und den Beutel mit den Keksen in die Hand gedrückt. So rannten wir los. Wenig später erreichten wir einen Brunnen im Görlitzer Park. Hier lief das Wasser wie am Märchenbrunnen viele Stufen herunter und im Schatten hoher Schilfpflanzen konnte man sich auf quadratische Marmorblöcke setzen. Unsere Füße ließen wir im Wasser baumeln, so wie ich es am Tag zuvor im Friedrichshain getan hatte. Ich erwähnte, dass mich dieser Ort an den Märchenbrunnen erinnern würde, obwohl der Brunnen vollkommen anders aussah. Katja stimmte zu, und erfreut über den Vergleich, erklärte sie mir, eigentlich sei der Märchenbrunnen der »perfekte Ort«, aber bis dahin wäre der Kaffee kalt und wahrscheinlich auch Fritz in unserer Nähe. Und das wäre kein perfektes Frühstück mehr, erklärte sie mir. Der Görlitzer Park, in dem wir uns jetzt befanden, hätte den Vorteil, eine absolut »fritzfreie Zone« zu sein. Auch bestünde keine Gefahr, jemand anderem aus ihrer Gruppe zu begegnen. Als ich wissen wollte, warum, forderte mich Katja auf, darüber während des Frühstücks nachzudenken. Danach waren weitere Fragen verboten. Außerdem wollte sie, dass ich meine Augen zumachte, während sie die Kekse aus der Tüte holte. Von jeder Sorte hatte sie zwei Stück ausgesucht. Von dem jeweils ersten musste ich mit geschlossenen Augen abbeißen. Katja aß anschließend immer den Teil, den ich ihr übrig gelassen hatte. Den zweiten Keks durfte ich angucken, damit ich mir die Sorte einprägen konnte. Von diesem zweiten Keks biss Katja immer zuerst ab, um mir in den Mund zu schieben, was sie übrig gelassen hatte. Danach mussten wir als Vorbereitung auf den nächsten Keks einen Schluck Kaffee trinken.

Insgesamt waren es sechs Sorten. Mittlerweile denke ich, dass dieses Gefühl absoluter Köstlichkeit vor allem durch die Art zustande kam, wie Katja die Kekse mit mir aß. Jedenfalls habe ich bis heute nie mehr mit gleichem Genuss gefrühstückt, obwohl ich die Bäckerei von Zeit zu Zeit aufsuche. Dieses erste Mal mit Katja war und ist einfach nicht zu übertreffen. Von dem Mandelhörnchen bissen wir immer abwechselnd ab. Damit unser Frühstück nicht zu Ende ging, wurden meine Bissen mit der Zeit immer kleiner. Katja merkte das und spielte zunächst mit. Aber als nur noch das Schokoladenteil übrig war, steckte sie sich das zu meinem Schrecken mit einem Mal in den Mund. Als sie mein verdutztes Gesicht sah, musste sie zunächst lachen. Dann setzte sie sich auf meinen Schoss, um mich mit dem zu füttern, was sie schon in ihrem Mund gehabt hatte. Wenn meine Eltern so etwas taten, war mir das immer eklig vorgekommen. Aber als mir jetzt Katja mit ihrer Zunge diesen süßen Brei in den Mund schob, konnte ich mir nichts Schöneres vorstellen. Selbst die Schmerzen, die mir meine Zungenverletzung bereitete, konnten diesen schönen Augenblick nicht beeinträchtigen. Wieder hatte ich das Gefühl, restlos glücklich zu sein. Als ich Katja ansah, war ihr Mund mit Schokolade verschmiert. Meiner sah bestimmt nicht besser aus. Deshalb schüttete ich ein bisschen Wasser aus der Flasche in meine Hand und wusch erst mir und dann ihr das Gesicht. All das mochte sie, und alles, was sie sich für mich ausgedacht hatte, mochte ich.

Nach dem Frühstück liefen wir ein bisschen durch den Park. Auch diese Ecke von Berlin war mir bislang unbekannt geblieben. Obwohl ich mittlerweile gespannt war, wie es mit Fritz und mir weiter ging, fand ich es gut, dass hier »fritzfrei« war. Der Grund war mir aber noch nicht klar. Deshalb bat ich Katja, mir das zu erklären.

Sie schaute mich etwas abfällig an, und wollte wissen, ob ich in Köln nicht eigene Erfahrungen gesammelt hätte. Dazu sagte ich vorsichtshalber nichts, um mich nicht irgendwie zu verraten. Als einige Zeit lang von mir nichts kam, holte Katja schließlich tief Luft: »Du weißt doch, dass Berlin in Bezirke aufgeteilt ist«, erklärte sie. Natürlich wusste ich das. »Dann weißt du auch, dass diese Bezirke Verwaltungsgrenzen haben und dass ein Bezirksbürgermeister nur innerhalb dieser Grenzen zuständig ist.«

Auch das war mir vertraut.

»Und so wie Berlin Verwaltungsbezirke hat, haben auch Jugendgangs bestimmte Bereiche, in denen sie ihre »Geschäfte« machen. Meine Gruppe ist in Friedrichshain und Prenzlauer Berg aktiv und hier in Kreuzberg haben andere das Sagen.«

»Aber warum darfst du hier rumspazieren?«, wollte ich wissen.

»Das liegt daran, dass ich niemals etwas Illegales machen würde«, antwortete sie. Ärger würde es nur geben, wenn Fritz hier Handys abziehen würde oder wenn Mandy in diesem Park auf den Strich ginge. So kämen die beiden den überwiegend türkischen Jugendlichen in die Quere, die das hier selbst vorhätten, und dann ginge der Stress erst los. Sie habe denjenigen, die hier räubern würden, schon öfter Nachhilfe gegeben oder bei dem einen oder anderen Antrag auf Sozialhilfe oder Kindergeld geholfen. Deshalb sei sie hier bei den meisten ganz gerne gesehen. Sie war froh darüber, weil sie meinte, ohne die *Ali Baba-Bäckerei* nicht mehr leben zu können.

Jetzt wusste ich Bescheid und stellte fest, dass auch die Menschen offenbar wie die Hunde ihr Terrain abstecken. Geduldet ist man so lange, wie man anderen nicht dazwischenkommt, und erwünscht ist man, wenn die geltenden Regeln respektiert werden, egal, ob offiziell oder inoffiziell. Langsam begann ich zu begreifen, warum Katja Gesetze und Regeln so wichtig waren. Trotzdem fragte ich danach, weil ich es noch mal von ihr selbst erklärt haben wollte. Über diese Frage schien sie sich zu freuen. Katja war davon überzeugt, dass in einer gesetz- und regellosen Welt immer die Stärkeren die Schwächeren dominieren. Gesetze gäben den Schwachen eine gewisse Macht. Sie beispielsweise sei vor ihren Eltern geschützt, weil es heutzutage verboten ist, Kinder zu schlagen.

»Wenn so etwas trotzdem passiert, kann ich zur Polizei gehen und dafür sorgen, dass mein Vater wegen Körperverletzung eingesperrt wird«, erklärte sie. »Dann bin ich vor ihm sicher. Außerdem ist geregelt, dass jedem Menschen in Deutschland ein bisschen Geld zum Überleben zusteht, dass unsere Wohnung nicht einfach gekündigt werden kann, wenn Papa mal wieder in den Flur kotzt, und dass ich zur Schule gehen darf und sogar muss, um später Jura studieren zu können. In unserer Gruppe helfen die Regeln, damit jeder von den Stärken der anderen etwas abbekommt und nicht allein auf sich gestellt ist. Jeder braucht das Gefühl, zu jemandem zu gehören, dem er nicht gleichgültig ist«, ergänzte Katja.

Ich fand schön, wie sie über Dinge sprach, zu denen ich mir noch relativ wenig Gedanken gemacht hatte. Für mich war es so selbstverständlich, dass ich meinen Eltern und Großeltern wichtig war, und bei dem Gedanken, meine Familie im Moment so im Ungewissen zu lassen, hatte ich einen Kloß im Hals. Sie fehlten mir, und zu gerne hätte ich Katja von diesem Familiengefühl etwas abgegeben. Deshalb sagte ich ihr, dass sie mir im Moment sehr wichtig sei.

Als das raus war, schaute sie mich lange an.

»Bin ich dir wichtig, oder bist du verknallt?«, war ihre Frage. Das brachte mich durcheinander. Ich fühlte mich überprüft. Ich war mir sicher, dass sie mir wichtig war, weil sie mir gut tat. Ich hatte einen Anfall gehabt, bei dem ich mir in die Hose gepinkelt hatte. Danach war ich nicht im Krankenhaus aufgewacht, sondern in ihrem Bett. Sie hatte mir meine Sachen ausgezogen, als ich noch bewusstlos gewesen sein musste und hatte sie in die Waschmaschine gesteckt. Katja hatte sich vor dem Anfall weder erschreckt noch geekelt. Dabei hätte sie einfach weggehen oder die Feuerwehr rufen können. Dann hätte sie damit nichts mehr zu tun gehabt. Stattdessen kümmerte sie sich um alles. Warum hatte sie keine Angst davor? Als ich an diesem Morgen so durcheinander war, hatte sie mich in der Badewanne vom Mars zurückgeholt. Obwohl ich noch gar nicht wusste, was während des Anfalls alles mit mir passiert war und wer ihr geholfen hatte, fühlte ich mich bei ihr sicher und geborgen. So ein Gefühl konnten mir weder ein Arzt noch meine Eltern geben. Katja tat einfach, was gut für mich war. Und natürlich war ich auch in sie verknallt.

Weil mir der Anfall peinlich war und ich über all das noch nicht reden konnte, gab ich auf ihre Frage keine Antwort. Weshalb Katja begann, mich damit aufzuziehen, dass ich verknallt sei.

Sie sprang vor mir her und rief immer: »Tim ist verkna-hallt, Tim ist verkna-hallt«, und lief weg. Mir war klar, dass ich sie einholen sollte, und um es etwas spannender zu machen, ließ ich ihr einen ordentlichen Vorsprung. Als sie schon gar nicht mehr glaubte, dass ich ihr hinterherkommen würde, blieb sie etwas enttäuscht stehen. Ich ging ein paar Schritte auf sie zu, und plötzlich rannte ich los. Sie bekam einen kleinen Schreck und lief schreiend weg. Eine Zeit lang schien es, als würde sich der Abstand zwischen uns nicht verringern. Auf den ersten paar hundert Metern kam ich kaum näher an sie heran. Dann durchquerte sie im Park eine tiefe Kuhle, die mich ein bisschen an ein römisches Theater erinnerte. Sie lief in die Kuhle hinein und als sie auf der anderen Seite wieder hoch musste, holte ich sie Schritt für Schritt ein.

Sie spürte mich in ihrem Rücken und konnte vor Lachen nicht mehr richtig atmen. Als ich sie erreicht hatte, umfasste ich sie am Bauch und drehte mich im Fallen so, dass sie weich auf mir landete. Katja versuchte leider, sich mit einem Ellenbogen abzustützen. Der traf mich so im Bauch, dass ich Mühe hatte, Luft zu bekommen. Sie strampelte und versuchte, sich loszureißen, aber mein Griff saß sicher, und als sie ihre Bemühungen schließlich aufgab, drehte sie sich erschöpft und schwitzend zu mir um. So blieben wir eine Zeit lang in der Sonne liegen, bis ich sie fragte, wie sie es finden würde, wenn Tim »verknallt« wäre. Sie erklärte, sie fände das im Grunde gut, aber ihr Leben würde dadurch nicht gerade unkomplizierter. Tim einen Kuss zu geben, wäre nur in »fritzfreien Zonen« möglich, und insofern wüsste sie nicht so recht, ob diese Liebe eine Perspektive habe, zumal wir uns jetzt langsam wieder bei der Gruppe blicken lassen müssten. Und dann kündigte sie mir den letzten Kuss für heute an und half mir auf. Zusammen machten wir uns auf den Weg Richtung Friedrichshain.

Heimliche Liebe

Unterwegs gelang es mir, meine Scham zu überwinden und Katja endlich nach dem Anfall zu fragen. Sie wollte wissen, ob ich so was schon mal gehabt hätte. Ich sagte »Ja, einmal.« »Wie lange ist das her?«, fragte sie.

»Ein paar Monate«, antwortete ich und ergänzte, dass ich mir dabei nicht in die Hose gemacht hätte.

»Das passiert auch nicht immer«, entgegnete Katja, und als ich neugierig darauf wurde, woher sie dass alles wisse, erklärte sie, dass ihr Vater schon seit Jahren Anfälle habe. »Immer, wenn er sich im Wohnzimmer mit Schnaps die Kante gibt, kriegt er danach solche Attacken. Hin und wieder kotzt der dabei sogar alles voll. Einmal hat er durch den Anfall von dem Erbrochenen was eingeatmet. Davon hat er 'ne fette Lungenentzündung gekriegt. Zwei Wochen musste er im Krankenhaus bleiben. Danach habe ich gehofft, er würde nie mehr saufen. Der Traum war aber schon nach ein paar Tagen zu Hause ausgeträumt. Von den Anfällen hat mein Vater nie was wissen wollen. Dem scheinen die irgendwie egal zu sein, obwohl sie bei ihm viel schlimmer sind als bei dir«, schloss sie.

Das beruhigte mich etwas, aber trotzdem wollte ich wissen, wie dieser »weniger schlimme Anfall« bei mir aussähe. Katja erklärte, dass ich zu Beginn einen starren Blick bekäme. Das sei ihr aufgefallen, nachdem sie mit dem Messer erfolgreich die Lücke zwischen meinem Mittel und Ringfinger getroffen habe.

»Danach habe ich dich angesehen, weil ich so erleichtert war, dass ich dich nicht verletzt habe. Du hast aber durch mich durchgeguckt und warst irgendwie weit weg. Dann lief dir ein bisschen Speichel aus dem Mund, und du hast geschmatzt, als ob du etwas essen würdest. Da hab ich Fritz gesagt, er solle dich mal festhalten. Das hat er auch gemacht, und wenig später bist du ganz steif geworden. Da hatte Fritz dich aber schon auf den Boden gelegt. Als du so steif warst, hast du ganz schwer geatmet, und dann kam ein bisschen Schaum mit Blut aus deinem Mund. Dein Gesicht war ganz blass und fast ein bisschen bläulich. Das war irgendwie der schlimmste Augenblick. Aber der war nicht so lang wie bei meinem Vater. Bei dem hat man das Gefühl, dass das gar kein Ende mehr nimmt. Bei dir waren das höchstens zwanzig Sekunden. Danach hast du dich ein bisschen entspannt, und dann kamen noch einige rhythmische Zuckungen. Während der Zuckungen oder kurz danach hast du dir in die Hose gemacht. Ja, und dann war der eigentliche Anfall schon vorbei. Eine Zeit lang hast du noch wie tot dagelegen. Da hat Peter schon wieder gelacht. Dafür hat er von Fritz gleich eine reingekriegt. Ja, und anschließend warst du nicht wach zu kriegen. Zwar hattest du immer mal die Augen auf, aber vernünftig reden konnte man mit dir nicht. Und weil du so fertig warst, hab ich gesagt, dass die Jungs dich zu mir nach Hause bringen sollten. Fritz hat dich bei uns im Badezimmer ausgezogen. Da hat er dich auch abgeduscht und dir eine von deinen neuen Unterhosen angezogen. Danach hat er dich in mein Bett gepackt und da hast du einfach weitergeschlafen. Wir haben dann erst einmal einen Kaffee getrunken und Fritz hat vor lauter Aufregung noch eine geraucht. Wir haben überlegt, wodurch du den Anfall bekommen haben könntest, und was wir hätten besser oder anders machen können. Er will dich heute auch noch danach fragen. Fritz hat sich richtig Sorgen um dich gemacht und meinte doch glatt, du hättest besser zustechen sollen. Für ihn wäre das halb so schlimm gewesen. Da hat er richtig einen auf starken Fritz gemacht, aber dabei war er auch so süß, wie Fritz halt sein kann, wenn er es gut mit einem meint. Dafür musste ich ihn einfach in den Arm nehmen, und er hat sich gefreut wie Bolle. Deshalb hatte er auch nichts dagegen, dass du in meinem Zimmer weitergeschlafen hast. Anrufen sollte ich aber, wenn ich noch mal Hilfe bräuchte. Aber die brauchte ich nicht, und jetzt geht's dir wieder gut, oder?«

Diese Frage konnte ich nicht richtig beantworten. Selbst wenn die Anfälle ihres Vaters schlimmer waren als meine, reichte mir vollkommen, was ich da über mich erfahren hatte. Angesichts dieser Schilderung war ich wieder auf meinem Weg zum Mars. Ich konnte mich an eine Art Trancezustand erinnern, bevor bei mir quasi das Licht ausging. Ich war einfach nur weg gewesen. Mir hatte nichts wehgetan, ich hatte keine Angst gehabt, und ich hatte von all dem, was sie mir beschrieben hatte, absolut nichts gespürt.

Aber trotzdem wollte ich das nicht haben. Ich konnte mir nicht vorstellen, dass so etwas zu mir gehörte, dass ich das war, der da zuckend, röchelnd, spuckend und völlig hilflos am Boden gelegen hatte. Mich machte das so klein, und dabei war ich doch ein toller Musiker und mittlerweile auch eine ziemliche Sportskanone, in die die hübschesten Mädchen verliebt waren.

Vorletzte Nacht hatte ich mit dem gefürchteten Fritz gekämpft, und ich hatte sogar gewonnen. In der Leipziger Bahnhofstoilette hatte ich mich erfolgreich gegen Jochen zur Wehr gesetzt, aber gestern Nacht hatte ich mir beim Anfall wie ein Baby in die Hose gemacht! Für mich passte das alles einfach nicht zusammen. Das lag auch daran, dass ich stark sein wollte und das Gefühl hatte stark sein zu müssen, um von zu Hause rauszukommen. Dass aber jeder Mensch seine starken und seine schwachen Seiten hat, wollte ich nicht sehen.

Katja spürte es, wenn ich manchmal unsicher und traurig war. Aber sie spürte auch, dass ich mitbekam, wenn sie traurig oder verängstigt war. In diesen Momenten war ich gerne bereit sie festzuhalten. Nach so jemandem hatte sie sich gesehnt. In der Gruppe hatte sie niemanden, der das konnte. Lediglich Fritz beschützte sie mit seiner Kraft, aber davon wusste Katja ja nichts. Und er wollte auch nicht, dass sie das wusste, weil er ihr nicht das Gefühl geben wollte, dass sie ihn brauchte. Im Grunde stimmte das ja auch, denn abgesehen von zwei, drei brenzligen Situationen, zu denen auch die Geschichte mit dem Lastwagen zählte, war Katja nie wirklich in Gefahr gekommen. Diese Situationen, in denen Fritz immer »zufällig« aufgetaucht war, hatten außerdem ihren Blick für Gefahren geschärft.

Sie hatte früh gelernt, auf sich selbst aufzupassen. Auf dunklen Plätzen vermied sie die Nähe zu Autos oder anderen unübersichtlichen Stellen. Zu Männern, die ihr nachts auf der Straße oder alleine im Park entgegen kamen, hielt sie Abstand, selbst wenn sie dazu die Straßenseite oder sogar die Richtung ändern musste. In fast leere U- oder S-Bahnwagen stieg sie selten ein und wenn, dann setzte sie sich zu anderen Frauen. So vermied sie den Eindruck, dass sie alleine war, und wenn sie dennoch das Gefühl bekam, von jemandem beobachtet zu werden, hatte sie sich angewöhnt, denjenigen ziemlich bald anzusprechen und irgendwas Belangloses zu fragen. Das konnte beispielsweise die Uhrzeit sein. Katja machte das aus verschiedenen Gründen. Erstens hatte sie dann keine Angst mehr vor diesen Kerlen, zweitens konnte sie denen das zeigen und drittens unterbrach sie die Phantasien, die diese Schweine vielleicht gerade entwickelten. Ihre Fragen bewirkten einen Gedankenstopp. Wenn die Typen dann überlegen mussten, wo sie ihre »schicke« Jacke gekauft hatten oder von welcher Marke ihre Jeans war, konnten die sich nicht mehr ausmalen, Katja irgendwo flachzulegen.

Katja war nämlich davon überzeugt, dass es bei Vergewaltigungen eigentlich nicht wirklich um Sex ginge, auch wenn Sex dabei rauskäme. Männer, die Frauen so etwas antäten, würden sich tatsächlich nur daran aufgeilen, dass Frauen Angst vor ihnen hätten, weil die im normalen Leben selbst meistens Angst vor Frauen hätten. »Die Pisser finden es supergeil, wenn sie spüren, dass sie mit ihrem unverschämten Blick Macht über eine Frau bekommen. Das Alter oder ob sie die Frau wirklich hübsch finden, ist denen egal. Hauptsache, die können Frauen Angst machen. Wahrscheinlich brauchen die das, um überhaupt mal einen hochzukriegen«, meinte sie. Insofern war ihre Art, auf solche Männer zuzugehen, der wirksamste Schutz. »Ich frage die so lange, bis die vollkommen impotent sind«, hatte sie mir erklärt.

Katja spürte, dass ich durch ihre Anfallsbeschreibung wieder in meinen selbstzweifelnden Gedanken versunken war und fragte, um das Thema zu wechseln, warum mir denn meine Hände so wichtig wären.

»Weil ich Klavier spiele«, sagte ich kurz.

»Wow«, entgegnete sie beinahe abfällig. Offenbar hatte sie etwas anderes erwartet und meinte, ich hätte das doch wieder tun können, wenn die Verletzung an der Hand verheilt wäre.

»Ja schon«, sagte ich, »aber vielleicht wäre die Hand danach irgendwie anders. Schließlich kannst du mit einem solchen Stich Muskeln verletzen und Sehnen durchtrennen. Bis die wieder zusammengewachsen sind, dauert das lange, und außerdem sind sie dann erst einmal viel unbeweglicher«, erklärte ich.

»Aha«, kommentierte Katja und meinte, dass ich doch üben könne, bis die Sehnen wieder beweglich würden. Schließlich sei ich noch jung, und da würde sich das schnell geben, stichelte sie.

Das machte mich sauer, aber woher sollte sie auch wissen, wie ich Klavier spielte und dass ich normalerweise täglich mehrere Stunden damit verbrachte. Deshalb fasste ich den Entschluss, ihr das mal zu zeigen. Ich fragte sie, ob sie ein Musikgeschäft kennen würde und ob sie mal Lust hätte, mit mir dahinzugehen. Sie kannte eins und versprach mir, mich am nächsten Tag dahin zu begleiten. Das freute mich so sehr, dass ich sie spontan in den Arm nahm. Sie schien sich auch zu freuen, aber trotzdem machte sie sich sofort von mir los. Wir waren nämlich wieder in Friedrichshain und sie wollte nicht von irgendjemandem aus der Gruppe gesehen werden. Ich versprach, mich zusammenzunehmen, obwohl mir das sehr schwer fiele. Sie empfahl mir, ich solle mir einfach immer vorstellen, Fritz ginge hinter uns her. Dann wollte sie wissen, ob mir diese Vorstellung helfen würde, meine »ach so wichtigen Finger« bei mir zu behalten.

»Könnte klappen«, antwortete ich.

»Das muss klappen«, entgegnete sie, weil ich mich sonst nicht darauf verlassen könnte, dass Fritz diese Finger heil lassen würde. Um das zu unterstreichen, erzählte sie die Geschichte von einem Jungen, der wohl mal versucht hatte, sie am Kletterfelsen anzugrabschen.

»Der Sack hat so getan, als ob er mir beim Klettern helfen wollte. Dabei fasste er mir mit der rechten Hand an den Hintern und mit der linken in die Nähe meiner Brust. Da ist Fritz aufgetaucht, um dem zu erklären, dass ich da auch alleine hochkäme. Als der das nicht gleich glauben wollte, hat Fritz ihm an der rechten und der linken Hand jeweils den Mittelfinger gebrochen. Das ging ruck zuck, – knack, knack – und dann die Heulerei. Ein bisschen leid tat mir das schon, weil der Typ eigentlich gar nicht so übel war und vielleicht wirklich helfen wollte. Aber er hätte halt vorher fragen müssen«, war ihre Meinung, und deshalb habe sie die Strafe verstanden, die Fritz für gerecht gehalten hatte.

Mir lief ein kalter Schauer bei der Vorstellung über den Rücken, wozu Fritz offensichtlich fähig war. Von Katja wollte ich deshalb wissen, wie das käme, dass Fritz so drauf sei.

»Der ist halt nicht zimperlich«, war ihre erste Antwort, und dann erklärte sie, das hinge wohl mit seinen Eltern zusammen.

»Haben die ihn immer verprügelt?«, war meine Frage.

»Nein, das nicht«, entgegnete Katja, »aber der Vater hat immer seine Mutter verdroschen und Fritz hat das von klein auf mit ansehen müssen. Eines Tages war er dann groß und vor allem stark genug, und als sein Alter sich auf dem Balkon nach einer Prügelei bei einer Zigarette entspannen wollte, ist der plötzlich vom Balkon gesprungen.«

»Aber warum denn?«, wollte ich wissen.

»Na, weil Fritz ihn bei den Füssen gepackt und ihm beim Abspringen etwas geholfen hat.«

»Und was hat die Mutter dazu gesagt?«, wollte ich sichtlich verstört wissen.

Katja seufzte und meinte, ich könne wirklich blöde Fragen stellen. Aber schließlich erzählte sie mir die ganze Geschichte, die in der Tat vertrackt war und für Fritz nicht gut ausgehen konnte. Zunächst erklärte sie, dass Frauen nicht aus Spaß bei Männern bleiben, von denen sie geschlagen werden. Bei Fritz' Eltern war es so, dass die Mutter nach seiner Geburt keinen Job mehr gefunden hatte. Der Vater arbeitete als Fernfahrer. Sie brauchte sein Geld, um mit der Familie über die Runden zu kommen. Oft war Fritz' Vater die ganze Woche über weg, und das habe ihn wahnsinnig eifersüchtig gemacht. Immer stellte er sich vor, seine Frau hätte etwas mit anderen Kerlen, während er weg war. Voller Misstrauen kam er nach Hause und gleich wäre der Streit losgegangen. An kaum einem Wochenende sei es anders gewesen. Immer hätte der Vater geschrien, getrunken und schließlich geschlagen. Jahrelang hielt Fritz das aus. Aber mit der Zeit wandelte sich seine anfängliche Angst in einen tiefsitzenden Hass. Oft bat er seine Mutter, den Vater nicht mehr reinzulassen. Sie habe sich aber mit ihrem Schicksal abgefunden, und versuchte Fritz zu erklären, dass der Vater dann nur noch wütender würde. Die Angst vor Veränderung in ihrem Leben war offensichtlich größer, als die vor ihrem schlagenden Mann und an die wöchentliche Tracht Prügel hatte sie sich gewöhnt. Nur Fritz konnte das nicht, zumal er wusste, dass der Vater mit seinen Verdächtigungen Unrecht hatte. Als er etwas älter wurde, versuchte er, an den Wochenenden nicht mehr da zu sein. Aber das half nicht wirklich, weil er das Gefühl hatte, seine Mutter im Stich zu lassen. Mittlerweile war er hin und wieder mit Erfolg dazwischen gegangen, um wenigstens schlimmere Schläge zu verhindern. Und dann kam der Tag, an dem Fritz wirklich stark genug war, um es mit seinem Vater aufzunehmen. Dieser hatte wie immer die Mutter vermöbelt, war betrunken und lehnte über der Balkonbrüstung. Fritz hatte den Eindruck, dass er selbst mit dem Gedanken gespielt habe, aus dem achten Stock des Plattenbaus an der Herzbergstraße hinunterzuspringen. Seine Mutter sei gerade auf dem Weg ins Badezimmer gewesen, um den Waschlappen erneut nass zu machen. Sie wollte ihr lädiertes Auge kühlen, als sie sah, dass Fritz plötzlich auf den Balkon stürzte. Mit den Händen umfasste er so fest er nur konnte die Fußgelenke seines Vaters und wuchtete ihn über die Brüstung. Fritz meinte, dass sein Vater sich dabei gar nicht gewehrt habe. Das war's. Am Anfang wurde noch von Selbstmord gesprochen, aber Fritz' Vater hatte eine ordentliche Lebensversicherung abgeschlossen. Die Versicherung wollte bei Selbstmord nicht zahlen, und deshalb hat seine »liebe Mutter« Fritz am Ende verraten. Katja wusste nicht, was für Fritz schlimmer gewesen sei, der Verzweiflungsmord an seinem Vater oder der Verrat der Mutter des Geldes wegen.

»Mit seiner Mutter war er danach jedenfalls auch fertig. Fritz kam in einen Jugendknast, wo ihn die Mutter nicht ein einziges Mal besuchte. Möglicherweise kam sie wegen ihres schlechten Gewissens nie vorbei. Kaum hatte sie das Geld von der Versicherung in der Hand, ist sie irgendwohin an die Küste gezogen und hat dort einen Fischimbiss aufgemacht. Ein Jahr später kam Fritz in den offenen Vollzug und dann in ein Heim. Mildernde Umstände wegen Nothilfe waren dafür der Grund. Deshalb ist er auch nicht als Mörder verurteilt worden, sondern nur wegen Totschlags. Mittlerweile hat er es mit meiner Hilfe ins betreute Einzelwohnen geschafft. Alle zwei Wochen räumen Mandy und ich mit Fritz seine Bude auf und putzen, damit er seine Wohnung behalten kann. Für unsere Gruppe ist das wichtig, weil da öfter Leute übernachten, wenn zu Hause dicke Luft ist«, erklärte Katja.

An den Putztagen kochten die Mädchen mit Fritz irgendeinen Eintopf, von dem er zwei Tage essen konnte. Außerdem wurden ein paar Portionen für später eingefroren. Ohne seine Eltern ging es ihm letztendlich entschieden besser. Problematisch in seinem Leben verlief derzeit eigentlich nur die Lehrstellensuche. Als Mörder ohne Schulabschluss hat man es da nicht so leicht, stellte Katja fest. Fritz habe kaum Menschen, die ihm wichtig seien.

»Für sein Leben fehlt eigentlich jede Perspektive außerhalb unserer Gruppe. Und genau das, lieber Tim, macht Menschen wirklich gefährlich, vor allem wenn sie so groß und kräftig sind wie Fritz«, erklärte Katja zum Schluss und mit diesen warnenden Worten endete ihr Bericht. Danach brauchte ich eine Weile, um das Gehörte zu verarbeiten.

Als Katja und ich ihren Wohnblock gerade passiert hatten und schon fast im Park waren, kamen wir an einer Kirche vorbei. Katja zog mich zur Seite und steuerte auf die Tür zu. Ich erwartete, dass diese abgeschlossen sei, aber zu meiner Überraschung war sie offen. Rechts und links ragten zwei Gestalten aus der Backsteinfassade, die wohl Engel sein sollten. Als wir den Innenraum betraten, war er überraschend geräumig. Am Ende befand sich ein großer gotischer Altar. Sie schaute sich kurz um und winkte mich in eine Bank. Katja rutschte soweit durch, bis wir einen der mächtigen runden Pfeiler im Rücken hatten, die in die stützenden Bögen der Dachkonstruktion übergingen. Der Pfeiler versperrte den Blick auf den Eingang. Katja hatte aber wohl mehr im Sinn, sich mit mir dahinter zu verstecken. In der Kirche war es kühl und still. Außer uns war niemand da. Katja erklärte, Fritz würde normalerweise in der zweiten Reihe rechts vor dem Altar knien.

»Fritz geht in die Kirche?«, fragte ich etwas ungläubig, worauf Katja mit dem Kopf nickte. »Wenn er nicht am Treffpunkt im Park ist, sitzt er ständig hier rum.«

Katja erklärte, dass wir die Tür auf jeden Fall hören würden. Dann müssten wir nach rechts aus der Bank rutschen und uns so lange hinter dem Pfeiler verstecken, bis wir sicher seien, dass Fritz nicht reingekommen sei.

»Und was machen wir jetzt hier?«, fragte ich Katja.

»Na, knutschen«, antwortete sie und setzte sich auf meinen Schoß. Voller Freude über ihre Idee ließ ich geschehen, was sie überraschend vorgeschlagen hatte. Dabei wünschte ich mir, Nina könnte uns in dieser Kirche sehen, aber schnell hatte ich diesen gemeinen Gedanken vergessen.

Nach einer schönen Viertelstunde machten wir uns auf den Weg zu den anderen in den Park. Besonders mich hatte die Gruppe gespannt erwartet. Katja erklärte, dass ich zur Erholung erst einmal ausschlafen musste, wofür alle Verständnis hatten.

»Hey, Tim«, sagte Fritz und klatschte mich zur Begrüßung ab. Ich freute mich über seinen Gruß, musste aber auch kurz daran denken, gerade die Hände berührt zu haben, mit denen er seinen eigenen Vater vom Balkon in die Tiefe befördert hatte. Dabei konnte ich Fritz recht gut verstehen. Ich stellte mir die Beziehung des kleinen Fritz zu seiner Mutter so vor wie meine zu Angelina. Ich ging davon aus, dass seine Mutter ihm total wichtig war. Wenn ich mir vorstellte, mein Vater hätte meine liebe Mutter jeden Samstag verprügelt, hätte auch ich schnell angefangen, ihn zu hassen. Bei seiner Tat hatte Fritz aber eine Grenze überschritten. Dieser Teil der Geschichte kam mir völlig undenkbar vor.

Auge um Auge, Zahn um Zahn war das Prinzip aus dem Alten Testament, das in Katjas Gruppe Gesetz geworden war. Das war auch das Lebensmotto meines Freundes Vince. Der Satz aus dem Neuen Testament musste hier umformuliert werden: »Hasse die meisten anderen mehr als dich selbst«, müsste er lauten. Ich war froh, nicht wirklich in diese Welt zu gehören, obwohl ich in diesem Moment von der Gruppe erst richtig aufgenommen worden war.

Als ich mich bei Fritz für seine Hilfe bedankte, wurde er fast rot. Stotternd sagte er etwas gestelzt, dass das doch eine Selbstverständlichkeit gewesen sei. Peter betonte das auch, und ich bekam das Gefühl, dass sich alle wegen des Anfalls ein bisschen bei mir entschuldigen wollten. Erst kam mir das seltsam vor, aber dann dämmerte es. Der Anfall kam, als Katja ihre Bestrafung vollstreckte. Allen musste es so erscheinen, als ob mein Zusammenbruch eine Reaktion auf dieses Ereignis gewesen wäre. An diesem Stich waren tatsächlich auch etliche Leute beteiligt gewesen. Fritz, der mich vorgestern angegriffen hatte, Peter, der die Strafe vorgeschlagen hatte, Mandy, die auf dieser Strafe bestanden hatte, bis hin zu Katja, die schließlich zustach.

Außer Jennifer, Justin und Benni hatten alle das Gefühl, an dem, was mit mir passiert war, irgendwie schuld zu sein. Insofern war die Übernachtung in Katjas Bett wohl einerseits Wiedergutmachung. Andererseits hatten Katja und die anderen sich auch Sorgen um mich gemacht. Alle wollten ihren Teil der Schuld abstottern. Deshalb freuten sie sich jetzt, dass es mir wieder gut ging. Der Anfall hatte mich aber auch zu einem Menschen werden lassen, der offensichtlich Hilfe brauchte. Von dem sportlichen Jungen, in den sich Katja anscheinend verguckt hatte und der mal eben ein paar hundert Euro ausgepackt hatte und alle zum Essen einlud, war ich zum »Epileptiker« geworden, der sich vor allen in die Hose machte. Für Fritz war ich damit kein Konkurrent mehr, weil er sich nicht vorstellen konnte, Katja könnte sich in so einen verlieben. Außerdem haben Menschen die merkwürdige Angewohnheit, das eigene Schicksal erträglicher zu finden, wenn sie feststellen, dass es anderen noch schlechter geht als ihnen selbst. Auch das schien in der Gruppe gängige Meinung zu sein.

Insofern war mein Anfall sogar ein großes Glück, zumal Katja in der Lage war, die ganze Angelegenheit wesentlich differenzierter zu betrachten. In der Gruppe machte es mir überhaupt nichts aus, als Epileptiker und als Opfer angesehen zu werden, aber Katja wollte ich schon zeigen, was für ein Kerl ich war.

Von Verzweiflung, Zerstörung und Selbstliebe

Dieser Vorsatz führte dazu, dass ich mehr und mehr über mich verriet. Puzzleteil für Puzzleteil gab ich preis, und Katja konnte die Stücke zusammenlegen. Ich denke, sie hatte von Anfang an gespürt, dass meine Geschichte nicht stimmte, vielleicht schon deshalb, weil meine Turnschuhe zu neu und zu sauber waren. Vielleicht lag es auch daran, dass ich sie einfach anders behandelte. Meine Selbstliebe und die Liebe zu ihr waren in dieser Welt fremd. Außerdem gab ich ihr am nächsten Tag im Musikgeschäft ein großes Puzzlestück in die Hand, weil ich unbedingt zeigen wollte, wie toll ein »Epileptiker« Klavier spielen kann.

Aber dazwischen lag noch eine Nacht. Fritz bot an, ich könne auch bei ihm bleiben, aber Katja erklärte, dass mein Rucksack noch bei ihr sei.

Außerdem fragte sie Fritz, ob er wisse, was bei meinen Anfällen zu tun sei. Aus dem Schlaf heraus hätte ich nämlich noch ein paar davon gehabt. Fritz wusste das nicht, und Katja versprach, ihm das bei Gelegenheit zu erklären, damit nichts passieren würde, wenn ich mal bei ihm bliebe. Alle, einschließlich mir, waren überrascht, dass mein Anfall im Park offenbar nicht der einzige gewesen war. Ich war sogar richtig geschockt. Fritz musste mir das angemerkt haben. Deshalb kam er dann, klopfte mir tröstend auf die Schulter und meinte, dass es vielleicht doch besser sei, wenn ich bei Katja bliebe. Sie hätte ja wegen ihres versoffenen Alten von uns allen die meiste Erfahrung mit solchen Sachen. Ein anderes Mal könne ich ja bei ihm übernachten. Dieses Angebot war sehr vage formuliert und konnte meinerseits nur als Rückzieher interpretiert werden. Sein Zuspruch war lieb gemeint, aber die Vorstellung, mit mir während eines Anfalls in seiner Wohnung allein zu sein, ließ ihn offenbar zurückschrecken. Ich kam mir mal wieder wie ein Aussätziger vor, obwohl mir seine verblümte Absage nicht ganz unrecht war. Fritz war jetzt zwar wesentlich netter zu mir, aber dennoch konnte ich mir nicht vorstellen, mit ihm die Nacht in einer Wohnung zu verbringen. Aber das war nebensächlich. Mich beschäftigte vielmehr, nicht nur einen, sondern mehrere Anfälle gehabt zu haben. Schon wieder hatte ich meine Marsrakete bestiegen.

Die Laune hatte einen neuen Tiefpunkt erreicht, und ich wollte mit Fritz auch nicht Basketball spielen. Meiner Meinung nach hatte er mir das nur angeboten, um mich aufzumuntern. Katja schien das zu merken und schaute mich bekümmert an. Wenig später forderte sie mich zum Gehen auf, damit wir vor ihren Eltern ins Bett kämen. Sie ging vor, und ich trottete hinterher. Ihr schien das ganz recht zu sein. Als wir auf ihrem Hof waren, deutete Katja vorsichtig an, dass sie mir etwas sagen müsse. Ich wollte es gar nicht hören, weil ich den nächsten Hammer befürchtete. Aber es kam anders. Als wir im Treppenhaus waren und die Haustür hinter uns ins Schloss gefallen war, erklärte Katja, sie habe nicht die Wahrheit gesagt.

»Der Anfall im Park war und ist der einzige, den ich bei dir mitbekommen habe«, sagte sie mit Nachdruck.

»Und warum hast du mir einen solchen Schreck eingejagt?«, wollte ich wissen. »Weil ich dich so lange, bis deine komische Freundin wieder da ist, bei mir haben will«, antwortete Katja.

Fast hätte ich gefragt, welche Freundin sie meinte, bis ich mich an die Geschichte erinnerte, die ich ihr bei unserem ersten Treffen aufgetischt hatte. Möglicherweise hatte der Anfall mein Gedächtnis etwas durcheinandergebracht. Deshalb musste ich die Geschichte für mich selbst an dieser Stelle noch einmal zusammenfassen.

Also – ich war aus Köln, hatte Stress mit dem Liebhaber meiner Mutter, dem ich eine Bierflasche auf den Kopf geschlagen hatte, und ich war nach Berlin abgehauen, um hier Sonja zu treffen, eine mir bekannte Sängerin, die aber gerade auf Tournee war.

Jetzt hätte ich gerne Vince als Berater in meiner Nähe gehabt, aber er war absolut unerreichbar in Leipzig. Ich sehnte mich nach Unterstützung von einem Menschen, der mir vertraut war. Aber das war gegenwärtig aussichtslos, und weil mir bewusst wurde, wie dünn das Eis war, auf dem ich gerade stand, schlug mir mein Herz bis zum Hals. Das hatte aber auch damit zu tun, dass Katja gerade zugegeben hatte, wie wichtig es ihr war, mich bei sich zu haben. Das freute mich sehr. Aber so groß die Freude auf der einen Seite war, so groß war die Angst auf der anderen, dieses Glück wieder zu verlieren, das nicht richtig zu meinem Leben passen wollte. Unsere Liebe machte Katjas Leben komplizierter, aber meins nicht minder. Wie sollte das nur weitergehen? Fürs Erste hatte meine Freundin geregelt, dass ich so lange bei ihr übernachten könnte, bis Sonja wieder in Berlin wäre. Da es diese Sonja in Berlin aber gar nicht gab, konnte ich den Zeitpunkt bestimmen. Hin und wieder würde ich nach diesem Phantom gucken gehen, aber leider würde sie von der Tournee noch nicht wieder zurück sein. Bis dahin schienen mir die Nächte in Katjas Zimmer sicher.

Jetzt waren erst einmal Sommerferien. Die letzten Ferien waren mir so schrecklich vorgekommen, weil ich sechs lange Wochen auf Nina verzichten musste. Jetzt standen mir im Idealfall sechs Wochen mit Katja bevor. Diese Zeit in ihrer Nähe wollte ich nutzen.

Als wir in der Wohnung waren, drängte mich Katja, schnell die Zähne zu putzen und noch mal aufs Klo zu gehen. Ich beeilte mich und lag schon im Bett, als sie noch im Badezimmer war. Aufgeregt hörte ich auf die Wohnungstür, aber alles lief glatt. Als Katja ihre Zimmertür ordentlich verriegelt hatte und bei mir im Bett lag, war ich wieder der glücklichste Tim auf der ganzen Welt. Lediglich der Gedanke, dass ich mich zwei Tage nicht bei meinen Eltern gemeldet hatte, bedrückte mich.

Ich hatte meine Unterhose anbehalten, und Katja hatte sich sogar einen Schlafanzug angezogen. Sie gab mir einen Gutenachtkuss und kuschelte sich an mich. So stellte sie unmissverständlich klar, was sie von mir wollte und was nicht. Ich sollte bei ihr sein, ohne ihr zu nah zu kommen. Das spürte ich, ohne dass ein Wort darüber hätte gesprochen werden müssen.

In Gedanken ging ich den Tag noch einmal durch und blieb an dem Punkt hängen, wo wir uns gestritten hatten. Ich hatte Katja vor Augen, als sie mir zeigte, wie schnell sie mit dem Messer zwischen ihre Finger stechen konnte. Dabei war sie so abwesend und angespannt gewesen. Katja war, nachdem ich die Vorführung unterbrochen hatte, richtig in sich zusammengesunken. So ähnlich hatte sie reagiert, als ich sie unfreiwillig im Flur erschreckt hatte. Da konnte ich ihre Anspannung verstehen. Doch bei ihrem Messerkunststück konnte ich das nicht. Deshalb beschloss ich, sie danach zu fragen. Denn allein daran, dass ich ihr nicht zugetraut hatte, wirklich zwischen meine Finger zu stechen, konnte es nicht gelegen haben, und mit diesem Gefühl hatte ich ins Schwarze getroffen. Katja reagierte auf meine Frage stärker, als ich es erwartet hatte. Sie drückte sich ganz nah an mich heran und wollte wissen, wie das eigentlich käme, dass ich so was immer merken würde. Das konnte ich nicht sagen. Es war eben so.

Katja erklärte, dass sie vor etlichen Jahren mit diesen Messerspielen angefangen habe.

»Das war in der Zeit, als meine Eltern so richtig begonnen hatten zu trinken. Damals spürte ich, dass ich denen gar nicht mehr wichtig war. Nur noch selten wurde zu Hause gekocht. Noch seltener wurde eingekauft, weil das meiste Geld für die Sauferei draufging. Mein Vater hatte seine ersten Anfälle. Damals habe ich oft gedacht, dass er danach nicht mehr wach werden würde. Alles schien egal zu sein, und unsere Familie, die bis zur Wende ziemlich glücklich gewesen war, versank mehr und mehr in der Gleichgültigkeit. Eigentlich war ich damals unendlich traurig. Was ich aber vor allem gemerkt habe, das war Wut, Wut und nichts als Wut. Ich war auf meine Eltern wütend, weil die sich so hängen ließen. Aber bis ich darauf gekommen bin, war ich erst einmal wütend auf mich selbst. Ich glaube, vielen Kindern geht das so, wenn sie von ihren Eltern vernachlässigt werden. Man kommt sich selbst so wertlos vor. Komischerweise hilft einem dann ausgerechnet Schmerz. Wenn du Schmerzen spürst in deiner Wut, fühlst du wenigstens was und weißt, dass da noch Leben ist in dir. Deshalb habe ich mich anfangs aufgekratzt, denke ich heute. Immer, wenn ich eine kleine Verletzung hatte, habe ich gekratzt und gekratzt und gekratzt. Das tat weh, und weil es wehtat, tat es auch irgendwie gut. Außerdem habe ich mir auch gewünscht, meine Eltern würden das sehen und mich trösten oder in den Arm nehmen. Ich wusste natürlich damals nicht, dass ich mir das wünschte. Erst heute ist mir das klar. Aber meine Mutter hat nur geschimpft, und wenn sie gesehen hat, dass ich es nicht lassen konnte, mich zu kratzen, hat sie mich sogar geschlagen. Das hast du nun von der Sauerei, hat sie immer gesagt, wenn ich geweint habe. Sie wusste nicht, was sie machen sollte, aber es hat sie auch nicht interessiert. Das hat mich weiter runtergezogen. Ist ja auch irgendwie logisch. Jetzt hatte ich auch noch Angst davor, mich aufzukratzen, weil meine Mutter mich dafür schlagen würde. Die Schläge waren dabei gar nicht das Schlimme. Ich glaube sogar, Menschen halten Schläge viel besser aus, als sie denken. Viel schlimmer war das Gefühl, verachtet zu werden. Das habe ich damals gespürt. Meine saufenden Eltern, die ich mit dem Kratzen davon abhalten wollte, dass sie weiter trinken, haben mich verachtet. Und das war dann wie eine Wendeltreppe in ein tiefes schwarzes Loch. Es ging immer tiefer runter, und es wurde immer dunkler in meinem Leben. Schließlich habe ich mich auch nicht mehr gekratzt, sondern ich habe mich geschnitten, und ich habe es auch nicht mehr da gemacht, wo man es sieht, sondern vor allem da, wo es am meisten wehtut. Dabei hatte ich immer Angst, entdeckt zu werden und ich bekam mehr und mehr Angst vor mir selbst, weil ich nicht mehr verstanden habe, was ich da eigentlich mit mir mache. Und wenn du dich nicht mehr verstehst und sogar Angst vor dir selbst bekommst, dann bist du krank – also seelisch meine ich.

Eines Tages hat meine Sportlehrerin beim Schwimmen die Verletzungen gesehen. Da war ich schon so weit, dass ich immer in die Innenseiten meiner Beine geschnitten habe, an den Stellen, wo die Hose reibt. Heute finde ich das selbst total krass, aber damals wusste ich mir einfach nicht anders zu helfen. Das fällt mir gerade erst so richtig auf, während ich dir das erzähle, dass ich mir ja mit diesen Schnitten eigentlich helfen wollte. Das kann man doch gar nicht verstehen, oder?«, fragte mich Katja.

Ich drückte sie fest an mich, um ihr zu zeigen, dass ich nachdachte. Dann sagte ich: »Verstehen kann man das nicht, wenn man nur die Schnitte sieht und so etwas selbst nie erlebt hat, aber so wie du das gerade erklärst, kommt mir das logisch vor«, und dann wollte ich wissen, wie es weitergegangen war.

Katja freute sich über meine Antwort und rückte noch näher an mich heran, obwohl das kaum noch ging. Ich hielt sie weiter ganz fest, als sie ihre Geschichte fortsetzte.

»Wie gesagt, meine Sportlehrerin hatte diese Schnitte gesehen und nach der Schule hat sie dann auf mich gewartet. Sie fragte, ob ich kurz Zeit hätte, und natürlich hatte ich Zeit. Meine Eltern warteten nicht mit dem Mittagessen oder so was in der Richtung. Die waren in ihrem Saufladen, und es war denen egal, wann ich da aufkreuzte, um Pommes oder Currywurst vorgesetzt zu bekommen. Noch heute könnte ich kotzen, wenn ich diesen Geruch nur in die Nase bekomme. Deshalb wollte die Sportlehrerin – also Jana, ich durfte sie von da ab Jana nennen – auch wissen, ob meine Eltern nicht warten würden. Auf die Frage habe ich das mit der Sauferei erzählt. Jana erkundigte sich, ob da noch was anderes wäre. Das hab´ ich erst gar nicht verstanden, und als ich wissen wollte, was sie damit meinte, da hat sie mir einen Teil von ihrer Geschichte erzählt. Sie war dabei total offen, obwohl das eine Geschichte war, für die sie sich auch hätte schämen können.

Seitdem Jana ungefähr acht Jahre alt war, war der Freund ihrer Mutter immer nach der Gutenachtgeschichte noch bei ihr im Bett geblieben. Am Anfang fand sie das toll, weil er sie immer streichelte, bis sie eingeschlafen war. Irgendwann hat sie gemerkt, dass er sie zwischen den Beinen anfasste, wenn er meinte, dass sie schon schlafen würde. Das hat bei Jana auch zu einem ziemlichen Gefühlschaos geführt. Sie mochte diesen Freund der Mutter, sie mochte seine Gutenachtgeschichten, und sie fand schön, von ihm gestreichelt zu werden, aber sie wusste auch, dass es falsch war, wo er es am Ende immer tat. So pervers, dass er sie gevögelt hätte, war er nicht. Er hat ihr auch nie wehgetan. Das hatte dann Jana selbst übernommen, weil sie mit dem, was da passierte, überhaupt nicht klar kam. Sie hat sich auch eine Zeit lang so geschnitten, wie ich das damals gemacht habe, und mein Glück war, dass sie über meine Schnitte nicht einfach hinweggesehen hat, wie die meisten anderen Lehrer. Jana hatte mir von ihren Schnitten erzählt und wollte wissen, welche Geschichte hinter meinen steckte. Und das war wirklich eine komische Situation. Ich hab ihr von der Sauferei meiner Eltern erzählt, und mehrmals musste ich ihr dabei zusichern, dass das alles war. Ich glaube, sie hat vermutet, dass mein Vater oder sonst jemand auch regelmäßig zu mir ins Bett steigen würde, aber das stimmte nicht, und deshalb war Jana irgendwie erleichtert. Offensichtlich fand sie meine Situation weniger schlimm, als sie erwartet hatte. Mich hat das damals auch sehr erleichtert. Da war ich so ungefähr zwölf oder dreizehn. Außerdem tat mir gut, von ihr zu erfahren, dass sie so was auch gemacht hatte. Ich kam mir nicht mehr so besonders vor.« Katja schwieg.

Für mich war das ein wichtiger Punkt. Deshalb hakte ich ein: »Mir geht das so, seitdem du von den Anfällen deines Vaters erzählt hast. Das beruhigt mich zwar nicht, aber ich fühle mich damit jetzt nicht mehr so allein, und wenn ich mir sage, dass meine Anfälle nicht so schlimm sind, wie die von deinem Vater, geht es mir ein bisschen besser.«

Katja stimmte mir zu und machte ein kurze Pause, bevor sie weiter erzählte: »Mit Jana habe ich mich öfter nach der Schule getroffen. Hin und wieder gehe ich sogar heute noch zu ihr. Sie ist zwar meine Lehrerin, aber diese Geschichte mit dem Schneiden verbindet uns, wie Blutsschwestern. Das habe ich ihr auch mal geschrieben. Aber wichtiger war ihr noch, dass ich mit dem Schneiden aufgehört hab. Das ging nicht von jetzt auf gleich, aber an den Beinen habe ich es seit dem Tag, an dem sie mich darauf angesprochen hatte, nicht mehr gemacht. Auch darüber war Jana froh, und mir hat das so ein Gefühl gegeben, dass sich wieder jemand für mich interessiert. Und irgendwann habe ich diese Geschichte mit dem Messer angefangen, die ich dir heute gezeigt habe. Ich denke jetzt, der Clou daran war, dass es mehr und mehr darum ging, sich nicht mehr wehzutun. Klar habe ich die Zwischenräume manchmal verfehlt und habe mich gestochen, aber immer öfter habe ich mich darüber geärgert. Letztendlich war ich richtig wütend auf mich, wenn ich mal wieder einen blutenden Finger hatte, und ab da war es vorbei mit diesem »An-sich-selbst-Rumschnibbeln«. Seit ewigen Zeiten habe ich das nicht mehr gemacht und es kommt mir vor, als hätte ich das in einem vorherigen Leben mit mir angestellt. Als es aber um die Frage ging, wie ich Fritz für seinen Stich bestrafen müsste, war ich ziemlich optimistisch, dass ich ihn oder sogar dich beim Zustechen nicht verletzen würde. Um wirklich sicherzugehen, hab ich zu Hause noch zweimal geübt. Vielleicht habe ich auch deshalb so gut daneben getroffen, weil ich keine Angst hatte, dir wehzutun«, meinte sie.

»Kann schon sein«, antwortete ich kurz und wollte wissen, warum sie so fertig war, nachdem sie mir das vorgeführt hatte. Katja dachte nach und meinte, dass das wie ein Traum aus einer lange vergangenen Zeit gewesen sei. Sie sagte: »Mit so einem Traum kommen plötzlich die ganzen Gefühle wieder, die in dieser Zeit da waren. Mit einem Knall steht das alles vor dir. Genauso kannst du ja auch träumen, dass alles wieder gut ist. Manchmal hab ich das auch. Dann kommt mein Papa nach Hause, nimmt mich auf den Arm und gibt mir einen Kuss. Das kommt dir jetzt vielleicht komisch vor, weil du denkst, dass er schon immer ein Arschloch war, aber das ist nicht so. Als mein Vater noch gearbeitet hat und noch an etwas glauben konnte, war er der liebste Papa, den du dir vorstellen kannst, und ich war seine Prinzessin. Als das mit dem Trinken begann, hab ich noch gedacht, dass ich ihn und meine Mutter vielleicht davon abhalten könnte. Ich wollte wieder die Prinzessin sein, und irgendwie hab ich mich dafür zuerst gekratzt und dann geschnitten. Aber irgendwann musste ich mich von diesem Traum verabschieden, sonst wäre ich mit untergegangen. Ich konnte meine Eltern nicht retten, indem ich mir selbst was antat. Von dieser Idee musste ich wegkommen. Andere Menschen zu retten, indem man selbst leidet, das schaffen nur die Götter. Die lassen sich beispielsweise ans Kreuz nageln, um die Menschen von ihren Sünden zu erlösen. Aber Götter können auferstehen. Mir ist Gott, falls es so etwas überhaupt gibt, mit Jana begegnet. Die hat mir bei meiner Wiederauferstehung geholfen, und ich glaube wirklich, dass sie mir das Leben gerettet hat. Wenn ich mich nicht mit dreizehn oder vierzehn von meinen Eltern gelöst hätte, wenn ich nicht verstanden hätte, dass die sich nur selbst aus dem Sumpf ziehen können, dann würde ich jetzt nicht hier neben dir liegen. Eigentlich darf man das nicht machen, also ich meine, die eigenen Eltern aufgeben – wen gibt es normalerweise in der Welt, der dir näher steht – aber die beiden haben mir keine andere Wahl gelassen, verstehst du?«

Ich verstand sehr gut, und die Frage, mit der ihr Bericht endete, ging mir ziemlich nah. Ich stellte mir vor, was passiert wäre, wenn Katja es nicht geschafft hätte. Ich stellte mir auch vor, wie schwer das für sie gewesen sein musste, und außerdem musste ich an meine eigenen Eltern denken, die gerade vor Sorge um mich fast umkamen. All das machte mich unendlich traurig und glücklich zugleich. Was traurig daran war, ist ja ziemlich klar, aber glücklich machte mich Katja, die jetzt so warm und weich neben mir lag, und dass ich bei meinen Eltern keinerlei Zweifel haben musste, wie sehr sie mich liebten. Was mir jeden Tag so selbstverständlich war und was auch zu diesem klettigen, klebrigen Kraken gehörte, vor dessen Armen ich geflüchtet war, war gleichzeitig etwas unvorstellbar Wertvolles. Das wurde mir in diesem Augenblick bewusst und trieb mir die Tränen in die Augen. Als ich noch hilflos überlegte, wie ich das verhindern könnte, merkte ich, dass es Katja nicht anders ging. Auch sie hatte angefangen zu weinen. Und deshalb heulten wir zusammen so lange, bis wir ganz nah beieinander eingeschlafen waren.

Wer bist du?

Am nächsten Tag erfuhr Katja in dem Musikgeschäft, warum mir meine Hände so wichtig waren. Ich setzte mich an einen kleinen Flügel. Katja staunte über die Bewegungen meiner Hände, auch die Musik schien sie so zu verstehen wie ich. Ich spielte ihr die *Kinderszenen* vor, die ich seit dem Abschiedskonzert an meiner Schule nicht mehr geübt hatte. Aber in meinen Fingern und in meinem Kopf hatten sich die Töne und die Bewegungen, wie erhofft, eingegraben, und selbst den Ritt auf dem *Steckenpferd* bewältigte ich ohne Probleme. Die ganze Zeit über hielt ich meine Augen geschlossen. Ich wäre sofort rausgekommen, wenn ich Katja nur einmal angeguckt hätte, da war ich mir sicher. Aber auch ihr schien das recht zu sein. Mit dem Herzen sah sie den Tim, dem Musik unendlich wichtig war, und als ich geendet hatte, war sie den Tränen nahe. Sie sagte, dass meine Musik das Schönste sei, was sie jemals gehört habe, und mit ihrem Verstand konnte sie mühelos erkennen, dass dieser Tim am Klavier nicht zu dem erfundenen Tim aus Köln passte. Gespürt hatte sie das schon längst, aber spätestens jetzt war das Gefühl zur Gewissheit geworden. Auch ich denke mittlerweile, dass ich mich an diesem Vormittag unbewusst geoutet hatte, aber im Gegensatz zu Katja hatte ich das nicht begriffen.

Als ich die Augen aufmachte, strahlte sie mich an, und ähnlich wie in San Francisco bekam ich für mein kleines Konzert Applaus von etlichen Kunden, die stehen geblieben waren, um mir zuzuhören. Jetzt war ich natürlich erst mal »stolz wie Bolle«, und als ich vom Klavier aufgestanden war und von dem hübschesten Mädchen im ganzen Laden in den Arm genommen wurde, schwebte ich erst recht auf Wolke sieben.

»Wer bist du?«, flüsterte sie mir ins Ohr, und als ich darauf irritiert keine Antwort geben konnte, küsste sie meine Finger.

Die folgenden Tage und Wochen verliefen ähnlich. Vormittags saß Katja an ihrem Schreibtisch und arbeitete für die Schule. Ich erklärte, dass ich mal bei Sonja vorbeischauen würde. Außerdem wollte ich sehen, ob nicht ein bisschen Geld aufzutreiben wäre. Meistens saß ich dann in dem Musikgeschäft in der Kulturbrauerei in Prenzlauer Berg und spielte Klavier. Den Verkäufern hatte ich erklärt, dass ich hier bei einem Freund übernachten würde, der kein Klavier in seiner Wohnung habe und sie hatten nichts dagegen, weil mein Vorspielen eher verkaufsfördernd war und – wie sie meinten – für gute Stimmung im Laden sorgte.

Mit dem Geldbesorgen hatte ich anfangs meine Schwierigkeiten. Ich hatte überhaupt keinen Plan, wie ich es anstellen sollte und selbst fürs Flaschensammeln fehlte mir der Blick. Für ein Leben auf der Straße war ich denkbar ungeeignet. Trotzdem hatte ich zunächst keine Geldprobleme, weil ich in der Gruppe von den anderen etwas abbekam. Dabei fühlte ich mich alles andere als gut. Die Vorstellung, dass Mandy dafür mit irgendwelchen Kerlen gevögelt hatte oder dass Benni mir von seinem mühsam zusammengesammelten Geld einige Zehner abdrückte, störte mich mehr und mehr. Auffällig wäre aber gewesen, wenn ich verzichtet hätte. Außerdem konnte ich mir das gar nicht leisten. Jeden Tag brauchte ich ungefähr fünf bis zehn Euro, selbst wenn ich sehr sparsam war.

Alle zwei Tage rief ich zu Hause an. Meistens suchte ich mir eine Zeit aus, in der ich fast sicher sein konnte, dass niemand da war. Dann sprach ich kurz auf den Anrufbeantworter, dass alles in Ordnung sei. Zweimal erreichte ich Angelina. Beim ersten Mal heulte die Arme vor Verzweiflung direkt los. Beim zweiten Mal brüllte sie mich an. Als ich Karl mal überraschend an die Strippe bekam, unterbrach er mich sofort. Mit ganz ruhiger Stimme forderte er mich auf, mal zuzuhören. Das tat ich dann auch. Er sagte, es sei gut, regelmäßig von mir zu hören und er könne mich sogar ein bisschen verstehen. Anschließend wollte er wissen, ob ich noch Anfälle gehabt hätte. »Nein«, log ich, was ihn zu beruhigen schien. Dann erinnerte er mich an den Termin im Krankenhaus, der jetzt schon verpasst sei, und erklärte, dass sich Angelina deshalb große Sorgen mache. Seit meinem Verschwinden hätten er und meine schlanke Mutter mehr als zwölf Kilo abgenommen. Als er merkte, dass ich deshalb einen kleinen Schreck bekam, erklärte er, dass es bei ihm zehn und bei Angelina zwei Kilo seien und scherzte, dass seiner Figur mein Verschwinden ganz gut bekommen würde. Das dürfe aber nicht mehr allzu lange so weitergehen. Das war dann der Punkt, an dem ich auflegte. Ihn zu hören, hatte mir gut getan. Er strahlte Ruhe und Vertrauen aus, und die Art, wie er sogar noch Witze machen konnte, hatte mich schon fast überredet, mein Abenteuer zu beenden. Aber dann war da wieder die Angst vor meiner Krakenmutter und vor dem Ende meiner Freundschaft mit Katja. Deshalb entschied ich auf der Straße zu bleiben. Das war sicher rücksichtslos meinen Eltern gegenüber, aber was sollte ich machen?

An jedem Nachmittag trafen Katja und ich die anderen im Park. Oft war ich einige Zeit vor Katja da. Fritz und ich wuchsen zu einem ziemlich erfolgreichen Basketballteam zusammen, von Jennifer lernte ich zu pokern, und ab und zu konnte ich meine Freunde überreden, mit mir am Plötzensee schwimmen zu gehen. Dem Freibad gegenüber kannte ich eine Badestelle. Dreimal waren wir auch nachts im Humboldthain schwimmen. Hier gab es ein Schwimmbad mit Wasserrutsche, und Benni kannte ein verstecktes Loch im Zaun. Diese Ausflüge waren besonders aufregend, weil es einen Wachschutz gab, der Streife lief. Mandy kannte aber ein paar Leute vom Sicherheitsdienst, und deshalb wusste sie hin und wieder, wann das Bad unbeobachtet war. Im Dunkeln gingen wir alle nackt ins Wasser. Katja konnte ich dabei in Ruhe betrachten. Wenn wir zu Hause bei ihr übernachteten, hatte sie immer den Schlafanzug oder zumindest ein T-Shirt und ihre Unterhose an. Das entsprach den Gruppenregeln, an die sie sich offenbar mit mir halten wollte. Deshalb behielt auch ich in ihrem Bett meine Unterhose immer an.

Im Schwimmbad stellte ich wie seinerzeit in der leeren Badewanne fest, dass sie meinen Körper interessant fand. Weil uns vom Schwimmen kalt war und wir keine Handtücher mit hatten, spielten wir immer Fangen auf den großen Liegewiesen, die das Schwimmbad umgaben. Zwei waren Fänger, und wenn einer gefangen war, musste er oder sie auf der Wiese so lange stehen bleiben, bis es jemand anderem gelang, schnell zwischen den Beinen durchzukriechen. Toll war es, wenn Katja mich erlöste, aber noch toller war es, wenn ich es versuchte und wenn wir beide dabei sogar gefangen wurden. Dann mussten wir nämlich nicht allzu weit voneinander entfernt stehen bleiben, bis jemand anderes uns befreien konnte oder bis das Spiel vorbei war. Dabei konnte es sich schon mal um einige Minuten handeln. Einmal standen wir uns ziemlich weit entfernt von den anderen im Schein einer schwachen Laterne gegenüber. Anfangs war das Katja fast peinlich, aber als ich begann, ihr zuzuflüstern, was ich warum an ihr besonders schön fände und bei meinen blumigen Beschreibungen ausgehend von ihren Zehen bis zu ihren Haarspitzen nichts ausließ, schien es, als ob sie sich sogar zu mir umdrehen würde, damit ich sie noch besser betrachten könnte. Als ich dann fragte, was ihr an mir besonders gut gefiele, erwähnte sie meine Hände. Das freute mich zwar, ich fand ihre Antwort gemessen an meinen Beschreibungen aber nicht allzu mutig. Als sie merkte, dass ich nicht ganz zufrieden war, schob sie noch nach, »Ich finde schön, wie Tim ist«, um dann die Frage zu ergänzen: »Aber wer ist Tim?«

Dieses Wortspiel schien ihr zu gefallen, zumal der Ball damit wieder bei mir im Feld lag, wo er auch blieb, weil ich auf diese Frage keine wirkliche Antwort geben konnte. Dabei würde es nicht mehr allzu lange dauern, bis sie das herausfand.

Das lag nicht an den heimlichen Telefongesprächen, die ich mit meinen Eltern führte. Es hing vor allem mit meinem Geldbeschaffungsproblem zusammen, weshalb ich in der Gruppenkasse mehr und mehr in Rückstand geriet. Als ich schon mehr als neunzig Euro von anderen Gruppenmitgliedern bekommen hatte, wuchs in mir der Druck, auch mal wieder etwas beizusteuern. Und da kam ich auf eine sehr simple Idee. Ich wusste, wann Angelina Termine außer Haus hatte. Außerdem hatte Halola dienstags und donnerstags frei. Mein Vater war meistens in der Bank. Ich hatte den Schlüssel für unsere Wohnung in meiner Jacke und wusste, wo die Dose mit dem Haushaltsgeld stand. Wo war das Problem? Es gab im Grunde keins, außer dass gerade ein Wochenende bevorstand.

Am Dienstag darauf erklärte ich Katja, dass mir etwas kalt wäre, und machte mich an diesem sonnigen Morgen mit meiner Jacke auf den Weg. Sie schien keinen Verdacht zu schöpfen. Gegen sechzehn Uhr wollten wir uns wieder im Park treffen. Ich fuhr mit der Stadtbahn nach Charlottenburg. Am Zoo stieg ich aus, weil von da aus die Straßen, die zu unserer Wohnung in der Knesebeckstraße führen, weniger belebt sind. Ich wollte nicht riskieren, auf meinem Weg einem Bekannten zu begegnen. Ohne Zwischenfälle erreichte ich unser Haus. Angelina vermutete ich beim Tanztraining. Schon zweimal hatte ich dienstags um diese Zeit angerufen und immer hatte sich der Anrufbeantworter eingeschaltet. Warum sollte es also an diesem Dienstag anders sein. Um ganz sicher zu gehen, klingelte ich unten und wartete, ob sich jemand meldete. Als ich die Haustür aufschloss, schlug mir das Herz bis zum Hals. Das war komisch, weil mir hier ja alles vertraut war. Es war meine Wohnung und ich tat nichts Illegales, und trotzdem kam ich mir wie ein Einbrecher vor. Als ich den Schlüssel in unsere Wohnungstür steckte, war meine Spannung kaum auszuhalten. Die Tür war – wie erwartet – abgeschlossen. Als ich in der Wohnung war, schlich ich mich aus der Eingangshalle erst einmal nach links in die Bibliothek. Der große Vorteil unserer Wohnung ist, dass jeder Raum durch zwei Türen und somit auch auf zwei Wegen erreicht werden kann. Einmal durch den Flur und jeweils vom Raum daneben. Im vorderen Teil der Wohnung sind fünf große Räume durch riesige Schiebetüren verbunden, die in der Regel offen stehen. Gewöhnlich laufen wir über den Flur, um von einem Raum in einen anderen zu gelangen. Liegen die Räume nicht direkt nebeneinander, ist das immer der kürzere Weg. Deshalb treffen wir uns oft im Flur, obwohl unsere Wohnung so groß ist.

Katjas Eltern hatte ich hin und wieder gehört, wenn sie nach Hause kamen. Begegnet war ich ihnen nie. Katja schien darauf überhaupt keinen Wert zu legen. Merkwürdig fand ich, dass in einer Wohnung, die insgesamt kleiner war als unser Wohnzimmer, so nebeneinander her gelebt werden konnte.

Heute nahm ich vorsichtshalber den Weg von einem Zimmer zum nächsten. Beruhigt stellte ich fest, dass die Luft rein war. Lediglich in der Bibliothek erlebte ich eine Überraschung. Hier stand der Flügel aus meinem Zimmer, und ich wusste nicht, was das zu bedeuten hatte. Länger darüber nachzudenken, schien mir aber nicht ratsam. Von der Bibliothek gelangte ich ins Kaminzimmer, von da aus ins Wohnzimmer und durch das Esszimmer erreichte ich schließlich die Küche. Wie erhofft fand ich dort die Dose mit dem Haushaltsgeld. Fünfhundert Euro nahm ich heraus. Etwa ebenso viel ließ ich darin. Zu gerne hätte ich einen Blick in mein Zimmer geworfen. Da das aber im hinteren Teil der Wohnung liegt, der nur über einen längeren Flur erreicht werden kann, traute ich mich nicht. Als ich das Geld gegriffen hatte, nahm ich schleunigst den gleichen Weg wieder zurück zum Ausgang. Alles lief glatt. Auf meinem Rückweg wollte ich mich kurz an den Flügel setzen, aber das Risiko war viel zu groß, beim Spielen die Haustür zu überhören. Es war mir klar, dass ich hier nicht mehr weg käme, wenn ich einem meiner Eltern im wahrsten Sinne des Wortes in die Arme laufen würde. So sehr sehnte ich mich nach den beiden, aber meine Sehnsucht nach Katja war größer.

Schon als ich die Tür hinter mir geschlossen hatte, vermisste ich den vertrauten Geruch meines Zuhauses. Schwermütig und erleichtert zugleich gelangte ich wieder auf die Straße und machte mich auf den Weg über den Ernst-Reuter-Platz in Richtung Brandenburger Tor.

Meine Vorfreude, mit einer so hohen Summe die Gruppenkasse bereichern zu können, war so groß, dass ich die ganze Strecke laufend zurücklegte. Völlig verschwitzt und viel zu früh erreichte ich den Märchenbrunnen. Ich ärgerte mich, mir nicht noch ein paar Anziehsachen von zu Hause mitgenommen zu haben, aber die konnte ich mir jetzt zur Not neu kaufen. Außerdem wusste ich nicht, wie ich erklären sollte, dass ich plötzlich so viel Geld in neuen Fünfzigeuroscheinen hatte, die man nur in einer Bank oder an einem Geldautomaten bekam. Klar war, dass ein Banküberfall nicht in Frage kam. Dafür war die Summe zu niedrig, und außerdem wollte gerade ich niemanden zu so etwas ermutigen. Deshalb blieb nur der Geldautomat und so erfand ich die Geschichte, dass ich jemandem aufgelauert hätte, der, nachdem er sich am Automaten bedient hatte, nichts Eiligeres zu tun gehabt habe, als mir sein Geld zuzustecken. Ich wollte die Geschichte so lustig wie möglich erzählen, damit nicht lange nachgefragt würde.

Als wir uns im Park endlich trafen, zahlte Katja zunächst triumphierend hundertsiebzig Euro ein. Danach wollte sie den gegenwärtigen Kassenstand mitteilen. Ich hatte das Gefühl, dass sie mich damit vorführen wollte. Den Abend, an dem ich alle zum Essen eingeladen hatte, schien sie noch im Kopf zu haben. Wahrscheinlich ging es ihr weniger um meine protzige Einladung, sondern mehr um meine Ankündigung, neues Geld zu holen, wenn ich nichts mehr in der Tasche hätte. Sie fand mich angeberisch, und damit wollte sie Recht behalten. Ich verstand nicht, warum sie versuchte, mich vor den anderen aus der Gruppe bloßzustellen. Mittlerweile denke ich, sie wollte mir klar machen, dass ich für dieses Leben auf der Straße nicht geeignet war. Wahrscheinlich hatte sie viel früher damit gerechnet, dass ich ihr erklären würde, wer ich wirklich bin. Weil ich es aber von selbst nicht tat, wollte sie mich wohl dazu zwingen. Sie hatte aber nicht damit gerechnet, wie dickköpfig ich sein konnte. Außerdem schien sie mein Versteckspiel auch zu mögen. Schließlich würde ich ja so lange bei ihr bleiben. Darüber, dass meine Anwesenheit in der Gruppe mit meiner Anwesenheit in ihrer Wohnung und in ihrem Bett verbunden war, machte ich mir keine Gedanken. Katja wohl schon, weil sie befürchten musste, Fritz könnte mit der Zeit eifersüchtig werden. Deshalb hatte sie auch Peter bei einem Gruppentreffen um eine Luftmatratze gebeten, die seitdem allerdings unaufgeblasen unter ihrem Bett lag. Sie hatte erklärt, dass das für mich günstiger sei, weil ich bei den Anfällen immer am Kopf- oder Fußende des Bettes anstoßen würde, wenn ich so rumzappeln würde. Fritz hatte das für eine gute Idee gehalten. Ich fand es vor allem peinlich.

Als Katja jetzt ihr Kassenbuch zückte, um mir einen gezielten Stich zu versetzen, griff ich in die Hosentasche und gab ihr die fünfhundert Euro, die sie vorher bitte noch eintragen sollte. Angesichts dieser hohen Summe war der Triumph auf meiner Seite. Den kleinen Kampf, den wir da miteinander austrugen, bekam in der Gruppe keiner mit. Alle freuten sich über das viele Geld, das von uns beiden kam. Kaum jemand konnte sich an einen Tag erinnern, an dem mit einem Mal sechshundertsiebzig Euro verteilt werden konnten. Dass Katja sich trotzdem ärgerte, merkte ich an der Frage, wo ich das viele Geld her hätte. Dabei erwähnte sie sofort, dass die Scheine funkelnagelneu seien. Da ich geahnt hatte, dass das so kommen würde, gab ich schnell meine Geschichte zum Besten, die ich gut geübt hatte. Für diese Lügenstory klopfte mir Fritz anerkennend auf die Schulter und meinte, dass ich ja nicht nur auf dem Basketballplatz ganz brauchbar wäre. Katja gab vorerst Ruhe. Dass sie den Kampf aber nicht aufgeben wollte, merkte ich spätestens daran, dass sie an diesem Abend die Luftmatratze aufpustete, auf der ich von nun an schlafen sollte. Sie meinte, dass es ihr in dem kleinen Bett jetzt zu warm und zu eng geworden sei.

Zum Einschlafen hatten wir immer lange miteinander geredet, und ich hatte sie dabei gestreichelt, wobei der Bereich, den ihre Unterhose umgab, eine Tabuzone geblieben war. Ich wusste, wie schön sie meine Zärtlichkeit fand.

Jetzt wollte sie darauf verzichten. Das schien mir hart gegen mich, aber auch hart gegen sie selbst. Zum Glück zog sie das nur zwei Nächte durch. In diesen Nächten sprachen wir kein Wort miteinander, ich wartete sehnsüchtig und vergeblich auf ein Zeichen ihrer Vergebung. Aber sie blieb hart. Am Abend darauf durfte ich sie wieder eine Zeit lang streicheln. Währenddessen sagte Katja, dass sie mir die Geschichte mit dem Geldautomaten nicht glauben würde.

»Aber warum denn nicht?«, wollte ich von ihr wissen.

»Weil du kein Krimineller bist«, gab sie mir zu verstehen. »Und wenn du einer wärest, lieber Tim, hättest du in meinem Bett nichts zu suchen«, stellte sie klar, und dann kam wieder ihre Frage: »Wer bist du?«, auf die sie wie immer keine Antwort bekam.

Deshalb musste ich in dieser Nacht zurück auf die Luftmatratze, die sie in der Nacht darauf aber nicht mehr unter dem Bett hervorholte.

Das tat sie auch später nicht mehr, obwohl ich immer mal wieder dreihundert oder vierhundert Euro aus der Wohnung meiner Eltern mitbrachte. Aber sie wiederholte die Fragen nach meiner Herkunft immer öfter und setze dabei meinen Namen an den Anfang oder das Ende.

»Tim, wer bist du?« oder »Wer ist Tim?« flüsterte sie mir immer wieder ins Ohr, und weil ich mir zu dieser Frage etwas einfallen lassen musste, sagte ich irgendwann: »Ich bin dein Tim«, und dann ergänzte ich: »dein lieber Tim«, und irgendwann sagte ich sogar: »dein geliebter Tim«, worauf Katja einstieg, indem sie sagte, »mein allerliebster Tim«, und so hatten wir ein Frage- und Antwortspiel entwickelt, das wir beide sehr romantisch fanden, mit dem mir Katja gleichzeitig signalisierte, dass sie bei dieser Frage nicht lockerlassen würde. Auch mir war nicht klar, wie dieses Versteckspiel weitergehen sollte, zumal zwei Drittel der Sommerferien bereits vorbei waren. Mehr als vier Wochen kannten wir uns nun.

Gibt die/der Klügere nach?

Um diese Zeit änderte sich etwas in der Gruppe. Am Anfang bekam ich das nicht mit, aber die Anzeichen wurden immer deutlicher. Mittlerweile war ich derjenige, der die höchsten Beträge zur Gruppenkasse beisteuerte. Anfangs hatten sich alle darüber gefreut, natürlich mit Ausnahme von Katja.

Aber plötzlich fing Fritz an zu fragen, ob er mich nicht mal zu dem »Geldautomaten« begleiten dürfe. Schließlich schien das ja eine ziemlich sichere und ertragreiche Sache zu sein. Deshalb würde er mir dabei gerne mal über die Schulter gucken. Peter war auch dieser Meinung, und das brachte mich ziemlich ins Schleudern. Was hätte ich denen sagen sollen? Der »Geldautomat« steht in der Küche der Wohnung, in der ich eigentlich zu Hause bin, aber ich weiß nicht, ob meine Eltern einverstanden sind, wenn ich euch beide mit zu mir nach Hause bringe! Das ging nicht, und deshalb erklärte ich einfach nur, ich müsste mich bei meinen Überfällen ziemlich konzentrieren und das könnte ich nur, wenn ich alleine arbeitete. Sonderlich einleuchtend fanden die beiden das nicht, zumal ich meinen Freunden ja damit signalisiert hatte, dass sie mich stören würden. Anfangs dachte ich, sie hätten mir das übel genommen. Heute bin ich mir ziemlich sicher, dass sie diese Frage bereits in Katjas Auftrag gestellt hatten.

Der nächste Anhaltspunkt dafür, dass etwas nicht stimmte, war, als Mandy mir eine richtige Szene machte, weil ich der Gruppe an einem Donnerstag siebenhundert Euro mitbrachte. Sie bemerkte, sie könne mich ja kaum toppen und sie habe keine Lust mehr, noch öfter mit irgendwem ins Bett zu gehen. Von ihr aus könne ich mir das viele Geld, das ich angeblich aus dem Geldautomaten holte, sonst wohinstecken. Merkwürdig fand ich, dass mich Katja diesmal in Schutz nahm. Sie erklärte allen, ich würde für die Gruppe schließlich ein Risiko eingehen und sie fände es ungerecht, mir vorzuwerfen, dass ich dabei viel Geld abziehen könne. Dann ergänzte sie noch, ich hätte es mit meinen Anfällen ja auch nicht leicht und es gäbe keine Garantie, dass meine Einnahmen so hoch blieben. Mandy schien das zu beruhigen, aber in meinen Augen fiel ihre Entschuldigung etwas zu theatralisch aus. Überfälle am Geldautomaten seien ja kein Pappenstiel, sagte sie, zumal die ja auch zum Teil mit Kameras und Wachdiensten kontrolliert würden. Da wäre es bequemer, mit anderen ins Bett zu gehen, zumal ja Fritz meistens auf sie aufpassen würde.

»Statt sich über Tim zu beklagen, sollten wir alle mal darüber nachdenken, ob wir nicht ein größeres Risiko eingehen können, um mal an ein bisschen mehr Geld zu kommen«, erklärte sie abschließend.

Die meisten in der Gruppe nickten zustimmend. Nur ich gab zu bedenken, dass doch alles soweit gut laufen würde und dass ich es nicht tragisch fände, wenn ich momentan etwas mehr beisteuern würde. Mandy sollte sich wegen des Geldes nicht so einen Kopf machen. Merkwürdigerweise waren aber Benni und Jennifer auch ihrer Meinung. Die beiden sagten sonst nie etwas. Und so spürte ich, dass sich in der Gruppe irgendetwas zusammenbraute.

Anzeichen dafür war auch, dass Katja jetzt öfter vor mir am Treffpunkt war. Manchmal hatten sich schon alle versammelt, bevor ich nach dem täglichen Klavierspiel an der Glocke eintraf.

Wer ich war, wusste sie zu diesem Zeitpunkt wahrscheinlich längst, da bin ich mir heute sicher, und die Gruppe wusste es auch. Rückblickend ist mir das unendlich peinlich. Einige Tage, vielleicht eine Woche oder sogar noch länger hatte ich etwas vorgespielt, und alle spielten mit in einem Theaterstück, in dem ich unfreiwillig die Hauptrolle innehatte. Wahrscheinlich hatte Katja Fritz gebeten, ein paar Tage in meiner Nähe zu bleiben oder sie war mir selbst gefolgt, als ich mal wieder in die Wohnung meiner Eltern geschlichen war.

Im Nachhinein komme ich mir so gedankenlos vor. Von Katja wusste ich, dass sie nie etwas Illegales machen würde, und als die Planung mit dem Wohnungseinbruch begann, hätte ich stutzig werden müssen. Aber ich war so mit meinem Versteckspiel und meinem Coolsein beschäftigt, dass ich nicht nachdachte.

Es war auch wirklich geschickt eingefädelt worden, da nämlich der Anstoß zu dem Einbruch von Mandy kam. Weil ich so viel Geld anschleppte und sie deshalb nicht öfter auf den Strich gehen wollte, hatte sie die Idee, gemeinsam einen Einbruch zu versuchen. Schließlich sei jetzt Ferienzeit und somit eine günstige Gelegenheit. Viele Leute seien weg, und sie hätte da Kontakte zu einem Haus, in dem stinkreiche Leute wohnten. Die hätten einen Sohn, der immer Klavier spielen würde. Der Informant habe das aber schon länger nicht mehr gehört. Also seien diese reichen Leute bestimmt im Urlaub.

»Klasse Idee«, sagte Fritz, der gleich davon träumte, mit dem Haufen Geld in der Hand selbst in den Urlaub zu fahren.

»Wir drehen ein großes Ding und legen uns zusammen ein paar Wochen auf die faule Haut«, phantasierte er, und so nahmen die Dinge ihren Lauf. Zwei Leute sollten das Haus auskundschaften. Das waren Jennifer und Justin. Justin wollte in der Nähe mal einen Tag lang Dope anbieten, und Jennifer sollte überall klingeln und nach einem Putzjob fragen. Als beide zurückkamen, hatten sie Interessantes zu berichten. Mehrmals hatte Jennifer vergeblich bei der Familie an der Haustür geschellt. Ein Stockwerk darüber sei sie sogar von einer älteren Frau hereingelassen worden.

»Die Wohnungen sind unvorstellbar groß und nobel. Bestimmt ist da viel zu holen, und die Schlösser an den Türen kommen mir auch nicht unüberwindlich vor. Von Sicherheitsschloss oder Alarmanlage ist da keine Spur und insbesondere die Wohnung im zweiten Stock hat noch die ganz alten Schlösser«, berichtete sie begeistert.

Alles wie bei uns, dachte ich kurz. Oft hatte Opa Paul Angelina und Karl in den Ohren gelegen, dass sie Sicherheitsschlösser einbauen sollten. Mein Vater wollte aber keine, weil er meinte, dass das für richtige Einbrecher keinen großen Unterschied mache. Und durch eine Alarmanlage würden Diebe erst auf die Wohnung aufmerksam werden. Demzufolge hatte unsere Wohnung also weder ein Sicherheitsschloss noch eine Alarmanlage, aber die Idee, es könnte sich bei dem ausspionierten Gebäude um unser Haus handeln, kam mir nicht.

Fritz wurde beauftragt, das nötige Werkzeug für einen Einbruch zu besorgen, und mir wurde immer mulmiger. Zwei Tage dauerten die Vorbereitungen, und abends im Bett unterhielt ich mich mit Katja nur noch über diesen Plan. Ständig versuchte ich sie umzustimmen und die ganze Sache abzublasen, und eigentlich war Katja meiner Meinung, aber dann erklärte sie, dass auch sie sich dem unterzuordnen habe, was die Gruppe gemeinsam beschließen würde.

Kalte und heiße Anfallsverwirrungen

Der Tag kam, an dem das »Ding gedreht« werden sollte. Katja und ich äußerten noch einmal unsere Bedenken. Dann wurde abgestimmt. Nur wir zwei waren dagegen. Nachdem wir uns mit einem »einer für alle und alle für einen« versichert hatten, dass wir uns gegenseitig unterstützen würden, egal was passiert, machten sich Mandy und Justin vier Stunden vor den anderen auf den Weg. Das war an einem Mittwochabend gegen viertel nach sieben. Justin sollte auskundschaften, ob mit Einbruch der Dunkelheit wider Erwarten doch irgendwo im Zielobjekt das Licht anging, und Mandy sollte mit einem Kaugummi das Schloss der Eingangstür des Hauses etwa anderthalb Stunden vor unserem Eintreffen blockieren, damit wir ungehindert ins Treppenhaus gelangen könnten.

Ich war aufgeregt. Deshalb fiel mir gar nicht auf, dass wir uns nicht einmal über einen Treffpunkt verständigt hatten. Alle wussten Bescheid, außer mir. In der Nacht davor hatte ich kaum ein Auge zugemacht. Die letzten zwei Tage hatte ich mehrmals bei meinen Eltern angerufen, aber es hatte sich immer nur der Anrufbeantworter gemeldet.

An der Landsberger Allee stiegen wir in die S-Bahn. Sie fuhr über die Stationen Schönhauser Allee und Gesundbrunnen zum Westhafen. Hier stiegen wir in die U-Bahnlinie 9 Richtung Zoo. Es war exakt der Weg, denn ich genommen hatte, nachdem ich den Messerkampf mit Fritz einigermaßen heil überstanden hatte. Am Westhafen waren wir öfter zusammen gewesen, um im Plötzensee baden zu gehen. Deshalb kam mir das noch nicht verdächtig vor. Am Zoo nahmen wir die U 2 in Richtung Ruhleben, um eine Station später, am Ernst-Reuter-Platz, auszusteigen. Von hier aus war mein Zuhause nur einen Steinwurf entfernt. Jetzt kam mir die Sache ziemlich seltsam vor, und ich begann, reichlich verspätet, nachzudenken. Von reichen Leuten war die Rede, die einen Sohn hätten, der immer Klavier spielte. Die reichen Leute wohnten im 2. Stock, genau wie wir und hatten keine Sicherheitsschlösser an der Tür. Auch das passte. Und der Sohn spielte seit einigen Wochen kein Klavier mehr. »Bin das etwa ich?«, schoss es mir durch den Kopf. Der Verdacht wurde zur Gewissheit, als wir in die Knesebeckstraße einbogen und auf unser Haus zusteuerten. Ich wurde total nervös und wusste gar nicht mehr, was ich machen sollte, und plötzlich war da wieder dieser Geruch in meiner Nase. Dieses Mal war ich mir sicher, dass ein Anfall bevorstand, und deshalb atmete ich so, wie ich es von Olga gelernt hatte. Der Geruch verschwand wieder, und weil ich das Ganze noch für einen dummen Zufall hielt, fragte ich, womit denn diese reichen Säcke ihr Geld verdienten?

»Die haben, glaube ich, ne Bank oder so was Ähnliches«, erklärte Mandy, und kaum hatte sie das ausgesprochen, war dieser Geruch wieder da. Ich konzentrierte mich auf meine Atmung, um keinen Anfall zu bekommen. Damit war ich so beschäftigt, dass ich weder etwas sagen, noch fragen konnte.

Das Beste wäre gewesen, ich wäre einfach stehen geblieben, und hätte beschlossen, dass meine Freunde ihren Scheiß alleine machen sollten. So hätte ich mich darauf konzentrieren können, wieder klar zu werden. Dazu war aber keine Zeit. Einerseits wollte ich Katja und die übrige Gruppe nicht im Stich lassen und andererseits wollte ich für den Fall eingreifen können, dass Fritz und die anderen wider Erwarten Angelina oder Karl begegneten. Nicht auszudenken, was alles passieren könnte, wenn mein Vater auf den mindestens ebenso starken Fritz mit dem Messer in der Tasche treffen würde. Ich hatte mal wieder das Gefühl, mein Leben sei ein schlechter Film. Deshalb beschloss ich, die Dramaturgie soweit es mir möglich war mitzubestimmen. Ich hatte keine Wahl und musste mitmachen. »Einer für alle, alle für einen« oder »mitgefangen, mitgehangen« war für mich das Motto dieser Nacht.

Als wir die Haustür erreichten, öffnete Mandy von innen. Das lief glatt. Justin stand unten Schmiere. Im dritten Stock hatte sich auf halber Treppe Benni postiert. Beide hielten mit ihren Handys Kontakt zu Jennifer. Mandy stand am Hinterausgang. Katja, Peter, Fritz und ich sollten die Wohnungstür aufstemmen und in die Wohnung eindringen. Jennifer sollte direkt hinter der Haustür zurückbleiben und uns warnen, wenn etwas schieflief. So dilettantisch, wie ich erwartet hatte, stellten sich meine Freunde gar nicht an. Das Auspacken des Werkzeugs machte allerdings einen ziemlichen Krach. Mit einer Taschenlampe stellte Fritz fest, dass die Tür verschlossen war. Deshalb hatte er mehrere dicke Eisenstangen mitgebracht, die man ineinanderstecken konnte. Als sie von der Länge her bis zur gegenüberliegenden Wand reichten, holte er einen Wagenheber aus der Tasche. Den brachte er an dieser Wand auf der Höhe unseres Türschlosses in Stellung. Mich faszinierte, wie schnell und sicher er jeden Handgriff ausführte und ich hatte den Eindruck, dass er das hier nicht zum ersten Mal machte. Als er mit den Vorbereitungen fertig war, hatten wir die Aufgabe, die Stangen anzuheben und auf das Türschloss zu setzen. Da vier Stangen miteinander verbunden waren, mussten Katja, Peter und ich an den Verbindungsstellen aufpassen, dass nicht alles wieder auseinander fiel. Augen zu und durch dachte ich und mit meiner Atemtechnik hatte ich den Geruch und das aufsteigende Gefühl in meinem Bauch einigermaßen unter Kontrolle.

In unserer Wohnung war alles dunkel. Meine Eltern, die ausgesprochene Spät-ins-Bett-Geher waren, schienen wirklich nicht da zu sein. Ein Glück dachte ich, als Fritz den Wagenheber unter Spannung setzte. Da ich mit meinen Gedanken bei meinem Anfall, bei meinen Eltern und definitiv nicht bei der Sache war, rutschte genau an meiner Stelle die ganze Konstruktion auseinander. Mit lautem Krachen und Scheppern purzelte alles auf den Boden. Fritz zischte kurz: »Du Idiot!« Danach atmeten alle tief durch und lauschten. Zuerst geschah nichts, aber dann öffnete sich irgendwo über uns eine Tür, und das Licht im Treppenhaus ging an.

»Ist alles in Ordnung?«, war die Frage, auf die Benni antwortete, dass sein Freund das Fahrrad zum Reparieren hinauftragen wolle und jetzt sei ihm der Werkzeugkasten aus der Hand gefallen. Dann entschuldigte er sich für die Störung und wünschte eine gute Nacht. Ich konnte die Stimme von Frau Wandschneider erkennen, die im dritten Stock direkt über uns wohnte. Sie sagte: »so, so«, und forderte ihn auf, mit Tim – und damit meinte sie mich – die Reparatur lieber morgen durchzuführen. Jetzt sei es ja schon reichlich spät.

Benni versprach, dass wir das so machen würden und kam die Treppe zu uns herunter. Angespannt lauschten wir darauf, wie sich die Tür wieder schloss. Erst als es im Treppenhaus wieder dunkel war, setzten wir unsere Arbeit fort. Benni bezog erneut seinen Posten, und Katja zischte mich an, dass ich dieses Mal besser aufpassen solle. Ich konnte schon wieder nicht richtig antworten und konzentrierte mich auf meine Atmung. Deshalb nickte ich nur. Trotzdem gelang es mir, bei diesem Versuch die Stange stabil zu halten und nachdem Fritz ein paar Mal gekurbelt hatte, öffnete sich mit einem kurzen, lauten Krachen unsere Wohnungstüre. Beim Zugucken war ich einerseits fasziniert, wie leicht eine so alte mächtige Tür mit Gewalt geöffnet werden konnte, andererseits kam mir das alles sehr komisch vor, weil ich schließlich den Schlüssel für diese Tür in meiner Jackentasche hatte. Noch komischer an dem Ganzen war, dass selbst dieses Detail allen bekannt war. Nur ich wusste das nicht.

Als die Tür aufsprang, huschte Benni in die Wohnung hinein. Wagenheber und Eisenstangen wurden in dem Sack verstaut und hinter der Tür so abgelegt, dass von außen alles wieder aussah, wie zuvor. Als wir alle drinnen waren, bekam ich von Katja eine Taschenlampe. Schnell machte ich mich auf den Weg in den hinteren Teil, in dem das Schlafzimmer meiner Eltern lag. Sehr beruhigt stellte ich fest, dass die Betten leer und bezogen waren. Dann lief ich in die Küche und griff die Dose mit dem Haushaltsgeld. Achthundert Euro waren heute darin. In meinem Zimmer nahm ich das alte rosa Sparschwein vom Regal, dass mir Karl zum 4. Geburtstag geschenkt hatte. Haufenweise Geld war seitdem da hinein gewandert. In dieser Nacht würde es dran glauben müssen, damit der Inhalt mit meinen Freunden geteilt werden konnte.

Im Schein meiner Taschenlampe entdeckte ich einen großen, schwarzen Konzertflügel in meinem Zimmer. Eigentlich konnte das nicht sein, weil ich den vor kurzem noch in der Bibliothek gesehen hatte. Schnell kam ich aber darauf, dass der, den ich vor mir sah, nicht der alte aus der Bibliothek sein konnte. Offensichtlich hatten Angelina und Karl ein Geschenk für den Tag meiner Rückkehr vorbereitet. Total überwältigt und gerührt blieb ich wie angewurzelt stehen.

Plötzlich hörte ich Katja nach mir rufen. »Tim, Tim, komm schnell«, rief sie, »die Bullen kommen.«

Dieser Satz riss mich aus meinen Gedanken und der Schreck fuhr mir in alle Glieder. Ich rannte zum Ausgang der Wohnung. Alle anderen waren schon weg. Unterwegs fiel mir mit lautem Krachen mein Sparschwein aus den Händen und zersprang im Flur in tausend Stücke. Katja und ich hasteten die Treppe hinunter, als wir durch das Glas der Haustür, die Justin mit ein paar Klemmen verrammelt hatte, schon die Blaulichter sehen konnten. Als Fluchtweg war für diesen Fall der Hinterausgang vereinbart worden. Hier ging es auf einen breiten Hof. Fritz sah ich auf der Mauer bei den Mülltonnen sitzen. Hektisch winkte er uns beiden zu, weil er noch helfen wollte, damit wir schneller über die Mauer kämen.

In dem Augenblick schoss mir förmlich dieser beißende Geruch in die Nase, und ein irrer Druck in meinem Brustkorb nahm mir jede Luft zum Atmen. Ich wollte weiterrennen, musste aber in der Mitte des Hofes stehen bleiben. Katja hörte ich noch von weit entfernt rufen, »Tim, was ist ... , was ist los mit dir?« Dann ging bei mir das Licht aus.

Als ich dieses Mal aufwachte, war ich in einem Krankenhaus. Kaum hatte ich die Augen aufgeschlagen, fingerte jemand hektisch an mir herum, und eine leise Stimme an meinem Ohr forderte mich zum mitkommen auf. Die Stimme gehörte Katja. Ein paar Mal schlug sie mir leicht ins Gesicht. Ich konnte das zwar als Aufmunterung verstehen, es ging mir aber tierisch auf den Geist. Ich war noch total müde. Katja ließ aber nicht von mir ab, und mir wurde langsam klar, dass wir keine Zeit zu verlieren hatten, aus dem Krankenhaus hinauszukommen. Sie half mir von der Liege herunter und schleppte mich einen Gang entlang. An Stelle des Fahrstuhls nahmen wir ein dunkles Treppenhaus. Anfangs hatte ich noch Mühe, einen Fuß vor den anderen zu setzen, aber das wurde schnell besser. Auf der Treppe kamen meine Erinnerungen zurück. Ich sah das kreisende Blaulicht und hatte noch das Bild von Fritz vor Augen, der auf der Mauer im Hof gesessen hatte. Aber wie war es weiter gegangen? Über den Punkt kam ich nicht hinaus, und angesichts des Krankenhauses, in dem wir uns befanden, dämmerte mir, dass ich wieder einen Anfall gehabt haben musste. Scheiße, dachte ich, aber dann stellte ich bei meinen ersten sicheren Schritten beruhigt fest, dass meine Hose dieses Mal trocken geblieben war. Im ersten Augenblick war mir das am allerwichtigsten.

Katja nahm mit mir einen kleinen Seitenausgang, und als wir einen niedrigen Zaun überwunden hatten, wusste ich, dass wir uns im Charlottenburger Schlossgarten befanden. Hier kannte ich mich aus, wie in meiner Westentasche, und über ein paar verwinkelte Wege führte ich Katja zu meiner Lieblingsbank an einem kleinen Weiher.

Von hier aus konnte man geschützt von Büschen und Bäumen über das Wasser auf das entfernt liegende Schloss schauen. Das war im Dunkeln auch von der Rückseite immer hell angestrahlt. Katja mochte den Platz, den ich ausgesucht hatte, wollte aber sofort wissen, woher Tim aus Köln den kannte. Wieder hatte Tim aus Berlin dazu nichts zu sagen, und als Katja fragte: »Wer bist du?«, machte sie dieses Mal schnell klar, dass sie keine Lust auf das übliche Spiel hatte. Irgendwie war sie genervt von mir, und obwohl sie akzeptierte, dass ich den Arm um sie legte, blieb die Romantik aus, die ich mir von diesem Platz versprochen hatte. Möglicherweise war dafür auch einfach zu viel passiert, und weil ich von den Geschehnissen dieser Nacht wegen des Anfalls erneut Entscheidendes nicht mitbekommen hatte, beschloss ich, Katja dieses Mal ohne Umschweife danach zu fragen.

Die Geschichte war so gelaufen: Als ich in meinem Zimmer am Ende der Wohnung war, hatte Justin Martinshörner gehört, die aus verschiedenen

Richtungen näher kamen. Die Nachbarin hatte wohl nach dem zweiten Krachen bei der Polizei angerufen, weil ihr das merkwürdig vorgekommen war.

Schnell hatte Justin Jennifer informiert, war ins Haus gekommen und hatte den Vordereingang blockiert. Alle anderen hatten sich durch den Hinterausgang aus dem Staub gemacht, aber keiner hatte gewusst, wo ich steckte. Katja war losgezogen, um in dieser Riesenwohnung nach mir zu suchen, und als sie mich endlich gefunden hatte, sei es fast zu spät gewesen. Glücklicherweise waren die Polizisten an der Türblockade zunächst gescheitert und deshalb blieb noch genügend Zeit für unsere Flucht. Aber plötzlich hätte ich mitten auf dem Hof beschlossen, einfach stehen zu bleiben.

Katja vermutete sofort, dass ich wieder einen Anfall bekäme. Deshalb war sie zurückgekommen. In dem Augenblick sei ich aber schon umgefallen. Schnell hatte sich Katja einen Müllbeutel aus der Tonne geholt und etwas davon auf dem Boden verstreut. Als der erste Polizist auf den Hof kam, hatte sie ihn angeschrien und aufgefordert, schnell einen Krankenwagen zu holen. Der sei total durcheinander gewesen, zumal ich von dem Sturz eine kleine Platzwunde am Hinterkopf hatte. Katja hielt ihm ihre blutigen Hände entgegen, woraus der Polizist geschlossen hatte, dass die Einbrecher mich niedergeschlagen hätten. So wurde die Geschichte auch kurze Zeit später zu Protokoll gegeben. Katja sei mit mir auf dem Weg zur Mülltonne gewesen, als plötzlich die Einbrecher über den Hof flüchten wollten. Beim Versuch, die Verbrecher aufzuhalten, wurde Tim von Kronburg, ein Bewohner aus dem zweiten Stock, niedergeschlagen. Meine Zuckungen, die den Polizisten nachhaltig beeindruckten, erklärte Katja mit der Epilepsie. Durch den Schlag sei ein Anfall ausgelöst worden. Alle Gesetzeshüter fanden das so dramatisch und die junge hübsche Frau bei alledem so tapfer, dass über die eine oder andere Ungereimtheit zunächst nicht nachgedacht wurde. Blitzschnell sei der Krankenwagen da gewesen, der uns zur verspäteten Flucht vom Tatort verhalf.

Im Krankenhaus hatte Katja sich nicht allzu lange sicher gefühlt. Sie wollte auf jeden Fall vermeiden, als Zeugin vernommen zu werden. Bislang waren nicht einmal ihre Personalien festgestellt worden, worüber sie sehr glücklich war. Deshalb hatte sie es richtig eilig, mit mir aus dem Krankenhaus zu verschwinden.

Ich fand die Geschichte unglaublich und bewunderte, wie couragiert Katja uns aus dieser mehr als brenzligen Situation herausgebracht hatte.

Die Idee mit der Mülltüte war einfach genial, und die Tatsache, dass sie mich nicht im Stich gelassen hatte, rührte mich fast zu Tränen, aber trotzdem hatte ich zu alldem ein ungutes Gefühl. Sicher lag das auch an dem Anfall, mit dem ich plötzlich zu einem echten Problem für die Gruppe geworden war, aber es lag auch an der ganzen Aktion. Außerdem hatte Katja in ihrem Bericht von dieser Nacht meinen richtigen Namen genannt. Einen »Tim von Kronburg« hatte sie erwähnt. Sogar dafür hatte sie eine plausible Erklärung: »Auf dem Klingelschild stand dieser Name, und die Frau aus dem dritten Stock hat Benni aufgefordert, das Fahrrad mit seinem Freund Tim erst morgen zu reparieren. Daraus kann man ja wohl schließen, dass in dieser Wohnung ein Tim von Kronburg zu Hause ist«, belehrte sie mich.

An dieser Schlussfolgerung war nichts auszusetzen, aber ich konnte und wollte mir diese ganzen Zufälle nicht mehr als einfache Zufälle vorstellen. In Berlin gab es mehr als eine Million Wohnungen, und ausgerechnet in die, in der ich zu Hause war, wurde eingebrochen. In meinem Kopf ratterte es, und diesmal fing ich an zu puzzeln. Vielleicht war ich zu feige oder zu dickköpfig, um mit dem herauszurücken, was ich mehr und mehr vermutete.

Nach wie vor glaube ich aber, dass ich mir gewünscht habe, mein Leben könnte noch ein bisschen so weitergehen. Mit Katja in meiner Nähe war ich glücklich, und mit meinen Freunden im Friedrichshain fühlte ich mich frei. Erschöpft von diesem Tag und vollkommen wirr in meinem Kopf, machte ich mich mit Katja auf den Weg in ihr kleines Zimmer. Unterwegs kamen wir an der Glocke im Friedrichshain vorbei. Alle anderen waren da versammelt. Keiner war erwischt worden. Erleichtert fielen wir uns in die Arme, wobei sich alle darüber zu wundern schienen, dass ich immer noch dabei war.

Trotz der unguten Gefühle, die mich nicht mehr losließen, war ich froh, wieder bei meinen Freunden zu sein, und angesichts der Geschichte, die Katja von unserer Flucht mit dem Krankenwagen erzählen konnte, waren alle sehr beeindruckt. Außerdem waren meine Freunde ein bisschen stolz darauf, wie alles geklappt hatte. Fritz meinte, der Einbruch hätte durchaus funktionieren können, wenn die Stangen nicht beim ersten Mal auseinandergerutscht wären. Bei einem kurzen Krach im Treppenhaus würde niemand Verdacht schöpfen, aber zweimal sei einmal zu viel, obwohl Benni mit seiner erstklassigen Ausrede alles gegeben habe. Alle klopften sich gegenseitig auf die Schultern und fanden sich super, nur ich hatte in zweifacher Hinsicht das Gefühl, der Trottel gewesen zu sein. Erst hatte ich bei den Stangen nicht aufgepasst, und dann hatte ich bei der Flucht auch noch einen Anfall gekriegt. Am liebsten hätte ich deshalb noch einmal bekräftigt, dass der Einbruch eine Schnapsidee gewesen war, zumal außer mir niemand etwas erbeutet hatte. Aber selbst die achthundert Euro, die ich in der Tasche hatte, behielt ich erst einmal für mich. Als wir endlich bei Katja zu Hause ankamen, schlug uns der Geruch von Rauch und Alkohol entgegen. Ihre Eltern hatten mal wieder Party gefeiert. Im dunklen Flur stieß ich an eine leere Flasche, die durch die Wohnung polterte. In dem Augenblick hörten wir aus dem Wohnzimmer ein lautes: »Wer is da?«, was Katja dazu veranlasste, noch einen Moment in der geöffneten Wohnungstür stehen zu bleiben. Als wir ihren Vater schnarchen hörten, beeilten wir uns, in ihr Zimmer zu kommen. Sobald wir die Tür hinter uns verriegelt hatten, atmete Katja tief durch. Obwohl wir ziemlich verschwitzt waren, beschlossen wir, nicht mehr ins Badezimmer zu gehen. Katja holte eine Flasche Wasser und eine Schüssel aus ihrem Schrank. Sie goss mir Wasser aus der Flasche über die Hände. Die Platzwunde am Kopf war schon im Krankenwagen mit einem Pflaster versorgt worden. Trotzdem sollte ich mir noch mal das Gesicht waschen. Das Gleiche tat ich für sie und schließlich putzten wir uns noch die Zähne über der Schüssel, in der das Wasser ziemlich schmutzig aussah. Katja musste noch mal aufs Klo, und weil sie Angst hatte, ihrem betrunkenen Vater zu begegnen, fragte sie, ob es mir was ausmachen würde, wenn sie in die Flasche pinkeln würde. Mir machte das nichts aus, und als sie in der Ecke hockte und ich es rauschen hörte, guckte ich sie an. Das war ihr zuerst peinlich, aber dann sagte ich ihr, dass ich sie sehr, sehr schön fände.

»Findest du mich schön, wenn ich pinkele?«, fragte sie.

»Nein, ich finde dich schön bei allem, was du tust, und ich kann mir bei dir nichts vorstellen, was ich irgendwie eklig finden könnte«, antwortete ich.

Darüber freute sie sich, und weil ich zu meinem Mut zurückgefunden hatte, fragte ich sie noch, wie sie mich bei einem Anfall finden würde.

Bevor sie eine Antwort gab, machte sie erst einmal eine lange Pause. In der Zeit stellte sie die Flasche zurück in den Schrank, machte das Licht aus und kam zu mir ins Bett. Ich rückte nah an sie heran und in Erwartung ihrer Antwort begann mein Herz heftig zu schlagen.

»Bei einem Anfall bist du zuerst irgendwie außer dir. Du bist ganz weit weg, auch von mir. Oft sind wir uns so nah, und du spürst so viel. Eben hast du gemerkt, dass es mir peinlich war, dass ich pinkeln musste, und du hast einfach gesagt, dass du mich schön findest. Da merke ich, wie du mit deinem Gefühl bei mir bist. So etwas kenne ich nur mit dir.

Während eines Anfalls bist du ganz für dich. Das fühlt sich an, als ob da eine undurchdringliche Mauer um dich herum wäre, und das ist schon so, bevor der Anfall losgeht. Heute auf dem Hof hast du geschrien, bevor du umgefallen bist. Vielleicht gibt es dafür einen Grund, der mit dem Anfall zusammenhängt, aber es hörte sich so verzweifelt an. Mit dem Krampfen kommt dann die ganze Kraft raus, die in dir ist. Ich spüre, wie stark du bist, und wie stark du sein kannst, aber die ganze Power scheint in deinem Körper gefangen zu sein. Da schüttelt es dich hin und her, so als ob du selbst hin- und hergerissen wärst. Als du gestern auf dem Hof stehen geblieben bist, hatte ich das Gefühl, als ob du gar nicht mit uns kommen wolltest.«

Diese Idee von Katja und die Art, wie sie sie äußerte, trafen mich mitten ins Herz. Alles krampfte sich in diesem Augenblick in mir zusammen, und ich spürte förmlich mit meinem ganzen Körper, was sie mir zu verstehen gegeben hatte. Dabei umarmte ich sie ganz fest. Nie mehr wollte ich Katja loslassen. Ich war verzweifelt, und mir war nach heulen zu Mute, aber ich wollte nicht. Außerdem spürte ich, als ich mit meiner Hand ihren Po streifte, dass Katja nach dem Pinkeln keine Unterhose angezogen hatte, sondern einfach so nur im T-Shirt zu mir ins Bett gekommen war. Das Gefühl, dass sie mit ihren Gedanken zu meinem Anfall ganz nah bei mir war, elektrisierte mich. Die Tatsache, dass ihre Tabuzone dieses Mal nicht verpackt war, versetzte meinen kleinen Freund in Spannung. Auch das schien Katja zu spüren und dieses Mal schien sie nichts dagegen zu haben. Als meine Hände begannen, sie zu streicheln, suchte sie sogar den Kontakt zu meinem Freund, der nicht mehr so klein war, wie sonst immer, wenn ich mich beim Streicheln auf meine Atmung konzentrierte. Viel Zeit ließ ich mir mit den gewohnten Stellen. Ihr Rücken, der Bauch, die Brüste wurden ausgiebig berührt, bis sich meine Hände tiefer wagten. Sie kommentierte das mit einem wohligen Stöhnen, und ich musste ständig den Speichel hinunterschlucken, der sich in meinem Mund sammelte. Lust und Appetit schienen nicht so weit voneinander entfernt zu sein, und mir fiel ein, dass im Spanischen Begierde mit *Apetito* übersetzt wird. Als meine Finger die Stelle zwischen ihren Beinen erreichten, konnte ich darüber nicht mehr nachdenken. Es war so schön, dass ich fast meinte zu zerspringen. Katja atmete ganz tief und bewegte sich in meine Richtung. Dabei lag ihr Knie zwischen meinen Beinen und berührte meinen großen Freund. Als sie innehielt und zuckte, presste sie sich mit ihrem Körper an ihn, und in dem Augenblick zuckte er mit, und ein wohliges Kribbeln breitete sich von dieser Stelle ausgehend überall in ihm aus, das mir signalisierte, dass wir zusammen über den Wolken schwebten. Danach schliefen wir beide ein. Niemals hätte ich gedacht, dass diese Nacht so zu Ende gehen könnte.

Verspätete Einsichten

Am nächsten Morgen war meine Stimmung trotz allem gedrückt. Das Wetter war schlecht geworden. Es war grau, und Regen hing in der Luft. Mir schien auch der Anfall noch in den Knochen zu stecken, weil ich gar nicht richtig wach werden wollte, obwohl es fast zehn Uhr war. Katja saß am Schreibtisch und lernte. Schon die zweite Kanne Tee hatte sie gekocht und begrüßte mich freudig, als ich endlich die Augen aufkriegte. Es war so schön mit ihr im Bett gewesen, und trotzdem wäre ich an diesem Morgen gerne alleine aufgewacht. Ich hatte so vieles im Kopf, was nicht richtig sortiert war. Katja wollte mich aber nicht alleine lassen. Sie wollte mit mir zur *Ali Baba-Bäckerei* zum Frühstücken, obwohl sie normalerweise den Vormittag an ihrem Schreibtisch verbrachte. Mir war das alles zu viel, und wegen des grauen Himmels konnte ich mir einen Spaziergang nicht vorstellen. Obwohl meine Unterhose von unserem nächtlichen Zusammensein total verklebt war und mich Katja wenigstens zu einer Dusche oder einem Bad überreden wollte, zog ich mich einfach an. Ich nahm meine Jacke und sagte ihr, dass ich bald zurück sei.

Als ich aus der Haustür kam, roch ich den Regen, so wie an dem Morgen nach meinem Anfall in Leipzig. Ich ging über den Hof und überquerte die Conrad-Blenkle-Straße in Richtung Park. Ohne nachzudenken betrat ich die Kirche, in der ich mit Katja geknutscht hatte. Ich war gespannt, ob ich Fritz treffen würde. Aber er war nicht da. Ich setzte mich in eine vordere Bank und ließ die Stille und die Dunkelheit dieses riesigen Raumes auf mich wirken.

Um besser nachdenken zu können, kniete ich mich schließlich sogar hin. Jeder, der jetzt hereinkam, hätte den Eindruck haben müssen, ich sei ins Gebet vertieft, und tatsächlich hatte ich das Gefühl, dass die Gedanken klarer und klarer wurden. Ich war damit beschäftigt, was Katja zu meinen Anfällen gesagt hatte. Sie hatte von der Kraft gesprochen, die sie spürte, und von der Mauer, die mich im Anfall umgab. Außerdem hatte sie den Eindruck gehabt, dass ich in der letzten Nacht nicht mitkommen wollte, und in der Tat war ich hin- und hergerissen gewesen.

Deshalb dachte ich über meine Anfälle noch einmal nach. Ich stellte fest, dass ich bei jedem meiner großen Zusammenbrüche – dem so genannten *Grand-mal* – gleichzeitig etwas wollte und es doch irgendwie nicht wollte. Immer war auch Angst dabei gewesen.

Beim ersten *Grand-mal* wollte ich zu Annabelle, aber ich wollte nicht über das Dach, und ich wollte auch die »ewige Liebe« zu Nina nicht aufs Spiel setzen. Und ich wollte nicht schon wieder etwas mit oder für meinen Freund Vince machen, was ihm viel wichtiger war als mir. Er wollte mit Sicherheit Ulrike vögeln, aber Annabelle und ich waren noch lange nicht so weit, und lediglich der Alkohol hatte uns leichtsinnig werden lassen. Als dann die Grenze überschritten war, hatte ich schon Lust, aber auch Angst.

Beim zweiten Anfall wollte ich zu Katjas Gruppe gehören, um in ihrer Nähe zu bleiben. Aber als ich merkte, worauf das hinauslief und was ich dafür machen sollte, hatte ich wieder Angst gekriegt. Als meine Hand auf dem Holzbalken lag und Katja zu ihrem gezielten Stich ausholte, hatte ich längst jede Kontrolle über mein Leben verloren. Am liebsten wäre ich weggelaufen, aber das ging nicht mehr.

Gestern Abend war es wieder so. Von Anfang an wollte ich diesen blöden Einbruch nicht, aber meine Freunde waren nicht aufzuhalten. Auch diesmal hatte ich widerstrebende Gefühle. Was für einen Sinn hatte das alles, und warum hatten sie sich ausgerechnet unsere Wohnung ausgesucht? Natürlich hatte ich darüber nachgedacht, dass meine Freunde vielleicht eine Art Spaß mit mir machten, aber warum hatten sie dazu einen fast perfekten Einbruch durchgezogen, der in erster Linie an meiner Trotteligkeit gescheitert war? Ich kam einfach nicht dahinter. Als die Polizei kam, wollte ich natürlich einerseits mit den anderen abhauen. Aber andererseits wollte ich auch bei mir zu Hause bleiben. Außerdem hatte ich riesige Angst, erwischt zu werden und war mit meinen Kräften völlig am Ende. Und da war es wieder passiert.

Jedes Mal hatte mich eine innere Kraft in zwei Teile gerissen, und ein Anfall war gekommen. Als ich mir das klarmachte, hörte ich hinter mir die Kirchentür ins Schloss fallen. Ich schaute mich um, aber niemand war da. Das Geräusch unterbrach meine Gedanken, aber fürs Erste hatte ich genug verstanden. Mir fiel ein, dass heute Donnerstag war. Angelina würde voraussichtlich beim Training sein, und Halola hatte frei. Unsere Wohnung würde noch ein paar Stunden leer sein, und mit dem unbestimmten Gefühl, etwas entscheiden zu müssen, verließ ich die Kirche. Als ob ich von einem starken Magneten angezogen würde, machte ich mich auf den Weg nach Hause. Katja wollte ich später im Park treffen.

Als ich zu Hause ankam, war ich sehr aufgeregt, aber irgendwie auch froh. Eine eingeschlagene Scheibe an der Haustür zeugte noch von den Ereignissen der letzten Nacht. Die Scherben waren aber schon beseitigt. Als ich die Treppen hinaufging, hatte ich Angst, mein Schlüssel könnte nicht mehr passen. Sehr erleichtert war ich, als sich die Tür wie gewohnt öffnen ließ, auch wenn dem Schloss anzumerken war, dass es mit Gewalt aufgehebelt worden war. Offenbar hatte ein Notdienst den Schaden reparieren können. Von drinnen betrachtet, bestätigte sich dieser Eindruck. Mit ein paar Metallplatten und etlichen Schrauben war das Schloss, das durch den Druck der Stange aus der Tür herausgebrochen war, wieder notdürftig an seinem alten Platz fixiert worden. Als ich die Tür hinter mir zudrückte, sprang sie wieder auf, so dass ich von innen abschließen musste, damit sie geschlossen blieb. Dabei war ich überhaupt nicht leise, und gespannt horchte ich in die riesige Wohnung hinein, ob jemand mein Kommen bemerkt habe. Erleichtert, aber auch enttäuscht nahm ich zur Kenntnis, dass niemand da war. Langsam und mit einem Gefühl, als ob ich diese Räume zum ersten Mal betreten würde, schlenderte ich in Richtung meines Zimmers. Aufmerksamer als sonst guckte ich mir alles an und konnte sehen, wie schön unsere Wohnung war. Als ich mein Zimmer erreicht hatte, verschlug mir der Anblick des Flügels fast die Sprache. Ein so schönes Instrument hatte ich noch nie gesehen. Tiefschwarz und glänzend stand er da, und ich dachte noch darüber nach, wie die Möbelpacker den wohl in unsere Wohnung gewuchtet hatten, als es an der Haustür klingelte. Zuerst wollte ich nicht hingehen, aber es klingelte wieder und wieder, bis ich so eine Ahnung bekam, dass dieses Klingeln mir galt. Mit klopfendem Herzen ging ich zur Tür, und als ich durch den Spion guckte, um mich auf ein Zusammentreffen mit meiner Mutter vorzubereiten, entdeckte ich überrascht Katja im Hausflur. Mit zitternden Händen schloss ich auf und ließ sie herein. Hinter ihr schloss ich wieder ab und ließ den Schlüssel stecken.

»Na Tim, wieder mal allein zu Haus?«, war die ironische Frage, mit der sie mich begrüßte.

»Wie lange weißt du das schon?«, wollte ich wissen.

»Was denkst du?«

»Ein paar Tage, vielleicht eine Woche.«

»Das sieht Tim von Kronburg ausnahmsweise mal total klar«, stellte Katja triumphierend fest und meinte, dass ich mich eben in der Kirche offenbar selbst dazu bekehrt hätte, der Wahrheit ins Gesicht zu sehen.

»Seit wann bist du hinter mir her?«, wollte ich wissen.

»Von Anfang an«, erklärte sie »und von Anfang an war ich mir sicher, dass deine Geschichte nicht stimmt. Nur einmal habe ich gezweifelt und zwar als es dir gelungen war, Fritz im Kampf das Messer abzunehmen. Da wäre mir fast das Herz stehen geblieben, und am liebsten hätte ich euch beide von meinem Zimmer aus angeschrien. Aber es ging alles so schnell und schließlich konnte ich nur noch hoffen, dass du ihm entwischen würdest.

Deine Kampftechnik war wirklich gut. Deshalb dachte ich, du könntest sie auf der Straße gelernt haben. Aber das war das einzige Fragezeichen. Ansonsten warst du von Anfang an offen wie ein Buch – wie ein gutes Buch.«

»Womit habe ich mich verraten?«, wollte ich wissen.

»Keine Ahnung«, sagte sie, »es war so ein Gefühl. Jungs wie dich kenne ich mehr aus meiner Schule, aber keiner von denen ist so hübsch wie du. Die haben alle solche Eltern wie deine, aber sie sind langweilig. Sie interessieren sich meistens für Computer, machen eher selten Sport, sind echt lieb, aber leben ziemlich für sich.

Im Gegensatz zu denen bekommst du schnell mit, wie es anderen geht, und mich konntest du immer so schön trösten. Kinder, die nicht getröstet wurden, haben da größere Probleme. Meine Freunde in der Gruppe sind mir wirklich wichtig, und auf ihre Art finde ich sie alle toll, aber von denen versteht mich keiner. Sie interessieren sich auch nicht für die Regeln, die ich für die Gruppe gemacht habe. Darüber denken meine Freunde gar nicht nach. Sie merken nur, das funktioniert irgendwie und dann hört das Interesse auf. Mit dir kann ich über all das reden, und ich fühle mich von dir verstanden, selbst wenn du nicht gleich alles kapierst. Oft bist du so naiv, aber du schämst dich nie dafür. Wenn ich dir dann Sachen erkläre, verstehe ich die selbst manchmal erst richtig. Deshalb ist mir das Reden mit dir auch so wichtig.

Dass deine Geschichte nicht stimmte, war im Grunde sonnenklar, als du alle zum Essen eingeladen hast. Das machen nur Leute, die Geld haben und die über dieses Geld nicht nachdenken müssen. Da bist du absolut der Einzige in der Gruppe. Na, und dein Klavierspiel kann auch nicht allein mit Talent zu tun haben. Um so zu spielen wie du, braucht es gute Lehrer oder Eltern, die das drauf haben. So eine Ausbildung bekommt keiner, wenn sich die Eltern nicht auch dafür interessieren.«

An der Stelle widersprach ich und erwähnte meinen Freund Vince. Schnell kam Katja darauf, dass Vince wohl aus Köln käme und dass ich mir seine Lebensgeschichte ausgeliehen hätte. Schon wieder traf sie den Nagel auf den Kopf. Dann fragte sie mich, ob sie sich auch in ihn verliebt hätte. Da war ich mir eher unsicher und eigentlich konnte ich mir das nicht vorstellen.

Nachdem geklärt war, warum sie mich so schnell durchschaut hatte, wollte sich Katja die Wohnung angucken. Angesichts der vielen riesigen Zimmer war sie völlig aus dem Häuschen. Sie rannte von einem ins andere und wollte von mir gefangen werden, aber dazu hatte ich keine Lust. Als sie in mein Zimmer kam und den riesigen Flügel sah, verschlug es ihr genau wie mir die Sprache. Sie sprang auf mein Bett und wollte das Stück wieder hören, das ich in dem Musikgeschäft gespielt hatte.

Ich setzte mich ans Klavier, aber an Stelle der *Kinderszenen* spielte ich von Chopin *In mir klingt ein Lied*. Katja hörte mir gebannt zu, und von dem Klang des Flügels überwältigt, spielte ich dieses Stück wie zum ersten Mal. Als der letzte Ton ausklang, blieb es eine Zeit lang still. Dann drehte sich Katja auf den Rücken, guckte an die Decke und sagte nur: »Weiter.«

Vielleicht weil ich irgendwann einmal eine Sternschnuppe auf dem Bett gefunden hatte und nun Katja dort lag, spielte ich von Chopin den *Sternenregen*, der den Raum in eine Milchstraße von Tönen verwandelte. Es machte solchen Spaß, für sie zu spielen und ich war wie verzaubert. Deshalb merkte ich nicht, dass Katja aus dem Zimmer gegangen war.

Zwischen meinem Zimmer und dem Schlafzimmer meiner Eltern lag ein großes Badezimmer. Das Wasser rauschte, und gerne hätte ich gewusst, was Katja da machte, aber sie rief nur, »spiel weiter«, und weil ich bei einem Stück nun mal jeden einzelnen Ton genießen wollte, entschied ich mich für *Heimweh* von Edvard Grieg. Das hatte ich in San Francisco auch für Cecilia gespielt, und der Titel passte mal wieder zu dieser Situation. Noch nie hatte ich den Klang eines Klaviers intensiver empfunden und noch nie hatte eine Musik stärker auf mich gewirkt als in diesem Moment. Ich spielte für Katja, und ich durfte endlich der sein, der ich wirklich war. Als ich auch dieses Stück beendet hatte, hörte ich nichts mehr. Das Rauschen des Wassers hatte aufgehört und Katja forderte nicht mehr, dass ich weiterspielte. Ich ging zu ihr ins Badezimmer. Dort lagen ihre Kleider auf dem Boden verstreut, und sie saß mit geschlossenen Augen in der großen, dampfenden Marmorbadewanne.

»Hier möchte ich sterben«, sagte sie, als ich den Raum betrat, »aber ich bin noch nicht entschieden, ob du dabei Klavier spielen sollst, oder ob ich dich mit in der Badewanne haben will.«

»Und wie kriegen wir das raus?«, wollte ich wissen.

Dazu machte sie nur eine einladende Handbewegung und etwas hin- und hergerissen begann ich mich auszuziehen. Klar wünschte ich mir, bei ihr in der Wanne zu sein, aber die Vorstellung, meine Mutter könnte jederzeit hereinkommen, hemmte meine Lust und meine Entschlossenheit. Auch das schien Katja zu merken und erklärte, dass Epileptiker niemals unbeaufsichtigt baden sollten, weil sie nämlich im Wasser bei einem Anfall ertrinken könnten. Dass sie jetzt gleich mit mir in dieser Wanne säße, sei eine reine Vorsichtsmaßnahme. So witzig hatte ich sie bislang selten erlebt, und selbst wenn sie sich gerade über meine Krankheit lustig machte, konnte ich ihr das kein bisschen übel nehmen. Also stieg ich zu ihr ins Wasser, und mein kleiner Freund ließ mich die Freude über diese Entscheidung dadurch spüren, indem er wieder wuchs.

»Hübscher Mann«, kommentierte Katja, und als wir uns im warmen Wasser gegenübersaßen, fragte sie, was mich denn nur weg von hier in ihre armselige Hütte getrieben habe. Und bei meiner Antwort sollte ich dieses Mal ehrlich sein, schob sie nachdrücklich hinterher.

Wo sollte ich da anfangen? Es war kompliziert, und so richtig erklären konnte ich mir das ja auch nicht, deshalb begann ich mit meinem Abschiedskonzert. Dabei wurde mir klar, dass ich mich an diesem Abend nicht nur von meiner Schule, sondern auch von meinem bisherigen Leben verabschiedet hatte.

»Früher«, erklärte ich Katja, »habe ich eigentlich nur mit meiner Mutter am Klavier gesessen oder ich habe mit ihr getanzt.«

Katja wollte wissen, ob meine Mutter eine schöne Frau sei.

»Viele sagen, sie ist schön, aber ich habe das so nicht wahrgenommen. Wir waren einfach so miteinander verbunden, dass ich sie nie so angeguckt habe, wie ich dich zum Beispiel angucke. Aber auf meinem Abschiedskonzert ist mir das plötzlich aufgefallen.«

Danach unterbrach mich Katja nicht mehr, sondern hörte nur noch aufmerksam zu.

Ich erzählte von Nina, von der »ewigen Liebe« und von der Zeit mit Cecilia in San Francisco. Was ich mit den beiden Mädchen so im Einzelnen erlebt hatte, deutete ich nur an, aber mir wurde beim Erzählen klar, welches Chaos sich da in mir breitgemacht hatte, und als ich beim Internat angekommen war und Annabelle erwähnte, pfiff Katja kurz durch die Zähne und machte Blasen im Wasser, so wie ich es bei ihr zu Hause auch mal gemacht hatte. Als sie wieder auftauchte, erzählte ich von Vince, Sonja, Jochen und dem ganzen Kram, und an ihrem Lächeln konnte ich ihre Freude darüber erkennen, dass ich die Geschichte mit dem Bahnhofsklo nicht erfunden hatte.

Als ich bei unserem letzten gemeinsamen Abend im Internat angekommen war und die Kondome erwähnte, die Vince mir in die Hosentasche gesteckt hatte, lauschte sie wie gebannt. Die Tatsache, dass mein Anfall unsere Pläne durchkreuzt hatte, schien sie fast erleichtert aufzunehmen. Sie runzelte ihre Stirn darüber, wie alle bei diesem Anfall reagiert hatten, und dass deshalb meine Eltern beschlossen, mich wieder mit nach Berlin zu nehmen. Als ich schilderte, wie mir diese Wohnung vorgekommen war, und dass mir die Sorgen meiner Eltern mehr und mehr die Luft zum Atmen nahmen, schüttelte sie den Kopf. Die Aussicht, ins Krankenhaus zu müssen, selbst wenn der Professor dort Ahnung von Musik hatte, und Nina, die zu der Meinung gelangt war, der liebe Gott habe mir den Anfall geschickt, hatten mir den Rest gegeben. Das schien Katja wieder zu verstehen.

»Und dann bin ich abgehauen, und dabei habe ich dich getroffen«, war mein letzter Satz.

»Ja und?«, sagte Katja fragend oder aufmunternd, wobei sie sich aus dem Wasser erhob.

»Ja, und dann habe ich mich in dich verliebt und konnte mir nichts Schöneres mehr vorstellen, als bei dir zu bleiben«, sagte ich, wobei mich Katja in der Wanne stehend betrachten ließ, wie hübsch sie war.

Als sie sich in ein großes weißes Handtuch hüllte, bemerkte sie, wie schön sie es fände, dass ich zur Abwechslung mal ehrlich sei. Dann entdeckte sie die Tür, die ins Schlafzimmer meiner Eltern führte und stellte fest, dass ich ihr diesen Raum der Wohnung noch gar nicht gezeigt hatte. Als sie schon im Schlafzimmer war, forderte sie mich auf, aus dem Wasser zu kommen, das mittlerweile kalt geworden war. Aus dem Zimmer hörte ich sie staunend und verzückt rufen. Als ich ihr neugierig folgte, sah ich Katja, wie sie die riesigen Schränke meiner Mutter alle geöffnet hatte und die tollen Kleider betrachtete, die da aufgereiht nebeneinander hingen. Viele davon hatte Angelina nur einmal oder zweimal getragen. Die meisten hatte ich noch nie bei ihr gesehen. Eins nach dem anderen holte Katja aus dem Schrank. Ein langes rotes zog sie über ihren noch etwas feuchten Körper und bat mich es ihr hinten zuzumachen. Es passte ihr wie angegossen, und völlig aus dem Häuschen über diese Verkleidung lief sie zurück ins Badezimmer. Hier kämmte sie ihre Haare und begann, sich mit Parfums, Lippenstiften, Cremes und Puder zu schminken. Dabei war sie gar nicht mal ungeschickt. Als sie merkte, dass ich etwas erstaunt war, erklärte sie, sie hätte damals ihre Mutter immer schminken und frisieren dürfen. Vor Lichtjahren hätte sie deshalb mal Kosmetikerin werden wollen.

Als sie endlich fertig war, wollte sie von mir wissen, wie ich sie fände. Dazu hatte sich mein kleiner Freund schon geäußert, der das Handtuch, welches ich mir umgewickelt hatte, an einer eindeutigen Stelle von meinem Körper abstehen ließ. Ich sagte ihr, dass sie wunderschön sei.

Sie kam mit gestelzten Schritten auf mich zu, reichte mir die Hand, und als wir uns nebeneinander stehend in dem großen Schlafzimmerspiegel betrachten konnten, fragte sie mit dunkler Stimme: »Und Sie, Tim von Kronburg, wollen Sie Katja Rennert zu ihrer rechtmäßig angetrauten Frau nehmen und werden sie sie achten und lieben, bis an das Ende ihrer Tage, so antworten Sie mit »ja.« Bei dieser Frage rutschte mir das Handtuch runter und als ich etwas unbeholfen versuchte, es festzuhalten, musste Katja loslachen. Ohne eine Antwort von mir abgewartet zu haben, stürzte sie zum Schrank, wo sie begann, sich aus dem roten Kleid herauszuwurschteln, um ein anderes zu probieren. Mittlerweile hatte ich mich auf das Bett meiner Eltern gelegt und guckte ihr zu. Meinen großen Freund verbarg ich unter der Bettdecke, und es war so schön, der ausgelassenen und fröhlichen Katja mit meinen Augen zu folgen, dass mir jetzt alles egal war. Im Grunde wusste ich, dass wir hier zusammen auf das Eintreffen meiner Mutter warteten, und ich hoffte, dass bis dahin noch Zeit sei. An meiner Freundin war ein Kleid schöner als das andere, und die Augenblicke dazwischen, in denen sie kurz wieder ohne Sachen dastand, fand ich am allerschönsten, bis ihr ein kurzes schwarzes in die Hand fiel. Es umschmeichelte ihren Körper und am Bauch war der Stoff durchsichtig, sodass ihr Bauchnabel etwas durchschimmerte. Als sie sich darin im Spiegel ansah, wurde sie plötzlich still und versank in Gedanken. Fast wirkte sie ein bisschen traurig, als sie sich mir zuwandte und mir fest in die Augen guckte. Langsam kam sie auf mich zu, und plötzlich wurde mein Atem schwer und mein Herz fing an zu schlagen. Sie zog die Decke weg und drehte mich auf den Rücken. Ihre Finger fuhren durch mein Gesicht und an meinem Körper hinunter bis zu meinem großen Freund. Den nahm sie jetzt zum ersten Mal in ihre Hände und dabei kniete sie sich mit geöffneten Beinen über mich. Ganz langsam setzte sie sich auf mich, wobei mein Freund mehr und mehr in sie hinein glitt. Dabei wirkte Katja sehr konzentriert. Ganz tief und langsam atmete sie. Schließlich war er ganz in ihr verschwunden und mir wurde wohlig warm. Zu gerne hätte ich gewusst, was sie jetzt fühlte, aber kein Wort und kein Ton sollte den Zauber dieses Augenblicks stören. Sie sank mit ihrem Oberkörper nach vorne und lag jetzt ganz dicht an mir. Mein Freund zuckte vor Vergnügen und Katja schien das zu gefallen. Ich blieb ganz still liegen und atmete mit ihr zusammen. Mit meinen Händen streichelte ich ihren Rücken auf dem Stoff des Kleides meiner Mutter. Katja roch ganz wunderbar. Ihr Geruch war irgendwie fremd und doch so vertraut. So lagen wir eine halbe Ewigkeit beieinander und ineinander versunken, bis sie sich behutsam auf mir zu bewegen begann. Langsam wurden diese Bewegungen rhythmischer und schneller. Katja hielt ihre Augen geschlossen. Ich schaute sie an. Ihr Gesicht wurde konzentrierter und ihre Atmung beschleunigte sich. Ein anfangs zärtliches Stöhnen wurde immer lauter, bis sie plötzlich innehielt. In diesem Augenblick völliger Einheit suchten und fanden meine

Hände ihren Po und hielten ihn ganz fest. Einige Sekunden blieben wir so eng beieinander, wie wir nur konnten, bevor sich unsere Körper entspannen durften und wir wieder Luft zum Atmen bekamen. So erlebten ich die schönsten Minuten meines bisherigen Lebens. Danach schliefen wir kurz im Bett meiner Eltern ein.

Von einem stürmischen Klingeln und Klopfen an unserer Haustür wurde ich geweckt. Ich bekam einen riesigen Schreck. Katja drehte sich einfach nur zur Seite und ließ mich unter sich heraus. Sie zog sich die große Bettdecke über den Kopf und öffnete nicht einmal die Augen, als ich aus dem Zimmer stürzte. Schnell zog ich im Badezimmer noch die bekleckerte und verklebte Unterhose der letzten Nacht über und rannte zur Tür. Weil mein Schlüssel steckte, hatte meine Mutter die Tür nicht aufschließen können. Trotzdem hatte sie vermutet, ich sei in der Wohnung und deshalb hörte ich sie nach mir rufen, obwohl sie im Treppenhaus stand. Als ich endlich aufgeschlossen hatte, fiel sie mir schreiend um den Hals. »Tim, mein Tim, mein lieber Tim, du bist wieder da«, rief sie immer wieder und wollte mich gar nicht mehr loslassen. Ich fand das schön und peinlich zugleich, zumal ich an Katja denken musste, die sich im hinteren Teil unserer Wohnung befand. Da ich mir ein Zusammentreffen der beiden nicht so recht vorstellen wollte, lag mir daran, mit Angelina erst einmal irgendwo vorne zu bleiben. Deshalb lotste ich sie ins Wohnzimmer, wo meine aufgeregte Mutter mit mir auf dem Sofa Platz nahm. Erst jetzt merkte sie, dass ich fast nackt war und deshalb reichte sie mir eine Decke. Als sie mich dabei beobachtete, wie ich mir die Decke um die Schultern legte, schossen ihr die Tränen ins Gesicht. Sie weinte nicht, sondern sie heulte richtig und schien dabei völlig die Fassung verloren zu haben. Als ich sie trösten wollte, schlug sie meine Hand weg. Ob ich überhaupt wüsste, was ich ihr, meinem Vater und meiner ganzen Familie mit meinem Verschwinden angetan hätte, und ob ich mir vorstellen könne, welche Sorgen ich anderen bereitet hatte, fragte sie fast schreiend. Erst jetzt verstand ich, wie sehr mein Verschwinden Angelina, Karl und meine Großeltern gequält haben musste, und als ich noch hilflos nach Worten suchte, um mich irgendwie zu erklären, hielt Angelina plötzlich inne. Von einem Moment auf den anderen schien sie ihre Fassung wiedergefunden zu haben, wobei sie wie gebannt auf etwas starrte, was sich hinter mir befand. Schon meinte ich die Anzeichen für einen beginnenden Anfall bei ihr wahrgenommen zu haben, als ich mich umdrehte und Katja im Türrahmen zu unserem Wohnzimmer erblickte. Anfängliche Freude, hatte sich bei Angelina zunächst in traurige Wut verwandelt, aber jetzt war sie irgendwie geschockt. Im Nachhinein denke ich, dass es vor allem daran lag, dass Katja das Kleid meiner Mutter nicht ausgezogen hatte, als sie ihr gegenüber trat.

»Guten Tag, Frau von Kronburg, ich bin Katja Rennert«, sagte sie.

Dabei stellte sie sich so vor, als ob meine Mutter ihren Namen kennen würde und an Angelinas Reaktionen wurde mir klar, dass ich mit dieser Vermutung nicht falsch lag.

»Sie ist Katja Rennert«, flüsterte meine Mutter und starrte weiter wie angewurzelt in ihre Richtung.

Katja erklärte, dass gestern Nacht leider einiges schiefgelaufen sei, aber das würde ich wohl besser erklären können. Für den Schaden an der Tür entschuldigte sie sich sogar.

»Ich geh dann mal«, sagte sie anschließend und verschwand in Richtung Ausgang. Schnell sprang ich auf und hastete ihr hinterher. Ich wollte sie umarmen und festhalten, aber Katja wehrte sich. Ganz tief schaute sie mir in die Augen, als sie sagte: »Tim, tu, was du für richtig hältst, aber bleibe da, wo du hingehörst«, und als sie merkte, dass ich nicht verstehen wollte, sagte sie mit zitternder Stimme: »Ich wünschte mir, meine Mutter oder mein Vater würde mich nur einmal so empfangen, wie deine Mutter es gerade getan hat.«

Dann gab sie mir einen letzten Kuss, wünschte »lebewohl« und verschwand aus meinem Leben. Bis heute habe ich sie nicht wiedergesehen. Hätte ich das damals schon gewusst, wäre ich ihr wohl in meiner bekleckerten Unterhose hinterhergerannt. Aber wo sollten wir beide ankommen?

Damals habe ich die Wohnungstür hinter ihr geschlossen. Dabei musste ich meinen Schlüssel in dem lädierten Schloss zweimal umdrehen. Als Angelina die Tür hörte, guckte sie erschrocken um die Ecke. Erleichtert stellte sie fest, dass ich diesmal in unserer Wohnung geblieben war. Nur Katja war in dem Kleid meiner Mutter verschwunden.

Um mich anzuziehen, lief ich an Angelina vorbei in Richtung meines Zimmers. Hier lagen noch die Anziehsachen von Katja, ihre braune abgewetzte Cordhose und das Coca Cola-T-Shirt, mit dem ich ihr zum ersten

Mal begegnet war. Nur Schuhe und Unterhose fehlten. Offensichtlich hatte sie überlegt, sich wieder umzuziehen, aber war doch zu einem anderen Entschluss gekommen. Ansonsten hatte sie sich keine Mühe gegeben, irgendwelche Spuren zu verwischen. Im Badezimmer lagen meine Sachen und das kalte Badewasser war noch in der Wanne. Im Schlafzimmer meiner Eltern lagen die Kleider, die sie anprobiert hatte und auf dem weißen Bettlaken und dem Deckenbezug, in den sie sich eingewickelt hatte, entdeckte ich frisches, rotes Blut. Als ich auf diese Stelle starrte, kam Angelina zu mir ins Zimmer. Sie war ganz ruhig, schaute sich um und dachte kurz nach. Dann nahm sie mich in den Arm und sagte, dass sie ihren großen Jungen hier mal besser alleine lassen werde. In der Zwischenzeit würde sie Karl und die Großeltern anrufen, dass ich wieder zu Hause sei. Ich glaube, das war das Klügste, was Angelina in dem Moment machen konnte. Weil mir kalt war, habe ich mich noch einmal in das Bett gelegt, um von dem zu träumen, was ich mit Katja eben erlebt hatte. Dann zog ich das Bett ab. Laken und Bezug faltete ich fein säuberlich und verstaute beides mit Katjas Sachen an einer besonderen Stelle in meinem Schrank. Gewaschen habe ich die Sachen nie. Seit diesem Tag fiel mein Blick, immer wenn ich mich zu Hause umzog, auf dieses Laken und ihre Anziehsachen. Wenn meine Sehnsucht besonders groß war, holte ich die Sachen heraus, um daran zu riechen. Wahrscheinlich hat sich der Geruch mit der Zeit verändert, aber für mich kommt mit ihm ein Teil der Erinnerung an diesen Morgen zurück. Und den wollte ich niemals vergessen.

Ende oder Anfang

Ja, jetzt sitze ich immer noch im Zug Richtung Heidelberg. Gestern habe ich Katjas T-Shirt und die Cordhose gewaschen und ihre alten Anziehsachen sind in meinem Gepäck.

Fast drei Jahre sind seitdem vergangen, und was gibt es von dieser Zeit zu erzählen? Ich finde, das ist nicht mehr so viel.

Zunächst kam raus, dass Katja am Abend vor dem Einbruch mein Wiederkommen telefonisch angekündigt hatte. Meine Eltern sollten im Café am

Steinplatz zwischen neun und zwölf Uhr nachts auf uns warten. Dort wollte Katja sie treffen und mich mitbringen. Die ganze Zeit über muss Katja also damit gerechnet haben, dass ich irgendwann zugeben würde, in dieser Wohnung zu Hause zu sein. Darauf sollte ihr Plan hinauslaufen. Dabei hatte sie aber drei Dinge nicht einkalkuliert. Erstens hielt ich den Plan für so gut, dass ich bis zuletzt glaubte, alles sei nur ein dummer Zufall, zweitens hatte sie meine Dickköpfigkeit oder auch Dummheit geringer eingeschätzt und drittens hatte sie nicht damit gerechnet, dass uns wirklich jemand entdecken und noch dazu die Polizei verständigen würde.

Angelina und Karl, die eine ganze Zeit äußerst angespannt warteten, hatten irgendwann den Auflauf von Polizei- und Notarztwagen bemerkt und waren nach Hause gelaufen. Mich hatte der Krankenwagen zu diesem Zeitpunkt aber schon abtransportiert, und weil ein Polizist meinte, der Transport würde immer nach Moabit fahren, hatten sich meine total geschockten Eltern zunächst auf den Weg ins falsche Krankenhaus gemacht. Sonst wären wir wohl schon früher aufeinander getroffen. Als sie in Charlottenburg ankamen, hatte sich Katja mit mir schon wieder aus dem Staub gemacht. Meine Mutter war am Rande eines Nervenzusammenbruchs. Zum Glück war mein Vater immer bei ihr, der dann auch erklärte, dass es mir doch wieder gut gehen müsse, weil ich ja sonst nicht aus dem Krankenhaus abgehauen wäre.

Wegen meiner *Epilepsie* konnte ich meine Eltern damit beruhigen, dass wir nochmal einen Termin mit dem Professor des Epilepsiezentrums ausmachten. Dem Professor erklärte ich, dass ich nicht ins Krankenhaus wolle und wieder auf die Schule nach Leipzig müsse.

Nach einem längeren Gespräch einigten wir uns auf Verschiedenes. Ich sollte unbedingt ein *MRT* machen lassen, damit ein Hirntumor als Ursache der Anfälle ausgeschlossen werden konnte. Auf den Bildern, die bei der *Magnetresonanztomographie* entstanden, sah mein Gehirn zum Glück ziemlich unauffällig und gesund aus. Das haben wir mit der ganzen Familie gefeiert. Sogar Nina war dabei, mit der ich mittlerweile wieder gut auskomme.

Außerdem bestand der Professor darauf, dass ich ein Medikament bekam. Er wollte für mich eines aussuchen, das gut verträglich sei und außerdem schnell eindosiert werden konnte. Dabei musste ich ihm versprechen, die Tabletten wie verordnet zu steigern und sie anschließend regelmäßig in dieser Dosierung einzunehmen. Wenn ich mich damit nicht gut fühlen würde, sollte ich mich melden. Die Zustimmung hierfür fiel mir zwar wesentlich schwerer, weil man sich so krank vorkommt, wenn man regelmäßig Tabletten nehmen muss. Gut ist aber, dass ich seitdem gar keine Anfälle mehr habe. Das heißt, große Anfälle sowieso nicht mehr, aber auch die kleinen sind verschwunden. Angelina schwört deshalb auf meine Pillen und auf den Professor, mit dem ich in letzter Zeit nur noch über Musik geredet habe.

Vorübergehend hatte es sich meine Mutter zur Gewohnheit gemacht, immer in Leipzig anzurufen, wenn ich meine Medikamente nehmen musste. Das war nervig, was ich der besorgten Angelina irgendwann mal steckte. Schließlich war das meine Sache. Anfangs war sie beleidigt, aber mit der Zeit fand sie es selbst sogar gut, nicht mehr an meine Medikamente denken zu müssen.

Dadurch, dass ich keine Anfälle mehr bekomme, ist die *Epilepsie* wieder mehr und mehr in den Hintergrund getreten. Wenn ich darüber nachdenke, warum ich bis heute anfallsfrei geblieben bin, dann glaube ich, es lag auch daran, dass ich wieder mehr und mehr gemacht habe, was ich wollte. Im Grunde habe ich Katjas Tipp befolgt, den sie mir an unserer Wohnungstür beim Abschied gegeben hatte: »Mach was du willst, und bleib, wo du hingehörst.«

Ungefähr zwei Wochen, nachdem Katja aus unserer Wohnung verschwunden war, bekam ich eine Postkarte von ihr. Auf der stand:

Liebster Tim,
grüße deine hübsche Mutter von mir und sag ihr, dass ich das Kleid eines Tages zurückbringen werde. Ich will es gegen ihren Sohn eintauschen, wenn er mich dann noch will.
Lass mir die Zeit, die ich brauche,
deine Katja

Als diese Karte kam, war ich drauf und dran, im Friedrichshain nach ihr zu suchen. Die ganze Zeit hatte ich auf eine Nachricht von ihr gewartet und war fast verrückt geworden. Jetzt hätte ich vor Freude und Verzweiflung heulen können. Sie dachte an mich, aber sie wollte mich nicht sehen. Und das alles zwei Tage, bevor ich wieder zurück nach Leipzig musste, weil dort die Schule weiterging. Trotzdem bin ich noch mal zu ihrem Haus gefahren. Ich stand schon auf der Treppe, als mich irgendetwas davon abhielt, bei ihr zu klingeln. »Lass mir die Zeit, die ich brauche«, hatte sie mir geschrieben, und deshalb bin ich schließlich nicht hinaufgegangen.

Ich ging zur Kirche, weil ich wusste, dass ich Fritz dort treffen würde. Er war sehr überrascht, mich zu sehen. Ich fragte: »Wie geht's?« und er sagte: »So lala.« Nach einer Pause ergänzte er: »Ich find's schade, dass du nicht mehr da bist. Wir waren ein gutes Team beim Basketball und eine Menge Geld hast du auch angeschleppt.«

»War aber nicht geklaut«, erklärte ich.

»Weiß ich doch längst«, war seine Antwort, »hat mir aber nie was ausgemacht. Klauen is ja nicht besser. Mein Problem ist nur, dass ich sonst ja nicht an Geld rankomme.«

Nach einer weiteren Pause fragte er, ob ich Katja vermissen würde. Ich nickte.

»Dich hat es ganz schön erwischt?«, meinte Fritz. Wieder nickte ich.

»Die lässt aber keinen ran, unsere zuckersüße Eiserne Lady. So nennt Peter die immer. Süß wie Honig, aber kalt wie Eis, und ihr Verstand ist so scharf wie mein Messer. Apropos Messer, ich wollte dir immer noch mal sagen, dass mir das leid tat, als ich dich damals geritzt habe.«

»Ist längst vergessen«, erklärte ich kurz.

»Eine Zeit dachte ich, bei dir macht Katja eine Ausnahme, aber ihre Regeln sind heilig. Manchmal denke ich, Katja ist das auch, also heilig. So wie sie stelle ich mir die Jungfrau Maria vor, weil die immer allen hilft und so für Gerechtigkeit ist.«

Seit ein paar Tagen ist sie keine Jungfrau mehr, dachte ich bei mir und war stolz auf das, was sie mit mir erlebt hatte. Fritz sollte das nicht erfahren. Deshalb sagte ich: »Ausnahmen gibt es nicht! Für Katja sind wir alle gleich.« Diesmal nickte Fritz zufrieden. Dann legte er sogar einen Arm um mich.

»Kannst du mir einen Gefallen tun?«, fragte ich.

»Klar«, sagte er.

»Passt du gut auf sie auf?«

»Machich«, erklärte er stolz. »Wenn es dunkel wird, bin ich immer in ihrer Nähe. Katja ahnt das vielleicht, aber sie sieht mich nie. Ich bin für sie unsichtbar. Katja ist die Jungfrau Maria und ich bin der Heilige Geist.«

»Klar«, sagte ich diesmal, »hab ich gleich gedacht, als ich euch das erste Mal gesehen habe.«

»Spinner«, sagte Fritz und lachte.

Zum Abschied wollte ich noch wissen, ob der »Heilige Geist« eine Nummer hätte, unter der ich mich ab und an nach Maria erkundigen könne, und als ich seine Nummer hatte, machte ich mich wieder auf den Heimweg.

Jetzt wusste ich, dass Fritz an ihrer Seite war und das beruhigte mich, auch weil jeder andere Junge mit ihm Ärger kriegen würde. Auf meinem Nachhauseweg wurde mir klar, warum sie an dem letzten Tag schließlich doch mit mir geschlafen hatte. In ihren Augen gehörte ich nicht mehr zur Gruppe, und demzufolge war das kein Regelverstoß. Aber damit hatte sie auch alles dafür getan, dass ich sie nicht vergessen würde, und vielleicht hatte sie ihre Frage, ob ich sie zur Frau nehmen würde, die sie in dem langen roten Kleid an mich richtete, doch ernster gemeint. Ich hoffe das bis heute.

Am nächsten Tag musste ich zurück nach Leipzig, die Schule fing an.

In Leipzig traf ich Vince wieder. Mit ihm bin ich zusammengezogen. Opa Paul hatte in Leipzig einige Häuser gekauft und modernisiert und Angelina hatte die Idee, dass ich zusammen mit ihm in eine dieser schicken Wohnungen ziehen sollte. Sie hätte dann ein besseres Gefühl. Mein neuer Flügel ist sogar mit umgezogen, deshalb durfte die Wohnung auch nicht allzu klein sein. Jeder von uns hatte ein eigenes Zimmer. Dazu kamen noch ein Gästezimmer, ein Wohnzimmer, ein Klavierzimmer und eine große Küche. Vince war total aus dem Häuschen, als ich ihm erklärte, dass er da mit mir zusammen einziehen solle. Angelina meinte, dass Vince bestimmt gut auf mich aufpassen würde. Bei dem Gedanken musste ich zwar schmunzeln, aber da ich es damals noch für möglich hielt, weitere Anfällen zu haben, fühlte ich mich in seiner Nähe sicher.

Auch dem Musikschuldirektor war das so lieber, weil er meinte, er würde für Anfälle, die unbemerkt in der Nacht auftreten könnten, keine Verantwortung übernehmen. Für Anfälle am Tag konnte er das zwar auch nicht, aber durch sein Gerede wurde offensichtlich, dass er mit meiner

Krankheit nicht klar kam. Das fand ich ziemlich dämlich, und dämlichen Leuten sollte man immer aus dem Weg gehen. Mit unserer Wohnung gelang uns das bestens.
Annabelle und Ulrike waren regelmäßig bei uns zu Besuch, und sogar Sonja kam hin und wieder vorbei. Wir machten Hausmusik, und weil sich Wohnzimmer, Musikzimmer und Küche wie bei mir zu Hause durch das Öffnen der großen Türen miteinander verbinden ließen, fanden bei uns richtige Konzerte statt.

Weitere Karten von Katja kamen so im Abstand von jeweils fünf bis sechs Monaten. Sonderlich fleißig war sie nicht beim Schreiben. Aber die paar Worte, die sie machte, hatten es in sich, und für mich kam ihre Post auch immer zum richtigen Zeitpunkt.

Auf der zweiten Karte teilte sie mit, dass sie seit unserem Abschied ihre Tage regelmäßig habe. Die seien davor fast zwei Jahren lang gar nicht gekommen.

Sie meinte, dass sie sich vorstellen könne, irgendwann selbst Kinder zu haben. Seitdem sie mich kennen gelernt habe, würde sie darüber nachdenken. Am liebsten wären ihr drei oder vier, weil es nicht schön sei, alleine zu bleiben.

Diese Karte brachte mir Angelina mit nach Leipzig, weil mir Katja immer nach Hause schrieb. Die Post erhielt ich aus den Händen meiner Mutter mit der Neuigkeit, dass ich eine Schwester oder einen Bruder bekommen würde. Angelina war mit ihren sechsunddreißig Jahren wieder schwanger geworden, was mich für meine Eltern sehr freute.

Später habe ich ausgerechnet, wann meine Schwester Rosalie entstanden sein musste. Ich stellte fest, dass ihre Zeugung in den Zeitraum fiel, in dem ich von zu Hause abgehauen war. Das freute mich, weil die Sorgen um mein Verschwinden offensichtlich für etwas gut gewesen waren. Seitdem Rosalie auf der Welt ist, kann ich Annabelle viel besser verstehen. Plötzlich hatte auch ich Sehnsucht nach meiner kleinen Schwester, wenn ich wieder in Leipzig war. Und wenn ich mit dem Kinderwagen durch Berlin schob, dachte ich oft an Katja.

Vince wollte von Katjas Kinderträumen überhaupt nichts hören und meinte, dass ich bescheuert und romantisch sei. Katjas Karte las er mit ganz anderen Augen. Er war überzeugt, dass da nicht stünde, Katja würde ein Kind von mir haben wollen. Und deshalb war er sicher, dass ich irgendwann einsam, vertrocknet und vor allem kinderlos sterben würde, wenn ich von meinem Katja-Trip nicht langsam runterkäme. Vince hatte auch etwas auszusetzen, als Katja schrieb:

Lieber Tim,
oft träume ich von deinen Händen und von deiner Musik.
Ich hoffe, du träumst von mir.
Lass mir die Zeit, die ich noch brauche,
deine Katja.

Als ich meinte, das Wort »noch« würde andeuten, dass es bald so weit sein könne, meinte er, es sei einfach grausam, mich so lange warten zu lassen. »Träum weiter«, sagte Vince, und als ich ihm zu verstehen gab, dass ich das auch machen würde, meinte er, dass mir da einfach nicht zu helfen sei.

Als es in Leipzig auf unseren Abschluss zuging, machte Katja gerade ihr Abitur. Von Fritz erfuhr ich, dass sie die zweitbeste Note an ihrer Schule bekommen habe und dass sie sich damit bei der juristischen Gesellschaft für ein Stipendium bewerben würde. Er war in Sorge, weil er kommen sah, dass es mit der Gruppe dann wohl bald vorbei sein würde. Er hatte Angst, alleine dazustehen. Fritz war sich sicher, keiner könne Katja ersetzen. Er schien so verzweifelt, dass ich mich bei meinem Opa Paul erkundigte, ob er in der Bank nicht einen zuverlässigen Mann für den Wachschutz brauchen könne. Der versprach, mal zu sehen, ob sich da was machen ließe. Eine Woche später sollte sich Fritz vorstellen.

Opa Paul meinte zwar, Fritz sei etwas dumm, und seine Geschichte habe da ein paar dunkle Flecken, aber Fritz habe so von mir geschwärmt, dass er ihn für absolut loyal hielt. Außerdem habe er ja eine durchaus imposante, wenn nicht sogar angsteinflößende Statur, was für den Job beim Wachschutz nicht von Nachteil sei. Deshalb wollte es Paul mit Fritz einmal versuchen. Dafür hätte ich meinen Opa eine Stunde lang umarmen können.

Seitdem steht Fritz mit seiner schicken dunkelblauen Uniform fünf Tage in der Woche in unserer Bank. Die Mütze lässt ihn dabei noch größer erscheinen. Mittlerweile hält er unseren Kunden sogar die Tür auf und begrüßt den einen oder anderen Stammkunden mit Namen.

Als Fritz mitbekam, dass eine Reinigungskraft wegen Schwangerschaft ausfallen würde, überredete er Mandy, mal mit zu seiner Arbeit zu kommen. Das fand mein Opa Paul sehr aufmerksam, und plötzlich waren zwei ehemalige »Einbrecher« zu geschätzten Mitarbeitern unserer Bank geworden.

Katja kommentierte das in ihrer vorletzten Karte:

Lieber Tim,
vielen Dank, dass mein großer, kleiner Fritz einen Platz gefunden hat, an dem er überleben kann.
Ich bin auf einem guten Weg. Hoffe für dich das Gleiche und sehne mich nach einer Kreuzung. Auf bald.
Deine Katja

Diese Karte machte mich froh und ziemlich gespannt. Wenn ich gewusst hätte, dass ich diese Spannung noch sieben Monate aushalten musste, wäre ich wohl ausgerastet, aber ich wusste es ja nicht.

In diesen Monaten machten Annabelle, Ulrike und ich in Leipzig unseren Abschluss.

Vince hatte in der Zwischenzeit mit Sonja weiter zusammengearbeitet und betätigte sich als Komponist und »Songwriter«. Nicht selten höre ich Stücke im Radio, die aus seiner Feder stammen. Damit verdient er mittlerweile richtig gut. Deshalb hat er nach meinem Auszug unsere Wohnung mit Ulrike gemietet, die einen Studienplatz für Musik in Leipzig bekommen hatte. Den Flügel hat er mir sogar abgekauft. Die beiden wollen heiraten.

Richtig getroffen hat mich, dass sich Annabelle im letzten halben Jahr vor unserer Prüfung in Thomas, den Schlagzeuger unserer Jazzband, verliebt hat. Der kam aus Erkrath. Weiß der Geier, wo dieses Kaff liegt. Irgendwann hat Thomas mal erwähnt, dass Erkrath das Tor zum Neandertal sei. Jedenfalls ist sie mit ihrem Neandertaler, den ich bis dahin eigentlich ganz nett fand, nach Köln gezogen. Dort studiert sie Musik und Musikpädagogik und ihr Höhlenmensch trommelt an der Jazzhochschule.

Als es mit unserer Geschwisterliebe deshalb vorbei war, musste Vince mich eine ganze Zeit lang trösten. Ich hätte es nicht anders gewollt, meinte er, und damit hatte er ausnahmsweise einmal recht.
Vor zwei Tagen erhielt ich die letzte Karte von Katja. Darauf stand nur noch:

Lieber Tim,
kannst du kommen?
Ich warte auf dich!
Deine Katja

Außerdem hatte diese Karte einen Absender mit einer Adresse in Heidelberg. Als ich sie erhielt, war ich bereits wieder in Berlin. Ich hatte einen Studienplatz für Musik und Sport bekommen. Lehrer wollte ich werden, um von den Menschen, für die ich Musik machen würde, nicht so weit weg zu sein. Außerdem hatte ich mir für den Sportunterricht vorgenommen, bei meinen zukünftigen Schülerinnen und Schülern immer auch auf die Beine und Handgelenke zu achten, nur für den Fall, dass da einmal Schnitte, Narben oder auch blaue Flecken wären, die nicht unbedingt dort hingehörten.

Gerade fängt mein Herz wie wild an zu klopfen. Ich bin in Heidelberg angekommen und steige aus dem Zug. Beim Betreten des Bahnsteigs komme ich mir vor wie ein Astronaut, der seine Marsrakete nach erfolgreich abgeschlossener Weltraummission verlässt. Ich bin wieder auf der Erde gelandet. Ich freue mich besonders darauf, Katja zu erzählen, dass ich Lehrer werden will. Ich glaube, sie versteht, warum ich mich so entschieden habe. Außer ihren gewaschenen Kleidern habe ich ihr nichts mitgebracht. Nach fast drei Jahren bin ich gespannt, was und wer mich erwartet und bei der Vorstellung, Katja gleich in meine Arme zu schließen, kommt mir ein romantisches Lied aus der *Dichterliebe* von Schumann in den Sinn. In dem heißt es:

»Wenn ich in deine Augen seh',
so schwindet all mein Leid und Weh',
doch wenn ich küsse deinen Mund,
so werd ich ganz und gar gesund.«

Kleiner Tipp: Wer wissen will, wie es mit Katja und Tim ausgeht und dabei noch etwas über Tims Erkrankung erfahren möchte, sollte unbedingt weiterlesen.

Schon mal etwas von Epilepsie gehört?

Wenn nein, dann hier an dieser Stelle ein paar Infos.

Wenn ja, dann hoffentlich nichts Falsches, denn diese Erkrankung ist von vielen Mythen und Vorurteilen umgeben.

Die meisten Menschen verbinden mit dem Wort *Epilepsie* den großen epileptischen Anfall, den *Grand-mal*, wie er in der Fachsprache heißt. Schon wesentlich weniger Menschen wissen, dass es sehr unterschiedliche Anfallsformen gibt.

Einige denken, dass *Epilepsie* eine Geisteskrankheit sei und dass durch die Anfälle das Gehirn geschädigt wird. Zum Glück ist das ein Vorurteil. Die meisten Menschen mit einer *Epilepsie* führen ein ganz normales Leben. Unter ihnen gibt es Sportler, Künstler, Staatsmänner, Musiker und Wissenschaftler. Tim, den du kennen gelernt hast, ist Musiker.

Merkwürdig ist, dass eine Erkrankung, über die viele wenig wissen, alles andere als selten ist. Von hundert Menschen bekommen fünf in ihrem Leben einen epileptischen Anfall. Bei einem Prozent aller Menschen kommt es öfter zu solchen Anfällen. Erst dann wird von einer *Epilepsie* gesprochen und es wird über eine Behandlung, in der Regel mit speziellen Medikamenten, nachgedacht. Ein Prozent hört sich zwar wenig an, aber gerechnet auf die Bevölkerung einer Stadt wie Berlin, aus der ja auch Tim kommt, sind das etwa 35 000 Menschen.

Nun hat die geringe Bekanntheit der verschiedenen *Epilepsien* sicher damit zu tun, dass infolge medizinischer Behandlungsmöglichkeiten seltener Anfälle in der Öffentlichkeit auftreten.

Ein anderer Grund aber ist, dass sich viele Menschen schämen, eine *Epilepsie* zu haben. Das hat etwas mit der Vergangenheit zu tun, in der die *Epilepsie* als *»unheimliche Krankheit«* galt. Beispielsweise wurde vermutet, dass Menschen während des Anfalls vom Teufel besessen seien. Das glaubt zum Glück heute kaum noch einer, aber auch deshalb ist *Epilepsie* zu einer *»verheimlichten Krankheit«* geworden. Es fällt schwer, darüber zu sprechen, weil Betroffene nicht unter den gefürchteten Vorurteilen ihrer Mitmenschen leiden wollen. Gar nicht so selten wird das sogar schlimmer als die Krankheit selbst.

Daran möchte dieses Buch etwas ändern. Wie schon in der Fußnote auf Seite 38 erwähnt, habe ich mich mit medizinischen Erklärungen im Text zurückgehalten. Sie wurden in »*Marslandschaften*« verbannt, die ihr im Anschluss findet. *Marslandschaften* heißen diese Erklärungen, weil sich Tim mit seinen Anfällen immer mal vorkommt, als wäre er von einem anderen Planeten – vom Mars nämlich. Wenn dich das interessiert, kannst du auf den nächsten Seiten mehr dazu nachlesen.

Ansonsten erfährst du im »*Epi(lepsie)log*«, wie Tim heute über seine Erkrankung denkt und außerdem – für den Fall, dass du noch neugierig bist – wie es mit Katja und ihm weitergegangen ist.

Wer es ganz genau wissen will, für den habe ich zusätzlich zu den *Marslandschaften* das »*Kleine Wörterbuch*« zusammengestellt. Es erläutert einige Begriffe, die zu dieser Erkrankung gehören. Diese Begriffe sind im Roman kursiv hervorgehoben (z. B.: *Anfallsformen, Grand-mal, Epilepsie*).

Gerd Heinen

Marslandschaften

Mars 1, Seite 38

Das Wort »Aura« kommt aus dem Griechischen und heißt übersetzt »Anflug« oder »Hauch«. Zu epileptischen Auren zählen Empfindungen, die nur von den Betroffenen selbst wahrgenommen werden. In diesem Fall ist es der »komische Geruch«, den Tim nur deshalb in der Nase hat, weil die Gehirnzellen im Geruchszentrum epileptisch aktiviert sind. Danach kann er sich mit Cecilia nicht richtig unterhalten. Da funktioniert das »Hören« und das »Sprechen« schon nicht mehr. Diese Einschränkungen, die auch Cecilia mitbekommt, zeigen, dass sich die epileptische Erregung weiter ausgebreitet hat. Kurz darauf ist er aber schon wieder ganz bei sich. Damit ist dieser »fokale« Anfall wieder vorbei. Das Wort »fokal« stammt von dem lateinischen Wort »focus«, und bedeutet »Ort, Platz«. Tim hatte demnach einen Anfall, der von einem Ort im Gehirn ausging und nicht das gesamte Gehirn betroffen hat. Die Unterscheidung zwischen »fokalen« Anfällen und »generalisierten«, die das gesamte Gehirn erfassen, ist für die Behandlung sehr wichtig. Tim ist nach seinem ersten Anfall, den er gar nicht richtig mitbekommen hat, wieder wie vorher und ihr könnt beruhigt weiterlesen.

Mars 2, Seite 47

Schon wieder hat Tim eine Aura. Diesmal ist sie kürzer. Wie kommt das und warum kommt so eine Aura überhaupt? Dazu muss ich etwas ausholen: Sicher habt ihr längst mitbekommen, dass Tims Gefühlsleben ziemlich durcheinander ist. Außerdem hat er nachts im Bett mit Cecilia vieles zu besprechen. Dadurch schlafen die beiden logischerweise wenig. Dieses Gefühlschaos und dazu noch der fehlende Schlaf lassen Tim für diese epileptische Erregung anfällig werden. Sein Gehirn ist geschwächt und ein Anfall kann beginnen. Bei Tim sind diese »Auslöser« sehr deutlich. Das ist leider nicht bei vielen Epilepsien so. Mit Beginn der epileptischen Geruchsaura ist Tim losgesprintet. Damit hat er sein Gehirn spontan aktiviert, wodurch die Aura abgebrochen ist. Das wird »Auraunterbrechung« genannt. Nicht wenige Epilepsiekranke können, vorausgesetzt, dass sie wie Tim eine Aura spüren, damit ihre Anfälle beeinflussen oder sogar abwehren. Tim hat das gerade getan, ohne es zu wissen. Fürs Erste ist das gut so!

Mars 3, Seite 75

Jetzt müsst ihr nicht denken, dass Cecilia auch Epilepsie hat. Epilepsien sind nicht der einzige Grund, weshalb Menschen schon mal unerklärliche Dinge tun oder umkippen. Es gibt sogar eine Reihe von Anfällen, die nicht unähnlich ablaufen. Das macht die Diagnostik, also das Erkennen einer Krankheit, schwierig. Cecilia hatte in diesem Fall einen Kreislaufzusammenbruch, weil sie über die Musik alles andere vergessen hatte und mit ihren Kräften am Ende war. So etwas passiert wenn man jung ist nicht selten, weil sich der Körper in den Wachstumsphasen schnell verändert. Alle die eine Epilepsie haben, sollten daran denken, dass Menschen mit einer Migräne, mit Herzrhythmusstörungen, mit Asthma oder anderen Erkrankungen auch plötzlich und unerwartet vor Problemen stehen können. Wichtig ist immer, dafür Lösungen zu finden.

Mars 4, Seite 83

Schon wieder so ein Anfall, und wieder war Tim schlaflos und aufgeregt. Wahrscheinlich war er schon einige Zeit, bevor er den Geruch wahrgenommen hat, nicht ganz bei sich. Sonst hätte er sicher früher an seine Geschenke für Nina gedacht. Schließlich hatte er sich die ganze Zeit auf sie gefreut. Epileptische Anfälle beginnen nicht selten gerade in solchen Zwischen- oder Übergangsphasen, in denen Menschen unkonzentriert oder abgespannt sind. Deshalb treten übrigens überraschend wenige Anfälle in der Öffentlichkeit auf. Gut, dass Tim seine Atemtechnik gegen die Angst wieder eingefallen ist. Die hat er als Gegenmittel einsetzen können. So hat er die weitere Ausbreitung des Anfalls aufgehalten. In diesem Fall hat ihm das Gegenmittel außerdem geholfen, seine Gedanken wieder zu sortieren und der Anfall hat ihm eine kleine Ruhepause gegönnt. Jetzt ist er wieder fit und unterwegs zu Nina.

Mars 5, Seite 92

Jetzt könnte man vordergründig betrachtet den Eindruck gewinnen, dass Tim immer, wenn er Stress mit Mädchen hat, Anfälle bekommt. Wenn in der Psychotherapie so etwas ins Auge springt, dann wird überlegt, was dahinterstecken könnte. Manchmal müssen wir Wünsche oder sogar Bedürfnisse zurückstellen, weil dafür im Leben gerade kein Platz ist. So kann

Tim beispielsweise nicht gleichzeitig bei Nina bleiben und das Musikinternat besuchen oder mit Cecilia seine sexuellen Erfahrungen machen, ohne sich Nina gegenüber irgendwie schuldig zu fühlen. Manchmal verlangt das Leben schwierige Entscheidungen von uns, die viel Kraft kosten und sogar krank machen können. In der Psychologie wird so etwas mit einem seelischen Konflikt beschrieben. Konflikte können neben anderen Erkrankungen auch epileptische Anfälle fördern.

Mars 6, Seite 139

Da war wieder diese Aura, gefolgt von einem längeren Anfall. Dieser bringt Tim erstmalig etwas durcheinander. Er hat richtig mitbekommen, dass er eine Zeit lang ohne Bewusstsein war. Für die Strecke zwischen dem Restaurant und dem Bahnhofsvorplatz fehlt ihm die Erinnerung. In der medizinischen Terminologie würde hier aktuell von einem »automotorischen Anfall mit Bewusstseinsverlust« gesprochen. Früher sagte man dazu »psychomotorischer Anfall«. Automotorisch bedeutet, dass es zu Bewegungen (dem Hinauslaufen) kommt, die nicht mehr bewusst gesteuert werden. Viele Menschen schmatzen bei solchen Anfällen oder reiben sich den Bauch. Oft läuft dann auch Speichel aus dem Mund. Tim haut bei dem Anfall einfach von diesem Bahnhof ab, wo er schon viel zu lange auf seinen Freund warten musste. Auch das kommt bei solchen Anfällen vor. Menschen tun dann im Anfall das, was sie schon lange tun wollten, nur wissen sie davon nichts. Glücklicherweise kommt es im Verlauf solcher Anfälle nur sehr selten zu Unfällen. Das liegt daran, dass viele gelernte Dinge trotzdem beibehalten werden, wie z. B. das Stehenbleiben an der roten Ampel.

Mars 7, Seite 161

Solche Dinge, wie sie Tim hier gerade erlebt hat, sind zwar eher selten, aber auch so etwas kann bei einer Epilepsie vorkommen. Gerade automotorische Anfälle mit einem Bewusstseinsverlust sind von den Betroffenen selbst schwer einzuschätzen. Aber auch für die Beobachter ist das Verhalten der Menschen im Anfall nicht zu verstehen, wenn nicht begriffen wird, dass ein epileptischer Anfall dahintersteckt. Annabelle hat Tim für einen Angeber gehalten und Tim wusste mal wieder nicht, wie ihm geschah. Ohne die Diagnose »Epilepsie« können Missverständnisse, die mit solchen Anfällen verbunden sind, dazu führen, dass bei den Betroffenen selbst oder in deren Umfeld der Eindruck entsteht, dass hier vielleicht jemand nicht ganz richtig im Kopf sei.

Mars 8, Seite 167

Oha, was ist denn jetzt los? Tim hat gerade erlebt, dass sich ein epileptischer Anfall weiter ausgebreitet hat. Während bislang sein Bewusstsein nur kurz eingeschränkt war, ist ihm in dieser Situation regelrecht das Licht ausgegangen. Infolge der Ausbreitung ist es zu einem Grand-mal gekommen. Dieses Wort kommt aus dem Französischen und heißt soviel wie »großes Übel«. Mal sehen, wie es Tim und den anderen mit diesem großen Übel ergangen ist.

Mars 9, Seite 179

Warum hat der eine Mensch eine Epilepsie und bekommt Anfälle und der andere nicht? Hat jemand Rückenschmerzen und der andere nicht, lässt sich diese Frage leichter beantworten. Da reibt ein Knochen, ein Nerv ist eingeklemmt oder die Muskeln sind verspannt. Insgesamt ist der Rücken empfindlicher und reizbarer, als bei einem anderen Menschen. Nicht anders ist es bei den Epilepsien. Auch hier ist das Gehirn reizbarer und damit anfälliger. Manchmal ist eine Veränderung infolge einer Entzündung oder einer Verletzung des Gehirns die Ursache. Oft kann diese Ursache nicht festgestellt werden. Wichtig ist der Hinweis, dass eine Epilepsie die Funktion des Gehirns nicht grundsätzlich einschränkt, es sei denn ein Anfall tritt auf. Tims Gehirn scheint ja insgesamt ziemlich gut zu funktionieren, oder?

Mars 10, Seite 241

Oje! Endlich ist Tim bei dem Mädchen, in das er richtig verliebt ist, und jetzt muss er erfahren, dass er sich beim Anfall in die Hose gemacht hat. Wenn im Anfall die Kontrolle über die Blase verloren geht, kann das passieren. Für viele Betroffene ist das am allerschlimmsten. Anfälle und ihre Begleiterscheinungen sind nicht wenigen Menschen so peinlich, dass sie kaum noch rausgehen. Auch Tim hätte sich am liebsten verkrochen, aber offensichtlich ist er da bei jemandem aufgewacht, der weniger Probleme damit hat als er. Da hat er Glück im Unglück, wie man so sagt.

Mars 11, Seite 244

Viele Menschen spüren bevor sie krank werden oder sich verletzen, dass es gut gewesen wäre, eine Auszeit zu nehmen, um in einer Pause Kräfte zu sammeln. Auch bei einigen Epilepsien kann das Gespür für den Punkt geschult werden, zu dem wohl oder übel ein Anfall für die Auszeit sorgt. Auf diesem Weg wird gelernt, selbst für Pausen zu sorgen, um Anfällen sogar vorzubeugen. Bei Tim sieht es so aus, als könnte er da für sich etwas machen. Trotz alledem sind wir oft erst im Nachhinein klüger, weil es gar nicht so leicht ist, vorausschauend Verantwortung für die eigene Gesundheit zu übernehmen. Aber manchmal gelingt es ja, aus Fehlern zu lernen. Etliche Menschen mit Epilepsie können leider kein Gespür für einen herannahenden Anfall entwickeln, weil die anfallsfördernden Bedingungen unklar bleiben.

Mars 12, Seite 283

Immer wieder hat sich ein Anfall angekündigt und oft ist es Tim gelungen, die Ausbreitung mit seiner Atemtechnik abzufangen. So konnte er den Anfall hinauszögern und fast hätte es noch zur gemeinsamen Flucht gereicht. Hätte er sich rechtzeitig entschieden, den Anfall abzuwehren, wäre vielleicht alles gut gegangen und auch der Einbruch hätte möglicherweise gar nicht stattgefunden. Alles andere erschien ihm aber wichtiger. Jetzt hat er ein dickes Problem. Mal sehen, wie es weiter geht.

Epi(lepsie)log

Jetzt bist du sicher neugierig, wie es mit Katja und mir weitergegangen ist. Deshalb will ich dich nicht weiter auf die Folter spannen.

Also – ich habe sie wirklich in Heidelberg getroffen und unser Wiedersehen war ganz wunderbar. Katja lebt da seit kurzer Zeit in einer Wohngemeinschaft mit anderen Studentinnen und Studenten. Heidelberg ist eine sehr schöne Stadt, umgeben von ebenso schöner Landschaft. All das habe ich kennen gelernt, und wir sind nach wie vor sehr verliebt. Zehn Tage bin ich damals bei ihr geblieben und mittlerweile besuchen wir uns gegenseitig sehr regelmäßig. Selten halten wir es länger als zwei Wochen aus, ohne uns zu sehen.

Katja hatte natürlich, wie von mir gehofft, auf mich gewartet. Sogar Vince sieht das jetzt ein. Aber er besteht darauf, dass wir beide in der Hinsicht nicht ganz normal seien. Wenn ich dann behaupte, dass Katja auch ein ganz besonderer Mensch wäre, entgegnet er, dass sie nicht so außergewöhnlich sei, wie er nach meinen Berichten erwartet hätte. Nina würde ihm besser gefallen und Ulrike natürlich auch, betont er immer wieder. Mir ist seine Meinung da mal wieder ziemlich egal.

In der Zwischenzeit hat sich meine Freundin aber schon verändert. Sie studiert wie ich, und mir kommt sie nicht mehr so überlegen vor wie damals. Vielleicht liegt das daran, dass ihre Probleme alltäglicher und normaler geworden sind. Wir passen dadurch jedenfalls noch viel besser zusammen als vorher. Sie hatte das aber vorausgeahnt und nur deshalb hat sie solange gewartet, bis sie mich endlich wiedersehen wollte – komisch, oder?

Ihr Vater ist vor zwei Jahren gestorben, aber ihre Mutter hat daraufhin mit dem Trinken aufgehört. Die ehemals chaotische Wohnung, die ich euch in der Geschichte beschrieben habe, ist jetzt wieder überall so sauber und ordentlich wie ihr kleines Zimmer. Vor einiger Zeit haben Fritz, Vince und ich bei der Renovierung geholfen. Dabei haben wir auch die Tür mit den vielen Schlössern ausgewechselt. Da ist jetzt wieder eine normale Tür im Rahmen und der Schlüssel wird mit allen anderen Schlüsseln in einem ehemaligen Senfglas im Wohnzimmer aufbewahrt.

Manchmal übernachte ich mit Katja in ihrem Zimmer, wenn wir zusammen in Berlin sind. Katja findet schade, dass ihr Vater erst sterben musste, bevor ihre Mutter wieder gesund werden konnte. Aber sie meint auch, dass sein

Tod so gesehen nicht umsonst gewesen sei. Ihren Vater, der auch seine lieben Seiten gehabt hätte, vermisst sie mittlerweile sogar. Ich habe ihn leider nie kennen gelernt, aber ihre Mutter ist sehr nett und ich habe das Gefühl, dass sie mich mag.

Wenn ich mir in dem kleinen Badezimmer die Zähne putze oder da aufs Klo gehe, muss ich immer wieder daran denken, wie ich hier das erste Mal in der Badewanne gesessen habe. Ich glaube, das war der absolute Tiefpunkt meines bisherigen Lebens. An diesem Morgen war mir so ziemlich alles egal und ich war fast soweit, dass ich hätte sterben mögen. Heute kann ich darüber nur mit dem Kopf schütteln.

Am Abend davor hatte ich den schlimmsten epileptischen Anfall meines Lebens in dem Augenblick bekommen, als mir Katja mit Fritz' Messer erfolgreich zwischen die Finger gestochen hatte. Noch heute kriege ich eine Gänsehaut, wenn ich daran denke. Dabei kommt mir wirklich seltsam vor, dass derjenige, der den Anfall hat, am wenigsten davon mitbekommt. Den Stress hatten in erster Linie meine Freunde. Für die sah es so aus, als würde ich einen Abgang machen. Nur Katja ahnte, dass das nicht passieren würde. Aber einen Schreck hatte sie auch bekommen. Solche großen Anfälle sehen schon ziemlich gruselig aus. Was würdet ihr denken, wenn vor euren Augen plötzlich jemand schreiend zusammenbricht, auf dem Boden zuckt, blau anläuft, wenn dem wegen des Zungenbisses auch noch Blut und Speichel aus dem Mund fließt – das sieht wirklich schlimm aus, ist aber völlig harmlos – und er sich »zu guter Letzt« noch in die Hose macht. Leute, die einen nicht kennen, glauben oft, dass man total besoffen sei. Anders können sie sich das nicht erklären. Außerdem wollen die meisten Menschen mit einem dann nichts mehr zu tun haben. Das liegt meiner Meinung nach vor allem an der Angst, sie könnten etwas falsch machen. Dabei ist das wirklich das geringste Problem. Ein epileptischer Anfall ist nämlich kein Notfall, wenn der Krampf nicht länger als fünf Minuten dauert – erst dann spricht man von einem *epileptischen Status* – oder wenn sich die Krämpfe als *Anfallsserie* ständig wiederholen. Wenn ein Sturz zu keiner Verletzung geführt hat, so wie bei dem letzten Anfall meines bisherigen Lebens auf dem Hof unseres Hauses, ist nur bei diesen Anfallsserien oder einem Status die Hilfe eines Arztes erforderlich.

Ansonsten reicht es, wenn mein Kopf bei den Zuckungen etwas geschützt wird und dass Helfer bei mir bleiben, bis ich nach einem Anfall wieder voll bei Bewusstsein bin. Mehr ist wirklich nicht zu tun und sollte auch nicht getan werden. Die Angst, dass jemand beim Anfall an der eigenen Zunge ersticken könnte, ist ebenso unsinnig, wie die Vermutung, epileptische Verkrampfungen könnten dadurch gelöst werden, dass man beispielsweise versucht, meine Finger wieder gerade zu biegen. Mich als Klavierspieler würdest du damit nur besonders übel verletzen. Ruhig bleiben und so wenig machen, wie möglich, ist die goldene Regel für fast alle epileptischen Anfälle.

Trotzdem kommen meine Leidensgenossen und ich häufig erst wieder im Krankenhaus zu sich. Nicht wenige von uns empfinden das als unnötig und umständlich, aber ich kann es auch verstehen, wenn so ein Anfall das erste Mal miterlebt wird. Da will, glaube ich, jeder erst einmal sicher gehen, und wenn die Ursache unbekannt ist, ist ja immer »Vorsicht die Mutter der Porzellankiste«.

Apropos »Ursache«. Da weiß ich bis heute nicht, woran das gelegen hat, dass diese *Epilepsie* losgegangen ist. Mein Gehirn sieht auf den MRT-Bildern nicht verändert aus und das *EEG* ist auch unauffällig. Das betrifft übrigens etwa die Hälfte aller »Epileptiker«. Oh je, jetzt ist mir wieder dieses Wort rausgerutscht, das ich eigentlich nicht mehr sagen wollte. Das macht einen so krank, und dabei ist ja das meiste an mir ziemlich gesund.

Wenn ich heute über meine *Epilepsie* spreche, dann erkläre ich, dass bei mir eine erhöhte epileptische Anfallsbereitschaft mit Medikamenten gut behandelt ist, so dass keine Anfälle mehr auftreten. Die Medikamente scheinen bei mir die Anfallsschwelle, also den Punkt, an dem sich epileptische Erregung in meinem Gehirn entwickelt und immer weiter ausbreitet, heraufzusetzen. Deshalb habe ich wohl seit fast vier Jahren nicht einmal mehr diesen merkwürdigen Geruch in meiner Nase gehabt. Den konnte ich damals mit meiner Atemtechnik bekämpfen, die ich übrigens noch heute einsetze, wenn ich total gestresst bin. Ich komm so wieder runter und außerdem habe ich das Gefühl, dass mir damit auch eine Anfallsvorbeugung gelingt. Die unterstütze ich auch dadurch, dass ich eher selten Alkohol trinke und mir an Tagen, vor denen ich schlecht geschlafen habe, nicht zu viel vornehme. Manchmal sage ich auch Dinge ab, selbst wenn ich mich darauf gefreut habe, für den Fall, dass ich mich nicht richtig wohl fühle. Das hat zwei Gründe. Erstens bin ich zu der Überzeugung gekommen, dass in meiner Freizeit Sachen selten Spaß machen, wenn ich mich dazu zwingen muss und zweitens will ich auch keinen Anfall mehr riskieren. Jetzt halte mich bloß nicht für einen »Gesundheitsapostel« oder eine »Spaßbremse«. Ich guck halt nur, was mir gut tut und was nicht. Und wenn es mir gut geht, habe ich letztendlich mehr Spaß in meinem Leben.

Außerdem müsste ich nach einem Anfall für ein Jahr meinen Führerschein abgeben, den ich mittlerweile gemacht habe. Für meine regelmäßigen Abstecher nach Heidelberg wäre das etwas hinderlich und nebenbei bemerkt, macht mir Autofahren Spaß.

Letztendlich muss jede/jeder für sich entscheiden, wie man mit einer Krankheit umgehen will und Regeln, die für alle gelten, gibt es bei einer Epilepsie nicht (auch wenn manche Ärzte einem das einreden wollen). In meinem Fall bin ich davon überzeugt, dass ich mir durch die beschriebenen Maßnahmen selbst helfe, keinen Anfall mehr zu bekommen. Das gibt mir zusätzlich zu den Medikamenten ein Gefühl von Sicherheit. Vielleicht werde ich mit dem Professor zusammen die Medikamente auch irgendwann wieder absetzen. Probieren möchte ich das schon, aber im Moment bin ich noch nicht soweit.

Wenn ich darüber nachdenke, was sich durch die Epilepsie in meinem Leben alles verändert hat, bin ich sogar stolz auf das, was ich durch meine Krankheit erlebt habe. Klar war das am Anfang ein Schock und so richtig vernünftig war es ja nicht, dass ich beschlossen habe, einfach von zu Hause abzuhauen. Aber wenn das alles nicht passiert wäre, hätte ich Katja niemals kennen gelernt. Dem Glück meines Lebens – für den Fall, dass alles so bleibt, wie es jetzt ist – wäre ich nicht begegnet, aber nicht allein das ist ausschlaggebend. Von der epilepsieerfahrenen Katja habe ich gelernt, dass meine Krankheit gar nicht so tragisch ist und dass ich auch mit epileptischen Anfällen für sie liebenswert bleibe. Dadurch, dass ich eine kurze Zeit lang mit ihr zusammengelebt habe, ist mir klar geworden, dass es im Leben darauf ankommt, Probleme zu lösen und sich eben nicht zu verkriechen. Eine Krankheit zu bekommen, ist auch ein Problem, wie viele andere. Helfen kann man sich nicht, wenn man das ignoriert oder davor wegläuft oder wenn man lediglich einem Arzt sagt, dass er einen gesund machen soll.

Ganz wichtig ist, den eigenen Weg zu finden, durch den die Einschränkungen so gering wie möglich bleiben, die nun mal mit jeder Krankheit verbunden sind. Je kleiner die sind oder werden, desto gesünder bin ich. Zugegebenermaßen gibt es Menschen, die eine Epilepsie wesentlich härter trifft als mich, und bei weitem nicht alle Menschen bleiben oder werden auf ihrem Weg anfallsfrei. Aber ich finde, dass ich zu meiner Anfallsfreiheit einen ziemlichen Teil beitrage, indem ich meine Pillen nicht vergesse und indem ich versuche, so zu leben, wie ich das will und für richtig halte. Mir gibt das ein gutes Gefühl, trotz meiner Epilepsie.

Vor kurzem habe ich eine Geschichte von einer Radrennfahrerin gelesen, die auch Epilepsie hat. Die ist für das amerikanische Nationalteam gefahren. Als sie nach einer Flugreise wegen der Zeitumstellung zu wenig geschlafen hatte und mit ihren Medikamenten durcheinandergekommen war, hat sie auf dem Flughafen einen Anfall bekommen. Ihr Trainer wollte sie darauf nicht mehr in der Mannschaft haben. Dabei hat der sich genauso bescheuert verhalten, wie der Direktor meines Musikinternats. Marion Clinget – so heißt die Radrennfahrerin – ist deshalb ins französische Nationalteam gewechselt, weil ihre Familie aus Frankreich stammt. Hier wurde sie mit offenen Armen aufgenommen, weil da niemand Vorurteile hat. Mit diesem Team wurde sie 1991 Weltmeisterin im Mannschaftszeitfahren. 1994 gewann sie den Titel im Einzelverfolgungsfahren und 1996 gewann sie bei den Olympischen Spielen die Silbermedaille. Auch sie ist ihren Weg gegangen und sie gibt folgenden Rat (der auch von Katja hätte sein können):

»Wenn ihr etwas tun wollt, so geht und tut es. Wenn ihr der Epilepsie eine Chance gebt, euch daran zu hindern, so wird sie euch hindern. Sie kann euch jedoch nicht im Wege stehen, wenn ihr es nicht zulasst. Epilepsie ist keine Entschuldigung dafür, sich nicht auf den Weg zu machen und die eigenen Träume wahr werden zu lassen.«

C'est la vie*
Tim

---

*So ist das Leben.

Kleines Wörterbuch

Anfallsfreiheit

Ziel medizinischer Therapie ist Anfallsfreiheit. Je nach Epilepsie ist das Erreichen dieses Zieles aber mehr oder weniger wahrscheinlich. Bei vielen generalisierten Epilepsien liegt die Chance, unter der Voraussetzung, dass das richtige Medikament verordnet wird, bei etwa 70%. Fokale Epilepsien sind vor allem dann deutlich schwerer zu behandeln, wenn es einen im MRT sichtbaren Anfallsursprung (symptomatische Epilepsien) gibt. Dann liegt die Chance bei 40%. In diesen Fällen kann aber eine Operation helfen, wenn die entdeckte Veränderung ohne größeres Risiko entfernt werden kann. Im günstigsten Fall liegen hier die Chancen auf Anfallsfreiheit bei 80%. Grundsätzlich sollten auch die Möglichkeiten einer aktiven Gesundheitsförderung durch die Betroffenen selbst in die Therapie integriert werden. Das ist heutzutage leider viel zu selten der Fall. Auch deshalb bleiben die derzeitigen Therapien manchmal hinter ihren Möglichkeiten zurück.

Anfallsformen

Je nach beteiligter Gehirnregion unterscheiden sich epileptische Anfälle, die mit der Diagnose vor allem in fokale und generalisierte Anfälle unterteilt werden. Nach der diagnostizierten Anfallsform richtet sich die Behandlung.

Anfallsserie

Wenn in kurzen Abständen immer wieder epileptische Anfälle auftreten, ohne dass sich der Mensch wieder vollständig erholt, wird von einer Anfallsserie gesprochen. Auch das kann zu einem Notfall werden. Eine Unterbrechung dieser Serien durch entsprechende Medikamente ist dann wichtig. Oft können die Betroffenen die Medikamente selbst einnehmen, bei Rektiolen, mit denen das Medikament in den Darm gegeben wird, brauchen sie nicht selten Unterstützung.

Anfallsursprung

Je nach Anfallsursprung verlaufen epileptische Anfälle unterschiedlich und werden auch von den Betroffenen unterschiedlich wahrgenommen. Bei Tim deutet der veränderte Geruch darauf hin, dass der Ursprung der Epilepsie in der Nähe des Geruchszentrums liegt. Die anschließende Sprechhemmung gibt einen Hinweis auf die linke Hirnhälfte, weil bei den meisten Menschen die Sprache linksseitig angelegt ist. Mit der MRT und dem EEG wurde dementsprechend dieser Bereich genauer untersucht.

Behandlung

Heutzutage werden die meisten Epilepsien mit Medikamenten behandelt. Fokale Epilepsien können bei günstiger Lage des Anfallsursprungs operativ geheilt werden, unter der Voraussetzung, dass die Medikamente nicht ausreichend helfen. Das ist etwa bei 3-5% aller Menschen mit Epilepsie möglich. Grundsätzlich gilt, dass der Nutzen einer medizinischen Therapie die Nebenwirkungen oder Risiken aufwiegen muss. Die Frage, wie der Beginn und der Verlauf einer Epilepsie mit dem Leben des betroffenen Menschen zusammenhängen und was selbst gegen die Anfälle getan werden kann, ist Thema einer ergänzenden Psychotherapie. Außerdem werden schwer verlaufende Epilepsien mit einem »Vagusnervstimulator« oder einer »ketogenen Diät« behandelt. Darüber hinaus kommen in Einzelfällen weitere Behandlungsmethoden zur Anwendung.

Diagnose

Die Diagnose ermöglicht das Erkennen einer Krankheit, bei der im Falle einer Epilepsie verschiedene Befunde zusammengetragen werden müssen. Dazu zählen die Eigenanamnese (das Anfallserleben), die Fremdanamnese (die Anfallsbeschreibung), das EEG (ein Hirnstrombild), oftmals auch eine MRT (Hirnschichtbild) und eine Blutuntersuchung, die Hinweise auf Entzündungen oder Stoffwechselveränderungen ergeben kann. All diese Befunde sind wie Teile eines Puzzles, welches sich hoffentlich zu einem stimmigen Bild zusammenfügen lässt. Oft ist das gar nicht so einfach.

EEG

Abkürzung für Elektroenzephalogramm (griechisch: elektrisches Hirnstrombild). Am Kopf befestigte Elektroden sind über Kabel mit einem Computer verbunden, der die Hirnströme misst und in ein Bild umwandelt, auf dem Linien mit Zacken und Wellen zu erkennen sind. Während eines Anfalls sind oftmals epilepsietypische Muster erkennbar. Sie geben einen entscheidenden Hinweis auf das Vorliegen einer Epilepsie. Tritt kein Anfall auf, sind viele EEG-Befunde vollkommen unauffällig. Das ist für die Diagnostik ein Problem.

Epileptische Auren

»Aura« kommt aus dem Griechischen und bedeutet »Anflug, Hauch«. Es ist die Bezeichnung für den Teil des Anfalls, den nur der/die Betroffene selbst wahrnimmt. Auren gehen dem von anderen wahrnehmbaren Teil des Anfalls voraus. Es gibt optische (Veränderungen des Sehens), akustische (Veränderungen des Hörens), somatosensible (Veränderungen des Fühlens), olfaktorische (Veränderungen des Geruchs oder Geschmacks, siehe Tim), epigastrische (aufsteigende Übelkeit, siehe Tim) und noch viele andere Auraphänomene. Auch Ängste oder ein Gefühl, bedroht zu werden, können in Folge epileptischer Erregung entstehen. Das EEG ist dann in der entsprechenden Hirnregion verändert. In der Verhaltenstherapie besteht die Möglichkeit, eine Auraunterbrechung zu erlernen. Dabei wird meistens ein entgegengesetztes Verhalten eingeübt, welches möglichst früh, zu Beginn der Aura, angewendet wird, um die Erregungsprozesse des Gehirns wieder zu normalisieren (siehe Atmung und Konzentration von Tim).

Epileptischer Status

Von einem epileptischen Status wird gesprochen, wenn generalisierte tonisch-klonische Anfälle nach etwa fünf Minuten nicht von alleine aufhören. Das kann zu einem lebensbedrohlichen Notfall führen, in dessen Verlauf eine medikamentöse Unterbrechung des Anfalls notwendig wird. Deshalb sollte bei solchen Krämpfen, die länger als fünf Minuten andauern, ein Notarzt gerufen werden.

Bei fokalen Anfällen, die über 20-30 Minuten ohne erkennbare Erholung andauern, sollte auch ein Arzt gerufen werden, obwohl in solchen Fällen keine Lebensgefahr besteht.

Epilepsie

Epilepsie ist eine Erkrankung, die durch eine vorübergehende Störung der Gehirnfunktionen gekennzeichnet ist. Durch gleichzeitige, rhythmische Entladungen der Nervenzellen in Teilbereichen oder im gesamten Gehirn werden die normalen Übertragungsprozesse gestört. Unwillkürlich kommt es je nach Beteiligung der betroffenen Gehirnregion zu unterschiedlichen fokalen (örtlichen) Anfällen oder, wenn das gesamte Gehirn betroffen ist, auch zu generalisierten Anfällen (Absencen, Grand-mal).

Gelegenheitsanfälle

Das sind Anfälle, die in größeren Abständen auftreten und auf bestimmte anfallsfördernde Faktoren zurückzuführen sind (z. B. hohes Fieber: Fieberkrämpfe oder Alkoholkonsum: Alkoholentzugsanfälle). Gelegenheitsanfälle werden in der Regel nicht dauerhaft mit Medikamenten behandelt.

Grand-mal

Dieses Wort kommt aus dem Französischen und bedeutet übersetzt: »großes Übel«. Ein »Grand-mal« ist ein großer, generalisierter epileptischer Anfall, der manchmal mit einem lauten Initialschrei beginnt. Danach kommt es zu einer Versteifung der gesamten Muskulatur (tonische Phase). Tritt der Anfall plötzlich im Stehen oder im Sitzen auf, ist ein Sturz unvermeidlich. Immer folgt auf die tonische Verkrampfung, die nicht gewaltsam gelöst werden darf, eine klonische Phase, in der der Körper von zum Teil heftigen rhythmischen Zuckungen geschüttelt wird. Das Gesicht ist blass, bis bläulich verfärbt und in Folge eines möglichen Zungenbisses, tritt nicht selten Blut aus dem Mund aus, der mit Speichel vermischt ist. Selten dauert ein solcher Anfall länger als eine Minute, gefolgt von einem Erholungsschlaf. In der Regel ist ein »Grand-mal« kein Notfall, auch wenn er schlimm aussieht.

MRT

Abkürzung für Magnetresonanztomographie. In einem Magnetfeld werden durch Resonanz (Lärm) im Gehirn winzige Wasseratome in Schwingung gebracht. Die erzeugten Bewegungen werden in bestimmten Gehirnschichten gemessen (Tomographie, griechisch: Schichtmessung). Der Computer übersetzt das in Bilder, auf denen die Struktur des Gehirns Schicht für Schicht sichtbar wird. Eine MRT-Untersuchung ist vor allem dann wichtig, wenn bei jungen Erwachsenen erstmals ein fokaler epileptischer Anfall auftritt. Dann besteht der Verdacht, dass eine kürzlich eingetretene Veränderung des Gehirns, beispielsweise infolge eines Gehirntumors, dahinterstecken könnte. Bei Tim war das glücklicherweise nicht der Fall.

Medikamente

Die heutigen Epilepsiemedikamente erschweren den Beginn oder die Ausbreitung epileptischer Erregung, indem sie die Reizübertragung an den Nervenzellen beeinflussen. In der Vergangenheit wurden vorwiegend Beruhigungsmittel wegen ihrer antiepileptischen Wirkung u. a. gegen Epilepsien eingesetzt. Diese Medikamente, die heute nur noch selten angewendet werden, haben stärkere Nebenwirkungen. Die Beibehaltung einer medikamentösen Behandlung ist sinnvoll, wenn es zu einer deutlichen Verminderung der Anfälle bei tolerierbaren Nebenwirkungen kommt. Andernfalls ist ein Medikamentenwechsel angezeigt.

Wenn du mehr über Epilepsien wissen möchtest...

...empfehlen wir die folgenden Bücher:

Das große TRIAS-Handbuch Epilepsie (Autor: Günter Krämer, Trias-Verlag, 3. Auflage 2005). Dr. Günter Krämer ist als medizinischer Direktor des Schweizerischen Epilepsie Zentrums in Zürich ein international anerkannter Epilepsie-Experte. In leicht verständlicher Sprache gibt er eine Einführung in das Krankheitsbild und die Behandlungsmöglichkeiten von Menschen mit Epilepsie. Aber auch Themen wie Schule, Ausbildung, Umgang mit der Erkrankung, sozialrechtliche Fragen etc. werden ausführlich behandelt.
Epilepsie. Ein illustriertes Wörterbuch für Kinder und Jugendliche (Autoren: Richard Appelton & Günter Krämer, Hippocampus-Verlag, 3. Auflage 2006). Günter Krämer und Richard Appelton sind zwei führende Spezialisten auf dem Gebiet der Epileptologie. Die Autoren haben ein alphabetisch aufgebautes Wörterbuch entwickelt, das für Kinder und Jugendlichen wichtige Themenbereiche (medizinische Fragen, Alltagssorgen, Wünsche der Betroffenen etc.) in leicht verständlicher Sprache anspricht.

...empfehlen wir die Deutsche Epilepsievereinigung e.V.

Die *Deutsche Epilepsievereinigung e.V.* ist der Bundesverband der Epilepsie-Selbsthilfe in Deutschland. Sie fördert Hilfe zur Selbsthilfe, gibt Informationsschriften und die Zeitschrift *»einfälle«* heraus, verfügt über Kontakte zu Landesverbänden und regional organisierten Selbsthilfegruppen, informiert über Behandlungs- und Unterstützungsmöglichkeiten, berät telefonisch oder persönlich. Die Deutsche Epilepsievereinigung e.V. ist ein gemeinnütziger Verein, der sich im Wesentlichen über Spenden und Mitgliedsbeiträge finanziert. Der Mitgliedsbeitrag beträgt derzeit 56 Euro (ermäßigt 26 Euro).
Kontakt: Deutsche Epilepsievereinigung e.V., Zillestraße 102, 10585 Berlin, Tel.: 030/342-4414, mail: info@epilepsie.sh, web: www.epilepsie.sh. Spendenkonto: Deutsche Bank Berlin, BLZ 100 700 24, Konto 643 002 901.

Danksagung

Manche Geschichten, selbst wenn sie für den Autor überraschende Wendungen nehmen, schreiben sich wie von selbst. Von einer Geschichte bis zu einem Buch ist es aber ein langer Weg. Deshalb möchte ich denjenigen danken, die mich auf diesem Weg unterstützt haben.

Mein Dank gilt:

- meinem Sohn Samson Kirschning, der mich als Probeleser rechtzeitig korrigierte, bevor ich auf den Holzweg kam und der kreative Einfälle für die Gestaltung beisteuerte,
- meiner Frau Silke Kirschning, die ein erstes Manuskript kritisch gelesen und sehr bestärkend kommentiert hat,
- meiner Schwiegermutter Ursula Kirschning und meiner langjährigen Kollegin Dr. Christiane Schmid-Schönbein für eine aufmunternde Fehlerkorrektur,
- Paula und Frieda Michel, meinem Sohn Julian Kirschning und seinem Freund Leo, die die Geschichte aus jugendlicher Perspektive noch einmal gegen den Strich gebürstet haben,
- Dr. Gottfried Panhaus, der mit seinem Enthusiasmus und seiner Risikobereitschaft dieses Projekt möglich machte,
- Frau Nicole Reketat, die für die UCB so freudig den Staffelstab übernommen hat,
- Frau Dr. Christine Makowski, Frau Anna-Maria Schwahn, Frau Dr. Irene Pfeifer und Herrn Prof. Heinz-Joachim Meencke, die stellvertretend für das Epilepsiezentrum Berlin-Brandenburg fachliche Unterstützung gaben,
- meiner langjährigen Beraterin Anna Bittmann, die in allen Schreibphasen ein psychologisch geschultes und begeisterungsfähiges Ohr für mich hatte,
- meiner Nachbarin Bettina Grotewohl, die wichtige Kommentare aus ostdeutscher Perspektive beisteuerte und nicht zuletzt
- der CARE-LINE GmbH für die engagierte und professionelle Zusammenarbeit.

Berlin, im Dezember 2008